열혈왕후 1

열혈왕후 1

불유체 장편소설

가하

열
혈
왕
후
1

지은이 불유체
펴낸이 이형기
펴낸곳 도서출판 가하

초판인쇄 2014년 7월 4일
1판 2쇄 2014년 8월 27일
출판등록 2008년 10월 15일 제 318-2008-00100호

주소 서울 영등포구 양평로 67, 1209 (당산동5가, 한강포스빌)
전화 02-2631-2846 **팩스** 02-2631-1846

www.ixbook.co.kr

ISBN 979-11-5682-190-8 04810
979-11-5682-189-2 04810(set)

값 11,000원

제1장. 소박(疏薄)

금혼령(禁婚令)이 내렸다. 가례청(嘉禮廳)이 세워지고, 예조에서는 처자봉단(處子捧單)을 거둬들일 기한을 영포하였으며, 한성부 및 각 도에서는 단자를 감봉(監封)하여 예조로 올려 보냈다. 그중에는 병조판서(兵曹判書) 윤돈경의 여식도 포함되었는데, 방년 열여덟의 적지 않은 나이로 이름이 단영(端煐)이라 하는 이 처자는 미색이 출중하지도, 자애롭지도 못하여 아무도 그녀가 최종 간택까지 갈 수 있으리라 예상치 않았었다.

초간택은 비교적 간단하여 단자를 올린 서른댓 명의 처자들은 솥뚜껑을 밟으며 입궐한 뒤 점심을 대접받고 바로 퇴궐할 수 있었다. 처자들 앞에 다과상을 놓아주고 발 너머로 그 일거수일투족을 살폈던 대비 및 각 상궁들 중 아무도 단영에게 깊은 시선을 준 이가 없었다는 것을 보면, 다른 이들에 비해 그녀의 용모와 품위가 얼마나 떨어지는지 자못 헤아릴 수 있는 일이었다.

그러나 십 며칠 후 재간택에 임했을 때에는 사정이 달라져 단영은 돌아오는 길에 육인교를 하사받았고, 삼간택 때에는 함께 심사를 받은 다른 두 명의 처자에게서 큰절을 받으며 비빈(妃嬪)의 대례복으로 화려하게 성장(盛裝)을 하고 별궁에 머무는 뜻하지 않은 광영을 누렸다. 최종 간택을 받은 것이다. 아무도 그녀를 예상치 못한 만큼 당혹해하는 이들도 적지 않았다.

단영이 별궁에 머물며 중전으로서의 의무와 교양, 궁중 예절 등을 익히는 동안 납채(納采儀)[1], 납징(納徵)[2], 고기(告期)[3], 책비(冊妃)[4] 등의 의식이 차례로 진행되었다. 침방과 수방 및 바깥 소주방은 웃전의 혼례 준비로 눈코 뜰 새 없이 분주히 돌아갔으며, 그와 함께 새로운 중전을 놓고 야기될 정치적 변수를 점치는 대신들의 조용한 움직임 또한 어느 누구 못지않은 발 빠름을 보여주었다.

의례적인 절차들이 빠듯이 지나간 후 드디어 가례 날이 밝았다. 날은 비할 데 없이 청명했으며, 왕실 행사인 만큼 모든 것이 풍족하고 은혜로워 구석구석에서 웃음꽃이 무더기로 피어올랐다.

그러나 어찌 된 영문인지 의식의 주체인 의종과 단영의 주위만큼은 그런 반짝임과 무관하게 경직된 묘한 기류가 형성되어 있었다. 두 분 마마의 시선부터가 처음 서로를 마주했던 친영의(親迎儀) 이후로 다시는 부딪치는 일이 없을 정도였으니 그 냉랭함이란 이루 표현할 길이 없을 정도였다.

서로를 향해 알 듯 모를 듯 쏟아내는 냉대는 모든 의식이 끝난 후 중궁전에 들어서기까지 계속되었다. 조현례(朝見禮)[5] 때 대비께서 원자에 대한 바람을 넌지시 내비칠 적에도 그냥 귓전으로 흘려들은 그들이었다.

의종이 마지못해 교태전에 들어선 것은 단영이 서온돌에 좌정한 지 한참이 지나서였다. 그의 나이 스물둘, 휘(諱)는 환(瑍)이며 자(字)는 명

---

1) 청혼 의식.
2) 혼인의 정표인 예물을 보내는 의식.
3) 택일을 알려주는 의식.
4) 왕비 책봉 의식.
5) 웃전께 올리는 예식.

진(明進)으로 단영은 의종의 계비(繼妃)가 된다.

의종은 방 안을 둘러보다가 시선이 원앙금침에 닿자 못 볼 것을 보기라도 한 양 이맛살을 찌푸렸다. 한 옆에 고개를 수그린 채 서 있던 최 상궁이 민망한 낯으로 그를 불렀다.

"전하."

앉으시라는 재촉이었다. 의종은 또다시 이마를 찌푸리며 내키지 않는 걸음으로 단영의 앞에 앉았다. 이제 합환주를 나눌 차례이다. 최 상궁이 다가와 술을 따르려 했으나 의당 잔을 들어야 하는 왕후께서 가만히 있자 난처한 시선으로 그녀를 바라보았다.

"최 상궁."

움직임 없이 앉아 있던 단영이 상궁을 불렀다.

"예, 마마."

"나가 있게."

"……마마, 하오나."

"나가 있으라 하였네."

최 상궁은 당혹스러웠으나 의종 또한 가타부타 말이 없는 것이 그 또한 그러기를 바라는 듯 보여 하는 수 없이 자리에서 일어서야 했다. 그러나 장지문을 열고 나가면서도 마음까지 선뜻 가게 되지 않는 것은 혹여 웃전들의 초야를 그르칠까 하는 염려 때문이었다. 이제 곧 자경전(慈慶殿)[6]에서도 사람을 보내 올 것인데 그 또한 걱정이 아닐 수 없었다.

문이 닫히고 마침내 완전한 정적이 찾아왔다. 의종도, 단영도 가만히 저 보고 싶은 곳을 바라볼 뿐 누구도 쉽게 입을 열지 않았다. 그러

---

6) 대비의 처소.

나 온 밤을 이렇게 앉아 지새울 수는 없는 일, 마침내 의종이 먼저 얼굴을 들었다. 미간이 수려하고 봉안엔 위엄이 가득한 것이 한 나라의 군주로서 손색이 없는 아름다움을 지니고 있었다.

"그대가 정녕 병조판서 윤돈경의 여식인가?"

아연실색. 의종의 말이 떨어지자마자 방문 밖에서 침묵하던 내관과 상궁 무리도, 곁방에 들어 있던 노상궁들도 모두 놀라 어찌할 줄을 몰랐다.

"그렇습니다."

그러나 당사자인 단영은 이미 짐작이라도 했던 듯 흔들림 없는 목소리였다.

의종은 그런 그녀를 뚫을 듯 바라보다가 자리에서 일어섰다. 장지문을 열기에 나가는가 싶었는데 곁방 상궁들을 포함, 밖에 옹송그리고 서 있는 무리들에게 물러가라는 명을 내렸을 뿐, 주위가 조용해지자 다시 와 앉는다. 이번엔 그 수려한 용안에서 냉한 기운도 함께 뿜어 나왔다.

"다시 한 번 묻겠다. 그대가 진정 병조판서 윤돈경의 여식이 맞는가?"

"……그렇습니다."

한숨을 내쉬듯 대답한 단영이 천천히 눈을 들었다. 꼭 짜인 얼굴, 눈과 코, 입술의 모양이 선명하고, 이에 둥글기보다는 단단해 보이는 턱선이 맞물려 비록 고운 형색은 아니나 범상치 않은 기운이 엿보이는 용모였다.

"전하께서는 혹여 초영을 염두에 두고 기다리신 것이 아니옵니까?"

생경한 얼굴빛으로 보아 의종은 초영이란 계집이 누구인지 모르는 모양이었다.

"초영은 제 아비의 서녀로서 굳이 서열을 짓자면 신첩에겐 아우가 됩니다."

의종의 눈썹이 꿈틀하였으나 일단은 조용히 단영의 다음 말을 기다린다.

"간택령이 내려지기 전에 전하께서 직접 사가의 아비를 은밀히 불러 단자를 올리도록 종용하셨다 들었습니다. 지금껏 그러한 선례를 들어본 적이 없어 여기엔 필경 연유가 있을 것으로 추정은 하였으나 부족한 아녀자 소견으로 그 뜻까지 미처 헤아릴 수는 없었는데, 이제 전하를 뵙게 되니 문득 짚이는 바가 있어 한 가지 사건을 떠올리게 되었습니다."

단영은 조현례 때 대비의 안색에 못마땅함이 가득했던 것을 상기하며 저도 모르게 웃음을 지었다. 며느리의 용모로 미루어 그토록 그녀여야 한다고 고집을 부렸던 주상의 심기가 무엇인지 의아해졌으려니 싶어 짓게 된 쓴웃음인데, 의종이 보기엔 어쩐지 자신을 비웃는 것 같아 마음에 들지 않는다.

"사건이라니, 무엇을 말함인가?"

사실 의종으로서도 짚이는 바가 아주 없는 건 아니었다. 다만 확실치 않으니 단영의 말을 먼저 듣고서 확인을 하고 싶었다.

"지난해 상강(霜降)[7] 무렵일 겁니다. 하루는 바람을 쐴까 하여 초영이 거처로 쓰고 있는 별당 후원으로 나갔다가 담을 넘어 들어오는 낯선 사내를 보았습니다. 요행히 신첩은 몸을 숨길 수 있었으나 바깥기척에 놀라 나오던 초영은 그자와 그만 맞닥뜨릴 수밖에 없었습니다. 결론부터 말씀드리자면 사내는 어떤 위협 행위도 없이 스스로 돌아갔고 그날 사건도 행여 구설에 휩싸일 것을 두려워한 초영의 함구로 유야

7) 입동이 오기 전 늦가을.

무야되었습니다만, 끝이라 여겼던 그날 밤이 실은 모든 것의 시작이었던 바, 신첩이 본 그자는 키가 매우 컸으며 황의에 복면은 하고 있지 않았습니다."

의종은 어이가 없어 그녀를 물끄러미 바라보았다. 지금껏 이토록 당돌하게 제 의견을 표하는 계집은 만나본 적이 없었다. 또한 이처럼 똑똑하게 눈 한 번 깜박이지 않고 쳐다보는 계집도 처음이었다. 누구나 그의 앞에만 서면 지진이라도 만난 듯 몸을 떨었고, 말 한마디 건넬라 치면 벌써부터 긴장하여 그의 어조가 아무리 다정하다 하여도 웃는 낯을 보이지 못했던 것이다.

그런데 지금 이 여인을 보라. 비록 부족한 아녀자의 소견이라 말문을 열었지만 마무리는 이리 명확하지 않은가. 의종이 보위에 오른 지 열두 해가 되어가고 있었다. 그동안 정비 한 명, 후궁 한 명을 들이고 궁인 중에도 승은을 내린 바 있긴 해도 이런 경우는 처음이었다. 이것 봐라, 싶은 것이 괘씸한 반면 왠지 호기심도 생긴다.

"그대는 지금 그 사내와 나를 연관 짓고자 하는 것인가?"

"그렇습니다."

"한 치의 의심도 없이?"

"예, 전하."

"그러니까 그대는…… 내가 월담 같은 한심한 짓거리나 하고 다녔노라고 말하고 싶은 거로군."

"……."

실소가 나온다. 그녀의 말에 의하면 지난날 자신이 어딘지도 모르고 담을 넘었다가 마주쳤던 여인은 병판의 서녀 초영이라는 계집인 모양이었다. 행동거지며 자태로 보아 의당 반가의 처자일 거라 짐작하고 그 집을 빠져나온 후 병판의 집이라는 것까지 확인하긴 하였다. 하지만 뜻밖에도 그날의 사건은 잊히지 않고 의종의 뇌리에 오래도록 자리했던 것이다.

"객이 도리어 집주인에게 뉘냐고 물으십니까?"

처음부터 초영이란 계집과 맞닥뜨렸던 것은 아니다. 갑작스런 인기척에 놀라 등잔불을 껐던지 내부는 어두웠지만, 그 안에서 들려오는 목소리는 또랑또랑하게 깨어 있었다. 듣고 보니 일리 있는 말이라 그냥 돌아서려다가 '객'이라는 표현에 문득 대거리가 하고 싶어졌었다.

"그대가 이리 아무에게나 객이라 칭하는 것을 보니 근자에 이 담을 넘은 이가 이 몸이 처음은 아닌 모양이오. 아니 그렇소?"

"이미 스스로가 불청객임을 자인하고 계신 분에게 굳이 한 번 더 확인을 시켜드릴 필요가 없다 생각되어 그리한 것이니 괘념치 마십시오. 또한 필경 이곳을 나가신 후 이 댁이 누구의 소유인지 확인을 하실 터, 그리하면 지금껏 저 담을 넘은 이가 과연 몇이나 될는지 자연 아실 수 있을 것이며, 더불어 금일의 운이 나쁘지 않았음도 깨닫게 되실 겁니다."

그녀의 대답인즉슨, 아무나 호락호락 침범할 수 없는 곳에 들어와 무사히 빠져나가는 것만도 천운인데 거기에 그의 체면을 생각해 점잖게 예우까지 해주는 것이니 그쯤에서 고맙게 여기고 돌아가라는 소리였다. 그러나 여인의 배려는 오히려 어두운 장지문 안의 그녀를 확인해봐야겠다는 의종의 흥미만 유발했을 뿐이다. 어려서부터 사람이든 사물이든 거리낄 것 없는 특권에 길들여진 성향도 그의 흥미를 더욱 부추겨놓았었다.

몇 번의 실랑이가 오가고 마지못해 달빛 아래 모습을 드러냈던 여인. 예상대로 그녀는 아름다웠다. 아니, 그저 아름다운 정도가 아니라 지금껏 의종이 보아온 여느 여인들보다 더욱 고운 자태를 지닌 여인이었다.

그런데 왜일까. 초영을 바라보는 의종의 낯빛은 편하질 못했다.

"그대는……."

말문을 열고도 뒤를 못 잇는 의종. 그토록 당돌히 대거리를 할 정도의 여인이라면 행동거지도 의당 그에 부응해야 한다 믿었던 때문일까, 장난기 어렸던 목소리와 달리 얼굴을 굳히며 수줍어하는 초영을 물끄러미 훑어보던 그는 곧 몸을 돌려 그곳을 빠져나왔다.

"객이 도리어 집주인에게 뉘냐고 물으십니까?"

그런데 그게 끝이 아니었다. 여인의 말과 모습이 생각처럼 쉬이 지워지지 않음을 깨달았으니 말이다. 자태도 자태려니와 그만 한 입심을 지닌 계집이 또 있을 것 같지 않았다. 달빛 아래 교교히 도드라지던 여인의 음색, 시간이 더할수록 마치 꿈을 꾼 듯 확실치 않아 아주 곁에 두고 보리라 마음먹은 것이 그로부터 달포 후. 그것이 몇 해 전 정비였던 원덕왕후(元德王后)와의 사별 이후 계비를 들일 마음이 없다던 그간의 고집을 꺾게 된 이유였다.

"그대는 내가 어떻게 해주길 바라는가?"

사실 이런 질문은 이제 갓 혼례를 마치고 초야를 기다리는 신부에게 할 수 있는 성질의 것이 아니었다. 그러나 의종이 보기엔 단영 또한 마음의 준비를 하고 있는 듯했고, 실제로 그녀도 이 혼인에 대해 별다른 미련을 가지고 있지 않았다.

"전하께서는 어찌 하실 의향이십니까?"

글쎄, 모르겠다. 의종은 고개를 먼저 저었다. 오래전부터 마음에 품은 민 모라는 처자 외엔 누구도 며느리로 들이지 않겠다는 대비의 고집을 꺾은 그였다. 병판의 여식이 아니면 이후로도 비를 들이지 않겠노라 고집을 부려 행한 혼례였다. 그런데 이럴 수가. 신부가 바뀌어버린 것이다. 당장이라도 이 혼약을 취소하고 싶었지만 아무리 왕이라고 해도 어떻게 그런 천만부당한 일을 자행할 수 있단 말인가. 일개 서녀에 불과한 계집 하나를 얻기 위해 말이다.

"나는."

의종이 가라앉은 목소리로 말했다.

"그대에게 미안하지 않은 것은 아니나 이대로 이 혼약을 지속시킬 의지가 나에겐 없다. 지금 당장 무엇을 어쩌겠다는 것은 아니지만 언제고 때가 되면 분명 이 일을 바로잡을 것이다. 그러니 그대는……."

새 신부는 슬퍼하지도, 분해하지도, 하다못해 놀라지도 않는다. 그것이 의종의 마음을 더 거북하게 만들었다.

"그대는 그리 알고 향후 내 명이 전달될 때까지 기다리고 있으라."

"그것이 언제입니까?"

허. 의종의 입에서 저도 모르게 탄식이 나왔다. 기다렸다는 듯 여인은 조금의 흔들림도 없이 그의 말끝을 잡는다. 오히려 재촉을 당하는 것 같아 도리어 마음이 상할 지경이었다.

"기대하고 있었나?"

대답이 없다.

"기대하고 있던 바냐고 물었다."

슬며시 단영의 입가에 미소가 잡힌다. 그 또한 비웃는 것처럼 보여 의종은 불쾌해졌다.

"시집 온 첫날밤, 지아비로부터 반드시 소박을 놓으리란 다짐을 들었습니다. 어찌 전하께서는 제가 그런 참담한 일을 기대했으리라 여기시는 것입니까?"

"그렇다면 왜 아니 되겠다는 말을 하지 않는 것이냐?"

"아니 된다고 하면 그리 해주실 것입니까. 신첩이 그리 말하면 전하의 말씀은 없던 일이 되는 것입니까?"

의종의 말문이 막혔다. 그렇게 해줄 의사가 없다는 건 스스로뿐만 아니라 여인 또한 알고 있는 사실이었다. 그런데도 어째서 이의를 제기하지 않느냐 묻다니, 이제 보니 실없는 소리를 한 것은 의종 본인이다. 그러나 그럼에도 불구하고 마음 깊숙한 곳에서 솟구치는 불쾌함은 가라앉힐 수가 없었다.

그는 왕이다. 누구도 그보다 강할 수 없고, 누구도 그보다 의연할 수 없다. 그런데 이 여인은 오히려 왕을 초조하게 만들고, 왕을 자신 없게 만들고 있었다.

"저 또한 전하께 아뢰올 말씀이 있습니다."

의종이 불편한 심기를 다스리기 위해 도끼가 그려진 병풍을 노려보고 있는데 단영의 곧은 목소리가 들려왔다. 갈수록 태산이란 생각에 저도 모르게 미간부터 찌푸렸지만, 그것을 아는지 모르는지 단영은 작정한 바를 주저함 없이 털어놓는다.

"이후로 신첩이 궁을 나서는 그날까지 이 교태전을 찾지 않으시겠다고 약조하여주십시오."

잠시 정적이 흘렀다. 교태전을 찾지 말라? 감히 이 나에게? 의종의 눈빛에 분노가 서렸다.

"……지금 나에게 명을 내리겠다는 것인가?"

"어찌 그런 천만부당한 말씀을 하십니까. 신첩이 무엇이관데 감히 그런 짓을 할 수 있겠습니까. 다만 저는 이 궁을 나갈 때까지 전하께서 지켜주시길 간청드리고 있을 뿐입니다."

의종은 들을수록 화가 치밀었다. 이런 해괴한 일은 당해본 적이 없었다. 감히 자신에게 이래라 저래라 참견을 하다니. 계집 주제에 말이다.

"그대는 필경 정신을 놓은 것이로군. 그렇지 않다면 어찌 이리 무엄할 수 있단 말인가."

단영은 딱딱하게 굳어 있는 의종을 차분한 마음으로 바라보았다. 비록 어투는 조용하였으나 형형히 빛나는 의종의 눈빛은 지금 그의 분노가 얼마나 큰지 여실히 보여주는 참이었다.

그러나 어차피 이 정도의 불똥쯤은 예상한 바였다. 지금 눈앞에 있는 왕이란 신분의 사내가 두렵지 않은 것은 아니나 꼭 확답을 받고야 말겠다고 다짐했던 속내였으니, 어떤 부당한 처벌을 받는다 해도 감수를 해야 한다는 게 그녀의 의지였다.

"분명 전하께서는 말씀하셨습니다. 언제고 때가 되면 저를 폐하실 것이라고 말입니다. 그렇다면 이미 신첩은 폐비가 된 것과 진배가 없습니다. 전하의 말씀은 곧 법이기 때문입니다. 허면 신첩은 어찌해야 하는 것입니까? 제가 이제 지아비가 아닌 전하 앞에서 스스로 옷고름이라도 풀어드려야 하는 것입니까. 그것이 전하의 뜻이었습니까?"

의종의 파르란 눈길 속으로 단영의 차분한 목소리가 조목조목 새어들었다. 애초에 스스로의 정당하지 못함으로 유발된 화이다. 그는 자신의 끓어오르던 흥분이 서서히 가라앉음을 깨달아야 했다. 비록 폐할 때 하더라도 지금의 너는 내 계집이라고 하면 그만이겠지만 사내로서의 의협지심이 이를 거부하고 있었다.

사실 의종은 처음부터 단영에게 손을 댈 마음이 없었다. 그녀에 대한 미안함도 있었겠지만 일단 관심이 없는 대상을 향해 욕심이 생기지 않았다. 그저 대놓고 왕권에 도전하는 단영의 무례를 접하니 저도 모르게 화가 치밀어 올랐던 것이거늘, 이제 조용조용한 그녀의 설명을 들으니 한편으로는 이해가 안 가는 것도 아니었다.

"전하."

아직 남아 있는 그녀에 대한 괘씸함에 잠자코 있자니 단영이 먼저 그를 불렀다.

"아직도 할 말이 남은 것인가?"

"저는 전하를 원망하지 않습니다. 지금 당장 내치셔도 될 것을, 신첩과 신첩의 가문을 위해 참고 계시는 것 또한 망극할 따름입니다. 그러니 이 마음이 지속되도록 지켜주십시오."

의종은 새삼스레 단영을 바라보았다. 여인의 용모라고 보기엔 지나치게 강한 윤곽이 여전히 그곳에 있었다. 그러나 이제는 처음만큼 거부감이 생기지는 않았다. 그녀의 높은 자존감을 느꼈기 때문일까.

의종은 그녀가 매우 강한 여성임을 인정했다. 속내는 어떤지 알 길이 없으나 적어도 폐비가 되었다고 시름시름 앓아눕거나 하지는 않을 것 같았다. 그렇다면 그가 가져야 할 죄책감도 덜할지 모른다. 어찌 보면 그녀가 이런 성격을 가진 것이 다행이었다.

"알겠다."

의종은 흔들림 없는 단영의 눈 속을 바라보며 대답했고, 그렇게 두 사람은 각각 필요에 따른 약속을 한 가지씩 나누었다. 비록 세상에서 찾아보기 힘든 해괴하기 이를 데 없는 약속이었다 해도, 어쨌든 초야에 행해지곤 하는 남녀의 엄숙한 나눔이 그들에게도 있었던 것이다.

"한 가지 확인할 것이 있다."

이제 가시려나 싶던 전하가 다시 말을 꺼내시자 단영은 저도 모르게 긴장이 되었다.

"하문하소서."

"그날 나보다 먼저 담을 넘은 자가 있었을 것이다. 어디로 몸을 숨겼는지 보았는가?"

사실 의종은 누군가를 뒤쫓기 위해 병판의 담을 넘은 것이다. 만약 초영의 목소리가 들려오지 않았다면 그는 그자를 절대 놓치지 않았을 것이라 확신하는 터였다.

"신첩이 전하를 뵌 것은 별당에 도착한 직후였습니다. 하여 그 전에 어떤 자가 숨어들었는지 여부는 알지 못하나이다."

의종은 교태전을 떠났다. 방을 나가기 전 알 수 없는 망설임으로 단영을 한 번 돌아보긴 했지만 올 때보다 훨씬 가벼워진 마음으로 나선 것은 사실이다. 그는 차가운 바깥 공기를 폐부 깊숙이 들이마시다가 문득 깨달았다. 단영에게서 설명할 수 없는 낯익음이 느껴졌음을.

멀찌감치 떨어져 있던 내관이 먼저 부리나케 주상 전하를 모시었고, 그러자 교태전의 상궁 무리들도 질세라 상심에 젖어 있을 중전마마를 위로하기 위해 안으로 뛰어들었다. 그러나 장지문 안에서는 들어올 것 없다는 지엄한 명이 떨어질 뿐이었다.

"하오나 마마."

도대체 마마께서는 저 무거운 머리를 어쩌시려고 안으로 들지도 못하게 하시는가. 혹시 전하께서 손수 내려주셨나. 최 상궁은 답답할 뿐이었다. 그러나 불도 꺼져 그림자조차 비추지 않는 어두운 서온돌 내부를 확인할 길이라고는 없었다.

"최 상궁."

"예, 마마."

그래서 단영의 목소리가 그녀를 찾자마자 부리나케 대답했다.

"조금 전에 어디까지 물러났었나?"

"예?"

"전하께서 물러나라 명하실 때 자네들은 어디까지 갔었느냐 그 말일세."

또다시 저희들끼리 쳐다보며 어쩔 줄 몰라 하는 상궁들.

"뜰까지 내려갔었습니다."

"그래, 그러면 말일세."

무슨 말을 하려고 그러시나, 싶어 최 상궁은 귀를 바짝 세웠다.

"이번엔 그보다 두 배만 더 물러나 있게."

"예?"

"못 들었는가. 좀 전 갔던 것보다 두 배 더 물러나 있으라고 했네."

도대체 두 분 마마께서 왜 이러실까. 의아해서 말이 바로 안 나오는 최 상궁이었다. 거역할 도리 없으니 어찌어찌 대답하고 밖으로 나오긴 했지만 지금까지 궁 안의 갖은 풍파를 다 겪었다고 자부하는 최 상궁도 이런 엉뚱한 경우는 처음이어서 어떻게 해석해야 할지 난감했다.

"그나저나 큰일입니다. 이제 날이 밝으면 자경전마마께서 불벼락을 내리실 터인데."

곁에 있던 윤 상궁에게서 한숨 섞인 푸념이 새어나오자 최 상궁의 이마 위로도 근심의 빛이 한 겹 더 올라앉았다.

한편 단영은 그들의 발소리가 멀어지자 그제야 답답한 숨부터 크게 들이쉬었다. 비록 굳센 척, 담대한 척하였지만 그래도 역시 임금을 앞에 두는 것은 오금이 저리는 일이었다. 저도 모르게 꽉 다물린 손바닥에 식은땀이 많이도 배어 있어 그녀는 뒤늦게 쓴웃음을 지었다. 이럴 줄 몰랐던가. 저 혼자 중얼거리며 창을 활짝 열어 밤공기를 방 안에 채웠다. 후원의 모습이 어둠 속에 어슴푸레 보였다. 훈육상궁의 말을 듣자니 교태전 뒤로는 아미산이라는 아름다운 정원이 있다고 했었다. 그러나 지금은 뒤로 보이는 곳이 아미산이 맞는지, 그렇다면 얼마나 아름다운지 분간하기가 어렵다.

저 달, 단영은 거뭇거뭇한 문양이 점점이 찍혀 있는 희끄무레한 달을 올려다보았다. 지금까지 달은 그녀가 생각했던 것 이상으로 좋은 친구가 되어주었다. 그리움도, 미움도, 원망도 모든 걸 덮어주고 털어주는 존재가 바로 달이었다. 그렇다면, 단영은 초조한 마음을 달래며 중얼거렸다. 그렇다면 지금 내 소망도 너는 들어줄 것이냐. 덮어주고 털어주고, 결국은 이루어줄 것이냐.

창문을 열어둔 채 자리로 돌아왔다. 여전히 화려한 원앙금침이 펼쳐져 있는, 그러나 원앙을 보기가 무색할 정도로 빠르게 절단 나버린 초야의 단꿈이 머물던 그 자리로.

"거기 있니?"

쓸쓸히 앉아 무언가를 생각하던 단영이 입을 열었다. 마치 누군가가 옆에 있기라도 하듯 자연스럽게. 그러자 아무도 대꾸하는 이가 없어야 마땅한 그곳에서 사람 그림자 하나가 움직이더니 면밀히 주위를 살피며 창가로 다가왔다. 검은 옷을 입은 사내였다.

"무모하구나. 여기가 어딘지 잊어버린 거니?"

단영의 나무라는 소리에도 사내는 별다른 대답이 없다. 그저 사방을 살피기에 급급할 뿐.

"들어와."

그러나 청한다고 쉽사리 들어갈 수 있는 장소가 아니다. 비록 단영이 거리낌 없이 대한다 해도 교태전에는 절대 들일 수 없는 외간 남자였다. 그가 머뭇거리자 단영이 다시 말했다.

"두렵다면 돌아가도 좋아. 애초에 네가 올 만한 곳은 아니었으니."

이상한 일이다. 들어오라고 할 때에는 그토록 망설여졌던 걸음인데 가라고 하니 오히려 쉽게 움직일 수 있었다. 사내는 기척 없이 창틀을 넘었다. 불도 꺼져 어둑한 방 안이었지만 이미 어둠에 익숙해진 그의 눈에는 단영의 모습이 선명히 잡혔다. 타오를 듯 붉은 치적의, 그 위에 날아갈 듯 수놓여 있는 화려한 문양들까지.

"잘 봐두렴. 내 생에 이렇게 공들여 치장할 날이 다시 올 리 없으니."

높지도, 낮지도 않은 단영의 목소리는 달빛과 어우러져 어쩐지 처연하다. 사내는 아프게 그녀를 바라보다 끝내 고개를 돌렸다. 후원 어디쯤에 자리한 풀벌레가 처량맞게 울어댔다.

"초영인 어떠니?"

한참 만에 단영이 다시 물었다. 검은 옷의 사내가 무겁게 입을 열어 대답했다.

"별당엔 여러 날 가보질 못해 모릅니다."

그래, 여전히 그 좁은 곳에 들어앉아 두문불출한다는 소리로군. 답답한 것 같으니. 단영은 잠시 초영의 끊어질 듯 가녀린 태를 떠올려보다가 머리가 아픈지 고개를 저었다. 그녀에게 있어 초영은 그다지 생각하고 싶지 않은 인물이었다. 특히 이런 밤에는.

"뭐라 그랬니?"

사내가 무슨 말인가를 했지만 혼자 생각에 빠져 제대로 듣지 못했다. 두어 번 연거푸 묻자 그제야 했던 말을 반복하여 들려준다.

"머리가…… 무겁지 않으시냐고 물었습니다."

"무거워."

기다렸다는 듯 대답했다. 무거워. 이 머리, 이 옷, 이 자리, 이 궁 안 모든 게 무거워.

"이기(離欺)야."

사내의 이름이었다. 그는 단영의 말에 숙였던 고개를 다시 들었다.

"다음에 올 땐 내 방에서 검을 가져다 다오."

"그런 걸 지니고 계시다간……."

"상관없어. 난 어차피 이곳을 나갈 몸인데 무슨 대수라고."

이기는 마치 버드나무와 같은 사내였다. 길고 가늘고 섬세하고 부드러운 생김생김이 그러했고, 유연하고 탄력 있는 움직임이 또 그러했다. 그러나 백옥같이 하얘서 여느 양반집 도령 못지않게 귀티가 좔좔 흐른대도 무엇에 쓸 것이며, 배움이 많아 안목 또한 누구보다 높고 고결하다고 해도 도대체 무엇에 쓸 수 있단 말인가. 어차피 그는 노비의 신분인 것을.

단영은 어둠 속에 조용히 앉아 있는 이기를 보며 그간의 일들을 차례로 되짚어보았다. 너무 많아서, 너무 오래여서 다 떠올리지 못할 옛 기억들이 물밀듯이 그녀에게로 밀려왔다.

궁보다는 못하지만 그래도 무엇 하나 부러울 것 없던 고래 등 같은 기와집. 그 안에 단영이 있었고, 초영이 있었고, 이기가 있었고, 어머니가 있었으며 그녀가 기억할 수 있는 모든 이들이 모여 있었다. 해마다 셀 수 없이 잔치가 벌어지고, 그래서 문지방이 닳도록 사람들이 드나들던 곳, 철마다 아름답게 변모하는 정원이 있고 연못의 교각 밑으로 색색의 붕어 떼가 보는 이를 현혹하던 그곳은, 그러나 어렸던 단영을 절대로 행복하게 만들어주지는 못했었다.

"폐비가 되면."

단영이 이를 악물며 중얼거렸다.

"폐비가 되면 그곳과의 연도 끊을 수 있을 거야. 그렇지?"

아마도 이기는 슬픈 얼굴을 하고 있을 것이다. 그러나 단영은 오히려 눈을 부릅뜨며 어둠을 쏘아보고 있었다. 마치 의종 앞에 의연하게 마주 앉아 있던 열여덟의 그녀가 아니라 어릴 적 단영으로 돌아간 것처럼.

제2장. 단영(端煐)

"아버님, 소녀의 잘못입니다. 이리 진노하실 일이 아니어요."

당시 경기관찰사(京畿觀察使)를 지내던 윤돈경의 사가이다. 해가 뉘엿뉘엿 지는 어스름한 초저녁에 이 댁의 둘째따님 초영 아기씨가 두릅의 등에 업혀 들어왔다. 두릅은 얼마 전에 세상을 뜬 행랑아범 돌쇠의 아홉 살배기 아들이었다. 여덟 살 난 초영의 보챔에 이끌려 냇가에 나갔다가, 실족하여 물에 빠져버린 그 애기를 구해 온 참이다.

그러나 전후 사정을 전해들은 윤 영감의 얼굴은 여전히 서슬이 퍼렇다. 어린 아기씨를 왜 냇가로 모시었느냐는 꾸지람이 내려질 모양이었다. 보다 못한 초영이 어미의 손도 마다한 채 간곡히 청을 올린다.

"아버님, 냇가에 핀 봄꽃이 보고 싶다 한 것도 소녀이옵고 징검다리도 소녀가 건너보자 하였습니다. 두릅이의 잘못이 아니니 안으로 들어가 쉬게 하여주셔요."

그러나 초영을 향한 윤 영감의 지극한 사랑을 아는 식솔들은 모두 고개를 저었다. 본래 이래도 죽고 저래도 죽는 것이 노비 된 자의 운명이었다. 아기씨를 몰래 냇가로 모신 것도 모자라 사고까지 냈으니 못해도 태장 이십여 대는 감당해야 될 거라는 게 지켜보는 이들의 짐작이었다. 이태 전, 곶감을 먹고 체한 초영의 어미로 인해 행주댁이 얼마나 경을 쳤던가. 제 손으로 집어 먹은 곶감 가지고도 그 난리였으니 이번 일도 불을 보듯 훤했다.

"초영아, 어서 안으로 들어가야지. 이러다 고뿔이라도 걸리면 어쩌려고 이러니."

초영 어미가 영감의 눈치를 살피며 딸을 재촉하는데, 이때 안방 장지문이 열리더니 초영보다 댓살은 더 많아 보이는 여아가 고개를 내밀었다. 이 댁의 큰따님, 단영 아기씨이다.

"그리 하십시오, 아버님."

뜬금없는 그녀의 말에 윤 영감의 고개가 돌아간다.

"초영의 말대로 두릅에겐 들어가 쉬라고 하는 것이 좋겠습니다. 아니, 어쩌면 아버님은 두릅의 공을 갚기 위해 더한 것도 들어주셔야 할지 모르지요."

이번 설을 지내며 열 살이 된 단영의 목소리는 야멸치다 싶을 만큼 똑 부러졌다. 윤 영감의 미간이 찌푸려진다.

"무슨 말을 하고 싶은 것이냐?"

초영을 보던 때와 달리 눈가엔 냉기마저 감돌았다. 그러나 단영은 꿈쩍하지 않는다.

"기껏 이런 일로 꾸지람을 내리실 참이십니까. 아무리 적서의 차별을 두지 않는 아버님이라 하시더라도 아랫것들 마실 다녀오는 것에까지 참견을 하셔서야 쓰겠습니까. 오히려 아버님이 그리 애지중지하시는 초영의 목숨을 구하였으니 이쯤 되면 두릅의 노비 문서를 없애고 방면시켜준대도 모자람이 없을 텐데요. 천하디천한 목숨 하나 구한 것이야 그리 대단할 것 없는 일이지만 아버님에겐 다르시겠기에 드리는 말씀입니다."

한 마디 한 마디가 초영의 가슴을 파고드는 모양이었다. 물에 젖어 오들오들 떨고 있던 그녀의 어깨가 더욱 좁아지는 듯했다. 그러나 반대로 윤 영감의 어깨는 넓어진다. 화를 참기 위해 숨을 들이쉬다 보니 그런 것이다. 그는 대답 대신 성큼성큼 대청으로 올랐다.

동시에 단영이 안으로 잡아당겨지며 대신 부인 한 사람이 그 자리를 막아섰다. 윤돈경의 본실인 정부인 마님이었다. 미색이라 칭할 외모는 아니나 그 안에 숨어 있는 고고한 기운은 그녀의 신분 배경을 여실히 보여주고 있었다. 이마와 코를 지나 입술을 가로지르는 선이 귀족적이다.

"비키시오."

윤 영감의 말이다.

"영감, 고정하시어요. 어린 것이 물정 모르고 한 소리입니다."

"비키라고 하지 않소."

"영감."

신씨 부인(愼氏夫人)의 눈길이 마당으로 향하였다. 그녀의 눈빛엔 딸아이를 보호하고픈 모정과 주위에 대한 민망함이 가득 담겨 있었다.

"아랫것들이 보고 있습니다. 게다가 초영이도 저리 놔두어선 아니되지 않습니까."

윤 영감의 눈이 초영에게로 쏠리는 동안 신씨 부인이 마당을 향해 소리쳤다. 정확하게는 초영의 어미, 조씨에게 이르는 것이다.

"자네, 어서 초영을 안으로 들이게나. 그리고 깨적이는 지금 곧 의원을 불러오도록 하고."

아직 윤 영감의 허락이 떨어지질 않아 망설이던 조씨는 서두르라는 부인의 재촉에 초영의 파들거리는 어깨를 끌어안았다. 생각 같아서는 초영의 아픈 속만큼 단영의 속도 긁어주고 싶었으나 지체가 다르니 속절없이 물러서야만 하는 것이 분했다.

"어머니, 전 괜찮아요."

초영이 어미를 달래보지만 그다지 귀담아 듣는 조씨가 아니다. 하늘의 선녀가 하강했나 싶게 곱디고운 조씨의 얼굴에서는 그러나 남에게 베풀 덕이라고는 눈을 씻고 찾아봐도 없었다.

한편, 여전히 굳은 표정인 윤 영감을 마주 보는 신씨 부인은 어쩐지 울적했다. 후덕하고 현명하기로 인근에 소문이 자자한 신씨는 열여섯에 시집 와 아들 셋을 낳고 마지막으로 고명딸을 더하여 여인으로서의 의무를 다하였다. 위로는 공경하고 아래로는 자애롭기 그지없어 집안의 누구도 그녀를 아끼지 않는 이가 없었으나 딱 한 사람, 윤돈경만은 예외였다. 그의 관심은 온통 다른 여인들에게 향하여서 매해 한 번씩은 꼭 첩치가를 하거나 집안의 종년을 건드리기 일쑤였다.

혼례를 올리기 전부터 신씨가 탐탁지 않던 윤 영감이었다. 당시부터 천상의 미색이라고 소문이 자자하던 초영의 어미 조씨에게 단단히 빠져 있던 참이기에 더했는지 모른다.

"부인은 대체 단영이 저 아이 교육을 어찌 시키는 것이오."

마침내 윤 영감이 불편한 심기를 내뱉었다.

"마음을 푸시어요. 다 소첩의 불찰입니다. 따끔하게 주의를 줄 터이니 영감께선 어서 별채로 드시지요. 초영이 어떨지 걱정입니다."

총애하던 조씨의 소생이라 그랬을까. 다른 서출들과 달리 '작은아기씨'라 불리며 비단 치마저고리에 옥으로 된 노리개를 차게 하고 글공부까지 시키는 초영이니 그녀를 향한 윤 영감의 사랑이 가히 어느 정도인지는 짐작을 하고도 남았다. 젊은 시절 조씨를 향했던 그의 깊은 총애가 여전한 것은 초영의 덕이라는 말까지 노비들 사이에서 공공연히 거론될 정도이니 말이다.

어쨌든 언제까지 아랫것들 보는데 부인과 실랑이를 벌일 수는 없다 여겼는지 윤 영감의 분노도 곧 거두어졌다.

그가 미간을 찌푸린 채 별채로 건너가자 한숨 돌린 신씨 부인도 안방으로 들어갔다. 독이 오를 만큼 오른 단영이 벽이라도 뚫어볼 요량인지 눈을 부릅뜨고 있었지만 신씨는 아무 말 없이 자리에 앉아 밀어놓았던 수틀을 당겼다.

"어머니."

"……."

단영의 하고픈 말을 이미 짐작하는 그녀, 그저 수를 놓는 것에만 몰두할 뿐이다.

"시원하셨지요?"

대답이 없다.

"말씀해보셔요. 시원하셨지요?"

"그래."

그럴 줄 알았다는 듯 웃음을 머금는 단영. 그녀는 줄곧 아버지를 원망했고, 가당찮게 별당 마님이라 불리는 조씨를 증오했다. 서출이긴 해도 명색이 행세깨나 하는 사대부가 출신의 조씨였기에 윤 영감 집에서도 꽤 대접을 받으며 살았는데 그것이 단영의 비위에 거슬렸다. 기껏해야 후실로 들어와 있는 천한 계집 아닌가. 틈만 나면 어머니 신씨를 능멸하려 드는 불여우 같은 조씨가 단영에겐 언제나 눈엣가시였다.

그래서였을까. 온순하고 착한 아이였던 단영은 자라면서 점점 웃음을 잃었다. 대신 고집과 적개심이 그녀의 작은 가슴을 가득 채워갔다.

신씨 부인이 말했다.

"하지만 네가 나설 자리는 아니었다. 두릅의 처단은 아버님이 결정하셨어야 하는 일이야."

"두릅이는 어머니가 데려오신 오월이의 소생이기도 하지 않습니까. 그런 아이를 초영이로 인해 매질한다는 건 있을 수 없는 일입니다."

신씨 부인이 친정에서 데려온 몸종 오월이 두릅의 어미였다. 아이를 가진 후로 두릅나물만 줄기차게 찾아대는 오월로 인해 두릅이라 불리게 되었으나, 늙고 왜소했던 행랑아범의 아들이라고 보기엔 생김부터가 너무 달라 요즘 들어 슬슬 친부를 의심하는 이들이 생기는 판이었다. 종종 마을에 들르곤 하는 남사당패 중 한 놈의 씨가 아니겠냐는 뜬금없는 의견도 돌았다.

"이미 날 때부터 이 집 소유인 두릅이 누구로 인해 매질을 당하든 그건 네가 따질 일이 아니로구나. 나는 네가 두릅의 억울함을 대변하여 준 것이라 생각하여 그 뜻만은 가상히 여겼는데 이제 보니 그런 것도 아닌 듯하고."

말문이 막힌 채 시선을 내리까는 단영. 그런 딸아이를 못 본 척 수놓기에만 여념이 없던 신씨 부인이 한참 후에 다시 입을 열었다.

"단영아."

"예."

"일방적인 적개심은 다름 아닌 너를 다치게 할 뿐이다. 사람을 대할 때 항상 이기는 자가 있고 항상 지는 자가 있는데, 그건 바로 자기 자신을 어찌 다스리느냐에 따라 달라지는 것이야. 넌 언제나 이기며 살기를 바라오지 않았니. 그렇다면 단영아."

신씨 부인의 목소리가 더욱 차분해졌다.

"모든 이들을 눈에 담고 모든 일을 가슴에 품어라. 그렇게 하면 넌 언제나 어디서나 이기는 자가 될 수 있을 것이다."

"무슨 뜻인지 모르겠습니다."

신씨 부인의 얼굴에 미소가 어렸다.

"언제고 네가 다 자랐다 생각될 때 이 말뜻을 알 수 있을 것이다. 지금은 내가 일러준다 해도 네가 이해할 것 같지 않구나."

그로부터 단영은 한식경 남짓 어머니의 꾸지람 아닌 꾸지람을 들어야 했다. 그러나 그 간곡한 가르침은 주변 상황에 대한 끝없는 단영의 원망에 묻혀 바로 새겨지지 못했다.

"너 아직도 여기 있었니?"

안방을 나와 마당으로 내려서던 단영이 그때까지도 무릎을 꿇고 있는 두릅을 발견했다.

"영감마님께서 아직 어떤 말씀도 없으셨습니다."

"바보로구나. 아까 상황을 봤으면서 그런 말이 나오니? 어서 일어나. 여기 있다가 다시 아버님 눈에 뜨이면 어떤 경을 칠지 모른다."

그렇지만 두릅은 한참을 망설이기만 한다. 그 꼴이 답답했던지 돌아섰던 단영은 잠시 후 한숨을 포옥 내쉬며 두릅의 앞으로 되돌아왔다.

"이제부터 내가 무얼 좀 하려는데 네가 도와주어야겠어. 그러니까 어서 일어나서 내 뒤를 따라와. 듣지 않으면 어머니께 고해서 매질을 할 테야."

단영으로 인해 어쩔 수 없이 일어선 두릅. 그녀의 말을 곧이곧대로 믿은 건 아니지만 어릴 적부터 함께 놀며 자라온 단영의 고집을 아는지라 잠자코 뒷마당까지 따라 나섰다. 마침 지나치던 깨적이 단영을 발견하고 허리를 굽실거리며 멈춰 선다. 깨알 같은 붉은 주근깨가 얼굴 전체에 고루 퍼져 있어 붙은 이름이었다.

"의원은 불러 온 게야?"

"예, 아기씨. 지금 별채로 들어갔으니 한참 진맥 중일 것입니다요."

"그러면 어서 가서 그 앞에 지키고 서 있다가 의원이 내리는 처방대로 약 한 첩을 더 지어가지고 오도록 해."

단영이 던져준 몇 푼을 받아 쥐면서도 깨적은 어째 그래야 하냐는 듯 쳐다보았다.

"그렇게 해서 여기 두릅이한테도 좀 먹이란 말이야. 어차피 처방은 비슷할 것 아냐."

"아, 예. 알았습니다요, 아기씨."

깨적이 가버린 뒤에도 단영은 그대로 서 있었다. 어딘가로 데려갈 것처럼 굴던 그녀가 멈춰버리자 뒤에 있던 두릅도 걸음을 멈춘 채다.

철이 든 후로 두릅은 단영의 얼굴을 똑바로 쳐다본 적이 거의 없었다. 언제나 고개를 숙인 채 대여섯 걸음 떨어진 곳에 서곤 했다. 더 어려선 간혹 소꿉을 산 적도 있었는데. 친구가 없던 단영이 늘 함께 놀아달라 두릅을 보챘기 때문이었다. 그때 초영은 걸음마를 막 배우고 있을 무렵이었다.

"나는 봤다."

단영의 두서없는 말에 두릅의 얼굴이 슬쩍 들린다. 하지만 그뿐, 시선이 온전히 오는 것은 아니다. 단영이 입을 삐죽이며 두릅에게로 돌아섰다. 그와 함께 두릅이 한 걸음 더 뒤로 물러섰다. 상전과 종놈이라는 신분 차이와 여자와 남자라는 성별 차이는 아직 어린 두 사람을 멀리 떨어트려놓았다.

"저기 저쪽 담벼락을 네가 뛰어넘던걸? 머리채가 나뭇가지에 걸리는 건 아닐까 조마조마하더구나. 사흘 전 밤이었는데."

두릅은 여전히 땅을 향해 고개를 깊이 숙이고 있을 뿐이다. 그러나 약간의 움찔거림을 단영은 놓치지 않았다. 틀림없는 것이다. 사실 한밤중에 잠이 깨어 다시 잠들지 못하고 뒷마당을 서성이다 본 것이라 다음날 아침에는 이미 꿈인지 생시인지 분간을 할 수가 없었다. 꿈이라고 보기엔 남아 있는 기억이 너무 생생했고, 생시라고 보기엔 담을 넘는 두릅의 모습이 믿어지지 않았다. 그런데 이제 보니 잘못 본 것이 아닌 모양이다.

"이제 말해봐."

단영이 말했다.

"그날 넌 어딜 다녀오는 길이었지?"

그러나 두릅의 입술은 꿀이라도 발라놓은 듯 꼼짝을 않는다. 그럴 줄 알았다는 듯 고개를 끄덕이던 단영은 치마를 양손으로 가뿐히 쥐어 올리며 중얼거렸다.

"할 수 없구나. 네가 이실직고를 하면 그냥 넘어가주려 했는데 아무래도 안 되겠다. 노비의 신분으로 야밤에 집을 빠져나가다니 어찌 수상하지 않을까. 이건 필시 숨긴 이야기가 많을 것이니 아버님에게 고해야겠어. 자, 가자. 별채로 가서 아버님을 만나보자."

턱을 치켜든 채 세 걸음쯤 내디뎌보았다. 내심 이 녀석이 끝까지 고집을 부리면 어쩌나, 걱정도 되었는데 그때까지도 수그리고 있던 두릅이 고개를 번쩍 들며 단영을 쳐다본다. 그러고는 그녀의 회심의 미소를 발견하자 다시금 고개를 숙이는데 이번엔 얄팍한 한숨이 입술 새를 뚫고 나왔다. 말하기엔 어지간히 큰 비밀이고, 말하지 않자니 단영을 이길 수 없을 것 같아 고심인 모양이다.

"이놈이 죽고 싶어 환장을 했습니다. 관에서 무예를 익힐 이를 뽑는다기에 앞뒤 생각 못하고……."

두릅의 말로는 매일 밤 야산을 오르내리며 단련을 해왔다는 소리였다. 혹여 신체라도 좋으면 뽑힐 수 있을까 싶어서였다.

"그걸 매일 밤 했다는 거니?"

"예."

"앞으로도 계속 할 거고?"

"……아기씨가 하지 말라 하시면 안 하겠습니다."

단영의 머릿속이 단번에 복잡해졌다. 두릅은 그저 노비일 뿐이다. 관에서 무슨 일이 있는지 자세히는 알지 못했지만 말도 못 붙여보고 쫓겨날 것이 분명했다.

"두릅아."

일단 이름을 먼저 불렀다. 그러나 노비의 신분 상승은 하늘의 별을 따는 것만큼이나 어렵다는 말을 꺼내기가 쉽지 않다. 벌써 자신보다도 한 뼘 이상 커버린 두릅의 하얗고 조그만 얼굴을 쳐다보다가 단영은 이렇게 말을 돌렸다.

"내가 듣기로 관에서 차출되는 이들은 모두 저 멀리 변방(邊方)으로 보내진다고 하더구나. 무예는 가르쳐줄지 모르겠으나 너같이 어린 아이가 그런 곳에 가서 어찌 견딜 수 있겠니. 좀 더 나이를 먹은 후에 이 같은 기회가 생기면 내 필시 아버님을 졸라 널 보내주도록 할 터이니 이번엔 그만두어라. 무슨 말인지 알겠니?"

선선히 고개를 끄덕이긴 하지만 두릅의 얼굴은 우울하다. 그래, 네가 바보는 아니니 무슨 뜻인지 모를 리 없겠지. 단영은 어서 들어가 쉬라는 말을 남긴 채 무겁게 몸을 돌렸다.

그녀는 어려서부터 '내 것'에 대한 집착이 컸다. 언제나 초영에게 무엇이든 뺏기며 산다고 여겨왔기에 더 그럴 수밖에 없었다. 그래서 그녀는 두릅이 툭하면 별당 조씨에게 닦달을 당하는 것이 영 마음에 들지 않았다. 게다가 그런 모진 매질 속에서도 한결같이 초영의 고운 자태를 마음에 담고 있는 두릅 또한 못마땅하기는 마찬가지였다.

언제였더라. 신씨 부인이 단영을 위해 지어주었던 비단 치마저고리가 몇 번 입지도 못하고 초영의 손에 넘어간 적이 있었다. 몇 달 만에 한 뼘이나 커버린 단영의 신장 때문이었다. 대개 그녀의 작아진 옷들은 초영에게 가곤 하였으니 별다른 일은 아니었지만, 하필 그 옷은 윤영감이 단영을 위해 손수 끊어 온 비단으로 지은 것이었다.

아버지로부터 무언가를 받아보기는 처음이다 보니 속상한 마음이 커서 기회 있을 때마다 초영을 고깝게 쳐다보곤 하였는데, 그러다 보니 문득 초영의 주위를 배회하는 이가 자신뿐만이 아니라는 것을 알아차렸다.

"네가 보기에도 저 아이가 곱더냐?"

아직 어리기만 한 초영을 우울한 눈으로 바라보는 그 모습이 망연하기도 하고 또 분통이 터지기도 하여 물었었다. 그리고 그때 두릅은 처음으로 단영의 말에 대답을 하지 않았었다.

우습다 생각했다. 초록은 동색이라더니 끼리끼리 잘 논다고도 생각했다. 그런데 그 와중에도 풀리지 않는 불만이 있었으니, 철이 나기 전부터 은연중에 제 동무다 생각했던 두릅이기 때문에 그랬는지도 모른다. 단영의 입장에서 두릅은 조씨나 초영과는 무관한 '제 사람'이었던 것이다. 하찮게 부리는 종놈이라 해도 조씨나 초영에게만은 뺏기고 싶지 않은.

"영감, 영감께선 아무렇지도 않으신 겁니까?"

다음날, 조씨는 저녁상을 물리기가 무섭게 윤 영감을 다그쳤다. 근 달포 만에 별채를 찾아준 영감이었다. 그러니 어떻게든 시들해진 마음을 돌려보자는 게 본 속내였는데 그만 상한 마음에 불쑥 투정부터 나오게 된 것이다. 자연 윤 영감의 표정이 좋을 리 없었다.

"어허, 또 뭐가 말인가."

"어찌 여식이 부친을 그리 능멸할 수 있단 말입니까. 또한 어찌하여 영감께서는 그 수모를 당하면서도 그냥 두고만 보신 겁니까. 적서(嫡庶)의 차가 엄연하다고는 하나 초영이 또한 영감의 핏줄입니다. 천하디천한 것이라니요. 대체 그런 말이 가당키나 한 것입니까?"

조씨가 몸을 파르르 떤다. 단영의 독기 어린 목소리가 뒷덜미를 긁는 것 같았기 때문이다. 비록 자신은 관비인 어미를 두어 몸종보다 못한 처지였다지만 초영은 다르다. 그 아이 몸속엔 관찰사(觀察使)인 아비와 우찬성(右贊成) 대감인 외조부의 피가 흐르는 것이다.

"그 천한 것에게 무엇을 허한다고? 지나는 개도 웃을 일이로군."

죽으면 죽었지 제 자식이 비천한 머슴보다 못한 대우를 받는 꼴은 못 보겠다고 패악을 부리던 조씨로 인해, 결국 초영이 윤 영감을 '아버지'라 부를 수 있게 되었을 때, 단영은 이렇게 그들 모녀를 조롱했었다. 지나는 개도 웃을 일이로군. 지나는 개도.

'두고 보라지. 내 우리 초영이를 꼭 제 년보다 높은 자리에 올려주고 말 터이니.'

조씨가 입술을 앙다물며 이렇게 다짐을 했을 때였다. 갑자기 밖이 소란스러워졌다.

"별당 마님."

"왜 그러나."

"좀 나와보셔야겠습니다. 마님을 누가 찾아왔는데 대관절 뉘인지 밝히질 않으니."

"나를?"

의아한 표정으로 조씨가 자리에서 일어서는데 그보다 먼저 윤 영감이 호통을 친다.

"이런 놈들을 봤나. 그래, 누구인지도 모르는 객을 별당까지 들였단 말이냐."

"들인 것이 아니오라 예까지 무작정……."

하며 변명을 하는 목소리 뒤로 누군가의 호탕한 웃음소리가 들려왔다.

"누이, 누이 한번 보고자 찾아왔는데 뭐 이리 넘어야 할 관문이 많은 게요. 안에 있으면 어서 나와 이 동생 얼굴이나 잠시 봐주시구려."

그와 함께 별안간 화색이 도는 조씨의 얼굴.

"아이고, 우리 창주 왔니? 올 거였으면 기별이라도 먼저 할 것이지……."

단번에 장지문을 열어젖히는 조씨와 달리 윤 영감의 얼굴은 슬며시 일그러졌다. 조창주. 조씨의 동생이기 전에 파락호로 그 이름이 자자한 건달 중의 상 건달이다. 어려서는 제법 글공부에 소질을 보였다는데 그래봤자 서얼에겐 소용이 없다는 것을 알게 되어 그랬는지 나이가 차면서부터는 주색잡기에나 골몰을 하며 조선 천지 안 다니는 곳 없이 두루 유람을 다니는 것으로 소일을 삼는 잡놈이었다.

마음에 드는 구석은 없었지만 조씨가 저리 반색을 하니 아니 볼 수 없는 노릇, 마지못해 마루로 나서며 늘 보아오던 꾀죄죄한 몰골을 연상하는데 웬걸, 꾀죄죄하기는커녕 도리어 늠름하기까지 한 두 명의 사내가 윤 영감의 눈에 들어온다.

"영감마님, 그동안 무고하셨습니까?"

비실거리는 창주의 얼굴이 아니꼬워 윤 영감의 입술이 슬쩍 비틀어졌다. 다시 보니 늠름하다고는 하지만 그건 왼편에 선 기골이 장대한 사내의 영향일 뿐, 역시 창주는 창주였다. 제 누이를 닮아 곱상한 얼굴은 여전히 허여멀겋고 옷자락 밑으로 비치는 파리한 손등도 여인의 것처럼 가냘프기 그지없었다. 달라진 것은 기름기가 좔좔 흐르는 행색뿐이다.

"그래, 이 밤중에 어인 일인가."

빈말로라도 잘 왔다고 하기 싫어 윤 영감은 얼른 용건부터 물었다. 한 이태 잠잠하다 했다. 이제 제정신이 좀 들었나 싶기도 했었다. 그런데 그 빙글거리는 웃음을 보니 더하면 더했지 결코 나아질 위인이 아니라는 걸 새삼 깨달을 수 있었다. 하여 생각했다. 용돈 몇 푼 뜯으러 온 것이면 몰라도 또다시 사고 뒷수습을 부탁하는 거라면 두말없이 거절하겠노라고. 그런 윤 영감의 속을 짐작했는지 조씨가 먼저 나서서 동생의 소맷자락을 붙잡았다.

"어인 일은요. 제 누이 보고 싶어 왔다 안 합니까."

손으로는 조창주의 소매를 잡아끌면서 입으로는 옆에 서 있는 경실을 불러 어서 손님을 바깥사랑으로 안내하고 푸짐히 저녁상도 들이라 채근을 하는 조씨의 목소리가 한결 도드라졌다.

"또 그자가 들었다고?"

은단이 부지런히 물어다준 소식에 단영의 이마가 찌푸려졌다. 잊을 만하면 나타나 속을 뒤집는 조창주. 출신 성분이나 왜소한 생김뿐 아니라 천박하기 그지없는 행실 하나하나가 단영의 마음에 맞지 않았다. 제발 그런 자는 집 안으로 반걸음도 들이지 않았으면 좋겠건만 초영의 외숙이란 이유 하나로 그 꼴을 보아 넘기는 아버지가 이해되지 않기도 했다. 하긴 윤 영감의 처분 중 어느 것 하나라도 그녀에게 기꺼운 것이 있었던가마는.

"예. 어찌나 행색이 반지르르해졌는지 처음엔 누구도 알아보지 못했다고 합니다요. 가타부타 말도 없이 별당까지 휘적휘적 들어서는 것을 보고서야 긴가민가했다고요. 그런데 이번엔 웬 사내까지 하나 달고 왔다고 하던걸요."

"사내?"

"예. 사내요. 게다가 경실이 말로는 보통 남정네는 아닌 듯 보인다고도 했습니다요."

이건 또 무슨 소리인가. 옆에 앉아 어린 딸과 계집종이 속달거리는 것을 한 귀로 듣고만 있던 신씨 부인도 그제야 관심이 가는지 부지런히 놀리던 손길을 멈추었다. 그녀의 앞에 놓인 수틀 속 비단 천 위에는 탐스러운 매화가지가 아름답게 수놓이고 있는 중이었다.

"그게 무슨 소리야?"

단영이 물었다.

"키도 꼭 장대같이 크고요, 몸집도 웬만한 사내 둘을 합해놓은 것처럼 넓다고 했어요. 그만 해도 놀라울 텐데 눈빛이요, 꼭 송아지 눈마냥 부리부리한 것이 어찌나 사납던지, 행여나 마주치게 될까 봐 곁눈으로도 볼 수가 없었다 하던걸요."

은단은 마치 제가 보기라도 한 양 정말 놀랍다는 표정을 거듭 지어 보였다.

"그래서 그게 누구라는 거야?"

사내의 행색에 대해 길게 늘어놓으려는 은단을 제지하며 단영이 물었다. 조창주와 같이 돌아다니는 위인이라면 안 봐도 훤하다고 생각은 하면서도 일말의 호기심은 없앨 수가 없었다.

"그게……, 이름은 확실치 않지만 말투로 보아 한양 사람은 아니고, 광태 할아범 말로는 평안 출신이 아닐까 하던데요."

평안? 철이 든 이후 수원 밖으로 나가본 적 없던 단영으로서는 그다지 와 닿는 게 없었다.

"그것 말고는 없어? 뭐 하는 자인지, 이 집엔 왜 따라 들어온 건지, 그런 거 모르느냐고."

"예. 그것까지는 쇤네가 알아볼 수 없었고요, 다만 한 가지, 그 사내한테 조가가 뭐라뭐라 떠들어댄 것이 있다는데 그 내용이 영 괴이쩍긴 했어요."

"괴이쩍다니, 언제는 그자에게서 신통한 말이라도 나왔고?"

그렇지만 무엇이 그리 이상한지 궁금하기도 했던 단영은 어서 말해보라며 턱을 슬쩍 세웠다.

"그러니까 별당 마……, 아니, 별당 조씨가 바깥사랑을 치우고 저녁상도 봐놓으라고 한참 부산을 떠니까 그자가 면구했는지 그냥 가겠다고 하더랍니다. 그런데 조가가 사내에게 말하기를 '걱정하지 말고 일단 여기서 며칠 쉬어라. 인경 낭자에 관한 소문은 천천히 알아본 후 찾아도 늦지는 않을 것 아니냐. 수원 바닥이 아무리 넓다 한들 어찌 이 조창주 눈을 피할 수 있겠으며, 어쩌면 이미 눈 안에 들어와 있는지도 모른다'고 했다는데 도대체 인경 낭자는 누구고 이미 눈 안에 들어와 있다는 것은 또 뭔지, 영 오리무중인 말들만……. 아, 맞다. 조창주가 그 사내를 향해서 장형이라고 불렀다는데!"

은단이 여기까지 말했을 때였다. 조용히 듣고 있던 신씨 부인의 한쪽 손이 수틀에서 툭 떨어져 내렸다. 옆으로 밀어낼까, 혹은 좀 더 놓을까 결정을 못해 올려놓았던 손이었다.

"왜 그러세요, 어머니."

무심히 쳐다보던 단영의 목소리에 황급함이 섞인다. 신씨 부인의 얼굴이 새하얗게 질려 있었기 때문이다. 어머니가 당황하는 것을 한 번도 본 적이 없던 단영에겐 그런 모습이 생경하기만 하였다. 게다가 이마에 오도독 솟아오르는 자잘한 땀방울.

"에고, 저녁 자신 게 안 좋으세요?"

은단도 덩달아 한 마디 껴들어본다. 하지만 신씨 부인은 손을 조용히 휘저어 보일 뿐 아무런 대답도 하지 않았다. 그것이 이제 그만 물러들 가라는 소리임을 깨달은 단영은 잠시 망설이다가 은단을 끌고 밖으로 나왔다. 여전히 창백하기만 한 어머니가 걱정되었지만 곁에 있겠다고 고집을 부려보아도 소용없음을 잘 알기 때문이다.

"이상하시네. 좀 전까지만 해도 식혜까지 잘 자셔놓고는."

고개를 갸웃거리며 부엌으로 사라지는 은단의 뒷모습을 보다가 단영은 다시 한 번 안방을 돌아보았다. 흐릿한 어머니의 그림자가 촛불에 일렁이고 있었다. 왜 그러실까. 근심이 어리지만 물러나라 하셨으니 다시 들어가 여쭐 수도 없는 일이다.

가만히 눈길을 돌리다가 댓돌 위에 놓여 있는 자홍빛 꽃신을 슬며시 신어보았다. 딱히 어딜 가기 위함이 아니다. 단지 방 안에 들어가기 답답해 마당이라도 거닐까 싶어서였을 뿐. 이럴 때 별채에 섣부르게 피어 있는 봄꽃들이나마 실컷 감상할 수 있으면 좋을 텐데, 결국 아무것도 할 일이 없다는 생각에 도로 신을 벗으려던 단영의 가슴에 오기가 한 자락 일어섰다.

"내가 보자면 보는 거지, 저들이 무슨 상관 있으려고."

조씨나 어린 초영의 눈치가 보인다 생각하니 갑자기 견딜 수 없이 짜증이 난 것이다. 분홍치마를 작은 손에 꽉 움켜쥔 채 성큼성큼 걸음을 옮겼다. 밤 기온이 제법 쌀쌀했지만 춥지는 않았다. 별채로 통하는 나무문을 밀치는데 그때 무언가 얼굴 앞으로 쑥 달려드는 게 있었다.

개나리였다. 노랗게 방울처럼 돋아 있는 개나리. 서둘러 반걸음 물러서던 단영은 그제야 꽃가지를 들고 있는 이가 두릅이라는 것을 알아차렸다. 도대체 이곳에는 웬일인가 싶던 단영은 곧 그 이유를 깨닫고 단박에 미간을 찌푸렸다. 양손에 한 움큼 들린 것으로 미루어 얼마나 많은 시간을 별채에서 어슬렁거렸을지 짐작할 수 있는 일이었다.

"예서 뭐 하는 거야?"

"……."

얼른 머리를 숙이며 몇 걸음 물러서는 두릅의 모습은 오히려 단영을 언짢게 만들었다.

"뭐 하고 있느냐고 묻잖아. 도대체 그 꽃들은 왜 꺾은 거냐고."

두릅은 여전히 묵묵부답이다. 그러나 대답을 듣지 않아도 단영은 알 수 있었다. 앓아누운 초영의 동정을 살피기 위해 별채 주위를 맴도는 중임을. 손에 쥐고 있는 꽃가지는 만일을 위해 궁여지책으로 꺾어든 것임이 분명했다. 한심도 하지. 이 집안 남자들은 왜 모두 그 여우같은 모녀 때문에 정신을 못 차리는 걸까.

"넌 어째서 그렇게 하는 짓마다 미련퉁이 같니?"

쥐어박듯 한마디 내뱉고는 혀라도 끌끌 차고 싶은 것을 참으며 돌아섰다. 두릅의 하는 양을 보니 꽃구경이고 뭐고 다 일없이 느껴진 때문이다. 애초에 오기로 시작된 걸음이니 쉽게 마음이 돌아선대도 아쉬울 건 없었다. 하지만 모질게 내뱉은 말이 후회는 된다. 고개를 숙인 채 제자리에 서 있는 모습이 안됐기도 했다. 하여 저만치 종종 지나가는 경실을 불렀다.

"너 어서 가서 큰 화병 하나 가져오렴."

"화병이요? 화병은 뭐에 쓰시려고요?"

"저거 보이지? 두릅이 가지고 있는 꽃가지 잘 다듬어서 초영이 방에 다 가져다두어. 내가 시켰다는 말은 하지 말고. 알았니?"

"예."

대답은 곧잘 하지만 경실은 그 모녀를 닮아 어딘가 의뭉스러운 구석이 있었다. 말하지 말라 했으니 오히려 더 신이 나 떠들고 다니겠지. 고운 얼굴을 붉히며 고맙다고 옹알거리는 초영의 얼굴이 떠올라 단영은 부리나케 자신의 방으로 돌아와버렸다. 그러고는 매일 밤마다 읽곤 하던 서책도 뒤로 밀어놓은 채 일찍 잠자리에 들었다. 괜한 짓을 해버렸다고 자책하며.

단영의 잠을 깨운 것은 살그머니 열리는 장지문 소리였다. 평소 같으면 잠결에 구분하지 못했을 텐데, 워낙 일찍 눕기도 했거니와 아픈 어머니에 대한 걱정과 조창주에 대한 못마땅함, 두릅과 초영에 대한 어이없음이 한껏 뒤범벅되어 단박에 눈을 뜰 수가 있었다.

"어머니?"

야밤에 그녀의 침소에 들 수 있는 사람은 두 명이 전부였다. 신씨 부인과 몸종인 은단. 그중 은단은 밖에서 기척이라도 내고 들어와야 했으니 분명 어머니일 거라 생각했는데, 장지문을 열던 손이 멈추는가 싶더니 곧 몸을 돌려 대청마루를 내려갔다.

기다란 그림자가 희미하게 창호지 위를 지나치는 모습에 단영은 덜컥 겁부터 났다. 누구이기에 들어오려다 말고 저리 바삐 도망을 가는 것일까.

"어머니는, 어머니는 무사하신가."

얼마나 넋을 놓고 앉아 있었을까. 어머니 걱정에 퍼뜩 정신이 든 단영은 한달음에 장지문을 박차고 마루를 가로질렀다. 그러나 안방에 채 닿기도 전에 걸음을 멈춰야 했다. 낯선 기운. 단영은 숨 쉬는 것도 잊은 채다. 곁눈질로도 안마당 한가운데 우두커니 서 있는 낯선 그림자가 보였다. 모르는 사람, 건장한 체구의 낯선 사내. 눈이 마주치자 양옆으로 벌어지는 입술, 그 속으로 가지런히 드러나는 하얀 치아.

"누, 누구……?"

도움을 요청하고 싶은데도 어찌 된 영문인지 입술이 잘 움직여주질 않았다. 그녀가 가쁜 숨을 몰아쉬며 소리 칠 준비를 하자 사내가 양손을 들어 그녀를 진정시키는 시늉을 했다. 그러고는 커다란 몸을 돌려 사랑채 쪽으로 조용히 걸어가는 것이다. 순순히 가버리는 걸 보면 해칠 의사는 없다는 건가?

단영은 문득 조창주의 낯선 일행도 지금 본 남자와 비슷한 용모였음을 기억해냈다. 키도 꼭 장대같이 크고요, 몸집도 웬만한 사내 둘을 합해놓은 것처럼 넓다고 했어요, 은단이 분명 그리 말했던 것이다. 동일인일까? 하지만 도대체 그자가 왜?

서둘러 마당으로 내려서서 남자가 문을 통과해 어둠 속으로 사라질 때까지 그곳만 주시하였다. 그러나 아무리 봐도 남자가 이 시각에 여기까지 와야 했던 이유를 추측할 수 없었다. 콩닥거리는 가슴을 쓸어내리던 단영의 시야에 마루 한 끝에 놓인 희끄무레한 무언가가 잡혔다.

"돌?"

동그랗고 매끄러운, 손가락 반 마디만 한 하얀 자갈은 냇가 어디서나 흔히 볼 수 있는 종류이다. 그런 돌 다섯 개가 단영의 방 앞, 마루 한 끝에 나란히 놓여 있었다.

"그러니까, 그 장씨라는 작자를 이용해서 한몫 챙겨볼 요량이다, 이 소리니?"

조씨는 앞에 놓인 유과를 집으며 심드렁하게 물었다. 아무리 아끼는 동생이라고는 해도 매번 하는 일들이 이렇게 엉뚱할 수가 없다. 도박이며 계집질로 머리 세는 줄 모르고, 협잡꾼이며 시정잡배들과 어울리느라 몸 상하는 줄 모르는 것도 봐주기 고역인데 이제는 뭐, 되도 않은 얄팍한 수로 뭘 어떻게 해보겠다고?

"창주야, 내 보기에 그건 너무 안일한 짓인 것 같구나."

"안일한 짓이라니? 그게 무슨 말이우?"

"네가 그자를 어디서 만났는지, 무슨 사연이 있는지 내가 다 짐작은 못하겠지만 아무리 봐도 너에게 떼어줄 한몫이라는 걸 가지고 있을 성싶지 않아 하는 말이다. 게다가 네가 왜 그런 요행을 바라니? 그리 안 해도 이 누이에게 너 하나 챙겨줄 재물이야 넉넉한 것을."

조창주가 흥, 콧방귀를 뀌며 여인네 같은 고운 손을 살살 흔들었다.

"나를 아직도 예전의 조창주로 본다면 큰 오산이지. 그동안 못 보고 산 세월이 몇인데……. 누이 보기엔 내가 그리 못 미더운가."

"못 미더운 것이 아니라 괜한 고생을 자처하니 하는 말 아니냐. 내 이번에 영감에게 잘 말해서 도성 안에 점포라도 하나 차려줄 터이니 거기에 마음 한번 붙여보는 게 어떻겠니. 너도 이제 참한 색시 얻어 자리를 잡아야지 않겠어."

"우리 누이 또 이렇게 답답한 소리 하시네. 내가 그깟 점포에서 벌어들이는 푼돈이나 바라고 살 놈으로 보이시우? 그렇다면 한참을 잘못 짚은 거지. 흥."

조창주는 싸늘한 눈을 들어 제 누이를 바라보다가 곧 무엇을 떠올렸는지 비릿한 웃음을 입가에 띤다. 두고 보라지. 그가 나지막하게 중얼거렸다.

"아직은 쉬이 발설할 수 없지만 분명 그 작자로 인한 엄청난 요행수가 생길 거외다."

"응? 그건 또 무슨 소리니? 엄청난 요행수라니?"

"하여튼 그렇게만 알고 계시우. 내 안방의 신씨 년도 덤으로 쳐 없애 줄 것이니."

영문을 몰라 눈만 희번덕거리는 조씨를 바라보며 조창주가 다시 비릿한 웃음을 지었다. 제 누이만큼이나 가늘고 붉은 입술이 보기 좋게 휘어진다. 사내들 보기엔 영 꺼림칙한 생김새였으나 의외로 여인들은 그런 점에 호감을 보이곤 했었다. 곱디고운 외모를 어여삐 여겨 몸 주고 마음 주었던 기녀들이 어디 한둘이던가.

"마님."

밖에서 경실이 조씨를 불렀다.

"무슨 일이니?"

"영감마님께서 출타하십니다요."

"알았다. 지금 곧 나갈 터이니 너는 초영이를……, 아니다. 좀 더 기운 차리게 놔두지, 뭐."

조씨는 두 손을 올려 머리를 한 번 다듬어준 후 하품을 하는 동생을 채근했다.

"어서 일어나지 않고 뭐 하니."

"나도 나가야 하나?"

"그럼 모른 척할 심산이었니? 영감에게 잘 보여두면 득 될게 많다고 내 그리 이르건만."

귀찮은 듯 옷섶을 툭툭 털며 일어선 창주는 문지방을 넘다 말고 옆에 새치름하게 서 있는 경실을 향해 눈인사를 끔벅 하였다. 저도 모르게 볼살을 불그레하게 물들이던 경실은 앞서가던 조씨가 돌아보자 모른 척 종종걸음을 쳤다. 뒤따라가던 조창주가 그런 경실에게 낮은 목소리로 속삭인다.

"오늘은 네가 나에게 오너라. 알겠니?"

차마 대답은 못하고 슬쩍 쳐다만 보는 경실. 그녀는 전날 질펀했던 시간을 상기하며 얼굴을 더욱 붉게 물들였다. 조씨가 마뜩찮게 바라보다가 그예 한소리 늘어놓는다.

"뭐 하고 있는 게야? 계집년이 그리 굼떠서 무에 쓸려고."

아이년 상판을 보아 하니 분명히 창주가 무슨 수작질을 한 것 같긴 한데 확인을 할 방법이 없었다. 그녀는 뒤에서 양반걸음으로 천천히 따르는 동생 몰래 엄중히 주의를 주었다.

"혹여 저 아이가 네게 무슨 언질을 주거든 지체 말고 내게 먼저 알려야 한다. 알겠니?"

"예."

"그렇지 않고 잘못하여 일이라도 생겼다간 가만두지 않을 테니 그리 알아."

경실은 대답 없이 고개만 주억거릴 뿐이었다. 그렇지만 마음속으로는 네가 어쩔 것이냐, 하는 반감도 슬쩍 고개를 쳐들었다. 저치가 날 좋다 했지, 내가 좋다고 한 적은 없다고. 신분으로 봐도 어차피 종놈보다 못한 신세, 이년이 좀 노린다고 무슨 일이야 있으려고.

그러나 조씨의 생각은 그렇지 않다. 하나밖에 없는 동생에게 종년을 짝지어줄 마음은 없는 것이다. 그녀는 마주치는 여종마다 위아래로 훑어보기 바쁜 창주를 못마땅하게 흘겨보며 서둘러 사랑으로 걸음을 옮겼다. 얼마 못 가 신씨 모녀와 맞닥뜨렸다.

"마님 나오십니까?"

말은 그리 하면서도 고까운 기색은 어쩌질 못하는 조씨. 그런 그녀를 날카롭게 쳐다보던 단영의 안색이 저만치 뒤따르는 조창주를 발견하자 금방 경멸해 마지않는 눈초리로 바뀐다.

"그래, 자네도 나왔는가."

"이년이 언제는 영감마님 출타하시는데 빠지는 것 보셨습니까."

반반한 외모 하나 믿고 거들먹거리는 꼴이라니, 가뜩이나 눈꼴이 신판에 하는 짓까지 오만방자하니 자연 단영의 심기가 불편해졌다. 언젠가 은단이 귀띔하길 윤 영감의 총애가 많이 시들해져 이제 열흘에 한 번 찾을까 말까라던데 뭘 믿고 저리 당당한지 모를 일이었다.

“그러게. 나서지 않아도 되는 자리에 꼬박꼬박 끼어들기나 하니 아둔하다는 소릴 듣는 거지. 초영이 년이 왜 그리 되다 말았나 했더니 제 어미를 닮아서 그런 거로군.”

톡 쏘아붙이는 단영의 말에 조씨의 안색이 파리하게 변했다.

“단영아.”

신씨의 엄한 음성이 들려오자 한 마디 더 해주려 오물거리던 단영의 입술이 불만인 듯 딱 다물렸다.

“영감마님 나오십니다요.”

행주댁의 외침에 분한 듯 단영을 노려보던 조씨가 어쩔 수 없이 뒤로 물러섰다.

멀리서 그들의 실랑이를 구경하던 조창주는 자못 흥미롭다는 듯 단영을 위아래로 훑어보았다. 몇 해 전 마지막으로 들렀을 땐 한낱 어린 아이에 불과했는데 못 본 사이 부쩍 처녀티를 내고 있었다. 물론 아직 열 살이니 영글려면 멀었지만 늘 간드러진 계집들만 봐오다보니 이렇게 독을 품은 모습도 나쁘진 않다. 저것 봐라, 어린 것이 제법 카랑카랑하니 가시가 느껴지지 않는가. 창주는 빙그레 웃음을 지었다. 꼭 매화니 난이니 하는 것들만 꺾을 필요 있나.

“자넨 오늘 무얼 하고 보낼 건가.”

갑자기 들리는 윤 영감의 목소리에 창주는 망상에서 벗어났다. 건성으로 목례를 한 후 반지르르한 이마를 슬쩍 찌푸렸다. 필시 언제 이 집에서 나갈 것인지를 떠보는 것이리라.

“오랜만에 누이 집에 왔으니 푹 쉬면서 그동안 지친 심신을 풀어볼까 생각 중입니다만.”

윤 영감의 안색이 얼핏 굳어지는 게 보였다. 그러나 조씨가 듣고 있는데 안 좋은 티를 낼 수 없어 심상한 척 다시 질문을 던졌다.

"자네가 데리고 들어온 그자는 언제까지 이곳에 있는다고 하던가."

너는 어쩔 수 없다 해도 일면식도 없는 낯선 이를 언제까지나 놔둘 수는 없다는 뜻이었다.

곁에 서 있던 조씨가 얼른 둘 사이를 가로막았다.

"아이, 영감마님도 참. 그것이 무에 그리 급하다고 이러십니까. 아무렴 저 아이가 일없이 군식구를 만들까 봐서요. 안 그래도 며칠 내로 제 볼일 보고 나간다 하더랍니다."

그 며칠이 도대체 얼마란 거요. 윤돈경은 여전히 못마땅한 표정을 지우지 못한 채 신씨를 돌아보았다. 다른 일은 몰라도 집안 굴러가는 것 하나만큼은 잘 챙기는 신씨였다. 넌지시 부인에게 맡긴다는 뜻을 내비친 뒤 그가 나가자 조씨가 암상한 소리를 내뱉었다.

"남도 아닌데 벗을 들일 수도 있는 거지, 고만 한 일을 가지고. 흥."

신씨에게 인사를 하는 둥 마는 둥 별채로 건너가버리는 조씨를 단영이 흘겨볼 때였다. 그때까지도 단영을 흥미롭게 살피던 조창주가 지금 막 나오는 장형을 발견했다.

"한 발 늦었소이다. 장형. 거 남의 집에 유하실 땐 알아서 집주인 심기를 맞춰줄 줄도 알아야지, 이제야 나오면 인사가 아니지 않소이까."

장이란 자를 향한 농이었지만 그 안엔 윤 영감을 향한 아니꼬운 마음도 담겨 있었다. 더는 참지 못하겠다는 듯 단영이 다시 톡 쏘아붙인다.

"아랫것이 불러들인 불청객도 손으로 친다던가. 지나는 걸인도 배불리 먹여 보낼 인심은 있으니 개의치 말고 조용히나 묵고 가게. 어디 다른 곳에서야 사랑방이 가당키나 하겠는가."

그러니 종놈보다 못한 네 누이를 믿고 까부작거리지 말라는 소리였다. 네놈들이 어디 가서 이런 융숭한 대접을 받아볼 수 있겠느냐는 조롱 또한 섞여 있었다. 말이 끝나기가 무섭게 윤 영감 댁 노비들의 안색이 고소하다는 표정으로 바뀌었다. 제철 만난 듯 아랫사랑에 들어앉아 찬물 내 와라, 뜨신 물 내 와라 하는 작태가 안 그래도 꼴 보기 싫던 참이었다.

그러나 창주는 여전히 유유자적이다. 오히려 단영의 말하는 품새가 여간 아닌 것에 기꺼워하는 참이었다. 하는 족족 그의 구미를 당기는 것이다.

"이 비천한 놈이 아가씨 심기를 상하게 해드린 모양입니다. 말씀하신대로 조용히 지내다 바람처럼 사라질 것이니 심려 마시지요."

어딘지 모르게 끈적한 그의 시선에 단영의 입이 굳게 다물렸다. 더는 아무 말도 하고 싶지 않게 만드는 기분 나쁨이었다. 그녀는 어서 들어가고 싶어 곁에 서 있는 어머니를 올려다보았다. 꾸중이라도 내리지 않을까 은근히 걱정을 해보는데 웬걸, 신씨 부인은 두 사람의 오가는 말을 듣지 못했는지 다른 곳만 쳐다보는 중이다. 아. 단영은 어머니의 시선이 장이란 자에게 향했음을 깨달았다. 사내는 밤에 본 대로 기골이 장대했다.

"잊어버려라."

이른 아침, 잠을 설치던 단영이 밤중의 일을 고했을 때 어머니는 담담한 얼굴로 이렇게 말했을 뿐이었다. 잊어버려라. 어째서 그래야 하냐고 되물었지만 대답은 듣지 못했다. 그러나 단영은 여전히 이해가 되지 않았다. 혹시 어머니는 저자를 아는 것일까.

"어머니."

딸아이의 조심스런 목소리에 그제야 신씨 부인의 눈동자가 움직였다. 그녀는 단영을 한 번 내려다본 후 장이란 자에게 시선을 돌렸다가 마지막으로 조창주를 쳐다보았다.

"자네가 데려온 자인 줄은 알지만 대감을 찾는 손이 적지 않으니 언제까지 사랑을 내줄 수는 없는 일이네. 수일 내로 적당한 거처를 마련하여줄 테니 옮기도록 하게."

"예, 그리 합죠."

히죽 웃으며 대답하던 그가 돌아서는 단영을 향해 슬쩍 농을 던졌다.

"그런데 못 본 사이 단영 아기씨는 부쩍 고와지셨습니다."

단영의 턱이 파르르 떨리는 것을 보고 신씨 부인이 손을 부여잡았다.

조용한 걸음걸이로 멀어지는 그들 모녀를 보며 창주가 입맛을 한 번 다셨다.

"나는 말이오, 장형. 천하에 절색이라고 소문난 년들은 다 한 번씩 품어봤지만 딱 하나 맛보지 못한 것이 있는데 뭔 줄 아시오? 바로 저렇게 도도한 척 가시를 드러내는 사대부가 계집들이오. 아아, 대체 저 년들은 사내 앞에서 어떤 표정을 지을지 그게 참 알고 싶거든."

묵묵히 서 있던 장의 안색이 찌푸려졌다. 이곳까지 동행하는 동안 조창주라는 자의 인품이 어떠하다는 것은 이미 파악했던 참이었다. 바닥까지 썩어 있는 짐승 같은 자. 그는 여전히 키들거리는 조창주를 뒤로한 채 묵묵히 대문을 나섰다.

"어디 가시오, 장형?"

"알아볼 것이 있어서."

장포를 펄럭이며 사라지는 그를 보다가 조창주는 천천히 기지개를 켰다. 알아볼 것이 있다니. 그렇다면 저자가 찾는 인경 낭자는 지금 들어간 신씨 부인과 다른 인물이란 말인가.

"그렇게 되면 일이 한참 틀어지는데. 낭패인걸."

그러나 말은 그렇게 하면서도 조창주는 조금 전 신씨 부인의 심상치 않은 기색을 이미 느꼈던 것이다. 낯선 이를 살핀다고 하기엔 지나칠 정도로 길었던 그 시선을.

“두고 보면 알겠지. 흥.”

한순간 조창주의 눈매를 헤집고 드러나는 날카로운 기운. 그러나 이는 그 자리에 함께하던 어떤 이들도 깨닫지 못할 만큼 빠르게 지나치고 말았다.

시각을 알 수 없는 어둔 밤, 단영은 어렴풋이 잠에서 깨었다. 미세하게 들리는 어떤 소리 때문이었다. 잠결에 흐트러지는 나뭇잎이며 풀벌레 우는 소리는 많이 들어봤지만 이처럼 수상쩍은 것은 처음이었다. 쓰윽쓱, 댓돌 위를 쓸어내리는 싸리비질 같기도 했던 그 소리는 그러나 단영이 깨어났다는 것을 눈치라도 챈 듯 더 이상 들려오지 않았다.

꿈을 꾼 것인가. 문으로 다가가 손가락 한 마디만큼 열어보았다. 어둠 속이라 보이는 게 있을 리 만무하다. 눈만 도르륵 굴리는데 그때 안방에 불이 밝혀졌다. 어머니도 그 소리를 들은 것일까. 방에서 나오는 불빛에 의해 대청이며 댓돌까지 뽀얗게 모습을 드러냈다. 조금 더 문을 열어보자, 했던 단영은 손을 내밀다 말고 그대로 굳어버리고 말았다. 좀 전까진 보이지 않던 웬 사내의 뒷모습이 시야에 들어왔기 때문이다. 떡 벌어진 어깨 하며 기왓장을 받칠 듯 솟아 있는 키가 아무래도 지난밤에 보았던 장형이란 자 같았다. 저자가 또 웬일로? 놀랍기도 하고 노엽기도 해서 어쩔 줄 몰라 하는데, 그때 방 안에서 어머니 신씨의 목소리가 들려왔다.

“밖에 누가 있는가. 은단이가 온 것이냐?”

불빛에 비치는 어머니의 그림자는 단정했다. 이자의 존재를 어떻게 알릴까. 이미 전날의 일을 고했으니 어쩌면 짐작하실는지 모른다.

허나 모르시면 어쩌지? 소리쳐 아뢰는 게 나을까. 단영이 초조해하는데, 그때였다. 뜻밖에도 장이란 자가 먼저 저의 존재를 알렸다.

"이 댁 사랑에서 폐를 끼치고 있는 객이 길을 잘못 들어 예까지 오게 되었습니다."

공손하긴 하다. 하지만 말투가 어딘지 어색했다. 뭐랄까, 남들 모르게 자신의 존재를 각인시키고자 하는 느낌? 단영은 콕 집어낼 수 없는 묘한 기분에 이마를 찌푸렸다. 꼭 잘못 들어서 여기까지 온 것은 아니리라. 지난밤에도 저자는 이곳을 어슬렁거리고 있지 않았던가.

안방의 불이 꺼졌다. 가타부타 말은 없었지만 어서 이곳을 나가달라는 뜻이 포함되어 있음을 단영은 느낄 수 있었다. 그녀는 눈을 가늘게 뜨며 사내가 서 있던 자리를 뚫어지게 쳐다보았다. 사방은 아까보다 더한 어둠에 휩싸여 그자의 윤곽을 확인하기가 쉽지 않았다.

그로부터도 한참이 지나서야 장은 몸을 움직였다. 무엇을 원했던 건지, 안방만 하염없이 바라보는 그를 살피며 단영은 알 수 없는 초조함을 견뎌야 했다. 누가 이 모습을 봐선 안 된다는 염려도 있었고, 혹시 저자가 행패라도 부리면 어쩌나 하는 걱정도 있었지만 가장 큰 초조함은 어머니가 저 사내와 어떤 식으로든 연관을 맺을지도 모른다는 우려였다.

왜 그런 생각을 했는지 모르겠다. 평소 어머니의 품성을 모르는 것도 아니면서 그냥 싫었고 그냥 화가 났다. 그래서 장이란 자가 몸을 돌렸을 때 그녀도 조용히 따라 나섰다. 뭘 어쩌겠다고 구체적으로 정한 것은 아니지만 여차하면 그에게 떠나라고 요구를 할 마음도 있었다. 어쨌든 이렇게 자꾸 안채를 기웃거리게 해서는 안 된다는 게 단영의 속내였다.

장은 행랑채를 지나더니 바깥사랑 쪽은 쳐다보지도 않고 그대로 대문을 나섰다. 단단히 일러야겠다 싶어 쫓아오긴 했는데, 그가 밖으로 나가자 적이 당황이 되었다. 장옷도 가지고 나오지 않았는데 어쩔까, 주춤거렸지만 마음과는 달리 몸은 사내를 부리나케 좇고 있었다.

장은 근처 초가들을 지나쳐 고갯마루를 향해 나아갔다. 걸음걸이가 꽤나 특이한 편이어서 구경 삼아 가다 보니 저도 모르게 으슥한 산길로 접어들고 말았다. 따르는 것에만 정신이 팔려 있다가 인적 없는 길에 이르니 덜컥 겁이 오른다.

어쩌지.

여전히 같은 빠르기로 걷는 장의 뒷모습을 우물쭈물 지켜보자니 갑자기 어깨 위로 무언가가 확 내려앉았다. 기절할 만치 놀랐지만 겨우겨우 비명만은 막았다. 애써 뒤를 도니 허연 사람의 형상이 비죽 보인다.

"나를 따라온 거니?"

두릅이었다. 단영의 장옷을 가지고 있다가 어깨에 걸쳐준 걸 보면 안채에서부터 이미 그들을 지켜봤던 모양이다. 그런데 왜 난 이 아이가 뒤쫓고 있다는 걸 몰랐을까. 놀랍기도 하고 노엽기도 하였지만 지금은 그런 것을 따질 때가 아니다. 단영은 장을 놓칠 것 같아 다리를 더욱 부지런히 놀렸다.

"너 이 일을 누구에게도 말해선 안 된다."

단영의 당부에 두릅은 고개를 끄덕이는 것으로 대답을 대신하였다. 비록 어린 종놈에 불과하지만 그래도 혼자일 때보다 훨씬 안심되는 것이, 왜 시키지도 않은 짓을 했냐고 야단칠 마음은 들지 않았다. 둘은 나란히 고갯마루를 올랐다. 얼마 가지 않아 서낭당이 나왔다.

"이상하네. 분명 여기로 왔을 텐데."

이곳을 지나치면 마을을 완전히 벗어나게 된다. 이참에 아주 가버렸나? 그랬다면 더없이 반갑겠으나 봇짐도 없이 갔을까 하는 생각도 설핏 들었다. 단영은 길 아래쪽을 한참 보다가 두릅의 곁으로 돌아왔다.

두릅은 다른 것엔 관심도 없는지 서낭당만 유심히 살피고 있었다. 오색 헝겊을 걸어놓은 서낭나무와 돌무더기를 쌓아놓은 누석단(累石壇)이 음산해 보였다.

"지난번에 아버님이 서낭당을 글로 쓰시는데 보니까 성황당(城隍堂)이라고 하시는 것 같았어. 이렇게, 이렇게 쓰고……."

단영이 여섯 살이었을 때, 다섯 살 되던 두릅과 함께 서낭당에 놀러 온 적이 있다. 아이들끼리 놀러 나간다 하니 신씨 부인이 깨적을 붙여주었는데, 그는 네 살이 갓 된 초영을 안고 들풀을 잡아 뜯으며 휘적휘적 따라왔었다. 초영이 혀도 잘 안 돌아가는 음성으로 언니, 언니 부르며 같이 가자고 울었기 때문이다.

"기억나니? 그때 네가 서낭당을 어떻게 글로 쓰냐고 물어서 내가 막대로 땅에 써주었었지."

단영은 보통 아이들과 달라서 글공부에 욕심이 많았다. 머리가 영특하여 신씨 부인이 글자를 가르쳐주면 그대로 기억했다가 줄줄 읊으면서 다녔고, 그래서 부정을 느껴볼 틈 없이 매몰찼던 아버지조차도 간혹 그녀의 글 읽는 모습만큼은 대견히 바라보곤 했었다.

"기억 안 나? 다시 가르쳐줄까?"

생긋 웃으며 무심히 하늘을 보던 단영이 나지막하게 비명을 질렀다. 사라졌다고 생각했던 장씨가 서낭당 나무 위로 보였기 때문이다. 그는 무슨 생각을 하는지 한참 하늘만 올려다보다가 갑자기 들린 단영의 비명에 정신을 차린 듯 보였다.

장은 미동도 없이 그녀를 내려다보았다. 검고 투박하고 거친 눈빛. 마치 위에서 내리누르는 느낌에 단영은 저도 모르게 두릅의 소맷자락을 붙들었다. 괜히 따라왔구나, 뒤늦은 후회도 들었다. 하지만 겁먹은 모습은 보이고 싶지 않아 그녀는 도리어 턱을 빳빳이 들며 자신을 놀라게 한 그를 꾸짖듯 노려보았다. 그리고 동시에 장이 나무 위에서 몸을 날렸다.

"아."

두릅의 입에서 탄성이 흘러나온 것을 단영은 미처 듣지 못했다. 날아갈 듯 뛰어올랐던 장의 몸이 그들의 머리 위를 지나 공중제비를 돌며 착지하는 모습에 그만 압도되었기 때문이다.

단영은 눈만 동그랗게 뜬 채 사내가 다가오는 걸 지켜보았다. 커다란 몸집과 달리 조용한 발걸음. 그는 단영 앞에 쪼그리고 앉더니 한참을 이리저리 뜯어보았다. 그리움이 사무친 눈길. 그의 동공은 저 멀리 다른 무언가를 찾아 헤매고 있었다.

"글을 아니?"

마침내 그가 물었다. 단영은 상대가 하대를 하는 것도 인지하지 못한 채 고개를 끄덕였다.

"얼마나 공부했니?"

"그리 오래되진 않, 않았네. 그건 왜 묻는 건가?"

대답하다 말고 그제야 자신의 신분과 상대의 신분이 다르다는 것을 깨달았다. 그렇지만 좀 전에 본 장면에 취해 잘못을 바로잡아줄 생각은 미처 하지 못했다. 장은 두 아이가 넋을 잃은 것을 보고 씩 웃음을 지었다. 자신도 그런 때가 있었음을 기억해낸 것이다.

"배우고 싶으냐?"

먼저 두릅에게 물었다. 단영은 아무래도 여아요, 또 지체 높은 양반댁 금지옥엽이기에 무리한 일이라고 본 것이다. 그러나 대번에 그러마고 대답할 것 같던 두릅은 단영의 눈치를 보며 망설이고만 있다. 노비였기 때문이다. 장은 한숨 같은 탄식을 내뱉으며 단영을 보았다.

"이 아이 이름이 무엇이지?"

"두릅이라고 하네."

"두릅. 한 열두엇은 되었겠구나."

두릅은 또래 아이들보다 두 뼘이나 더 키가 컸다. 하여 아이는 종종 제 나이보다 더 들어 보인다는 소리를 듣곤 했었다.

"그놈 나이는 아홉일세."

아홉. 장은 다시 한 번 두릅을 찬찬히 살폈다. 이 나이에 이 정도 근골이면 썩 괜찮은 몸이었다. 전체적으로 가늘긴 했지만 모든 면이 실했고 특히 다리가 튼튼했다. 장은 두릅의 몸을 이리저리 툭툭 쳐보다가 만족스런 웃음과 함께 손을 거두었다.

"얘야, 너 나한테서 무예를 좀 배워보지 않겠니?"

두릅의 얼굴이 금방 환해진다. 무예라니. 관에서 무예 배울 자를 차출할 때에도 얼마나 가슴 뛰었던가. 비록 노비는 불가하다는 것을 알았지만 그래도 꿈꾸는 동안은 행복했었다.

아이는 한동안 무언가를 생각하는 눈치더니 곁에 못마땅한 얼굴로 서 있는 단영을 가리켰다.

"아기씨도 같이 배우신다면 저도 하지요."

"음? 같이 말이냐? 하지만 아기씨께서 그런 걸 배우려고 하실까?"

장이 어림없다는 표정으로 단영을 보았으나 역시 단영은 굳은 얼굴인 채다. 그녀는 잠시 무언가를 생각해보다가 두릅을 향해 무겁게 말했다.

"이자에게 긴히 할 말이 있으니 너는 저만치 서 있다가 행여 다른 이가 오는 게 보이거든 지체 말고 알리도록 해라. 알았니?"

야밤에 고갯마루를 넘는 이가 몇이나 되랴. 두릅은 그것이 단영의 반대라는 것을 알아차리고 곧 풀죽은 얼굴이 되었다. 그러나 어려서부터 제 주장 하는 법을 배워본 적이 없는 그였기에 이내 온순히 대답하고 몇 걸음 물러섰다.

"두릅이를 빌미로 우리 집안에 어떠한 해코지라도 할 수 있다 여긴다면 그건 큰 오산일세."

또박또박한 단영의 말투에 장의 얼굴이 대번에 어리둥절해졌다. 단영의 말이 계속되었다.

“한 가지 꼭 묻고 싶은 게 있네. 자네, 안채에는 왜 들락거리는 것인가?”

장이 가만히 단영을 내려다보았다. 비록 어린아이라고는 하나 쉽게 넘길 수 없는 고고함이 전신에서 뿜어져 나왔다. 자신의 기억 저 멀리, 아련한 누군가에서 풍겨 나오던 낯익음이었다.

“길을 잃었던 게야. 그뿐이다.”

“그 말을 내가 믿을 거라 생각했다면 오산이네. 자네는 어제도 안채에 들러 내 방까지 들어서려 하지 않았던가. 그래놓고도 거짓을 고하겠다는 겐가?”

그 말에 무언가 의아한 표정을 짓던 장이 문득 짚이는 바가 있는지 빙그레 웃음을 지었다.

“어제는 진짜로 길을 잃었던 게야. 하지만 이제 그런 일은 없을 게다. 내 약조하지.”

그러나 장의 약속만으로 마음을 놓을 수는 없었다. 그녀는 한참 뒤에 서 있는 두릅을 돌아다본 후 목소리를 좀 더 낮추어 말문을 열었다.

“내 어머니를 알고 있는가?”

그 질문엔 장도 쉽사리 대답하기 어려운지 난감한 표정만 지을 뿐이었다.

“다시 묻겠네. 내 어머니를 알고 있는가?”

장의 고개가 천천히 끄덕여졌다. 단영이 저도 모르게 아랫입술을 지그시 깨물었다.

“허면 자네가 이곳까지 온 연유가 어머니 때문이란 말인가?”

역시 장의 고개가 끄덕여지자 단영은 더 들을 것도 없다는 듯 매몰차게 얼굴을 굳혔다.

"되었네. 어찌하여 어머니가 자네 같은 자와 안면이 있는지 모르겠지만 여기엔 분명 곡절이 있을 터, 내 이미 짐작했던 바를 확인했으니 그 이상 알고 싶은 것도, 묻고 싶은 것도 없네. 다만 일러둘 것이 있으니 단단히 새겨 그르침 없이 행해야 할 것이야. 우선 자네는 날이 밝는 대로 이 고을을 떠나 자네 왔던 곳으로 돌아가게. 그리고 다시는 이 고을에 얼씬도 하지 말게. 만약 이후로도 내 말을 어기고 안채를 기웃거리거나 어머니에게 어떤 수로든 근접하려 하였다가는 그 즉시 물고를 낼 터이니 허투루 들어선 아니 될 것이야. 알아듣겠는가?"

이자를 건드려 일을 더 크게 만들 생각은 없었지만 방치해두었다가 혹여 다른 이의 눈에라도 띄었다간 더한 사달을 일으키고 말 것이다. 그러니 방법은 한 가지, 무슨 까닭이었든 간에 이자는 조용히 왔던 곳으로 돌아가야 했다.

"알아들었느냐고 물었네."

단영의 재촉에 장의 고개가 끄덕여졌다. 저도 모르게 안심이 되어 조용히 한숨부터 내쉰 단영은 축축해진 손바닥을 깨닫고 슬쩍 치마에 문질러 닦았다.

"두릅아, 이제 그만 돌아가자."

단영은 집을 향해 걸으며 속으로 제 자신을 나무랐다. 장씨의 출생성분은 모르지만 하고 다니는 모양새로 보아 양반은 아닐 터였다. 그런데도 왜 하대를 하는 그자에게 무엄하다 호통 한 번 치지 못했을까. 다음엔 기필코 바로 잡으리라.

"두릅아."

"예."

"이리로 와서 걸어라. 어두워서 앞이 안 보이는구나."

같이 걷는다고 어두운 곳이 밝혀질 리 만무하다. 그저 저 혼자 앞서 걷자니 두려웠던 건데 그걸 표하기 싫어 둘러댄 것이다. 장은 두 아이의 나란한 모습을 보며 언제던가, 기억도 가물가물한 그때를 떠올렸다. 술에 절어 해가 중천에 뜨도록 일어나지 못하던 아버지와 꼴을 베러 가던 소년, 같이 가마 따라나서던 댕기머리 아기씨의 철없던 모습을.

"그런데 무예라는 게 딱히 어떤 걸 말하는 거야?"

단영의 작은 목소리가 희미하게 들려왔다. 장의 제안에 가타부타 말은 안 했어도 호기심이 생기긴 하는 모양이었다. 서릿발 같은 모습 뒤로 보이는 영락없는 어린아이 심성에 장은 저도 모르게 미소를 지었다.

"음, 그건."

두릅은 뭐라 말해야 할지 알 수 없어 망설이다가 한참 만에 대답했다.

"무예는 정신과 육체를 단련하는 기술이라고 들은 것 같습니다."

"그걸 익히게 되면 강해지는가?"

"그럴 겁니다."

그들의 대화를 들으며 천천히 돌무더기에 몸을 기대던 장의 얼굴에 돌연 씁쓸함이 배어났다. 무예를 수련하면 강해지던가. 그 또한 그렇게 믿고 시작했으나 지금에 와서 생각해보면 강해지기보단 더 이상 약해지지 않기 위함이라는 게 더 정확할 것 같다. 하긴, 한 가지를 익혀도 받아들이는 길은 수천 가지라 했으니, 진정한 강함을 추구하는 이들도 어딘가 있긴 하겠지만.

"나와의 약조를 잊었는가?"

다음날, 단영은 해가 뉘엿뉘엿 질 때까지도 여전히 머물러 있는 장씨를 불러 질책하였다. 이제는 가려나, 가려나 싶어 두릅을 보내 살피다가 결국 참지 못해 직접 움직인 것이다. 혹여 오라버니들 눈에 띌까 염려하여 사랑 근처로는 가지 못하고 행랑채 앞으로 불러냈는데, 한참을 기다리게 만들던 장씨는 표정마저도 너글너글하여 단영의 심기를 거슬렀다.

"약조를 잊었는지 묻지 않는가?"

"아니다. 그럴 리가 없지."

"그럼 왜 여태 남아 있는 겐가? 잊지 않았다면 약조대로 이른 아침에 이미 떠났어야지!"

노여워하는 열 살짜리 여아를 바라보는 장의 눈빛은 사뭇 애틋하기만 하다. 그는 비죽 나오는 웃음을 참으며 짐짓 곤란한 표정을 지어 보였다.

"혹시 오늘 저녁 찬이 뭔지 알고 있니?"

"그런 건 내 소관도 아니고 알 바도 아니네."

"전복초가 나온다는구나. 게다가 겨자채도 나온다지?"

어이가 없어 단영의 말문이 막혔다. 장씨의 너스레는 계속되었다.

"내가 어디 가서 그런 음식들을 맛볼 수 있겠니. 노자도 다 떨어진 마당에 산해진미로 배라도 채워야 힘이 나지, 안 그랬다간 고향땅을 밟기도 전에 쓰러질지도 모른다. 내가 그리 되는 걸 원치는 않을 것 아니냐."

"자네가 어찌 되건 나와는 무관한 일이네. 무엇보다 사내가 한번 말을 뱉었으면 지키는 시늉이라도 해야지 않은가?"

"그래그래, 누가 안 지키겠다고 했나. 먼 길 오느라 기력이 다했으니 며칠만 말미를 달라는 것이지. 그보다 얘야."

단영이 사납게 쳐다보자 그가 매우 곤란하다는 얼굴로 중얼거렸다.

"저만치에서 말이다, 아까부터 이 댁 큰 도령이 이곳만 쳐다보고 있는데 괜찮은 것이냐?"

이 댁 큰 도령이란 말에 미간이 움찔하는 단영을 보며 장씨는 여유로운 표정으로 돌아섰다. 다른 때였다면 그의 무례함에 노했을 단영이지만 상황이 상황인 만큼 휘적휘적 가버리는 그를 잡지 못하였다. 큰 오라비 주성(柱成)이 굳은 얼굴로 그녀를 기다리고 있었기 때문이다. 절대 사랑 근처에는 얼씬도 하지 말라는 엄한 꾸지람을 듣고서야 풀려날 수 있었다.

그리고 또 며칠이 지났다. 주의를 단단히 받은 터라 일단 기다리는 쪽으로 마음을 가다듬었다. 그러나 아무리 기다려도 장의 걸음은 떨어질 줄을 몰라서 단영의 속만 부글부글 끓어오를 뿐이었다. 두릅을 통해 일을 꾸며봐도 돌아오는 대답은 늘 엉뚱한 핑계에 불과했다.

"노자가 떨어져서 힘들다고, 그리 전해 올리라고 하였습니다."

오늘도 두릅의 전갈을 듣고 분하여 어금니를 악물었다. 벌써 몇 번째인지 모른다. 산해진미 타령을 해대더니 그 다음은 몸이 안 좋다고 하여 몰래 의원까지 대주었었다. 그랬는데 이젠 노자가 없다는 것이다. 도저히 참을 수 없어 자리를 털고 일어섰다.

"아기씨, 오늘은 세 분 도련님이 모두 사랑에 계신데 다른 날 가시는 게 어떻겠습니까?"

두릅이 근심이 가득한 얼굴로 만류하였으나 한번 오른 오기가 가라앉지 않아 결국 행랑채로 휘휘 나서고야 말았다. 물론 사랑까지 갈 엄두는 못 냈지만 설마 또 걸리랴 싶어 행랑채까지 장씨를 불러내기로 한 것이다.

"이번엔 노잣돈을 대주려고 온 것이냐?"

대뜸 넉살좋게 웃는 장씨로 인해 단영은 기가 차 말문이 막힐 지경이었다. 이런 작자였다니, 첫 인상을 보아 그래도 사내답고 다부지니 실언은 하지 않으리라 여겼던 것이 오산인 듯했고, 그렇게 생각하자 어떤 인연인지는 모르되 어머니와의 관계도 별것 아니리라는 짐작이 들었다. 어머니라면 인연을 만드는 것에 앞서 먼저 그자의 됨됨이부터 따졌으리라.

"내가 언제까지고 자네 치다꺼리나 할 줄 알았던가? 이제 더는 엽전 한 닢도 자네 수중에 떨어지는 일은 없을 걸세."

그동안은 어머니와의 말 못할 인연을 염려하여 어떻게든 장씨를 달래는 일에만 골몰했었다. 그러나 만약 그 인연이라는 것이 대수롭지 않은 일임에도 장씨의 농간에 의해 부풀려진 것이라면 차라리 어머니에게 직접 아뢰어 처리를 맡기는 편이 나을지도 몰랐다. 단영이 이런 저런 생각에 빠져 있는 동안 장씨가 먼저 말을 꺼냈다.

"되었다. 나도 얼마 안 되는, 아기씨 비단 주머니 속 푼돈에는 관심이 없으니."

'아기씨 비단 주머니 속 푼돈'이라는 말에 단영의 얼굴이 저도 모르게 붉어졌다. 하지만 지금 그런 것을 따질 필요는 없다 싶어 그저 마음을 다스린 후 물었다.

"그 말은 내일이라도 이곳을 떠날 채비가 되었다는 뜻이겠지?"

"정 원한다면 지금이라도 떠날 수 있지. 하지만 그 전에 청이 하나 있는데 들어주겠니?"

또 무슨 꿍꿍이인가 싶어 마뜩치 않았으나 안 간다 할까 봐 일단 들어는 보기로 했다.

"며칠만이라도 이 녀석을 가르쳐보고 싶구나. 그렇게 해준다면 당장 이 집을 나가 다른 거처를 알아보마. 한 집에 있지 않으면 네 걱정도 크게 덜 수 있을 것 아니냐. 어떻겠니?"

"그래놓고 아예 이 고을에 눌러앉으려는 속셈인지 내가 어찌 알고?"

"나도 사내인데 한 입으로 두 말을 뱉을 리가 있나. 되었다 싶을 때 자리 털고 그길로 사라질 테니 그 점은 염려 안 해도 될 것이다."

장씨의 심중에 두릅이 들어 있음을 알고 단영은 가볍게 놀랐다. 도대체 이 아이의 무엇이 마음에 들어 이리 청을 하는 것일까. 곁에 있는 두릅의 얼굴은 약간 붉은 기가 돌 뿐, 평소와 다를 바가 없었다. 그러나 몇 년째 함께 지내온 단영으로서는 그 아이의 마음에 깃든 즐거움과 기쁨을 모를 수 없었다.

그렇게 좋은가. 아직 허락을 받지도 못했으면서 두 눈 가득히 반짝이는 기대를 채워놓은 두릅을 보며 단영은 어찌해야 좋을지 갈피를 잡지 못했다.

"그건 아니 될 일이네."

한참을 생각해 가까스로 내린 결론은 불가하다는 것이었다. 두릅을 위해서는 좋은 일이 될지 모르나 어쩐지 장씨란 사내를 곁에 둔다는 것이 위험하게 느껴졌기 때문이다.

"그런가. 정 그렇다면 할 수 없군. 이 녀석과는 인연이 아닌 모양이지."

아쉬워하는 장씨보다 실망감으로 눈빛이 죽어버리는 두릅의 모습이 더 가슴 아팠다. 그러나 어쩔 수 없는 일, 이보다 더한 일도 겪고 사는 이들이 바로 노비 아닌가.

단영은 일부러 꼿꼿하게 턱을 쳐들며 안채로 향하였다. 이제 조만간 장씨는 떠날 것이고 그렇게 되면 두릅도 지금까지의 일을 모두 잊을 것이다. 원래 체념이 빠른 아이였으니 욕심도 쉽게 접을 것이고 좀 더 시간이 지나 둘째 오라버니가 성인이 되면 그를 통하여 더 나은 기회를 줄 수 있을지도 몰랐다. 그래, 그게 두릅을 위해서는 훨씬 더 나은 일이 될 수 있으리라.

단영이 답답한 마음을 달래며 걷고 있는데 그런 그녀의 치마폭으로 자갈 하나가 매섭게 날아왔다. 얼른 몸을 틀며 보니 저만치에 이 댁의 막내도령 재성(材成)이 얼굴을 잔뜩 찌푸린 채 서 있었다. 열두 살의 어린 나이임에도 걸핏하면 성을 내고 난폭하게 굴어 아랫사람들뿐만 아니라 단영, 초영 두 아기씨조차 대면하기를 꺼리는 인물이었다.

"지금 어디서 누구와 무엇을 하다 오는 중이지?"

대뜸 시비조로 묻는 품이 이미 장씨와 단영의 모습을 먼발치에서 목격한 모양이었다. 그 성격상 큰오라버니처럼 훈계로만 넘어가지 않을 게 뻔해 단영은 바짝 긴장이 되었다.

"지나는 길에 장씨란 자를 마주쳤기에 몇 가지 소소한 질문을 하였을 뿐입니다."

"누구인지도 모르는 천한 것과, 그것도 사내놈과 잡담을 나누었다?"

"잡담이 아니라 안부를 물었습니다. 며칠 간 앓아누웠었다 하기에."

"그놈이 앓아누웠든, 죽어 자빠졌든 무슨 상관이라고! 아랫것들 보기 부끄럽지도 않더냐? 그쯤 되었으면 사리분별은 할 줄 알아야지, 지체만 높으면 뭐 해? 초영이 년보다도 못하니."

초영이란 말에 단영의 눈매가 슬쩍 매서워졌다. 이를 놓칠 재성이 아니다. 흥, 코웃음을 치며 단영의 앞으로 바짝 다가선다.

"네가 그리 쳐다보면 또 어찌할 것이냐? 뒤에 한 놈, 앞에 한 놈 나란히 달아놓고 시시덕거리는 재미에 빠져 내가 누군지 이젠 잊기라도 한 것이냐?"

본래 재성의 됨됨이가 그리 훌륭하지 못한 것은 잘 알고 있었다. 그러나 누이동생을 향한 어투가 어찌나 민망하던지 듣고 넘기기가 어려웠다. 그녀의 눈매가 더욱 날카로워졌다.

"오라버니는 무슨 말씀을 그리 하십니까? 해도 될 말과 해선 안 될 말이라는 게 있는 겁니다. 그만 한 분별은 하시고서 책망을 하든, 벌을 내리든 하셔야지요. 오라버니야말로 아랫사람 보기 부끄럽지 않으십니까?"

"무엇이? 무엇이?"

"왜요, 소녀가 틀린 말이라도 하였습니까? 설사 실책이 있었다 해도 그렇습니다. 소녀의 체면을 걱정하신다면 응당 때와 장소를 가려 꾸지람을 내리실 일, 지체 높으신 오라버니께서 어찌 이리 그릇된 판단을 하셨는지 헤아리기 어렵습니다. 사리분별은 이럴 때 쓰라고 있는 것이겠지요. 아니 그렇습니까?"

"요런, 요런 발칙한."

"더 하실 말씀 없으시면 이만 물러가도록 하겠습니다."

두 살이나 어린 단영보다 늦게 말문이 텄다는 재성은 배움조차도 현저히 늦었다. 그러니 독기 어린 누이가 쏟아내는 말을 당해낼 재간이 있을 리 없었다. 성이 올라 일단 손부터 치켜드는데, 물러서는 기미라도 있으면 봐주는 척도 하련마는, 단영은 눈 하나 깜짝하지 않는다.

더욱 부아가 치밀어 내려치려는 순간, 손목이 갑갑해지더니 커다랗게 죄어왔다. 두릅이었다. 뒤에서 묵묵히 지켜보다가 도저히 안 되겠다 싶었는지 저도 모르게 나선 것이다. 이렇게 되자 당황한 것은 도리어 단영이었다.

"오호라, 이제는 네놈까지 나를 능욕하려는 것이냐? 놓아라, 이놈! 어서 놓지 못하겠느냐!"

대로한 재성이 다른 팔을 이용하여 머리며 어깨를 닥치는 대로 후려치자 두릅의 손에서도 슬그머니 힘이 빠졌다. 일단 단영에게 쏟아지는 매는 막아야겠기에 본능적으로 나섰지만 언제까지 상전의 손목을 잡고 있을 수는 없었던 것이다. 그러나 종놈에게, 그것도 세 살이나 어린 두릅에게 잡혀 꼼짝도 할 수 없었던 재성에게는 그런 행동들이 오히려 비웃는 것처럼 보일 뿐이었다.

오른팔까지 자유로워지자 재성은 그야말로 이성을 잃고 두릅을 구타하기 시작했다. 어찌나 성이 났던지 손과 발로도 모자라 근처 두툼한 나뭇가지를 꺾어 와 또 한참을 내리친다. 단영의 말림도 소용없이 그 소동은 무심한 윤 영감을 제외한 두 오라버니와 어머니, 그리고 별당의 조씨가 당도할 때까지 계속되었다. 그중에는 핼쑥한 얼굴의 초영도 있었다.

"네 녀석이 필경 실성을 한 것이로구나! 아무리 성이 난다기로 이 무슨 망발이냔 말이다! 아랫것들 보기 민망하지도 않더냐!"

세 형제 중 아버지를 가장 많이 닮았다는 장자 주성 도령이 재성을 엄하게 꾸짖었다. 그에게는 일의 추이보다도 사대부가의 체면을 깎아내리는 동생의 추태가 더 걱정이었다. 그러나 이미 흥분할 대로 흥분한 재성은 형의 말조차 들으려 하지 않았고, 급기야 방에 가둬놓으라는 분부가 떨어지고 난 뒤에야 겨우 한풀 꺾였다.

"저 녀석도 끌고 가서 광에 가두어라!"

그리고 두릅은 광으로 끌려갔다. 이미 많이 맞았으니 방에 눕혀야 한다는 단영의 주장은 늘 그랬듯 묵살당하고 말았다. 이럴 때 어머니라도 나서주면 좋겠지만, 신씨 부인은 자신의 장자가 내린 결정에는 웬만해선 이의를 달지 않는 주의였기에 그 또한 기대하기 어려웠다.

"오라버니."

단영이 믿을 수 있는 인물로는 이제 둘째 오라비 학성밖에 없었다. 학성은 인품이 어머니를 닮아 세 도령 중에서도 단영을 가장 잘 이해하는 편이었다. 그러나 그 또한 형님의 결정에 토를 달기 어려웠던지 가만히 고개를 가로저었다. 재미있다는 듯 지켜보던 조씨마저 초영의 손을 부여잡고 별당으로 사라지고 나니 주위는 삽시간에 휑뎅그렁하게 가라앉았다.

단영은 자리에 가만히 주저앉았다. 도대체 무슨 일이 벌어진 것인가. 재성의 광폭한 분노가 싫었고, 여아란 이유로 자신의 말은 들어보려고도 않는 이 집안이 싫었다. 상전의 팔목을 잡아 비튼 것이 죄라면 누이동생에게 손찌검을 하려던 재성의 행위 또한 그른 것이었다. 두릅에겐 어린 상전을 지켜야 한다는 당위성이라도 있었지만 재성에게는 그저 자신의 분을 풀어야 한다는 광기밖에 없었지 않은가.

해가 기울고 주위로 어둠이 깃들었다. 아예 자리를 깔고 누웠던 단영은 한참이 지나 저녁상도 물렸을 무렵에야 부스스 몸을 일으켰다. 저녁을 걸렀지만 어머니는 그러한 단영을 가만히 놔두었다. 이유는 단영도 알고 있었다. 어머니는 어린 종놈과 어울려 소동을 일으킨 것을 꾸짖고자 하는 것이다. 물론 신씨 부인은 단영과 두릅이 어느 면에선 억울하다는 것도 모두 헤아리고 있었다. 그저 그 억울함을 빌미로 잘잘못에 대한 판단을 흐리지 않으려 함이었으나 단영은 그런 뜻까지는 알지 못했다. 그저 막내 오라버니가 남아이기에 잘잘못에 대한 판단도 보류하는구나, 할 뿐이었다. 단영은 조용히 방을 나서며 저도 모르게 이를 악물었다. 만약 자신이 남아였다면 이처럼 모질게 모른 척했을 것인가 싶어서였다.

두릅이 갇혀 있는 광 주위는 풀벌레 소리만 가득했다. 은단을 시켜 몰래 빼내 온 열쇠로 자물쇠를 풀었다. 안은 바깥보다 더해 마치 굴속같이 깜깜하였다. 한참을 살피다가 용기를 내어 안으로 한 발자국 들어가보았다. 귀를 바짝 세웠지만 아무런 소리도 들리지 않았다.

"두릅아. 두릅이 여기 있니?"

가느다란 단영의 목소리에 보조를 맞추듯 역시 가느다란 두릅의 대답 소리가 힘겹게 들려왔다. 불쌍한 것. 재성에게 끝없이 얻어맞던 일이 생각나 단영은 왈칵 울분이 솟구쳤다.

"약은 바른 거야? 설마 굶기진 않았겠지?"

문을 바로 닫아놓고 더듬더듬 두릅을 찾아 걸었다. 곧 발밑에 무언가가 차이면서 두릅의 신음 소리가 들려왔다. 상처를 건드린 모양이다. 미안하여 곧 꿇어앉아 그 부위를 쓰다듬었다.

"여기가 어디니? 다리구나. 다른 데 또 어디가 아프니?"

힘든 가운데도 두릅은 자꾸 일어나려 하였다. 단영이 만류하였지만 고집스레 몸을 일으키더니 아무래도 벅찼는지 뒤로 기대고 앉는다. 달빛 속에 어렴풋이 두릅의 얼굴이 보이는 걸 보니 이제 단영의 눈도 어둠에 익숙해진 모양이다.

얼굴을 많이 맞았을 거란 생각에 손끝을 대어보았다. 다시 신음 소리와 함께 이번엔 축축한 무언가가 느껴졌다. 피인지 진물인지 모를 물기가 묻어났다. 단영은 자신의 옷고름을 끌어 두릅의 이마를 닦아주었다. 급히 제지를 하려던 두릅의 손이 기운 없이 밑으로 툭 떨어졌다.

"아기씨, 여기 계신 것…… 누가 보기라도 하면……."

"당분간은 괜찮을 거야. 이 시간엔 아무도 이 근처에 안 온다고 은단이가 그랬어."

다시 진물 자국을 찍어내는데 두릅이 다시 그 행동을 막았다. 필경 아기씨의 비단 고름을 더럽혀선 안 된다는 생각 때문이었을 것이다. 그러나 정신이 혼미한지 자신의 손에 아기씨의 고운 손이 잡혀 있다는 것까지는 미처 깨닫지 못한 모양이었다.

단영의 손이 두릅에게 꼭 잡힌 채 아래로 툭 떨어졌다. 벌써부터 굳은살이 박여 있는 딱딱한 손. 단영은 두릅의 손을 잡아본 적이 없다. 이렇게 어린데 손은 꼭 어른 같구나. 측은하여 마음이 찡하면서도 어쩐지 부끄럽다는 생각도 들었다. 오라버니들에게조차도 손을 잡혀본 기억이 없었기 때문이리라.

"이제, 가세요."

손을 빼내는 게 좋을까, 두릅이 눈치 채고 송구스러워하면 어쩌지, 하지만 이대로 잡혀 있기도 모양새가 좋지 못한데……. 한참 고민하는데 두릅의 희미한 목소리가 단영을 깨웠다. 저도 모르게 몸이 옆으로 숙여졌었는지 두릅의 입김이 가까운 곳에서 느껴졌다. 귓가가 간

지러워 어깨를 움직거리던 단영은 왠지 우스운 꼴을 보였다는 생각에 얼른 냉정을 되찾았다.

"괜찮다니까. 이제 조금 있으면 은단이가 약을 가져올 거야. 네가 괜찮은지만 살피고서 바로 갈 테니 걱정 말아라."

하지만 두릅은 아직 제정신이 아닌 듯 보였다. 그렇지 않고서야 가라고 하면서도 여전히 손을 놓지 않을 리 없기 때문이다. 아니, 제정신이었다면 엄두도 내지 못했겠지.

"혹시 다리가 부러졌니?"

다리를 걱정하는 척 손을 빼냈다. 그러고는 옷고름을 손에 감아 슬쩍슬쩍 다리를 두드렸다. 신음은 없었으나 간혹 몸을 움츠리는 것으로 봐선 많이 아픈 듯 보였다. 은단이 온다고 해도 고루 약을 바르기는 어렵겠는걸. 단영이 일어서려는데 두릅이 그녀의 손을 다시 잡았다.

"왜 그러니?"

"어디 가세요?"

"깨적이한테 다녀올게. 아무래도 네 상처를 보려면 은단이보다는 사내놈이……."

"……세요."

"뭐라고?"

"가지, 마……."

단영은 잠자코 두릅의 얼굴과 두릅의 손에 잡힌 자신의 손을 번갈아 보다가 생각에 잠겼다. 두릅의 어미는 두릅이 채 젖도 떼기 전 다른 놈과 눈이 맞아 도망쳤다가 잡혀 와 이름도 듣지 못한 곳으로 되팔려갔다 들었고, 아비는 얼마 전에 지병으로 죽고 말았다. 그쯤 되면 이놈의 삶도 기구하다 할 수 있었다.

무슨 이유에선지 단영은 기댈 곳 없는 두릅의 외로움이 이해가 갔다. 그래서 지금도 평소 같으면 허용하지 않을 일을 묵과하는 것이겠지. 단영은 이놈 속이 오죽하랴 싶어 그저 놔두기로 했다. 적어도 은단이 올 때까지만이라도 말이다.

"두릅아."

"예."

"너는 무예가 그리 배우고 싶으냐?"

"……."

"그게 그리 원이면 한번 해보렴. 그렇게 해서라도 네 신분이 자유로워질 수 있다면 어디 한번 해봐. 내 힘으로는 널 놔줄 수 없지만 어쩌면 네 스스로 그리 될지도 모를 일이니."

한쪽으로 기울었던 두릅의 고개가 바로 세워지는 게 보였다. 달빛 아래 짙은 음영은 두릅의 해말갛던 얼굴을 침침하게 물들였다. 그러나 단영은 그 사이로 반짝이는 눈빛을 보았다고 생각했다. 어려서부터 철저히 노비로 길러졌기에 희로애락도 없고 말수도 적었지만, 그래도 눈빛만큼은 정직하게 드러낼 줄 아는 아이였으니까.

두릅의 수련은 매일 밤 자시(子時)에 행해졌다. 아이의 잦은 외출에 다른 노비들이 눈살을 찌푸렸지만 그 정도는 단영의 손에서 해결할 수 있는 문제였다. 신씨 부인은 아직 어린 두릅에게 그다지 관여하지 않았고, 단영의 세 오라버니나 윤돈경은 집안일에 관심이 없었으며, 다른 때 같으면 상성을 하고 나섰을 조씨 또한 조창주와 손이 맞아 쑥덕공론을 펼치느라 참견을 할 여력이 없는 듯했다.

수련을 시작한 지 아흐레 되던 날, 단영은 두릅을 따라나섰다. 영감마님이 알면 큰일이라고 말려보았지만 워낙 고집이 센 아기씨라 두릅은 묵묵히 앞장설 수밖에 없었다. 뒷산 갈밭에 누워 어린 제자를 기다리던 장은 단영을 보고서도 가타부타 말을 하지 않았다.

"지내기는 편안한가?"

모른 척할 수 없어 안부를 물으니 장은 그저 고개만 끄덕하고 만다. 불손한 태도가 마음에 안 들어 단영도 입을 꾹 다물었다. 얼마나 시간이 흘렀을까, 커다란 바위 위에 앉아 심심한 눈으로 그들을 바라보던 단영이 두릅의 취하는 손짓, 발짓을 흉내 내어 볼 때였다.

"너도 해볼 테냐?"

갑자기 장의 목소리가 들려왔다.

"되었다. 내가 그런 걸 익혀서 어디에 쓸까."

애써 무관심한 척하지만 그래도 마음은 쏠리는지 잠시 후 쳐다보면 다시 두릅의 흉내를 내고 있는 단영이었다. 장은 그녀 곁으로 다가가 옆에 앉았다.

"마음에 끌리는 게 있으면 해보며 사는 것도 나쁘지 않아."

"누가 해보고 싶다 했느냐? 네놈들 손짓 발짓이 꼭 놀이패 춤사위 같아 구경이나마 해본 것이지."

그러고는 이내 가야겠다, 일어서는 단영을 장이 넌지시 불렀다.

"내 보기엔 너도 두릅이 못지않은 무골 체질이다. 조금만 익혀두면 향후 누가 너에게 완력을 가하려 해도 거뜬히 이겨낼 수 있을 텐데, 그래도 해볼 마음이 없니?"

사실 장은 단영에게 많은 것을 가르칠 생각은 아니었다. 그저 며칠간 보이지 않다가 오랜만에 얼굴을 비추니 반가워 자꾸 말을 건넨 것인데, 그 말을 어떻게 해석했는지 단영은 물끄러미 제 발을 내려다보며 무언가 궁리하기 시작했다.

"장씨."

한참 만에 단영이 그를 불렀다.

"그럼 나에게 사람 죽이는 법도 가르쳐줄 수 있는가?"

장이 얼굴을 찌푸렸다. 사람 죽이는 법이라니, 열 살 먹은 여아가 내뱉을 내용이 아니다.

"배워서 어디에 쓰려고 하니?"

"그런 건 자네가 알 바 아니니 대답만 하게. 가르쳐줄 수 있는가?"

장은 문득 단영이 안쓰러웠다. 너같이 어린 아이가 어째서 그런 말을 하느냐고 탓하기 전에 이렇게 만들어버린 주변 상황이 애석했다. 한참 단영을 내려다보던 그가 조그맣게 말했다.

"넌 네 어머니 어릴 적 모습을 그대로 닮았구나. 영리하고, 고집 세고, 또 가끔 사람을 놀래는 재주도 있고."

단영의 어깨가 흠칫한다.

"우리 어머니 어릴 적까지…… 자네가 어찌……."

차마 말을 잇지 못하고 얼버무리는 단영을 보다가 장은 두릅에게로 몸을 돌렸다.

"사람을 공격하는 법은 알려줄 수 있다. 그러나 그걸 가지고 사람을 살리는 데 쓸지, 죽이는 데 쓸지는 네 마음이다. 배워보겠니?"

단영의 대답은 한참 만에야 나왔다. 무엇을 고민했을까. 그녀의 작은 머리를 봐보지만 알 수 있는 것은 없었다. 그는 단영을 두릅에게로 데리고 갔다.

"지금부터 가르칠 것은 십팔기(十八技) 중 권법(拳法)이라는 것으로서 이것은 주먹으로 치거나 발로 차는 일련의 동작으로 이뤄진 무예이다. 간단한 입문과정에 불과하지만 수련을 거듭함에 따라 무궁무진한 힘을 끌어낼 수 있는 절기 중의 절기이니 열심히 익혀보거라."

그날을 시작으로 단영 또한 장의 제자로 합류하였다. 시간을 새로 맞춰야 했기에 수련은 집안사람들이 모두 잠든 후인 축시(丑時)로 변경되었다. 처음 얼마간은 두 아이 다 늦잠을 자기 일쑤였으나 시간이 갈수록 몸은 점점 건강해져서 수면 시간이 줄었음에도 오히려 수련을 시작하기 전보다 더 부지런해지고 더 활기가 넘쳐흘렀다. 간혹 집안 어른들이 이상하게 여기고 주의 깊게 살필 때도 있었지만 낮 시간엔 얌전히 제 할 일만 했기에 별 문제 없이 지나갈 수 있었다.

장은 얼마 후 조그만 초가를 하나 얻었고, 조창주도 처음엔 그 초가로 따라나서는가 싶더니 재미가 없었던지 윤돈경의 사가로 도로 기어들어와 눈총을 받았다.

단영은 장을 내심 좋아하게 되었다. 어려서부터 아버지에게서 별반 관심을 받지 못하고 자란 그녀였기에 자신도 모르게 남자 어른으로서의 장을 믿고 의지하게 된 것이다. 여전히 뻣뻣한 하대를 고집하며 아랫사람 대하듯 하였지만 마음은 그렇지 않았다. 마치 잃었던 어미를 되찾은 새끼고양이라도 된 듯 나날이 장에게 정을 붙여나갔다.

"아기씨, 도대체 지난밤엔 어딜 다녀온 거래요?"

하루는 은단이 호들갑을 떨며 단영을 불렀다. 뜨끔하였지만 모른 척 고개를 흔드니 은단은 거짓말을 한다고 성화를 부린다.

"경실이가 어제 봤다고 하던걸요, 뭐. 어제뿐인가, 지난번에도 두릅이와 같이 나가는 걸 깨적이도 봤다고 하던데."

"잘못 본 거지. 그 밤에 내가 어딜 갔겠어?"

"그도 그렇지만, 그래도 그치들이 못 본 걸 왜 봤다고 해요?"

단영은 속으로 큰일이구나, 싶었다. 깨적이는 잘 달랠 수 있지만 경실은 달랐다. 언제부턴가 조씨와 한 축이 되더니 그 후로 웬만하면 별당에 딱 붙어서는 은단에게조차 사사건건 시비를 붙이는 것이다. 대번에 조씨 귀에 들어갈 테니 이제 아버지가 아는 건 시간문제였다.

"거기서 무엇들을 하고 있니?"

안방에 있던 신씨 부인이 이들을 불렀다. 찻상을 내오는 중이던 은단이 예, 대답하며 얼른 대청으로 올라섰다. 그런 은단을 따라 단영 또한 안방으로 들어가니 신씨 부인은 난을 칠 생각인지 먹을 갈고 있었다.

"좀 전에 그건 무슨 소리였니? 단영이가 밤마실을 나갔다고?"

이런, 은단이 지레 놀라 단영을 쳐다보았다. 마님이 아셨으니 이제 아기씨가 꾸지람을 듣겠구나, 싶었던 것이다. 그러나 단영은 태평한 낯으로 이렇게 변명을 대었다.

"반딧불을 잡아달라고 두릅이를 끌고 뒷문으로 나간 적이 있는데 그걸 본 모양입니다."

은단의 눈이 길게 찢어졌다. 아까는 그런 적 없다고 딱 잡아떼더니! 하지만 신씨 부인 앞이어서 입을 삐죽이지는 못했다.

"반딧불이면 후원에도 많이 있지 않니. 별당에 나가서 잡지 그랬어."

"그쪽은 보기도 싫습니다. 게다가 두릅이 말로는 크고 실한 것들은 산에 많다고 해서."

"그렇지만 야심한 시각에 바깥출입이라니 있을 수 없는 일이다. 너나 두릅이나 이제 더 이상 어리다고만 할 수 없는 나이인데 그러다가 마을 사람들 눈에라도 띄면 어쩌려고 그러니. 앞으로는 신중히 행동하거라. 알았니?"

"예."

"그리고…… 아니다, 알아들었다니 되었구나."

신씨 부인은 아직도 별당이라면 질색을 하는 단영에게 무언가 말을 덧붙이려다가 그만두었다. 잘 타일러보려 했던 것이지만 조씨에 관한 한 웬만해선 듣지 않는 성미였으니 시간이 지나 좀 더 크면 가르칠 생각이었던 것이다. 신씨 부인은 찻잔을 들어 입으로 가져가다가 무슨 생각이 났는지 은단을 쳐다보았다.

"오늘도 경실이가 안 보이던데, 어디 몸이라도 안 좋은 건가? 요즘 들어 부쩍 그러는구나."

밥 지을 시간이 되어도 나타나지 않았던 경실은 상을 물리고 설거지를 마칠 때까지도 보이지 않았다. 오늘만이 아니라 이틀에 한 번 꼴로 그러니 여간한 일은 아닌 듯해 묻게 된 것이다.

은단은 마님의 물음에 어쩌지, 하는 표정을 짓다가 별당 일이 바쁜가 보다고 얼렁뚱땅 대답하고 말았다. 그러나 경실을 둘러싼 소문은 그보다 더 흉흉한 것이어서, 밤만 되면 조창주의 거처에서 기묘한 소리가 새어나오곤 한다더라, 그런데 이상한 것은 경실이도 꼭 늦은 시간만 되면 소피가 마렵다면서 나가곤 하더라 하는 게 그것이었다. 은단이 아직 처녀의 몸이어서 딱히 구체적인 소문을 접하진 못했지만 그런다고 모를 수는 없는 일, 궁금하면서도 어쩐지 두렵고 끔찍한 것이 요즘 은단의 심기였다.

"왜 그래?"

안방을 나온 후 단영이 은단을 불러 세웠다. 어쩐지 얼굴이 붉으락푸르락, 시선도 고정되지 못한 게 한참을 아파 보였기 때문이었다. 그러나 은단은 아무 일도 아니라며 황급히 자리를 떠버린다. 그 뒷모습을 유심히 바라봤지만 단영이 눈치 챌 수 있는 일은 아무것도 없었다.

단영은 대청마루에 앉아 뉘엿뉘엿 지는 해를 바라보다가 두릅을 찾아 나섰다. 일단 장에게 연통을 넣어 당분간 '밤마실'에 대한 소문이 가라앉기를 기다려야 할 것 같아서였다.

단영이 안마당을 가로질러 나가자 그때까지 부엌 속에 숨듯이 앉아 그녀를 지켜보던 경실이 부리나케 별채로 뛰었다. 마루에 누워 달게 낮잠을 자던 조창주는 그녀가 전해주는 무언가를 흥미롭게 듣더니 만족스러운 얼굴로 실쭉 웃음을 지었다.

"수고했다. 내 나중에 부를 테니 그때까지 잘 감시했다가 눈에 띄는 모든 것을 나에게 말해야 한다. 알겠니?"

그의 말에 경실이 알았노라며 고개를 끄덕이는데 좀 전부터 두 사람을 빼끔히 내다보던 조씨가 암상한 얼굴로 문을 밀어젖혔다.

"너는 왜 아까부터 풀 방구리에 쥐 드나들듯 들락날락하는 게야? 어디, 무슨 일인데 그러는지 나도 좀 들어보자. 어서."

그러자 경실이 샐쭉한 표정을 지으며 돌아섰다.

"아니, 저년이!"

머리채라도 낚아챌 기세로 뛰쳐나가려는 누이의 손목을 창주가 얼른 움켜잡았다.

"왜!"

대뜸 역정을 낸 조씨는 능글능글 웃고 있는 동생이 꼴도 보기 싫은지 팩하니 방 안으로 들어가버렸다. 단단히 화가 난 모양이지만 조창주는 신경도 쓰지 않은 채 턱을 살살 긁으며 마당으로 내려섰다. 그는 지금 장씨에 대해 생각하는 중이었다. 무언가 결정적인 것을 잡아야 하는데 요즘 장씨의 행동거지가 달라졌다. 느닷없이 거처를 구해 이 집을 나가더니 아이들과 이상한 짓거리를 하는 것에만 열중하여 다시는 근처에도 얼씬을 않는 것이다. 하지만 떠나지 않는 것을 보면 아직 미련이 남았다는 소리일 텐데. 그의 미간이 좁아졌다.

"마냥 기다리고 있을 수만은 없겠어."

며칠 후, 조창주는 행랑채를 지나다가 마침 안채에서 나오는 신씨 부인과 맞닥뜨렸다. 광으로 가려는지 커다란 대바구니를 든 은단도 뒤따르고 있었는데 조창주를 보더니 슬금슬금 마님의 뒤로 숨는다. 얼마 전까지만 해도 농을 걸면 거는 대로 헤실헤실 대답도 잘하던 계집이 요 며칠간은 무조건 피하는 걸 보면 아마도 경실과의 일을 어떻게든 들은 모양이다. 이거 손해가 막심한데, 조창주는 피식 웃으며 신씨 부인에게 다가갔다.

"어이쿠, 안녕하십니까, 마님. 요 며칠 뵙지를 못했습니다."

"이쪽에는 무슨 일로 들었나."

인사를 해도 도무지 살갑게 받아주지 않는 건 예나 지금이나 똑같다. 그는 여전히 실실거리며 넉살좋게 대답했다.

“무슨 일이 있어서 온 건 아니지만 지금 보니 이렇게 마님을 만나 뵈려고 걸음이 절로 떨어졌나 봅니다. 광에 가십니까?”

“외간사내가 안채를 들락거리는 건 남 보기에도 좋지 못하니 이제 이쪽으로는 발길도 주지 말게. 무엇 하고 있니, 은단이는 어서 앞장서지 않고.”

분명 단영이란 계집이 제 어미를 닮아 그렇게 팍팍 가시를 뿜는 게지. 조창주는 저만치 지나쳐 걸어가는 신씨 부인의 꼿꼿한 뒤태를 감상하다가 나지막하게 한 마디를 찔러 넣었다.

“그런데 장형은 왜 그렇게 우둔한지 모르겠어요. 어떻게 두 번씩이나 안채에서 길을 잃을 수 있는지. 안채에 볼일도 없었을 텐데 말입니다. 하여간 마님께서 이리도 외간사내를 질색하시니 엄벌을 받지 않은 것만도 다행인 게지요.”

신씨 부인의 걸음이 잠시 멈추었지만 이내 떨치듯 다시 걷는다. 그러나 조창주의 말도 여기서 끝난 건 아니었다. 그는 뒤로 슬슬 따라가며 또 이렇게 중얼거렸다.

“그보다 단영 아기씨 관리 좀 하셔야겠습니다. 밤이면 밤마다 천한 노비 한 놈 달고 어딜 그렇게 쏘다니시는지, 아무리 어려서부터 같이 자란 놈이라고 해도 사내는 사내인데 그렇게 놔두셔도 되겠습니까? 게다가 아기씨도 이젠 마냥 어리지만은 않은데 말입니다.”

더는 안 되겠는지 신씨 부인이 돌아섰다. 캬, 감탄의 소리가 절로 나오는 것을 얼른 참는다. 저것이 진정 여인의 노한 표정이리라. 제 누이처럼 온갖 감정을 다 드러내는 여인은 아무리 자태가 아름다워도 은근한 맛이 없다. 그러나 이처럼 한 번 보면 잊을 수 없는 자극을 주는 여인도 있으니, 지금 신씨 부인의 표정이 바로 그러한 것이다. 극히 조용한 가운데 휘몰아치는 날카로운 분노. 조창주는 서릿발 같은 신씨 부인을 보며 저도 모르게 입맛을 쭉 다셨다.

"그게 무슨 소린가."

"무슨 소리긴요, 말 그대로 아기씨 외출을 좀 자제시켜주십사, 하는 거지요. 아무리 어려도 지금이 어떤 세상인데. 그러다 만에 하나 봉변이라도 당하시면, 어휴, 그 뒷감당을 어찌 하시려는지, 원."

그러고는 슬슬 곁을 지나치려다가 그제야 생각난 듯 나직하게 말을 이었다.

"그렇게 궁금하시면 이제부터라도 아기씨 밤마실을 유의해서 살피시던가요. 지난밤에도 뭐 볼 게 있는지 뒷산 갈밭으로 올라들 가던데, 백 번 듣느니 마님이 직접 보시는 게 낫지 않겠습니까. 하긴 영특하기로 소문이 자자한 아기씨이니 무슨 일이야 있겠습니까마는."

은단이 저 무례한 놈, 하고 주먹을 휘둘렀지만 그런다고 어이쿠, 할 조창주가 아니다. 유유히 행랑채를 벗어나 사랑채로 접어든 그는 회심의 미소를 지으며 객당으로 들어갔다. 그러고는 붓과 벼루, 종이를 준비해 한동안 생각에 잠겼다가 곱고 가는 필체로 서신 한 통을 작성했다. 한동안 만남을 자제한다고 들었으니 아이들을 유인하기 좋은 기회였던 것이다.

오늘은 축시에 갈밭이 아닌 고갯마루에서 기다리겠다. 아기씨도 모시고 나오너라. 장.

"아차차, 혹여 이 서찰이 발각이라도 되는 날엔 필경 필체부터 살피려 할 텐데 이리 썼다간 도리어 내가 경을 칠 수도 있는 일 아닌가."

지금 막 써놓은 서찰을 깨끗이 태운 그는 다시 종이를 한 장 펴들고 똑같은 내용을 적어 내려갔다. 물론 누가 보아도 자신을 떠올릴 수 없을 정도로 거칠고 투박하게.

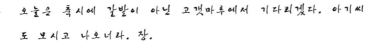

그가 작성한 서찰을 둘둘 말아 돌멩이에 비끄러매고 있을 때 마침 밖에서 두릅을 부르는 깨적의 목소리가 들려왔다. 옳다, 저 녀석이 저기 있었구나. 얼른 밖으로 나가 담벼락 밑을 배회하던 그는 깨적이 잠시 자리를 비운 틈을 이용해 장작을 패고 있는 두릅의 발치로 돌멩이를 던져 넣었다.

마침 수북이 쌓여 있는 장작들을 줍고 있던 아이는 느닷없는 장씨의 편지를 받게 되자 심각한 표정으로 주위를 둘러보다가 급히 단영을 찾아 나섰다. 숨어서 그 모습을 지켜보던 조창주는 다시 장씨를 꾀어내기 위해 황급히 그 자리를 떴다.

사람 마음에 의심을 불러일으키는 것만큼 쉬운 일은 없다. 그 밤, 어둠에 싸인 안방에 앉아 근심으로 밤을 지새우는 신씨 부인이 그랬다. 이미 단영이 방에 없다는 것을 확인한 후였기에 부인의 심경은 착잡하기 이를 데 없었다. 초저녁부터 청각을 곤두세운 채 딸아이 기척을 살폈었다. 그러나 아무런 낌새가 없어 방문을 열어보니 이미 텅 비어 있었던 것이다. 창문으로 빠져나간 것이 분명했다.

이제는 기다리든가, 아니면 데려오는 방법밖에 없었다. 그리고 신씨 부인은 직접 찾아가는 것이 낫겠다고 생각하는 중이었다. 하지만 왜 그럴까. 까닭모를 불안에 신씨 부인은 자꾸만 걸음을 망설이고 있었다.

'이 아이들이 아무것도 모르는 철부지라 노는 것에 정신을 판 것이리라.'

하지만 얼마 전에도 두 아이는 나란히 밤마실을 나갔다지 않던가. 그리고 그때 단영은 반딧불을 잡았노라 대답했었다. 아무리 노는 것이 좋아도 하지 말라 한 것을 부득불 어길 단영은 아니었다. 무언가 제 나름대로의 이유가 있지 않은 한 말이다. 물론 단영과 두릅을 의심하는 것은 아니다. 고집이 세고 유달리 지기 싫어하는 면모를 가졌긴 해도 단영은 그만큼 조숙한 아이였으며 두릅 또한 속이 깊고 철이 일찍 들어 지금껏 누구의 속도 끓인 적이 없었다. 다만 그녀가 걱정하는 것은 다른 이들의 시선이었다. 조창주가 아는 것을 보면 집안 노비들에게까지 다 퍼졌다는 소리였다. 그러니 이제라도 이런 엄청난 놀이를 그만두도록 단단히 일러야만 했다. 잘못하여 소문이 밖으로 새어나가기라도 한다면 그땐 어찌할까.

마침내 신씨 부인은 자리에서 일어섰다. 아이들이 돌아올 때까지 지체할 마음의 여유가 없었기 때문이다. 아니, 어쩌면 신씨 부인은 두 아이가 그저 놀이에 집중했을 뿐임을 확인하고 싶었는지도 모른다. 그녀는 누가 들을세라 발소리를 죽이며 뒷문을 빠져나갔다. 장옷을 머리부터 뒤집어쓴 뒤 조심조심 뒷산을 향해 걸었다. 불안함은 아까보다 더 기승을 부렸지만 그저 치맛자락을 움켜 쥔 채, 달빛에 하얗게 드러난 길을 자박자박 걸어갈 뿐이었다.

만약 그녀가 평소의 성품대로 이 일을 꼼꼼히 따져보았다면 이상한 점이 많다는 것을 금방 알 수 있었을 것이다. 조창주는 어떤 기회로 장의 안채 출입이며 아이들의 밤 외출을 '우연'처럼 발견할 수 있었는지, 혹은 설사 발견한 것 자체는 우연이라 하더라도 왜 조씨에게 말해 사단을 일으키지 않고 넌지시 먼저 알려주는 선심을 베푼 것인지, 하는 의문들 말이다. 그러나 지금 신씨 부인은 일단 아이들을 데려와야 한다는 생각에 빠져 그것을 간과하고 말았고, 그래서 지금도 뒷문 후미진 곳에 숨어 고양이처럼 눈을 빛내던 조창주를 미처 알아보지 못하였다.

신씨 부인의 뒷모습을 바라보는 조창주의 붉은 입술이 활처럼 휘었다. 이미 장씨에겐 단영의 거짓 서찰을 전달한 뒤였다. 소문이 잠잠해져 오늘부터 다시 수련을 할 수 있을 것 같다고 써놓았으니 지금쯤 갈밭에서 눈이 빠지게 기다리고 있을 것이다. 왠지 몸을 사리는 장씨로 인해 궁여지책으로 짜 맞춘 졸렬한 계획이었다. 성공하지 못해도 어쩔 수 없다는 생각으로 슬쩍 미끼를 놓아봤는데 모두들 약속이라도 한 듯이 정확히 움직여주는 것이다. 그야 말로 거저 얻은 떡이었다. 그는 발걸음도 가볍게 윤 영감이 머무는 큰사랑으로 향하였다.

신씨 부인의 걸음으로 뒷산을 오르기까지는 퍽 많은 시간이 소요되었다. 이 발을 내밀면 저 발이 미끄러지고, 저 발을 내밀면 이 발이 엉겅퀴에 걸리었다. 얼마나 진땀을 뺐을까. 가까스로 갈대가 우거진 들판에 도착한 그녀는 사방을 둘러보며 아이들의 모습을 찾았다. 끝없이 넓게 펼쳐진 갈대들 사이로 누군가의 뒷모습이 어렴풋이 눈에 들어왔다.

"단영아."

억센 갈대 줄기를 헤치며 그쪽으로 나가던 신씨 부인은 상대의 얼굴을 확인하다가 그만 자리에 우뚝 서버렸다. 그대, 그대가 어찌 이곳에 있는 것인가. 귀신에 홀린 듯 바라보자니 장 또한 그녀를 발견한 듯 움직이지를 못한다.

"여긴, 여긴 어쩐 일로."

몇 차례 바람이 그들을 쓸고 지나간 후 신씨 부인이 중얼거리자 그가 물끄러미 쳐다보았다. 무언가 묻고자 하는 얼굴빛이었지만 고개를 옆으로 돌린 채인 그녀는 미처 알아보지 못하였다. 한참 뒤 신씨 부인이 다시 말을 꺼냈다.

"아이들이 이곳으로 올라왔다고 해서 찾으러 왔습니다. 혹시 단영이를 보지 못하셨습니까?"

"……예. 보지 못하였습니다."

장은 무언가 일이 이상하게 돌아가고 있음을 알아차렸다. 자신에게 전달되었던 서찰 한 통, 단영의 것이라 생각했는데 약속 시간이 지나도 아이들은 보이질 않고 대신 신씨 부인이 이 자리에 나타난 것이다. 아무래도 이상한 느낌이 든 장은 확인 차 물었다.

"단영 낭자를 찾으러 왔다 하셨습니까. 그 외에 다른 이유는 없는 것입니까?"

낮게 가라앉은 그의 음성에 신씨 부인의 이마에도 옅은 근심이 자리 잡았다.

정석영. 바로 장씨의 원래 이름이다. 본래 양반의 가문에 태어났으나 이미 그 조부 대부터 가세가 기울어 어려서부터 한미한 가정 형편에서 성장을 하였다. 서로의 아버지가 어려서 동문수학했던 의기로 간혹 심부름을 오곤 했던 석영을 어렸던 신씨 부인은 자주 마주치게 되었고, 곧 동무가 될 수 있었다.

그렇다고 그들의 사귐이 그리 대단했던 것은 아니다. 그저 신씨 부인이 몸종을 데리고 산보라도 할라치면 저만치 석영이 나타나 알게 모르게 뒤를 좇았고, 그러다가 왕왕 근처까지 다가와 방아깨비며 메뚜기 등을 잡아주던 게 전부였다. 그러나 그 대단치 않은 사귐은 두 사람의 마음을 통하게 하여 아끼는 서책이며 직접 지은 시 몇 편을 주고받기에 이르렀고, 결국 서로에게 서서히 정인으로 새겨지고야 만 것이다. 서로를 장, 그리고 인경이라는 낯선 이름으로 지칭하여 몰래 서찰을 교환하기 시작한 것은 그녀 나이 열셋 되던 해부터였다.

그리고 다시 열일곱이 되어 윤씨 집안에 출가를 하게 된 그날, 윤돈경이 신씨를 맞아 그녀의 집에서 화촉을 밝히던 때, 석영은 밤새 뒷산 중턱에 앉아 처음으로 무능력한 아버지를 원망하며 울었다. 그러다가 결국 새벽 찬 서리를 맞고 열흘이 넘게 앓아누워야 했던 그날, 그날로부터 두 사람은 이미 열여섯 해라는 먼 시간을 떨어져 오게 된 것이다.

두 사람의 시선이 짧은 시간 맞부딪쳤다. 기실 신씨 부인에겐 묻고 싶은 말들이 많이 있었다. 어째서 이곳까지 오게 된 것인지, 어째서 조창주와 함께였는지, 어째서 천민 행세를 하고 있는지. 그러나 그런 것을 물을 기회도, 필요도 없다고 스스로를 다잡아왔는데 뜻밖의 장소에서 마주치게 된 것이다. 그것도 저토록 초조한 표정을 짓고 있는 그를.

"부인께선 빨리 내려가시는 게 좋겠습니다."

"그래야겠지요. 하지만 단영이를 데려가야 합니다. 대체 어딜 헤매고 있는 것인지."

장은 가만히 신씨를 바라보았다. 먼 시간, 이젠 그리운지 어떤지도 모를 만큼 희미하게 지워진 그때, 그때의 신씨, 아니 인경 낭자는 자신의 앞에 이렇듯 숨죽여 서 있곤 했었다. 손을 뻗으면 닿을 바로 그곳에, 바로 지금처럼 말이다. 그의 입에서 한숨이 새어나왔다.

"단영이, 그 아이."

장의 말에 신씨가 청각을 곤두세웠다.

"아마도 이곳으로 올 것 같지 않습니다. 짐작 가는 곳이 있으니 부인께선 이만 내려가시지요. 찾게 되면, 아니, 꼭 찾아서 무사히 돌려보내겠습니다."

신씨 또한 무언가 이상하다는 생각을 이미 하고 있었다. 그렇지만 딸아이를 두고 쉽게 발길이 돌아가지 않았다. 지금이라도 어딘가에 숨어 있을 단영을 찾기라도 하려는 듯 사방을 둘러보던 신씨 부인의 몸이 한순간 경직되었다. 어두운 얼굴로 바닥만 내려다보던 장이 이상함을 느끼고 고개를 들었을 때는 이미 격노한 윤 영감이 그들에게로 달려들고 있는 순간이었다. 갈대를 휘감는 바람, 칼바람을 닮은 그 소리만 아니었다면 다른 이의 흔적을 미리 잡아낼 수 있었을 텐데, 장은 미처 간파하지 못한 자신을 저주하며 신씨 부인 앞을 가로막았다.

"이, 이런 쳐 죽일 것들을 봤나!"

윤 영감의 손이 장의 얼굴을 가격했고 사방으로 피가 튀었다. 차마 비명을 지를 수 없어 손으로 입을 가로막던 신씨 부인은 윤 영감의 손이 자신에게로 향하자 눈을 감으며 고개를 돌렸다. 곧 무시무시한 충격이 머리를 지나 발끝으로 흘렀고 동시에 심한 정신적 충격에 의해 혼절하고 말았다.

제3장. 환(瑍)

"아프지 말라고 했을 텐데."

연경은 애써 미소를 지으며 고개를 끄덕였다. 닷새이다. 닷새 동안 병치레를 하느라 또 환을 혼자 두고 말았다. 그는 앞으로 안 아프면 된다 하지만 그녀로선 자신 없는 약속이었다.

"오늘은 뭘 먹었지?"

그는 늘 입이 짧은 연경을 꾸짖곤 했다. 그러니 병이 하루도 떠날 날이 없는 거지, 라고.

"많이 먹었어요."

"그래, 어떤 걸 많이 먹었느냐고."

"그냥 이것저것 많이요. 그렇지요, 서 상궁?"

저만치 서 있던 상궁 한 명이 부드러운 웃음으로 대답을 대신 하자 연경이 거봐요, 하는 표정으로 환을 쳐다보았다. 환은 나날이 핼쑥해지는 그녀가 안쓰러워 오늘도 경연(經筵)을 물리고 교태전에 들렀다. 그러지 말라고 연경이 아무리 말려도 듣지를 않는다.

"오늘은 뭘 하면서 보낼까."

이제 환의 나이 겨우 열여섯, 그러나 보위에 오른 지 이미 일곱 해가 지났다. 연경과는 세자 책봉을 받을 무렵 가례를 올렸으니 부부의 연으로 본다면 결코 적은 시간이 아니다. 그럼에도 워낙 어릴 때부터 함께 자라서 그런지 두 사람은 언제 보아도 오누이요 동무 같기만 할 뿐, 부부라는 명칭은 어울리지를 않았다.

"환, 오늘도 여기서 지낼 건가요?"

연경의 물음에 환이 당연한 걸 묻는다는 표정을 지었다.

"왜, 내가 옆에 있는 게 싫은가?"

"그런 게 아니라……."

얼굴을 붉히며 고개를 숙인다. 그런 중전의 얼굴을 보기 위해 이리저리 얼굴을 돌려보던 환은 여의치 않자 씩 웃어버린다.

"또 어마마마 때문에 그런 거야? 신경 쓰지 말라고 했잖아. 자꾸 다른 생각을 하니까 더 아픈 거지. 서 상궁."

환의 마지막 말에 서 상궁이 허리를 굽히며 대답했다.

"예."

"오늘 낮것[8] 중전과 함께 들도록 할 테니 그리 준비를 해주게."

"예, 전하."

서 상궁의 눈에는 나이 어린 두 분 마마가 세상에 둘도 없이 다정하고 고와 보인다. 그러나 오늘도 전하께서 교태전에만 머무신다면 필경 곤전마마는 대비전의 눈총을 한 겹 더 입으실 것이다. 안 그래도 가례를 올린 후 몸이 병약하다는 이유로 늘 안 좋은 소리만 들어온 연경이었다. 최근에는 원자 생산을 위해 부실한 중전은 폐위를 시키고 건강한 새 중전을 맞아야 한다는 답답한 소리들도 떠돌고 있는 참이어서 안 그래도 심약한 연경의 마음을 더 오그라들게 하였다. 아직 환경(環經)[9]조차 없어 합방도 미룬 두 분 마마가 아니던가.

---

8) 점심 식사.
9) 월경.

"좀 걷다가 오는 건 어떨까."

환이 말했다. 또 입맛이 없다고 상을 물릴지도 모를 연경을 위한 배려였다. 그녀는 미소로 답하며 자리에서 일어섰다. 어서 건강해졌으면 좋겠다는 강한 바람을 마음속으로 꾹꾹 다잡으면서 말이다. 그래야 전하의 곁에 더 오래 머물 수 있을 테니.

"환, 이렇게 오래 저하고만 있으면 아니 되어요."

연경의 말에 환이 물끄러미 쳐다보았다.

"어째서?"

"환은 이제 어릴 적 세자가 아니니까. 이제 환은 임금이 되었고, 그래서 해야 할 일이 산처럼 많아졌으니까."

"그럼 임금을 안 하겠다고 해버릴까?"

순간 놀라서 제자리에 서고 마는 연경을 보며 환은 커다랗게 웃음을 터트렸다.

"정말 그랬으면 좋겠다. 다시 아바마마께서 돌아오시고, 내가 세자로 돌아가고, 중전도 빈궁으로 돌아갈 수 있다면 참 좋겠어."

연경은 넓은 구중궁궐에서 가장 외로움을 많이 타는 소년의 옆얼굴을 바라보며 저도 모르게 가슴에 손을 얹었다. 그녀는 알고 있었다. 환이 얼마나 많은 것들을 그리워하는지를. 언제인지도 모르게 곁을 떠나버린 것들을 그는 늘 되찾고 싶어 한다는 것을.

"환이, 전하께서 그런 아바마마가 되어주면 되잖아요. 어서 원자를 낳고, 강하고 힘 있는 군왕이 되어 지켜주면 되잖아요."

연경은 마지막 덧붙이고 싶었던 말을 가슴에 담으며 애써 웃음을 지어 보였다. 사실은 내가 그대의 원자를 낳아주고 싶다고, 그래서 앞으로는 그대의 여자로서 살아가고 싶다고, 하루에도 몇천 번을 소망하는 그 말들을 오늘도 꾹꾹 눌러 담고 말았다. 환은 이런 연경의 마음을 아직도 모르겠는지 글쎄, 하며 어깨를 움칫해버린다. 그는 좋은 동무이고, 좋은 오라버니이고, 좋은 아우일 때도 있지만 결코 좋은 지아비는 아니다……. 연경의 얼굴에 어두운 그림자가 드리워졌다.

"이제 들어갈까? 오늘도 과자니 미음이니 하는 걸로 준비했으면 호되게 야단을 쳐주겠어."

환이 말했다.

궁중의 점심은 과자 · 떡 · 과일 · 화채 같은 다과반이나 미음 · 응이 등을 내놓는 게 상례였다. 그러나 아침저녁 수라를 부실하게 넘어가는 중전이 점심까지 다과를 먹어서야 쓰겠냐며 환이 정정하라 이른 후에는, 교태전에서만 특별히 장국상이나 죽상을 준비하게 되었다.

"그러지 마요."

연경이 말렸다. 어제, 지금까지의 예를 따르라는 대비의 명에 따라 모처럼 다과반이 올라왔는데 그걸 환이 알게 된 것이다. 비록 대비전에까지 달려가지는 않았지만 다시 한 번만 더 자신의 명을 어겼다간 왕권 도전으로 받아들여 연관된 모두를 궁 밖으로 내치겠노라고 불같이 화를 냈으니 분명 대비의 귀에도 들어갔을 터였다.

"어마마마께도 다녀오고요. 그래선 안 되는 거였어요."

서 상궁의 보고에 의하면 환은 오늘 아침 문후조차 들지 않았다고 했다. 언제부터였던가. 이들 모자 사이에 실낱같은 금이 가기 시작하더니 이제 손을 쓸 수 없을 만큼 촘촘한 그물이 되어 옴짝달싹도 할 수 없게 돼버리고 만 것은. 아들은 끝이 없는 어머니의 수렴청정이 못마땅했고, 어머니는 아직도 아들이 어리게만 보여 손에서 내놓고 싶어하지 않는다는 게 표면적인 이유였지만, 누구나 눈치 챘듯 그게 사실이 아니라는 것을 연경도 알고 있었다. 환은 대비의 친아들이 아닌 것이다. 진실은 오직 그것 하나였다. 대비가 몸이 약한 중전을 몰아내려고 한다거나 자신의 집안 종숙의 손녀, 즉 조카뻘이 되는 처자를 계비로 점찍고 있다는 등의 일들도 사실은 부차적인 문제였다.

"어마마마께서 환을 얼마나 귀히 여기셨는지 모르지 않잖아요."

연경이 달래듯 말해보았다. 그러나 환은 묵묵부답이다. 물론 그도 알고 있었다. 생모인 선정왕후(鮮正王后)가 고작 다섯 살이었던 원자를 두고 세상을 떠났을 때, 지금의 대비는 열다섯의 나이로 선왕의 계비가 되어 환이 세자로 책봉되도록 힘을 보태주었다는 것을. 4년 뒤, 선왕의 붕어 이후 현 세자의 연치가 너무 어려 보위에 오르기 어렵다는 신료들의 반대에도 불구하고 대비는 겨우 열아홉의 나이로 그를 지켜냈고 지금껏 수렴청정을 해오며 왕좌를 더 굳건히 해주었던 것이다. 물론 대비의 속내에 환을 지켜야 스스로도 지켜진다는 계산이 있어 더 필사적이었을 테지만, 어쨌든 고마운 건 고마운 거였다. 그건 환도 인정하는 바이다. 그럼에도 그는 좀처럼 대비와 가까워질 수가 없었다. 나이가 들면 들수록, 철이 들면 들수록 오히려 대비는 점점 먼 사람이었다.

"아, 저기 좀 보아요."

연경의 손끝으로 어여쁜 아기구름이 둥실 떠 있었다. 조금씩 궁궐 지붕을 타고 흐르더니 곧 담을 넘어 그 끝을 감추고 만다. 하염없이 구름만 좇던 연경이 아쉬운 듯 탄식했다.

"저 구름은 또 어디로 갈까요?"

환은 그런 연경을 가만히 바라보았다. 이제 열다섯인 그녀는 궁 안으로 시집을 온 후 꼭 한차례 친정나들이를 갔었다. 하긴 병환으로 인한 피접이었으니 그 한 번의 기회조차 나들이라고 할 수는 없었고, 그렇게 치자면 이 갑갑한 궁 안에 이미 9년이라는 시간을 갇혀 있던 셈이 된다. 그 점을 생각하니 구름 하나에 울 것 같은 표정을 짓는 것도 이해할 수 있었다.

"좋아. 밖으로 나가보자."

뜬금없는 환의 말에 연경이 의아하다는 표정을 지었다. 그러나 곧

궁을 나가고자 한다는 그의 계획을 듣고 대번에 하얗게 질렸다.

"환, 그건 절대로 안 될 일이에요."

"어째서 그렇지?"

"어째서라니요. 그걸 몰라서 묻는 건 아니잖아요."

"아니, 몰라서 묻는 거야. 중전은 도대체 누가 내 앞길을 막을 수 있다고 생각하는 거야?"

곧고 빳빳한 얼굴. 이럴 때는 꼭 처음 만났던 일곱 살 치기 어린 원자마마를 다시 보는 듯하다. 연경은 열심히 그를 달래보았지만 환의 마음은 이미 확고했다. 임 내관이 불려왔다.

"지금 곧 곤전과 잠행(潛行)을 나가야겠으니 채비하여라."

너무 갑작스런 일이라 내관의 대답이 따르기까지 약간의 침묵이 흘렀다.

"잠행이라고 하셨나이까?"

"그렇다. 참, 곤전과 내가 갈아입을 미복도 필요하겠구나."

"하, 하오나 전하, 무슨 일이든 그만 한 절차가 꼭 필요한 법임을 아시지 않사옵니까?"

임 내관이 불가함을 아뢰자 여기저기서 내관들의 통촉해달라는 하소연이 쏟아졌다. 그러나 환의 표정은 곧고도 엄했다. 교태전의 상궁 무리까지 나서서 좀 더 심사숙고하시도록 만류해보았지만 어린 주상께서는 본래 한번 결정한 일을 도무지 꺾을 줄 모르는 성품이셨다.

얼마 안 되어 동문 밖에 말 두 필과 일반 견여(肩輿) 두 대가 마련되었다. 최대한 간소하게 행차를 준비하라는 주상의 명 때문이었다. 환은 손수 연경과 자신의 잠행 의복을 고른 후 흡족한 마음으로 말에 올랐다. 그 행렬의 부실함으로 인해 두 분 마마의 안녕이 크게 마음에 걸렸던 임 내관이 이것만은 안 되겠노라며 입에 거품을 물고 막아보았으나 역부족이었다. 뿐만 아니라 오히려 호위내관들까지 모두 물리치고 오로지 교태전 서 상궁과 의종이 늘 거느리고 다니는 홍 내관, 두 사람만을 허용한다 하여 나머지 모두를 당황케 하였다.

물론 상감의 느닷없는 잠행은 득달같이 대비전에 고하여졌다. 낮것을 든 이후 느긋이 가매(假寐)[10]를 즐기던 인성대비(仁聖大妃) 민씨의 안색이 대번에 굳어졌다.

"잠행이라니, 도대체 어디로?"

"자세한 것은 양 상궁도 모른다 하였사옵니다. 다만."

"다만?"

"전하께오서 명하시기를 곤전마마와 함께할 것이니 미복을 준비하라 하셨다 들었나이다."

"무어라, 곤전과 말이냐!"

"예, 마마."

대비의 꼭 그러쥔 손이 부르르 떨려왔다. 그렇지 않아도 지금까지 주상의 그릇된 언행에 머리가 지끈거리는 참이었다. 아무리 보위에 오른 지 몇 해의 시간이 지났다 하나 아직은 미혹의 나이, 대소신료들을 상대하기에 앞서 말과 행동을 늘 조심해야 한다고 달래보아도 들은 척도 하지 않았다. 그뿐인가, 왕권이 튼튼히 다져지려면 먼저 원자를 보아야 한다고 그리 일렀으나 병약한 중전에게 빠져 후궁조차 마다하였다. 그러고는 이제 보란 듯이 대비전의 위엄도 무시한 채, 해야 할 일과 해서는 안 되는 일까지 구분을 못하는 것이다.

이대로 주상과 대비전과의 마찰이 계속된다면 지금껏 일궈놓은 모든 것이 물거품이 될 수도 있었다. 무엇보다도 선왕의 장자로 보위에 강력히 추대되었던 무령군(武怜君)이 늘 마음에 걸렸다.

---

10) 낮잠.

"곤전과의 잠행이 사실이더냐? 혹여 잘못 전달된 것은 아니더냐?"

"이 모두가 사실이옵니다, 마마."

머리를 조아리는 허 상궁의 이마로 굵직한 땀방울이 배어나왔다.

"그렇다면 주상을 뫼옵는 이는 누구누구이더냐?"

"아무도 따르지 말라시며 오로지 홍 내관과 교태전 서 상궁만을 허락하시었다 들었사옵니다."

대비의 안색이 파리해졌다. 아무리 어리다 해도 이쯤 되면 알아야 했다. 임금의 자리라는 것이 그저 마음 내키는 대로 한 세상 살아도 좋을 범부의 자리가 아니라는 것을 말이다.

"오늘도 경연을 물리셨더냐?"

대비의 기운 없는 물음에 허 상궁의 안면 가득 민망함이 번졌다. 혀를 끌끌 차며 다시 등을 기대던 대비는 갑작스런 통증에 저도 모르게 가슴을 눌렀다. 제 속으로 낳은 자식은 아니나 그보다 더한 귀함으로 주상을 길러냈다. 열다섯 어린 나이로 궁에 들어와 이미 병색이 완연한 선왕을 뫼시며 그녀는 결심했던 것이다. 비록 친자는 아니나 그만한 정성으로 원자를 돌보리라. 그리하여 장차 위태로울 수 있는 이 자리도 함께 지켜내리라고 말이다.

헌데 지금은…….

"흐음."

흉통으로 인해 신음이 흘러나왔다. 허 상궁이 근심 어린 표정을 지었다. 괜찮다 말해주었지만 사실은 그렇지 못하다. 한낱 통증 때문만은 아니었다. 대비는 씁쓸한 표정으로 창 밖에서 흩날리는 봄 꽃잎을 바라보았다. 차라리, 차라리 무령군을 끌어안았더라면 이보다는 나았을까.

"연치 어린 위령대군(偉怜大君)은 고작해야 바람 앞에 등불입니다. 그렇지 않습니까?"

선왕의 붕어 직후 무령군이 수척해진 얼굴로 찾아왔었다. 옥새를 품에 지닌 대비를 제 편으로 만들고 싶었겠지만 때가 때인 만큼 늦은 발걸음임을 몰랐을 무령군이 아니다. 그럼에도 대비전을 찾은 것은 어쩌면 답답한 제 속이라도 풀어보고자 함이었는지 모른다. 그래서였다. 일부러 저하가 아닌 위령대군이라 칭하며 세자를 폄하하는 속내를 모르는 바 아니면서도 그 방자함을 꾸짖지 않았던 것은.

"어느 어미가 아들을 절벽으로 내몬답니까? 무령군, 이만 돌아가세요. 출궁이 지체되고 있습니다."

"아들이라고 하셨습니까? 만약 선왕께서 강건하셨더라면 그때도 지금처럼 위령대군만을 품으셨겠습니까?"

대비가 입궁하였을 때 이미 선왕은 자리보전한 직후였다. 그런 지아비를 통해 후사를 볼 수 없을 것임은 어린 그녀가 보아도 자명한 일이었다. 한미한 가문 탓에 받쳐줄 세력조차 없던 그녀에게는 후사 없음이 치명적인 약점일 수밖에 없었다. 그러니 왕실에 하나뿐인 적통, 위령대군을 방패막이로 삼는 길밖에 없었다. 무령군은 그러한 점을 꼬집은 것이다.

"비록 적통은 아니라 하나 이 몸, 왕실의 장자로서 대권을 이어갈 충분한 권한이 있다 여겨왔습니다. 불경하다 하여도 할 수 없습니다. 언제까지 어린 세자를 받쳐줄 수 있을 거라 여기십니까? 이 나라 조정은 한낱 어린아이에 불과한 세자가 아닌 강인한 군주를 필요로 하고 있습니다. 그걸 모르시겠습니까?"

왜 모르겠는가. 대소신료들 중에도 바로 그 점을 들어 무령군을 옹호하는 세력이 있었던 것이다. 그러나 당시 대비의 입장에서는 무령군을 믿을 수가 없었다. 우선 가장 꺼림칙한 것이 무령군의 나이였다. 자신보다 고작 한 살 어린 그가 왕좌를 차지한다면 아무리 대비전이라 해도 주상의 일에 섣불리 관여를 할 수 없을 게 뻔했다. 게다가 그의 생모인 희빈(禧嬪) 김씨가 다시 입궁할 테니 대비는 명색뿐인 어미인 채 한 걸음 뒤로 물러날 수밖에 없는 것이다. 이는 위령대군이 보위에 올랐을 때 보장되는 대비전의 권한에 비교하면 도무지 미미할 수밖에 없었다. 당시의 대비로서는 딱히 선택할 다른 대책이 없었던 것이다.

허나, 허나 말이다. 만약, 김 희빈이 두 해도 지나지 않아 병사할 것을 짐작했다면 어땠을까. 대비의 이마에 어느덧 주름이 잡혔다. 하루가 다르게 커가는 주상과의 관계가 이리 냉랭해지리라 미리 짐작했더라면 과연 어땠을 것인가. 대비는 쓰린 속을 연신 문지르며 생각하는 것이다. 그것은 정말 모를 일이라고 말이다.

"환, 지금 어디를 가는 건가요?"

견여(肩輿)의 흔들림에 몸을 맡기던 연경이 옆에서 말머리를 나란히 한 환을 향해 물었다.

"좋구나. 이렇게 좋은 것을 그동안 갑갑한 궁에만 들어앉아 있었으니 중전의 건강도 차도가 없을 밖에. 앞으로는 종종 세상 구경을 시켜 주어야겠어. 괜찮겠지?"

혼잣말을 하며 물음에는 대답을 않는 환이었다. 연경은 그가 지금 딱히 행선지를 정하지 않았음을 깨달았다. 그녀의 친정아버지는 환이 보위에 오르자마자 관직에서 사임하였고, 두 사람을 반겨줄 친지라고는 도성 내에 아무도 없었다. 환의 형제들은 여럿이었으나 모두가 후궁 소생뿐이어서 교분이 많지 않았던 것이다. 하긴 어려서부터 원자라 하여, 또 세자라 하여 그들로부터 얼마나 많이 구별되었던가 말이다. 그의 외로움을 되뇌어보던 연경은 저도 모르게 싸늘해지는 가슴을 얼른 추슬렀다. 저마저도 없어지면 하는 생각이 불현듯 들었기 때문이다.

"마마, 일전에 말씀 올렸던 동묘(東廟)의 부녀시장(婦女市場)을 기억하십니까?"

우두커니 발치만 내려다보는데 옆에서 따라오던 서 상궁이 넌지시 말을 건다.

"기억하고말고요. 내 얼마나 가슴 아프게 들었는데."

서 상궁의 손이 오른편을 가리켰다.

"보이십니까? 마마. 저기 멀리 보이는 봉우리가 동망봉(東望峰)이옵니다. 허니 부녀시장이 섰다는 장거리(場巨里)는 저쪽 근방일 것입니다."

동망봉은 바로 비운의 왕, 단종(端宗)의 비였던 정순왕후(定順王后)가 영월(寧越)로 유배된 부군의 평안을 빌기 위해 조석으로 올랐다는 정업원 근처의 봉우리였다. 숙부에게 왕위를 강제로 빼앗기다시피 한 단종은 일 년여 후 다시 영월로 내려갔으나 4개월이 채 안 되어 사사(賜死)되었고 그 후로 정순왕후 송씨(宋氏)는 날마다 동망봉에 올라 부군의 한 서린 넋을 기렸다는 것이다. 부녀시장은, 초근목피로 근근이 살아가는 송씨의 딱한 사정을 들은 인근의 부녀자들이 일부러 여인들만의 채소시장을 열어 티 안 나게 송씨의 생계를 돕기 시작하면서 붙은 이름이라고 하였다. 드러내놓고 도울 수 없는 상황에서 시장이라는 북적거림을 이용해 기지를 발휘한 것이다.

이후 단종은 숙종(肅宗) 대에 이르러 추복되었으며 송씨 또한 정순왕후라는 호를 받을 수 있었으나, 그렇다고 하여 그들의 한 서린 생이 보상받을 수는 없었을 것이다. 연경은 서 상궁을 통해 당시 정황을 자세히 들은 적이 있었는데, 이제 먼발치에서나마 그 흔적을 보니 막연히 가졌던 가슴시림이 더욱 선명해졌다.

혼자 얼마나 무서웠을까. 얼마나 원통하고 분하였을까. 얼마나, 얼마나 사모하는 이가 그리웠을까.

특히 혼자 남은 정순왕후가 여든둘의 나이로 세상을 뜰 때까지 외로

이 정업원을 지켰다는 대목이 가장 가슴 절절했던 연경은 환의 뒷모습을 바라보며 작게 한숨을 내쉬었다. 아십니까. 나는 그대가 가는 길목조차 지킬 수 없을지도 모릅니다. 나는 그대 떠난 뒤의 외로움을 달래야 할 만큼 오랫동안 곁을 지켜줄 수 없을지도 모릅니다.

얼마간 목적지 없이 도성 근방을 구경하던 그들은 여각에 들어가 목을 축이기로 했다.

"환궁하려면 서둘러야겠어요."

연경이 주위를 살피며 낮은 목소리로 말했다. 그러나 환은 고개를 저었다.

"아무것도 한 게 없는데 벌써 들어갈 수야 없지. 아직 해도 저렇게 많이 남았는걸. 시가지 말고 이번엔 계곡으로도 가보자. 날이 꽤 더워졌으니 시원하고 좋을 거야. 그대가 좀 더 건강해지면 종종 미행도 함께 나올 수 있겠어."

그러고는 서 상궁에게 수긴(手巾)[11]을 적셔 오라 일러 꿀떡으로 인해 끈적해진 연경의 양손을 친히 닦아주었다. 연경은 누가 볼세라 민망해하면서도 환의 입에서 나온 '그대'라는 말이 즐거워 두 눈이 반짝거렸다. 중전이라고 칭하였다가 누가 듣기라도 하면 낭패일 테니 그리한 것임을 알면서도 괜스레 기분이 좋았다. 언젠가 서 상궁을 통해 궁녀들이 많이 돌려 본다는 밀서를 구해 읽은 적이 있었는데, 내용 속 인물이 사모하는 여인에게 '그대'라는 호칭을 사용했던 것이다. 사모하는 여인, 이 구절을 떠올리니 또다시 양볼만 발그레해졌다.

그들이 떠날 채비를 마친 후 다과 값을 계산하고 있을 때였다. 여각 입구가 소란스러워지더니 건장한 체격의 젊은이 두 사람이 걸음도 빠

---

11) 수건.

르게 안으로 들어왔다. 무심히 그들을 돌아보던 환의 얼굴이 딱딱하게 굳었다. 둘 중 앞서 다가오는 이가 무령군임을 알아보았기 때문이었다.

"형님께서 어찌 알고 이곳까지 오신 겁니까?"

환의 냉정한 목소리에 무령군이 온화한 안색으로 대꾸하였다.

"도성 근방의 일이야 소직에겐 금방이지요. 게다가 아우님의 일이 아닙니까?"

입으로는 아우님이라고 칭하여도 그 어투며 행동거지는 겸허하기 이를 데 없었다. 응당 그래야 도리이기도 했다. 그런데 왜일까, 연경의 눈에는 무령군이 두렵게 느껴졌다. 언제부터인지 모르게 그는 환에게, 그리고 자신에게 위협의 존재로 자리매김하고 있음을 알기 때문이었다. 세자 책봉 시부터 경쟁의 대상이었기 때문에 그런 것일까. 아니다, 꼭 그렇게만 볼 수 없는 무언가가 무령군에겐 있었다.

얼핏 보면 닮기도 한 두 사람이었다. 그러나 만약 이 사람이 세자 책봉을 받았다면 어땠을까. 그렇다면 위협의 존재가 아니라 환과 자신을 아껴주고 보듬어주는 든든한 버팀목이 되어주었을까. 그랬으면 환은 좀 더 자유분방한 생활을 할 수 있었을까.

연경은 아직 소년티를 벗지 못한 환에 비해 아홉 살이나 많은 늠름한 무령군을 바라보며 살며시 고개를 저었다. 야심이 많은 인물이었다. 그가 세자 자리에 올랐다 해도, 그리하여 무리 없이 보위를 이어받았다 해도 자신에게 위협이 되는 어린 동생을 곱게 보아 넘겼을지는 모를 일이었다.

"위령대군이 도대체 뭐냐! 적통대군? 그 따위가 다 뭐란 말이냐!"

환이 세자로 책봉되던 때, 낙심한 무령군의 술 취한 모습을 우연히 목도한 적이 있었다. 그날, 매섭게 이를 드러내며 소리치던 냉혹한 얼굴을 마주한 후로 연경은 그를 편하게 대할 수가 없었다. 늘 환을 귀엽다는 듯 안아주었음에도 눈빛만큼은 잔혹하리만치 냉하다는 것을 깨달았기 때문이었다. 지금도 그는 다름없이 온화했지만 눈은 전혀 웃고 있지 않았다.

"다음 행선지는 어디입니까?"

무령군이 물었다. 자진하여 호위를 맡을 심산인 듯했다. 환은 먼저 연경이 말에 안정감 있게 오를 수 있도록 도운 후 이복형을 돌아보았다.

"근처 절경에 대해선 형님이 더 잘 아실 터이니 어디든 이끄시는 대로 따르지요. 성중아."

홍 내관이 얼른 앞으로 나섰다.

"나의 내자가 불안하지 않도록 뒤를 바싹 따르거라. 험한 길에선 고삐를 잡아주어도 좋다."

"예."

그렇게 하여 처음보다 수가 늘어난 환의 일행이 천천히 여각을 나섰다. 가장 앞에서 무령군이 이끌었고 그 뒤를 환이 따랐으며 연경과 홍 내관, 그리고 서 상궁의 말이 각각 출발한 후, 무령군이 데려온 사내가 마지막을 이었다.

사람들로 빽빽한 도성 시가지를 지나니 그때까지는 드문드문 보이던 개나리며 진달래가 무더기로 피어 길을 메웠다. 얼마 안 되어 꽃길은 곧 아름드리나무 길로 바뀌었다. 연둣빛 그림자는 걸음걸음마다 그 빛을 짙게 물들이며 일행의 머리 위로 쏟아져 내렸고 그 틈으로 화사한 봄 햇살이 말 잔등을 간질였다. 간혹 무령군이 환의 곁으로 다가와 말머리를 나란히 할 때도 있었지만 대부분의 시간은 서로 각자의 생각을 품은 채 녹음 짙은 주위를 감상하였고, 마침 볕도 딱 맞게 비춰주어 사방은 거짓말같이 나른하고 평온하였다.

"무계정사(武溪精舍)를 아시옵니까, 전하?"

인적이 드문 길이어서 무령군의 어투도 달라졌다.

"들어는 봤으나 가보진 못했습니다. 안평대군(安平大君)이 무릉도원에서 노니는 꿈을 꾼 이후 무계동(武溪洞)을 그곳과 같은 자리라 여겨 산정(山亭)을 지은 데서 유래한 이름 아닙니까. 안견(安堅)을 통해 그리게 한 '몽유도원도(夢遊桃源圖)'가 바로 그곳이라지요."

"그렇습니다. 무계정사는 시문(詩文), 그림, 가야금 등에 능하고 특히 글씨에 뛰어나 당대의 명필로 불린 안평대군의 안목으로 선택된 곳으로서 절경 중의 절경이라 할 수 있지요. 허나 그의 지나친 풍류가 화를 불러들였으니, 글 잘하는 선비 몇을 모아 연회를 베풀곤 하던 것이 그만 역심으로 오인받을 줄 누가 알았겠습니까?"

무령군과 환의 대화를 가만히 듣고 있던 연경의 안색이 어두워졌다. 안평이라면 그녀가 동망봉을 지나칠 때 떠올린 단종의 숙부 되는 이들 중 하나였다. 단종이 아직 왕위에 머물던 시기에 수양대군이 계유정난(癸酉靖難)을 꾸며 자신의 세력과 은연히 맞서던 그를 강화도로 귀양 보냈다가 교동도(喬桐島)로 유배, 결국 사사(賜死)시켰던 것이다. 하필이면 그런 곳이라니. 연경은 무령군이 고의로 그 이야기를 꺼낸 것 같아 마음이 불편해졌다. 환이 대답하였다.

"안평대군은 경성(鏡城)의 무기를 옮겨 와 그곳 무계정사를 토대로 하여 무력 양성에 힘썼다고 들었습니다. 당시 사람들 또한 그곳을 흥룡지지(興龍之地)라 불렀다 하니 이는 곧 왕이 나올 역모의 땅을 일컫는 것 아니겠습니까. 그가 조금만 더 서둘렀다면 조선의 왕조는 그 흐름이 바뀌었을 텐데, 오인된 역심이라니, 형님답지 않게 관대하신 평이로군요."

"그렇습니까. 그렇다면 전하의 뜻은 안평의 복원을 인정하지 않으신다는 것이로군요."

"꼭 그렇다고 할 수는 없습니다. 선대 왕의 결정에 이의를 제기할 마음은 없으니까. 그저 역심에 관한 한 한 치의 관용도 용납할 수 없다는 사적인 판단일 뿐입니다."

환의 대답에 무령군은 그저 웃음으로 답을 할 뿐이었다. 연경은 조마조마한 마음으로 두 사람을 지켜보았다. 그러나 무언가를 더 이어갈 것 같던 무령군이 묵묵히 앞으로 나서면서 둘의 대화는 결렬되었고, 그 뒤로 아까와 같은 평온이 냉랭해진 자리를 채웠다.

"피곤치 않은가?"

환이 연경을 돌아보았다. 미소로 답하고 싶은데 생각처럼 쉽지가 않았다. 그녀의 노곤함을 알아차린 환이 일행을 멈추게 하였고 그들은 곧 근처에 있는 작은 정자를 하나 찾아내었다.

"이 길로 쭉 가시면 우물이 하나 나옵지요. 또 그 반대로 가셔도 좋으실 것이, 넓지는 않으나 조촐하니 보기 좋은 냇물이 흐르고 있습니다요. 어디서 오시는 길이십니까?"

지나던 노인 한 명이 사람 좋은 웃음을 만면에 띠며 근방을 설명해 주었다. 환은 무령군과 그 호위무사에게 식수를 준비해 오라 시킨 후 연경을 자신의 앞에 태워 냇가 쪽으로 길을 잡았다. 피로로 하얗게 질려 있던 연경의 두 볼이 부끄러움으로 발갛게 살아났다.

노인의 말대로 냇가는 금세 나타났다. 폭이 좁긴 하였지만 그 물이 푸르고 맑았으며 주위로 봄꽃이 만개한 것이 아담하고 예쁘장한 곳이었다. 곧 서 상궁이 나무 밑 널따란 터에 비단 천을 깔아 연경을 그 위에 앉혔다. 환은 홍 내관과 근처를 거닐며 간혹 물에 손을 담그기도 하였는데 그 모습이 마치 여염집 도령처럼 해맑아 연경은 기뻤다.

"그나저나 걱정입니다, 마마."

곁에 앉았던 서 상궁이 넌지시 입을 열었다.

"무엇 말인가요?"

짐작은 하면서도 그냥 모른 척해보는 연경이었다.

"지금 서둘러도 신시(申時)까지 맞추기가 힘들 텐데 하필 무령군까지 합세하였으니 이대로라면 환궁 시간이 너무 지체되지 않겠습니까. 자경전마마께서 이번엔 또 어찌 나오실지, 원."

저도 모르게 혀를 끌끌 차던 서 상궁이 뒤미처 무례했다 싶었는지 민망한 낯으로 고개를 조아렸다. 다른 때 같으면 자경전마마를 함부로 말하는 그에게 가벼운 꾸지람을 하였겠지만 지금은 연경도 많이 지쳐 있었다. 이것저것 생각에 빠지느니 그저 아무 근심 없이 지아비의 노니는 모습을 지켜보고 싶었던 것이다.

"그쪽이야. 거기서 막아야 해!"

갑작스런 외침에 깜짝 놀랐다. 저만치 보니 구불구불한 냇가 줄기를 따라 사내아이가 달려오는 참이었는데 아래편에서도 그물을 쥔 아이가 마주 올라오고 있었다. 물고기를 모는 것이다. 그런 장면은 처음이다 보니 꽤나 흥미로웠다. 대체 얼마나 잡을 수 있을까, 저만치 서 있던 환까지도 기대 어린 시선으로 그들을 구경하기 시작했다.

"어이, 같이 해보지 않겠어?"

키가 작고 또랑또랑한 눈빛을 지닌 아이였다. 환은 맹랑한 꼬마의 외침에 꽤나 당황하여 바로 대답을 못했다. 그러자 그 아이가 곁으로 뛰어와 다시 한 번 물었다.

"하지만 나는 물고기를 잡아본 적이 없다."

"괜찮아. 몰이는 나와 다른 녀석이 할 테니 너는 그냥 그물을 펼치고만 있으면 된다."

서너 살은 더 많아 보이는 환을 대할 때에도 아이의 기세는 여전했다. 다른 아이들을 손짓해 부르더니 곧 그물을 받아 환에게 설명을 해주기 바쁘다. 이제 보니 부족한 인원수를 채우고픈 요량인 듯했다. 그러나 환은 호기심이 생기면서도 주저하는 눈치였다.

"한번 해보세요. 언제 이런 기회가 또 오겠습니까?"

가만히 지켜보던 연경의 부추김에 서 상궁은 많이 놀라야 했다. 어쩌자고 저런 걸 권하시나, 서 상궁이 난감한 어투로 중얼거렸지만 오히려 환은 망설임을 끝냈는지 선뜻 고개를 끄덕였다. 그러나 그물을 받는 대신 그는 다른 제안을 내놓았다.

"나는 그물을 들고 싶지 않아. 너와 함께 몰이를 할 테다."

고작 그물이나 들고 물고기를 기다려야 한다는 사실이 싫은 모양이었다. 아이들은 또 열심히 수군거리더니 환의 요구를 들어주기로 했는지 다른 아이가 그물을 가져갔다.

"작은 녀석이 장군감입니다. 저대로만 자라면 무과에 급제하는 건 따놓은 당상일 테니, 몇 해 안에 곧 전하를 다시 뵙게 되겠는걸요?"

서 상궁이 웃음 섞인 소리로 말하자 연경도 그에 동조하여 가볍게 미소 지었다. 참 건강하구나. 저 아이는 성인이 되어서도 저렇게 강인하겠지. 햇살에 끊임없이 반짝이는 은빛 수면을 바라보는 연경의 마음도 어느새 가볍게 반짝이고 있었다.

"제법인데!"

작은 아이는 얼마 지나지 않아 환의 몸놀림이 마음에 든 듯했다. 처음처럼 모든 것을 지시하지 않고 알아서 움직이게 놔두더니 나중에는 어떻게 해야 더 효과적으로 물고기 떼를 몰 수 있는지 의견을 물어보기까지 했다. 서 상궁이 또 한 마디 평하기를, "독불장군은 아니로군요. 다행입니다." 하여 연경을 웃겼다.

고기잡이는 한동안 계속되었다. 궁 밖 생활을 해본 적이 없는 환에게는 여염집 아이들과 어울려 놀이를 한다는 것 자체가 이만저만 생소한 게 아니었다. 거기에 또래의 아이들만이 느낄 수 있는 재미와 즐거움이 배가되어 흥분은 점점 더 고조되었다. 이런 느낌은 비단 환뿐만이 아니었다. 오랜만에 지아비의 즐거워하는 모습을 바라보는 연경도 매한가지였다.

"이제 그만하자. 이만큼 잡았으면 되었다."

또 얼마나 흘렀을까. 어느덧 해가 기울어 붉은 기운이 얼핏 비치려 할 즈음, 환이 모두에게 외친 후 서둘러 물 밖으로 나왔다. 이제 그만 연경을 쉬게 할 시간임을 깨달은 것이다.

"환궁하시겠습니까?"

물기를 닦고 옷매무새를 가다듬는 환에게 홍 내관이 나직이 물었다.

"그래야겠구나. 서둘러 차비하고 무령군을 찾아보아라."

홍 내관이 대답을 하고 자리를 뜨려는 참이었다. 멀찍이 서 있던 작은 아이가 다가왔다.

"이제부터 불을 지피고 생선을 구울 거야. 지금 곧 가야 하는 게 아니면 함께 하겠니?"

상투를 틀었음에도 아이는 여전히 환을 제 또래처럼 대하고 있었다. 홍 내관이 그런 아이의 방자함을 꾸짖었지만 환은 개의치 않는 눈치였다.

"그리 하고 싶지만 이미 많이 지체되었구나. 우리는 이만 가볼 테니……."

"환."

뒤에서 이들을 지켜보던 연경이 작은 목소리로 끼어들었다. 그녀 또한 재미있는 하루가 이처럼 빨리 지나는 게 싫어 떠나기를 주저하던 참이었다. 홍 내관과 서 상궁이 서둘러 불가하다는 주청을 올렸지만 연경의 청이 너무나도 간곡하여 환은 그를 물리치지 못하였다.

결국 아이들과 합류하였다. 함께 어울려 커다란 돌을 구해 온다, 불을 지핀다, 생선을 가지에 꿴다, 부산을 떨었다.

"가지를 자꾸 돌려야지, 가만히 들고만 있으면 한쪽이 다 타서 못 쓰게 돼버린다. 그런 것도 모르는 걸 보니 지금껏 글공부 외엔 아무것도 못해본 샌님이로구나."

작은 아이의 핀잔에 환이 또 웃음을 지었다. 그러나 이번에는 웃는 것으로 끝나지 않고 아이의 말에 대꾸를 하였다.

"그래. 나는 글공부하느라 바빠서 이런 건 구경도 해보질 못했다. 그러는 넌 어느 가문의 누구인데 이런 것만 잘하느냐?"

"내 이름은 음……, 단성이라고 하지만 가문까지는 알 것 없다. 그보다 내가 이런 것만 잘하는지 네가 어찌 아는데?"

"꼭 보아야만 알겠느냐? 너 하는 행실을 보니 글공부와는 담을 쌓은 게 분명한데."

한 마디도 지지 않고 대거리를 할 듯 보이던 단성이 의외로 씩 웃고 만다. 환이 다시 물었다.

"단성이라 하면 바를 단(端)에 이룰 성(成)을 쓰느냐?"

"아니, 대광주리 단(簞)에 비릴 성(腥)을 쓴다. 저 녀석들과도 제법 잘 어울리지 않으냐?"

단성이 옆에 놓인 생선 광주리를 가리키자 환이 이번엔 큰 소리로 웃음을 터트렸다. 이런 모습은 좀처럼 볼 수 없는 것이어서 연경을 비롯한 환의 일행들은 모두 의외라는 표정이었다.

그때 단성이라 하는 아이가 자리에서 일어섰다. 잘 구워진 생선 두 마리를 연경에게 주기 위해서였다. 서 상궁이 슬며시 경계를 하는 반면 연경의 눈가에는 웃음이 살풋 감돌았다.

"너는 어디 아프기라도 한 거야?"

서 상궁이 뜨거운 생선을 호호 불며 살을 발라내는 동안 그 앞에 쭈그려 앉았던 단성이 물었다. 연경은 대답 대신 그저 고개만 끄덕여주었다.

"내 본래 내훈(內訓)이니 규범이니 하는 것들을 싫어해서 잘 지키질 않는다. 언사가 거칠다 언짢게 생각지는 말고……. 내가 말하고 싶은 건, 아프다 하여 너무 몸을 사리면 오히려 더 약해질 뿐이라는 거야.

그러니 좀 무리를 해서라도 움직여보는 게 나을지 몰라. 본래 이 나라가 여인들에게 규제하는 것이 많다 보니 규방에만 갑갑하게 갇혀 사는 것이 미덕으로 비춰지겠지만 사람의 신체라는 것이 어디 남녀가 다를 수 있겠어."

그 말에 서 상궁의 표정부터 먼저 뜨악하게 변하였다. 내훈이라는 말을 입에 담는 걸 보면?

"도, 도령이 아니란 말이오?"

서 상궁의 질겁한 물음에 단성이 손가락을 입에 갖다 붙이며 쉿 소리를 냈다.

"속인 것은 미안하나 음성은 낮춰줬으면 좋겠소. 내 정체가 드러나면 한참 시끄러울 테니."

그러고는 다시 연경을 향해 말을 이었다.

"내 이름은 단영, 지금은 사정이 있어 차림새가 이래. 그 사정까지는 말해줄 수 없지만……, 아무튼 원한다면 내 몇 가지 몸을 보하는 방법을 가르쳐줄 수도 있어. 대부분은 이 냇가에서 시간을 보내니까 언제라도 시간 날 때 이곳으로 와. 다시 만나면 그땐 성이라고 부를게."

이 아이가 바로 윤 대감 댁 고명딸 단영이었다. 그녀는 자신에 대해 간략히 소개한 후 마지막 말이 쑥스러웠던지 냉큼 일어섰다. 그러자 그때까지 묵묵히 듣던 연경이 그녀를 제지했다.

"나는 절대로 이곳으로 나올 수 없을 것이다. 너와 두 번 다시 만날 일도 없을 거야. 허나 네 호의는 잊지 않으마. 내 이름은, 내 이름은 연경이라고 한다."

단영이 고개를 끄덕이는데 그 모습을 바라보는 연경의 마음은 어쩐지 처연하기만 하다. 다시 만날 수 없을 거라 말해놓고 제가 먼저 마음이 상한 때문이다. 이 아이에게서 몸을 보하는 법을 배우면 오래도록 건강할 수 있을까. 오래오래 살게 되면 이 아이를 언제고 다시 만날 수 있을까. 연경의 표정이 슬퍼 보였던지 미처 자리를 뜨지 못하고 미적거리는 단영.

"너는 누굴 참 많이 닮았구나."

"누구?"

"아니, 닮긴 닮았지만 꼭 같은 건 아니야. 근본은 네가 훨씬 강할 테니."

오리무중인 단영의 말에 연경이 싱긋 웃는다. 문득 이 아이와 동무가 된다면 어떨까 생각했다. 궐로 불러들여 말동무도 하고 여러 가지 가르쳐주는 걸 배우다 보면 즐거운 하루하루가 금세 지나갈 것 같았다. 모르겠구나, 연경은 생각했다. 왜 너에게 잘 보이고 싶은지, 왜 너와 퍽 가까워지고 싶은지 잘 모르겠다.

그 마음이 통했을까, 단영은 연경을 다시 한 번 눈여겨본 뒤 불가로 되돌아갔다. 누군가가 내미는 생선을 받아 사내아이처럼 냉큼 한 입 베어 무는 모습을 보며 연경이 혼자 웃음을 짓는데 서 상궁이 옆에서 탄식하듯 말하였다.

"……고작 하루간의 인연인 것을 마마께선 너무 정에 약하셔서."

연경은 겨우 다섯 살의 나이에 세자빈으로 간택되어 입궁하였다. 원자의 세자 책봉일이 아직 수개월 남아 있었지만 이미 예정된 일이기에 국혼부터 서두른 것이다. 처음 환을 만났을 때는 그 또한 아직 일곱 살의 어린 아이로, 매일 문후를 위해 웃전에 함께 들면서도 둘은 그저 멀뚱히 서로를 바라보기가 일쑤였다. 너무 어려서 서로 지아비, 지어미라는 개념이 확실치 않았고 그저 막연히 생각하기를 동무처럼 편히 여겨선 안 된다는 정도였었다.

"그래, 세자빈은 오늘 무얼 하고 보냈느냐?"

이제는 아니 계신 선대왕마마(先大王媽媽)께서는 연경을 친딸처럼 예뻐하셨다. 늘 그녀의 손을 꼭 쥐고 하루의 안부를 물으셨으며 몸이 좋지 않을 때에도 연경에게만은 웃는 낯을 잃지 않으셨다. 다섯 살의 그녀가 걸음이 서툴러 치마 끝을 밟거나 절을 하다가 넘어질 때에도 아픈 몸을 이끌고 일어나 얼른 부축하여 자신의 곁에 앉혀주시곤 했던 것이다.

당시 왕후였던 인성대비는 연경을 탐탁지 않게 여겼으나 주상마마께서 그녀를 흡족해하시니 억지로라도 챙기고 살필 수밖에 없는 형편이었다. 하지만 억지였다 해도 당시의 궁 안은 늘 화평하였고 선왕의 잦은 병치레 외에는 걱정거리도 달리 없던 시절이었다.

어느 날이었다. 가례 이후로 올린 어여머리가 무거워 매일 고생이었는데 그날은 어린 나이답지 않게 심한 두통까지 밀려왔었다. 서 상궁에게 말하여 조치를 취하였으면 좋을 것을, 이 또한 세자빈으로서 감내해야 할 과정 중의 하나라고 생각한 연경은 따르는 이들을 모두 물리치고 혼자 훌쩍훌쩍 울었다. 친정어머니도 생각나고, 늘 업어주던 큰 오라버니도 보고 싶었다. 그렇게 아픈 머리를 창틀에 기대고 후원을 바라보는 척 울고 있으려니 뒤에서 기척이 들려왔다. 뒤돌아보고 싶었지만 무거운 머리를 갑자기 돌리는 것도 어려웠다. 창틀을 부여잡고 허우적거리는데 그 기척은 바로 가까이까지 다가와 그녀의 어깨를 두드렸다.

"왜 울고 있어?"

환이었다. 매일 바쁜 세자로서의 일과가 지루해 그날은 꾀병을 부리고 침소에 누웠다가 지루해져 밖으로 나온 것이다. 허나 궁 안 어디를 가도 따분하여 혹시나 하고 세자빈궁에 와본 것인데 마침 세자빈을 모시는 나인들이 모두 밖에 모여 서성거리고 있었다. 하여 장난이나 쳐볼까 싶어 까치발로 들어오다가 연경의 우는 모습을 보게 된 것이다.

"어디 아파? 머리?"

연경이 고개를 끄덕이자 환이 난감한 얼굴로 그녀의 가체를 살폈다.

궁 안의 여인네들에게서 늘 보아오던 모양새이긴 한데 왜
해하기 힘들었다.

"이거 벗으면 되잖아."

"하오나 곤전마마께서 이는 절대 불가하다고 하셔서."

"벗었다가 마마께서 부르시면 다시 올리면 되잖아."

그러나 결국 환은 연경의 가체를 내려주지 못했다. 너무 복잡한 때문이다. 그들은 서 상궁을 몰래 불러들여 어안이 벙벙한 그녀를 독촉해 결국 그 무거운 것을 벗기는 데에 성공했다. 연경의 머리에서 뽑아낸 옥판과 화잠을 신기한 듯 손가락으로 툭툭 건드리며 환이 말했다.

"여인들은 왜 이 많은 걸 머리에 꽂고 다니는 거지? 그대는 아나?"

연경이 고개를 가로저었다. 그녀로서도 아직 여인으로서의 멋이며 꾸밈에 대해 이해하기 어려웠던 것이다. 그러나 그 무거운 것을 단번에 해결해준 환에게는 고마움을 느낄 수 있었다. 그 후로 두 사람은 시간이 날 때마다 함께 놀았고 그렇게 스스럼없는 친구가 되어갔다.

"그냥 환이라고 하면 돼."

어느 날, 저하, 저하, 힘들게 발음하는 연경에게 환은 말했었다. 그냥 환이라고 해. 그리고 그때, 막 일곱 살이 된 연경은 처음 느껴보는 알 수 없는 감정 때문에 괜히 얼굴을 붉히며 돌아앉아야 했었다. 발밑에 피어 있는 제비꽃을 살피는 척하며.

"그런데 무령군께선 어찌 이리 안 오실까요?"

얼마나 지났을까. 옆에서 반씩반씩 졸다 깨다를 반복하던 서 상궁이 문득 연경의 상념을 깨웠다. 그리고 그 질문은 지금 막 그네들에게 다가오던 환의 귀에도 들어갔다.

"그렇군. 우리가 그쪽으로 나가보는 것이 좋겠어."

부산하게 말을 대령하는 동안 우선 중간에 보았던 정자까지 이동을 하기로 결정을 보았다. 좀 더 머물고 싶었지만 연경은 아무 말 없이 말

E래 아이들의 배웅을 받으며 행렬은 이내 출발하 멀어지는 냇가를 연신 뒤돌아보다가 마침내 구부 히 그 모습을 감추자 시무룩하니 고개를 돌렸다. 언 수 있으려나. 그녀는 환과의 나들이가 이대로 끝나 ㅐ 한숨을 내쉬었다.

임문엽은 이미 한 시진(時辰) 전에 우물가에 도착했 에게 물동이가 있을 리 만무했다. 게다가 우물에는 자신들의 목을 축이는 것도 여의치 않았다. 하는 수 ㅏ타나주길 기다리며 근처 나무 그늘에 앉았는데 한참 종복으로 보이는 사내아이 하나가 커다란 항아리와 두레박 ㅣ게에 지고 나타났다. 체구에 비해 지나치게 큰 항아리여서 물을 가득 채운 후에 도로 일 수나 있을지 의문이었다.

"저 아이에게 물동이가 있을 것 같지는 않은데요?"

누구라도 물동이를 들고 나타나면 값을 후하게 쳐주고 사들이기로 논의를 해놓은 상태였다. 그러나 지게에 짊어질 정도의 항아리는 쓸데가 없었다.

하여 물이나 얻어 마시자 싶어 아이가 항아리 채우는 것을 기다리는데, 가만히 보자니 물을 길어 올리는 모습이 기이하다. 아이는 먼저 두레박의 줄을 자신의 팔에 두어 차례 감아 고정시킨 뒤 손바닥과 팔꿈치를 아울러 휘감으며 한 팔의 힘만 이용하여 줄을 끌어올리고 있었다. 그리고 그렇게 물을 한 차례 퍼 올린 후에 이번엔 반대 팔로 바꾸어 똑같이 행하는 것이다. 대단한 팔 힘이 아닐 수 없었다.

"저 아이의 어디에서 저런 힘이 나오는 것인가. 아직 열대여섯이나 되었을까 싶은데."

무령군이 놀라 중얼거렸다.

"그러게 말입니다. 쉽게 찾아보기 힘든 완력입니다."

그들이 경탄하는 동안에도 아이는 계속해서 물을 길었는데 그 속도 또한 기이하게 빨라 커다란 항아리는 금세 입구까지 채워졌다. 아이는 쉴 사이도 없이 두레박을 지게 단에 단단히 묶더니 무거운 항아리를 들어 쏟아지지 않도록 지게 위에 얹었다. 무령군과 임문엽은 물을 구해야 한다는 사실도 잊은 채 아이의 행동거지만 유심히 살피었다. 못해도 백 근은 족히 되어 보이는 항아리를 가뿐하게 들어 올리다니, 놀라운 일이 아닐 수 없었다.

"어디 사는 누구인지 따라가봐야겠다."

힘이 장사인 소년의 내력이 궁금해진 무령이 속삭였다. 그러고는 곧 앞서 가는 소년의 뒤를 조용히 따랐다. 소년은 빠르지도, 느리지도 않은 속도로 걷고 있었는데 신기한 것은 등에 지고 있는 항아리에서 한 방울의 물도 흘러넘치지 않는다는 사실이었다. 무령은 볼수록 괴이하였다.

"자네가 데리고 있는 무관 중 이러한 일이 가능한 자가 몇이나 되겠는가?"

"힘깨나 쓴다는 녀석들은 많습니다만……."

그들이 더욱 놀랍다 생각하는 것은 아이가 가진 힘이 아닌, 그 힘을 다루는 균형이었다. 물을 길어 올릴 때부터 힘든 기색 없이 평온한 낯빛이더니 그 무거운 것을 메고 가는 지금도 발걸음 하나 흐트러지지 않으니 말이다.

소년은 중간에 쉬지도 않고 십여 리(里)를 단번에 걸어갔다. 마을이 끝나고 난 뒤에도 계속해서 걷기만 하기에 언덕 초입에 집이 있나 했는데 그게 아니다. 나지막한 언덕 하나를 다 넘더니 그 뒤로 본격적으로 나 있는 산길로 접어드는 것이 아닌가.

"나리, 계속 뒤를 따르시겠습니까?"

임문엽이 이미 지기 시작한 해를 살피며 물었다. 그제야 그들을 기다릴 의종 일행이 생각났지만 이왕 내친걸음이니 끝까지 가보고 싶었다.

"대체 무엇을 하는 놈인지 알고 싶구나."

두 사람이 잠시 지체하는 동안 소년의 모습은 산그늘로 사라진 후였다. 둘은 발걸음을 빨리해 소년을 따라잡았다. 아이는 여전히 일정한 보폭으로 산을 오르고 있었는데 평지보다 속도는 좀 느렸지만 흔들림은 없었다. 무령군은 감탄하여 중얼거렸다.

'비록 어리고 외관 또한 남루하지만 예사 아이가 아니로구나.'

한참을 오르니 작은 물줄기가 보였다. 그 물줄기는 곧 얕은 개울로 변하더니 한참을 더 올라가자 이번에는 암반을 타고 흐르는 폭포수로 변하였다. 과히 높지는 않았지만 사방 절경이 뛰어나니 낮다 하여 우습게 볼 곳이 아니었다.

"도대체 산 속에 살면서 이런 계곡을 놔두고 마을 우물터까지는 왜 내려온 거야?"

무령의 뒤를 묵묵히 따르던 임문엽이 투덜거렸다. 그러나 소년은 묵묵히 산을 오를 뿐이다. 이제는 누군가가 뒤따른다는 것을 눈치 챘을 법도 한데 한 번 뒤돌아보는 일도 없었다. 그저 걷기만 하더니 문득 길도 나 있지 않은 나무숲 사이로 들어가버렸다.

"저기가 대체 뭐 하는 곳일 것 같으냐?"

무령은 울창한 나무숲 사이로 언뜻 보이는 아담한 와가를 가리켰다. 아담하다고는 하지만 기와로 지붕을 덮은 만큼 웬만한 초가와는 다르게 꽤 규모가 있었다. 임문엽은 이리저리 집의 모양을 살피더니 사찰(寺刹)이 아니겠습니까? 한다. 그렇지만 사찰치고는 또 너무 작았다.

"두드려보면 알겠지. 가보자꾸나."

소년은 이미 들어갔는지 집 주위는 그저 고요하기만 했다. 무령은 오래되어 색이 벗겨진 나무문을 두드렸다. 말이 문이지 워낙 담장이 높아 안을 넘겨다 볼 수도 없었다. 한참이 지나도 사람이 나오지 않아 무령은 좀 더 강하게 문을 두드렸다.

"어떻게 오셨습니까?"

갑자기 기척이 들려와 두 사람 모두 놀랐다. 돌아보니 머리가 하얗게 센 노파 한 명이 기묘하게 생긴 굵은 지팡이를 든 채 그들을 쏘아보고 있었다. 낯선 이들이 나타나니 경계심이 생기는 모양이었다.

"이곳에 살고 있소?"

"그렇소만. 뉘신지?"

무령군과 임문엽은 의아하여 서로를 마주보았다. 머리만 센 게 아니라 허리까지 굽어 제대로 서 있는 것도 힘들어 보이는 노파였다. 이런 깊은 산중에서 살고 있는 게 의문이었다.

"혹시 이곳에 한 열너댓 살 먹은 사내아이가 있지 않소?"

"댁들은 누군데 그런 걸 물으시오?"

노파의 눈빛에 경계심이 더욱 짙게 어렸다. 임문엽이 뭐라고 대답을 해야 할지 몰라 잠시 망설이자 노파는 더 들을 것도 없다 판단했는지 그들을 지나쳐 문을 두드렸다. 무령이 두드릴 때에는 기척도 없더니 이번에는 얼마 지나지 않아 문이 스르륵 열렸다. 문 뒤에는 소년 한 명이 있었는데, 얼핏 보기에 신장이며 입은 옷 등이 우물에서 본 그 소년과 같았다. 노파가 말했다.

"이곳은 지체 높은 분들이 찾으실 만한 곳이 아닙니다. 그냥 돌아들 가십시오."

그러고는 얼른 안으로 들어가버린다. 그러나 이 깊은 산중까지 왔다가 그냥 돌아서자니 아쉬웠다. 무령은 닫히려는 문을 잡으며 아이를 불렀다.

"아이야, 나는 단지 너에게 몇 가지 물을 것이 있을 뿐이다. 그러니 괜찮다면 잠시만 나올 수 없겠느냐?"

닫히려던 문은 멈췄지만 소년은 가타부타 아무런 말이 없었다. 이미 안으로 들어가버린 노파의 기척도 더 이상 들리지 않는다. 무령은 한 걸음 앞으로 나서며 소년의 눈을 들여다보았다. 뒷모습만 볼 땐 좀 더 나이가 있을 거라 생각했는데 얼굴 생김으로는 이제 겨우 열두어 살 정도 되었을까 한 어린아이다. 무령은 말을 하기에 앞서 소년의 어깨와 허리께, 다리 등을 죽 훑었다. 옷에 가려지긴 했어도 근골이 착실한 것이 좋은 체질임을 한눈에 알 수 있었다.

"네 이름이 무엇이냐?"

"두릅이라고 합니다."

두릅이라. 예상대로 소년의 신분은 매우 낮은 듯했다.

"너는 이 집의 종복이냐?"

"그렇습니다."

그러나 종복이라기엔 얼굴빛이 유난히 뽀얬다. 이목구비가 선명하고 맑은 것이 여느 양반집 도령들보다도 귀티가 흐른다.

"아깝구나."

최소한 양민이기만 했어도 좋았을 것을, 이런 좋은 자질을 가지고도 노비일 수밖에 없는 아이가 무령은 안타까웠다.

"이 댁 주인의 함자(銜字)가 어찌 되느냐? 내가 너의 주인을 좀 만나볼 수 있겠느냐?"

그러자 지금껏 순순히 대답하던 소년의 얼굴에 난감함이 어렸다.

"어찌 그러느냐? 지금 계시지 않아 그런 거라면 내 수일 내로 다시 찾아올 수도 있다."

그러나 두릅이라 하는 아이는 고개를 가로젓는다.

"이곳에 몇 번을 다시 찾아오셔도 뵈올 수 없을 겁니다."

"그게 무슨 뜻이냐? 몇 번을 찾아와도 뵐 수가 없다니, 무슨 사정이라도 있는 것이냐?"

무령군이 그 연유를 물었다. 그런데 아이가 대답하기도 전에 두 사람 뒤에서 앳된 목소리 하나가 날아왔다. 지금 막 산을 오른 듯 얼굴이 발그레한 어린아이였다.

"무슨 일로 그러시는지 모르겠지만 그 아이가 드릴 수 있는 답변은 없습니다. 그러니 이제 그만 보내주시지요."

저 아이는 또 누구인가. 어투로 보아 같은 종복은 아닌 성싶은데. 무령군은 그 도전적인 눈을 마주보다가 어쩔 수 없이 고개를 끄덕였다. 그러고는 두릅에게 말했다.

"정 그렇다면 오늘은 이만 돌아가겠다. 그렇지만 아이야, 나는 언제고 네가 나를 꼭 한 번 찾아주었으면 좋겠구나. 허니 이것을 너에게 주마."

무령군은 품에서 진한 청색 옥패를 꺼내 내밀었다. 그러나 두릅은 선뜻 받지를 못한다. 무령은 그의 오른손을 끌어 옥패를 놓아준 후 말을 이었다.

"이 옥패를 들고 도성에 있는 한성부판윤(漢城府判尹) 오 대감의 사저(私邸)를 찾거라. 그가 너를 나에게 인도해줄 것이다. 알겠느냐?"

두릅은 어찌 대답해야 할지 몰라 일단 고개를 끄덕였다. 무령은 그런 아이의 눈빛을 잠시 바라보다가 등을 돌렸다. 임문엽이 서둘러 뒤를 따른다.

그들의 모습이 가물가물, 나무 사이로 사라져갈 무렵이었다. 그때까지 대문 밖에 우두커니 서 있는 두릅을 새로 나타난 아이가 재촉했다.

"왜 안 들어가고 서 있니?"

음성의 주인공은 단영이었다. 그녀는 두 해 전부터 윤 영감의 지시로 이 한적한 광교산(光橋山) 기슭에 위치한 별장에 기거하고 있었다.

좀 전까지 나가 놀다가 이제야 들어오는 참이다.

"그게 무엇이니?"

단영의 물음에 두릅은 공손히 손에 들린 것을 내놓았다. 한동안 그것을 살피던 단영이 뜻밖이라는 표정을 지었다.

"청옥패(青玉佩)로구나. 태가 공교한 것으로 보아 시중에서 쉽게 구할 수 있는 종류가 아닐 성싶다. 저이가 누구라 하더냐?"

"그것까지는 묻지 못했습니다. 그저 소인에게 이것을 들고 한성부판윤(漢城府判尹) 오 대감의 사저를 찾으라 하였을 뿐입니다."

단영은 고개를 갸웃하였다. 도대체 누구이기에 처음 보는 두릅에게 이런 귀한 옥패를 쥐여준단 말인가. 한성부판윤(漢城府判尹) 오 대감이라. 그러나 아무리 생각해도 떠오르는 건 없다.

"가볼 참이냐?"

단영의 물음에 두릅이 조용히 웃어넘긴다. 왜 웃고 마느냐 물어보려다 단영은 그만두었다. 허락 없이 움직일 두릅도 아니지만 그런 것을 신씨 부인이 허락할 리 없기 때문이다. 단영이 옥패를 돌려주고 돌아서는데 저만치에 서 있던 노파가 성큼성큼 다가와 옥패를 잡아챘다.

"할멈?"

단영이 의아하여 묻자 잔뜩 찡그린 얼굴의 노파가 들릴 듯 말 듯한 목소리로 중얼거렸다.

"이런 게 노비에게 무슨 소용이라고. 애초에 너 같은 녀석하고 쥐꼬리만큼의 인연도 없는 분들이니 행여 기대 같은 건 품지도 말아야 해."

그러고는 한창 바쁜데 또 멍하니 서 있기만 한다고 두릅을 채근질이다.

"아직 마을까지 두 번은 더 내려갔다 와야 하는 녀석이 어째 그리 굼뜨게 서 있기만 하누! 땔감은 해 떨어진 다음에나 해 올 참인 게야?"

한편, 산을 내려간 무령군과 임문엽은 지나는 행인을 불러 산의 이름과 그 안에 자리한 기와집에 대해 물어보았다. 그러나 행인은 광교산이라는 것만 알 뿐, 그 속사정이야 어찌 알겠냐며 바삐 가버리고 말았다.

그 후로 두어 명 더 붙잡고 물어보았지만 모두가 한결같은 대답뿐이어서 마침내 무령은 더 이상 알아내는 것을 포기하고 의종에게 돌아갔다.

예상대로 연경을 기다리는 것은 자경전마마의 불같은 진노였다. 환궁하는 즉시 대비전으로 들라는 명을 내려놓았음에도 날이 밝고서야 문후를 든 중전이었기에 그 노함은 전날보다 깊어져 있었다. 비록 의종이 피곤한 중전을 위해 가로막았음을 이미 알고 있었지만 그랬기에 인성대비는 더욱더 노를 가라앉힐 수가 없었다.

"어찌 이러실 수가 있습니까? 궁 생활이 몇 해째인데, 아직 중전으로서 바르고 그른 것의 구분조차 없다니 그것이 말이 되는 소리입니까? 잠행이라니요, 아녀자의 몸으로 그토록이나 많은 시간을 외지에서 보낸다는 게 가당키나 한 일이랍니까? 내명부의 본이 되어야 할 중전께서 이 무슨 해괴한 짓이냔 말입니다. 늘 주상에게 해가 되지 않게 살피고 또 행해야 한다, 그리 이르지 않았던가요? 잊으셨습니까?"

가엾게도 연경은 대비의 화를 한 시진 가까이 인내해야 했다. 한 번 성이 나면 제풀에 지칠 때까지 그칠 줄을 모르는데다가, 요 근래 의종과 단단히 틀어진 후로는 몇 시간이고 아랫사람을 다그치는 증상이 더 심해졌다. 오늘도 의종은 내관을 보내는 것으로 문후를 대신하였으니 그 분함이 모두 연경에게 향한 것이다.

"그래, 오늘은 주상께서 조강(朝講)[12]에도 참석을 안 하셨다고요. 수어지교(水魚之交)[13]라고, 세자 시절부터 빈궁이었던 중전과 뜻이 맞아 서연(書筵)[14]은 뒷전이고 오로지 놀이에만 치중하시더니 이제는 무엇입니까? 이 궁 안이 두 분께는 비좁다 느껴지시던가요?"

"모두 신첩의 불찰입니다. 다시는 이런 일이 없을 것이니……."

연경이 진심을 다해 참회를 고했으나 대비는 들으려 하지 않는다.

"아니요. 내 이제 더는 그런 말씀 듣고 싶지도 않습니다. 불찰이 있다면 다 못난 이 어미 탓이겠지요. 주존(主尊)이신 두 분을 지금껏 보필한 것이 누구입니까? 허면 두 분이 그리 되신 것은 또 누구로 인한 것이겠습니까? 그래요, 이 모두가 어미 된 자의 부덕(不德)의 소치(所致)입니다. 허니 중전께서도 지금부터는 마음 쓰실 필요 없습니다."

"어찌 그런 말씀을 하시옵니까? 신첩, 받잡기 망극하여……."

"어허, 마음 쓰실 필요 없다는데도 그러십니까? 다 내 죄입니다. 그 때문에 부처님도 노하시어 아직까지도 왕실에 후손이 없는 것이겠지요. 더는 말해 무엇 하겠습니까."

대비의 뾰족한 말 한 마디 한 마디가 연경의 가슴을 찔렀다. 고개를 수그린 채 아무 말도 못하는 그녀를 못마땅한 눈길로 보던 대비가 다시 말했다.

"왜요, 어디가 또 미령하여 그러십니까? 그럼 어서 돌아가 쉬셔야지요. 어제는 밤바람까지 쐬었으니 그러다 감환(感患)[15]이라도 걸리실까 걱정입니다. 이만 돌아가세요, 중전."

---

12) 임금의 아침 경연.
13) 물고기와 물의 관계, 부부의 친밀함을 뜻함.
14) 왕세자를 위한 교육 제도.
15) 감기.

그래도 차마 일어서질 못해 미적거리자 대비가 밖을 향해 크게 소리쳤다.

"밖에 허 상궁 있는가."

"예, 마마."

"중전께서 가신다 하니 밖으로 뫼시게."

더는 어떻게 해볼 도리가 없어 연경은 힘없이 일어섰다. 다소곳이 선 허 상궁의 낯빛도 민망하긴 마찬가지였다. 그러나 대비께서 명하시니 어쩔 수 없는 일, 연경의 뒤를 따라 자경전 밖으로 나오는데 그때까지 밖에서 기다리고 있던 교태전 나인들이 저마다 낯을 찌푸렸다.

"마마, 괜찮으십니까?"

오래도록 한 자세로 앉아 있어야 했던 연경이 걱정되어 서 상궁은 얼른 부축부터 하였다.

"나는 괜찮으니 걱정 마요."

그 둘이 천천히 교태전을 향해 걸음을 떼자 그 뒤로 나인들도 줄줄이 따랐다. 나인 하나가 볼멘소리로 불만을 털어놓자 여기저기서 동조한다는 듯 웅성거림이 터져 나온다. 매번 중전을 불러 질릴 때까지 잔소리를 늘어놓는 대비가 마음에 들지 않았던 것이다.

"어허, 무엄하구나. 어느 안전이라고 이리 경망스러운 짓들을."

서 상궁이 이마를 찌푸리며 얼른 뒤돌아본다.

"하오나 마마님, 자경전마마께서 너무하시지 않습니까. 아무리 그래도 곤전마마께 어찌 그러실 수 있는지. 게다가 요즘은 더욱 심해지셨습니다. 마마님도 알고 계시잖습니까."

"그만 그 경망스러운 입을 다물래도 그러는구나. 너희들이 나설 계제가 아니야."

서 상궁은 얼른 나인들의 입단속을 지시했다. 그러나 연경은 그 소란이 들리지 않는지 그저 묵묵히 걷기만 할 뿐이다. 지치신 게지, 서 상궁은 안쓰러운 마음에 고개를 떨구었다. 현왕께서 보위에 오르신 이후 대비전에서는 하루가 멀다 하고 중전에 대해 트집을 잡아오고 있었다.

장장 7년간이었다. 그러고는 아직 환경조차 시작하지 않은 그녀에게 후사가 없다 채근하며 괴롭히는 것이다. 중전이 다른 여인들보다 늦되니 방책을 세워야 한다는 것이 대비 측 주장이었는데 이를 서 상궁은 전혀 이해할 수 없었다. 이제 열다섯이 갓 넘은 연경이었다. 여염집 여인들과 비교하여 크게 늦은 것도 아닌데 무엇이 그리 더디다고 상성이신지.

"주상 전하께서는 무엇을 하실 시각인가요?"

연경의 물음에 상념에서 깨어난 서 상궁이 얼른 답하였다.

"조참(朝參)이 끝나갈 무렵이니 이제 곧 편전으로 납시실 것이옵니다."

임금의 아침 일과 중에는 오늘날의 조회와 비슷한 조참(朝參)과 상참(常參)이라는 것이 있다. 조참(朝參)은 한 달에 네 번꼴로 문무백관이 정전(正殿)에 모여 임금에게 문안을 드리고 정사(政事)를 아뢰던 것으로 정식조회라 할 수 있고, 상참(常參)은 의정(議政)을 비롯한 중신과 시종관이 매일 편전(便殿)에서 임금에게 정사를 아뢰던 조참의 간소화된 의식이다.

의종은 지금 그 조참에 들어 있는 것이다. 중앙 관직을 맡고 있는 문무백관이 모두 모이는 만큼 결코 가벼운 자리가 아니었다. 지금쯤 부담스럽다고 불만이 많겠지. 연경은 환의 따분해하는 얼굴이 보이는 듯해 소리 없이 웃었다. 경연이니 조참이니 신료집전이니 하는 것들이 너무 싫다던 환이었다.

"하온데 마마, 자경전마마께서 별다른 말씀은 없으시던가요?"

"늘 하시던 말씀뿐이었는데. 왜 그런가요?"

"아닙니다, 마마. 그저 어제 일이 신경 쓰여서."

그러나 서 상궁의 우려는 다른 것이었다. 좀 전에 연경을 기다릴 때 함께 대기하던 자경전 상궁 중 하나가 이상한 언질을 주었던 것이다. 어째서 어제의 잠행 사건을 사전에 방지하지 못했느냐고 묻던 그녀는 그 일로 인하여 곤전마마께서 큰 곤경에 처하실 거라는 어투로 말을 맺었었다. 무슨 뜻인지 자세히 물으려던 차에 연경이 나온 것이다. 곤경이라니, 대체 무엇을 이름인가. 조바심이 났지만 연경에게 알릴 수는 없었다. 별일 아니라고 다짐을 하는 밖에는.

그러나 서 상궁의 마음과는 반대로 그 일의 정체는 하루가 채 지나기도 전에 모습을 드러냈다. 정례라는 이름의 나인이 연경이 수를 놓고 있는 동온돌로 허겁지겁 뛰어든 것이다. 곁에 앉아 말동무를 해주던 서 상궁이 그런 정례를 엄히 꾸짖다 말고 입을 다물었다. 정례의 표정이 곧 울 듯이 일그러져 있었기 때문이었다.

"무슨 일인가?"

올 것이 왔구나 싶어 아무 말 못하는 서 상궁 대신 연경이 물었다.

"마, 마마. 큰일 났사옵니다."

"큰일이라니, 누구에게 말이냐?"

마마에게 일어났으니 이리 뛰어든 것 아니겠습니까. 그러나 차마 말이 되어 나오진 않는다.

"답답하구나. 어서 말을 해보거라."

연경의 연이은 채근에 정례는 침을 꿀꺽 삼키며 조심스레 입을 열었다.

"자경전에서, 자경전에서 후궁 간택일을 정하라는 명이 예조에 떨어졌다 하옵니다."

서 상궁의 입이 떠억 벌어졌다. 그 비슷한 일이리라 짐작은 하였지만 그래도 이건 아니었다.

“간택일이라니, 그 일이 어찌 자경전의 명으로만 되어진단 말이냐? 여기 곤전마마께서는 모르시는 일인데?”

대비가 가장 웃전이기는 해도 내명부의 대외적인 일들은 최종적으로 교태전에서 정해지고 반포되었다. 이는 대비의 월권이었다.

“이럴 수는 없음입니다. 아니 되겠습니다. 지금이라도 당장 소인이 예조에 들러…….”

“그만. 그만하세요, 서 상궁.”

“하오나 마마.”

할 말이 아직 많은 듯 보이는 서 상궁이었지만 연경은 가만히 도리질을 하여 이를 물리쳤다.

“어차피 대비전의 명이면 따르지 않을 방도는 없습니다. 또한 후궁 간택에 대해선 이미 전부터 계획되었던 일이니 내가 내린 명이나 다를 바 없고요. 이는 모두 주상 전하를 생각하시는 마음에서 비롯된 것일 터, 법도니 순서니 하는 것들은 그냥 모른 척 넘어가도록 해요. 언제고 내가 했어야 할 일을 대신 해주시니 오히려 수월해지지 않았습니까.”

그러나 서 상궁으로서는 답답하기만 한 노릇이었다. 법도는 그렇다쳐도 어째서 지금이 후궁에 대해 논의를 할 때란 말인가. 서 상궁은 터지려는 눈물을 애써 참았다. 가엾으신 우리 마마, 어쩌면 좋을까. 이제 자경전 마음에 쏙 드는 후궁이 들어오면 더더욱 찬밥 신세가 되실 텐데.

“서 상궁, 목이 타서 그러니 수정과라도 좀 내주겠어요?”

그런 서 상궁 보기가 안 좋았던지 연경이 안 찾던 간식을 찾았다. 억지웃음을 보이며 밖으로 나온 서 상궁은 나인 둘을 데리고 생과방(生果房)으로 향했다. 그러나 중간에 서 상궁은 긴한 볼일이 있다며 나인들만 따로 보냈다. 불현듯 생각 난 사람이 있었던 것이다. 딱히 묘책이라 할 순 없으나 이럴 때 의지할 수 있는 분은 오직 주상 전하밖에 없었다. 지금이면 석강이 끝나 침전으로 납실 시간이다.

서 상궁은 다른 이들 눈에 띌세라 강녕전(康寧殿)으로 뛰었다.

"무슨 일입니까, 서 상궁?"

강녕전 앞을 지키던 대전 상궁 양 씨가 괴이하다는 표정으로 물었다. 평소 교태전으로부터의 연통이 없다시피 했기에 의아했던 것이다. 숨이 턱까지 찬 서 상궁이 양 상궁의 소매를 덥석 잡으며 간곡히 청하였다.

"이보시오, 양 상궁. 사실을 말하자면 내 오늘 이 걸음은 우리 마마께서 지시하신 것이 아니라오. 허나 마마를 대신해서라도 전하께 올릴 중요한 청이 내게 있으니 오늘 한 번만, 오늘 한 번만 안에 고하여 주시오. 그리 해줄 수 있겠습니까?"

양 상궁은 딱하다는 눈빛으로 서 상궁을 바라보았다. 왜 이리 다급히 뛰어왔는지 짐작할 수 있었기 때문이다. 그녀 또한 내명부의 일원이기에 대비전에서의 명을 알고 있었던 것이다. 그러나 아무리 딱하대도 어찌 일개 궁인이 사사로이 전하를 알현할 수 있단 말인가. 이는 대전 상궁으로서도 함부로 들어줄 수 없는 청이었다.

하여 양 상궁은 조용히 서 상궁을 타일렀다.

"보세요, 서 상궁. 내 어찌 그대의 급한 마음을 모르겠습니까. 그렇지만 이 일이 기필코 자경전마마께도 흘러들어갈 텐데, 그리 되면 또 곤전마마께서는 얼마나 더 큰 곤욕을 치르시겠습니까. 내 보기엔 전하께서 나서시어도 없던 일이 될 것 같지는 않으니 이만 돌아가세요. 그래도 전하께선 곤전마마를 극진히 여기시지 않습니까. 걱정 마세요. 괜찮을 겁니다."

"아닙니다. 지금 이대로 넘어간다고 해서 곤전마마가 결코 편해지는 일은 없을 것을 알기에 이러는 겁니다. 아직 연치 어리신 우리 마마, 무엇이 답답하여 이리 빨리 후궁을 들여야 한단 말입니까. 후사가 없어 후궁간택이 내려지다니요, 이런 오명을 쓰시도록 방관할 수는 없습니다. 게다가 새로운 후궁 자리가 자경전을 뒤에 업고 기세가 등등할 테니 우리 마마, 그 모멸과 수치를 또 어찌 견디시겠습니까. 그러니 부디 나를 좀 도와주시오, 양 상궁."

간곡히 부탁하는 서 상궁을 난감히 바라보던 양 상궁이 어쩔 수 없다는 듯 그녀의 소매를 끌어 저만치로 데려갔다. 그러고는 조곤조곤 이야기를 시작했다. 전하를 뵙게 해달라는데 어찌 이리 끌고 오나 싶어 쳐다보던 서 상궁의 낯빛이 그녀의 말이 계속될수록 점점 굳어져갔다.

"무엇이라고요? 전하께서 이 일을 윤허하셨다니요. 양 상궁, 그게 무슨 말입니까?"

"이미 말한 대로라오. 전하께서는 한 가지 조건을 들어주는 대가로 후궁 간택령을 수락하셨습니다. 곤전마마께 아무런 상의 없이 그러한 명을 내리신 건 자경전마마 잘못이시겠지만, 이미 전하께서도 묵인하신 일이니 그대가 무어라 말씀을 올려도 되돌리지는 못할 거란 거지요."

힘이 잔뜩 들어갔던 서 상궁의 어깨가 밑으로 처졌다.

"어째서 전하께서 그런 천만부당한 일을 윤허하셨단 말입니까. 지금까지, 지금까지 무슨 일에서든 우리 마마 편에 서주시던 전하께서 어찌하여……."

"무엇 때문이겠습니까? 오늘 조참부터 시작하여 자경전마마께서는 정전이든 편전이든 그 어떤 곳에도 납시지 않으셨습니다. 앞으로도 계속 그리하실 것이고요. 이제 짐작이 가십니까?"

양 상궁의 언질을 듣고서야 알아차릴 수 있었다. 의종은 후궁 간택을 묵인하는 대신 수렴청정 철회를 요구한 것이다. 7년이나 지속된 대비의 수렴청정을 의종이 얼마나 싫어했는지는 서 상궁 또한 잘 알고 있었다.

아무 말도 못하고 돌아서는 서 상궁의 걸음엔 힘이 하나도 없었다. 주상 전하가 못내 야속하였다. 요즘 들어 빠르게 소년의 티를 벗어가는 전하이셨으니 언젠가는 새로운 여인들이 필요해질 거라 서 상궁도 짐작하는 바였다. 그러나 이렇게 빨리 닥칠 줄이야.

자경전마마 또한 야속하기는 마찬가지였다. 저도 어린 나이에 궁에 들어 이때까지 후사 하나 없이 마음고생도 족히 해봤을 텐데 어찌 이리 모질기만 한지, 가능하기만 하다면 속 시원히 따져 묻고 싶기도 했다.

"그나저나 우리 가여운 마마는 어찌 할꼬."

강녕전에서 교태전까지 이르는 길은 또 왜 이리 멀기만 한지. 한참을 뛰어다니느라 기운이 다 빠진 서 상궁의 그림자가 달빛 속에서 느릿느릿 움직이고 있었다.

후궁 간택은 인성대비의 수렴청정(垂簾聽政)이 공식적으로 거두어지는 것으로 시작되었다. 너무나도 갑작스러운 결정이어서 누구 하나 어리둥절하지 않은 자가 없었으나, 일단은 주상의 보령(寶齡)도 있고 하여 큰 반향(反響) 없이 받아들여졌다. 뒤를 이어 금혼령(禁婚令)이 반포되고 팔도(八道) 각지에 공문이 돌았다. 그러나 대비의 마음에 이미 점찍어둔 규수가 있음을 모르는 이는 없었다. 하여 간택 과정은 일사천리로 진행되었고, 얼마 안 있어 연경은 자경전으로부터 첩지(牒紙)를 내리라는 일방적인 통고를 받아야 했다.

이렇게 최종 간택까지 무사히 마치고 자빈(慈嬪)이라는 작호와 함께 화려하게 입궁하게 된 여인은 이제 열일곱이 된 직제학(直提學) 민응원(閔膺元)의 여식으로 대비의 먼 조카뻘 되는 처자이기도 하였으며 궁호는 은선(殷璿)이라 하였다.

대비의 욕심 같아선 교태전으로 집어넣고 싶었을 테지만 지금의 중전을 몰아낼 명목이 없어 우선 후궁으로 들어앉힌 것이다. 이참에 왕자라도 두엇 낳아준다면 무엇보다 좋을 일이었다.

한편, 대소신료들은 한창 재미있어지는 의종과 인성대비의 추후를 가늠하느라 여기저기서 쑥덕공론을 펼쳤다. 시기상조인 후궁 간택을 묵인하는 조건으로 수렴청정의 철회를 요구했다는 의종에 대해서는 어린 나이에 제법이라는 평을 내렸고, 그에 반해 고작 후궁 한 명 들이자고 대전을 내어준 대비에 대해서는 무언가 꿍꿍이가 내재되어 있을지도 모르니 좀 더 지켜봐야 한다는 쪽이 우세하였다. 어수룩한 척 무령군을 대적하며 세자를 보위에 밀어 올리고 자신은 수렴청정이라는 권한까지 손에 넣었던 과거의 행적을 보더라도 말이다.

그러나 대비전에서든, 대소신료들의 쑥덕공론장에서든 누구 하나 교태전을 떠올리는 이는 없었다. 이미 중전은 그들에게 작은 변수조차 되지 못하는 존재였던 것이다.

"마마, 날도 좋지 못한데 꼭 이럴 때 유보(遊步)를 나가셔야겠습니까?"

서 상궁의 잔소리가 교태전을 울렸다. 요 며칠 어지럼증으로 몸이 좋지 않아 침소에만 머물던 연경이 답답하다며 밖으로 나선 것이다. 하늘은 비라도 한 차례 뿌릴 듯 잔뜩 찌푸렸고 간간이 불어오는 바람도 찬 기운이 스며 있다. 이런 날 바깥공기를 쐬면 십중팔구 앓아누울 듯해 서 상궁은 애가 달았다. 그러나 연경의 고집도 만만치 않다. 서 상궁만 따르라 명한 뒤 덧저고리를 단단히 챙겨 입고 교태전을 나선 그녀는 자박자박, 주위의 모든 것을 면밀히 살폈다.

교태전의 동쪽으로 보이는 인지당(麟趾堂)과 그 뒤에 딸린 원길헌(元吉軒)을 눈여겨보았다. 서쪽으로 이어진 함광각(含光閣)과 저만치 떨어진 흠경전(欽敬殿), 함원전(含元殿) 또한 차례로 둘러보았다. 모든 것이 웅장하고 거대해 그녀는 늘 이곳에 마음을 붙이지 못했었다. 그러나 이처럼 세세히 살피고 하나하나 보듬자니 지난 7년간의 시간이 모두 담겼구나 싶은 게 비로소 정이 가고 살뜰한 마음이 생기는 것이다.

그렇게 교태전 안마당을 이리저리 거닐던 연경은 양의문(兩儀門)이 보이자 잠시 걸음을 멈추었다. 의종의 연침(燕寢)인 강녕전(康寧殿)과 연결되어 있는 문이다. 지금 의종은 강녕전 너머 사정전(思政殿)에 있을 터였다. 양의문(兩儀門)을 건너 또 향오문(嚮五門)을 지나서. 늘 이 문을 지나쳐 내게로 오시었지.

잠시 애틋한 표정으로 양의문을 바라보던 연경의 걸음이 다시 시작되었다. 이번에는 교태전의 뒤쪽으로 방향을 잡았다. 인지당과 원길헌의 동북쪽으로 길게 이어진 건순각(建順閣)이 보였다. 그곳을 따라 조금 걸으면 아미산(峨嵋山)이라 불리는 금원(禁苑)에 들어서게 된다. 경회루를 짓기 위해 파놓았던 흙을 쌓아 만들었다는 이곳은 군데군데 보이는 소나무와 함께 아름다운 여러 단의 화계(花階)와 괴석이 있고 또 육각 모형의 굴뚝도 있었다. 각 면에 사군자며 십장생(十長生), 귀면(鬼面)이나 당초문(唐草文)[16] 등을 새겨 넣은 것으로, 교태전의 아궁이에서 불을 떼면 이곳으로 연기가 빠져나오도록 설계된 것이다.

"무엇을 하고 계십니까?"

그 문양 하나하나를 유심히 들여다보는데 누군가가 그녀를 불렀다. 의종의 아우 되는 자령군(滋怜君)이었다. 금년 십육 세가 된 이 소년은 선왕의 마지막 후궁이었던 안빈(安嬪) 이씨의 소생으로 의종보다는 석 달 늦게 태어난 동년생이며, 다감한 성격을 가졌지만 체구가 다소 작

16) 덩굴무늬.

고 허약한 인상을 하고 있었다. 환, 연경 등과는 어려서부터 궁에서 함께 어울려 자랐고, 그러다 보니 출궁을 한 이후에도 이처럼 교태전에 무상 출입이 가능하였다.

"아무것도 아닙니다. 언제 오셨습니까? 자령군."

"만춘전(萬春殿)에 들어 전하를 뵈옵고 조금 전 나오는 길입니다. 날이 찬 것이 곧 비라도 올 성싶은데 이러다 감환(感患)이라도 걸리면 어쩌시려고요?"

그러나 곁에 섰던 서 상궁만 고개를 주억거릴 뿐, 정작 연경에게는 의종이 만춘전에 있다는 말만이 귀에 들어왔다. 아쉬운 듯 굴뚝을 돌아본 연경은 다른 쪽을 향해 걸음을 재촉하였다.

"마마, 혹 은선당의 일로 마음이 상하시진 않으셨습니까?"

얼마쯤 걸었을까, 그녀를 간간이 살피던 자령군이 조심스레 물었다. 오늘따라 그녀가 낯선 것도 그런 연유가 아닌가 싶었던 것이다.

그러나 연경은 웃으며 고개를 가로저었다.

"자빈은 강하고 아름다운 사람입니다. 또한 전하께 꼭 필요한 사람이기도 하고요. 자빈으로 인해 이 왕실에 활력을 불어넣을 수 있다면 그것으로 족하지 않습니까?"

은은히 말을 잇는 연경의 모습에는 찬연한 아름다움이 있었다. 그 빛에 눌려 침묵을 지키던 자령군이 한참 뒤에 다시 말하였다.

"마마, 이는 전하의 뜻이 아니었습니다."

"무엇이 말인가요?"

연경이 걸음을 멈추며 영문을 모르겠다는 표정으로 물었다.

"지난번 전하께서 자경전의 후궁 간택령을 묵인하신 것 말입니다. 이는 전하의 뜻이 아니라 소인의 간청이었습니다. 어마마마께 아직 수렴청정을 거둘 의향이 없으신 듯하니 차라리 거래를 하시라고요. 그리하면 두 분 모두 마음에 차는 한 가지씩을 이룰 수 있으니 그 편이 양쪽 모두에게 나을 것이란 판단이었습니다. 그때에는 그것이 퍽 괜찮은 계책이라 생각했는데 지금 마마를 뵈니 괜한 참견이었나 봅니다."

자령군은 막내 왕자다운 다감한 성품으로 인성대비의 인심도 후하게 얻고 있었다. 어려서부터 다른 왕자들과 달리 친모가 아닌 대비에게도 거리낌 없이 어마마마라 칭하였는가 하면 언제였던가, 당시 왕후였던 대비와 생모인 안빈 이씨 사이에 알력(軋轢)이 생기자 교태전과 인주당(吝珠堂)[17] 사이를 부지런히 들락거리며 교각 노릇을 했던 것이다.

대비가, 환우가 있던 선왕의 수발을 위해 선정왕후(鮮正王后)의 기년상(朞年喪)도 채 지키지 못하고 입궁한 명목상의 어린 계비였던 데 반해, 안빈 이씨는 비록 후궁이긴 해도 마지막까지 선왕의 총애를 받던 여인이었다. 서로를 향한 견제와 투기도 그만큼 심할 수밖에 없었다. 장자 무령군과 적통인 의종이 있어 세자 책봉 때에는 거론도 되지 못했지만, 그래도 안빈 이씨는 한때 자신의 아들인 자령군이 보위를 잇는 단꿈에 젖기도 했을 만큼 야심찬 인물이었던 것이다.

연경은 미안한 기색이 역력한 자령군을 보며 조용히 미소 지었다. 자령군에 대해서는 잘 알고 있었다. 그저 대비전과 의종의 대립이 신경 쓰였으리라.

하여 또 두 전각을 오르내리며 화의(和議)를 꾀했겠지.

"걱정하지 마요, 자령군. 이 사람은 오히려 자빈이 있어 얼마나 든든한지 모릅니다. 얼마나, 얼마나 아름다운 사람인지요, 자빈은."

마지막 말은 속삭임에 가까워 자령에게조차 정확히 들리지 않았다.

---

17) 당시 안빈 이씨의 거처.

연경은 기억을 더듬고 있었던 것이다. 조현례 때 처음 보았던 자빈의 아름다운 자태를 말이다. 발그레한 두 볼은 물 오른 복숭아처럼 보드라웠고 검고 긴 눈은 흐드러진 버들잎처럼 교태가 흘렀다. 이제 열일곱이 되었다는 그녀는 중전에게는 없는 그윽한 여인의 향취를 지니고 있었다.

그리고 그녀는 이제 후사를 잇지 못하는 연경의 죄책감을 벗겨줄 고마운 여인이기도 했다.

"아, 그러고 보니 어젯밤엔 마마의 꿈을 꾸었습니다."

슬픈 듯, 기쁜 듯 미묘한 표정으로 웃는 연경이 안쓰러워 자령군은 얼른 화제를 돌렸다.

"제 꿈을요? 무엇에 관한 것인가요?"

왕비이기 전에 아직 어린 소녀이기도 했던 연경은 곧 호기심으로 눈을 빛냈다.

"마마께서 단옷날 그네를 뛰고 계신 모습을 보았습니다. 분홍치마에 노랑 저고리, 꽃신에 머리까지 내려땋은 모습이 마치 사가 시절의 모습을 보는 듯하였답니다."

"그래요?"

너무 어릴 때 입궁한 터라 연경은 제대로 그네 한 번 뛰어본 적이 없었다. 선왕이 살아 계실 때 그녀를 위해 그네를 만들라 명한 적도 있었지만 대비전의 명으로 곧 철거되었던 것이다. 그녀는 본 적 없는 자령군의 꿈을 그려내려 애쓰다가 방식 웃어버렸다.

"왜 그러십니까? 제 꿈이 보잘것없어 우스우신 게로군요."

"아닙니다. 그럴 리가요. 이처럼 좋은 꿈을 주셨는데 저는 간밤의 꿈에서 자령군을 한 번도 보지 못하여 미안하여 웃은 겁니다."

그녀의 대답에 자령군도 같은 미소를 지으며 그 꿈의 내용을 물었다. 연경은 하늘 위 아득한 무언가를 보기라도 하려는 양, 눈을 가늘게 뜨며 아련히 말하였다.

“어딘지 모를 곳으로 소풍을 나간 꿈이었습니다. 기암괴석이 많이 보이고 앞으로는 누렇게 잘 익은 벼들이 바람에 따라 마치 물살이 일듯 출렁이고 있었지요. 작은 내도 흘렀는데 손을 담가보니 능시(淩澌)[18]같이 차지 않겠습니까? 하여 내친김에 손도 씻어보고, 얼굴도 씻어보고 하다가 가만히 보니 수면에 제 얼굴이 생생하게 비치는 겁니다. 어떤 면경도 그리 깨끗이 비추지는 못할 거예요. 어찌나 환하고 빛이 나던지 제 모습에 넋을 잃을 지경이었습니다.”

제 입으로 제 모습에 넋을 잃었노라 말하기가 부끄러웠던지 연경은 두 볼을 발갛게 물들였다. 그러나 아직 할 말이 남았는지 담담히 다음 말을 잇는다.

“오늘 하루를 그 꿈을 환기하며 보냈습니다. 어쩐지 제게도 좋은 일이 생길 것 같아 가슴이 벅찼답니다. 몇 년을 지내오면서도 늘 이 교태전이 부담이었는데 오늘은 달리 보이더군요. 모든 것이 어찌나 정겹던지 이제야 내가 이곳 주인이구나, 하고 느끼던 참이었습니다.”

자령군은 연경에게서 기이한 느낌을 받고 있었다. 어딘지 모를 꿈속에 서 있는 사람 같기도 했고 구름 속 선녀같이 화사하기도 하였다. 그러나 그 화사한 모습은 기쁘기보다는 구슬픈 흔들림처럼 느껴졌고, 그래서 자령군은 자꾸만 고개를 돌려 그녀의 얼굴을 확인하였다. 꼭 바스라져 어딘가로 흩어질 것처럼 불안했기 때문이다.

자령의 예감은 적중하였다. 찬바람을 많이 쐬어 그랬는지 밤부터 앓기 시작한 연경은 다음날부터 아주 자리보전을 하고 눕더니 늦봄이 지

---

18) 얼음.

나 초여름이 시작할 때까지도 쾌차할 기미를 보이지 않았다.

어의(御醫)와 내의원의녀(內醫院醫女)가 매일같이 병세를 살폈고, 허로(虛勞) 증세에 좋다는 천금연수단(千金延壽丹), 신선불로환(神仙不老丸), 십사미건중탕(十四味建中湯) 등이 쉬지 않고 올랐으나 이렇다 할 차도는 없었다.

의종은 매일같이 교태전에 들러 연경의 환후를 살폈다.

"얼굴에 검은 빛이 돌고 식은땀이 나며 두통이 심하고 여위시는 것이 건혈로(乾血勞)[19]가 아닐까 사료되옵니다."

처음 어의의 진단은 이러했다. 그러나 연경의 증세가 날로 악화되면서 해수(咳嗽)[20]가 심해지고 담(痰)[21]이 차며 각혈(咯血)까지 보이는 것을 보고 그의 진단은 노점(癆漸)[22]으로 바뀌었다. 완치를 장담할 수 없다는 식견까지 덧붙여서 말이다.

중전의 병명에 모든 이들이 놀라 탄식하였다. 어린 중전이었지만 그 마음이 맑고 사리분별이 분명하여 궁인들은 모두 마음을 다해 그녀를 섬겼던 것이다. 그러나 가장 뒤숭숭하고 가장 바쁘게 돌아가는 곳은 바로 자경전이었으니, 이미 대비는 연경의 병이 폐결핵으로 밝혀지기가 무섭게 그녀를 궐 밖으로 내보낼 차비를 서두르기 시작하였던 것이다.

피접(避接)을 갈 별궁으로는 급한 대로 경운궁(慶運宮)[23]이 낙점되었고 교태전의 상궁, 나인들은 물론이거니와 그동안 그들의 시중을 들던

19) 여인들이 앓는 허로 증세 중 하나.
20) 기침.
21) 가래.
22) 폐결핵.
23) 지금의 덕수궁.

무수리, 비자(婢子)[24], 각심이[25], 마지막으로 연경의 환후를 돌보던 내의원의녀(內醫院醫女)들까지 모두 중전의 피접을 따르라는 명이 떨어졌다.

그러나 자경전에서의 명이 있고서도 연경의 피접행은 차일피일 지연되었는데 이는 의종 때문이었다. 자경전과 강녕전 사이를 내관과 상궁이 각 상전의 의향을 품고 발 아프게 뛰어다니기를 며칠, 끝내 양쪽의 고집이 어느 쪽으로도 결단이 나질 않던 어느 날이었다.

"전하."

기력 없이 누워만 있는 연경을 지켜보다가 깜박 잠이 든 의종을 누군가가 가만히 불렀다. 흠칫하여 깨어보니 의외로 그를 부른 것은 연경이었다. 여전히 핏기 없는 얼굴이었지만 그래도 그녀는 요 근래 보여주지 못하던 미소를 짓고 있었다.

"깨어난 건가? 좀 괜찮은 거야?"

의종이 놀라 물었다. 무엇을 해도 자꾸 까부라들기만 하는 그녀에 대해 어의도 이젠 포기한 성싶었었다. 그런데 지금 웃는 낯을 보면 비록 아픈 기색이 남아 있긴 해도 노점병자처럼 보이지는 않는 것이다. 그래서 의종은 놀랍고 또 반가웠다.

"서 상궁, 서 상궁, 밖에 있는가?"

환은 우선 그녀의 기운을 북돋워줘야 할 무언가가 필요하다는 생각에 서 상궁을 찾았다. 그러나 연경은 파리하게 마른 손을 들어 그의 소맷자락을 붙든다.

"왜, 무어 원하는 거라도 있나?"

---

24) 궁 밖으로의 편지배달 및 답장을 받아오던 여종.
25) 궁녀들 방에서 살림을 해주는 여종.

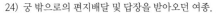

"가보고 싶은 곳이 있어요."

약하면서도 강경한 어투였다. 환이 의아하게 바라보자 연경이 말을 이었다.

"우리 함께 잠행을 나갔던 곳, 그곳의 냇가를 다시 보고 싶어요."

환의 표정이 어두워졌다. 연경은 병자였다. 평소에도 산책조차 자주 나갈 수 없을 만큼 약체였던 연경이 이런 때 그 힘든 노정을 견뎌낼리 없었다. 그가 고개를 가로젓는데 소맷부리를 잡고 있던 연경의 손에 힘이 들어갔다.

"괜찮아요. 가게…… 해주세요."

환은 그런 연경의 손을 자신의 손으로 덮어 꼬옥 쥐었다. 해줄 수 없는 일을 자꾸 해달라 조르니 어떻게 대답을 해야 좋을지 몰랐다. 잠시 머뭇거리던 환이 말했다.

"그곳은 왜 가고 싶은데? 어째서 중전의 기억에 그곳이 남은 거지?"

그곳은, 연경은 환의 눈을 똑바로 바라보며 생각했다. 그곳은 사실 그리 특별하지는 않습니다. 그러나 그곳에는 우리가 함께했던 시간이 남아 있지요. 당신이 있고 내가 있던, 마치 세간의 여느 사내, 여느 아낙과 같던, 우리를 방해할 이도 없던 바로 그 시간이 거기에 있어요.

무언가 할 말을 눈 속 가득 담은 채, 그러나 입술을 꼭 깨물고 있는 연경을 환은 한참 내려다보았다. 그녀가 무엇을 생각하는지 짐작할 수는 없지만 얼마나 원하는지는 마음으로 들리는 듯했다. 어쩔 수 없이 끄덕이는 고개가 처연하다.

"가서 차비를 하도록 명을 내려놓겠어. 곧 나갈 수 있을 테니 잠시만 기다려."

그는 쥐고 있던 연경의 손을 가벼이 놓은 뒤 일어섰다. 밖으로 나오니 아까부터 서성거리던 서 상궁이 얼굴을 굳히며 다가왔다. 의종의 얼굴에서 무언가 이상함을 느낀 때문이었다. 그리고 그 이상함은 곧 경악으로 바뀌고 말았다.

“잠행이라고 하셨습니까?”

도무지 두 분 마마를 이해할 수 없다는 표정이 서 상궁 얼굴에 역력했다.

“아니 됩니다. 그러실 수는 없습니다. 잠행이라니요. 어찌, 어찌 저 상태의 곤전마마를 밖으로 뫼옵는단 말입니까? 그럴 수 없습니다. 그래서는 아니 되십니다.”

애가 타는지 서 상궁이 대청으로 올라섰다. 그러나 그런 그녀를 의종이 가만히 붙들었다.

“그리 해주고 싶다.”

“전하, 하오나…….”

“그렇게 해주고 싶어. 그러니 지체하지 말고 차비를 해주게.”

지난번과 같이 홍 내관과 서 상궁, 이렇게 둘만 동행시키겠다는 뜻을 밝힌 의종은 허망한 눈으로 쳐다보는 서 상궁을 지나쳐 아미산을 향해 걸었다. 홍 내관이 묵묵히 의종을 따랐다. 그러나 바로 뒤쫓았음에도 후원 어디에서도 의종의 모습은 보이지 않았다.

다른 곳으로 가셨나 싶어 몸을 돌리던 홍 내관의 시야 끝에 붉은 빛이 언뜻 잡혔다. 의종의 의관이었다. 아미산 굴뚝 밑자락에 기대앉아 있었던 것이다.

“성중아.”

기척을 듣고 눈치를 챈 의종이 홍 내관을 부른다.

“예, 전하.”

“중전이 다시 한 번 잠행을 가자는구나.”

의종의 목소리가 잔뜩 가라앉아 있었다. 홍 내관은 곁으로 좀 더 다가가 무릎을 꿇고 앉았다. 차마 임금 앞에서 꼿꼿이 서 있을 수 없었기 때문이다.

"이것이 중전이 내게 하는 마지막 부탁일 거야. 그렇겠지?"

홍 내관은 고개를 숙인 채 묵묵히 앉아 있기만 했다. 의종의 목소리는 작지만 흔들림이 없었다. 그러나 홍 내관은 알고 있었다. 사실은 자신의 임금이 속으로 울고 있을 것임을.

"어째서, 어째서 어마마마도, 아바마마도 나만 두고 가는 거야? 왜! 어째서!"

선왕의 붕어(崩御) 이후 세자였던 환은 언제나 의연했다. 빈전도감(殯殿都監), 국장도감(國葬都監), 산릉도감(山陵都監)이 설치되고 소렴과 대렴, 빈전, 광중(壙中)[26]이 마련되는 것부터 정자각과 현궁, 비각과 수복방 등이 지어지기까지 왕의 장례에 따른 번거로운 절차들이 진행되는 동안, 환은 꿋꿋이 자신의 위치를 지켰다.

그러나 졸곡(卒哭)[27]이 있은 후 혼자 남겨졌을 때 홍 내관은 급격히 무너지는 환을 보아야 했다. 한 나라의 임금이라는 껍데기 속에 갇힌, 양친을 모두 여의어 두려움에 질린 아홉 살 어린 아이를.

그날, 등에 업혀 밤새 울음을 그치지 못하는 환을 홍 내관은 이렇게 달랬었다. 이제 됐다고, 전하를 두고 떠날 이는 더 이상 없을 거라고. 그리고 7년 후, 환은 이제 어릴 적부터 함께 자라온 지어미요 유일한 동무였던 연경을 잃어야 하는 것이다. 그의 임금은 등에 업어달래줄 수도 없을 만큼 커버렸는데.

행장은 간소하게 차려졌다. 지난번과 달라진 게 있다면 견여 대신 연경을 위해 준비된 널찍한 장독교(帳獨轎)[28]였다. 먼저 서 상궁이 들어간 후 연경이 그 앞에 기대어 앉았다. 부산히 이곳저곳을 오가던 홍 내

---

26) 무덤.
27) 삼우제를 지낸 후 지내는 제사.
28) 가마.

관도 곧 말에 올랐다. 그런 그를 향해 환이 물었다.

"이번에도 상군(廂軍)[29]을 배치하고 오는 길인가?"

홍 내관은 고개를 숙이는 것으로 대답을 대신하였다. 일전의 잠행에서도 그는 소인원의 시위대를 급하게 편성, 적당한 거리를 유지하며 임금의 행렬을 호위하도록 지시했었다. 그때는 짐짓 모른 척했던 의종이지만 지금은 중전이 환후 중이니 넌지시 확인을 해본 것이다.

이번의 행차는 신속하게 이루어졌다. 광교산을 향해 바로 길을 잡은 행렬은 좌우로 시선을 돌리는 것도 잊은 채 묵묵히 나아가기만 했다. 서 상궁의 어깨에 기대 간간이 가쁜 숨을 몰아쉬던 연경만이 창틈으로 끝없이 보이는 아름드리 꽃길을 향해 정다운 눈길을 보낼 뿐이다.

"얼마나 남았나요?"

꽃가지 틈사이로 비춰 드는 햇볕을 따라 손가락을 까닥까닥 움직여 보던 연경이 문득 물었다. 서 상궁은 유난히 홍기가 도는 연경의 얼굴을 걱정스레 내려다보며 곧 당도할 것임을 알렸다.

그렇군요, 대답하던 연경은 발을 내려 아무것도 보이지 않는 가마 앞쪽을 쓸쓸한 마음으로 쳐다보았다.

저 앞으로 환이 있을 터인데.

"미안해요, 서 상궁. 내 곁에 두어선 안 되는 건데."

자신의 병이 무엇인지 알고 있던 연경이 희미한 목소리로 말하였다. 서 상궁이 황공하여 아니라고 아뢰었지만 그 대답을 들었는지 말았는지 연경은 혼곤히 눈을 감았다.

"마마, 조금만 더 기운을 내십시오."

서 상궁이 어깨 위 연경의 머리를 다시 괴어주며 말하였다. 어찌나

---

29) 임금의 행차 시 호위하던 군사.

가벼운지 마치 지푸라기 같은 연경이 안쓰러웠다. 잠시 숨을 몰아쉬던 연경이 서 상궁의 손을 찾았다.

"이것……."

"무엇입니까? 이것이."

그것은 가락지였다. 연한 옥빛의 평범한 가락지 한 쌍이 창백한 연경의 손에서 굴러 나와 서 상궁의 손바닥에 자리 잡았다.

"전하의 모후이신 선정왕후께서 지니셨던 물건입니다. 나중에, 나중에 후비가 들게 되면 서 상궁이 이것을……."

"어찌 이것을 소인에게 주시옵니까. 마마, 마마께서 언제까지고 지니셔야지요."

그래요. 나도 그러고 싶었답니다. 연경은 다시 창 밖으로 시선을 돌렸다.

"아직, 멀었나요?"

"이제 곧이옵니다, 마마. 기운을 내시옵소서."

창을 통해 비쳐드는 햇살이 연경의 이마를 간질였다. 그러나 그녀는 아무것도 느끼지 못했다. 바짝 마른 입술 안으로 색색거리는 잔 호흡이 끊일 듯 이어졌다.

"가보고 싶었습니다."

언제부터인지 연경의 눈앞에 이름 모를 냇가가 잔잔히 펼쳐졌다. 햇살에 끊임없이 반짝이는 은빛 물 표면은 손에 잡힐 듯 넘실거렸고 저만치 물속에 발을 담근 채 서 있는 환의 웃음도 빛났다. 또한 그를 바라보는 연경의 마음도 어느새 가볍게 반짝이고 있었다.

"환……."

연경의 눈빛이 탁하게 흐려졌다. 사력을 다해 버텨오던 저 안 어딘가의 끈이 끝내 끊기고 만 것이다. 서 상궁이 연신 그녀를 불렀으나 이미 잘 들리지 않게 된 연경은 힘겹게 눈만 깜박일 뿐이었다. 어느 순간 가마의 문이 열리고 환의 얼굴이 저만치 아련히 보였다. 연경은 미소를 지으며 손을 그에게로 뻗기 위해 애썼다.

아십니까. 나는 그대가 가는 길목조차 지킬 수 없을지도 모릅니다. 나는 그대 떠난 뒤의 외로움을 달래야 할 만큼 오랫동안 곁을 지켜줄 수 없을지도 모릅니다. 알고 계셨습니까.

병환으로 십오 세 때 단명한 의종의 정비 연경은 승하 후 시호(諡號)로 으뜸 원(元), 어질 덕(德)을 받아 원덕왕후(元德王后)라 칭하여졌고 능호(陵號)는 '휘릉(輝陵)', 전호(殿號)는 '숙녕(淑寧)'으로 정해졌다.

제4장. 이기(離欺)

초영의 몸이 어느 순간 경직되었다. 놀란 입에서 제멋대로 신음이 흐르는 걸 양손으로 틀어막으며 고개를 저었다. 그럴 리 없다. 어찌하여 외삼촌과 어머니가! 그러나 방 안에서 들려오는 대화는 너무나 또렷했고 그로 인해 그들이 벌인 일은 여덟 살 초영에게도 선명히 이해되었다.

"그러니까, 이제 우리는 신씨 년에 대한 영감의 처단을 기다리기만 하면 된다 이거지?"

"나, 원. 여태 속고만 살았나. 그렇다고 몇 번을 말해야 알겠수? 지금쯤 윤 영감 속에 천불이 일 테니 잠시만 기다려보라니까."

"어유, 그렇게만 된다면야 내가 바랄 게 뭐가 있겠니. 대감이 신씨 년에게 미련이 없는 듯하면서도 은근히 속정이 있거든. 이참에 아주 친정으로 보내버리는 것도 괜찮을 텐데."

한치 앞도 분간이 안 가는 어둠 속에서 초영은 어깨를 퍼들퍼들 떨었다.

오늘따라 유난히 잠을 설치던 초영은 마침 조씨 방으로 들어가는 조창주의 기척에 아예 일어나 앉았다. 무슨 일이 있는가 싶어 밖으로 나온 것이지만 이런 일을 엿듣게 될 줄은 몰랐다. 자신의 어머니가 그리 의롭지 못함은 어느 정도 느끼고 있었다. 그래서 철이 든 이래 단아하고 심성 고운 신씨 부인을 보며 저런 분이 내 어머니시면 얼마나 좋을까 하는 부질없는 생각도 해보았던 그녀다.

물론 그 안에는 서녀로 태어난 자신의 신분에 대한 원망도 들어 있었으나 초영은 생모인 조씨를 끔찍이 사랑했고, 하여 그리 나쁜 사람은 아니라고 늘 마음으로 믿어오던 중이었다. 그러니 외삼촌과 결탁해 이런 일까지 벌일 수 있으리라고는 꿈에도 짐작치 못했던 것이다.

마님, 마님이 위험하시다! 입을 꼭 막은 채 무서움에 떨던 초영이 뒤늦게 정신을 차렸다. 이러고 있을 게 아니라 어서 신씨 부인에게 가봐야 한다고 생각했다.

그러나 떨리는 다리를 간신히 움직여 돌아서던 초영은 크게 놀라 자리에 주저앉고 말았다. 언제 온 것인지 단영과 두릅이 뒤에 서 있었던 것이다. 어둠 속에서도 단영의 두 눈은 형형히 타오르고 있었다.

"어, 언니."

저도 모르게 단영의 치맛단을 붙들었다. 거칠게 그녀의 손을 쳐내야 할 단영이 지금은 미동도 않는다. 오히려 그것이 더 절망스러웠다. 평소처럼 감히 어디에 손을 대느냐며 가시 박힌 소리로 면박을 주었으면 조금은 편해질 것도 같았다.

그러나 단영은 그러지 않았다. 분노가 가득한 눈으로 조씨의 방을, 그리고 초영을 무섭게 응시하다가 몸을 돌려버렸을 뿐.

"언니, 언니."

초영의 음성은 탁했다. 치마를 잡던 것이 손이 아닌 목소리인 듯 간절하고 또 가련했다.

그러나 단영은 돌아보지 않았다. 그녀는 스스로의 감정이 어떤지조차 알지 못했다. 화가 났는지, 아니면 불안한지, 그도 아니면 설명할 수 없는 낯선 감정인지 전혀 알 수가 없었다.

"두릅아."

정신없이 걸어 안채로 통하는 문 앞까지 왔을 때 단영은 자리에 풀썩 주저앉고 말았다.

갑자기 약속 장소를 바꾸자며 서찰을 보냈던 장씨가 한참이 되어도 오지 않아 그냥 돌아오는 길이었다. 무언가 이상하긴 했지만 이런 일이 벌어지고 있을 줄은 상상도 하지 못했다. 대체 그녀의 어머니는, 또 아버지는 지금 어디서 무엇을 하고 있는 것일까.

무서웠다. 자신이 막을 수 없는 무언가가 어머니의 신상에 일어나고 있다는 것이 무서웠고, 그 무언가가 바로 아버지로부터라는 사실도 무서웠다. 그냥 그렇게 흙바닥을 그러쥔 채 앉아 있는 것이 전부인 무력한 자기 자신도 두려웠다. 그리고, 그리고 그녀를 둘러싼 모든 것들이.

혹자는 그녀를 강하다고 말한다. 혹자는 그녀를 두고 되바라졌다고도 하며, 또 혹자는 배움이 잘못되어 여인으로서 현숙한 덕을 쌓지 못했다고 비난하기도 했다. 그러나 이는 모두 겉모습만을 판단한 것뿐, 두릅의 생각은 그렇지 않았다. 적어도 십여 년을 곁에서 지켜본 그가 판단하기에 단영은 되바라지지도, 잘못된 배움을 얻은 적도, 덕이 없지도 않았다. 그리고 가장 중요한 것은 그녀는 결코 강하지 못하다는 점이었다.

8년 전, 신씨 부인과 장씨의 일로 윤 대감이 대로했던 그날 밤, 두릅은 강하지 않은 단영을 지켜봤다. 땅을 할퀴어 제 손에 생채기를 내면서도 끝내 울지는 못하던 겁 많고 여린 심성을 보았다. 비록 한순간이었지만 두릅은 생각하는 것이다. 그녀가 강하기만 한 사람은 아니라고.

"어디로 가십니까?"

한참을 부들부들 떨던 단영이 불현듯 일어섰을 때, 두릅이 물었다.

새파랗게 질렸던 얼굴에 어느덧 독기가 어렸고, 중심을 잃어 흔들리던 눈동자엔 오기가 몰려 있었다. 두릅의 질문을 듣지 못한 듯 안채로 향하던 단영은 중간에 마주친 은단의 손목을 날카롭게 낚아챘다.

"어머니는?"

"……아기씨, 지금 어디서 오시는 길이래요?"

졸음 반, 놀라움 반으로 뒤범벅인 은단이 반문했지만 단영은 오로지 어머니만을 찾았다.

"마님이요? 마님이야 안방에 계시지 어디 계시겠어요?"

왜 오밤중에 엉뚱한 질문이냐는 표정이다. 아무것도 모르는 것 같은 은단이 당혹스러우면서도 반가웠다. 집 안이 조용한 것을 보면 어머니가 조창주의 꾐에 빠지지 않았을지도 모른다는 기대감도 들었다. 그러나 거기까지 생각하던 단영은 곧 은단의 손목을 더욱 세게 그러쥐었다.

"헌데 너는 왜 지금 여기 있는 거지? 이 시간이면 잠자리에 들었을 시간 아니냐?"

"그야 그렇지요만은……. 그나저나 오늘은 다들 이상하시네. 무슨 일이 있긴 있었나?"

도무지 종잡을 수 없는 은단의 말에 단영의 채근이 이어졌다.

"쇤네도 자다 깨서 무슨 일인지는 모르겠지만, 잘 자고 있는데 밖에서 이상한 소리가 들려서 말이지요, 보통 이 시간에는 모두들 방에 들었을 터인데 누군가가 밖에 있더란 말이지요."

정리를 해보자면 달큰하게 잠에 빠진 은단의 귀로 이상한 소리가 들려오더란다. 그래서 밖으로 나와보니 흐릿한 달빛 아래 광태 할아범이 끼익끼익 울고 있는데, 그나마 소리를 막으려 입술을 꼭 깨문 채더란 것이다. 이 사람 저 사람이 이리 물어보고 저리 달래보아도 그저 고개만 저을 뿐, 흐느낌을 그치지 못해 일단 방으로 데려다 눕혔는데 이상한 것은 그 다음이었다.

"할아범 나이도 있고 하니 의원부터 불러야겠다 싶어 마님께 청하러 가봤더니 아무 대답도 안 하시지 뭡니까? 분명 일어나 계셨는데 말입니다요. 그래서 몇 번 더 청하니 그제야 마음대로 하라 하시지 않겠어요? 어디 몸이라도 안 좋으셨는지. 아무튼 그러저러해서 깨적이 놈을 찾았더니 그놈이 또 안 보이지 뭐예요. 어디 그놈뿐이게요? 달근이 놈도 없고. 이놈들이 실성을 하여 어디 노름판에라도 끼여 있던가 한 게지, 그렇지 않고야 이 야밤에……. 아, 그러고 보니 행주댁 말로는 두 놈을 보긴 봤다던데."

도무지 앞뒤 분간을 할 수 없는 은단의 말에 단영은 머리가 아플 것 같았다. 이번에도 이리 물어보고 저리 짚어가며 간신히 알아낸 내용은 이러했다. 언제인지 모를 시간, 소피가 마려워 뒷간에 다녀오던 행주댁이 행랑채 마당을 가로지르는 깨적과 달근을 보았다고 한다. 그들은 어깨에 커다란 멍석 두루마리를 앞뒤로 메고 있었는데 그게 얼마나 무거웠으면 두 놈이 붙들고도 절절매더라는 것이다. 하여 이상하다 싶으면서도 다음날 물어볼 요량에 방으로 들어갔는데 깜박 선잠이 들었다 깨어보니 이번엔 광태 할아범이 실성한 듯 울고 있더라는 소리였다.

"어찌 된 일인지 알 수 있겠니?"

은단에게 들어가 쉬라 이른 단영은 두릅을 향해 조용히 물었다.

"……마님께서 안에 계시다는 것을 보면 갈밭에는 아니 가셨던 게 아닐까요?"

단영이 고개를 가로저었다.

"아니다. 은단이의 말로 미루어 보아 아무 일도 없기를 바라는 것은 너무 늦은 듯하구나. 아마도 너와 내가 고갯마루에 너무 오래 머물렀던 것 같다. 그동안에 이미 모든 일이 발생했겠지. 문제는 후에 어떻게 되었는가 하는 것인데."

생각에 잠겨 담벼락 아래를 서성이는 단영의 눈빛은 언제 겁에 질렸느냐 싶게 활활 타오르고 있었다. 그러나 두릅은 그런 그녀가 더 걱정되었다. 차라리 두렵다고, 고통스럽다고 솔직히 표현해주면 좋을 성싶었다. 지금의 단영은 스스로 만들어낸 껍질 속에 파묻혀 손을 내밀 수도, 위안을 줄 수도 없다. 도무지 무엇을 해줘야 할지 알 수 없게 돼버리는 것이다.

"두릅아."

단영은 한참 만에야 두릅을 찾았다. 저만치 우두커니 서 있던 아이가 한 걸음 앞으로 나섰다.

"지금 아버님에게 간다면 필경 안 본다 하시겠지?"

뭐라 말해야 할지 몰라 두릅은 침묵을 지켰다. 단영이 말을 이었다.

"내가 왜 뵙고자 하는지 아실 테니 쉽게 만나주시지 않을 것이다. 그렇다면……."

눈을 가늘게 뜨며 무언가를 궁리하던 단영이 곧 고개를 끄덕였다.

"은단이 말로는 행주댁이 행랑채 앞을 가로지르는 깨적이와 달근이를 보았다고만 했지, 밖으로 나갔다고는 하지 않았다. 야밤에 밖에 나갈 태세였다면 분명 이상히 여겼을 테니 그 점을 빼먹지는 않았을 거야. 그러니 그들은 즉 밖에서 안으로 무언가를 들여 온 것이 되는 거지. 그놈들이 사사로이 물건을 들일 수는 없으니 이는 누군가의 지시에 의해 이루어졌을 터, 어깨에 메고 있었다던 멍석 두루마리는 장씨가 분명할 것이다. 아버님이 단신으로 갈밭까지 가셨을 리 없으니 그 두 놈이 호위를 맡았을 거야."

거기까지 말을 마친 단영은 서둘러 방에 들어가 무언가를 가지고 나왔다. 은단의 말대로 신씨 부인의 방에는 불이 밝혀져 있었으나 아무런 움직임도 보이지 않았다.

단영은 굳게 닫힌 그 방문을 바라보며 망설이는 눈치였으나 끝내 어머니를 부르지는 않았다.

"그것이 무엇입니까?"

댓돌 아래 서 있던 두릅이 조용히 물었다.

"곁쇠라고 한다는구나. 얼마 전 별당 조씨가 화초장 열쇠를 잃어버렸을 때 광태 할아범이 이것으로 수월히 열어준 적이 있었다. 웬만한 걸쇠는 모두 열 수 있다 하여 나도 하나 달라고 했던 것인데 오늘은 이걸 한번 써봐야겠구나."

두릅도 곁쇠의 사용 방법에 대해서는 익히 알고 있었다. 깨적이 늘 그런 종류를 들고 다니며 여기저기 쑤셔보는 것을 몇 번 보았기 때문이다. 그러나 지금 이 물건이 왜 필요한지는 알 수가 없었다. 이해가 안 돼 바라보는 두릅에게 단영이 다시 설명을 해주었다.

"너도 안채 뒤 사당에 지교(地窖)[30]가 있다는 것을 알 거야. 그곳은 행랑채의 여느 광과는 달라서 어머니 외엔 누구도 근접할 수 없지. 생각해보렴. 만일 네가 아버님이라면 남들 눈에 띄기 두려운 존재를 어디에 두려 하겠니? 나라면 그곳을 선택할 거다."

그러고는 부리나케 사당으로 향하는 단영을 두릅은 근심 어린 표정으로 따라 나섰다. 솔직한 심정으로는 그녀를 말리고 싶었다. 설사 장씨가 잡혀 있는 것이 사실이래도 지금의 단영으로서는 해줄 게 없었기 때문이다. 또한 그것이 윤 영감을 만나는 일과 무슨 상관이 있는지도 알 수 없었다. 두릅의 의아함을 느꼈는지 단영이 감정 없는 목소리로 말하였다.

"내가 아버님을 찾아 뵐 수 없으니 아버님이 날 찾으시도록 만들려

30) 창고.

는 거야. 알겠니?"

두릅은 말려야 한다고 생각했다. 그렇게 해야 적어도 단영만큼은 보호될 수 있을 것이기에. 그러나 그는 끝내 아무런 제지도 하지 못했고, 지교에 당도하여 걸쇠를 열기 위해 한참을 애쓰는 단영을 묵묵히 바라보다가 그마저도 스스로 열어주고야 말았다.

"꼭 이리 하셔야 합니까?"

이제 당기기만 하면 되는 문을 놔두고 두릅이 마지막으로 물었다.

"물러서."

"만약 스승님을 구해내기 위해 이러시는 거라면 이놈이 하겠습니다. 아기씨께서 방으로 돌아가신 후 제가 하겠습니다."

단영의 머리가 보일락 말락 가로로 저어졌다.

"아니야. 내가 시작한 일이니 내가 매듭을 짓고 싶다. 게다가 내겐 장씨 한 명과 내 안위를 바꿀 만한 용기도 없는걸. 진정 구하고 싶은 것이 있다면 그건 바로 나 자신일 거야."

용서할 수가 없어서. 장씨를 멀리 보낼 기회를 놓친 것도, 그로 인해 어머니에게 이처럼 엄청난 허물을 뒤집어씌운 것도 모두 용서할 수가 없어서, 그래서 나는 내가 지니고 가야 할 죄책감에서 스스로를 구하고 싶은 거란다. 이해하겠니?

두릅은 단영의 눈빛을 통해 그녀가 가지고 있는 고통을 본 듯했다. 빗장을 잡고 있던 손에서 힘이 빠졌다. 가만히 옆으로 비켜서니 단영은 망설임 없이 어둠 속으로 들어가버렸다.

단영의 짐작대로 안에는 장씨가 갇혀 있었다. 옆에 널브러진 커다란 멍석이 행주댁이 보았다던 그것인 모양이다. 고개를 푹 숙인 장씨를 차가운 눈으로 바라보던 단영이 어느 순간 아, 하는 나지막한 비명을 내질렀다. 저만치 구석에 누워 있는 달근과 깨적을 발견했기 때문이다.

"앗!"

한참을 기다려도 움직임이 없는 그들을 살피기 위해 다가갔던 두릅이 외마디 비명을 간신히 삼켰다. 그러나 얼굴은 경악과 두려움에 떨리고 있었다.

"혼절이라도 한 거야?"

놀라기는 단영 또한 마찬가지였다. 행방이 묘연하다는 것은 알고 있었지만 이런 곳에 쓰러져 있을 줄이야. 두 아이가 할 말을 잃자 장씨가 가라앉은 목소리로 사정을 설명하였다.

"비상(砒霜)을 먹인 지 꽤 되었으니 이미 죽었을 게다."

그러나 낮에만 해도 건강하게 살아서 집 안을 누비던 그들이었다. 갑작스런 죽음이 쉽게 납득되지 않아 두 아이의 머릿속은 아득해졌다. 두릅은 깨적과 달근을 내려다보며 목 안에서 터지려는 오열을 참았다. 철이 들 무렵부터 친형처럼 따르던 이들이었다.

"어째서, 어째서 저들이 죽은 것인가?"

침울한 두릅의 귀로 단영의 목소리가 들려왔다. 그리고 곧 한숨처럼 장씨가 뒤를 따랐다.

"나 때문이다. 순순히 잡혀만 주면 나아질까 하여 여기까지 끌려오긴 했지만 일이 이렇게 될 줄은 몰랐다. 나와 네 어머니를 오인한 윤 영감이 입소문을 두려워해 저리 한 게야. 영감마님이 특별히 챙겨주신 머루주라며 광태 할아범이 술 한 병을 들고 왔었지."

"광태 할아범이? 그렇다면 그 술병에 비상이 들어 있기라도 했단 말인가?"

단영이 놀라 묻자 장씨가 고개를 끄덕였다. 단영이 다시 말했다.

"그러나 소문이 두려우셨다면 어째서 광태 할아범은 살아 있는 것인가? 무언가가 잘못된 거야. 아버님은 감사(監司)의 위치에 계신 분이네. 무고한 생목숨을 끊으셨다니, 믿을 수가 없어."

단영의 반문에 장씨가 침울하게 대답하였다.

"광태 할아범은 이 일이 정부인 마님과 관련이 있음을 모른다. 그저 지시에 따라 이들에게 술을 권한 것뿐이니 말이다. 설사 알고 있다 해도 결코 발설하진 못할 거야. 광태 할아범은 바로 이 자리에서 저들이 고통스럽게 죽어가는 모습을 모두 지켜봤으니까. 입을 뻥긋이라도 했다간 어찌 될지 스스로 배운 것이지. 네 아버님도 그것을 알고 이리 지시하셨을 거다."

두릅은 그제야 마당에 주저앉아 실성한 듯 흐느꼈다던 광태 할아범을 이해할 수 있었다. 한낱 노비의 신세, 비록 법으로 금지되어 있다 해도 노비 두 놈쯤 처리 못할 윤돈경이 아니었다. 두릅은 포개져 있는 깨적과 달근의 시신을 끌어 한 옆으로 가지런히 눕힌 후 의복과 신발을 정리해주었다.

두릅이 그들을 챙기는 동안 단영은 애써 시선을 장씨에게만 고정하였다. 두려운 마음을 애써 참으며.

"어머니는 어떠시니?"

오랜 침묵 끝에 장씨가 먼저 물었다. 단영의 눈매가 매서워졌다.

"다시는, 무슨 일이 있어도 그 입에 우리 어머님을 담지 말아주게. 나는 내게 그러하듯 자네 또한 용서할 수가 없어. 끝내 자네를 쫓아 보내지 않은 이유 중에는 절대로 어머니에게 위해를 끼치진 않으리란 믿음도 있었기 때문이지. 허나 그것은 가장 어리석은 실수였네."

그녀는 장씨에게 다가가 친친 동여맨 밧줄을 풀어내기 위해 애썼다. 그러나 조막만 한 손으로 가능할 리 없다. 두릅이 구석에 놓인 낫 하나를 발견하여 가져왔다.

"왜 이러는 것이냐? 설마 나를 놓아주려는 것은 아니겠지?"

두릅이 밧줄을 자르기 시작하자 장씨가 다급한 목소리로 물었다. 설사 그렇다 해도 절대 나가지 않을 결심이 장씨의 얼굴에는 어려 있었다. 일을 이 지경으로 만들어놓고 혼자 도망을 칠 수는 없다 여기는 것 같았다. 그러나 단영은 단호했다.

“자네는 기필코 가야 하네. 그렇지 않으면 일은 더 어려워질 거야.”

“그게 무슨 말이냐? 알아들을 수 있게 설명을 좀 해다오.”

절대로 도망만은 가지 않겠다는 의지가 너무 강해 보여서 단영은 한숨부터 나왔다. 하지만 그냥은 물러서지 않을 장씨의 쇠고집을 아는 터라 냉랭하게 대답했다.

“시간이 촉박하여 설명하고 자시고 할 여유가 없네. 다만 확언할 수 있는 것은 자네가 가주는 게 그나마 어머니에게 득이 될 거라는 거야. 내 나름대로의 생각이 있으니 그냥 따라주게.”

“그래도…….”

“지난번에도 내 말을 거역했다가 이 지경이 되지 않았나! 그때 자네와 나 둘 중 하나라도 현명했다면 이런 일은 생기지 않았을 걸세! 그러니 더 이상 복잡하게 만들지 말고 가주게.”

단영의 역정에 장씨는 어쩔 수 없이 돌아서야 했다. 그러나 걱정을 떨칠 수 없어 나직이 말하였다.

“만약 일이 조금이라도 틀어질 것 같으면 석성골의 매당 할멈을 찾아라. 적어도 너와 네 어머니에게만은 몹쓸 일이 생기지 않도록 하겠다.”

말이 끝남과 동시에 장씨는 그곳을 떠났다. 뒤돌아선 채 끝내 가는 모습을 보지 않던 단영도 그의 빈자리가 느껴지는지 어깨를 흠칫 떨었다. 6개월여의 짧은 시간이었음에도 보이지 않는 정은 차곡차곡 쌓여 지금 단영의, 그리고 두릅의 마음을 아프게 하고 있었다. 그러나 그런 애틋한 감상도 잠시, 단영은 다시금 어금니를 악물며 고개를 꼿꼿하게 들었다.

“되었다. 이제 아버님이 찾으시기만 기다리면 되니 너는 거처로 돌아가 꼼짝 말고 숨어 있어라. 어떤 일에 휘말릴지 모르니 아버님이나 오라버니들 눈에 띄어선 안 된다. 알았니?"

그러고는 두릅이 채 대답을 하기도 전에 다시 안채로 향했다. 말없이 그런 단영의 뒤를 따르면서도 두릅은 크게 염려가 되었다. 장씨가 없어진 것을 알면 분명 윤 영감은 신씨 부인을 먼저 의심할 것이다. 그러나 그녀가 이런 일을 자초할 성격이 아니라는 것을 알 테니 그 의심은 곧 단영에게로 향할 것이다. 바로 그 점을 노려 장씨를 풀어준 것까지는 알겠는데 문제는 그 후의 계획이 대체 무엇인가 하는 것이다. 일이 혹 잘못되어 아기씨마저 다치게 된다면?

예견대로 장씨가 없어진 것을 안 윤 영감은 대로하여 단영을 불러들였다. 두문불출하던 신씨도 딸에게 튈 불똥이 두려워 급히 사랑채로 향했지만 윤 영감은 단영의 출입만을 허락하였다.

"마님, 안채로 돌아가 기다리셔도 될 것을 도대체 왜 그러셔요?"

영문을 몰라 의아해하는 은단을 뒤로한 채 그녀는 잠자코 큰 사랑채 앞에 서서 단영이 나오기만을 기다렸다. 뒤로는 이 댁의 모든 하솔들이 모여들어 웅성거렸다.

"무슨 사달이 나긴 한 것 같은데, 그게 뭔지를 모르겠으니."

"그러게 말이여. 영감마님도, 안방마님도 다들 이상하시고, 게다가 광태 할아범은 실성까지 했잖여."

"혹시 깨적이하고 달근이 두 놈들이 도주를 해버린 건 아닐까? 벌써 이틀째 안 보이는 걸 보면 그게 맞긴 한 것 같은데."

한 명이 말문을 트니 여기저기서 수군거림이 이어졌다. 그러나 윤 영감의 확실한 입막음 탓에 누구도 신씨 부인과 관련된 지난밤의 소동은 모르는 듯했고, 그래서 그 사이에 끼여 다른 이의 말을 유심히 듣던 두릅도 일단은 안도의 숨을 내쉴 수 있었다. 물론, 단영이 아직 사랑에 들어 있다는 것을 상기하고 다시 근심이 되었지만.

조창주가 묵고 있는 외당(外堂)[31]을 빠져나온 것은 해가 중천에 뜨고도 한참이 지나서였다. 일의 추이를 타진하느라 밤새 잠을 설친데다 곁에 자던 경실까지 무슨 일인지 모르게 암상이 나서 그를 들볶는 탓에 늦게야 겨우 잠이 들었던 것이다. 얼핏 듣기로는 수원 감영의 매월인지 명월인지 하는 관기 년 때문이라지만 조창주로서는 도무지 기억나는 얼굴이 없었다. 그동안 품었던 매월이와 명월이가 어디 한두 명이라야 말이지.

"응?"

늦은 아침을 해결하려고 방을 나서는데 신 안에 뭐가 들었는지 발끝에 걸려 바스락거렸다. 무심히 꺼내 들던 조창주의 얼굴이 대번에 찌푸려졌다. 반장의 창호지에 세필(細筆)로 써내려간 서신 말미에는 믿을 수 없게도 '장(張)'이라는 서명이 선명히 박혀 있었던 것이다.

일전의 답례로 질녀를 데려간다. 찾고자 한다면 금일, 축시(丑時)까지 갈밭으로 나오라. 그렇지 않으면 근간 그대의 누이를 방문하겠다.

장(張)

미간에 잔뜩 힘이 들어갔다. 장에게서 서신 따위가 올 수 있을 리 만무했기 때문이다. 그라면 지금쯤 윤 영감에 의해 어딘가에 갇혀 있어야 정상이었다. 게다가 질녀라니, 누가 감히 관찰사의 사가에 침입하여 규수를 납치할 수 있단 말인가?

그가 반신반의, 서찰을 꼼꼼히 뜯어볼 때였다. 밖이 시끄럽다 싶더

31) 사랑채에 속해 있는 객실.

니 초영 어미 조씨가 구를 듯, 자빠질 듯 뛰어들었다.

"초영이, 초영이 못 보았니?"

숨이 넘어가는 조씨를 보며 조창주는 그제야 아차 싶었다. 얼굴이 하얗게 질려 앉지도 못하는 그녀를 간신히 달래니 곧 품에서 그가 받은 것과 비슷한 크기의 서신 한 통을 꺼내어놓는다. 조창주가 얼른 받아 자신의 것과 붙여보니 그 또한 딱 반장인 것이 본래 하나였던 것을 둘로 갈라 작성한 것이 틀림없었다. 그러나 조씨가 받은 서신에는 투박하고 다소 산란한 장씨의 필체 대신 가지런하고 깨끗한 초영의 필체가 담겨 있었다.

> 어머니, 그리고 외숙 보세요. 지난 밤, 본의 아니게 두 분이 나누는 말씀을 엿듣고 말았습니다. 무슨 이유로 이런 일을 감행하셨는지 소녀 그 뜻까지는 미처 헤아리지 못하였으나, 외람되게도 옳지 못한 일이라 사료되는 바, 우선 장씨를 도주시킨 후 다시 돌아와 안방마님의 무고함을 아버님께 아뢰올 생각입니다. 부디 용서하십시오.
>
> 초영 배상(拜上)

"내가, 내가 그 일로 잠을 좀 설치느라 늦게 일어나보니 초영이는 감쪽같이 사라지고 방 한가운데에 이 서신만 떡하니 놓여 있지 뭐니. 경실이 년을 족쳐봐도 아무것도 본 게 없다 하니 이게 어찌 된 일이냐? 장이라면 네가 신씨 년과 연루지어 영감에게 넘긴 그자 아니야? 어떻게 초영이가 그자를 따라갈 수 있단 말이냐? 응?"

"이게 초영이 필체가 맞긴 하우?"

"맞으니까 내가 이러는 거 아니니? 어떡할래? 어디서 그놈을 잡을래, 응?"

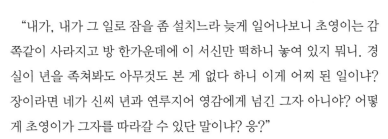

조급해하는 조씨를 일단 앉힌 후 조창주는 일의 전후 사정을 따져보

았다. 지난 밤 별당 조씨에게 이 일의 전말을 설명하기 전, 먼저 노비 두 명에 의해 잡혀 오는 장씨를 똑똑히 확인했었다. 그러니 장씨가 도망을 치자면 누군가의 도움이 반드시 필요했다. 그리고 서신의 내용으로 본다면 도움을 준 이는 초영임이 확실해 보였다. 그렇지만…….

"집안 분위기는 좀 어떠하우? 아랫것들 하는 양이 뒤숭숭하진 않던가?"

조창주의 물음에 조씨가 그게 왜 중요하냐는 표정으로 톡 쏘듯이 대답하였다.

"뒤숭숭하기는커녕 영감이 얼마나 입단속을 시켰으면 무슨 일이 있었는지조차 모르더라. 그러게 내 뭐라 그랬니? 저리 보여도 영감에겐 신씨 년에 대한 속정이 깊다 했지? 쥐 죽은 듯 조용한 것 보면 아무래도 쉬쉬하고 넘기려는 모양인데 괜한 네 허언을 믿다가 애꿎은 우리 초영이만 잡게 생겼다. 이제 어떡할 테야?"

그러나 고작 하루도 지나지 않은 시점이다. 그 짧은 동안 윤 영감의 마음이 신씨의 부정을 덮는 쪽으로 기운다는 건 어려운 일이다. 아직은 분조차 풀어내지 못했을 시간인 것이다. 그보다는 어찌 처리해야 할지 판단이 서지 않아 일단 미루는 것으로 보는 게 정확할 듯했다. 조창주는 좀 더 알아보아야 할 필요성을 느끼고 자리에서 일어섰다.

"어디 가니? 우리 초영이는? 초영이 어떡할 건데?"

조씨가 다급히 그의 다리를 잡았다.

"초영이는 내 알아서 할 테니 걱정 말고 누이는 별당에서 조용히 기다리기나 하시우. 절대로 누구에게도 이 일을 발설해서는 아니 되는 것 잊지 말고. 만약 딸내미 구한답시고 이런 서신을 영감에게라도 보였다간 우리 모두 끝장인 거야. 알았수?"

"그래도 어찌할 건지 말은 해줘야지. 그리 가버리면 나보고 하루 종일 어찌 견디라고……."

조창주는 뒤따라 나올 것 같은 조씨를 자리에 눌러 앉히고 서둘러 경실을 찾아갔다. 뒤곁에 앉아 은단에게 조잘조잘 무언가를 떠들고 있던 경실이 그를 보자 반색을 하며 뛰어왔다.

"낮 동안은 아는 척도 하지 말라고 신신당부더니, 오늘따라 내가 보고 싶기라도 하셨소?"

경실의 객쩍은 농담을 무시하며 조창주는 용건부터 꺼내었다.

"영감마님이요? 아까 행주댁 말로는 평상시처럼 사시(巳時)가 좀 못 되어 감영으로 나가셨답디다. 헌데 그건 왜요? 아, 참 그보다 말이에요, 이거 들으셨소? 무슨 일인지는 모르겠지만 아침 댓바람부터……."

경실은 여기저기서 주워 들은 집안 사정을 시시콜콜히 털어놓았다. 조창주는 광태 할아범의 실성한 것 같은 행동거지와 여전히 행방이 묘연하다는 깨적, 달근의 이야기를 주의 깊게 듣다가 단영이 이른 아침에 사랑채로 불려갔다는 대목에서 눈을 날카롭게 반짝였다. 아랫것들은 몰라도 저는 무언가 짚이는 게 있을 테니 그 성격에 윤 영감부터 만나보고자 용을 쓸 것이라고 이미 짐작은 하였었다. 그러나 되려 불려갔다니 이건 또 무슨 상황인가.

"그리고? 그 밖에 다른 것은 없느냐? 간밤에 누가 도주를 했다거나, 아니면 이 집에 낯선 이가 침입한 흔적이 있다거나 하는 것들 말이다."

"침입이요? 에이, 어떤 겁 없는 놈들이 이 댁을 털려 하겠소? 그런 일은 있을 수가 없지. 뭐, 도주에 대해서야 깨적이, 달근이 그놈들 때문에 귀에 못이 박이게 들었지만서도."

"그래? 어젯밤부터 오늘 아침까지 별당 근처에 수상한 자가 기웃거리는 것도 못 봤고?"

경실이 어이없다는 듯 까르르 웃었다. 그러고는 조창주의 허리춤을 슬쩍 찌르며 말하였다.

"이녁도 참 딱하시오. 내가 어젯밤부터 오늘 아침까지 어디에 있었는지 제일 잘 아는 사람이 어째 그런 걸 묻고 그러는지."

헤실헤실 웃어대는 경실, 그런 그녀가 못마땅하여 쳐다보던 조창주는 더 이상 들을 게 없다 판단하고는 그냥 돌아섰다.

"무슨 일이 있나? 별당 마님도 그렇고 저이도 그렇고, 오늘따라 왜 그러는지 모르겠네."

경실이 금방 샐쭉해져 중얼거렸지만 이미 조창주는 가고 난 다음이었다.

행랑채를 빠져나와 목적 없이 사랑채 주위를 배회하던 조창주가 문득 걸음을 멈추었다.

'장씨 혼자 도망친다는 건 아무리 생각해도 불가능하다. 그러나 서신에 적힌 대로 초영이가 도왔다고 믿는 것 또한 무리가 있다. 그 아이라면 이로 인해 며칠이고 가슴앓이를 했으면 했지, 직접 해결할 강단은 가지질 못했다. 게다가 제 어미가 어찌 연루될지 모르는 상황에 고변 같은 것을 할 수 있을 리 없지. 고작해야 어미 손 붙잡고 울기밖에 더 하겠는가. 그렇다면 장씨를 빼돌린 것은 다른 인물이란 소리인데…….'

조창주는 제일 먼저 신씨 부인을 떠올렸다. 그러나 그가 아는 한 신씨는 제 침소에 틀어박혀 처분만을 기다릴 뿐, 이런 일을 해낼 성격은 아니었다. 그렇다면 단영이 그 아이는 어떤가? 조창주는 눈을 가늘게 뜨며 단영의 행적들을 짐작해나갔다. 성격으로 보나, 상황으로 보나 그녀만큼 이 일에 합당한 인물은 없었다. 단영의 지시라면 초영은 꼼짝 못하고 따를 수밖에 없을 것이니 서신을 작성케 하는 일도 어려울 것이 없었다.

'그러나 이는 어디까지나 심증일 뿐, 물증이 없으니 단언할 수가 없

구나. 게다가 그 아이는 이제 겨우 열 살에 불과할 뿐이다.'

그는 양지바른 곳에 턱을 괴고 앉아 곰곰이 이 일을 따져보았다. 만약 단영이 일을 꾸몄다면 이는 분명 신씨 부인의 무죄를 입증하기 위함일 것이다. 그렇다면 자신을 갈밭으로 불러내는 이유 또한 바로 그것이어야 했다.

그러나 아무리 머리를 굴려보아도 그곳에서 장씨를 만나는 것과 그로써 신씨 부인의 부정이 벗겨지는 것이 어떤 상관관계인지 알아낼 수가 없었다. 그저 단순한 복수일까?

한참을 고민하던 조창주는 아픈 머리를 긁적이다가 신고 있던 신발 한 짝을 냅다 걷어찼다. 조막만 한 계집에게 우롱을 당한다 싶으니 참을 수가 없었기 때문이다. 그러나 너무 기세가 셌던지 신은 담을 지나 행랑채 안으로 넘어갔고, 그것을 도로 줍기 위해 우스꽝스러운 꼴로 다녀와야 한다는 것에 생각이 미치자 화가 풀리기는커녕 더욱더 치밀어 올랐다.

"내 이년을 언젠가는 기필코."

쓸데없는 말을 뇌까리며 중문을 건너려던 참이었다. 담 너머가 부산스럽다 싶더니 낯익은 아이들 음성이 들려왔다. 오호라, 이놈들 봐라, 조창주는 기꺼운 마음에 문 뒤에 숨어 고개만 슬쩍 내밀어보았다. 저만치 단영과 두릅이 마주 서서 도란도란 말을 나누고 있었다.

"누가 묻거든 내가 시켰다고 하고 어떤 것도 대답해서는 안 된다. 알았지?"

"예."

"아참, 만약 참견하는 이가 별당 조씨이면 의심하지 못하게 적당히 둘러대어라. 걸쇠를 딸 때는 아무도 없는 것을 꼭 확인하고."

"예, 아기씨."

조창주는 그들의 대화에 부쩍 구미가 당겼다. 도대체 어디를 보내기에 저리 다짐을 하는가. 그들의 동태를 살피던 그는 단영이 안채로 사라지자마자 두릅이 간 쪽으로 슬금슬금 쫓아갔다. 두릅은 행랑채에 이어진 부엌에 들어가 무언가를 열심히 챙기고 있었다. 보리밥이 가득 담긴 사발 하나와 김치보시기, 물이 담긴 그릇 등이다. 아이는 이것들을 둥그런 쟁반에 차곡차곡 담더니 보자기를 푸욱 씌워 뒷문으로 바삐 나가버렸다.

조창주는 혹여 놓칠세라 걸음을 빨리하였다. 아이는 다행히 단영의 지시를 건성으로 들었는지 별다른 경계가 없었다. 그런 두릅을 멀찍이 따르며 조창주는 재빨리 머리를 굴렸다. 저 쟁반은 과연 누굴 위한 것인가.

행랑채의 긴 담을 따라 걷던 두릅이 중문으로 들어섰다. 조창주 역시 여유롭게 그 문으로 들어섰음은 물론이다. 그러나 두 걸음도 채 가지 못하고 그만 당황하여 멈추고 말았다. 눈앞으로 텅 빈 공간이 나타났기 때문이다. 한쪽은 별당으로, 또 한쪽은 안채로 접어드는 두 개의 문이 마주보고 있는 것 외에 아무것도 없는 직사각형의 공간이 말이다. 늘 사랑채에서 별당으로 건너는 문만 이용했기에 이곳의 구조를 몰랐던 조창주는 당혹감을 감출 수 없었다.

'이 녀석이 대체 어느 쪽으로 나간 거지?'

안채로 갔다고 보는 것도, 그렇다고 별당으로 갔다고 보는 것도 딱히 타당하지 않았다. 그는 한쪽 벽에 등을 대고 앉아 다시 생각에 잠겼다. 아까 그 쟁반은 누구를 위한 것이며 단영은 무엇을 위해 그런 일을 시킨 것인가. 혹시 단영은 잡혀 있는 초영에게 먹을 것을 운반해주려 한 것일까. 그러나 쟁반 위에 있던 보리밥을 생각하면 그도 아니었다. 초영이 그 거친 보리밥을 어떻게 먹는가 하는 것은 차치하고라도 일단 양이 너무 많았던 것이다.

'그렇다면 누구의 것이란 말인가?'

답답함에 이마를 마구 문지르다가 갑자기 자리를 박차고 일어서며 손바닥을 세게 내리쳤다.

'장형! 그자는 아직 이 집에 남아 있는 것이다!'

조창주는 이런 간단한 문제조차 파악하지 못한 스스로가 어리석어 실소를 터트렸다. 어린아이가 파놓은 함정에 속아 다른 것을 보지 못했던 것이다.

'그렇겠지. 만일 장씨가 도주한 게 사실이라면 윤 영감이 태평하게 직무를 보러 나갔을 턱이 없다. 아무리 당찬 계집이라 하여도 아버지를 거스르고 그 같은 일을 해낼 담력이 있을 리 없건만 내가 너무 크게 생각했구나.'

하나의 매듭이 풀리니 다른 것들도 잇따라 해결되었다. 장씨가 아직 이곳에 갇혀 있다면 그의 이름으로 된 서신도 쉽게 구할 수 있는 것이다. 기꺼운 표정으로 그곳을 벗어나던 조창주가 다시 걸음을 멈췄다.

'그러나 아직 해결되지 않은 것이 있긴 하다. 단영이 그 아이가 이른 아침부터 윤 영감에게 불려갈 이유가 무엇인가.'

지금 윤 영감의 심정으로 단영을 만날 기분은 아닐 것이다. 그러니 이는 그럴 만한 이유가 있었다고밖에는 설명할 수가 없다. 억지로라도 대면해야 할 이유가.

조창주는 지금이야말로 자신이 신중해야 할 때임을 깨달았다. 이 일이 한낱 어린아이의 머리에서 꾸며진 계략이라면 문제는 간단했다. 그러나 그게 아닐 경우에 대비해야 할 필요성도 충분히 있었다. 무엇보다 초영의 안전이 걸려 있었던 것이다.

조창주는 천천히 사랑채로 돌아오며 그가 해야 할 다음 일을 생각했다. 갈밭으로 가고 안 가고는 이제 중요한 일이 아니었다. 그에겐 그보다 먼저 밝혀내야 할 일이 있었던 것이다. 즉 장씨가 여전히 이 집에 감금되어 있는가 하는 사실 말이다.

"흐흐, 흐흐흑."

조창주는 가장 먼저 광태 할아범을 찾아갔다. 실성을 했다던 소문의 진상도 궁금했고 무엇보다 그가 무언가 알고 있지 않을까 하는 기대가 컸다. 그러나 광태 할아범은 멍하니 앞만 바라보며 앉았다가 조창주가 다가가자 갑자기 흐느끼기 시작했다.

"이보게, 할아범. 그렇게 울지만 말고 얘기를 좀 해보라니까. 지난밤에 말일세, 이 댁 노비 중 깨적이란 놈과 달근이란 놈이 한밤중에 무언가를 들고 나르지 않았나. 기억나지? 그들이 그 물건을 어디로 날랐는지 그걸 묻자는 게야. 알고 있는 게 있다면 말을 좀 해주게."

깨적과 달근이 장씨를 어깨에 메고 도착했을 때, 잠겼던 대문을 열어준 이가 바로 광태 할아범이었다. 조창주는 그들의 도착까지를 모두 지켜본 후 의기양양하여 별당으로 건너갔던 것이다. 그때 윤 영감은 장씨를 어딘가로 옮기라 지시한 후 광태 할아범만 따로 불러들였었다.

"이보게, 내가 자네를 겁주고자 하는 게 아니야. 누구에게도 이에 관한 말은 일체 하지 않을 테니 그것만 좀 가르쳐주게. 어디인가? 응? 자네는 곁에서 들었을 것이 아닌가."

그러나 아무리 달래보아도 광태 할아범은 눈이 짓무르도록 흐느끼기만 할 뿐이었다. 도대체 무슨 일을 겪었기에 느닷없이 미쳐버리누? 아무리 생각해도 이상한 일이라고 고개를 갸우뚱하는데 그때 근처를 지나던 행주댁이 그런 두 사람을 발견하였다.

"이보시오, 거기서 대체 뭘 하는 거요?"

행주댁이 다가오자 조창주는 짐짓 아무것도 아닌 양 자리에서 일어섰다.

"하긴 뭘 하겠소. 이 노인네가 몸이 많이 안 좋아 보여서 그냥 좀 살피던 것뿐이지."

"별일이구려. 댁이 언제부터 그런 걸 신경 썼다고."

마치 큰상전이나 되는 양 자신들을 마구 대하던 행태를 아는지라 그리 면박을 주는 것이다. 그러나 지금은 조창주도 아쉬운 게 있는 만큼 평소의 까탈을 버리고 은근히 굴었다.

"그건 그렇고, 행주댁."

"왜 그러시오?"

"듣자하니 이 댁 노비 두 명이 도주를 했다던데 그게 참이오?"

행주댁의 표정이 금세 어두워졌다.

"그렇다고들 말은 하지만 그런 걸 내가 어찌 알겠소. 영감마님이 알아서 하시는 게지."

그러고는 가버리려는 것을 조창주가 슬쩍 잡았다. 팔꿈치를 쥔 손에 몇 번 힘을 주며 쓰다듬듯 하다 가만히 놓으니 행주댁도 느낌이 이상했는지 얼굴을 붉히며 어물쩍 서버렸다.

"그러지 말고 내 몇 가지만 더 물어봅시다."

조창주의 목소리가 더욱 은근해졌다.

"듣기로는 전날 밤에 말이오, 그쪽이 두 놈을 보았다고 하던데 그것이 맞소?"

"맞기는 하오만, 그게 왜 궁금하시오?"

"뭐 별 이유가 있어서 그런 건 아니고……. 아무튼 행랑채를 가로지르는 두 놈을 확실히 보았다 이건데, 허면 그놈들이 대체 어디를 가는 것 같습디까?"

일부러 행랑채를 들먹여 행선지를 캐려는 속셈이었으나 행주댁은 눈만 멀뚱히 뜬 채다.

"그건 모르겠수. 행랑채 뒤로 돌아갔으니 광으로 갔을 수도 있고, 안채로 갔을 수도 있고."

그러고는 이젠 정말 가야 한다며 조르륵 걸어가버리고 말았다. 행주댁의 뒷모습을 멀거니 바라보며 조창주는 눈살을 찌푸렸다. 안채로 갔을 리는 없었다. 윤 영감이 장씨를 신씨 부인이 머무는 안채에 두었을 리 없기 때문이다. 그렇다고 행랑채에 이어 붙은 창고도 아니었다. 이미 둘러보았지만 어느 곳에도 보이지 않았던 것이다.

또다시 속절없이 배회를 하는데 이번에는 안채 몸종 은단이 행랑부엌에서 나왔다. 평소 같으면 신씨 부인 측으로 말이 날까 함부로 뭘 묻거나 하지 않겠지만 지금은 사정이 달랐다.

"어마, 깜짝이야. 여기서 뭐 한대요?"

그늘진 곳에 숨어 있다가 팔목을 확 잡아채니 이만저만 놀라는 게 아니다. 조창주임을 깨닫더니 손목을 비틀어 빼며 두려운 표정을 지었다. 경실과의 일이 아름아름 소문이 난 후 얼마나 경계하는지, 차라리 이쪽을 먼저 건드려놨으면 좋았을걸 하는 후회가 들기도 했다.

"내 뭐 좀 묻고자 하는 게 있어 그러는 것이니 너무 그리 놀라지 마라."

히쭉 웃음을 짓는 조창주가 징그러웠는지 은단의 얼굴이 금세 일그러졌다.

"무엇 때문에 그러는데요? 예서 지체할 시간이 없는데."

들고 있던 광주리를 탈탈 털어내며 은단은 괜히 부산을 떨었다.

"그래, 내 오래 붙들진 않을 테니 걱정 말거라. 그보다 말이다. 내가 이 댁을 가만히 구경 삼아 살펴보다가 느낀 것인데, 지교란 것은 행랑 외에 다른 곳엔 또 없는 것이냐?"

은단의 표정이 뜨악해졌다. 남의 집 창고에는 왜 관심을 두는지 이해가 안 됐기 때문이다.

"이 정도 대가 댁이면 쌓아놓은 재물도 족히 될 터인데 겉으로 보기엔 지교 수가 너무 초라해 보여 그런 것이다. 듣기로는 윤 영감의 재력만으로 능히 수원 전역의 산을 덮고 강을 메운다 했는데 아무래도 그건 그저 소문인 게야. 안 그러냐?"

허무맹랑한 말임에도 제가 모시는 상전을 비웃는 것 같아 은단은 저도 모르게 발끈하였다.

"초라하긴 뭐가 초라하다고 그러세요? 이 댁은 다른 곳과 달라서 행랑채뿐만 아니라 안채며 사당에까지 지교가 줄줄이인데다가, 그뿐인가? 도성에 있는 본가며 경기 곳곳의 별채가 몇인지 셀 수도 없을 정도인데, 귀는 두었다 뭣 하시기에 듣지도 못했단 말예요?"

어찌 조창주가 그쯤을 모르겠는가. 그러나 짐짓 놀라운 표정을 지어 보이며 다시 되물었다.

"하지만 그렇게 많다면 무엇이 어디에 있는지 기억하는 것만도 큰일이겠구나. 얼핏 보아 행랑채에는 별반 중요한 것이 없던데, 값나는 재물은 안채에 보관하는 모양이야. 맞느냐?"

그러나 은단은 대답 대신 어이가 없다는 표정만 한껏 지으며 그를 비웃었다.

"왜요? 밤손님이라도 되어 팔자 한 번 펴보려고 그러시나? 왜 그런게 궁금한지 모르겠지만 우리 마님이 그리 호락호락 아무 곳에나 재물을 보관하는 줄 알면 큰 오산이지요, 암."

그러고는 시간만 죽였다며 냉큼 안으로 들어가버리는 은단이었다. 그렇지만 조창주는 이미 들을 만큼 다 들은 상태였다. 혹시 감영 어느 구석에라도 가둬둔 것은 아닐까 했었는데 지금 은단의 말을 들으니 쉽게 감이 잡혔던 것이다.

"허, 이놈의 와가는 넓기도 하지. 무얼 그리 싸놓을 게 많다고 안채며 사당에까지, 쯧쯧."

조창주는 회심의 미소를 지으며 처소로 돌아가 축시(丑時)를 조용히 기다렸다. 그 사이 조씨가 초영의 안부를 확인하기 위해 족히 대여섯 번은 다녀갔고 경실 또한 해가 지자마자 넌지시 그에게로 건너왔지만, 긴한 볼일이 있다며 다들 되돌려보냈다.

'옳거니, 저곳이 바로 사당으로 통하는 문이로구나.'

누가 볼세라 조심조심 안채를 통과한 후 장독대가 놓인 뒷마당을 지나니, 있는지조차 몰랐던 사당이 널찍하니 그 모습을 드러냈다. 이곳에 윤씨 가문 조상의 신주(神主)가 모셔져 있다 생각하니 어쩐지 기분이 나빴다. 얼른 마치고 가야겠다는 생각에 좌측으로 외지게 서 있는 작은 건물로 향하였다.

위치는 이미 이 집 종복 칠성에게 물어 알아놓은 후였다. 다만 걸쇠를 여는 게 여의치 않을까 봐 걱정이었는데 묵중한 쇠붙이는 곁쇠를 꽂은 지 얼마 지나지 않아 경쾌한 쇳소리를 내며 입을 열어주었다. 조창주는 품속에 지니고 온 비수를 쓰다듬으며 문을 당겼다. 지독한 냄새가 안에서 퍼져 나왔다. 무언가 썩어가는 냄새 같아 선뜻 들어가기가 꺼려졌다.

"어이, 장형. 이곳에 있는 거유?"

안에서는 아무런 소리도 없었다. 용기를 내 문을 조금 더 여는데 토악질이 절로 나온다.

"젠장, 안에 뭘 쌓아놨기에 이런 냄새가 나는 거야?"

동시에 본능적인 이상함을 느꼈다. 코를 매캐하게 자극하는 역겨운 냄새가 의심스러웠던 것이다. 이게 어디 이런 대가 댁 지교에서 날 법한 냄새였던가. 아무래도 이상하다 싶어 창고 문을 그냥 닫으려 할 때였다. 안에서 희미하게 달그락거리는 소리가 들려왔다.

"누구요? 장형이요?"

대답은 없었다. 대신 달그락거리는 소리가 좀 더 선명해졌을 뿐이다. 마치 누군가가 안에 있음을 알리려는 것처럼. 주의 깊게 듣던 조창주의 고개가 퍼뜩 들렸다. 혹시?

"초영아, 네가 그러는 것이냐? 네가 안에 있는 것이야?"

초영을 부르자마자 달그락거리는 소리는 더욱 거세졌다. 그제야 안에 있는 이를 알아차릴 수 있었다. 기껏해야 단영의 방 안에 갇혀 있으리라 여겼던 초영이었다. 그런데 이런 숨도 쉬지 못할 곳에 묶여 있다니. 주저함과 경계심이 날아가버리고 대신 울화가 치밀어 올랐다.

"이런 독한 년을 보았나. 내 어리다고 귀엽게 봐주려 했더니만."

안으로 들어서니 저만치 기둥 밑으로 희끄무레한 그림자가 보였다. 얼른 다가가 얼굴로 짐작되는 곳을 손으로 감싸 안다 말고 비명을 질렀다.

"무, 무엇이냐, 이것이! 도대체 누구인 게야!"

초영으로 짐작했던 누군가는 다름 아닌 깨적의 시체였다. 이미 썩어 들어가기 시작한 그의 육체에서는 지독한 악취가 풍겨 나왔고 조창주의 손에는 진물이 흥건하였다. 놀라 뒷걸음질치던 조창주가 이번에는 뒤에 있는 달근의 다리에 걸려 넘어졌다.

혼비백산, 기겁을 하며 힘껏 문을 향해 달렸다. 그제야 덫에 걸렸음을 알았던 것이다. 그러나 채 도착하기도 전에 지교의 나무문은 둔탁한 소리를 내며 닫혔고 곧 철커덕 걸쇠의 소리도 뒤를 이었다.

"누구냐! 누가 이런 짓을 하는 것이냐! 윤단영 네 이년! 네년이 이런 짓을 하고도 무사할 줄 알았느냐! 빨리 이 문 열지 못할까?"

조창주의 외침이 고적한 사당 주위로 길게 울려 퍼졌다. 그러나 응대를 해온 것은 지교의 창가에 매달려 있던 놋수저뿐이었고, 수초 후에는 그마저 그를 놀리듯 달그락거리며 창 밖으로 빠져나가버렸다. 조창주가 초영의 신호로 착각했던 바로 그 소리였다.

살인사건의 방이 수원 전역에 나붙었다. 용의자의 이름 석 자 및 생김이 세간에 공개되었고 자세한 내막도 그 밑으로 함께 붙었다. 경기관찰사 윤돈경의 명에 의해 취조는 수원군수(水原郡守) 김낙환이 맡았다. 그는 증뢰(贈賂)[32]를 통해 종6품 원(員)의 자리를 꿰찬 후 윤돈경의 비우(庇佑) 아래 종5품 판관(判官)을 거쳐 지금의 자리에 이른 인물이었다.

사건의 개요를 대략적으로 살펴보자면, '용의자로 지목된 조가 창주는 장(張)이란 자와 결탁하여 윤 영감의 지교를 털 계획이었으나 그 댁 노비 2인에게 목도되어 도망을 꾀하던 중, 장가 성의 사내만 빠져나가고 조가는 그러하질 못해 결국 그들을 죽음에까지 이르게 만든다. 마침 어린 종복 하나가 사태의 급박함을 보고 지교의 문을 닫아걸어 그를 가두었고, 사건 발생 수일 후 수원군수 김낙환에 의해 조가 창주는 현장에서 붙잡혔다.'는 내용이었다.

붙잡히던 당시, 조창주는 반쯤 정신이 나간 상태였다. 부패되어가는 시체와 근 사흘을 한 공간에 갇혀 있었기에 생긴 정신적 충격이었다. 윤 영감은 자신의 첩실인 조씨의 아우 되는 자가 범인임을 알고 어찌 처결할지 몰라 그토록 긴 시간 가둬둔 것이라 부연 설명을 하였고, 김낙환은 그런 윤 영감의 심정을 십분 이해하여 사건을 빨리 처리하려 애썼다.

얼마 지나지 않아 정신을 차린 조창주가 억울함을 호소했다. 지교에 도착했을 때는 이미 두 명의 노비가 죽어 있었으며 자신이 그곳에 갇힌 것도 진범에 의한 계략이라는 것이었다.

"그러나 네놈은 어찌하여 그곳까지 가야 했는지조차 설명을 못하고 있지 않느냐? 정 그리 억울하다면 어디 말해보아라. 그런 야심한 시각에 윤 영감 댁 지교는 왜 기웃거렸느냐? 그것도 외인에겐 접근이 불허되어 있는 사당까지 침입하여서는!"

32) 뇌물을 주는 행위.

조창주로서는 미치고 환장할 노릇이었다. 꼼짝없이 사람 둘을 무참히 죽인 살인마가 될 형편이었으나, 그렇다고 행방이 묘연해진 질녀를 찾다가 그리 되었노라 털어놓자니 정부인 마님을 모해한 죄를 자백하는 꼴이 된다.

"그 장가란 놈 또한 네놈이 데리고 들어간 자라 하더구나. 외지에서 굴러들어온 놈이 거처까지 마련하고 장시간 이 고을에 머물 때는 그만한 까닭이 있을 터, 너희 두 놈은 처음부터 작정을 하고 윤 영감 댁에 든 것이다. 틀렸느냐? 만일 이것이 틀렸다면 속히 그 장가란 자의 신상을 털어놓아라. 그자를 잡아 대면시키면 네 무죄가 입증될 수도 있을 것이 아니냐!"

조창주는 자신의 혐의만 거둘 수 있다면 장가 아니라 누구의 신상이라도 고해바칠 수 있을 위인이었다. 그러나 성씨밖에 모르는 이에 대해 고할 것이 있을 리 만무했다. 게다가 조사가 진행될수록 그에게 더해지는 것은 온통 불리한 정황 증거뿐이었으니, 윤 영감 댁 노비 중 몇 명은 그가 윤돈경의 재물과 그를 보관하는 지교에 관하여 만나는 종복마다 캐어묻곤 하였다고 증언하였고, 또 몇 명은 그가 자신의 누이 별당 조씨에게 부귀영화를 한 손에 쥘 날이 있을 거라 호언장담하는 모습을 목도한 적이 있다고 하였다.

조창주는 자신이 그 지교에 갇히기 전 이미 깨적과 달근 두 놈이 행방불명되었던 점을 어찌 설명할 것이냐며 반론해보았지만, 이 또한 집안사람들에게 둘의 행방을 집요하게 묻고 다녔던 행태로 보아 그 둘을 죽여 미리 숨겨둔 후 소문이 어찌 날지 두려워 정황 파악을 하고 다닌 것으로 결론지어지고 말았다. 그 와중에 경실과의 관계마저 들통이 나 조창주의 죄목은 더욱 무거워지고 말았다.

"소인에게 어찌 이러십니까? 소인이 무슨 죄를 지었다고 이리 하십니까?"

어느 날이었다. 조창주가 하옥된 관서로 윤돈경이 걸음을 하였다. 넋이 나간 듯 바닥에 엎드려 있던 조창주는 실낱같은 희망을 품고 매달렸다. 그러나 윤돈경의 눈빛은 차가웠다.

"영감, 영감께선 소인이 무고하다는 것을 잘 아시지 않습니까? 어찌하여 이러시는 겁니까? 소인이 영감에게 무슨 잘못을 하였습니까?"

물론 윤돈경은 알고 있었다. 깨적과 달근을 죽이기 위해 비상을 내준 이는 바로 자신이었기 때문이다. 그러나 윤돈경은 조창주를 위해 그 일을 밝혀줄 마음이 없었다. 그는 김낙환이 문초를 하는 동안 자신의 종복들이 쓸데없는 말까지 보태지 못하도록 내내 그 자리에 동석을 하였고, 별당 조씨를 소환하는 일에 있어서는 은밀히 비감(祕甘)[33]을 넣어 취소토록 힘을 썼다. '아우의 일만으로도 참담할 텐데 불러내어 창피를 더할 수는 없다'는 이유였으나 실은 경망스러운 그녀가 섣불리 입을 놀릴까 두려웠기 때문이다.

조창주를 지교에 사흘이나 가둔 것도 시체의 부패를 촉진시켜 가능한 한 증거를 없애려는 방편이었고 보면, 이제 와 조창주의 애원에 마음이 바뀌리라 기대하는 것은 어려운 일이 아닐 수 없었다.

"소녀가 그리하였습니다!"

장씨를 풀어준 일에 대로하여 단영을 사랑채로 불러들였을 때, 그 아이는 눈 하나 깜짝이지 않았었다. 아니, 오히려 불같은 호통에 담담히 응수를 하여 윤돈경을 기가 차게 했었다. 감히 죄인을 풀어준 것도 용서가 안 되는데 당돌히 응수까지 하니 오히려 말문이 막힌 것이다. 하여 한참 끓는 속을 다스리는데 분노를 억지로 참다 보니 손발이 부들부들 떨렸다.

33) 상급 관아에서 하급 관아로 몰래 보내는 공문.

"네가 죽기로 작정을 하지 않고서야 어찌 감히 이런 짓을 할 수 있단 말이냐! 아비를 능멸하고도 반성의 기미조차 보이질 않으니 실로 그 죄범(罪犯)이 작다 할 수 없거늘!"

그 또랑또랑한 생김이 꼴도 보기 싫어 당장 방으로 돌아가 근신하라고 명하였다.

그러나 단영은 자리에서 일어서는 대신 이를 악물며 윤 영감을 마주 쏘아보았다.

"이번 일은 조창주 그자에게 아버님의 약점을 쥐여주는 꼴이 될 것입니다. 정녕 모르시겠습니까?"

"무엇이?"

이제 훈시까지 하려 드는 딸 앞에서 윤 영감의 얼굴이 벌겋게 달아올랐다.

"만일 아버님이 이번 일을 조용히 넘기는 쪽으로 결정을 하신다면 그 결정으로 인해 그자에게는 아버님의 약점을 틀어쥐는 이득을 남기게 될 것입니다. 아버님은 그자의 세치 혀를 항상 근심하고 또 받들어야 하실 것이며, 시간이 지날수록 그자의 존재는 아버님께 두려움의 뿌리가 될 것입니다."

"흥, 내가 이 일을 조용히 묵과할 것이라 어찌 단언하느냐? 네 어미의 죄는 그리 호락호락 넘어갈 만큼 가벼운 것이 아님을 모르느냐? 또한 조가에 대한 것이라면 나 또한 생각해둔 바가 있는 바, 감히 네가 나서서 아비의 약점 운운할 일이 못 되거늘!"

윤돈경 또한 은근히 조창주의 그러한 일면을 걱정하고 있던 참이었다. 그러니 어린 딸의 입에서 같은 우려가 나왔을 때 괘씸하면서도 한편으로 놀라움이 든 것도 사실이었다.

"아버님께서는 결코 이 일을 공표하시지 않을 것입니다. 깨적이와 달근이를 그리 처리하신 이유도 그 때문이 아닙니까? 어머님의 구설이 세간에 떠돌면 진위 여부를 떠나 분명 세 분 오라버니의 전정(前程)에도 문제가 생길 것이고, 자연 우리 윤씨 가문의 명예 또한 먹칠을 당할 것입니다. 그러니 무고한 목숨을 앗아서라도 일단은 덮을 요량이셨던 것이 아닙니까."

"그렇다면 그리 잘 짐작하고 있으면서 장가란 놈을 빼돌린 연유가 무엇이냐? 어찌 그런 당돌한 짓거리를 하였는지 말해보란 말이다. 만약 그 연유가 타당치 못하면 그때는 내 핏줄이라 해도 엄벌로 다스릴 것임은 물론, 네 어미에게 딸자식을 잘못 가르친 죄까지 함께 물을 것이니 이 점 유념해야 할 것이야!"

윤돈경의 분노에 담담히 응수하고는 있지만 실은 단영의 마음도 두렵지 않은 것은 아니었다. 그녀는 왠지 모를 서러움이 밀려드는 것을 참으며 천천히 입을 열었다.

"소녀가 왜 그자를 풀어주었는지 그 연유를 설명하기에 앞서 먼저 여쭐 것이 있습니다. 아버님께서는 무엇을 근거로 어머님과 그자의 내통을 확신하셨습니까?"

"무어라? 내통?"

열 살짜리 여아의 입에서 나올 법한 말이 아니라 여겼는지, 혹은 자신의 내자가 그런 식으로 거론되는 게 불쾌했는지 윤돈경의 얼굴이 심하게 일그러졌다.

"그자가 어머님과 함께 있는 것을 아버님께서 목도하셨다고 들었습니다. 그러나 소녀의 소견으로는 아버님께서는 오히려 어머님의 결백을 믿고 계시다, 그리 생각하였습니다. 우선, 조가의 고변이 있었을 때 휘하의 군졸이 아닌 사노비 두 명만으로 은밀히 처리하셨다는 점이 그랬고, 결국 그 사노비들을 죽여 입을 봉하신 일이 또한 그랬습니다. 장가란 이를 살려두신 것도 아버님이 직접 진위를 파악하고 싶으셔서 그리 하신 것 아닙니까?"

윤돈경이 비록 괘씸은 하였으되 저도 모르게 단영의 말에 귀를 기울이게 된 것은, 부지불식간에 신씨 부인의 결백을 바랐기 때문이기도 하였으나 스스로 그것을 깨닫지는 못하였다.

조창주의 애걸이 다시 들려왔다.

"영감마님, 소인을 이리 죽이실 참이십니까? 소인이 무슨 죄가 있다고 이리 내버려두십니까? 부디 누이를 보아서라도……."

그러나 조창주의 말이 채 끝나기도 전에 윤돈경은 돌아서고 말았다. 그에게 할 말이 있다 생각해 찾아왔으나 막상 얼굴을 대하니 아무것도 생각나는 것이 없었던 것이다.

"아버님께서 허락해주신다면 조가 그놈을 잡아 우리 집안에 어떠한 해도 끼치지 못하도록 하겠습니다. 또한 이 모든 일의 진상을 명백히 밝혀 아버님의 오해를 풀어드리겠습니다."

단영의 호언장담을 모두 믿었던 것은 아니다. 그러나 그녀의 기지로 인해 골칫거리였던 조창주의 발목을 잡아챌 수 있었으니 그로서도 여간 흡족한 것이 아니었다. 윤돈경은 잠시 단영이 여아가 아니라 남아였다면 어땠을까, 생각을 해보았다. 근성으로 보나, 영민함으로 보나 위로 줄줄이인 세 오라비들보다 낫다 여겨졌기 때문이다. 그의 이러한 상념은 초헌(軺軒)[34]이 당도할 때까지 계속되었다.

한편, 옥 안에 갇혀 있는 조창주는 지금까지와는 또 다른 공포와 분노에 휩싸여 있었다. 실낱같은 희망이나마 믿고 있던 윤돈경에게 내쳐지자 그 배신감이란 이루 말할 수 없었다. 조창주는 윤돈경으로부터 시작하여 단영과 신씨 부인, 장씨까지 할 수 있는 모든 이를 저주하다가 마지막으로는 제 누이에게까지 욕설을 퍼부었다. 그러고는 금방 지쳐 숨을 할딱거리다 말고 옆으로 고개를 돌렸다. 무언가 이상한 낌새를 느꼈기 때문이었다.

"너, 네년이 어찌 여기를!"

34) 종2품 이상의 벼슬아치들이 타던 수레. 긴 줏대에 외바퀴가 달려 있다.

단영이었다. 어떻게 이곳까지 들어왔는지 알 수는 없지만 그녀는 곁에 두릅을 대동한 채 경멸의 눈초리로 그를 내려다보고 있었다.

"자네라면 죽음을 목전에 두고도 초연할 수 있으리라 여겼는데, 내 평이 과했던 듯싶네."

놀리고 싶은 것인가. 조창주는 그녀의 눈빛을 보며 분노와 함께 허탈한 기분을 느꼈다. 당당하다 못해 뿌듯하기까지 한 단영의 태도가 이제 그녀의 나이 고작 열 살인 것을 더욱 생생히 느끼게 해주었던 것이다. 영민하긴 하되 어린아이의 심성을 그대로 간직하고 있었다.

"네년이 다른 계집들과 유달리 영특하다는 것은 알고 있었다. 그러나 이리 독하고 못된 심보를 가졌는지는 미처 몰랐구나. 내 너의 그 성정이 유난히 마음에 들었는데 이제 보니 나와 닮은 점까지 가지고 있어 더더욱 탐이 난다."

조창주의 실없는 말에 두릅의 눈썹이 꿈틀하였으나 상전인 단영이 가만히 있으니 함부로 나서지는 못하였다. 그저 조창주의 정수리를 쏘아보고 있자니 단영이 재미있다는 듯 입을 열었다.

"미안한 일이네만 나는 자네의 그 성정이 유난히 싫었었네. 하여 독하고 못된 심보가 나와 닮았다 해도 그다지 탐이 나지는 않는구나."

그러고는 가지고 온 보따리를 그에게 던졌다. 조창주가 힐끗 보니 두툼한 솜저고리와 함께 글이 빼곡히 적힌 창호지 한 장이었다. 이는 지난날 그가 단영과 두릅을 고갯마루로 꾀어내기 위해 조작했던 장씨의 서신이었다.

그제야 깨달을 수 있었다. 자신이 받았던 또 다른 장씨의 서신 또한 이 글체와 같다는 것을. 단영은 스스로 속았던 그 서신의 필체를 그대로 따라 하여 되돌려 보낸 것뿐인데 조창주는 자기 자신의 필적조차 가려내지 못했던 것이다.

"별당에 기거하는 조씨의 출입이 봉해진 지 여러 날째라 자네를 돌보아줄 여력이 없을 것 같아 이리 찾아왔네. 이제 곧 입동(立冬)이 다가오는 마당에 이 한데서 얼마나 고생이 되겠나. 내 특별히 경실을 시켜 만들게 한 것이니 남은 동안 포근히나 지내게나."

그러고는 돌아서 가려 하였다. 조창주는 기막힌 얼굴로 그녀를 지켜보다가 서둘러 불렀다.

"한 가지 묻고 싶은 게 있다. 너는 어찌하여 내가 갈밭이 아닌 지교를 먼저 찾을 것이라 예상하였느냐? 내 다른 쪽으로 머리를 굴렸다면 너의 계략은 틀어졌을 것인데 어디서 그런 확신이 들었는지 궁금하구나. 혹 갈밭에도 이와 비슷한 함정을 꾸며놓았던 것이냐?"

단영이 코웃음을 치며 뒤를 돌아보았다. 그러나 웃기는 하되 눈가에 맺힌 경멸은 여전했다.

"자네는 나를 너무 과대평가하는군. 내 아무리 반가의 여식으로 태어나 없는 것 없이 자랐다 하나 그런 권한까지 구비할 처지는 아니지. 나는 그저 자네가 지교로 향하도록만 머리를 썼을 뿐, 자네가 중간에 무슨 짓을 하든, 무슨 계략을 꾸미든 나와는 상관없었네. 설사 자네가 갈밭을 먼저 찾았다 하여도 그곳에 장씨가 없다는 것을 알면 관심은 자연히 집 안으로 향하였을 터, 며칠 늦어진다고 무슨 착오가 있었겠나. 그러나 자네는 그 간교한 머리로 하루도 안 되어 대번에 지교를 지목하더군. 모르겠는가? 자네는 그저 자네 꾀에 넘어간 것뿐이야."

잠시 단영을 바라보던 조창주의 입에서 느닷없는 실소가 터졌다. 그러나 눈빛만큼은 처절하기 짝이 없었으니, 그가 느껴야 할 회한과 절망이 뿌리 깊이 담겨 있었다.

"대단하구나, 아이야. 내 여러 인물을 만나보았지만 너 같은 계집은 없었다. 어떤 궤변으로 윤 영감까지 구워삶았는지 모르겠으나 네 영특함과 배포가 남다른 것만은 인정해야겠구나."

단영이 빙그레 미소를 지었지만 이미 돌아선 후였기에 조창주는 그

웃음을 볼 수 없었다.

조창주가 지교에 갇히던 그날 새벽, 별당 조씨는 넋이 나간 채 되돌아온 초영으로 인해 소스라쳐 놀라야 했다. 그러고는 곧 그녀가 단영의 방 병풍 뒤에 묶인 채 잡혀 있었다는 말을 듣고 한편으로 이를 갈면서도 한편으로 걱정이 되었다. 딸아이의 말에 의하면 장씨의 서신도, 초영의 서신도 모두 단영이 꾸며낸 일이기 때문이었다. 이를 어서 조창주에게 알려야 할 텐데, 좀 전에도 경실을 보내 알아본 바에 의하면 그의 처소는 비어 있었다. 비록 벌어지는 일들을 다 헤아리진 못했지만 무언가가 교묘히 진행되고 있다는 것쯤은 깨달을 수 있었다. 하여 초영의 팔다리를 주무르던 손길을 멈춘 뒤 부리나케 방 밖으로 뛰어나갔다.

조씨는 이를 악문 채 외당으로 달렸다. 까딱 잘못하면 자신들 두 오누이가 신씨 부인을 모해했다는 혐의를 뒤집어쓸 수도 있어 바짝 애가 탔던 것이다. 두 통의 서신을 이미 없애버렸다면 모를까, 그대로 보관하고 있다면 만일을 위해 자신이 먼저 가져오려는 속내였다.

방 안으로 뛰어들어 정신없이 서장이며 서궤를 뒤적이던 참이었다. 그림자 하나가 문 위로 스윽 드리워지더니 곧 신씨 부인이 기척 없이 방 안에 들어섰다. 한발 늦게 그녀를 발견한 조씨가 귀신이라도 본 듯 멈춰 서니 신씨 부인이 상석에 자리하며 서궤 위로 무언가를 탕, 내려놓았다.

"이것을 찾고 있었나?"

장씨와 초영의 서신이었다. 잽싸게 팔을 뻗었으나 역시 신씨 부인이 빨랐다. 조씨는 쌍심지를 켜며 신씨 부인의 손아귀에 있는 서신을 노려보았으나 방도가 없었다.

"그는 우리 초영이가 작성한 것도, 또 장이란 자가 작성한 것도 아니라 들었습니다. 단영 아기씨가 모든 일을 꾸며 이리 된 것이라 하니 초영이를 불러 물어보시면 그 전후사정을 자연 알게 될 것인데 무엇 하여 제가 그것을 애써 찾겠습니까. 그나저나 그 아이가 종일토록 단영 아기씨 방에 갇혀 있던 것은 알고 계십니까? 어찌 아기씨께서 이러실 수 있단 말인지, 세상에 그 연약한 팔이 종일 묶여 있느라 퍼렇게 피멍이 다 잡혀서는."

조씨가 주절주절 푸념하는 모습을 한참 지켜보던 신씨가 무겁게 입을 열었다.

"자네가 그리 총명치 못함은 알고 있었네만 이토록 아둔할 줄 또한 미처 몰랐네."

"아, 아둔이라니, 그게 무슨 말씀이십니까?"

조씨의 얼굴이 기막힘으로 인해 금세 벌겋게 달아올랐다. 속이 켕기지 않는 것은 아니나 이길 만이 살 길이라는 듯 소리까지 빽빽 질렀다. 그러나 신씨는 개의치 않는 표정이다.

"외간사내와 나를 엮을 수만 있다면 영감의 성정 상, 이를 가만히 두고 보지만은 않을 것이니 자네에게 해 될 것은 없다 여겼겠지. 허나 안타깝게도 자네가 간과한 것이 있으니 첫째는 사대부가 남정네들의 생리가 그것이요, 자네의 피붙이 조가 창주의 이중적인 속내가 바로 두 번째일세. 노비종모법(奴婢從母法)[35]에 대해 모르지는 않을 터, 조선이란 나라가 반상의 법도 위에 세워졌음을 잊었던가? 계집에 빠져 세월 가는 줄 모르는 한량이라 하여도 제 집안에 흉이 되는 일은 하지 못하는 것이 바로 양반이요 사대부가의 남정네들이네. 어느 누가 신분에 걸맞지 않은 여인을 들여 가문의 전정을 제 손으로 망치려 들겠는가?

---

35) 자식이 어미의 신분을 따르는 법.

하물며 파평 윤(尹) 가야 더 말해 무엇 하리."

조씨의 얼굴에서 점점 핏기가 가셨다. 아직 이렇다 할 증거를 드러낸 것은 아니었지만 신씨 부인의 말하는 양으로 보아 이미 모든 것이 다 밝혀진 듯 보였기 때문이었다. 그렇지만 네, 맞습니다, 할 수만은 없는 일이어서 마지막 용기를 쥐어짜 따져 물었다.

"이년, 마님이 무슨 말을 하시는지 도통 알 수도 없거니와 도대체 무슨 일을 근거로 우리가 무엇을 꾸몄네 아니네, 그리 뒤집어씌우시는 건지도 모르겠습니다. 게다가 창주의 이중적인 속내라니요, 그게 무슨 소리입니까? 저로도 모자라 창주까지 욕보이려 드시는 겁니까?"

신씨 부인의 눈빛이 일순 차가워지더니 조창주의 서궤 서랍을 열어 묵직한 서책 한 권을 꺼내었다. 그러고는 밖에 세워둔 두릅을 불렀다.

"너는 뒤에 섰다가 조씨가 허튼 짓을 할라 치면 먼저 그 손을 제지하여라. 만약 당할 수 없겠거든 손가락을 부러뜨려도 좋다."

조씨의 턱이 툭 떨어졌다. 10년 넘게 한 집에서 살아왔지만 신씨 부인의 이런 면모를 본 적이 없기 때문이다. 혼란스러워하는 동안 신씨는 이미 서궤에 놓인 서책을 펼치고 있었다.

"자네는 심적인 의심만 부추길 뿐 아무 도움도 안 되는 이깟 서신에만 골몰하여 정작 중요한 것은 알아보지 못하였네. 허나 내가 자네라면 이것을 먼저 없애고자 했을 것이야. 자세히 보게. 이것이 뉘의 필체인지."

조씨는 뿌루퉁하여 서책을 들여다보았다. 마음 같아서는 일단 빼앗는 것이 급했지만 신씨 부인의 손이 서책을 단단히 붙잡고 있는데다가 두릅까지 쥐 잡는 고양이 같은 눈으로 지켜보고 있어 방도가 없었다. 하여 찬찬히 들여다보는데 몇 장 살피지 않아 알 수 있었다.

"영감마님의 필체인데 그게 뭐 어쨌다는 겁니까?"

반문을 하다 말고 입을 꽉 다물었다. 이곳이 조창주의 거처임을 상기하였기 때문이다. 어째서 이곳에 이런 물건이? 낭패감에 사로잡힌 동안 이를 지켜보던 신씨가 다시 물었다.

"영감의 필체를 알아본다니 그럼 내용까지도 이해했다는 소리로구먼. 그렇다면 어디 한 번 읽어보게나. 이 서책에 쓰인 글귀가 무엇을 뜻하는지를."

그러나 별당 조씨는 아무런 대답도 할 수 없었다. 내용인즉슨, 윤돈경이 지난 2년여간 경기관찰사의 권한으로 내렸던 공문서들로서, 서책에는 그 날짜와 처리 과정, 결과까지도 상세히 기재되어 있었던 것이다. 이것이 윤돈경이 직접 기록한 서책이 아니라면 모사꾼이 있다는 소리였다. 그리고 그 모사꾼은 사랑채를 들락거리며 윤 영감의 일지를 훔쳐 베꼈으리라. 조씨가 식은땀만 죽죽 흘리며 대답을 못하니 신씨가 이번에는 다른 물건 하나를 꺼내었다. 상아로 만들어진 이 물건은 견사로 짠 동다회가 달렸으며 밑으로는 붉은색 방망이술이 여러 겹 둘러 화려하기 짝이 없었다. 보나마나 윤 영감이 품고 다니는 호패였다.

"왜 영감의 호패가 이곳에 와 있는지 자네는 알고 있는가?"

신씨 부인이 차분히 물었지만 말문이 막힌 조씨는 턱만 바들바들 떨어댈 뿐이었다.

"아니군. 내 질문이 잘못되었네. 어째서 자네 아우 되는 자가 영감의 일지를 훔쳐내고 필체를 모사하며 또한 그 호패까지 위조를 해야 했는가를 물었어야 했는데."

조씨를 바라보는 신씨 부인의 안광에는 서릿발 같은 기운이 담겨 있었다. 조씨는 그저 죽고 싶은 심정뿐이었다. 차마 마주 바라볼 수 없어 고개를 푹 숙인 채 두려움에 떨고 있는데, 그 모습을 냉랭히 지켜보던 신씨 부인이 조용히 말을 이었다.

"이 두 가지를 가지고 자네를 위협할 마음은 없네. 또한 영감에게 아되어 조가 창주의 죄목을 더 늘리는 일도 없을 것이야. 그렇지 않아도 조가는 충분한 대가를 받게 될 것이니 말일세. 허나 만에 하나라도 자네나 자네의 친정붙이가 또다시 이 가문을 위협하고 모해하는 짓거리를 벌인다면 그때는 이 정도로 넘어가지 않을 것이야. 알아듣겠는가?"

조씨에게 할 말이 있을 리 없었다. 공문서로 모자라 호패 위조라니, 이제 이 일이 영감에게 들어가면 조창주뿐만 아니라 자신과 초영까지도 함께 내쳐질지 모를 일이었다. 이처럼 중대한 일을 저지른 아우가 원망스러운 판국에, 일단은 덮어준다니 그나마 살 길이 열리는가 싶어 놀랍기도 하고 반갑기도 하였다. 신씨는 엎드리다시피 한 조씨를 남겨두고 자리에서 일어섰다.

"이제부터는 어떤 머리 굴림도 없이 조용히 지내야 할 것이네. 이것이 마지막 경고일세."

밖으로 나서는 신씨 부인의 이마로 선뜻한 새벽 공기가 와 닿았다. 그녀는 잠시 마당 한가운데에 서서 그 기운을 느끼다가 뒤에 공손히 서 있는 두릅을 돌아보았다.

"오늘 일에 대해서는 단영이에게 알릴 필요 없다. 알겠니?"

"예, 마님."

본래 신씨는 아침부터 사랑채에 불려가는 단영을 보며 딸아이가 무언가 일을 벌였음을 직감하였었다. 하여 하루 종일 단영과 두릅의 동태를 살폈는데 그 하는 양으로 보아 조창주를 상대로 무언가 계획하고 있음을 금방 알 수 있었던 것이다. 단영의 성격을 잘 알기에 말려봐야 소용없을 것이고, 그저 딸아이의 안전이 걱정이었던 신씨 부인은 그간의 사건과 지금 벌어지는 일을 꼼꼼히 따져 추이를 가늠해보았다. 그러고는 밤이 되어 조창주가 사당의 지교에 갇히자 서둘러 그의 처소에 들러 간교한 증거물들을 가로챘던 것이다. 만에 하나 조창주가 풀려날 때를 대비하여 그의 약점을 찾으려 했던 것이었거늘 뜻밖의 수확이 아닐 수 없었다.

"저, 마님."

들어가 쉬라는 말에도 알았노라 대답만 하고 움직이지 않던 두릅이 망설이며 입을 열었다.

"왜 그러니?"

"너무 심려 마십시오. 아기씨께서 이제 곧 스승님, 아니, 장씨와 관련된 모든 일을 영감마님께 털어놓을 것이라 하셨으니 마님의 결백하심이 밝혀질 것입니다."

가만히 두릅의 얼굴을 바라보던 신씨가 미소를 지었다.

"착하구나. 내 걱정을 다 해주다니."

허나 이 일이 그리 쉽게 무마되지는 않을 것이라고 그녀는 생각하였다. 아직 어린 네가 어찌 사내의 본심을 이해할 수 있겠느냐고.

"장씨, 그자가 네 스승이었느냐?"

잠시 할 말을 몰라 망단하던 두릅이 얼굴을 붉히며 대답했다.

"예, 마님."

"네가 무예를 익혔더냐. 허면 지금껏 단영이와 밤마실을 다녔던 것도 그 때문이었겠구나."

"……예, 마님."

신씨 부인은 씁쓸한 미소를 지으며 고개를 끄덕였다. 그런가. 그 아이가 그런 것을 배웠던가. 손에 쥐고 있는 서책과 위조된 윤 영감의 호패를 내려다보던 신씨 부인은 그것들을 품에 단단히 챙겨 넣었다. 별당 조씨에게조차 말하지 않았지만 이 서책에는 조창주의 또 다른 비밀 하나가 담겨 있었다. 그리고 신씨 부인은 그 비밀을 가급적 지키리라 생각하는 것이었다.

시간은 쏘아놓은 활과 같아서 식솔이 하루아침에 변사체로 발견되었다는 충격도 잠시, 윤돈경의 사가는 평소와 같은 평온과 분주함을 되찾아가고 있었다. 조창주가 잡힌 지도 근 한 달이 다 되어갔고 수원군수 김낙환의 취조도 마무리를 향해 달리는 중이었다. 죄인 조창주는 여전히 죄를 부인하였고 수사 도중 이상한 점도 몇 가지 있었으나, 드러난 전말에 비해 미미한데다 평소 윤돈경과의 돈독한 관계도 한몫하여 큰 반전 없이 진행되었다.

"하여 죄인 조가 창주에게는 살인 및 교사 혐의를 적용하고, 또한 그 누이 되는 이가 적(籍)을 두고 있는 시가를 해하려 하였은즉 강상(綱常)의 죄를 물어 참수(斬首)를 명할 것이며, 경실이라 하는 종복은 그 주인의 정한 혼처를 기다리지 못하고 외간사내와 통간을 일삼았은즉 십악(十惡)의 죄로 논하여 장 백 대에 처할까 하옵니다."

이른 아침, 사건의 결말을 엄숙히 보고한 김낙환은 윤돈경이 내심 흡족한 표정을 짓자 적이 안심이 되어 굳었던 얼굴을 풀었다. 윤돈경과 긴밀한 관계가 있는 사건인 만큼 이번 기회를 통해 점수를 따고 싶은 마음이었던 것이다.

그가 앞에 놓인 찻잔을 들어 긴장으로 바짝 마른 입을 축일 때였다. 윤돈경이 넌지시 말을 꺼냈다.

"근방에 인적이 드물면서 경치가 수려하고 도성과도 멀지 않은 산이 어디겠는가?"

김낙환은 잠시 고개를 갸웃거리다가 곧 광교산이 아닐는지요, 하고 대답을 내놓았다.

"광교산이라. 허나 그곳에는 내 들러본 일이 없으이."

"무슨 일이 있으신데 그러시옵니까? 며칠 말미를 주시면 소직이 이 근방 산을 모두 조사하여 장교를 올리겠나이다."

그러나 그렇게까지 일을 벌이고 싶지는 않은 윤돈경이었다.

"그럴 것까지는 없네. 그저 내 안사람 일로 잠시 물었던 것뿐이야."

윤돈경은 이쯤에서 화두를 바꾸고 싶어 하는 눈치였으나, 신씨 부인과 관련된 일이라 하니 그저 무엇이든 잘 보여야 하는 김낙환의 입장에서는 그냥 넘어갈 수 없었다.

"정부인 마님께 무슨 안 좋은 일이라도 있으십니까?"

윤돈경은 김낙환의 사람 됨됨이를 따져 그 입을 믿을 수 있겠다 싶자 대답을 하였다.

"안 좋은 일이기보다는 그저 요 몇 해 앓아오던 가슴병이 있는데 쉬이 낫지를 않아서 말이네. 의원의 말로도 큰 병은 아니라니 피접 차 경관 좋은 곳으로 요양을 좀 보내놓으면 어떨까 싶네만 그게 어디 쉬운 일인가. 병이 낫기까지 얼마나 걸릴지도 모를 일인데다 세인들 눈과 입도 걱정이 되고."

그런 일이 있으셨군요, 입으로는 대답을 하면서 머릿속으로는 얼른 계산을 맞추어보는 김낙환이었다. 이리저리 셈을 해본 후 결정이 났는지 웃는 낯으로 윤돈경을 불렀다.

"영감, 하오면 이리 하시는 것이 어떻겠습니까?"

"어떻게 말인가?"

반색하는 모양새를 들키고 싶지 않아 윤돈경은 짐짓 뚝뚝한 체 반문을 하였다.

"조금 전 말씀드렸던 광교산 말입니다, 그곳에 소직이 보유한 작은 와가가 한 채 있사온데 조촐하니 정부인 마님께서 유하시기에 나쁘지 않을 듯하옵니다. 그곳이라면 세인들의 눈에 띌 일도 없고, 설사 보는 눈이 있다 하여도 영감마님과 관계가 있다 짐작키 어려울 테니 임시변통으로 이용해보시는 것이 어떻겠습니까?"

그렇게만 된다면 윤돈경으로서도 바랄 게 없을 터였다. 다가오는 새해를 기점으로 그의 경기관찰사라는 직책도 2년 임기를 마치게 된다.

새로운 직책을 부여받음과 동시에 도성의 본가로 돌아갈 가능성이 컸는데 아무래도 그 전까지 신씨 부인의 거취를 결정짓고 싶었던 것이다.

"허면 며칠 내로 소직이 다시 한 번 찾아뵙도록 하겠습니다."

김낙환은 분주히 일어서며 말하였다. 실은 광교산 와가라는 것은 지어낸 말에 불과했던 것이다. 다만 기회가 있을 때 잘 보여야 한다는 속셈에 둘러둘러 말을 만들어낸 것인데 그러다 보니 마음이 급해지고 말았다. 언제 어느 때 윤 영감이 와가를 내놓으라 할지 모르니 말이다.

김낙환이 나간 후 윤돈경은 안석(案席)에 기대며 한숨을 길게 내쉬었다. 동시에 미간에도 갈등으로 인한 주름이 깊게 파였다.

여전히 장씨와 신씨 부인과의 일은 생각만으로도 역겨웠다. 물론 결과로만 본다면 이처럼 조용히 처리된 것만도 흡족한 일이었다. 그러나 시간이 더할수록 마음 한편으로 커져가는 분(忿)이 그의 심기를 어지럽혔던 것이다. 단영에게서 그간 사정을 못 들은 것도 아니건만, 딸아이와 무엇을 약속하였든 직접 장가와 자신의 부인이 몰래 만나는 장면을 목격까지 한 그로서는 모든 의심을 떨친다는 것이 쉽지 않았다. 게다가 조창주의 말로는 그 장이란 자가 안채를 몇 번이고 기웃거렸다지 않던가. 지금에 와서 조가의 말을 전부 신용할 수는 없지만 의혹이 드는 것은 어쩔 수 없는 일이었다. 가문과 직결되지만 않았다면 참, 거짓과 상관없이 장씨란 사내를 잡아들여 신씨 부인과 함께 요절이라도 내고 싶은 심정이었다.

한편 같은 시각, 단영은 신씨 부인의 지시로 며칠간 잠까지 설치며 읽어내려간 서책을 주섬주섬 챙기고 있었다. 주자의 소학(小學) 언해본

(諺解本)[36]으로서 그녀가 특히 유념해서 읽어야 했던 부분은 인륜의 중요성 및 사람의 마음 자세 등을 설명하는 명륜(明倫)과 경신(敬身) 두 권이었다. 단영은 졸린 눈을 비비며 신씨 부인의 방에 들어섰다. 속으로는 불만이 꽤 있는지 입도 어느 정도 튀어나온 모양새였다.

"다 읽었느냐?"

"예, 어머니 말씀대로 두 번을 연이어 읽었습니다."

신씨가 흡족한 듯 고개를 끄덕였다. 그러나 뒤이어 나온 말은 단영의 심기를 더욱 불편하게 만들고 말았다.

"이것을 베껴 써야 한다고요? 이미 읽은 것으로는 모자란 것입니까?"

"어찌 눈에 담은 것만으로 익혔다고 할 수 있겠느냐? 무릇 선현의 한 가지 가르침이라도 제대로 깨우치기 위해서는 매일같이 읽고, 쓰고 또 두루 행하여 실천하기를 게을리 하지 않아야 하는 법이라고 내 누누이 일렀건만."

"그렇긴 하온데……."

단영의 얼굴 위로 귀찮음이 역력히 묻어났다. 신씨 부인은 그러한 딸을 모른 척하며 칠성과 두릅을 불렀다. 뿌루퉁하게 앉아 있던 단영이 금세 궁금한 낯빛으로 변한다.

"함께 가볼 곳이 있으니 너도 어서 네 방으로 돌아가 준비를 하여라."

여간해선 바깥출입을 않는 어머니였기에 신이 나면서도 이상히 생각되었다. 어디를 가려고 그러시나. 급히 나들이옷으로 갈아입고 장옷을 두르며 나와보니 대문간에는 이미 장독교 두 채가 마련된 참이

---

36) 한글로 번역된 책.

다. 가마꾼도 대동해 있고 그 옆으로 함께 갈 칠성과 두릅, 그리고 은단의 모습도 보였다. 단영은 왠지 기쁜 마음에 방긋거리며 가마에 올랐다. 그녀의 웃는 얼굴을 좀처럼 볼 수 없었던 가솔들도 신기한 듯, 재미있는 듯 단영을 따라 웃었다.

두릅이 마님의 명을 기다리며 단영이 탄 가마 옆에 서 있자니 무언가가 다리를 툭툭 건드린다. 내려다보니 열린 가마 창 사이로 비죽이 나온 단영의 손이다.

"너는 어디 가는지 알고 있는 거냐?"

"소인도 모릅니다. 마님께서 아직 아무런 말씀을 안 하셔서요."

"그래? 사찰에도 잘 안 다니시는 분이 이리 일찍 어디를 가려고 그러시지?"

잠시 후 행렬이 움직이기 시작했다. 신씨 부인의 장독교가 앞서자 단영의 장독교며 칠성과 두릅, 은단도 부리나케 뒤쫓아 걸었다. 고을민들의 모습이 궁금하여 단영은 자꾸 창을 열었다. 두릅이 정색을 하며 닫아주려 해도 구경에 빠져 못하게 막을 뿐이다. 하여 옆에 바짝 서서 다른 이들이 안을 들여다보지 못하도록 막아주자니 이번에는 시야를 가린다고 타박이다.

이렇게 두 아이가 투닥거리는 동안 행렬은 끊임없이 나아가 금세 목적지에 도착하였다.

"이곳이 어디지?"

단영이 의아해하는 동안 매무새를 단정히 한 신씨 부인이 그녀의 손을 잡아 나란히 걷기 시작했다. 잠자코 따르기는 하지만 어째서 이런 곳에 왔는지 모르는 단영으로서는 묻고 싶은 말이 많았다. 산길을 한 식경쯤 올라가니 작은 두 개의 무덤이 나왔다. 붉은 흙 위로 습기가 채 마르지 못한 것으로 보아 만들어진 지 얼마 안 된 무덤 같았다. 비록 산새가 훤한 명당은 아니었어도 밑으로 시야가 트였고 옆으로 나무들이 우거져 소박하니 괜찮은 곳이었다.

누구의 무덤인가 싶어 단영이 고개만 갸웃거리는 동안 신씨 부인은 칠성과 두릅에게 가지고 온 술과 포 등을 차리라 이르고 자신은 저만치 언덕 끝자락에 가서 선다.

단영이 얼른 다가갔다.

"깨적이와 달근이의 묘입니까?"

신씨 부인은 복잡한 눈빛으로 자신의 딸을 내려다보다가 다시 저 밑으로 시선을 돌렸다. 지금 이 순간, 옳고 그름에 대한 명확한 선을 그어줄 수 없는 것이 마음 아팠다. 어미란 이는 외간사내와 엮여 험한 꼴을 보였고, 아비란 이는 가문의 영달을 위한다는 이유로 무고한 생명을 해쳤으니 이 모든 참담함에 대해 무엇이 선이고 무엇이 악인지 구분지어주기가 막막했던 것이다. 어디 그뿐이랴. 조창주에 관한 일 또한 정의는 아니었으니, 아무리 악한 인물이라도 짓지 않은 죄를 뒤집어씌워 그 생명을 앗는 것이 나쁜 행동임을 가르쳐줄 수 없는 스스로가 한스럽기는 마찬가지였다.

'나 또한 내 자신의 안위만을 위해 조창주 그자의 거짓된 혐의를 알고도 입을 다물었으니 실로 이 아이에게 무어라 말을 해야 할지 알 수가 없구나.'

하여 신씨 부인은 묵묵히 앞만 바라보며 억울한 두 넋을 향해 참회의 마음을 전하는 것이었다. 미안하구나. 그동안 너희가 감당한 수고로움에 대한 갚음이 이런 것이어서 미안하구나. 내세에는 부디 좋은 곳에 태어나 너희들 마음껏 자유로운 한 세상을 살거라.

"이런 불쌍한 놈들, 적당히 두고 보다가 영감마님께 알리기만 했어도 좋을 것을, 왜 끼어들어 이런 꼴을 당하누."

뒤에서는 칠성과 은단이 무덤을 부여잡고 눈물을 훔쳤다. 어릴 적부터 어미를 따라, 혹은 따로 팔려와 함께 어울려 자랐던 그들이니만큼 마치 혈육을 잃은 것같이 원통하였으나, 그나마 주인댁을 위해 초개와 같이 목숨을 버린 것이라 철석같이 믿었기에 그 용감한 행위에 대해서만큼은 위로가 되는 눈치였다. 그러나 일의 전말을 모두 알고 있는 두릅으로서는 차마 그 앞에 앉아 울음을 보일 수도, 섣불리 아픈 마음을 꺼낼 수도 없었다. 울어버리기에는 그들의 죽음이 너무 억울했고, 아프다 말하기에는 진실을 알면서도 그저 입을 다물 수밖에 없는 자신의 처지가 미안했기 때문이다. 그래서 모든 이들이 통곡하는 동안에도 두릅은 다른 곳을 보며 눈물을 참을 수밖에 없었다.

그들이 깨적과 달근의 묘를 뒤로하고 내려온 것은 그로부터 반 시진이 넘은 뒤였다. 영감의 허락을 미처 받지 못하였기에 돌아가는 신씨 부인의 마음은 몹시 분주하였다. 그러나 별일 있으랴 싶었는데 웬걸, 안채에 들어서니 그때까지 뒷짐을 진 채 마당을 서성이던 윤 영감이 마뜩치 않은 얼굴로 돌아보는 것이었다. 신씨 부인은 얼른 그를 따라 안방으로 들어갔다. 이미 무슨 말을 들을지 대충 파악을 했으면서도 가슴이 서늘해지는 것까지는 막을 수 없었다.

뒤에 남은 단영은 무언가 모르게 불안하여 두릅을 곁으로 불렀다. 둘의 사이는 본래부터 좋았지만 이번 조창주를 향한 덫을 계획하고 진행해나가는 동안 더욱 돈독해졌다.

단영은 마루에 앉아 시린 손을 비비다가 생각난 것이 있는지 품에서 주머니 하나를 꺼내었다.

"이게 뭔지 볼 테냐?"

그러면서 두릅의 손에 쏟아내는 것을 보니 다섯 개의 말간 돌멩이였다. 시냇가에 나가면 흔히 볼 수 있는 그런 종류이다.

"보아라. 이게 네 스승이 나에게 준 선물이니. 그때는 무슨 뜻으로 내 방 앞에 두고 간 것인지 몰랐는데 지금 생각하면 이는 선물이 맞는 것 같다. 그렇지 않으냐?"

단영의 물음에 두릅은 그저 고개를 그덕그덕하기만 하였다. 정확히 어떤 감정인지는 알 수 없었지만 단영이 장씨를 제법 따랐다는 것은 그도 알고 있었다. 이런 일이 생겨 멀리 보내고 말았으나 아직도 단영의 마음에는 그와 함께했던 지난 몇 달간이 남아 있었던 것이다.

그들이 다섯 개의 돌을 가지고 굴려도 보고 공기 놀음도 해보는데 그때 안방 문이 탕 열리더니 윤 영감이 굳은 얼굴로 나왔다. 덜컥 겁이 난 단영의 시선이 그 뒤를 따르는 신씨 부인에게 향했다. 그러나 신씨의 표정은 여느 때와 다름없이 평온하여 무엇도 짐작하기 어려웠다.

"무슨 일이에요, 어머니? 아버님이 왜 화가 나신 건가요?"

윤 영감이 안채를 빠져나가자 단영이 조르륵 어머니에게 달려가 연유를 물었다. 잠시 딸아이를 내려다보던 신씨는 우선 그녀의 옷고름 매무시를 바르게 잡아준 후 조용히 미소 지었다.

"단영아, 이 어미와 함께 어디를 좀 가지 않겠니?"

"예? 또 말입니까?"

하루에 두 번씩이나 출타를 한다는 것이 이상하여 단영은 고개를 갸웃하였다. 그러나 곧 짐작되는 바가 있는지 매섭게 눈을 치뜨며 사랑채 쪽을 돌아보았다. 신씨 부인은 아이답지 않은 단영의 독한 표정을 볼 때마다 늘 마음이 아팠다. 그래서 가만히 단영의 얼굴을 감싸 고개를 자신에게로 향하게 한 후 조용히 일렀다.

"아버님께서 이번에 새로이 직책을 제수받으시게 되었다는구나. 아직 궁에서 교서가 당도치 않아 자세한 것은 알 수 없지만 아무래도 도성으로 되돌아가실 듯하다. 그러나 나는 이곳이 편하고 좋아 잠시 더 머물고 싶다 하였다. 아버님께는 이미 허락을 받았으니 너는 원한다면 나와 함께 지내도 좋고 아니면 아버님을 따라 도성으로 갈 수도 있다."

그러고는 망연자실한 단영의 머리를 쓰다듬은 후 안으로 들어가는 것이었다. 말문이 막힌 단영이 한참 안방의 장지문만을 응시하다가 문득 뒤에 서 있는 두릅을 돌아보았다. 그 눈빛이 상처 입은 들짐승같이 간절하여 두릅은 마음이 아팠다.

때는 의종 5년 무오년(戊午年), 윤돈경의 사가에 임금의 교서가 당도하였다. 경기관찰사 윤돈경의 임기가 다하였으니 그 직을 환수하고 새로운 직책에 등용한다는 내용이었다. 하여 윤돈경은 동짓날을 이틀 앞두고 종2품 호조참판((戶曹參判)에 제수되었다. 내심 품계가 오르지 않을까 기대하였던 그로서는 다소 실망스러운 교지였다.

수원 각처에서 감축을 빙자한 방문객들이 몰려들었다. 날이면 날마다 문전성시를 이루는 그들로 인해 문지방이 아예 닳아 없어지겠다고 행주댁이 푸념을 해대었지만 주인댁의 경사이니 모시는 입장에서도 신명이 나는 것은 당연한 일, 그들은 모두 짐을 꾸린다, 청소를 한다, 그 와중에 손님을 대접한다, 분주히 움직였다.

"영감, 영감!"

해가 뜨고 지기를 반복한 지 십여 일, 수원군수 김낙환이 찾아들었다. 전날의 연회로 늦게까지 방구들을 지키던 윤 영감이 잔뜩 찌푸린 낯으로 수청 들던 관기를 물리고 일어나 앉는데, 안으로 드는 김 군수의 모양새가 어찌나 다급하고 부산스럽던지 평소와 같지 않았다.

"자네 차림이 어찌 그런가? 무슨 일이라도 있는 것인가?"

급히 달려온 태가 김낙환의 흐트러진 외관에서 역력히 묻어나왔다.

"영감, 큰일 났습니다."

"무슨 일인데 그러는 겐가? 말을 차분히 해야 알아들을 게 아닌가?"

"조가 창주가, 그 죄인 놈이 도주를 하였습니다."

소세물을 내오라 하여 손부터 담그던 윤 영감의 얼굴이 뜨악해졌다. 김낙환의 이마 위로 식은땀이 줄줄이 쏟아져 내렸다.

"어찌 된 게야! 어찌 그럴 수 있단 말이야!"

"소직도 그 점을 모르겠습니다. 분명 번을 철저히 세워 그자를 지키라 하였는데……."

"헌데?"

윤돈경의 역정에 김낙환의 고개가 점점 수그러들었다.

"어찌 된 영문인지 번을 서던 놈들은 보이질 않고, 옥사 문이 열린 채 그 안에 있던 조가도 감쪽같이 사라지고 없었습니다."

"있을 수 없는 일이야, 있을 수 없는 일이야!"

대로하여 바닥을 쾅쾅 내리치던 윤돈경이 문득 고개를 들었다. 짚이는 바가 있었기 때문이다. 그는 의관도 정리하지 않은 채 뛰어나가 지난 한 달간 발길조차 않던 별당으로 향하였다. 마침 마루 위에 앉아 있던 초영이 아버지를 보고 방긋 웃었으나 지금은 그토록 예뻐하던 초영의 미소조차도 눈에 들어오지 않았다. 윤돈경은 조씨의 방문을 거칠게 열어젖혔다.

"여, 영감!"

안석을 베개 삼아 엎드려 있던 조씨가 황망히 일어나 앉았다. 윤돈경이 다가가 서궤를 주먹으로 내리쳤다. 분노가 가득한 그의 눈빛에 겁에 질린 조씨가 몸을 바싹 웅크렸다.

"네년이 그랬느냐?"

"무, 무엇을 말입니까? 영감마님."

조씨의 목소리가 오들오들 떨려나왔다. 단 한 번 자신을 함부로 대한 적 없던 영감이고 보니 그 두려움은 더욱 컸다. 놀라서 마루로 뛰어올라온 초영의 모습이 문 밖으로 나타났으나 두 사람은 어린 그녀를 신경 쓸 겨를이 없었다. 윤돈경이 다시 말했다.

"네년이 좌찬성 대감 댁에 청이라도 넣어 조창주 그놈을 빼돌렸느냐는 말이다!"

좌찬성 조 대감의 눈치가 아주 안 보였던 것은 아니다. 그러나 조 대감은 아무것도 모른다는 듯 침묵을 지켰고 하여, 그에게 연통을 넣어 사건의 정황을 알리기는 하였으되 그 의견까지 묻지는 않았던 것이다. 윤돈경은 조창주가 출신 성분도 비천한데다 이미 파락호로 소문이 자자하여 가문에서도 포기한 모양이라 내심 안도하였는데 느닷없는 일이 터졌다. 그것도 핏줄이라고 조 대감이 끝내 그를 구원하였음인가?

그러나 바짝 엎드린 조씨는 고개만 연신 저을 뿐이다.

"모르는 일입니다요. 창주가 어찌 되었는데 이년에게 이러십니까? 이년은 그저 명하신 대로 별당에 꼼짝도 않고 엎드려 있었을 뿐입니다. 정말로 이년은 모르는 일이옵니다, 영감."

겁에 질려 설설 기는 조씨를 보며 윤돈경은 힘이 주욱 빠지는 것을 느꼈다. 찬찬히 다시 생각해보니 아무리 좌찬성 대감이라도 이미 죄가 낱낱이 밝혀져 형까지 부여받은 인물을 이런 무모한 방법으로 빼내갈 수는 없을 것 같았다. 정 구하고 싶었다면 형이 내리기 전 먼저 송사(訟事)를 하였겠지.

답답한 얼굴로 뒤돌아 앉던 윤돈경의 눈에 그제야 파랗게 질린 초영의 얼굴이 보였다. 윤돈경은 자신이 지나쳤음을 깨달았다. 어찌할 바를 모르다가 손을 내밀어 다정히 초영을 불렀다. 그러나 아이는 다리에 힘이 빠지는지 그 자리에 포옥 주저앉고 말았다.

조창주의 도주 소식은 얼마 안 있어 안채에까지 흘러들어갔다. 신씨 부인은 은단의 호들갑스러운 행동을 저지한 후 깊은 시름에 잠겼다. 그런 자가 놓여났으니 자신을 그 꼴로 만든 윤씨 가문에 대해 어떠한 짓을 저지를지 몰랐다. 더구나 그 일의 중심에는 아직 어린 딸아이가 놓여 있지 않은가.

신씨 부인은 한참을 생각하다가 자리에서 일어서며 은단에게 일렀다.

"이 일을 절대로 단영이가 알게 해서는 안 된다. 알겠느냐?"

"예, 마님."

신씨 부인은 사랑으로 나섰다. 본래는 단영을 본가에 두어 장차 혼약이 오갈 때 말이 날 가능성을 배제하는 쪽으로 마음이 기울었으나 이렇게 되니 곁에 두어야겠다 싶었던 것이다. 신씨 부인은 하루 빨리 그들을 윤 영감이 준비해놓았다는 광교산으로 보내달라 청할 생각이었다.

그러나 신씨 부인의 이 같은 조심에도 이미 단영은 알고 있었다. 아니, 그녀는 조창주의 도주에 대해 이 댁 누구보다도 가장 먼저 알아챌 수밖에 없었다.

아침에 눈을 뜨자마자 밤새 자신의 침소에 누군가가 다녀간 흔적이 있음을 발견했었다. 작게 잘린 푸르고 붉은 비단 조각 두 장. 단영은 이 두 가지 물건을 자세히 살피다가 불현듯 깨달았다. 푸를 창(朱)에 붉을 주(蒼), 두 장의 비단 조각은 각각 조창주의 이름과 같은 음을 가진다는 것을.

굳은 듯 비단조각만 바라보던 단영이 두릅을 찾은 것은 신씨 부인이 사랑채로 향했던 것과 비슷한 시간대였다. 그들은 우선 조창주의 거처로 가보았다. 그러나 주인 없이 휑한 그곳에는 아무것도 없었다. 하여 두 사람은 다시 뒤곁 사당의 조창주를 가둬두었던 지교 앞으로 갔다. 불미스러운 사건이 있었다 하여 조만간 불태워버리기로 결정이 내려진 곳이었다.

"열어보아라."

단영이 말했다. 두릅이 무거운 얼굴로 문을 여니 저만치 작은 창을 통해 들어온 햇살이 창고 안을 희미하게 비췄다. 그런데 그 빛의 모양이 이상했다. 네모반듯하지 않고 한끝이 찌그러져 있었던 것이다.

안으로 들어간 두릅이 곧 하얀 무명천으로 된 두루마리를 들고 나왔다.

내 약조를 한 가지 하마. 기필코 너를 꼭 한 번은 만나러 가겠다. 네가 어디에 있든, 무엇을 하든 나를 피할 수는 없을 것이다. 잊지 말아라.

무명천 위에는 마치 피로 쓰기라도 한 것처럼 새빨간 조창주의 필체가 남아 있었다.

단영은 질린 얼굴로 그것을 응시하였다. 일전에 만났던 조창주의 마지막 말이 다시 들려오는 듯했다. 대단하구나, 아이야. 내 여러 인물을 만나보았지만 너 같은 계집은 없었다…….

"두릅아."

"예, 아기씨."

"네가 해줘야 할 일이 있다."

단영의 말에 두릅이 고개를 얼른 끄덕였다.

"석성골이란 곳을 찾아 매당 할멈이란 자를 데리고 오너라. 서둘러야 한다."

하며 두릅의 손에 자신이 지니고 있던 낭탁(囊橐)[37]을 통째로 쥐여주었다. 두릅은 고개를 숙여 인사를 하고 곧 길을 떠났다. 그 뒷모습을 바라보며 단영이 이를 악물었다.

제 방에 들러 대충 봇짐을 싸고 대문으로 나서던 두릅은 몇 발자국 못 옮겨 걸음을 돌렸다. 대문으로 나가다가 다른 이들에게, 특히 이

37) 돈주머니.

댁 도련님들 눈에라도 띄면 십중팔구 그냥 잡힐 것이 뻔했기 때문이다.

뒷문으로 나갈 요량으로 조심조심 별당을 지나는데 저만치 웅크리고 있는 초영이 보였다. 이미 꽃나무고 과일나무고 다 지고 없는 한겨울에 화단 앞에 앉아 뭐 하나 바라보니 어깨가 굼실거리는 게 아무래도 울고 있는 모양새였다.

"아기씨, 여기서 뭐 하십니까?"

두릅의 목소리에도 별반 반응이 없는 걸 보면 울고 있던 모습을 들킨 것이 부끄러운 모양이다. 잠시 그대로 앉아 있던 초영이 들릴락 말락 한 목소리로 두릅을 불렀다.

"예, 아기씨."

그제야 고개를 드는데 보니 두 눈이 퉁퉁 부은 것이 많이도 운 모양이다. 왜 그러느냐고 묻지도 못하고 그냥 서 있으니 초영이 이번에는 자리에서 일어서 두릅을 마주보았다.

"심부름이라도 가는 거야? 언니가 시킨 것이니?"

두릅이 고개를 끄덕이니 그렇구나, 대답을 한다.

"언제 돌아오니? 이 밤 안에 올 수 있니?"

"모르겠습니다. 오래 걸릴 수도 있고."

그러자 무언가 기대를 품고 있었던 듯 초영의 얼굴에 실망감이 어렸다.

"무슨 일이 있으십니까?"

두릅의 질문에 고개를 젓던 초영이 혼잣말처럼 말하였다.

"그저…… 지난봄에 너와 함께 나갔던 냇가에 가보고 싶어서. 하긴 그곳이라면 지금쯤 꽁꽁 얼어 손을 담가보지도 못할 거야. 하지만 빠질 염려는 없겠구나. 생각나니? 그때 내가 물에 빠져서 네가 참 많이 놀랐지. 그래, 그러고 보니 넌 그때 돌멩이를 줍고 있더구나. 물밑을 살피다 말고 놀라서 쳐다보던 네 얼굴을 잊을 수가 없다."

혼자 이것저것 생각하는 눈치더니 그제야 두릅을 잡고 있었다는 것을 깨달았는지 어서 다녀오라며 길을 터주었다. 두릅은 울적해 뵈는 초영이 신경 쓰였지만 지금은 더 급한 볼일이 있어 걸음을 서둘렀다. 뒷문을 나서 한적한 길을 걷는 동안 두릅의 머릿속은 단영과 조창주에 대한 근심으로 다시 채워졌고 이미 초영에 관한 것은 저만큼 잊고 있었다.

두릅, 날 때부터 윤씨 가문의 종복이었던 그는 두 해 전 세상을 뜬 행랑아범 돌쇠의 하나뿐인 아들로서, 어미는 두릅을 낳은 후 사당패 놈과 눈이 맞아 도망을 치다 잡혀 객지로 되팔려갔다 소문이 난 오월이란 몸종이었다. 태기가 있은 후 줄기차게 두릅나물만 먹어대는 오월로 인해 붙은 이 이름은, 그러나 그의 나이 십칠 세가 되던 해, 단영에 의해 바뀐다.

"너는 어릴 적부터 이 집을 벗어나고 싶어 했었지. 그러니 네가 멀리, 아주 먼 곳으로 가서 새 삶을 시작할 수 있도록 떠날 이(離) 자를 넣어줄게. 네가 원하는 곳으로 갈 수 있도록."

중전 간택령이 내리고 단영이 재간택까지 무사히 통과하여 이제 삼간택만을 남기고 있던 어느 날, 단영은 언제고 방면(放免) 시켜주겠다던 약속을 지키고자 두릅을 불렀다. 또한 양민이 되면 새로운 이름을 지어주마던 약속도 잊지 않고 있었기에 흙 위에 하나의 글자를 쓰며 말하였다. 이제 뒤에 올 다른 자는 네 마음대로 선택하렴.

그러나 한참 동안 흙 위에 쓰인 글자만 물끄러미 내려다보던 두릅은 고개를 가로저었다.

"아가씨는 제가 떠나길 원하십니까?"

조용히 반문하는 두릅의 목소리는 어딘가 모르게 처연했다.

"나는 다만 네가 자유로워지길 원할 뿐이야."

그들 주위로 성급히 피었다 지는 꽃잎들이 휘날렸다. 바람이 불고, 새가 울고, 그리고 두릅의 눈빛도 울고 있었다.

그는 묵묵히 다른 곳만 바라보다가 이윽고 검을 들어 단영의 이(離)자 옆에 하나의 글자를 채워 넣었다.

기(欺)[38]

17년 만에 노비 신세에서 벗어날 수 있었던 두릅의 새 이름은 이기(離欺)가 되었다.

---

38) 속이다.

제5장. 쫓는 자, 쫓기는 자

밤도 깊어 개도 잠든 시각, 껑충한 가을 하늘 덕에 그 흔한 별빛도 흐릿해질 즈음, 미풍으로 살랑거리던 숲 속에 느닷없는 동요가 일었다. 부드럽게 허공 속을 저어가던 나뭇가지 사이사이로 강풍이 미꾸라지처럼 빠져나갔다가 되돌아오길 반복하였고 그 여파로 곱게 물들어가던 색색의 잎사귀들이 손가락을 좌악 펼치며 아래로 아래로 떨어져 내렸다.

"느려! 팔목이 아니라 팔꿈치에서 힘을 받아야 한다고 몇 번을 말해야 하누! 좌측이 비었지 않느냐! 너는 뭐 하고 있누, 이 틈에 치고 들어가야지!"

새된 목소리가 고요한 숲을 진동시키자 그 소리에 놀란 듯 산새 몇 마리가 후두둑 날아올랐다. 맑은 쇳소리가 점점 육중해지며 검광이 사방으로 뿜어 나왔고, 그 틈으로 두 개의 인영이 붙을 듯 떨어질 듯 거리를 유지하며 나무 사이를 누볐다. 쫓고 쫓기는 두 개의 그림자는 그러나 서로의 실력이 대등했는지 오랜 시간 대치하면서도 좀처럼 승부가 나지 않더니, 어느 순간 숲을 울리는 마찰음과 함께 양쪽으로 갈라서버렸다. 그러자 좀 전의 껄끄러운 목소리가 이번에는 혀를 차는 소리로 바뀌었다.

"쯧쯧, 내 너희처럼 둔한 것들은 보다보다 처음이로구나. 언제까지 장난질만 할 셈이냐?"

어두운 숲 속에서 가장 먼저 모습을 드러낸 이는 뜻밖에도 허리가 기역 자로 굽은 노파였다. 걸음이 불편한지 기묘하게 생긴 나무 지팡이에 온 체중을 의지한 채 걷고 있었는데, 그러다 밑으로 돌멩이라도 채일라치면 위태롭게 흔들리곤 해 보는 이를 불안하게 하였다.

"아직도 할멈 마음엔 안 차는 것인가?"

좌측 나무 위에서 낭랑한 여인의 음성이 들려오더니 곧 시커먼 그림자가 아래로 미끄러지듯 내려왔다. 머리에 두른 휘건을 잡아채자 곱게 땋아 내린 머리채가 흘러내렸다. 비록 이 시대 여인들이 지닐 법한 단아한 분위기와는 거리가 멀었으나 크고 또렷한 두 눈에는 총기가 가득했고 꽉 다물린 입술 하며 곧게 뻗어 내린 콧대는 자로 잰 듯 반듯하였다.

그녀가 손에 들린 두건으로 목 뒤의 땀을 아무렇게나 닦아내는 동안 우측에 서 있던 인영도 아래로 뛰어내렸다. 착지하는 그 걸음이 어찌나 가볍던지 마치 바늘이 물 위로 떨어지듯 하였다. 그러나 노파는 이 또한 마음에 차지 않는지 신경질적인 눈매로 그를 바라보았다. 호리호리하고 해사한 모습의 남자는 들고 있던 단검을 허리에 찔러 넣은 후 두 손을 모아 쥐며 공손한 자세를 취하였다. 조금 전 여인의 분방한 행동과는 대조를 이루는 모습이었다.

노파가 그들의 발밑으로 우수수 떨어져 있는 낙엽과 잔가지들을 한 움큼 집어 한참을 살피다가 대번에 호통을 친다.

"아직 멀었어! 몸놀림만 재빠르다고 해서 다가 아니라고 그렇게 일렀건만, 정확성이 없지 않으냐? 단번에 일자로 그어야지 온통 삐뚤빼뚤, 이래서야 원."

툴툴거리는 노파를 향해 저만치 나무 밑동에 기대어 휴식을 취하던 여인이 농을 걸었다.

"이 어두운 곳에서 그런 것까지 세세히 볼 수 있다니 참 대단한 안력이야. 게다가 근력은 또 어떻고. 조선 팔도에 할멈을 당해낼 인사가 있기는 할까?"

"흥, 재주는 굼벵이보다 못하면서 그저 입만 살아가지고. 그러게 가문에서 정해주는 대로 얌전히 시집이나 가면 그만일 아가씨가 이런 짓은 배워 어디에 써먹누?"

췟, 대수롭지 않은 표정으로 무시해버리는 여인은 방년 열일곱이 된 윤단영, 바로 그녀였다. 단영은 자신의 단검을 면밀히 살핀 후 검집에 꽂았다. 유홍검(長穗劍)이 그녀의 것이었으나 뒤에 길게 따라붙는 장수가 귀찮다는 이유로 떼어버려 겉모양은 일반 단검과 별반 차이가 없었다. 본래는 목검을 사용하여 수련을 하였는데 어느 때인가부터 그 목검들이 계속 부러져나가는 통에 제대로 진행이 되지 않자 노파가 그들에게 각각 한 자루씩 단검을 선물한 것이다.

단영은 옷에 붙은 검불을 마저 탁탁 털어내고는 그때까지도 조용히 서 있는 남자를 향해 무언가를 집어던졌다. 찰랑, 수통 속을 때리는 투명한 물소리가 어두운 숲 속을 울린다. 한 손을 뻗어 가볍게 수통을 받아든 이는 윤 영감 댁 노비, 두릅이었다. 이제 열여섯의 나이로 성장한 그, 조용한 성품은 그대로였으나 내면을 채운 그림자는 더 짙어져 간간이 보이곤 하던 천진무구한 눈빛과 미소는 찾아보기 힘들었다. 단영이 어릴 적 모습 그대로 키만 자랐다면 두릅은 체격이며 얼굴 생김새, 분위기까지 많은 차이가 있었다.

"아가씨, 단영 아가씨?"

은단의 목소리다. 단영은 한동안 무표정하게 하늘만 보다가 어느 순간 소리가 나는 쪽으로 숨어들었다. 잠시 후 악, 하는 은단의 비명소리가 들려왔다. 이어 두런두런 화난 어조도 들리는 것으로 보아 단영의 장난에 은단이 단단히 놀란 모양이다. 말소리가 점점 작아지는 것이 계곡으로 내려가는 참인 듯했다. 매일 수련이 끝날 때마다 단영은 폭포수로 가 냉수욕을 하곤 했다.

두릅이 멀어지는 그들의 발소리에 귀를 기울이는데 나뭇등걸에 어지럽게 나 있는 검상을 살피던 노파가 걸걸한 소리로 핀잔을 주었다.

"네놈은 그 돼먹지 않은 망상부터 어떻게 해야 진보가 있을 것인데, 정신이 온통 딴 데 팔려 있으니, 쯧쯧."

그러고는 무언가를 두릅에게 던졌다. 녹색 천으로 싸인 작은 꾸러미였다. 두릅은 안에 든 밀서와 패를 확인한 후 품에 갈무리하였다.

"내일이면 마님이 너와 아가씨를 도성으로 심부름 보내실 게다. 서찰은 도착한 후에 꺼내서 보아라. 이번에는 그쪽이 널 먼저 알아볼 테니 때를 맞춰 약속 장소로 가기만 하면 된다."

두릅은 노파가 구부정한 허리로 힘겹게 산길을 도는 것을 지켜보다가 제자리에 앉았다. 매당 할멈이라 불리는 그가 이 집에 온 것은 7년 전, 신씨 부인과 단영이 이 광교산 와가로 거처를 옮긴 후 며칠 지나지 않아서였다. 두릅이 석성골을 물어물어 찾아갔을 때는 일언지하에 쫓아냈던 그녀였기에, 느닷없이 찾아와 방을 하나 내놓으라는 모습에는 단영과 두릅도 어안이 벙벙할 수밖에 없었다. 신씨 부인이 매당 할멈을 따로 불렀고, 두 사람 간에 어떤 이야기가 오고갔는지 알 수 없으나 그때부터 할멈은 이 집 식구가 되었다.

"그 망할 놈이 지 맡은 일에나 정신을 쓸 것이지 결국 그런 미련한 짓이나 벌이고."

언제인가 할멈은 손수 담근 술을 몇 잔인지 거푸 들이켜다가 이런 혼잣말을 하였었다. 그때 근처에 있던 두릅이 쳐다보니 네놈에게 무예를 가르쳤다던 장가, 그놈 말이다, 하였던 것이다. 미련한 짓이란 아마도 신씨 부인과의 일을 말하는 듯했다.

"그럼 스승님이 지금 어디에 계신지도 아십니까?"

반가운 마음에 두릅이 질문해보았지만 할멈은 딴청을 부렸었다.

"스승은 무슨, 그 따위 발로 기는 재주나 가르치는 놈을."

장씨는 부친상을 마친 후 떠돌이 생활을 하다가 우연히 노파를 만나 무예를 전수받았다고 했다. 그러나 워낙 말을 아끼는 성격이다 보니 그 외엔 무엇 하나 들은 게 없었다. 당시에도 장씨에게서 할멈이라 불렸다는 것으로 미루어 꽤 고령이라는 것만 짐작할 뿐.

노파의 말대로 신씨 부인은 날이 밝기 무섭게 두릅을 찾았다. 두툼한 짐 꾸러미를 내놓는 것을 보니 이번에도 윤돈경을 위해 약첩과 의관을 보내려는 모양이었다.

지병을 빌미로 광교산 기슭에 내몰린 지도 어언 7년, 그 사이 단 한 번 들여다보는 일 없는 야박한 남편이건만 신씨 부인은 그를 위해 철마다 약재에 의복까지 손수 지어 보내곤 하였다.

두릅이 받은 꾸러미를 챙겨 일어서려는 때였다. 방 밖으로 그림자 하나가 비추더니 곧 단영이 들어왔다. 이번 도성행은 단영 또한 함께 가기로 되어 있었다. 단영이 졸라 그리 결정된 것이지만 신씨 부인의 얼굴엔 여전히 걱정이 감돌았다. 한 해 전, 단영에게 혼담이 들어왔을 때 도성에 올려 보냈다가 되려 윤 대감의 눈 밖에 나는 일을 벌이고야 말았기 때문이다.

호조참판에서 병조참판으로, 그리고 얼마 전 다시 정2품 병조판서(兵曹判書)에 제수된 윤돈경 대감의 하나뿐인 여식인 만큼 그동안 혼인말이 쇄도하였고, 이번만큼은 윤 대감 역시 흡족해하는 상대였기에 두말없이 이루어지리라 예견되던 혼사였다.

그런데 단영이 어찌 알았는지 상대 측 도령이 관례(冠禮)[39]도 올리기

39) 스무 살 성년식.

전부터 이미 기생아이에게 푹 빠져 첩을 들인 것과 진배없더라는 소문을 접하고는, 혼인을 하기엔 제 나이가 이른 것 같다며 몰래 집을 빠져나온 것이다. 아직 정혼을 한 것도 아니고 또 어린 나이에 기생질을 한다는 게 흠 되는 일이기도 하여 상대 가문과는 좋은 선에서 마무리 지었지만 이만저만한 낭패가 아니었다.

"아버님이 무어라 말씀하시든 그저 새겨들어야 한다. 지난 갑자년(甲子年)의 일은 네가 경솔했던 것이니 다시 한 번 꾸지람을 내리신다 해도 달게 받아야 할 것이야. 알았느냐?"

"예, 명심하겠습니다."

웬일로 단영이 수월히 대답을 하였다. 신씨 부인은 큰 오라범댁(올케)이 하는 말에도 고분고분 잘 응대하라 이르고는 날이 한참 전에 밝았으니 서둘러 떠나라고 재촉하였다.

단영의 세 오라버니들은 모두 혼례를 올린 상태였다. 큰 오라비 주성은 자신이 가진 재능에 아버지의 입김까지 등에 업어 예조의 정6품직 좌랑(佐郎)과 정5품 정랑(正郎)을 거친 후 지금은 경연청(經筵廳)의 시강관(侍講官)[40]으로 제수되어 출사가 가장 순조로웠고, 작은 오라비 학성도 공부를 게을리 하지 않아 과거 급제 후 감진어사(監賑御使)[41]로 발탁이 되었다가 얼마 전 종6품 나주현감(羅州縣監)으로 발령받아 가솔을 이끌고 내려간 상태였다.

그러나 재성만큼은 한심하기가 이를 데 없어 한 해 전 초시(初試)에 합격을 하고 이번 해에 있었던 복시(覆試)에도 아버지의 도움으로 간신히 붙긴 하였는데 마지막 어전시(御殿試)에서 덜컥 떨어져 다음 과거를

40) 정4품.
41) 지방의 기근 구호 사업을 위해 파견된 특사.

기다려야 할 처지였다. 중간에 별시라도 있어준다면 모를까, 그렇지 않으면 3년을 더 성균관에 남아야 하는 것이다.

하여 지금 도성 본가 살림은 주성의 처 박씨가 재성의 처 이씨의 도움을 받아 꾸려가는 중이었다.

단영은 신씨 부인에게 인사를 마친 후 가마에 얌전히 올랐다. 그러나 머릿속에는 이미 다른 계산이 있어서, 산 밑에 당도하면 말을 달려 도성으로 향할 생각이었다. 그 편이 시간도 단축되고 가는 동안의 재미도 느낄 수 있었던 것이다.

"아가씨."

가마꾼들 보는 앞이라 조신하게 앉아 있는데 밖에서 걷던 두릅이 조용히 그녀를 부른다. 창을 여니 그 틈으로 무언가가 비죽 들어왔다. 흰색 무명으로 싸인 조그만 꾸러미였다. 안에는 꿀이며 깨 등을 묻힌 과자와 호박엿이 들어 있었다.

단영은 도로 창을 열어 두릅의 손에 과자와 호박엿을 몇 개 올려준 후 자신도 하나 입에 넣었다. 달큰한 향이 은은히 가마 속을 채웠다. 입에 문 호박엿 하나가 얼추 녹을 때쯤 산 아래턱에 당도할 수 있었다.

"저게 무슨 방(榜)인 것 같으니?"

두릅이 말 두 필을 구해 오는 동안 남장을 하고 기다리던 단영이 저만치 사람들이 몰려 있는 곳을 가리키며 물었다. 이미 방을 읽었던 두릅이 비호단(飛虎團)에 관한 것이라 일러주었다.

"비호단이라면 함경도 일대에 창궐한다는 비적 떼가 아니냐? 그들이 수원과 무슨 관련이 있다고 방까지 나붙는 것일까?"

비호단(飛虎團). 이들은 지난 병진년(丙辰年), 의종의 재위 3년째 되었을 때 함경 일대를 근거지로 하여 형성되기 시작, 근 10년의 시간을 두고 꾸준히 세를 불려온 비적단이었다. 본래는 인근 고을 주민을 습격하고 지나는 행상을 털기에 그쳤던 이들이지만 언제부터인가 지방관아를 공격하여 그 창고를 터는 등 점점 더 대담한 행위를 서슴지 않았으며, 급기야 그 근거지까지 도성으로 옮겨왔다는 풍문이 돌아 근방 사대부들을 위협하는 암적인 존재로 자리하고 있었다. 그러나 일당을 근절하려는 그간의 노력에도 불구하고 각 계층마다의 연계가 어찌나 철통같이 방비되어 있던지 아무런 진척이 없었다. 방의 내용도 그들이 이제는 활동 영역을 전국으로 넓혀가고 있으며 특히 도성과 인근 경기 지역을 그 거점으로 삼고 있으니 엄중한 주의를 기울여야 한다는 것이었다.

"잡아들이는 것이 모조리 피라미뿐이니 어려울 밖에. 수괴를 쳐야 붕괴도 따르는 법인데."

단영의 혼잣말을 끝으로 투레질을 마친 두 마리의 말이 나란히 도성을 향해 질주를 시작하였다. 아직 정오도 되지 않아 차가운 기운을 머금은 공기가 단영과 두릅의 옷섶을 날렸다.

윤 대감 사가의 사랑채는 언제나처럼 외인들로 북적거렸다. 단영은 아버지가 손님 접대로 바쁜 것을 다행으로 여겼다. 그와 마주 앉게 되면 아무리 마음을 다잡아도 꼭 말대답을 하게 되고 급기야는 미운털을 한 움큼씩 더하고 마는 것이다. 게다가 나이가 있어 이번에는 기필코 시집을 보내야겠다, 못이라도 박으면 꼼짝없이 잡힐 테니 가급적 피하는 것이 상책이었다.

단영의 짐은 안채에 부려졌다. 이미 주성과 학성의 처, 그리고 그들의 아이들이 각각을 차지하고 있어 하나뿐인 시누가 번거로워하지는 않을까 큰 오라범댁 박씨가 미안해하였으나, 별채에 늘 그래왔듯 조씨 모녀가 웅크리고 있어 달리 갈 곳이 없었다. 아니, 이번에는 조씨 모녀뿐 아니라 윤 대감의 새로운 여자가 또 한편을 차지하고 있어 그쪽도 별반 평화롭지는 못할 거라는 게 막내 오라범댁 이씨의 설명이었다.

“하지만 그 여자가 곧 분가를 한다 하니 조씨 성질에 여태 참고 있는 것이겠지요.”

당분간 단영의 수발을 들게 된 양비라는 열아홉 먹은 아이가 곁에 있다가 설명을 덧붙였다.

“분가를 한다고?”

“예, 듣기엔 이쪽도 평양 제일가는 기녀였다니까 콧대가 별당 저리 가라로 높지 않았겠어요? 늙은 여편네랑 한 곳에 있으려니 저마저도 퇴기가 된 양 불쾌해서 못 살겠다고, 분가라도 시켜달라 대감마님을 그리 졸랐나 보더라고요.”

양비는 재미있어 죽겠다는 표정이지만 곁에 있는 박씨 부인과 이씨 부인의 낯은 그리 편하질 못했다. 그도 그럴 것이, 이미 그들의 낭군들도 어엿하게 소실을 들여 살기는 매한가지였기 때문이다.

누가 핏줄 아니랄까 봐 그런 것까지 쏙 빼닮나 싶어 단영은 한숨만 나왔다. 그나마 아버님이 계신 집 안에 첩을 들일 순 없다 하여 따로 첩치가를 하였다 하니 서로 얼굴 붉힐 일은 없겠지만, 첩실 집을 들락거리는 꼴을 참아내야 하니 이 두 오라범댁도 참 못할 일이었다.

“작은 서방님도 너무하시지, 혼례를 올리신 지 얼마나 되었다고 떡하니 소실을 들이시고는, 과거 공부에만 전념해도 모자랄 판에 말입니다요.”

마당이나 거닐까 싶어 방을 나선 단영의 뒤를 양비가 졸졸 따라오다가 기어코 또 한소리 덧붙였다. 못하는 말이 없다고 윽박질렀지만 본래 성질이 그러한지 얼마 참지 못하고 또 입방정을 떨기 시작했다.

“그런데 말입니다, 어째 그래 이곳 서방님들하고 나주에 계신 서방님하고는 그리 천양지차이신 겁니까? 이 댁에 계실 때도 나주 서방님께선 어찌나 마님만을 아끼시던지, 보는 저희들이 다 좋았더랬지 뭡니까? 세 분 생김만 같았지 성정은 전혀…….”

듣다 못한 단영이 눈매를 엄하게 떴다. 그러자 계속해서 떠들 기색이던 양비가 찔끔하여 물러섰다. 단영은 뒤쫓을 필요 없으니 가서 짐이나 풀어놓으라 이른 뒤 뒤채로 향하였다.

널따란 뒤꼍을 구절초니 감국이니 하는 가을꽃들이 뒤덮고 있었다. 윤 대감이 경기관찰사직을 임명받고 수원으로 내려갈 때까지는 이 집에서 살았었다. 그때는 할머님이 살아계셔서 윤 대감이 대놓고 조씨를 아끼기는 힘들던 시절이었다. 할머님 또한 어머니와 두 올케 같은 삶을 사셨던 걸까. 눈에 띄는 꽃을 몇 송이 꺾어들려다가 열없다 느껴져 그냥 두었다.

한편 두릅은 행랑채 구석방에 들어 저녁 내내 방 안에서 시간을 보냈다. 같은 노비라도 먼 길을 온 터라 객으로 대접을 받는 중이었다. 그는 할멈에게서 받은 밀봉된 서찰을 뜯어 몇 번 되풀이해 읽은 후 모두 암기하자 태워버렸다. 그러고는 시간이 되기만 기다렸다.

밀서에 의하면 비호단 회합은 축시(丑時)에 시작될 예정이었다. 두릅은 집 안이 조용해지기를 기다려 몰래 빠져나왔다. 늦은 밤이라 딱딱이를 든 순라군(巡邏軍)들이 행순(行巡)을 돌 시간이었다. 인정(人定)[42] 이후에는 4대문 문을 닫고 외부와의 통행을 막았기에 고관대작에서부터 일반 백성에 이르기까지 통금의 법이 적용되는 것이다. 광희문(光熙門) 근처에 이르러 몸을 숨겼다가 순찰이 뜸할 즈음 도성을 빠져나갔다.

두릅이 찾아간 곳은 살곶이다리 근방 송만식이라는 객상주인이 있는 보상객주(褓商客主) 집이었다. 전곶교(箭串橋)라고도 불리는 살곶이다리는 영남에서 조령새재를 넘어 충주와 이천, 광주를 통해 한양까지

---

42) 밤 열 시에 통금을 알리는 28번의 종소리.

닿아 있는 길목이기에 봇짐장수, 등짐장수치고 이곳을 거치지 않는 자가 없었다. 두릅은 이미 닫힌 객주 안을 살피다가 조심스럽게 문을 두드렸다. 세 번 길게, 세 번 짧게, 서신에 쓰인 대로 하니 잠시 후 철컹거리는 소리와 함께 문이 열렸다.

"패를 보여주시오."

어둔 밤이라 사람은 보이지 않고 그렁그렁한 목소리만 들려왔다. 가지고 온 패를 내밀자 한참 뒤 문이 열리며 출입이 허락되었다. 얼굴을 복면으로 가린 후 두릅은 어두운 객주 안으로 들어갔다. 이곳 객실 어딘가에서 회합이 열리는 모양이라고 추측해보는데 웬걸, 앞선 사내는 그를 끌고 다시 뒷마당으로 나가더니 몇 채의 집과 골목을 지나 다른 집으로 데려갔다. 작은 초가였는데 방문을 여니 구들장 위로 짚단이 흩어져 있고 푹 익은 여물 냄새도 코를 찔렀다.

"짚을 들춰보면 문이 하나 나올 것이오. 아래로 내려간 후 다른 쪽은 볼 필요 없이 돌아선 그대로 죽 따라가시오. 불빛이 흘러나오는 방이 있을 테니 그쪽으로 들어가면 되오."

두릅은 고개를 끄덕인 후 안으로 들어갔다. 문을 도로 닫는 것을 보니 사내는 객주로 돌아가려는 모양이었다. 두릅은 짚을 치우고 문고리를 찾아 힘껏 당겼다. 무거운 나무문은 끽 소리 하나 없이 부드럽게 열렸다. 지하 굴 안으로 사다리와 등불이 한 옆에 붙어 있었다. 두릅은 심호흡을 한 후 밑으로 들어섰다. 시커먼 굴 안은 생각보다 깊었다.

"무성이냐?"

거의 다 오지 않았을까 싶은 즈음이었다. 아래쪽에서 느닷없이 사람 목소리가 들려왔다. 소리가 난 반대쪽으로 몸을 날리자 목소리의 주인공도 놀랐는지 몸을 사리는 것이 보였다.

"뉘시오?"

두릅이 묻자 상대 또한 되물었다.

"그러는 댁은 뉘시오?"

지니고 있던 패를 그자에게로 던졌다. 객주에서처럼 이곳에서도 신원 확인을 하는 것이라 짐작했기 때문이다. 그러나 상대는 패를 받은 후에도 그냥 서 있기만 하였다. 두릅이 무언가 이상함을 느끼는데 그때 뒤쪽 벽에 불빛이 반사되며 웅성임이 들려왔다.

"틀림없느냐? 침입자가 든 것이 사실이냔 말이다."

발소리로 미루어 네다섯의 인원인 듯했다. 침입자라는 말에 두릅과 상대 남자의 눈이 서로 뒤엉켰다. 그리고 곧 서로의 정체를 알아차렸다.

두릅은 우선 그자의 손에서 패를 되찾아 온 후 주위를 둘러보았다. 몸을 숨길 곳부터 찾으려는 심산이었다. 침입자가 들었다는 것으로 보아 자신의 패가 잘못되었거나 혹은 눈앞의 사내가 걸린 것이 분명했고, 어느 쪽이든 바짝 긴장해 있는 저들에게 들켜서 좋을 것이 없었다. 다행히 여러 갈래의 길이 미로처럼 뚫려 있어 숨을 곳은 충분히 찾을 수 있을 듯했다.

두릅은 그중 중간 길을 택했다. 그러고는 그때까지 멀뚱히 서 있는 사내를 끌어 함께 들어갔다.

지하 굴은 마치 미로와 같았다. 무작정 내달리다간 길을 잃을 우려가 있었다. 우선 품에서 실패를 꺼내 그 끝을 구석에 놓인 항아리에 묶고 조금씩 풀어내며 앞으로 나아갔다.

"이런 곳이 있을 줄이야. 마치 개미굴에라도 들어와 있는 느낌이지 않은가."

옆을 따르는 사내는 무사태평, 자신이 어떤 처지인지 짐작도 못하는 눈치였다. 사내가 성가신 두릅은 대답 없이 다음 해야 할 일만 궁리했다. 그들이 네 번째 갈림길에 이르렀을 때였다. 어느 쪽 길을 택할까 고민하던 두릅이 문득 고개를 갸웃하였다. 왼쪽으로 보이는 길의 끝자락이 눈에 익었던 것이다.

얼른 오른쪽 길로 가보았다. 그곳에는 좀 전에 보았던 항아리가 실을 감은 채 얌전히 서 있었다. 결국 같은 곳으로 되돌아오고 만 것이다.

그때까지도 말없이 따르기만 하던 사내가 나지막이 감탄을 터트렸다.

"그렇군. 이는 복희(伏羲)의 팔괘(八卦)를 따라 지어낸 것이었어."

"팔괘라 하였습니까?"

두릅의 질문에 사내가 설명을 시작했다.

"보시오. 처음 그대를 만난 곳의 형상이 석 삼 자 두 개를 나란히 놓은 것과 같으니 이는 바로 곤(坤)이라 할 수 있소. 좀 전에 돌아 나온 길은 석 삼 자에 가운데 획이 잘렸으니 이는 리(離), 지금은 석 삼 자에 아래 획이 잘렸으니 이는 바로 손(巽)을 가리키는 것이 아니겠소. 그러니 다음 길은……."

사내가 다시 오른쪽으로 접어들며 말을 잠시 멈추자 뒤에 있던 두릅이 이었다.

"진(震)이 분명할 것인즉, 석 삼 자의 아래 획만 빼고 위로 두 획이 모두 잘린 때문이지요. 맞습니까?"

두릅의 말에 사내가 고개를 끄덕이며 되물었다.

"이제 보니 그대도 팔괘를 읽을 줄 아는 모양이오."

"읽을 정도는 되지 못하나 문왕(文王)의 후천팔괘도(後天八卦圖)만큼은 기억하고 있습니다."

흠, 사내는 다시 한 번 고개를 끄덕이며 주위를 둘러보았다. 자(字)의 순서는 문왕의 것인데 그 방위(方位)는 복희라. 한참 무언가를 따지더니 왔던 길로 되돌아가 손(巽)과 리(離)를 이어주던 골목으로 다시 들어섰다. 예상대로 중간에 길이 하나 나 있고 끝으로 마지막 방위인 태(兌)의 형상에 맞는 막다른 골목이 나타났다.

사내는 그곳의 양쪽 벽을 더듬어 내렸다. 그러나 단단한 돌 벽일 뿐이다. 두릅이 그의 곁으로 다가가 천장을 유심히 살폈다. 검을 들어 천장 이곳저곳을 꾹꾹 찔러보기를 한참, 드디어 검 끝으로 미세하게 찰칵이는 쇳소리가 들려왔다.

"저곳이군요."

사내가 만족스러운 듯 말하였다. 두릅은 몸을 날려 벌어진 틈을 잡고 매달렸다. 검 끝이 닿았던 곳을 손가락으로 더듬으니 작은 홈이 만져졌다. 그 홈을 힘껏 잡아당기자 흙먼지와 함께 천장 안에 숨겨진 쇠문이 철커덩, 열렸다.

"이 몸이 먼저 가겠으니 뒤따라오시오."

잡아주기 위해 손을 뻗는데 그보다 빠르게 사내의 몸이 천장 속으로 사라졌다. 두릅은 거꾸로 매달린 후 문고리를 잡고 상체를 일으켰다. 철컹 소리와 함께 쇠문이 원래대로 닫혔다.

천장으로 나 있는 길은 폭이 낮아 몸을 일으킬 수 없었다. 가느다란 빛조차 없어 한치 앞을 내다보기 힘들었지만 괘(卦)를 따져 방향을 잡을 수는 있을 듯했다. 태(兌)에서 이어지는 곤(坤)으로 가려는데 그때 사내가 두릅의 팔을 툭 치며 뒤를 가리켰다. 희미한 빛이 아래쪽에서 솟아 있는 게 보였다.

사내가 속삭였다.

"현자들의 세상인즉, 이는 곧 낙원이라[43]. 회합을 위한 장소로는 더할 나위 없이 훌륭하군."

43) 태(兌)에 담긴 의미 중 하나.

빠져나가는 게 목적이었던 두 사람의 생각이 동시에 바뀌었다. 어차피 염탐을 위한 잠입이었던데다가 들킬 염려까지 크게 줄었으니 오히려 잘된 것이다. 가까이 다가가 바닥에 귀를 대어보았다. 사람들 소리가 두런두런 들려왔다.

"그래, 침입자가 있다 하더니 그 일은 어찌 되었느냐?"

"예, 무리장군(無理將軍)께서 지금 뒤를 쫓고 계시다 하니 곧 기별이 올 것입니다."

뒤를 쫓고 있다? 누가 또 있는 것일까. 두릅이 침입자의 존재에 대해 생각하는 동안 사내는 '무리장군'이라 불린 호칭이 신경 쓰였는지 작은 소리로 두어 번 따라 해본다.

두릅은 그의 소매를 당겨 조용히 하도록 주의를 준 후 바닥의 틈새에 다시 귀를 가져다대었다.

"그나저나 침입자가 생겼다니 오늘은 이만 파해야 하는 것 아닙니까? 아시겠지만 요즘 경기(京畿) 근방으로 단속과 검열이 심해 자칫 위험해질 수도 있습니다."

그러자 육중한 목소리가 그 뒤를 이어 흘러나왔다.

"알다마다요. 그러나 위험을 불사하고라도 꼭 모일 이유가 있지 않습니까? 단속만 심해진 게 아니에요. 비호단 내 기강도 많이 해이해졌다고 상장군(商將軍)께서도 언짢아하십디다."

"그건 한서장군의 말이 맞습니다. 함경 일대에서의 수확만 따지더라도 전년에 비해 한참 떨어졌어요. 근거지였던 곳이 그 모양이니 다른 지역인들 뾰족한 뭐가 있겠습니까?"

이제 보니 이들은 모두의 별명에 '장군'을 붙이는 모양이었다. 수확에 대한 말이 나오니 전반적으로 소란스러워졌다. 사내가 두릅을 향해 손가락 두 개를 펼쳐 보였다. 아래의 인원이 스무 명 남짓이라는 뜻 같아 두릅도 고개를 끄덕였다. 잠시 후 누군가가 나서서 장내의 주의를 환기시켰다.

“자, 모두들 진정하십시오. 단을 새로 정비하고 앞날을 준비하는 것도 중요한 일입니다만 오늘 우리가 모인 이유는 따로 있지 않습니까. 이제 곧 상장군께서 공주(孔州) 시찰을 마치고 돌아오실 테니 그때까지는 가부간의 결정을 내려야 합니다.”

처음 듣는 목소리였다. 나이 지긋한 음성인 것이 아마 회합을 주도하는 인물인 듯했다. 내용으로 미루어 상장군이란 자가 이들의 수괴인 모양인데 아쉽게도 참석하지 않은 모양이었다.

“그 전에 한 가지 확실히 할 것이 있습니다. 제가 알기로 이번 거사는 상장군 및 여기 참석한 중진(重鎭)에 의해 계획되는 게 아니라고 들었습니다만, 이것이 맞는 말입니까?”

목소리에 가시가 돋친 것이 무언가 무척 못마땅한 모양이었다. 노인이 대답을 하였다.

“별리장군께서는 아마도 상장군을 보필하는 수훈장군(受勳將軍)을 이르시는 모양입니다. 그렇습니다. 이번 일이 수훈장군의 제안인 것만은 사실입니다. 그런데 그게 뭐 어떻다는 겁니까?”

별리장군이라 불린 사내가 퉁퉁거리며 대답을 하였다.

“뭐가 어떻다니요? 다들 잊으셨습니까? 수훈장군이라 불리는 그자, 기실 이 비호단에선 어떠한 영향력도 없던 자였습니다. 영향은커녕 이 몸은 그자의 이름 석 자조차 들어본 적이 없습니다. 그런 자에게 느닷없이 장군의 품계를 내린 것도 기가 찬데 거사 획책이라니요? 우리 비호단이 어디서 굴러먹었는지도 모를 작자에게 이리저리 흔들린다는 게 말이나 됩니까?”

장내가 다시 소란스러워지는 것을 보니 별리장군에게 동조하는 이들도 반수는 넘는 모양이었다.

노인이 말하였다.

"말씀이 지나치십니다. 수훈장군이란 별칭이 내려진 까닭이 그의 공덕을 기리기 위한 특채였음을 잊은 것입니까? 그가 아니었으면 상장군께서 어찌 되셨을지는 아무도 모를 일입니다."

"지나치다니요! 누가 지금 그자의 공훈인지 뭔지를 몰라 그럽니까? 그런 식으로 따진다면 이중에 공 없는 이는 누구입니까? 상장군께서 개인적 은원으로 그자를 높이신 건 그렇다 쳐도 어찌 우리가 그자의 수하가 되어야 하냐는 겁니다. 좀 전에도 한서장군이 말하기를 우리 비호단의 기상이 해이해져 걱정이라 하였는데, 보십시오, 위부터 서열이 이러니 아래라고 멀쩡할 턱이 있겠소이까?"

분이 차오르는지 별리장군의 목소리가 격앙되어 있었다. 그가 책상을 한 번 쾅 내려친 후 자리에 앉자 한서장군이라는 자가 노인을 대신하여 입을 열었다.

"이 몸도 별리장군의 의견에 어느 정도 동조를 하는 편입니다. 그러나 수훈장군의 공덕이 워낙 큰데다 그로 말미암은 상장군의 신임 또한 두터우니 무조건 반대만 할 게 아니라 우선은 수훈장군을 지켜보다가 문제가 생기면 그때 수습해도 늦지 않을 듯……."

"답답하십니다. 문제가 생겼는데 어찌 늦지 않을 수 있단 말입니까? 지금 비호단의 중진을 잡아들이겠다고 조정에선 난리도 아니라는데 이런 판국에 자칫 실수라도 해보십시오. 지금까지 이뤄놓은 것이 모두 물거품이 됨은 물론, 비호단의 존명에도 큰 위기가 닥칠 겁니다. 이런 와중에 정녕 꿔다놓은 보릿자루처럼 가만히들 계실 참입니까?"

"이보시오, 별리장군. 말이 너무 과하지 않습니까? 그깟 거사 한번 실패했다고 비호단이 쓰러질 리도 없거니와 내 수훈장군, 그자의 지략이라는 것을 들어보니 제법 쓸 만했소이다. 요즘처럼 수확량이 적을 때에는 큰일을 한 번 터트려 주는 것도 나쁘지 않아요. 시간이 흐르면 자연 새사람도 들일 수 있고 그런 것이지, 뭘 그리 핏대를 세우십니까?"

"뭐요! 핏대라니! 명렬장군(銘烈將軍), 당신 말 다 했소?"

그들의 싸움이 점점 흥미로워졌다. 듣자하니 별리장군이라는 자는 신참내기가 머리 위에서 까부작거리는 것을 보아 넘길 수 없다는 주장이요, 다른 이들은 일면 별리장군의 의견에 동조는 하면서도 상장군이라는 자가 허락한 것이니 따라야 하지 않겠느냐는 입장 같았다.

"조용히 하시오! 지금 곁방에서 이진(二陣)의 회합도 열리고 있다는 것을 잊었습니까? 그들에게 이런 꼴을 보이고 싶어 그러십니까? 괜한 망신살이 뻗치기 전에 다들 진정부터 하십시오."

노인의 말에 주위는 많이 정리되었다. 여전히 씨근거리는 별리장군이었지만 그 또한 일을 이렇게 키운 것이 부끄러웠는지 아무 말도 꺼내지 않았다.

본래 두릅이 참여하려던 회합은 이진들의 모임이었다. 기껏해야 비호단의 지금까지의 성과를 되돌아보고 점검하는 형식적인 자리에 불과하였을 텐데 우연히 옆의 사내를 만나 이곳까지 이르렀으니 오늘의 운은 퍽 좋은 편이라 할 수 있었다. 노인이 말하였다.

"내 여러분들의 입장을 충분히 알았습니다. 수훈장군에 대한 불만 또한 십분 이해할 수 있습니다. 허나 이미 상장군의 하명이 내린 일, 무위로 돌리긴 어려울 테고, 이렇게 하십시다."

노인의 목소리가 점차 가늘어지자 그에 따라 장내도 소음 하나 없이 조용해졌다.

"지금껏 비호단은 한 사람이라도 반대자가 있을 시엔 계획을 무마시키는 것을 관례로 하여왔습니다. 이번 거사 또한 불만을 가진 이가 적지 않은데 이 상황에서 무리하게 진행하는 것이 과연 일의 성패와 무관하겠느냐, 이 점을 간과할 수 없겠지요. 그러니 이 몸은 상장군께서 돌아오시기를 기다려 오늘의 일을 말씀드리겠습니다. 또한 수훈장군이 직접 이번 거사에 대한 총체적 사안을 여러분께 먼저 물을 수 있을지 타진하여보도록 하겠습니다. 그러면 여러분이 그의 계획을 가납해주는 입장이 되는 것이니 지금의 불만이 해소될 수 있지 않겠습니까?"

비적 떼치고는 자못 질서가 잡힌 모습이었다. 회합이 곧 파할 것 같아 두릅은 사내를 향해 나가자는 표시를 해 보였다. 그런데 그는 심각한 표정으로 먼저 가라는 시늉을 할 뿐이다. 하여 혼자 돌아서려는데 그때 아래에서 거센 문소리와 함께 누군가의 외침이 장내를 뒤흔들었다.

"수효장군(數爻將軍), 큰일 났습니다."

"어허, 이번에는 또 무슨 일인데 그러느냐?"

노인의 별칭이 수효장군인 모양이다. 느닷없이 뛰어든 자는 숨을 헉헉거리기 바빴다.

"침입자를 추격하시던 무리장군께서 그자의 살수에 걸려 크게 부상을 당하셨다 합니다."

"무엇이? 무리장군이? 대체 침입자의 수가 몇이나 되는데 그런 일이 생겼단 말이냐?"

"지금까지 확인된 바로는 하, 한 명인 것으로……."

"한 명? 고작 한 명에게 당했다는 것이야? 그래서 지금은 어찌 되었고?"

한서장군의 한심하다는 어투에 보고하는 자의 목소리가 점점 기어들어갔다.

"단원 몇이 뒤를 쫓고는 있으나 아무래도, 아무래도 붙잡기는 힘들 것 같다는 보고입니다."

다시 찾아온 침묵 속으로 동요가 느껴졌다. 안 그래도 검문이 엄격한 도성 근방이고 보니 침입자의 존재가 더 크게 부각되는 것이다. 수효장군은 회합의 종결을 알린 후 별리장군을 포함, 여섯 명의 장군을 불러 단원들의 해산이 일사불란하게 이루어질 수 있도록 관리를 명하였다. 자신은 한서장군과 남은 일을 수습하러 갈 모양이었다.

그 대목까지 들은 두릅과 사내는 이곳을 빠져나가기로 결정하였다. 그들은 다시 괘의 방위대로 어둠 속을 나아가 잠시 후 바깥과 이어지는 커다란 구멍을 만날 수 있었다.

“이는 아궁이가 아닌가?”

손에 잡히는 무언가가 아직 열기가 식지 않은 재의 일부라는 것을 알고 사내가 중얼거렸다. 두릅이 벗었던 복면을 다시 쓴 후 조심스럽게 주위를 살피고 돌아왔다.

“이곳은 아까 지하로 내려갔던 집의 부엌일 겁니다. 출입하는 기척이 따로 없으니 빠져나가는 길은 따로 있는 모양이지만, 만일을 대비하여 잠시 기다리는 것이 좋겠습니다.”

두릅의 말에 사내가 동의를 하였고 그들은 그곳에서 반 시진가량 머물렀다. 두릅은 본래 침묵에 익숙했으나 사내는 그렇지 않은지 간혹 두릅을 향해 질문을 던지곤 하였다.

“성명이 어찌 되는지 물어도 되겠소?”

“……그리 대단한 이름이 아니니 들으나 마나일 것입니다.”

흐음, 사내는 그래도 두릅의 이름이 궁금했는지 골똘히 생각하는 눈치더니 곧 자신의 이름을 먼저 일러주었다.

“나는 이수환이라고 하는 사람으로서 본래 충주에서 나서 자라기는 경기, 강원을 번갈아 하였소. 지금은 성균관 유생으로 있으나 배움에 뜻이 없어 이만 접고 낙향할까 하던 참이었소만, 그쪽은 무슨 연유로 예까지 오게 된 거요?”

마치 이곳에 오게 된 이유가 자신이 늘어놓은 불필요한 소개 때문이라는 말투다. 그래놓고는 너도 말해보라 요구하는 것이다.

두릅은 어이가 없어 빤히 쳐다보다가 대답하였다.

"태어난 곳도 도성이요, 자란 곳도 도성입니다. 배움에 뜻이 있고 없고의 문제는 생각해본 적이 없습니다만 낙향할 고향땅이 없으니 이대로 도성에 눌러살 예정입니다."

사내가 하하, 낮은 웃음을 짓다가 되물었다.

"그것이 이곳에 있게 된 연유란 말이오?"

"세상에 태어났으니 예까지도 올 수 있었던 것, 연유가 아니 된다고 할 수는 없을 것 같습니다만."

두릅의 말에 사내는 고개를 끄덕끄덕하였다. 딴에는 일리 있다고 생각하는 눈치였으나 그가 무슨 생각을 하든 관심이 없던 두릅은 열심히 바깥 기척을 살필 뿐이었다.

"그런데 말이오, 정말 이름을 안 가르쳐줄 생각이오?"

이수환이라는 자가 또다시 이름을 물었다. 귀찮았던 두릅은 건성으로 대답하였다.

"신분이 비천하여 마땅한 이름이 없으니 이 아무개라고 부르십시오."

"신분이 비천하다? 그러나 그대가 가진 재주는 비천한 신분으로는 익히기 어려울 텐데?"

"좋은 주인을 두었을 뿐입니다. 이제 그만 입 다물고 바깥 동정이나 살피십시오. 오래 숨어 있기 적합한 장소가 아닙니다."

하긴 누가 와서 불이라도 놓으면 큰일이긴 하다. 이수환은 허허, 웃다가 정색을 하였다.

"그대가 그리 말하니 믿기는 하겠소만, 그게 사실이라면 이는 참 애석한 일이 아닐 수 없소. 일신의 재주를 써볼 기회가 없다니 이처럼 아까운 일이 어디에 있겠소."

두릅은 아예 신경을 쓰지 않기로 마음먹었다. 그러나 대답을 안 하니 이수환의 말이 더욱 길어진다.

"이보시오. 그대의 원하는 바가 무엇이오?"

느닷없는 질문에 두릅이 밖을 보던 시선을 돌려 그를 마주보았다.

"내게 권한이 있어 그대의 신분을 자유롭게 해줄 수 있는 것도 아니고 가진 게 많아 나누어줄 형편도 아니오. 하지만 내 만일 장원급제라도 하여 상감마마를 독대할 기회가 생기면 한 가지 청 정도는 넌지시 넣어볼 수도 있을 것이니, 이참에 소원 하나 정도는 말해놓아도 손해가 아니지 않겠소. 그때가 되어 내 그대를 기억해줄지 또 누가 알겠냔 말이오. 물론 그러기 위해선 그대의 이름 석 자 정도는 필히 알려주어야 하겠지."

두릅은 저도 모르게 피식 웃어버렸다.

"좀 전엔 배움에 뜻이 없어 공부를 접고 낙향하겠다고 하지 않았습니까?"

"그거야 나 같은 이들이 노상 달고 다니는 말장난에 불과한 것이고."

그러나 두릅은 대꾸 없이 주위만 살피다가 이제 안심해도 될 것 같은지 미련 없이 아궁이를 벗어나버렸다. 뒤미처 그곳을 빠져나온 사내가 뒤를 쫓았으나 두릅의 걸음이 워낙 빠르다 보니 쉬이 잡히지가 않았다. 하여 사내는 그만 포기를 하고 걸음을 멈추었다.

"참으로 이상한 자로구나."

그가 나직이 중얼거리자 마치 그 소리를 듣기라도 한 듯 그늘 속에서 인영 하나가 나왔다.

"몸에 지닌 재주와 식견으로 미루어 적어도 약관은 넘었을 것으로 추정하였는데 복면 아래 드러난 맨 얼굴은 아직 소년의 상을 벗지 못하였었다. 저자가 누군지 알 수 있겠느냐?"

사내의 질문에 인영이 곧 알아볼 수 있을 거라 대답하였다.

"아니다. 어쩐지 저자와는 다시 마주칠 듯싶구나. 인연이 닿는다면 곧 만나게 되겠지."

사내는 돌아가자는 말과 함께 몸을 돌렸다. 한데 그 표정과 모습 등이 어찌나 차갑던지 지금껏 두릅에게 보인 다소 엉뚱하고 산만한 행동과는 극히 대조를 이루었다. 두 사람은 늦지도, 빠르지도 않게 걸었고 그런 그들의 뒤로 또 다른 어둠 속 인영들이 하나 둘 따라붙었다.

본가 체류가 한정 없이 길어졌다. 본래 윤 대감을 피해 하루라도 빨리 광교산으로 돌아갈 예정이던 단영이 무슨 이유에선지 출발을 미루는 바람에 두릅 또한 그곳에 남아야 했다.

"무언가 볼일이라도 남으신 겁니까?"

이리 물어도 단영은 고개만 살래살래 흔들었다. 그저 새로 들여왔다는 청나라 화집을 보며 그 안의 목단화니 정향화니 하는 꽃을 따라 그려보거나, 둘째 오라버니 학성에게 연통을 넣거나 하는 소소한 일에 치중할 뿐이었다. 그러나 이러한 시간 때우기는 단영의 성품과 맞지 않아 두릅으로서는 이해가 가지 않았다.

어떤 날은 연회에 쓸 고기를 장만하러 칠성과 도축장을 다녀오다가 몰래 외출을 나온 단영을 발견하기도 하였다. 남장 차림이라 칠성은 몰라봤으나 그녀가 즐겨 입는 연한 제비꽃색 도포를 못 알아볼 두릅이 아니었다.

"소인에게 달리 지시하실 일이라도 있으십니까?"

다시 한 번 두릅이 물어보았으나 이번에도 단영은 고개를 가로저었다. 비밀이 있는 것 같기는 한데 무엇인지 도통 알 수가 없다. 그렇게 한 달여를 지내는 동안 가을은 더욱 깊어 상강(霜降)에 이르렀고 날도 상당히 추워졌다.

"여러모로 사람을 귀찮게 하는구나."

두릅에게 또다시 전할 것이 있던 매당 할멈이 더는 기다리지 못하고 직접 도성의 본가를 방문하였다. 그러나 아무도 모르게 온 것이기에 뒷문에서 두릅만 슬쩍 만나고 돌아갔다. 그녀가 전해준 것은 저번과 같은 밀봉된 서찰과 패였다. 지난번 패는 위험하니 없애버리는 말과 함께, 침입자 사건으로 경계가 특히 삼엄할 것이니 웬만하면 다음 기회를 기다리라는 당부의 말도 덧붙여졌다. 두릅은 주위가 조용해지기를 기다려 꾸러미를 꺼내보았다. 이번 밀서에는 회합 장소가 정확히 기재된 게 아니라 어디의 누구를 찾으면 그가 알려줄 거라는 식으로 작성되어 있었다. 또한 어떤 회합인지도 나와 있지 않아 그 중요성을 파악하기 힘들었다. 두릅은 지난번과 마찬가지로 내용을 모두 암기한 후 깨끗하게 태워버렸다.

며칠 후, 두릅은 점심을 물리자마자 집을 나섰다. 모두에게 장이 서는 것을 보고 온다 하였기에 손에는 심부름할 물목이 적힌 쪽지가 들려 있었다. 두릅은 우선 사평나루까지 간 후 근처의 시장을 물어물어 찾아갔다. 그곳에는 사평장이라 하여 제법 번성한 장시가 터를 잡고 있었다. 나루를 통해 수륙교통의 요지에 위치한데다 사평리(沙平里) 자체가 넓은 배후 면적을 보유하여 농산물 집산에 유리했기에 지역 상권의 중심지로 발돋움하는 데 큰 몫을 하였다. 나루를 오가는 고기잡이 배들이나 상인들을 상대하는 주막집, 객줏집들이 늘어남에 따라 장터 주위로 커다란 취락(聚落)이 형성되었음은 물론이다.

그중 두릅이 찾아야 할 이는 전기수(傳奇叟)[44] 임익중이란 자였다.

"아이고, 이를 어쩌면 좋다는 말이냐, 숙향아아아, 이 아이야! 내 입때까지 후사가 없어 명산대찰을 찾아 기도하기를 십수 년, 그리 어렵게 딸 하나를 얻었건만 삼 년도 못 채우고 난리 통에 널 잃었구나. 어

44) 이야기책을 전문으로 읽어주던 사람.

이하리, 어이하리, 박복한 이 신세를 어이하리. 이제 어데로 가 너를 찾고 뉘를 잡아 너를 묻겠느냐…….”

숙향전(熟香傳)의 한 대목이었다. 워낙 유명한 소설이라 잠깐 듣고도 알 수가 있었다. 다리 초입에 자리를 펴고 앉아 구성진 목소리로 지나는 행인을 유인하는 남자를 두릅은 자세히 살폈다. 임익중이란 자가 맞는 것 같았다. 한참 그가 들려주는 소설을 듣던 두릅은 분위기가 무르익어 중요한 대목에 이르자 사람들을 헤치고 가장 앞으로 파고들었다. 그러고는 할멈에게서 받은 패를 슬쩍 내미니 임가 그자가 눈 한쪽은 청중을 살피고 눈 하나로는 두릅을 살피며 입을 딱 다물고는 호흡을 가다듬기 시작했다.

구경꾼들은 전기수들이 으레 그렇듯 요전(要錢)[45]을 쓰는 줄 알고 앞을 다투어 돈을 던지며 하회(下回)[46]를 요청하였다. 임익중은 앞에 떨어진 엽전을 긁어모으더니 그중 몇 개를 넌지시 두릅의 손바닥에 놓아주며 너스레를 떨었다.

“아이고, 벌써 두 시진째 그러고 앉아 이야기 들어주느라 얼마나 고단하시오, 그래. 오늘은 내 들어주는 값을 두둑이 줄 터이니 다음에는 꼭 젊은이가 나를 좀 줘보시오.”

청중들이 와, 웃음을 터트렸다. 두릅은 멋쩍게 그 속을 빠져나와 조금 떨어진 곳에서 손바닥을 살폈다. 언제 곁들였는지 엽전 사이로 종잇조각이 비죽이 끼어 있었다.

진위(振威)로 이어지는 양재도(良才道)를 따라 네 번째 주막

---

45) 중요 부분에서 멈추어 돈을 더 지불하게 만드는 술책.
46) 다음편.

양재도라면 사평나루를 통과해 수원을 넘어서까지 연결되는 대로 중의 대로였다. 두릅이 지시한 곳을 찾아 들어서니 반색을 하며 나오던 주모가 행색을 살피며 야릇한 표정을 지었다.

"어떻게, 술 자시러 온 것 같지는 않은데. 국밥 한 그릇 말아드릴까?"

그러고는 주위만 살피는 두릅을 보더니 그제야 짚이는 게 있는지 아, 하고 손뼉을 쳤다.

"혹 누구 찾으러 오셨소? 안 그래도 댁 같은 분들이 봉놋방을 차지하고 죄 들어앉았는데."

"그 방이 어디입니까?"

"응, 태어나 주막을 처음 와보는 분인가? 봉놋방이 어딘지도 모르게. 왜 저기 보이는 문 있잖수, 제일 큰 방. 거기가 거기니 들어가보시구랴."

주모가 턱짓으로 알려준 방 앞 섬돌 위에는 이미 여러 켤레의 신이 우왕좌왕 놓여 있었다. 두릅은 헛기침을 하며 방문을 열었다. 우중우중 앉았던 이들의 눈이 두릅에게로 쏠렸다.

"그쪽도 전기수 이야기 듣고 온 거요?"

그중 구석에 짐 보따리에 기대 있던 자가 물었다. 그렁그렁한 목소리가 몹시 귀에 익었다. 별리장군이라 불리던 사내 같았다. 그저 고개만 끄덕이며 들어섰다.

"내놔보시오."

별리장군이 손을 내밀었다. 패를 보여달라는 줄 알고 이를 꺼내자 고개를 흔들며 전기수에게서 받은 종이를 내놓으란다. 얼른 꺼내 손바닥에 놓아주니 무슨 표식이라도 있는지 그 작은 종이를 오래도 살피었다. 그때까지 조용히 앉아 있던 이들 중 한 명이 불평을 시작하였다.

"언제까지 기다려야 하우? 먼저 온 이들부터 이동 좀 합시다. 원 고린내 때문에 살겠나."

한 명이 말하니 다른 이들도 그게 좋겠다며 찬성을 표하였고 별리장군도 더 이상은 수용할 공간이 없다 여겼는지 동조를 하는 기색이어서 다들 자리를 털고 일어섰다.

"내가 먼저 나갈 테니 눈치껏 잘 따라붙으시오. 너무 몰려다니지는 말고."

말을 마친 별리장군이 먼저 나섰고 그 뒤를 따라 한 명씩 방을 나갔다. 두릅은 중간쯤 길을 나섰는데 걷다 보니 두 명이 두릅의 곁에 붙어 일행이기라도 한 듯 친한 척을 하였다.

"그쪽은 어디서 왔소? 뭐 하던 사람인데?"

"아따, 그건 물어 뭣 하게? 막말로 여기 출신 성분 떳떳이 드러내고 활보할 놈이 몇이나 되겠어? 사람이 물을 걸 물어야지."

오른쪽 남자가 묻자 왼쪽 남자가 알아서 대답을 한다. 어찌나 말들이 많은지 나중엔 귀가 다 아플 지경이다. 그렇게 얼마를 걸었을까. 커다란 기와집 앞에 당도했다.

"저긴가 보네. 우리 뒤로는 다들 잘 따라오고 있는 건가?"

한 명이 이제야 다리 좀 펴겠다며 얼른 안으로 들어섰고 다른 사내도 두릅의 등을 밀며 재촉하였다. 낡긴 하였어도 아직 육중한 위엄을 보이는 대문을 통과하며 두릅은 무언가 이상함을 느꼈다. 지금까지 그가 보아온 비호단은 지나칠 만큼 신중을 기하는 단체였다. 그런데 지금은 뭔가 허술한 것이다.

신경을 곤두세우며 안쪽으로 들어서던 두릅은 서둘러 눈길을 돌렸다. 커다란 안마당에 모여 있는 여러 명의 사내 중 이수환이라는 사내도 끼어 있었기 때문이었다. 그쪽도 짐짓 고개를 돌리는 것을 보니 두릅을 알아본 모양이었다.

"자, 그럼 지금부터 조를 나눠 이동할 테니 여기부터 일렬로 줄을 좀 서주시오."

별리장군이 아무렇게나 서 있는 이들을 향해 외쳤다. 밖에서는 철저히 일반인으로 행동하기로 했는지 지난 회합 때의 강압적인 모습은 찾아볼 수 없었다. 두릅은 마지막 줄을 배정받았다. 이수환은 중간쯤이었고 이미 첫 줄은 걸음을 시작한 참이었다. 두릅은 안쪽으로 깊이 들어가는 다른 이들을 물끄러미 바라보다가 퍼뜩 정신을 차렸다. 낯익은 뒷모습 때문이었다.

'아가씨?'

남장 시 늘 입던 연보랏빛 도포는 아니지만 체구 하며 뒤태가 단영과 꼭 닮았다. 확인을 하고자 무턱대고 따르는데 곧 다른 이들이 제지를 한다. 두릅과 나란히 걷던 두 사람이었다.

"왜 이러시나? 자네가 갈 곳은 저기가 아닌데."

"무슨 말입니까? 저곳이 아니라니."

두릅의 말에 사내 한 명이 비죽 웃으며 대답하였다.

"응, 자네가 가야 할 곳? 거기가 바로 여기잖아. 고택골 말이야, 고택골."

웃음이 묘하게 뒤틀린다 싶더니 목 뒤로 한기가 느껴졌다. 두릅은 얼른 몸을 수그려 옆으로 빠져나왔다. 기다란 창을 들고 찔러오던 사내가 칫, 하고 혀를 차며 두 번째 공격을 시도하였다. 뒤로 넘으며 위기를 모면한 두릅은 옆에서 찔러오는 단검을 차낸 후 허리춤에 꽂혀 있는 비수를 꺼냈다. 상대방의 몸집이 비록 우람하였으나 몸짓은 가벼웠다. 그는 연거푸 두릅의 심장을 노려 창을 내질러대었다.

두릅은 우선 뒤쪽에 선 자의 종아리를 걷어차 주저앉힌 뒤 팔목을 내리치며 수중의 단검을 빼앗았다. 짧은 비수로 창을 상대하기 버거웠기 때문이다.

"이얍!"

저만치 서 있던 또 다른 사내가 낫을 들고 합류하였다. 기세는 사뭇 날카로웠지만 대부분 농민이었던 이들에게 남다른 싸움 실력이 있을 리 없었다. 하여 두릅은 상대의 어깨를 짚어 위로 넘어가며 손을 뻗어 신당혈을 쳤다. 그리고 사내가 일시적인 마비로 움직임을 멈춘 틈을 노려 수삼리혈을 건드리니 손마디가 위축되어 더 이상 낫을 들 수가 없었다. 지켜보던 이들이 놀라 주춤거리는 동안, 두릅은 창을 든 자에게 몸을 돌려 칼자루로 창대를 내리친 후 손아귀가 저려 어쩔 줄 모르는 틈을 타 발등의 태충혈을 공격했다.

사실 두릅의 마음은 지금 이 싸움에 없었다. 조금 전 보았던 이가 단영인지를 확인해야 했던 것이다. 그래서 상대가 어느 정도 정리되자 슬쩍 빠져나가려 하였다. 그런데 그가 막 왼쪽으로 몸을 트는 순간, 느닷없는 통증이 허리를 가격하였다. 별리장군, 그가 곁에 놓였던 장독을 들어 두릅에게 던진 것이다.

갑작스런 충격에 몸을 비트는 두릅을 향해 창을 든 자와 낫을 든 자가 일시에 달려들었다. 뒤로 몸을 누인 채 잠시 호흡을 가다듬던 두릅은 두 손을 거꾸로 하여 땅을 짚은 뒤 그 반동으로 몸을 일으켜 두 사람의 복부를 차례로 가격하였다. 다시 빠져나갈 기회를 엿보았으나 별리장군이 붉으락푸르락 흥분한 얼굴로 달려들었기에 그럴 틈이 없었다.

두릅은 검을 세워 별리장군의 견정혈을 노리고 찔러 들어갔다. 그러나 상대 또한 녹록지 않은 자여서 가볍게 몸을 트니 두릅의 공격은 허공을 짚는 것으로 끝나고 말았다.

다시 검을 휘두르며 그의 머리와 가슴, 아랫배와 무릎을 노려 연달아 친 후 검 끝을 세워 목을 찔렀다. 조금 전 노렸던 견정혈이었다. 그러고는 별리장군이 물러난 사이, 대문으로 빠져나갔다.

"이런 미련한 놈들! 가서 잡지 않고 뭐 해!"

별리장군의 벼락같은 외침에 그때까지 우물쭈물하던 자들이 대문으로 뛰었다. 가장 앞선 자가 막 대문을 통과하려는 순간, 어디선가 파공음이 들려오더니 곧 머리를 부여잡고 땅에 뒹굴었다. 기왓장이 날아와 머리를 친 것이다.

놀라 우왕좌왕하던 이들은 곧 공격의 진원지를 찾아내었다. 언제부터였는지 노파 한 명이 지붕에 앉아 그들을 노려보고 있었다. 백발이 성성한 그 노파는 혀를 끌끌 차며 무언가를 중얼거리더니 또다시 기왓장을 집어던졌다. 그 바람에 창을 든 자는 어깨탈골이 되었고 낫을 든 이는 이마를 맞아 그 자리에서 기절했다.

두릅에게 단검을 빼앗겨 대신 도끼를 찾아들었던 자는 넘어져 발목이 골절되었으며 다른 이들의 머리 위로도 기와 조각이 떨어져 상처가 생기고 피가 터졌다.

"뭘 꾸물대고 있느냐! 저 할멈을 당장 잡아들, 우욱!"

별리장군이 다시 소리쳤지만 순간 노파의 기왓장이 날아와 입을 틀어막았고 뒤를 이어 또 다른 기왓장이 무릎을 쳐 다리가 꺾이고 말았다. 노파는 아까처럼 무언가를 중얼거리며 지팡이에 의지해 몸을 일으키더니 어느 순간 지붕 뒤로 사라지고 말았다. 기와에 맞아 여기저기 쓰러졌던 사람들은 놀라서 저도 모르게 상체를 일으키다가 고통에 겨워 도로 누웠다. 그들은 이해할 수가 없었다. 무엇 하는 늙은이기에 지팡이를 짚고도 저리 날쌔단 말인가.

한편, 단영은 두릅이 이 오래된 와가에 들어설 때부터 뒷짐을 진 채 구석에 숨어 있었다. 그래서 그가 뒤늦게 자신을 알아보았을 줄은 꿈에도 모른 채 열심히 줄만 따라가다가 슬그머니 뒤를 돌아보았다. 두릅이 어디쯤 오는지 살피기 위해서였다. 그런데 그의 모습은 줄 어디에도 없고 난데없는 매당 할멈만 시야에 들어왔다. 그것도 지붕 위에 앉아 있는 모습이.

"자, 이 줄은 나를 따라오시오."

그 이유를 짐작하기 위해 열심히 머리를 굴리는데 그때 앞서 가던 누군가가 큰 소리로 외쳤다. 다른 조는 전부 왼편으로 보내면서 단영의 조만 오른편을 향하도록 유도하는 것이다. 누군가가 이유를 물었고 출구가 여럿 있어 나누는 것뿐이라는 대답도 뒤를 이었다. 그러나 단영은 무언가 잘못되었음을 깨달았다. 주위를 살피니 역시나 행렬의 앞과 뒤로 무장을 한 사람들이 슬그머니 나타나 붙는다.

단영은 묵묵히 걷다가 모퉁이를 도는 순간 미리 묶어둔 엽전 두 냥을 뒤꿈치 밑에 집어넣었다. 이렇게 하면 양쪽 다리 길이를 다르게 만들어 애쓰지 않아도 절룩일 수 있었던 것이다. 또한 그 모습이 과장되지 않고 자연스러워 처음부터 눈여겨보지 않았다면 갑자기 다리를 전다는 인상을 주지 않을 수 있었다.

단영은 다리를 슬쩍슬쩍 끌어보다가 그 강도를 조금씩 높였다. 그러고는 도무지 빨라서 따라갈 수가 없다는 듯 조금씩 뒤로 처졌다. 그 와중에 뒤의 사람과 부딪히기라도 하면 미안하다는 표정으로 양보도 하면서.

"괜찮으십니까?"

보통은 그냥 지나쳐가곤 했는데 유독 한 사람만 안 해도 될 걱정을 해준다. 괜한 참견이다 싶어 건성으로 고개를 끄덕이며 앞으로 가라는 표시를 해 보였다. 그러나 사내는 여전히 보폭을 맞춰 걸으며 그녀에게 신경을 썼다. 여차하면 부축이라도 할 눈치여서 신경이 쓰였다.

"괜찮으니 먼저 가보십시오. 원래 날이 궂으면 더 이렇습니다."

그러자 남자가 빙그레 웃음을 지었다.

"날이 궂어서 그렇다고 보기엔 하늘이 꽤 청명하지 않습니까?"

단영도 웃을 듯 말 듯 한 얼굴로 대답을 하였다.

"이놈의 다리는 다음날의 날씨를 알아맞히는 데에만 그 효력을 발휘하지요."

아, 그렇습니까. 사내는 그건 미처 몰랐다는 표정으로 고개를 끄덕거렸다. 단영은 곁눈으로 그를 살폈다. 짧은 대화였지만 어쩐지 이곳과 어울리지 않는 인물이라는 생각이 들어서였다. 키가 훤칠하고 이목구비가 수려한 것이 비적단과는 맞지 않는 인상이었다.

"그런데 아픈 곳이 정말 다리뿐입니까? 목도 많이 상한 걸 보면 고뿔은 아닐는지……."

단영은 일부러 목소리를 거칠게 해 여인의 티를 감추려 애썼는데 그것을 이자는 고뿔이라고 착각한 모양이다. 왠지 모르겠지만 남의 일에 참견하기를 즐기는 인사였다.

"날 때부터 그랬습니다."

이렇게 계속 노닥거리다가는 오히려 눈에 띄겠다는 걱정이 들었다. 그래서 얼른 앞서가라는 손짓을 하고는 그자가 미처 대답할 틈도 주지 않고 뒤로 쑥 빠졌다.

"어어, 잠시만. 지금 어디 가려고 그러시오?"

단영이 너무 급하게 물러나서 그런지 뒤에서 감시로 붙은 자 중 하나가 경계하는 목소리로 물었다. 그녀는 일부러 무릎을 두드리며 힘겨운 목소리로 사정 설명을 하였다. 감시인은 단영의 한쪽 팔을 잡아 상체를 일으켜주다가 얼굴을 보더니 왠지 애처로운 표정을 지었다.

"어디서 주뢰형이라도 당했소? 젊어 보이는 양반이 어째 그리 다리가 부실하시오?"

단영은 가난한 살림에 입에 풀칠이나 해보고자 돈푼깨나 훔쳐내다가 잡혀 관아에서 매 좀 맞았노라 둘러대었다. 그러자 그자는 남의 일 같지 않은지 혀를 끌끌 차며 조정의 녹을 받는다는 온갖 관리의 직책을 들먹이며 욕을 퍼부었다. 그러나 아는 직책이 스무 개 남짓도 안 되는지 곧 그만두고 이렇게 덧붙였다.

"얼굴은 또 어쩌다 그리 된 것이오? 그도 관아에서 그랬소?"

고개를 끄덕이자 그가 다시 혀를 차며, 그러고 어찌 살았수, 위로의 말을 건네었다.

본래 단영은 집을 나서기 전 얼굴 생김을 조금 고쳐놓았었다. 우선 찹쌀풀을 풀어 한쪽 눈은 끝에만 살짝 발라 붙여주고 다른 한쪽 눈은 눈두덩에 고루 펴 발라 진한 겹꺼풀이 생기도록 하였다. 그러자 이중꺼풀로 퀭해 보이는 눈이 다른 한쪽에 비해 두 배쯤 커져서 그 모습이 실로 괴이하였다. 그러고는 검은 깨와 팥을 갈아 양볼과 이마에 고루 바르니 얼굴 가득 기미와 주근깨가 덮인 것처럼 보여 평소의 모습은 찾아볼 수가 없었던 것이다. 시간이 지나 풀이 마르면서 생긴 허연 자국들도 마치 흉터가 잡히고 그 위로 마른버짐이 핀 것 같아 애초에 계획했던 것보다 더 심한 몰골을 가지게 되었다.

단영은 옆에 선 이의 말에 적당히 맞장구를 쳐주다가 넌지시 물었다.

"헌데 어찌하여 이 줄만 다른 문으로 가는 것이오? 정말로 출구가 여럿이어서 그런 건가?"

옆에 선 남자가 곤란한지 짐짓 못 들은 척한다. 단영 역시 아무것도 모른 척 중얼거렸다.

"이러고 또 얼마를 더 걸어야 하나. 아이고, 허기도 지고."

그러고는 목소리가 너무 컸다 싶었는지 배시시 웃어 보였다. 그런데 가뜩이나 움직이기 힘든 얼굴로 웃으니 그 모양새가 또 그렇게 불쌍할 수가 없다. 사실 비호단의 대부분은 가난하고 천대받던 이들로서 곁에 선 이도 마찬가지여서 단영과 같이 왜소하고 거기에 장애까지 있는 이를 만나니 측은지심이 일었다. 하여 다른 이들 모르게 단영을 향해 중얼거렸다.

"잠시 후에 무슨 일이 있어도 그리 놀라지 마시오."

단영이 무슨 일이냐는 표정으로 쳐다보았다. 그자가 좀 더 가까이 붙어 설명해주었다.

"오늘이 무슨 날인지 아시오? 바로 쥐 잡이 날이라고 한다오. 그게 뭐냐면 우리 비호단에 알게 모르게 첩자들이 많이 끼거든. 철저히 경계를 해도 어디서 어떻게 들어오는지를 모르니 주기적으로 이런 날을 만들어 축출을 하는 거지. 척 보아하니 그쪽은 가담한 지도 얼마 안 된 것 같은데 그런 사람들이 간혹 오인을 받아서 죽다 살아날 때도 많거든. 그러니 일이 묘하게 돌아간다 싶거든 내 옆에 척 붙어 떨어지지 말란 말이오. 그러면 아무 일도 없을 테니. 아참, 내 성은 주가요. 여차하면 내가 데려온 이라 할 테니 주 형님이라 부르든지."

흐음, 역시 그랬군. 단영은 고개를 끄덕였다. 이상함을 느낄 때부터 이런 종류의 일임을 짐작하긴 했었다. 하지만 쥐 잡이 날이라니, 과연 이들은 어떤 방법으로 쥐를 골라낸단 말인가.

사실 이들의 첩자 분별법은 생각보다 훨씬 간단했다. 주기적으로 회합 소집의 접선 방법을 바로 직전에 변동시키곤 했던 것이다. 두릅도 마지막 변경 사항을 몰라 눈치를 채인 경우였다.

물론 이런 사정을 알 리 없는 단영은 짐작만으로 상황을 분석할 뿐이었다. 단영이 이곳에 올 수 있었던 것은 두릅 때문이었다. 그가 주막집으로 들어간 후 주위를 맴돌다가 처음 나온 이를 뒤쫓아 먼저 당도할 수 있었던 것이다.

단영은 곰곰이 생각해보았다. 이 조에 속해 있는 이들 중 과연 누가 첩자일지 그것이 궁금했다. 근심스런 표정으로 연신 주위를 살피는 저자일까? 유독 경계심이 많은 모습이긴 했지만 그저 삭막한 분위기에 겁을 먹었을 수도 있으니 확정하기는 일렀다. 그럼 우락부락, 포도청 군관나리처럼 생긴 저자일까? 하지만 위압적인 생김새는 오히려 감시를 서는 자들이 한 수 위였다.

음, 하나하나 그 뒷모습을 살피던 단영의 시선이 한 사내에게 멈췄다. 조금 전에 그녀의 부실한 다리를 걱정해주던 참견쟁이 사내! 키가 부쩍 크고 어딘가 모르게 글 좀 읽었노라는 분위기가 감도는 자였다. 비적단에 투신할 이유가 전혀 없어 뵈는 외모인 것이다.

허나 저렇게 의심스럽게 생긴 자를 첩자로? 아니지, 오히려 허를 찌르는 계산이 있었을지도.

단영이 여러 가지 궁리를 하는 동안 그들의 조는 어딘가에 멈춰 섰다. 뒷문 같은 건 어디에도 없고 잡풀만 무성한 공터였다. 단영은 얼른 주씨 곁으로 가 붙어 섰다. 언제 꺼냈는지 감시자들은 한결같이 흰 천을 이마에 두르고 있었다.

"장소 이동을 하기 전 마지막으로 전기수에게서 받은 종이를 검토하겠소. 모두 내놔보시오."

중앙에 서 있던 자가 말하니 다들 보관하던 종이를 꺼내 든다. 단영은 영문도 모르면서 여기저기를 뒤지는 척하였다. 주씨가 괜찮다는 시늉을 해 보였다. 단영이 웃어 보이려다가 피부가 땅겨 어정쩡하게 멈췄다. 그리고 그 와중에 키 큰 참견쟁이 사내와 정통으로 눈이 마주쳤다.

"저자를 아시오?"

주씨가 다시 뒤돌아 물었다. 키 큰 사내가 웃으며 단영에게 손을 흔들었기 때문이었다.

"뭐 딱히 그렇다고 하기도 어려운 게, 오늘 안면을 튼 자입니다."

단영의 대답에 고개를 끄덕이던 주씨가 작은 목소리로 이렇게 덧붙였다.

"오늘 처음 본 자라면 그냥 모른 척하시오. 괜히 나서지 말고."

그 말의 의미를 아는 데에는 과히 오랜 시간이 걸리지 않았다. 한 명, 한 명 자신이 받았던 종이를 검사받고 다른 곳으로 향하던 와중에 키 큰 사내만 한 옆으로 불려갔기 때문이다. 줄줄이 기다리던 이들이 반으로 줄고 또 그 반으로 줄어 마지막으로 단영의 차례가 될 때까지도.

"그럼 저자는 어떻게 되는 겁니까?"

고향 동생이라며 챙겨준 주씨 덕에 별다른 검색 없이 자리를 모면한 단영이 물었다. 그녀는 앞서간 다른 이들의 뒤를 따라 다시 모종의 장소로 이동을 하는 중이었다.

"그런 것까지는 나도 잘 모르겠소만…… 쉽게 풀려나지는 못할 것이오."

인정 많고 사람 좋은 주씨였으나 모든 걸 말해줄 의향은 없는 듯했다. 단영은 얌전히 뒤를 따르다가 그가 다른 자들과 이야기 삼매경에 빠진 사이에 슬쩍 옆길로 숨어들었다. 비호단이라는 자들의 회합인지 뭔지를 구경하는 것도 재미있을 성싶었지만 그렇다고 키 큰 사내를 모른 척할 수 없었다.

그녀는 지붕 위로 올라선 후 봇짐에서 검은색 두루마리와 검은색 복면을 꺼내 착용하였다. 위에서 살피니 주씨가 사라진 단영을 이리저리 찾는 모습이 보였다. 나타나지 않으면 의심을 사겠지만 그래도 지금껏 단영을 보살펴주는 것을 여러 사람이 보았으니 직접 고발하지는 못할 것이었다. 오히려 누군가가 사라진 그녀에 대해 의구심을 가져도 자신의 안녕을 위해 이리저리 변명을 해줄 수밖에 없겠지.

단영은 주씨의 등을 향해 고마움의 손짓을 해 보인 후 몸을 숙여 지붕 위를 달렸다.

키 큰 사내는 뒤꼍 창고에 갇혔다. 엄히 번을 세우는 것을 보니 회합을 마친 후 처단할 모양이었다.

'해가 지기를 기다려야겠군. 그때까지는 회합인지 뭔지가 끝나지 않았으면 좋겠는데.'

사실 단영은 비호단이라는 단체에 별 관심이 없었다. 그럼에도 그녀가 이 자리에 와 있게 된 것은 모두 두릅 때문이었다.

얼마 전부터 두릅의 행동이 부쩍 수상스럽게 여겨졌다. 그러나 딱히 뭐라고 꼬집기에는 평소 태도가 달라진 점이 없었기에 심증으로만 머물렀는데, 그러다가 매당 할멈에게서 무언가를 받아드는 모습을 보게 된 것이다. 수련이 끝난 후 계곡으로 내려가는 길에 은단을 먼저 보내고 다시 되돌아왔다가 발견한 장면이었다.

두릅이 어째서 비적 떼와 연관이 있는지 단영으로선 도무지 짐작을 할 수가 없었다. 며칠 전 그를 따라 살곶이다리의 객줏집까지 따라갔을 때에도 그곳이 뭐 하는 곳인지 몰라 한참을 헤매야 했던 것이다. 그때 단영은 두릅이 뒷문으로 빠져나간 줄도 모르고 객줏집에 침입해 샅샅이 뒤지다가 하마터면 무리장군에게 잡힐 뻔했다. 다행히 상대가 덩치만 큰 장사에 불과하여 빠져나올 수 있었지만 본의 아니게 부상을 입혀 한쪽 마음이 꺼림칙하였었다.

단영은 기와 위에 누워 눈을 감았다. 이곳을 좀 더 구경해볼까 싶기도 하였지만 무슨 일인지도 모르고 깊이 관여하는 건 좋지 못할 것 같아 일단은 멈추기로 했다. 두릅의 비밀이 무엇인지 대충 알아냈으니 그 이유에 대해서는 직접 들어볼 참이었다.

얼마나 누워 있었을까. 문득 눈을 떠보니 하늘은 이미 짙은 보라색으로 물들었고 저 멀리 산등성이 위로 가느다랗게 남아 있는 해도 단영을 기다리기라도 했다는 듯 마지막 여운을 남긴 채 넘어가버렸다. 풀로 고정시켜놓은 얼굴 피부가 가려워 잠결에 복면 위를 꾹꾹 눌러대던 단영은 곧 왜 이런 곳에서 자고 있는지를 기억해냈다. 그렇군, 참 견쟁이 사내.

단영은 귀찮다는 표정으로 하늘을 올려다보다가 사내가 갇힌 창고 쪽으로 살금살금 기어갔다. 여전히 네 명의 비호단 단원들이 창고 앞을 철통같이 지키고 있었다.

'조용한 걸 보니 주씨 그자 또한 입을 다물어준 모양이군.'

오늘 일이 아니라면 비적 떼에 주씨처럼 선량한 자도 있다는 걸 알지 못했을 것이다. 왠지 모르게 씁쓸해졌지만 곧 마음을 접고 품속에 숨겼던 단도 한 쌍을 끄집어냈다.

"할멈에게 말해서 단도 쓰는 법이나 더 정교히 배우든가 해야지, 장검을 옷 속에 숨기고 다닐 수도 없는 일이고."

이렇게 투덜거린 그녀는 담비 가죽으로 만든 얇은 장갑을 착용한 뒤 단도 한 쌍을 빠르게 교차시키며 지면으로 뛰어내렸다. 무료하게 앞만 주시하던 네 명의 표정이 곧 경악으로 바뀌었다. 단영은 달려드는 첫 번째 사내를 가볍게 넘긴 후 뒤따르는 자를 향해 단도를 날렸다. 그 자가 단도의 꽂히는 힘에 걸음을 멈칫한 사이, 단영은 미리 연결해놓았던 가느다란 연줄을 힘껏 잡아당겼고, 단도와 함께 그자의 단검까지 하늘 위로 치솟자 몸을 솟구쳐 잡아낸 후 좌우로 함께 뛰어오른 자들의 대퇴부를 연달아 힘껏 차내었다.

"가서 한 제수(制守)[47] 나리께 침입자가 있다고 고하여라. 어서!"

누군가의 외침에 그중 한 명이 달아나기 시작했다. 잡고자 하였으나 거리가 멀어 그만 놓치고 말았다. 이렇게 되면 빨리 정리하고 뜨는 수밖에 없다. 그녀는 쳇, 혀를 차며 연줄에 연결된 단도를 휘휘 돌리다가 뒤로 접근하는 자를 향해 집어던졌다. 단도는 날카롭게 날아가 상대의 겉옷을 뚫었다.

---

47) 비호단의 중간관리직급

단영은 연줄을 짧게 한 차례 잡아당겼다. 그러고는 그자가 본능적으로 걸음을 떼는 순간 다리를 감아 다시 힘껏 잡아당겼다. 그리고 상대가 땅에 넘어진 틈을 타 단도를 회수한 단영은 뒤에서 덤벼드는 자의 한쪽 어깨를 뒤차기로 제지한 후 목울대와 턱 사이에 위치한 염천혈을 잡아당기듯 찔렀다. 일시적인 압박에 상대가 맥이 풀려 주저앉았다. 두 명이 어처구니없이 당하는 것을 본 세 번째 남자가 도망을 치기 시작했다.

그러나 몇 걸음 가지 못해 그 자리에 서고 말았다. 거대한 그림자가 모퉁이를 돌아 나타났기 때문이다.

단영의 입이 긴장으로 인해 바짝 타올랐다. 그러나 잠시 후 그 그림자의 정체가 두릅임을 알아차리고 안도의 한숨을 내쉬었다. 그림자가 거대했던 까닭은 좀 전에 한제수라는 자를 찾아 달려갔던 사내를 어깨에 매달고 있었기 때문이었다.

뒤는 두릅에게 맡긴 채 창고 문을 부수었다. 이 소동을 언제까지 모를 리 없으니 서둘러야 했던 것이다. 그러나 겁에 질렸으리라 예상했던 참견쟁이 사내는 가부좌를 튼 채 눈까지 감고 있었다. 당황하여 걸음을 멈추자 여유롭게 눈을 뜬 사내가 단조로운 목소리로 묻는다.

"거기 누가 온 것이냐?"

마치 자기 집 안방이라도 되듯 천하태평이다. 어처구니가 없어 우뚝 서버렸던 단영은 얼른 정신을 차리고 소매를 붙들어 일으켜 세웠다.

"넌 누구냐?"

사내가 다시 묻더니 마치 대답이 없으면 나가지 않겠다는 듯 뒷짐을 지고 서버린다. 단영으로서는 기가 찰 노릇이었다.

"지금은 그런 것을 따질 시간이 아니니 그쯤 하고 어서 나오시오."

그러고는 얼른 창고 밖으로 나가려는데 멀리서 함성소리가 들려오기 시작했다. 비호단 사람들이 드디어 눈치를 챈 것이다. 단영은 두릅에게 따라오라는 신호를 한 후 답답할 정도로 여유를 부리는 사내를 창문 밖으로 밀다시피 내보냈다.

"아하, 이제 보니 낮에 만났던 그 친구로군. 헌데 다리는 어찌 그리 멀쩡한 것이오? 내일 날씨가 바뀐 것인가?"

"그만 그 입 좀 다물고 뛰면 안 되겠소?"

사내의 소매를 잡아끌다시피 뛰던 단영은 얼마 못 가 두릅이 쫓아오지 않음을 깨달았다. 아마도 두 사람이 안전히 도망갈 수 있도록 저 혼자 막는 모양이었다. 걱정으로 속이 탔지만 되돌아가봤자 사내 때문에 더 위험해질 것이 뻔했다.

"이 담을 넘어 곧장 달리면 양재도(良才道)가 나올 것이오. 그 길부터는 그쪽도 물어물어 찾아갈 수 있을 것이니 우리는 이쯤에서 헤어집시다."

그러고는 되돌아가려는 단영의 어깨를 그자가 넌지시 붙잡았다.

"양재도가 도무지 어디인지 내 알지를 못하는데……. 아니, 그보다 이 담을 내 넘지 못할 것 같은데 어쩌면 좋겠소?"

단영은 허우대가 멀쩡한 사내를 죽 훑어보았다. 정녕 이자가 첩자가 맞긴 한 것인가. 아무리 문관이 대세를 이루는 시대라지만 이리 덜떨어진 자를 첩자로 심을 만큼 인재가 없을까. 그러나 처음부터 돕지를 않았다면 모를까, 이제 와서 버리고 갈 수도 없는 일이어서 단영은 그자의 앞으로 깍지 낀 손을 내밀었다.

"이 위를 한 발로 디딘 후 담 위로 올라서시오."

"이리 말이오?"

그가 안쪽 발을 턱 올리며 물었다. 단영은 짜증이 나서 외쳤다.

"말도 안 타보셨소? 바깥다리로 올라서시오."

가르쳐주는 대로 그녀의 손을 밟고 올라선 사내, 그나마 큰 키 덕을 보는지 수월하게 담 위에 걸터앉는다.

"그럼 조심히 가시……."

"담 위에서 뛰어내려본 적이 없는데."

울화가 목까지 치밀어 오른 단영이 사내를 그냥 밀어버리려던 참이었다. 비호단 사람들이 뒤를 쫓는지 또다시 함성이 들려오기 시작했다. 일단은 자신도 몸을 숨겨야겠기에 단영은 몸을 날려 담을 넘은 후 사내의 다리를 잡고 아래로 끌어내렸다. 그러고는 발목을 긁혔다며 불평을 늘어놓는 그자의 입을 막아 소리를 죽였다.

"이제 조용해졌으니 저쪽으로 얼른 가시오. 다시는 이런 곳에 얼씬도 하지 말고."

얼마나 지났을까, 담 안에서 소란스러움이 사라졌음을 확인한 단영이 사내의 입에서 손을 떼어내며 나직이 중얼거렸다. 사내는 불편한 표정으로 단영의 손에 끼워져 있는 담비 가죽 장갑을 내려다보더니 입부터 먼저 툭툭 털어냈다. 그러고는 앉아 있는 자세 그대로 무언가를 입에 대고 불었다. 가느다란 피리 소리가 어두운 밤을 타고 멀리 퍼져 나갔다.

단영은 그자의 피리 소리가 끝나기도 전 등 뒤로 모여드는 여러 명의 인기척을 감지하였다. 그럼 그렇지, 이리 호락호락한 자를 첩자랍시고 보낼 조정이 아니지. 그녀는 난처하기도 하고 어이없기도 한 마음을 감춘 채 천천히 뒤로 돌아섰다. 검은 복장을 한 열댓 명의 사람들이 움직임 하나 없이 두 사람을 에워싸고 있었다.

"놀랄 것 없소. 이들 또한 나를 돕는 이들이니 이 순간만큼은 같은 편이라 할 수 있겠군."

단영의 눈이 사내를 날카롭게 주시하였다. 복면 안에서 그녀의 눈이 달빛을 받아 반짝였다.

손가락 한 마디만 한 피리를 품에 챙겨 넣은 사내가 자리에서 천천히 일어서며 뒷짐을 지었다. 자세며 겉모습은 지금까지 보아온 그자가 맞는데 분위기만큼은 현격히 달라져 있었다. 서늘하게 변모한 사내의 옆얼굴이 눈에 들어왔다. 그리고 지금껏 실없는 소리는 해본 적이 없다는 듯 굳게 다물린 입술도 보였다. 단영의 마음속으로 서서히 분노가 피어올랐다.

"괜찮으십니까?"

에워싼 흑의인 중 하나가 물으니 사내가 고개를 끄덕인다. 그 태도로 참견쟁이에 불과했던 사내의 위치를 어느 정도 가늠할 수 있었다. 단영은 화를 꾹꾹 눌러 참으며 말하였다.

"양재도뿐 아니라 도성 전역이라도 거뜬히 찾아갈 수 있어 보이니 그만 가보겠소."

그러나 그들은 길을 비켜주지 않았다. 단영은 무서운 눈초리로 사내를 노려보았다.

"어쩌자는 수작이오?"

하루 종일 목소리를 변조하느라 혹사당한 성대가 분노와 뒤범벅되어 더욱 나직하고 껄끄럽게 변하였다. 그때까지도 무심한 눈빛으로 다른 곳을 보던 사내가 단영을 내려다보았다. 미간 사이로 은은히 비치는 차가운 위엄에 단영은 저도 모르게 마음이 위축됨을 느꼈다.

"너는 누구냐?"

어느새 그의 어투도 바뀌었다. 단영은 할 말을 잃고 사내를 올려다보았다. 이자는 누구일까. 미관말직의 무관으로 보기엔 그 위엄이 설명이 안 된다. 그러나 이런 위험한 곳으로 급파될 고관이 몇이나 된단 말인가.

단영이 생각을 거듭하는 동안 사내는 흥미롭다는 듯 그런 그녀를 내려다보았다. 괴이하게 생긴 짝짝이 눈에 생김새 또한 흉측한 이자가 겉모양과 상관없이 썩 괜찮은 재주를 가졌다고 생각하는 중이었다.

"다시 묻겠다. 너는 누구이며 어째서 나를 도운 것인가?"

단영의 탁한 목소리가 그의 말을 바로 되받아쳤다.

"어째서 내가 대답해야 한다 확신하는 것이오? 나는 그대에게 그러한 권한을 준 적이 없소."

그 순간 주위에 서 있는 검은 무리들로부터 희미한 동요가 느껴졌다. 움직임 없던 시선이 일시에 그녀에게 꽂힌 것이다. 사내가 조용히 미소를 지으며 대답하였다.

"나는 지금껏 권한을 받아 질문을 한 기억이 거의 없다. 또한 원한다면 내가 어떻게 그리 할 수 있는지 보여줄 수도 있지. 순순히 대답한다면 쉽게 보내줄 수 있을 터, 어찌 하겠느냐?"

끓어오르는 분노로 단영의 주먹이 부들부들 떨렸다. 그러나 그녀로서는 검은 무리들을 일시에 제압할 힘이 없었다. 태생이 농부거나 화전민이 대부분이었을 비호단과는 그 성분부터가 다른 이들이었던 것이다.

한동안 땅을 내려다보던 단영이 이를 악물며 또박또박 말하였다.

"당신 같은 자 하나를 돕고자 나는 내가 평생 아껴온 수하를 저 안에 버려두고 왔소."

그러고는 느닷없이 사내의 목을 향해 단도를 내리꽂았다. 갑작스런 일격에 놀란 사내, 허나 한 손을 가볍게 털어 단영의 팔꿈치를 내려치는 것을 보니 역시 예사 인물은 아니었다.

그러나 단영의 이 일격은 허초에 불과했다. 사내를 찌르려 함과 동시에 다시 그 팔을 거둬들이며 반대로 다른 손에 쥔 단도를 흑의인 중 하나의 복부를 향해 날린 것이다. 그때까지 사내의 안위에 정신이 팔려 있던 흑의인이 놀라 허리를 틀었지만 단도는 이미 반치 앞까지 돌진한 후였다. 다른 이들이 그의 뒷덜미를 잡고 끌어당김과 동시에 사내의 손도 수하를 살리기 위해 그쪽으로 내밀어졌다.

이를 노렸던 단영은 틈을 놓치지 않고 뒤로 몸을 날려 담을 넘었다.

순식간에 벌어진 일이라 누구도 단영을 미처 잡지 못하였다.

"뒤를 쫓을까요?"

흑의인들 중 하나가 물었으나 사내는 이미 단영을 쫓아 담 안으로 뛰어든 후였다.

늦은 밤, 윤 판서댁 별당에는 주인 아닌 객들이 모여 남모르는 밀담을 나누고 있었다. 단영과 두릅, 매당 할멈이었는데 이때 초영은 마루에 앉은 채 수군거리기에 여념이 없는 세 사람을 의아하게 바라보는 중이었다. 단영이 별당에 걸음을 한 것은 전날 밤을 포함, 서너 번에 불과했다.

초영은 단영의 냉정한 얼굴을 바라보며 잠시 지난밤을 환기해보았다. 느닷없이 괴상한 몰골로 뛰어들던 단영으로 인해 얼마나 놀랐던가. 하마터면 소리를 칠 뻔했다.

"무슨 일이온데……?"

말을 채 잇지 못하는 초영을 잡아 앉힌 채 단영은 서둘러 호롱불을 꺼버렸었다. 그리고 뒤이어 들려오던 낯선 이의 발걸음 소리.

그때 단영은 참견쟁이 사내를 피해 별당으로 뛰어든 직후였다. 양재도를 지나 윤돈경의 본가가 있는 북촌까지 계속된 추적에 지친 상태이기도 했다. 서로의 생각을 읽기라도 하는 양 하나를 따돌리면 다른 하나가 따라붙는 통에 도망갈 틈을 찾을 수가 없었던 것이다. 맞부딪혀 싸우다가 다시 뒤돌아 뛰기를 몇 번, 단영은 이윽고 결심을 하고 방향을 잡았었다.

단영은 별당까지 달려 주저 없이 담을 넘었다. 비록 누구의 집인지는 쉽게 알아낼 테지만 자신의 정체까지 파헤치지는 못할 거라는 확신 때문이었다. 누구도 윤 대감 댁 고명딸이 남장을 한 채 백주대로를 횡단하고 검까지 휘두를 것이라 짐작치 못할 것이니. 십중팔구 아무 집으로나 도망쳐 들어간 것으로 짐작할 공산이 더 컸다.

다행인 것은 별당에 기거해왔던 윤 대감의 새 애첩은 그 전전날 따로 분가를 하여 나갔고, 그 통에 속에 천불이 난 조씨 또한 친정어미를 핑계로 나들이를 나선 참이어서 그곳엔 초영 외에 아무도 없다는 것이었다.

초영은 그 사내가 누구인지 몹시 궁금하였다. 여차하면 방문을 열고 들어오기라도 할 것 같은 고집에 단영을 대신해 문을 열다가 본 것이다. 그자, 황색 도포에 키가 훤칠한 사내는 장난기 어린 말투와 달리 차갑고 냉소적인 얼굴빛을 하고 있었다. 단정한 이목구비가 수려하였으며 검고 짙은 눈썹 아래 준엄한 눈빛이 도드라졌었다. 그때껏 초영이 보아온 몇 되지 않은 사내들 중 그만큼 반듯하고 빛이 나는 인물은 이기를 제외하곤 처음이었기에, 아니, 그만큼 잘난 이도 찾기 어렵다 여겼던 이기와 또 다른 느낌의 생김새였기에 초영은 한순간 숨이 턱 막히는 기분이었다. 그 강한 눈빛이 자신의 양미간을 쏘아대는 듯했던 것이다.

"이것이 그것인가?"

초영이 저 혼자만의 생각에 잠겨 있을 때, 단영은 두릅이 내놓은 천 쪼가리 두 장을 보며 불편해진 심기를 다스리고 있었다. 푸른 비단과 붉은 비단. 이는 7년 전 조창주가 탈주를 할 때 남기고 간 것과 똑같은 것이었다. 단영은 품에 넣어두었던 두 장을 꺼내 두릅의 것과 맞춰보았다. 비단천의 모양과 그 이어지는 무늬까지 꼭 같았다.

"서신은 무엇이었니?"

단영의 말에 두릅이 여러 겹으로 접힌 빛바랜 종이를 내놓았다. 둘둘 말린 것을 펴보니 '기다릴 사(俟)' 한 자만이 뚜렷이 적혀 있었다. 곧 찾아갈 것이니 기다리라는 의미가 분명했다.

이 서신이 도착한 것은 이번 봄 초입 무렵이라 하였다. 화살에 묶여 대문 옆에 꽂혀 있는 것을 매당 할멈이 발견하고 몰래 감추었는데 그 뒤로 낯선 이의 침입이 두 번이나 거푸 일어났던 것이다. 조창주에 대한 매당 할멈의 경각심이 높아졌음은 말할 것도 없었다. 실제로 그녀는 지난날보다 더욱 깐깐하게 굴며 집 안팎의 경계를 철저히 하고 집안사람들의 출입까지 일일이 간섭하여 아무것도 모르는 단영과 은단의 원성을 사기도 하였었다.

"그런데 대체 그 일과 두릅이 네가 비호단을 기웃거리는 일이 무슨 관련이 있다는 거지?"

이제 단영의 얼굴에는 착잡함과 흥미로움이 뒤섞여 있었다.

"조창주 그자가 비호단에 연루되어 있다는 제보가 있었기 때문입니다."

"제보라니?"

대략 4개월 전이었다. 누군가의 비보(祕報)가 날아든 것을 우연히 두릅이 먼저 접하였었다. 조창주가 현재 비호단이라는 비적 떼와 연루되어 있으며 자신은 사정이 있어 근접할 수 없으니 직접 염탐을 해보라는 내용이 적혀 있었다. 매당 할멈이 숨겨오던 조창주의 재출현을 이렇게 해서 두릅까지 알아차리게 된 것이다.

"이런 것을 보내오는 자는 누구이며 또한 사정이 있어 근접할 수 없다니, 무슨 뜻일까?"

단영이 반문하였으나 그에 관한 것은 두릅 또한 알지 못하였다. 사실 처음 비호단에 출입할 수 있는 방법 및 신원패가 전달되었을 때도 두릅과 매당 할멈은 반신반의하였었다. 누군지도 모르는 자가 이끄는 대로 도적의 소굴로 들어간다는 게 꺼려졌기 때문이다. 그러나 이때 마침 낯선 이들의 두 번째 침입이 있었고, 결국 두릅이 직접 부딪쳐보기로 한 것이다.

"그래서, 지금껏 네가 알아낸 것 중 조가 그자와 연관된 것이 있긴 하였니?"

두릅은 그간 잠행을 통해 알게 된 일들을 소상히 말하였다. 단영은 집중하여 그의 말을 들으며 이해가 되지 않는 부분은 두서너 차례 다시 확인을 하기도 하였다.

"그러니까 즉, 그 수훈장군인가 하는 자가 그들의 수괴라는 인물에게서 갑작스런 신임을 얻은 뒤로 내분 조짐이 보이기 시작했단 말이지?"

"자세한 내막은 모르겠지만 정황으로 미루어 그자에 대한 불만이 상당한 듯했습니다."

단영은 눈을 반짝이며 고개를 끄덕였다.

"그렇다면 아마도 그 수훈장군이란 자는 상장군인지 뭔지 하는 자를 어렵지 않게 움직일 수 있는 위치에 있다는 뜻이겠군. 거사 획책이라 불릴 만한 일을 독단적으로 진행할 정도면 그만큼의 신뢰가 쌓여야 할 터, 그자가 비호단 수괴에게 상당한 공을 세워놓지 않은 한 불가능한 일이지. 그렇다면 꽤 짧은 기간에 이런 일을 가능케 했다는 말일 텐데."

보통 비상한 머리로는 불가능하겠군, 혼잣말처럼 중얼거리며 단영은 빙그레 웃음을 지었다. 일이 점점 재미있게 돌아간다고 생각하는 중이었지만 그런 그녀를 지켜보는 두릅의 얼굴에는 걱정이 어려 있었다. 단영의 저돌적인 성격을 알기 때문이었다.

"그런데 할멈은 어쩌다가 거기까지 찾아가게 된 거지? 걱정이라도 되던가?"

사실 매당 할멈은 두릅이 비호단이라는 비적 떼에 잠입하는 것을 탐탁지 않게 여겨왔었다. 스스로 나서니 놔두긴 했지만 영 마음에 들지 않았던 것이다. 그러다가 이번 양재도 회합과 관련하여 그 신원 미상의 정보 제공자에게서 다급한 전갈이 왔었다. 접촉 방법이 불시에 바뀌었다는 것이었다.

그러나 매당 할멈이 도착했을 땐 이미 두릅의 존재가 발각된 다음이었고 하여, 근처에서 지켜만 보다 위급하다 싶을 때 도왔던 것이다. 어린 제자를 위하는 마음이었을 테지만 할멈은 칫, 콧방귀를 뀌며 대답 대신 말머리를 돌렸다.

"그래서 이제 어쩔 생각인 게냐? 듣자하니 작정하고 뒤를 쫓는 이도 붙었다는 판국에 섣불리 움직였다간 네 이 잘난 가문에 덕 되는 일도 없을 것 같은데."

할멈이 말한 이는 전날 단영을 따라 별당까지 넘어왔던 황색 도포의 사내였다. 당시 두릅은 매당 할멈과 함께 도주를 한 직후여서 뒤늦게 찾아간 단영과 엇갈렸던 것이다.

단영은 찰거머리 같던 그를 떠올리며 미간을 찡그렸다. 다시는 만나고 싶지 않은 인물이었다.

"그는 내 알아 할 일이니 걱정하지 말고. 그나저나 뒤에서 정보를 제공한다는 자의 정체가 궁금하네. 조가가 일부러 일을 꾸며 우리를 궁지로 몰아넣으려는 계책일 가능성도 있겠지만 만일 그렇다면 어제와 같은 기회를 왜 그냥 넘겼는가에 대한 의문이 남겠군."

단영은 손에 들린 네 장의 천을 내려다보며 생각에 잠겼다가 입을 열었다.

"그자를 만나보아야겠다."

"그자라면?"

두릅이 반문하자 뜻밖의 대답이 단영에게서 나왔다.

"수훈장군이라는 자 말이다."

뒤돌아 있던 매당 할멈도 놀라 그녀를 쳐다보았다. 두릅이 조심스럽게 물었다.

"혹 그자가 조가와 동일 인물일 거라 생각하시는 겁니까?"

단영이 대답하였다.

"글쎄. 뭐, 만나보면 알 수 있지 않겠어?"

그러고는 별다른 말이라고는 없이 총총히 안채로 들어가버리고 말았다. 매당 할멈도 그녀의 고집을 아는지라 혀를 끌끌 차며 어딘가로 가버렸고, 뒤에 남아 있던 두릅만이 별채 문단속을 하느라 잠시 지체하였다.

그러자 그때까지 오롯이 앉아 있던 초영이 두릅을 불렀다,

"어째 이곳에 한 번 들르지도 않고. 가끔은 안부도 묻고 살면 좋지 않아."

그러나 두릅은 별다른 대답을 하지 않는다. 초영은 저만치 떨어져 고개도 돌리지 않는 그를 보며 왠지 쓸쓸해져 농담을 거두었다. 어려서부터 늘 단영만 따르던 두릅으로 인해 못내 서운했던 기억이 있었다. 그녀에게도 동무는 필요했는데 그는 늘 단영 곁에만 머물렀던 것이다.

언제였던가, 몇 살이었는지 기억은 나지 않지만 단영의 옷을 물려받은 적이 있었다. 늘 그래왔던 일인데 그때만큼은 단영이 무척 아끼는 옷이었는지 두고두고 초영을 고깝게 쳐다보곤 하여 어린 마음에도 괜히 불안하기도 하고 그랬더랬다.

그런데 하루는 초영 어미 조씨가 마당 한 옆에 서 있는 두릅을 향해 욕을 하였다. 자세히는 기억나지 않지만 조씨는 두릅이 초영을 눈여겨본다 생각하고 분을 낸 것이다. 초영이 그 말을 듣고 제 모습이 그리 고운가 싶어 방긋 웃음을 짓는데 그때였다. 놀러와 있던 외숙이 이런 말을 한 것이다.

"흥, 누이는 그래 여직 사내 눈치 하나를 제대로 못 읽나? 보면 모르겠수? 저 녀석이 초영이 입은 옷만 주구장창 살피었지 어디 얼굴에는 눈길 하나 주던가?"

조씨는 앵돌아져서 그건 또 무슨 소리냐고 채근을 하였지만 어쩐지 초영의 마음에는 뜻도 이해되지 않는 그 말이 두고두고 남았었다. 그러고는 나중에, 심부름을 왔던 두릅을 따라 신씨 부인에게 인사를 드리러 광교산에 갔을 때 그곳에서 깨달았던 것이다. 단영이 달빛에 나와 앉아 붉은 주머니 속 작은 돌멩이들을 꺼내어 이리저리 굴려보는 모습을 보면서.

"저거, 네가 준 것이지?"

그때도 곁에 있던 두릅에게 물었지만 역시나 대답을 하지 않았었다. 그러나 초영은 기억하고 있는 것이다. 제 나이 여덟 살 때 냇가에 놀러 가자 졸라, 아직 채 얼음이 가시지도 않은 그곳엘 나갔다가 물에 빠졌던 일을. 그날 하루 온전히 두릅과 보낼 수 있어 기분이 좋았던 초영이지만 함께 놀아줄 생각은 않고 얼음장 같은 냇물 속에 발을 담근 채 돌멩이만 줍는 모습에 서운했었는데 지금 와서 보면 아마 두릅은 그때 단영에게 줄 선물을 고르고 있었음이 틀림없다. 이제 열다섯이 된 초영도 제 또래의 마음길이 어디로, 어떻게 향하는지 대충은 눈치를 챌 정도가 되었던 것이다.

"가니?"

말없이 돌아서는 두릅을 보며 초영은 한 번 더 말을 걸어보았다. 뒤 한 번 안 돌아보고 묵묵히 나가는 그를 보며 초영은 괜히 부질없는 생각도 해보았다. 차라리 네 마음길이 나에게 왔다면, 그래서 내가 그를 받아주었다면 그만큼 잘 어울리는 일이 어디 있겠느냐고.

다음 회합 때까진 꼭 수훈장군이란 자의 뒤를 캐리라던 단영의 계획은 윤 대감의 갑작스런 변덕으로 한정 없이 미루어졌다. 광교산으로 돌아간 지 십여 일, 느닷없이 신씨와 함께 도성으로 되돌아오라는 지시를 내린 것이다. 이제 피접도 그 정도면 지병에 충분한 차도가 있었을 것이니 청산하라는 게 이유였지만, 신씨를 비롯한 광교산 와가 식솔들에게는 하나같이 이해가 안 되는 일이었다. 언제는 그 피접이라는 것이 진짜 지병으로 인한 것이었느냔 말이다.

어찌 되었든 아니 갈 수 없는 일, 신씨는 은단과 부지런히 짐을 싸고 옮길 채비를 하였다.

"어머니도 그 연유를 모르십니까?"

아무리 생각해도 이리 급작스럽게 일처리를 하는 윤 대감이 마음에 걸렸으나 신씨 부인도 딱히 아는 바가 없었다. 하여 그들은 지금껏 생활해오던 몇 안 되는 생필품을 수레에 나눠싣고 도성으로 출발하였다.

짐은 적었으나 여인이 많다 보니 가는 길은 평소보다 오래 걸려 중간에 하룻밤을 유한 뒤에야 겨우 본가에 당도할 수 있었다. 신씨 부인을 맞이하는 가족들과 종복들이 감격에 겨워 죽 나열해 섰고 그중에는 마지못해 나온 조씨도 보였다.

"아가씨, 여태 그 소식을 못 들었어요?"

재성의 처 이씨가 눈을 동그랗게 뜨며 단영의 손을 잡아끈 것은 점심상을 물린 직후였다.

"무슨 소식이요?"

단영의 반문에 이씨가 생글거리며 대답을 하였다.

"나라에서 이제 곧 금혼령이 내려질 거랍니다. 그리 되면 아버님께서 아가씨 단자도 올리실 거라는데 참말로 몰랐소?"

포악한 재성과 달리 이씨는 성격이 유순하였다. 간택이라도 된다면 가문의 큰 광영이 아니겠냐며 제일처럼 좋아하였지만 단영은 그저 무덤덤할 뿐이었다. 처녀단자라니, 아버님께선 정말로 간택이 되리라 믿으시는 것일까. 열여덟이란 나이도 적지 않은데다 위로 오라비를 줄줄이 두었으니 외척을 꺼리는 왕실의 습성 상 이를 좋게 봐줄 리 만무하였다. 게다가 비빈으로 간택이 되는 여인은 늘 그 생김이 아름답고 지혜로우며 후덕한 조건을 갖추어야 한다지 않던가. 해당사항이 없다 여겨 그냥 건성으로 듣고 마는 단영이었다.

그 소식에 희비가 교차하는 이는 따로 있었으니 바로 별당 조씨였다. 조씨는 내심 자신의 어여쁜 딸 초영을 기필코 제 신분 이상의 곳으로 시집보내겠노라 다짐해왔다. 그러니 단영의 처녀단자가 올려질 예정이라는 말을 전해 들었을 때 배가 아파 식욕이 감퇴하면서도, 동시에 잘하면 초영까지 덩달아 팔자가 필 수도 있으니 밸이 꼬이더라도 단영을 위해 치성이라도 드려볼까 하는 마음이 들락날락 조씨를 괴롭혔던 것이다.

어느 날이었다. 두릅이 마당을 청소하는데 행주댁이 그를 바삐 불렀다. 신씨 부인이 손수 단영을 위해 옷감을 끊으러 가신다니 그 준비를 하라는 것이었다. 두릅은 가마를 준비시키기 위해 나섰다가 집 근처에서 수상한 자가 서성이는 것을 알아차렸다. 하여 안으로 들어가 칠성에게 대신 해줄 것을 청하고는 몰래 뒷문으로 나가 그 수상한 자를 역으로 감시하였다.

그자의 배회는 두 시진 이상을 지속되었다. 그러고는 자신이 노출되었음도 모른 채 어딘가로 바삐 걸음을 옮기는 것이었다. 필시 이런 일을 지시한 사람에게 가리라 판단한 두릅은 얼른 그 뒤를 따랐다. 누구의 짓인지를 알아야 이유 또한 짐작할 수 있기 때문이었다.

그자는 삼청동을 가로지르더니 흥인지문(興仁之門)을 통과하여 도성 안으로 들어섰다. 그러고는 몇 군데 상점에 들르더니 다시 돌아 나와 가회동을 가로질러 근처에 위치한 삼각산(三角山) 기슭으로 들어가는 것이었다. 그 경로가 멀기도 하거니와 일부러 죽 돌아 들어가는 것 같아 두릅은 미행이 눈치 채인 것은 아닌지 의심이 되었다. 그러나 그런 것은 아니었는지 삼각산 중턱에 이른 그자는 주위를 살피는 법 없이 앞에 보이는 사찰로 쑥 들어가버렸다.

두릅은 화계사(華溪寺)라는 현판이 붙은 사찰을 잠시 살피다가 안으로 들어섰다. 먼 길을 돌아오느라 이미 주위로는 어둠이 내리고 있었다.

법당 안을 돌며 그자를 찾았으나 아무리 살펴도 보이질 않았다. 대웅전, 명부전, 관음전 등을 두루 살피던 두릅은 누군가가 곁 담으로 나 있는 작은 문으로 나가는 모습을 보고 그리로 좇아나갔다. 좁고 가파른 산길이 나 있고 조금 전 본 자는 그 길을 따라 위로 오르는 중이었다.

두릅은 몸을 날려 나무 위로 오른 후 그자를 따랐다. 얼마 안 되어 조그마한 공터가 나오는데 보니 사내 몇 명이 그 위에 모여 서 있었다. 두릅은 최대한 가까이 접근하여 귀를 기울였다. 바람소리에 방해를 받아 명확하지 않았지만 대략 이런 소리들이었다.

"오라비 중 하나는 지방현감……, 나머지 둘도 말씀하신 생김새와 그 조건……, 부합하지 않았으며……, 아무래도 무관하지 않을까……, 그 집안 인물은 아닌 듯……."

가만히 보니 사내 한 명이 중앙에 있고 나머지는 그를 둘러싼 채 보고를 하는 형식이었다. 그렇지만 간간이 들려오는 말만으로 내용을 짐작하긴 어려웠다. 두릅은 어둠 속의 인물들을 면밀히 살폈으나 면면을 확인하긴 어려웠다.

사찰을 좀 더 살펴야 할지, 혹은 돌아가야 할지 갈피를 잡지 못해 망설이는데 그때 날카로운 소리와 함께 무언가 두릅을 향해 날아왔다. 급한 대로 피하고 보니 이번에는 사람의 그림자가 그를 향해 덮쳐온다. 오랜 시간을 산에서 생활한 두릅이었다. 기척이 없다시피 몸을 움직였음에도 그 낌새를 알아차린 청각이 놀라웠다.

우선 몸을 띄워 옆의 나무로 옮긴 후 재주를 돌며 다른 나무로 옮겨 않았다. 그러나 쫓는 이가 하나가 아니다 보니 무작정 피하는 것에는 한계가 있었다.

두릅은 검을 꺼내 덮쳐오는 그림자 하나를 쳐낸 뒤 몸을 돌려 나무 아래로 미끄러져 내려갔다. 많은 수와 싸움을 하기엔 나무 위가 적당치 않았기 때문이었다.

발이 채 땅에 닿기도 전에 또 다른 공격이 이어졌다. 허리를 겨냥해 날아오는 검을 튕겨내며 두릅은 이들이 지난번 비호단과는 천양지차라는 것을 깨달았다. 하나가 공격하면 또 다른 하나가 뒤를 이어서 마치 물살에 휘감기듯 말려들기만 하는 것이다. 두릅은 검을 휘둘러 머리를 보호하며 땅을 박차고 뛰어올랐다. 그러고는 옆에 있는 나무를 찍은 후 다시 빙그르 몸을 돌려 아래로 떨어져 내렸다.

그러자 당황한 건 다른 방향으로의 공격을 예상하고 반격을 준비하던 이들이다. 서둘러 쫓아보지만 이미 두릅보다 반 수 늦어진 터여서 공터에 유유히 서 있는 사내의 뒤로 바싹 붙는 것을 저지하지는 못했다. 두릅은 검으로 사내의 목을 겨눈 채 주위를 둘러보았다. 공격을 쉬지 않던 그림자들이 이제는 침묵을 지키고 있었다.

"벗의 목에 칼을 겨누다니, 어찌 사람이 그리 매정할 수 있단 말이오?"

느닷없이 들려온 웃음기 어린 목소리에 어리둥절해졌다. 어디서 들어보긴 했는데 기억이 잘 나지 않는다. 검을 겨눈 채 어깨를 돌려보니 성균관 유생이라 하던 이수환 그자였다.

"이런 곳에서 무엇을 하고 있는 겁니까?"

두릅이 묻자 그가 오히려 이상하다는 듯 반문하였다.

"이런 곳이라니, 이 몸은 사찰에 불공도 드리러 오지 못하는 처지랍니까? 그러는 그대는 어찌하여 이런 곳에서 나를 향해 검까지 겨누게 된 것입니까?"

여전히 미심쩍었지만 우선은 그자의 목에서 검을 치워주었다. 그러자 근처에서 몸을 사리던 자들이 달려들려 하였고 이를 이수환이 손짓으로 제지하였다. 그는 모두 물러가 있으라 명을 한 뒤 두릅을 향해 다시 웃는 낯을 지어 보였다.

"자, 무엇부터 말하면 좋겠소? 그대보다 내 쪽이 더 궁금한 게 많을 것 같소만."

두릅은 잠시 생각을 해보았다. 이자에게 윤돈경 대감 댁을 아느냐고 묻는 건 바보 같은 짓이었다. 무엇을 물어도 모른다 하면 그만이었으니 질문 같은 건 사실 소용이 없었다. 두릅은 검을 허리에 찬 뒤 돌아가기 위해 몸을 돌렸다. 이수환이 그런 그를 제지하였다.

"내 말하지 않았던가. 그대보다 내 쪽이 더 궁금한 게 많을 거라고. 그러니 나에게도 기회를 주어야 하지 않겠소? 적어도 사람을 이리 놀라게 했으면 그 보답은 있어야지."

그러고는 그를 데리고 근처 커다란 바위로 끌고 가는 것이었다. 이수환은 수하를 시켜 불을 지피게 하더니 사물이 구분되니 이제야 좀 살 것 같다고 혼잣말을 하였다. 그러나 두릅은 그가 예리한 안력을 지녔음을 이미 알고 있었다. 그렇지 않고서야 어둠 속에서 빠르게 움직이던 자신을 그리 수월히 알아보았을 리 만무하기 때문이다.

두릅이 경계를 하는 동안에도 이수환은 태평한 모습으로 불을 쬐고 있었다.

"어찌하여 이곳에 나타났는지 물어도 대답을 기대하기 어려울 것 같고, 나에게 원한이 있는지 묻는대도 역시 결과는 같을 테니 이렇게 합시다. 지난번에 못 다한 말이나 이어보기로."

그러고는 마치 이곳이 지난번 살곶이다리 근처의 그 아궁이라도 된다는 듯 구는 것이었다. 장난을 치고 싶은 마음이 아니었지만 이수환 이자의 허락이 아니면 다른 이들이 곱게 돌아가도록 놔두지 않을 것임을 알기에 마지못해 고개를 끄덕였다. 이수환이 물었다.

"그대의 이름이 어찌 되시오?"

참으로 집요한 사내가 아닐 수 없다. 두릅은 성의 없이 대답하며 주의를 살폈다. 조용히 서 있는 댓 명의 사내들. 도대체 이수환 이자는 어떤 자이기에 저런 이들을 거느렸을까.

"두릅이라. 좋은 이름이오. 지난번에 이 아무개라 하였는데 어디 이가요?"

"천것에게 성씨가 뭐 그리 대수겠습니까? 하실 말이 없으시면 이만 가보도록 하겠습니다."

그러나 이수환은 순순히 보내고 싶지 않은 눈치였다.

"좋은 주인을 만나 좋은 재주를 익힌 그대가 좋은 기회를 얻지 못한다면 이는 참으로 답답한 일이 아닐 수 없지. 원한다면 그 좋은 기회를 마련해주고 싶은데 어찌 생각하시오?"

두릅은 문득 몇 해 전 광교산 집까지 쫓아와 꼭 한 번 주인을 만나고 싶다던 사내를 생각했다. 여전히 그자의 이름이 무엇인지, 정체가 무엇인지 알지는 못하지만 아주 가끔은 그자를 따라갔다면 지금쯤 어찌 되었을지 생각하는 것이다.

"……노비에게는 원하는 것도, 이루고 싶은 것도 없습니다."

두릅의 목소리가 허공 중으로 처연하게 울려 나왔다. 침묵하던 이수환이 뒤늦게 물었다.

"그 말은 오히려 원하는 것도, 이루고 싶은 것도 많다는 뜻으로 들리오. 내가 틀린 것이오?"

두릅이 저도 모르게 웃음을 지었다. 그런데 그 웃음이 어찌나 허망하던지 보는 사람마저 쓸쓸하게 만들었다. 두릅은 한참 앞만 바라보다가 천천히 대답했다. 아니, 이는 대답이기보다 하나의 독백이었다.

"원하는 것이 무엇이냐 물었습니까. 지금껏 그런 말이 얼마나 과분한지 모르는 바 아니면서, 이런 몸으로 태어나 결코 원해서는 아니 되는 것을 원하며 살았습니다. 가지고 싶은 게 있다면 오직 그 하나뿐이었지만 본래 무엇도 가지지 못함이 본분이라 하기에 그마저도 드러내지 못하고 살았습니다. 이제 와 좋은 기회를 얻어 무엇에든 욕심을 부려도 괜찮을 위치가 되면 또 무슨 소용이겠습니까. 지금껏 바라던 그것이 이제 곧 사라지려 하는 것을요."

어미인 오월이 도망을 간 후 숱하게 배를 곯으며 살았다. 아비인 돌쇠의 끊임없는 학대 속에 다른 이들이 나서서 감싸주는 것도 하루 이틀이었던 것이다. 매일 굶주린 몸으로 매를 견디고 나면 잠자리에 누워서도 다음날이 두려웠다.

그날도 아비에게 맞고 행랑채 뒷담에 기대앉아 울고 있는데 누군가가 그런 그의 곁에 나란히 앉더니 울음을 그칠 때까지 함께 있어주었다. 안채 아기씨 단영이었다.

"너는 아비가 있어도 없느니만 못하고, 난 아비가 있어도 없는 것과 같으니 우리 처지가 다르다 할 수 없구나."

그날부터 그녀는 두릅에게 어미였고 누이였으며 또 하나뿐인 동무였다. 그녀가 웃으면 그게 그리 좋았고 그녀가 울면 그게 또 그렇게 가슴 아팠다. 그러나 단영을 위해 해줄 수 있는 일은 그저 묵묵히 그녀를 따르는 것뿐임을 어린 노비였던 그는 잘 알고 있었다.

"나라에서 이제 곧 금혼령이 내려질 거랍니다. 그리 되면 아버님께서 아가씨 단자도 올리실 거라는데 참말로 몰랐소?"

두릅은 작은 아씨의 말을 먼발치에서 듣고 이제 곧 단영에게 찾아올 일이 무엇인지 알아차렸다. 십여 년을 한결같이 단영을 따랐지만 앞으로 그녀는 따라갈 수 없는 곳으로 가게 되는 것이다. 그게 궁이라는 건 중요치 않았다. 중요한 것은 단영에게, 그리고 자신에게 시간이 얼마 남지 않았다는 것이었다.

"그 바라던 것이 무엇이오?"

한참을 두릅을 바라보기만 하던 이수환이 가라앉은 목소리로 조용히 물어보았다.

"장원급제를 하시어 임금님과 독대를 하신다 해도 이는 불가한 일일 것입니다."

"세상에 불가한 일은 때에 따라 없을 수도 있소. 어느 상황에서 어느 누구를 만나느냐에 따라 충분히 바뀔 수도 있는 일이지."

두릅은 고개를 돌려 이수환을 바라보았다. 불빛에 어른거리는 그의 얼굴은 지금껏 농이나 하던 자의 얼굴빛이 아니었다. 두릅은 자신과 달리 좋은 조건을 타고나 그 모든 것을 누리며 살았을 이수환의 얼굴을 한스럽게 바라보다가 고개를 저었다.

"먼저 내려가보겠습니다."

이수환도 더는 붙잡지 않았다. 두릅은 산을 내려오며 자신이 왜 이렇게까지 감정적이 되었는지 이해가 되지 않아 고개를 설레설레 흔들었다. 이수환, 그자는 나쁜 이는 아닌 듯했지만 다시는 만나고 싶지 않은 자이기도 했다. 뭐랄까, 그의 날카로운 눈매가 자신을 꿰뚫어 보는 것 같아 어쩐지 거슬렸다.

북촌 윤 대감 집에 돌아왔을 때, 늦은 시각이었음에도 매당 할멈은 자지 않고서 기다리고 있었다.

두릅이 다가가자 그때까지도 뒷짐을 진 채 달을 바라보던 그녀는 아무 말 없이 품속에 간직하던 주머니 하나를 던져주었다. 그것은 이름 모를 사내가 주고 간 청옥패였다. 어째서 돌려주는지 물으려 하였으나 매당 할멈은 손을 휘휘 내저었다.

"늦었으니 들어가 자라."

그러고는 다리를 절룩이며 방 안으로 들어가버리는 것이었다. 두릅은 청옥패를 다시 들여다보다가 한숨을 쉬며 품에 집어넣었다.

"세상에 불가한 일은 때에 따라 없을 수도 있소. 어느 상황에서 어느 누구를 만나느냐에 따라 충분히 바뀔 수도 있는 일이지."

이수환이라는 자의 목소리가 다시 들려오는 듯했다.

제6장. 구중궁궐(九重宮闕)

단영이 의종의 계비로서 교태전의 안주인이 된 지 초닷새가 지날 무렵이었다. 정비였던 원덕왕후(元德王后)의 이른 죽음 이후 의종의 곁을 홀로 지켜온 여인 자빈(慈嬪) 민씨가 중궁전에 들었다. 며칠에 한 번씩 의례적으로 행해지곤 하던 문후 때문이었다. 일개 후궁으로서 중전에게 행할 수 있는 도리가 아니었지만 이는 자빈의 입장에서도 어쩔 수 없는 불가항력의 선택, 이유인즉슨 빈의 위치에 있는 이가 어찌 된 영문인지 이궁(離宮)인 경희궁(慶熙宮)으로 그 거처가 옮겨진 지 오래이다 보니 한 번 찾아뵙는 것도 일이었던 때문이다.

이쯤 되면 유일무이한 의종의 여인이었다는 말도 실은 무색하기 짝이 없는 허명이었다.

열일곱의 나이에 왕자를 낳으리란 원대한 꿈을 품고 입궁하였던 자빈 민씨는 이제 스물셋의 원숙한 여인으로 성장해 있었다. 화려한 차림새와 맞물려 마치 만개한 꽃처럼 화사하기 이를 데 없는 자빈의 용모는 같은 여인이 보아도 색기를 머금었다 할 만큼 고혹적이었다.

단영은 자빈의 꾸밈을 잠시 살펴보았다. 남색 대란치마 위에 다시 붉은색 대란치마를 입고 그 위에 겹저고리와 자주당의를 맞물려 입었다. 겉옷 위로는 대홍단을 둘러 그 위로 주홍삼작노리개와 진주낭자를 찼으며 어여머리 중앙과 양옆으로는 어염족두리와 선봉잠, 떨잠까지 자색으로 빛나고 있었으니 그야말로 온통 붉기만 한 것이 마치 달을 품어 내당으로 들인 듯 강렬하였다.

단영이 빙그레 웃으며 입을 열었다.

"오늘은 전날보다 더욱 화사해 보이는 것이 날로 자홍을 더해가는 듯하니 자네의 작호가 자빈인 것도 새삼 이해가 되려 하네."

얼핏 들으면 아름다움을 칭찬한 것이지만 곰곰이 생각해보면 '사랑으로 잉태하여 성장시킨다'는 뜻과 함께 왕실의 후사를 이을 귀한 소임을 나타내주던 작호 자빈(慈嬪)을 한낱 색을 표현한 '자줏빛 자(紫)'로 격하시킨 것이기도 하였다. 자빈은 억지웃음을 지으며 단영을 마주보았다. 아직도 처음 대면했을 때의 굴욕을 생각하면 두통이 밀려오는 그녀였다.

의종과 단영의 가례 이후, 자빈은 단영에게 첫 인사를 올리는 의식을 손꼽아 기다렸었다. 비록 차지하지 못한 중궁의 자리였지만 나인들을 풀어 알아본 바에 의하면 새로운 교태전마마의 행색이 평범하다 못해 보잘것없기까지 하다 했으니 처음부터 아예 기를 팍 꺾어 차후를 편케 하겠다는 속셈에서였다.

그런데 그녀가 날아갈 듯 큰절을 올린 이후 슬쩍 올려다본 단영의 첫인상은 지금껏 접했던 무성한 소문과는 많이 달랐었다. 아름답다고는 할 수 없을지 몰라도 결코 평범한 생김이 아닌데다가 보잘것없지도 않았던 것이다. 오히려 자신을 내려다보는 눈매와 얼굴빛이 어찌나 고고하고 위협적이던지 단영이 대뜸 하대를 하는 것조차 의식하지 못할 정도였다. 기를 꺾기는커녕 그 자신이 손수 어찌 꺾여야 하는지 그 본을 많은 내명부 상궁 나인들 앞에서 보여준 꼴이니 어찌 분하지 않겠는가.

"마마께오선 절제와 삼가의 미를 손수 이행하시어 그 차림이 궐내 여느 나인들 못지않게 수수하고 단조로우시니 이는 무릇 소혜왕후께서 내리신 내훈의 가르침과도 그 바탕을 같이하는 바, 나라 안 모든 여인네들이 보고 배워야 할 현숙한 도리가 아니고 무엇이겠습니까."

아무리 그래봤자 궁 생활이 처음인 네가 나를 어찌 당하겠느냐. 한껏 뽐내며 말해보지만 단영은 동요의 기색 없이 담담히 되물었다.

"내 차림이 초라하다, 이 말이 하고 싶은 것인가?"

본래 그 뜻이긴 했으나 약 올라 할 것만 예상했지 대놓고 물을 줄은 몰라 몹시 당황하였다.

"그럴 리가 있겠습니까? 신첩은 다만 마마께서 행하시는 모든 일들이 백성을 먼저 아끼고 헤아리고자 하는 마음에서 비롯되는 것임을 알고 있는 바, 이는 모두……."

"이는 모두?"

말을 잇지 못하는 그녀를 단영이 재촉하였다.

"이는 모두…… 국모로서 가져야 할 마음가짐에 부합하는 것으로서, 즉 신첩이 올리고자 하는 말은 마마의 소박하신 꾸밈이야말로 내·외명부의 귀감으로 삼아야 할 가르침이 아닌가, 그리 생각하고 드린 말씀이었습니다."

단영이 다시 재미있다는 듯 웃음을 지었다.

"그렇다는 것은 이제부터 자빈 자네의 꾸밈부터가 달라질 것이라 기대해도 된다는 뜻이겠군. 내 속내로 따진다면야 보는 이로 하여금 즐거움을 자아내는 것 또한 과히 나쁘지 않다고 여겨왔네만, 정 뜻이 그러하다면 굳이 반대할 이유도 없지 않겠는가. 오늘부터 자네가 내명부에 어떠한 귀감을 심어줄지 잘 지켜보도록 하겠네."

혹 떼러 왔다가 하나 더 받아 가는 심정으로 문후를 마친 자빈은 사박사박 경쾌한 소리가 나는 치마를 걷어붙이며 자리에서 일어섰다. 이번이 일곱 번째 대면인데 기 싸움에서 제대로 이겨본 적이 없다. 정비였던 연경이 살아 있을 땐 이런 모멸감은 상상도 해보지 못했는데.

연경은 가시 섞인 자빈의 말도 늘 넉넉한 웃음으로 넘어가주곤 했던 것이다.

자빈이 입술을 앵다물며 교태전을 빠져나올 때였다. 마침 조씨가 자신의 딸 초영을 이끌고 중궁전 상궁 뒤를 종종 따라오고 있었다. 윤 대감을 졸라 겨우 중전으로서의 단영을 대면할 수 있게 된 때문이었다. 자빈은 또 어디서 온 촌닭들인가 싶어 턱 끝으로 그들을 내려다보다가 곧 놀라움에 얼굴을 구겼다.

"마마, 덩이 준비되었습니다."

경희궁까지 가려면 서둘러야 했다. 수발을 드는 정 상궁이 불러보지만 자빈의 시선은 초영에게서 멈춘 채 움직일 줄을 몰랐다. 보다 못한 교태전 윤 상궁이 나서며 채근을 하였다.

"명헌당(明軒堂) 마마, 덩이 준비되었사오니 속히 오르시오소서."

그제야 자빈이 정신을 차리고 앞에 놓인 신을 신었다. 그러나 덩에 올라 처소를 향해 가면서도 지금 막 안으로 들고 있는 두 모녀의 모습을 살피는 일은 멈추지 않았다.

"저들이 누구인데 교태전에 드는 것이냐?"

자빈의 물음에 정 상궁이 나직이 대답하였다.

"영평부원군(永平府院君) 윤 대감의 소실자리와 그 소생이라고 들었습니다."

"그래? 그렇다면 저 아이가 윤 대감의 서출이란 말이냐?"

의외라는 듯 눈을 가늘게 뜨며 말하였다. 서출 주제에 교태전 출입이라, 도대체 무슨 일이기에. 아니, 그보다 저 아이의 생김이……. 자빈은 놀라움을 달래며 가슴을 쓸어내렸다.

한편, 자빈의 그러한 관심을 알 리 없는 조씨 모녀는 사가에서보다 더욱 위풍당당해진 단영의 앞에 앉아 어쩔 줄 몰라 하고 있었다. 특히 막중한 목표 의식을 가지고 이 자리까지 어렵게 들어온 조씨는 긴장으로 인하여 입 안이 바짝바짝 마를 지경이었다.

단조로운 눈길로 그들을 둘러보던 단영이 다과상을 내오라 이르자 그때까지 곁에서 대기하던 상궁이 밖으로 나갔고 방 안은 곧 무거운 침묵으로 가득 채워졌다.

"아버님께 듣자하니 긴한 청이 있어 나를 꼭 만나야 한다고 했다던데?"

이윽고 단영이 침묵을 깨고 입을 열었다. 그때까지 방바닥만 내려다보던 조씨가 붉고 얇은 입술에 미소를 띠며 사근사근 말을 시작하였다.

"그것이 저, 그러니까."

다과상은 금세 마련이 되었다. 윤 상궁이 나인 둘을 이끌고 상을 내어오자 교태전 앞에서 대기하던 최 상궁이 목청을 가다듬는데, 이때 안에서 단영의 곧은 목소리가 들려왔다.

"지금 무어라 했는가? 본방나인?"

"그, 그렇습니다. 마마. 마마께서도 이리 급작스럽게 가례를 치르시어 모든 것이 생경하고 적적하실 터인데 이참에 우리 초영이를 곁에 두시면 사가 생각도 덜 나실 터이고, 또 영특한 아이라 심부름도 곧잘 할 것이니 여러모로 쓰임이 있지 않겠습니까."

단영의 눈이 초영에게로 향하다가 다시 조씨에게로 돌아갔다. 숨을 죽이던 초영이 슬쩍 고개를 들어 단영의 표정을 살폈다. 말은 없었지만 조소의 기운이 은은히 비치고 있어 저도 모르게 한숨이 나오려 했다.

이미 조씨에게 쓸데없는 일을 자초하지 말라 그리 당부했던 초영이었다. 본방나인이 무엇인가. 비빈이 입궁할 때 데리고 들어가는 교전비(轎前婢)[48]를 말하는 것이었다. 늘 눈엣가시 보듯 하던 초영을 받아들일 리 만무했던 것이다.

"그것이 정녕 자네의 머릿속에서 나온 생각이던가?"

아니나 다를까. 이렇게 되묻는 단영의 목소리부터가 불가함을 알리기라도 하듯 서늘하였다.

"무슨 말씀이신지. 소인의 입으로 말하였으니 자연 소인의 머리에서 나오지 않았겠습니까?"

흠, 그래. 무엇을 생각함인지 잠시 다른 곳을 쳐다보던 단영이 다시 입을 열었다.

"자네, 그 청이 무엇을 뜻하는지는 알고 있는 것이겠지?"

질문이 정확히 이해되지를 않아 조씨는 그저 침묵할 뿐이었다.

"궁 안으로 들어오는 시점부터 저 아이는 더 이상 아버님이 아닌 나의 소유가 되는 것일세. 내 명 없이는 누구도 만날 수 없고 어디도 갈 수 없게 된다는 뜻이지. 나인은 나인이되 밖에 있는 저들과 그 소속이 다르니 나는 폐서인이 되는 순간조차도 저 아이를 끌어안고 갈 수가 있네. 어떤가, 그냥 이대로 아버님의 보호 아래 두는 편이 더 낫지 않겠는가?"

느닷없는 폐서인 운운 하는 것에 조씨는 입을 딱 벌리며 단영을 쳐다보았다. 어릴 적부터 되바라진 계집이라는 것은 알고 있었지만 제 앞날을 놓고도 이리 겁 없이 나대니 어이가 없었던 것이다. 순간 초영을 정말 이곳에 맡겨도 되는 것인지 근심이 되었다.

그러나 웬만한 결심으로 자행한 걸음이 아니기에 마음을 다잡으며 고개를 끄덕였다. 어디 돈 많은 양반 댁 소실로나 들어가 반짝 총애 좀

48) 친정집에서 데려온 계집종.

받다가 뒷방으로 밀려나는 것보다는 낫다 여기는 것이었다.

"그런 건 걱정하실 필요 없습니다. 입궁을 하는 즉시로 이 아이의 모든 것을 마마께 맡길 것이니 그저 처분대로 하여만 주십시오."

단영은 속이 빤히 들여다보이는 얄팍한 수를 고집하는 조씨를 향해 냉소를 지었다.

"정 그렇다면 생각은 한번 해보겠네. 자네는 저 아이가 영특하다고 하였지만 나로선 확인한 바가 아니어서 말이지. 마음이 정해지면 사람을 보낼 것이니 돌아가 기다리게."

조씨는 틀어진 심기를 감히 내비치지도 못한 채 초영의 손목을 끌며 서둘러 물러나왔다. 마음 같아서는 한소리 하고 싶었지만 이제 단영은 더 이상 앙칼지기만 한 꼬마 계집이 아니었다. 조씨는 초영의 고운 얼굴을 손으로 쓸어주며 달래듯 말하였다.

"걱정하지 마라, 아가. 이 어미가 두고두고 말하지 않았니. 내 기필코 너를 최고의 자리까지 밀어 올려줄 것이니 너는 내 시키는 대로만 하면 된다. 알았지?"

초영은 앞서 걷는 교태전 상궁이 조심스러워 대답 없이 고개만 끄덕였다. 그러나 마음 한자락이 답답한 것은 어쩔 수 없었다. 어머니가 허황된 꿈을 꾸는 것은 알고 있었지만 이 정도로 집착할 줄은 몰랐다. 초영은 어쩐지 그런 어미가 안쓰러워 가만히 손을 잡아주었다.

그 모습을 그때 막 동온돌을 나서던 단영이 지켜보고 있었다. 그녀는 미간을 찌푸린 채 자박자박 걷고 있는 모녀를 바라보다가 나직이 최 상궁을 불렀다.

"자네 보기엔 저기 가는 아이가 어떻던가?"

최 상궁이 답하였다.

"곁에 두시기에 썩 좋은 상은 아니라 생각하였습니다."

자태가 지나치게 고우니 주상 전하 납시는 침전에 두고 부릴 아이가 못 된다는 뜻이었다.

"지금까지 곁에 둔 것만으로는 부족한 모양이지."

그러고는 곧 몸을 돌이켜는 것이었다.

"좀 걸어야겠다."

말이 끝나기가 무섭게 성큼성큼 걸어가는 단영의 뒤를 최 상궁과 나인들이 발 빠르게 따라붙었다. 하루에 한 시진 이상 산보하기. 이는 궁 안에 갇힌 단영의 유일한 운동이었다. 그러나 말이 좋아 산보이지, 어쩔 수 없이 뒤를 따라야 하는 이들에겐 곤욕의 시간이기도 하였다.

"소신의 생각으로 그자는 영평부원군 댁과는 전혀 무관한 인물일 듯합니다."

가은당(稼恩堂). 이미 죽고 없는 특별상궁 최씨의 침소이다. 보모상궁과 놀고 있는 양혜 옹주(良惠翁主)를 건너다보는 의종의 눈빛이 냉하다. 곁에 선 자는 수족처럼 의종을 따르는 홍 내관으로서 이들은 지금 양재도에서 마주친 괴이한 사내에 대해 이야기를 나누는 중이었다.

"경연청(經筵廳) 시강관(侍講官)으로 있는 장자 윤주성과 성균관 유생인 말자 윤재성의 뒤를 캐어보았으나 나온 것이 없습니다. 특히 윤가 재성은 그 사람됨이 편협하고 행실이 바르지 않아 다른 동기에 비해 자질이 형편없는 자였습니다."

의종이 물었다.

"나주에 있다는 차남은 어떠한가?"

"그 또한 알아보았으나 맡은 바 직분을 성실히 수행하는 것 외에 다른 움직임은 없었습니다. 하여 그 수상한 사내와 부원군 댁을 엮기엔 무리가 있다는 판단입니다."

의종은 대답 없이 앞만 바라보았다. 이미 가례 전에 한 차례 그들에 대해 조사를 하였기에 재조사 결과가 다를 가능성은 거의 없다는 것을 알고 있었다. 그럼에도 아직 윤돈경과 그 가솔들에 대한 의심을 버리지 못하는 것은 오로지 의종의 느낌 때문이었다. 상황을 따져본대도 도주하던 이가 윤 대감의 집으로 우연히 뛰어들었다고 보는 게 자연스럽지만 자꾸만 마음속에서 걸리는 것이었다. 그가 미처 기억해내지 못하는 무언가가 있기라도 한 것처럼.

괴이한 생김의 사내였다. 중키에 깡마른 체구, 제각각 붙여 넣은 것 같은 짝짝이 눈. 비록 복면을 하여 수하들은 못 보았지만 의종에겐 자세히 볼 기회가 있었던 것이다.

"그 얼굴이 진면목은 아니었을 거야."

의종이 중얼거렸다. 홍 내관이 그리 생각하는 이유를 물었다.

"그자의 눈 깜박임을 자세히 본 적이 있느냐?"

"없습니다."

사실 어두웠기에 그런 것을 볼 생각조차 못하기도 했지만, 사내의 생김이 한 번 보면 다시는 보고 싶지 않을 만큼 이상했던 탓도 있었다. 의종이 말하였다.

"고작 흉터로 인한 거라면 타고난 생김이 바뀔 수는 있어도 그 기능까지 저하되는 일은 없다. 그런데 그자는 눈꺼풀이 제대로 붙어 있음에도 불구하고 한쪽 눈은 잘 감기지조차 않았지. 눈을 감고 뜨는 게 힘겨워 보였어."

그러고는 다시 한참 생각을 정리하다가 혼잣말처럼 중얼거렸다.

"도대체 무엇을 목적으로 잠입을 한 것일까."

의종은 애초에 단영과 마주쳤을 때부터 그녀를 주시하고 있었다. 어딘가 모르게 비호단이라는 곳과 맞지 않는 분위기 때문이었다. 그래서 엽전을 신발에 넣어 절름발이인 척을 할 때나 두루뭉술하게 검문을 피해 가는 모습 등을 보일 때에는 한성부에서라도 집어넣은 첩자인가 생각하기도 했었다.

그런데 그런 자가 느닷없이 갇혀 있는 의종을 구한다는 명목으로 접근을 했던 것이다. 변장까지 하고 침입을 할 때에는 그만 한 목적이 있는 법, 한성부의 첩자가 맞는다면 본연의 임무를 망각하고 위험천만한 일을 자행할 턱이 없었다. 그래서 의종은 생각하는 것이었다. 어쩌면 그자는 자신의 정체를 이미 알고 있었을지도 모른다고. 어찌 끝없는 단영의 호기심이 자초한 일뿐이었음을 짐작이나 하겠는가.

"살곶이다리 쪽은 어떻게 되었나?"

"말씀하신 대로였습니다. 그곳은 지난 임진왜란이 일어나기 수해 전, 선조대왕께서 이미 국난이 일어날 것을 예측하시어 비밀리에 조성할 것을 명하셨던 병참기지로서 지금에 와서는 그 존재를 아는 이가 적어 방치되어왔던 것으로 밝혀졌습니다."

'그곳'이라 함은 살곶이다리 지하 동굴을 말하는 것이었다. 본래 의종은 비호단의 처리를 병조에 위임하고 그 진행 과정을 보고받거나 검토, 승인하는 것 정도의 관여만을 하였었다. 그러던 것이 그 위세가 점점 강해지면서 근래에는 조직적으로 군과 맞서 국세를 위협하는 존재로까지 성장을 한 것이다.

하여 3년 전인 계해년(癸亥年)부터 임시 기관인 치구청(治救廳)을 설치하고 대대적으로 숙청 작업에 돌입하였으나 중신들의 대처는 늘 그래왔던 것처럼 발등의 급한 불이나 끈다는 식이었고, 답답해진 의종이 '이수환'이라는 가명 아래 직접 알아보기로 작정한 것이 지난해 늦봄의 일이었다. 그리고 곧 살곶이다리 지하 동굴이 군사 기지라는 사실을 알아낸 것이다. 더군다나 사용 목적이 불분명한 기지여서 의종조차도 그 존재를 모르고 있었으니 이는 비호단과 왕실 측근의 결탁을 의심해볼 수 있는 중요한 사안이었다.

의종이 유독 양재도에서 마주쳤던 단영을 의심하는 이유가 바로 여기에 있었다. 의종의 단독 잠입은 그의 비밀친위대 정전위(靜電衛) 외에는 아는 자가 전무하였다. 그런 시점에서 아무런 연고 없이 자신을 구한다는 명목으로 어설픈 접근을 시도하였다는 점과 그녀가 하필 군사업무를 총괄하는 병조판서의 집으로 숨어들었다는 점이 맞아떨어져 커다란 오해를 불러일으킨 것이다.

그나마 의종과 의종을 위시한 정전위(靜電衛)가 두릅의 정체를 제대로 모른다는 것이 단영을 비롯한 윤 대감 댁 식솔들에게는 다행스러운 일이 아닐 수 없었다.

"양재도의 그 와가 또한 그저 이유 없이 버려진 곳은 아닐 것이다. 소유주가 누구인지 알아보고, 만일 밝힐 수 없다면 이전까지 거주하던 이가 누구였는지 소상히 캐어보아라."

하필 단영이 의종의 눈에 띈 것은 재수 없는 일진이라 할 수 있겠지만, 그러나 그 점을 제외한 나머지는 의종의 경각심을 부추기기에 부족함이 없었다. 두 해 전에 있었던 역모투서 사건으로 인하여 그의 신경이 바짝 곤두서 있는 시기이기도 했던 만큼 비호단과 연루된 조정 실권자 혹은 왕실 측근자의 가능성은 좌시할 수 없는 위험이었던 것이다.

"그 두릅이라는 자는 어찌할까요?"

홍 내관이 물었다. 의종에겐 별다른 의심이 없었지만 비호단 내부에서 마주친 인물인 만큼 신중을 기해야 한다는 게 홍 내관의 주장이었다. 의종이 잠시 생각해보다가 대답하였다.

"그자는 애초에 내가 누구인지 알지도 못했고 관련된 의혹도 보이질 않았다. 처음 생각대로 군에서 파견한 첩자는 아닌 듯하지만 화계사 이후로 그 종적이 묘연하니 일단 행방을 파악해놓는 것이 좋을 것 같구나."

어떻게 화계사까지 의종을 찾아왔는지 그 이유는 밝혀지지 않았으나, 두 차례 만남에서 느낀 것은 자신을 향한 공격 의지가 전무하다는 사실이었다. 만일 의종을 해치고자 했다면 두릅에게는 여러 차례 기회가 있었다. 그런데 그는 기회를 활용하기는커녕 의종에 대해 관심조차 없었다. 그래서 홍 내관 등이 두릅의 화계사 출현을 의심하였음에도 의종은 언제나 이를 부정하였다. 어쩌면 그날 봇물이라도 터트리듯 드러내던 두릅의 속내를 보았기 때문인지도 모른다. 아무리 생각해보아도 그때의 모습은 거짓이 아니었던 것이다.

홍 내관이 물러간 후 의종은 양혜 옹주에게로 시선을 돌렸다. 이제 네 살이 된 그녀는 그러나 아직 말을 하지 못하였다. 마치 조개가 위험 속에서 입을 다물듯 입술조차 벌리지 않는 것이다.

어쩌면 옹주는 이 구중궁궐 안에서 누구도 자신의 편이 되어주지 않을 것임을 어린 나이에도 짐작하고 있는 것인지 몰랐다. 태어나기 전부터 그래왔기 때문에.

시선을 느낀 것일까. 양혜 옹주는 문득 고개를 들더니 손을 뻗으며 천진한 웃음을 지었다. 오직 의종에게만 향하는 웃음이요 정이었지만 그는 오늘도 무관심으로 응시할 뿐이다. 그런 그의 눈빛에는 의미를 알 수 없는 분노, 회한, 애틋함이 순서 없이 왔다가 사라지곤 하였다.

의종은 자신의 이런 모습을 누군가가 보고 있을 거라고는 생각도 하지 못했다. 긴 산책의 끝으로 옹주의 처소를 찾았던 단영이 홍 내관이 물러나기 조금 전부터 그들을 지켜보고 있었던 것이다. 처음엔 의종이 어울리지 않게 아이와 놀아주는 것인가 하는 의아함 때문이었고, 다음엔 어찌하여 자기 아이를 바라보는 눈빛이 저리 복잡한가 싶어서였다.

"전하께선 이곳에 자주 납시시던가?"

최 상궁을 향해 물으니 그렇다는 대답이다.

"옹주를 많이 아끼시는 모양이로군."

단영은 네 살이 되도록 말을 못한다는 양혜 옹주와, 그 아이를 거리를 둔 채 바라보기만 하는 의종의 모습을 좀 더 살펴보다가 교태전으로 발길을 돌렸다.

"옹주의 생모가 특별상궁이었다 하였는가?"

"예, 그렇습니다."

"그렇다면 이상하군. 관례대로라면 옹주를 생산하였으니 의당 종4품 이상의 첩지가 내렸을 텐데 어찌하여 여전히 특별상궁에 머무르는 것인가?"

잠시 머뭇거리던 최 상궁이 대답하였다.

"소인이 어찌 웃전의 일을 다 짐작할 수 있겠습니까만, 아마도 당시 교태전이 비어 첩지를 내리실 곤전마마께서 계시지를 아니하였고 최 상궁마마님 또한 오랜 산고로 끝내 일어나질 못하시어 그리 된 것이 아닌가 싶습니다."

단영은 묵묵히 걸음을 재촉했다. 즐겁고 화기애애하리라 기대한 것은 아니지만 이 정도로 삭막할 줄은 몰랐다. 국모의 자리는 한시도 비울 수 없다는 관례를 깨고 5년이나 교태전 문을 닫아두었던 곳, 그나마 하나뿐인 빈은 정궁 밖으로 내쳐졌고, 네 살이 되도록 말을 못하는 옹주가 유일한 왕의 후사인 이곳은 참으로 이상한 기류가 흐르는 곳이었다.

교태전으로 막 돌아왔을 때이다. 저만치 바삐 걸어가는 사람이 있어 보니 이곳 지밀에선 보기 어렵다는 남정네였다. 하여 이상한 생각에 뒤를 쫓으니 최 상궁이 황급히 만류하였다.

"마마, 직접 가지 마시고 정히 하문하실 일이 있으시면 소인을 보내소서."

"그러나 이왕 내친걸음, 내가 가서 묻는 편이 여러 면에서 합리적이지 않겠느냐. 어찌 되었든 내 사는 곳에 들러준 이이니 주인이 직접 가서 맞이하는 게 도리겠지."

그게 무슨 궤변이냐고 항의하고픈 최 상궁이었으나 길지 않은 그간의 경험으로도 말싸움에서 중전을 당해낼 수 없다는 것은 잘 알고 있었다. 이리 조심성 없이 행동하였다가 공연한 구설이라도 나면 어쩌나, 초조한 최 상궁이지만 단영은 전혀 개의치 않는 표정이었다.

낯선 이는 아미산 후원으로 향하고 있었다. 주위를 둘러보는 일 없이 곧장 걸음하는 모습으로 미루어 이미 수차례 다녀간 자가 분명해 보였다. 그렇다는 것은 궁의 이곳저곳을 무시로 드나들 수 있다는 소리일 텐데, 그러나 내관의 복장은 아니었다.

"그 굴뚝이 마음에 드십니까?"

낯선 이는 아미산 후원에 세워진 굴뚝 중 하나로 다가가 그 위에 새겨진 무언가를 유심히 들여다보던 중이었다. 갑작스런 목소리에 놀랐는지 고개를 돌리는데 보니 어딘지 익숙한 인상이다.

단영이 기억을 되살리고자 노력하는데 뒤에 있던 최 상궁이 조용히 속삭여주었다.

"자령군(滋怜君) 대감입니다."

자령군이라, 자령군. 단영은 종친부 관계도를 떠올려보았다. 선왕의 후궁인 안빈(安嬪) 이씨의 소생임이 어렴풋이 기억났다. 역시 부왕을 닮은 것인지 의종과 비슷한 체격에 반듯한 외모를 가졌으나 좀 더 호리호리하고 얌전해 보이는 인물이다.

"무례를 용서하십시오. 거리낌 없이 드나들던 버릇으로 그만 마마를 놀라게 하여드렸습니다."

자령군이 다급히 다가와 사과를 한다. 단영이 대답하였다.

"그리 놀라지는 않았으니 괜찮습니다. 헌데 거리낌 없이 드나들었다니 지난 오 년간을 두고 하시는 말씀입니까?"

자령군이 미소를 지었다.

"실은 그보다 더 오래되었습니다. 출궁 전부터의 일이니 십 년은 족히 넘었을 듯싶군요."

단영은 어림 중에 그가 정비였던 원덕왕후와 꽤 잘 지냈던 모양이구나, 짐작하였다.

"자령군께서 그토록 이곳을 마음에 들어 하신다니 앞으로 교태전 출입을 삼가달라 하였더라면 무척 서운한 일이 될 뻔했습니다. 아직은 이곳 아미산을 제대로 살펴보지도 못한 명목상의 주인이지만 원하신다면 앞으로도 마음 편히 들러 간혹 제 말벗도 좀 되어주시지요."

단영의 말에 자령군도 고개를 끄덕이며 웃었다. 그는 주위를 흡족한 듯 둘러보더니 참 아름다운 곳이 아닙니까, 하였다. 단영도 그렇군요, 대답은 하였으나 기실 그리 대단하다고 느끼지는 못하였다. 여러 가지 조건을 아울러 적당한 위치에 배치한 소나무며 기암괴석, 화단 등이 운치 없는 것은 아니나 어딘가 인공적이어서 별 감흥이 없었던 것이다. 일찌감치 산 속에 들어가 천연의 자연을 벗 삼아 지냈던 단영이니 이러한 감정은 일면 당연하였다.

"궁 생활이 어떠십니까? 아직은 적응이 어려워 힘드신 점이 많을 것으로 사려되옵니다만."

아미산이 처음이라는 단영을 위해 이것저것 안내와 설명을 해주던 자령군이 물었다.

"적응이 안 된 것은 사실이나 딱히 힘들다고 할 만한 것은 아직 없었습니다."

얼마나 시간을 보냈을까. 이윽고 자경전으로 저녁 문후를 들어야 할 시간이 되었기에 단영은 다음에 또 들러달라는 말로 마지막 인사를 하였다. 그런데 정중히 허리를 굽히는 그의 소매 속에서 무언가 툭 하고 떨어져 나온다. 그 물건을 주시하던 단영의 얼굴이 살풋 굳었다. 자령군이 얼른 집어 올리며 쑥스러운 웃음을 지었다.

"그것은 청옥패가 아닙니까?"

단영이 아무렇지도 않은 척 물어보았다. 그러나 이미 몇 해 전 두릅이 낯선 사내들에게서 받았던 그것과 같은 모양임을 알아본 다음이었다. 자령군이 대답하였다.

"그렇습니다. 이는 부왕께서 왕자들에게 하사하신 정표로서 당시 세자이셨던 전하께서는 홍옥패를, 나머지 왕자군들은 청옥패를 받았었지요."

왕자군들의 청옥패라. 단영은 그렇군요, 라고 중얼거리며 고개를 끄덕였다. 자령군의 말대로라면 두릅에게 다녀갔던 이들은 왕자들 중 한 명이라는 뜻이었다. 그녀는 의관을 정제하기 위해 안으로 들어서며 생각하였다. 매당 할멈은 여전히 그 청옥패를 간직하고 있는 것일까.

자경전(慈慶殿)에서 상궁 한 사람이 나와 대비의 뜻을 전하길, 금일 미시(未時)에 모두 모여 낮것으로 국수장국을 나눈 후 투호(投壺)를 하며 시간을 보냈으면 한다 하였다. 단영은 아침나절 가은당에 들른 이후 옹주와 함께 참석하는 것으로 답신을 전하였다. 옹주의 생활과 훈육에 대해 여러 가지 신경을 써주어야 한다는 최 상궁의 간언 때문이었다. 우선 생과방에 다과를 준비토록 한 후 가은당으로 향하였다. 양혜는 비록 말을 못했지만 정이 많고 온순하여 모시는 이들을 애먹이는 법이 없다고 최 상궁은 설명하였다.

"그런데 어째서 나에겐 오지 않는 거지?"

멀찍이 앉아서 꿈쩍도 않는 옹주를 바라보던 단영이 물었다.

"그것이…… 아직 어리신 마마이시니……."

차마 아직 낯선 모양이라고 아뢸 수가 없어 최 상궁은 말을 흐렸다. 단영이 대신 말했다.

"내가 무서운 모양이로군."

단영은 자신이 챙겨 온 다과조차 못 본 척하는 옹주를 바라보다가 할 수 없이 훈육상궁과 이야기를 나누었다. 옹주가 어째서 말문을 열지 못하는가 하는 점도 나왔는데, 그 원인에 대해서 훈육상궁은 '마음의 병으로 인한 것으로 백약이 무효하여 어찌할 방도가 없으나 다만 청력이 정상이니 후일을 기대할 수도 있다'던 내의원의 진단 결과를 전해주었다.

더 큰일인 것은 요즘 들어 옹주가 자신의 손을 사용하지 않고 종종 그릇에 입을 먼저 가져다대는 경우가 있어 근심이 날로 더해간다는 사실이었다.

"마음의 병이라."

단영은 보모상궁과 손놀이를 하는 옹주를 보며 미간을 찌푸렸다. 어린 것이 도대체 무슨 일을 겪었기에 벌써부터 그런 것을 얻어 가지나 싶어서였지만 별다른 말을 꺼내지는 않았다.

옹주를 둘러보는 일이 끝난 후 자경전까지 내키지 않는 걸음을 하였다. 최 상궁의 잔소리 때문이었다. 근처에 이르니 벌써 여러 궁녀들의 웃음소리가 소란스럽게 떠돌고 있었다. 단영은 대비전 허 상궁이 이끄는 대로 협경당(協慶堂)으로 향하다 말고 걸음을 멈추었다. 자빈이 무언가를 열심히 지시하는 모습을 본 까닭이었다.

보모상궁에게 옹주를 데리고 먼저 들어가라 지시한 후 그쪽으로 다가갔다. 그러고는 자신의 출현을 알리려는 최 상궁을 제지한 후 뒤에 서서 조용히 지켜보았다. 자빈은 한참 짜증 섞인 모습으로 무언가를 지시하였는데, 가만히 보니 오늘 함께 하기로 한 투호(投壺)라는 놀이를 준비하는 듯했다. 양쪽에 귀가 달리고 입구가 긴 청동 항아리 두 개가 멀찍이 세워졌고 촉 없는 화살 수십 대도 준비가 되었다. 투호는 별다른 유흥거리가 없는 여인들이 즐길 수 있는 몇 안 되는 놀이 중 하나였다.

그러나 이를 지켜보는 단영의 표정은 어쩐지 난감하다.

"곤전마마 나오셨습니까? 기척이 없으셔서 신첩이 알지 못하였습니다."

몇몇 나인이 단영을 발견하고 예를 차리자 자빈이 얼른 반기는 척을 하였다.

"이리 와서 되어진 양을 살펴봐주십시오. 어마마마께서 명하시어 급한 대로 준비를 해보았사온데 아무래도 부족한 신첩보다는 마마께서 직접 보시는 것이 더 정확하지 않겠습니까."

말로는 부족하다 하지만 제가 맡은 책무와 그 처리 과정을 뽐내고 싶은 게 분명했다. 단영은 여전히 떨떠름한 표정으로 몇 걸음 나섰다. 자빈이 새쭉하게 말했다.

"마마께서 어쩐지 이 놀이를 매우 잘하실 것 같아 신첩은 겁이 다 납니다. 아직 상차림도 끝나지 않은 듯하니 거리도 재어볼 겸 시험 삼아 투척을 해보시는 것이 어떻겠습니까?"

하고는 얼른 곁에 있는 나인에게 눈짓을 한다. 단영은 그 나인이 건네는 화살을 받아든 후 자빈에게 물었다.

"이걸 어쩌라는 것인가?"

어쩌라니, 무엇을? 이해가 잘 되지 않는지 단영을 물끄러미 쳐다보던 자빈이 되물었다.

"설마 투호를 모르신다는 말씀이십니까?"

"설마가 아니라 정말 몰라서 묻는 것이네. 그러니 말을 해보게."

자빈은 이런 것도 안 해보고 도대체 뭘 하며 살았냐는 표정으로 쳐다보았다. 그러나 그것도 잠시, 갑자기 만면에 미소를 띠며 언제 비웃었냐는 듯 열심히 설명을 시작했다. 목소리도 한결 도드라지고 낭창낭창해져 단영을 위시한 교태전 상궁무리들은 모두 어리둥절해졌다.

"정녕 이 화살을 저 항아리에 꽂기만 하면 된다는 말인가? 그렇게 간단하다고?"

설명이 끝나자 단영이 어이없다는 듯 확인을 하였다. 자빈이 빙그레 웃으며 대답하였다.

"해보지도 않으시고 간단한지는 어찌 아십니까? 보기처럼 쉬운 게 아니니 마음을 놓으면 아니 되십니다. 자, 우선 시범으로 신첩이 하나를 던져보겠습니다. 먼저 화살의 중심 부위를 손가락으로 가볍게 쥐고 손목에 힘을 뺀 상태에서 항아리에 시선을 맞춘 채……."

자빈이 자세까지 취해가며 열심히 설명을 하는데 그때였다. 무언가 날카로운 소리가 들리더니 항아리 안으로 화살 십여 대가 빼곡히 꽂혔다. 고개를 돌려보니 단영은 어느새 손을 탁탁 털며 자신을 쳐다보는 중이다.

"들고 계시던 화살은 어…… 어쩌셨습니까?"

설마 싶어 눈만 껌벅이자니 그때까지 조용히 섰던 단영이 무료한 얼굴로 입을 열었다.

"자네는 이게 그리도 재미있던가? 모를 일이로군."

그러고는 역시나 어안이 벙벙한 교태전 상궁 무리들을 이끌고 가버리는 것이었다. 자빈이 멍하니 그들의 뒷모습을 바라보다가 황급히 돌아섰다. 그러고는 항아리를 가리키며 물었다.

"저게 정말 곤전마마께서 하신 거란 말이냐? 저 많은 걸 한 번에?"

자빈의 물음에 정 상궁이 머뭇거리며 그렇다고 대답을 하였다. 어떻게 그럴 수 있냐고 채근을 해보지만 어찌 설명할 수 있단 말인가. 정 상궁을 비롯한 나인들 또한 중전의 손을 떠난 한 다발의 화살이 무섭게 날아가 정확히 꽂히더라는 사실 외엔 아는 게 없으니 말이다.

"뭐 하고 섰는 게야? 어서 정리하지 않고!"

소태 씹은 얼굴로 서 있기만 하던 자빈이 신경질적으로 소리쳤다.

그러고는 곧 얼굴빛이 하얗게 질리며 자경전 쪽으로 돌아섰다. 경황이 없어 아까부터 조용히 그녀들을 지켜보던 의종을 깜박 잊었던 것이다. 그러나 이미 그의 모습은 어디에도 보이질 않았다. 자빈은 오만상을 찌푸리며 괜히 죄 없는 화살 하나를 분질러버렸다. 모처럼 새 중전에게 너그러이 대하는 모습을 보여 점수를 따고 싶었는데 오늘도 어그러지고 만 것이다.

한편, 단영은 협경당 안으로 들다 말고 잠시 머뭇거렸다. 내명부 모임이라 여기고 별 생각 없이 참석했는데 저만치에서 걸어오는 의종의 무심한 얼굴이 보였기 때문이다. 단영은 오랜만에 보는 의종에게 상투적인 예를 올렸다. 어찌 된 영문인지 의종이 필요 이상으로 가까이 다가왔다.

"실로 오랜만에 보는군, 곤전."

다정해 뵈는 모습이겠으나 작게 중얼거린 말은 그리 상냥하지 못했다. 단영은 뜬금없는 의종의 행동에 미간을 찌푸리며 "예." 작게 대답했다. 속으로는 무엇 때문에 이러나 하는 의문을 품어보는데 의종이 고개를 숙여 단영 옆으로 바싹 다가서며 다시 입을 열었다.

"좀 더 웃어 보이는 게 좋을 성싶은데. 대비께서 저리 살피고 계시니 말이야."

그제야 무슨 뜻인지 알아차린 단영. 그녀는 억지웃음을 지으며 의종을 올려다보았다. 날카롭게 뻗은 턱과 완만한 볼, 우뚝 솟은 콧날이 시야에 들어왔다. 몇몇 나인들이 수군대던 그대로 퍽 귀인의 상이다. 그런데 그 위로 어딘가 모르게 장난스러움이 묻어나는 눈빛은 뭐랄까…….

단영은 눈을 가늘게 뜨며 생각했다. 지금 이 남자, 첫날부터 소박이나 놓던 비정한 사내가 아닌 한낱 어린 도령의 눈을 하고 있노라고.

"오, 이런. 두 분께서 그토록 다정하시니 마침 안으로 청하는 것도 잊고 말았지 뭡니까?"

선왕의 후궁이었던 숙빈 문씨와 안빈 이씨를 좌우에 둔 채 유심히 두 사람을 지켜보던 대비가 서둘러 아는 척을 해왔다. 의종이 그 말에 대꾸라도 하듯 빙긋 웃으며 단영의 어깨를 살짝 감싼다. 마치 어서 안으로, 라고 말하는 듯하여 서둘러 걸음을 떼었으나 역시나 이런 다정한 척은 어색할 따름이다.

마련된 자리에 앉았다. 보모상궁이 그녀의 곁에 양혜 옹주를 데려다놓자 그 사이 따라 들어온 자빈이 그 뒤를 따라 착석하였다. 붉으락푸르락 팥죽이라도 끓이는 듯한 낯을 보아하니 좀 전의 의종과 단영을 빠짐없이 지켜본 모양이었다.

"이 얼마 만에 맛보는 활기인지 모르겠습니다. 다들 모여 앉으니 제법 사람 사는 맛이 느껴지지 않습니까? 적적한 궁 생활이야 내명부 여인이라면 모를 리 없을 터, 오늘은 특별히 주상께서도 함께하시니 더욱 자리가 빛이 납니다. 앞으로 자주 기회를 만들어야겠어요."

인성대비가 흡족한 얼굴로 좌우를 둘러보며 말하였으나 단영은 반대로 얼굴을 찌푸렸다. 어린 옹주에게까지 뜨거운 장국 그릇을 내미는 것이 마음에 들지 않았던 것이다.

"옹주가 먹을 것은 따로 덜어 잘 식힌 후에 가져오도록 하게."

단영이 수라간 상궁에게 지시할 때였다. 그 모습을 유심히 보던 대비가 손을 내저었다.

"아닙니다. 이제 옹주도 나이가 제법이에요. 그냥 두는 게 좋습니다, 중전. 어리다 사정을 봐주니 여태 젓가락질도 못하는 것 아닙니까. 자애도 좋지만 가르치는 일에 엄격해야지요."

지금껏 내명부를 실질적으로 총괄해온 대비가 저지를 하니 상궁 입장에서도 곤혹스러운 모양이었다.

단영은 일단 물러나라 이른 후 주위를 살펴보았다. 새치름한 자빈이나 사람 좋은 웃음을 만면에 띠고 있는 대비나 겉모양만 달랐지 좌중을 불편하게 하기는 마찬가지다. 거기에 가타부타 말없는 의종까지 가세하니 국수고 뭐고 그냥 나가고 싶은 마음만 간절했다.

그녀가 저를 드는 둥 마는 둥 생각에 잠겨 있는데 옆에 있던 옹주가 끙끙거렸다. 저를 돌봐주던 보모상궁이 잠시 한눈을 파는 사이 뭐가 불만이었는지 젓가락을 상 밑으로 떨어트리며 울상을 짓는 것이었다.

나인 하나가 새로 젓가락을 챙기려는데 그때였다. 묵묵히 식사를 하던 자빈이 팔꿈치를 이용하여 옹주의 국수 그릇을 쳐낸 것은.

그릇이 앞으로 기울자 채 식지 않은 국물이 먼저 넘쳤다. 눈을 말똥히 뜨고 바라보는 양혜의 여린 살갗이 국물에 닿아 화상을 입을 수도 있는 순간이었다. 단영은 급한 김에 왼손으로는 옹주의 방석을 뒤로 잡아 빼고 오른손으로는 자빈의 치맛자락을 끌어 아이 위로 넓게 펼쳤다. 한순간에 우산이 되어버린 자빈의 치마 위로 뜨거운 국물과 국숫발이 흘러내리는 동안, 뒤늦게 이를 알아차린 보모상궁이 얼른 양혜를 끌어안아 뒤로 물러났다.

"아이고머니, 마마, 이를 어찌합니까?"

웃전이 당한 봉변에 놀란 정 상궁이 얼른 달라붙었지만 이미 자빈의 비단치마는 엉망이 된 후였다. 의종에게 잘 보이고자 곱게 단장하고 나온 그녀의 속이 뒤틀렸음은 물론이다. 자빈이 솟는 분을 어쩌질 못해 바들바들 떠는데 그 소동 속에서도 오직 의종만은 유유히 국수 먹는 일에 몰두할 뿐 가타부타 말이 없었다. 대신 대비의 얼굴만 우스움과 노여움으로 한데 얽혀 복잡하게 일그러졌다가 그저 몇 마디 주의를 주는 선에서 끝날 뿐이었다.

협경당 내 대부분의 사람들은 쏟아지는 국수 그릇과 넓게 펼쳐진 자빈의 화려한 치마에 시야가 가려 단영의 재빠른 대처를 알아차리지 못했다. 단영은 태평한 낯으로 어질러진 바닥을 치우라 지시한 후 다시 단정히 앉아 자신의 국수 그릇을 깨끗이 비워냈다. 옆에서 씩씩대는 자빈으로 인해 어쩐지 식욕이 돋았기 때문이었다.

자빈은 서둘러 의복을 갈아입었지만 이미 수치를 당한 마음은 쉽게 회복되지 않는 모양이었다. 자빈이 분을 삭이느라 국수를 먹는 둥 마는 둥 하는데 그때 양혜의 먹는 양을 살피느라 돌아앉던 단영이 작은 목소리로 속삭였다.

"자네는 나를 따로 보아야 할 것이야."

자빈이 매섭게 눈을 치뜨며 단영을 노려보았다.

"어찌 그러십니까?"

"감히 옹주에게 해를 끼치고도 무사하길 바라진 않겠지. 내 적당한 때에 사람을 보낼 것이니 처소에 들어앉아 자중하고 있게."

작고 부드러운 속삭임이었으나 자빈은 웃지도, 찡그리지도 않는 중전의 고요한 얼굴을 보며 이유를 알 수 없는 두려움을 느꼈다. 하여 몸이 불편하다는 핑계를 대며 허둥지둥 처소로 돌아갔다. 어린 중전에게 어찌하여 매번 제압을 당하는지 모를 일이라고 중얼거리며.

단영은 멀어지는 자빈의 뒷모습을 차가운 시선으로 응시하였다. 들은 바에 의하면 자빈 민씨는 대비가 손수 고르고 골라 최고의 대우로 입궁시킨 여인이라 하였다. 지금껏 단영까지 하여 네 명의 며느리를 둔 셈이지만 본인의 마음에 차는 것은 자빈 하나였던 것이다.

그런데 어쩌다가 의가 틀어지고 만 것일까. 이는 자빈이 대비의 기대만큼 의종을 잡아주지 못한 데서 기인한다는 게 최 상궁의 설명이었다.

"경희궁에 방치되어 있으니 전하의 마음을 잡고 싶어도 형편이 못 되지 않는가."

단영의 물음에 최 상궁은 그럴 수밖에 없었던 사정을 아뢰었다. 자빈 민씨가 이궁으로 내쳐진 것은 특별상궁 최씨에 대한 심한 투기에 의해서라는 것이었다. 죽은 가은당(稼恩堂) 최씨는 본디 자빈 처소의 무수리였다.

자빈이 아직 경복궁 은선당(殷璿堂)에 머물 무렵, 자신의 생일조차 무심히 지나치는 의종이 노여워 아무나 붙잡고 화풀이를 한다는 게 그만 최씨가 걸려들고 말았던 모양이다. 명분 없이 궁인을 벌할 수 없으니 품계조차 없는 무수리 중 가장 나이가 어린 그녀를 고른 것이다. 그러나 하필이면 대비의 반강제적인 청에 의해 은선당까지 걸음을 한 의종이 속적삼 하나에 살이 터지도록 매를 맞고 있는 최씨를 보게 될 줄이야 어찌 짐작이나 하였을까. 결과적으로 자빈에 대한 의종의 악감정만 악화시킨 셈이 된 것이다.

게다가 엎친 데 덮친다고 얼마 뒤 최씨가 승은을 입어 회임까지 하게 되니 본의 아니게 그 일의 발판이 되어버린 자빈의 분노는 극을 달리게 되고, 끝내는 도를 넘는 행동까지 서슴지 않았다는 게 최 상궁의 설명이었다.

"원덕왕후마마 승하 후에 자경전마마께서는 자빈 민씨를 교태전에 넣기 위해 무던히도 애를 쓰셨습니다. 하오나 주상 전하께서 탐탁지 않게 여기시니 세월만 축이 나고 결국 자경전에서도 포기를 하신 것이지요. 전하의 총애를 얻을 가망이 없어 보이니 그럴 바엔 다른 처자를 물색해보겠다는 게 당시 자경전마마가 품으신 생각이 아니었나 짐작이 됩니다."

단영도 알고 있었다. 자신이 입궁하기 전부터 대비가 어디어디 가문의 민 모라는 열다섯 살 어린 처자를 탐냈다는 것은 웬만한 외명부 부인들이라면 모르는 이가 없었다. 그러나 궁 안에서 임금 하나를 놓고서 이런 일이 벌어지고 있는 줄은 짐작도 못하였다. 자의든 타의든 대비, 자빈 그리고 죽은 가은당이 낳은 옹주가 의종의 한 축씩을 떠맡고 줄다리기 놀음을 한 꼴이었던 것이다. 거기에 자신까지 합세했다 싶으니 어쩐지 한심해지는 단영이었다.

저도 모르게 한숨이 나오려는 것을 참으며 고개를 돌리던 단영이 슬쩍 놀라 얼굴을 굳혔다. 언제부터인지 모르게 자신을 바라보던 의종의 시선을 느낀 때문이었다. 자빈과의 대화를 들은 것일까. 그러나 바라보는 이의 심중을 모르니 짐작이 어려웠다.

자빈의 다음으로 자리를 뜬 이는 의종이었다. 그는 상궁이 내미는 젖은 수긴으로 손을 닦은 후 자리에서 일어섰다. 대비가 말을 붙였다.

"벌써 일어나시게요? 그러지 말고 모처럼 모였는데 담소라도 나누다 가십시다. 마침 투호도 준비해놓으라 시켰는데 주상이 빠지시면 우리끼리 무슨 재미가 나겠습니까?"

그러나 의종은 주강(晝講)이 있어 부득불 일어나야겠노라며 그 청을 거절하였다.

"하긴 주상께서 보셔야 할 업무가 어디 한두 가지겠습니까. 오죽하면 예로부터 임금의 일과를 만기(萬機)라 칭하였을까요. 그래요. 나랏일로 바쁘신데 예서 이럴 시간이 없으시지요."

표면적인 내용과 달리 상한 마음이 여실하다. 의종이 만면에 웃음을 띠며 대답하였다.

"근심을 거두소서. 여기 있는 곤전이 마마께 새로운 즐거움이 되어드릴 터이니."

갑자기 단영의 어깨를 툭툭 치는 의종. 뜬금없는 행동에 단영이 올려다보았으나 의종은 짐짓 모른 척한다.

"곤전이요? 어떻게 무엇으로 이 늙은이 즐거움이 되어준다는 것입니까?"

눈빛이 반짝, 대비가 짐짓 흥미를 느끼며 고개를 내밀었다. 그러나 의종은 별다른 대답 없이 자리에서 일어섰다. 밖으로 나가며 잠시 단영을 의미심장하게 돌아보았을 뿐이다. 단영은 곤란하다는 생각에 눈을 내리깔았다. 필경 좀 전에 일어났던 한바탕 소란스러움을 모조리 눈여겨본 것이리라. 그러니 새로운 즐거움 운운한 것이겠지.

대비가 애써 준비한 화기애애한 시간은 그렇게 끝이 났다. 보모상궁에게 안겨 있던 양혜까지 졸음에 겨워 돌아가니 더 이상 할 일이 없어진 것이다. 숙빈과 안빈이 남았다지만 넷만 남아 투호를 할 기분도 아니어서 어색하게 앉아 있던 단영은 이만 일어서기로 결정을 하였다. 협경당에서 물러나던 단영은 마침 생각이 났다는 듯 대비를 돌아보며 한 가지 청을 하였다.

"자빈을 정궁으로 불러들이자 하셨습니까?"

대비가 놀란 안색으로 쳐다보았다. 거치적거리는 후궁이 제 발로 이궁에 나가 있으니 기꺼워야 할 판에 오히려 도로 불러오잔다. 게다가 한 술 더 떠 이미 죽고 없는 가은당 최씨에게 첩지를 내리자고까지 하였다. 대비는 대체 무슨 속셈인가 싶어 단영을 바라보았다.

"최씨에 관한 한 옹주를 위해서라도 이미 그리 되었어야 할 일, 더 시간을 지체할 필요가 없다 여겼을 뿐이며 또한 자빈의 거처 역시 정1품 빈으로서 맡아야 할 책임이 엄연히 있사온데, 이궁을 거처로 삼아 불편한 점이 한두 가지가 아니니 차제에 가까이 두고 도움을 받고자 하여 그런 것입니다."

과연 그게 전부일까. 대비의 눈가에 의심이 서렸지만 대놓고 반대하지는 않았다. 대신 미소를 지으며 고개를 끄덕인다.

"정히 중전의 뜻이 그러하다면 나로서는 따를 밖에 무슨 할 말이 있겠습니까. 내명부야 모두 중전의 관할 하에 돌아가는 것이니 누구 눈치 볼 것 없이 원하는 대로 해보세요. 영민한 중전께서 아무렴 주상의 마음을 거스르는 일이야 만들겠습니까?"

웃으며 한 말이지만 그 속에는 자중하라는 경고가 포함되어 있었다. 겉으로는 새로운 중전을 위하는 척하지만 사실 대비는 아직 탐색전이 끝나지 않은 때에 교태전과 어긋나봐야 좋을 게 없다는 사실을 알고 있는 것이다.

단영이 대비에게 예를 갖추자 뒤를 이어 숙빈과 안빈이 다소곳이 허리를 숙였다.

"두 분 숙빈과 안빈께서 종종 자경전을 찾아 마마의 적적함을 달래드린다 들었습니다."

"자주 찾아뵙는 것이 도리인 줄 아오나 마음처럼 그리 하질 못하니 황공할 따름이지요."

단영의 의례적인 인사에 숙빈이 공손히 대답하였다. 그런데 안빈은 여태까지처럼 고개만 한 번 숙이고 만다. 그러고 보니 두어 번 마주친 안빈에게서 음성을 들은 기억이 없었다.

"발성불능증(發聲不能症)이라 들었사옵니다."

십여 년 전, 이유를 알 수 없는 병증으로 '목소리'를 잃었다는 소문이 파다했다는 최 상궁의 설명. 단영은 멀어져가는 숙빈과 안빈 두 사람의 뒷모습을 바라보며 고개를 끄덕였다. 각각의 어깨 위로 궁 안의 고된 순간순간이 그대로 내려앉은 듯해 한숨이 절로 나왔다.

'이곳도 사람 살 곳은 아닌 듯하구나.'

광교산이 그리워 저도 모르게 한숨을 내쉴 때였다. 마침 자빈이 마련해놓은 투호라는 놀이기구들을 치우기 위해 궁인들이 부산히 움직이는 것이 눈에 띄었다. 단영은 천천히 그곳으로 다가가 화살 한 대를 집어 들었다.

"투호. 투호라 한다 이 말이렷다."

안 그래도 답답한 궁 안이 지루했던 참이다. 게다가 자경전에서의 일로 부쩍 마음이 무거웠다. 단영은 자신의 육중한 감정을 훌훌 털어버리기라도 하듯 화살 한 대를 항아리로 던졌다. 어렵지 않게 안으로 들어간다. 그러나 시원치가 않다. 좀 더 재미있게 즐기는 방법이 있을 텐데…….

단영은 다시 십여 대의 화살을 한 손에 단단히 그러쥐었다.

"어, 어찌 저런 일이……."

궁인들은 제대로 감탄조차 할 수 없는 상황에 처해졌다. 십여 대의 화살들이 무섭게 날아가 날카롭게 꽂힌 것이야 한 번 겪은 것이니 두 번 놀랄 일이 못 된다. 그런데 왜 그럴까. 이번엔 그 많은 화살들이 서로 멀찍이 떨어져 있는 항아리 두 군데로 각각 나뉘어 들어갔기 때문이었다. 그것도 양쪽 개수가 똑같이 말이다. 궁인들로서는 지금껏 본 적도, 들은 적도 없는 기이한 투호 실력이었다.

"이제 좀 시원하군."

단영이 홀가분한 얼굴로 양손을 털어낼 때였다. 최 상궁이 그런 그녀를 가로막으며 급히 머리를 조아렸다.

"어째서 그러나?"

"전하께서 오십니다."

뭐? 설마 싶었으나 최 상궁의 말은 사실이었다. 이미 돌아간 줄 알았던 의종이 전면에 보이는 것이다. 천천히 다가와 단영을 내려다보며 서는 그의 기다란 모습이.

"곤전이 입궁한 지 제법 되었음에도 따로 시간을 내본 적이 없으니, 내 그동안 너무 무심했던 모양이야."

등 뒤에서 내려쬐는 햇살로 인해 표정은 잘 보이지 않았으나 분명 짓궂은 그 눈빛이리라 단영은 짐작하였다. 이런 엉뚱한 말을 진심으로 뇌까릴 의종이 아님을 알기 때문이다.

"주강에 참석하신다 하지 않으셨습니까?"

"한두 번 빠진다고 해서 무에 그리 큰일이 난다고."

그러고는 주위를 둘러보더니 마침 좋은 걸 발견했다는 듯 꽉 찬 두 개의 항아리에 시선을 멈추는 것이다.

"내 기억이 맞는다면 그대는 자빈에게 이르기를 이 투호란 놀이를 처음 접해본다 하였는데?"

이런, 자빈과 노닥거리는 것까지 다 보고 있었을 줄이야. 곤란하게 되었으나 이미 아닌 척하기도 늦은 상황이다. 변명의 여지없이 그렇노라 고개를 끄덕이며 보니 의종은 턱을 슬슬 문지르며 무언가 흥미로운 낯빛을 하고 있었다. 단영은 낭패감에 입을 꼭 다물었다. 임금의 의심을 사는 것만큼 어리석은 일은 없다……. 조심해야겠는걸.

단영이 짐짓 아무렇지 않은 척 표정을 바꿀 때였다. 의종 또한 얼굴빛을 달리하며 다가왔다. 그러고는 단영의 등을 짚으며 다정히 말을 건네는 것이었다.

"해보지도 않은 이 놀이를 어찌 이리 잘해낼 수 있을까."

보지 않아도 알 수 있었다. 바깥 소란이 궁금하여 대비가 다시 나온 것이리라.

또다시 자애로운 지아비인 척 연기하는 의종이 밉살맞아 단영은 고개를 외로 꼬며 대답하였다.

"투호는 해본 적이 없사오나 이 비슷한 놀이는 많이 하였습니다."

"비슷한 놀이라 하면?"

"신첩의 사가에는 커다란 감나무가 몇 그루 있사온데 매번 수확의 시기가 다가오면 어린 노비들이 저마다 돌을 던져 익은 감을 떨어트리는 놀이를 하였지요. 어릴 적 신첩도 그 놀이에 끼어 제법 많은 감을 딴 적이 있었사온데 그 놀이에 비하면 투호라 하는 장난은 좀 더 평이하오니 어찌 어려울 수 있었겠습니까?"

"장난이라."

의종이 슬쩍 웃으며 단영의 귓가로 입을 가져다댔다.

"장난 아닌데. 그대는 이 정도 재주를 한낱 장난으로 치부할 만큼 대단한 손속을 지녔나?"

귓가가 간질간질, 솜털이 비싯 서버린다. 단영은 저도 모르게 어깨를 움츠리며 애매하게 웃었다. 그런 그녀를 의미심장하게 내려다보는 의종이었다.

교태전으로 돌아오니 뜻밖에도 은단이 기다리고 있었다. 물을 것도 있고, 보고 싶기도 하여 비자(婢子)를 넣었더니 득달같이 달려온 것이다. 중전이 된 아가씨의 모습을 처음 보는 은단은 그 엄숙하고 고고한 외형이 뿌듯한지 연신 웃음을 지었다.

"우리 아기씨께서, 아니, 우리 교태전마마께서 이리 떡 버티고 계시니 그야말로 조씨는 안방마님께 싫은 소리 한 마디 못하고 그저 죽어 지내는 중입니다요. 그뿐입니까? 범이 없으면 토끼가 왕 노릇 한다고, 조씨가 뒷방으로 밀려난 후로 여우 짓을 일삼던 소실자리들이 이제는 어찌나 얌전해졌는지, 살다 살다 그리 평온한 집안 분위기는 처음 겪어봅니다, 예."

침을 튀기며 상황을 전달하는 은단을 보며 슬며시 미소를 짓던 단영이 물었다.

"두릅이는 어찌 지내니? 양인으로 복원되었으니 거처도 옮겼을 텐데."

본래 은단 또한 복원을 시켜주려 하였었다. 그러나 갈 곳이 없노라며 극구 거절을 하더니 결국 윤 대감 댁에 남은 것이다. 은단은 머리를 갸웃거리더니 풀 죽은 목소리로 대답하였다.

"사실은 소인도 두릅이 소식을 여태 듣지 못하였습니다. 마마께서 입궐하신 후로 한 번도 보지를 못했으니 아마도 저 좋은 곳으로 떠난 게 아닐까 싶긴 한데요. 그래도 마마께선 그 녀석이 어디로 갈지 알고 계실 줄 알았는데 못 들으신 모양이네요."

그러고는 갑자기 손뼉을 치며 말을 잇는 것이었다.

"그러고 보니 두릅이에 관해 별당 조씨가 몇 번 물은 적이 있었네요."

"조씨가? 무엇에 대해 말이냐?"

"뭐, 말로는 눈에 뵈질 않으니 걱정이 돼서 그런다 하였지만 어디 조씨가 그럴 사람이기나 합니까? 어려서부터 두릅이만 보면 못 잡아먹어 안달이었는데. 어디로 갔느냐, 언제 돌아오느냐, 완전히 떠난 것은 아니냐, 뭐 이런 것들을 세세히 캐어묻더니 아무것도 아는 게 없다 하니까 괜히 성을 내면서 돌아갔습니다요. 그런데 이상한 건요."

은단의 목소리가 자못 긴장감을 띠었다.

"며칠 뒤에 다시 와서는 저에게 청이 하나 있다 하지 뭡니까요? 그래서 이 양반이 뭘 잘못 먹고 탈이라도 났나 싶었는데 갑자기 엽전 두어 냥을 쥐여주면서 그러는 겁니다. 두릅이가 돌아오면 지체 말고 자기에게 알려달라고요. 그 아이가 뭘 잘못해서 그러냐고 물어봐도 그런 게 아니라고만 하지 자세한 말은 안 했습니다요. 하지만 이상하지 않습니까? 언제부터 그리 두릅이 걱정을 했었다고."

은단이 돌아간 후 단영은 손 씻을 물을 달라 하였다. 그러나 손을 깨끗이 하기보다는 남은 물을 다른 것에 쓰기 위함이었다. 그녀는 최 상궁 몰래 물을 화병에 덜어내어 감추며 얼마 전 다녀간 조씨 모녀에 대해 생각했다. 확인하지 않아도 별당 조씨의 속내는 이미 알고 있었다. 단영이 알고 싶었던 것은 초영의 입궁이 과연 조씨 혼자 생각인가 하는 점이었다. 탐욕스럽기는 하되 무언가를 계획할 머리나 배짱은 갖추지 못한 조씨였으니 말이다. 그렇다면 지금의 그 알량한 수도 조창주의 머리에서 나왔다고 생각해야 하는 걸까.

"가능한 일이지."

단영은 조용히 중얼거렸다. 조창주는 어떻게든 단영을 찾아 복수를 하겠다고 다짐했었다. 그런 그가 상황이 어려워졌다 하여 간단히 물러설 것 같지는 않았다. 무슨 수를 써서라도 단영과의 교차점을 찾으려 노력할 것이다. 두릅을 애타게 찾는다는 은단의 말도 그런 맥락으로 보면 될 듯싶었다. 구체적인 내용은 몰라도 분명 꿍꿍이가 있는 것이다.

그날 밤, 단영은 다시 얼굴 전체를 찹쌀풀로 변형시킨 후 자시(子時)를 전후하여 교태전을 빠져나갔다. 먼저 건순각(健順閣)을 통하여 후원으로 나간 단영은 궐내에서 경비가 가장 삼엄한 강녕전을 최대한 멀리 돌아 자선당에 이른 후, 다시 비현각을 통과해 건춘문(建春門)을 향해 달렸다. 금군(禁軍)의 눈을 피해야 했기에 똑바로 가질 못하고 이리저리 전각에 몸을 감추며 나갔던 것이다.

간신히 궁을 빠져나오고 보니 시간은 어느새 반 시진을 훌쩍 넘어서고 있었다. 그나마 순시가 그리 엄하지 않아 다행이었다.

우선 북촌을 향해 달렸다. 뒤곁에 있는 담을 넘은 후 사당을 지나 안채로 들어섰다. 윤 대감 댁 종복은 아니었지만 매당 할멈은 지금 이 집에 머물고 있었다. 석성골로 돌아간다는 것을 만류하여 신씨 부인 곁에 앉혀둔 것이 바로 단영이었다.

"짐작보다 늦게 왔구나."

매당 할멈은 언젠간 올 줄 알았다는 듯 태연히 문을 열어주었다. 단영이 국모이든 말든 전혀 상관없다는 말투였지만, 오히려 그런 모습이기에 더 반갑기도 하였다. 우선 근래에 이상한 조짐이 없었는지를 먼저 확인한 단영은 두릅의 거처를 물었다. 그러나 두릅의 행적을 알고 있으리라 생각했던 매당 할멈은 뜻밖에도 고개를 가로저었다.

"할멈도 모른단 말인가? 집에서 나간 지 꽤 되었다는데 그동안 들르지도 않았다는 거야?"

단영의 물음에 할멈이 대답하였다.

"네가 궁궐이란 곳에 갇혀버린 후로 그 녀석 코빼기도 보질 못했다. 더 이상 이 집에 묶여 있을 이유도 없고 하니 제 살 길 찾아 떠난 게

지."

단영은 난감하지 않을 수 없었다. 다시는 궁으로 찾아오지 말라 하였지만 그렇다고 아무런 언질 없이 가버릴 두릅이 아니었다. 신분에 구애받지 말고 멀리 떠나라 했을 때도 대답을 않던 그가 아니던가. 그런데 가례를 올리던 날 밤 교태전에 나타난 이후로 소식이 두절된 것이다. 제 살 길 찾아 떠난 거라면 다행이지만 그래도 섭섭한 마음을 감출 수는 없었다.

단영이 가만히 있는데 할멈이 그녀에게 비단 주머니 하나를 건네주었다. 안에는 단단히 밀봉된 편지가 들어 있었는데 신원패는 보이지 않았다.

"무슨 일인지 이번엔 서찰밖에 없더구나. 아마 그쪽에도 문제가 생겨 더 이상 뒤를 봐줄 수 없는 게지. 이왕 이렇게 된 것, 차라리 조 뭐라는 자를 잊어버리는 게 어떻겠니? 제아무리 간이 배 밖으로 나온 놈이래도 이 이상 허튼 수작은 부리지 못할 텐데."

그러나 단영의 생각은 확고하였다. 조창주는 절대로 멈출 위인이 아니었던 것이다. 무슨 짓으로든 단영에게 타격을 주려 할 것이었다. 고개를 흔들며 자리에서 일어서는 단영을 보면서 매당 할멈이 덧붙여 말했다.

"그 청옥패인가 뭔가 하는 것 말이다. 일전에 두릅이를 따라왔던 자들이 놓고 간 것. 그 녀석에게 다시 내어주었다."

"이는 부왕께서 왕자들에게 하사하신 정표로서 당시 세자이셨던 전하께서는 홍옥패를, 나머지 왕자군들은 청옥패를 받았었지요."

자령군은 분명 왕자군들의 청옥패라 말하였었다. 대군은 의종 한 명뿐이었으니 자신의 청옥패를 지니고 있던 자령군을 제외한 나머지 왕자들은 모두 두릅에게 그 물건을 주었을 가능성이 있다는 소리다. 만일 두릅이 청옥패의 주인을 찾아간 것이라면 이는 그에게 있어 길조인가, 흉조인가.

말없이 할멈의 방을 빠져나왔다. 생각에 잠겨 걷다 보니 어느새 별당이 나타난다. 딱히 그들을 봐야 할 이유가 없음에도 무심결에 이곳까지 온 것이다. 유난히 봄꽃이 아름다운 후원을 바라보며 단영은 문득 이상한 느낌에 잠겼다. 낯선 남의 집에 들어온 느낌……?

그때였다. 어둠에 잠긴 별당 어딘가에서 드르륵, 장지문 열리는 소리가 들려왔다. 단영은 얼른 꽃무더기 뒤로 숨으며 주위를 살폈다. 열린 것은 조씨의 방문이었고 갓을 쓴 웬 남자가 조용한 걸음으로 나오는 중이었다. 아버지인가 싶었지만 풍채로 보나, 걸음걸이로 보나 다른 사람이다. 뒤따라 나온 조씨는 그자와 무언가를 쉴 새 없이 속닥거리고 있었다.

"시키는 대로 하고 있으니 그런 건 걱정할 필요 없다고……, 아무튼 그렇게만 전해주면……."

조씨의 목소리가 띄엄띄엄 들려왔다. 단영은 혹시 조창주가 아닐까 싶어 바짝 긴장하여 살펴보았다. 그러나 키가 한 자나 더 큰 것이 분명 조가는 아니다.

"그럼 마님, 저는 이만 돌아가서 나리를……. 며칠 내로 들르겠지만……, 궁으로 반드시……."

그들이 소리를 낮춰 수군거리는데다가 봄바람까지 살랑살랑 불어와 간신히 들려오는 음성을 모두 헤쳐놓았다. 접근거리를 좁혀 귀를 기울였지만 무엇도 알아낼 수가 없었다.

얼마 지나지 않아 조씨와 이야기를 나누던 사내는 담을 넘어 별당을 빠져나갔다. 단영도 재빨리 몸을 날려 그자의 뒤를 따랐다. 조창주의 끄나풀일지도 모르는 이를 놓치고 싶지 않았던 것이다. 그자가 어디로 향하는지만 알아내어도 커다란 수확이었다.

사내는 주위 한 번 살피는 법 없이 곧장 뚝섬으로 향했다. 단영이 한 번도 가보지 못한 으슥한 골목골목으로 찾아들더니 커다란 여각 앞에서 멈추는 것이었다. 이미 자시(子時)가 훨씬 지났으니 여각 또한 하룻밤 유하는 객들 외엔 등을 내리고 문을 닫았어야 할 시간이었다. 그러나 어둠이 짙게 깔린 그곳에서는 숨겨진 움직임들이 사방에서 포착되었다.

일단은 사내가 들어간 여각으로 다가가보았다. 따라 들어가야 할지, 그냥 돌아가야 할지 망설이는데 누군가가 어둠 속에서 뛰쳐나와 단영의 손목을 잡더니 다짜고짜 한쪽으로 끌기 시작했다. 계속해서 무어라 떠들긴 하는데 무슨 말인지 잘 알아들을 수가 없었다. 간신히 근처 어딘가의 여각으로 가자는 말까지는 들을 수 있었는데 그 다음은 또 오리무중이다.

사내는 단순히 호객 행위를 하는 중이었다. 그러나 유흥가가 처음인 단영이 그런 것을 알 리 만무했다. 그자의 어깨를 꺾어 손목을 빼낸 후 몸을 돌리는데 지금껏 지나쳐 왔던 그늘진 골목이며 건물 뒤쪽에서 그림자들이 넘실넘실 그 모습을 드러냈다. 몇몇은 담배를 물고 있었고 또 그중 몇몇은 술병을 들고 있기도 하였다. 잠들었으되 깨어 있는 거리.

"이곳에 있었군."

그때였다. 누군가가 그녀의 어깨를 가볍게 두드린 것은.

사방 벽엔 횃불 몇 개가 나란히 매달려 주위를 밝히고 있었다. 그슬림 자국이 확연한 천장 위로는 기이하게 변모한 사람들의 그림자가 겹쳐 을씨년스러운 광경을 그려냈다. 벌그레한 사람들의 낯이 천장에서 반사된 횃불 때문인지, 거나하게 들이켠 술 때문인지 구분이 가지 않는 이곳, 여각의 지하에는 시간의 흐름이 멈춘 듯 깨어 움직이는 이들이 많았다.

삼삼오오 무리를 지은 이들의 대부분은 장사치의 행색을 하고 있었는데 간혹 시정잡배들의 펀둥펀둥한 모습도 발견할 수 있었다.

단영은 처음 보는 낯선 광경을 할 말을 잃은 채 둘러보았다. 인정(人定) 이후에는 장사를 접어야 한다고 알고 있었기에 놀라움은 더욱 컸다. 게다가 맞은편에 피곤한 표정으로 앉아 있는 사내의 존재가 그녀를 더욱 압박하고 있었다.

"그대는 참 여러 곳에서 나를 놀라게 하는군. 지난번엔 첩자 놀음이더니 이번엔 왈짜패들과 어울려 투전판에라도 끼어볼 요량인가?"

무명 황색 도포에 낡은 갓을 쓰고 단영 뒤에 서 있던 이는 양재도에서 마주쳤던 참견쟁이 사내, 아니, 지금쯤이면 강녕전에서 편히 침수에 들어 있어야 할 의종이었다. 이것이 우연한 마주침일까, 아니면 미행을 당한 것인가. 만약 그렇다면 과연 어디서부터인 걸까. 머릿속으로 여러 가지 추측들이 난무하는 가운데 굼실거리는 어둠 속 그림자들만 묵묵히 응시하던 의종이 갑자기 그녀의 손목을 잡아끌었었다.

"그대가 뒤따른 인물이 저기로 들어갔으니 의당 그쪽으로 발길을 잡아야 하지 않겠나."

적어도 북촌 본가에서부터는 나를 뒤쫓았다는 소리렷다, 단영은 복잡한 얼굴로 의종을 쳐다보았다. 그러나 그는 그녀의 존재를 잊기라도 한 듯 다른 곳에 시선을 고정한 채다. 화가 난 듯, 지친 듯, 뒷벽에 비스듬히 기대어 있는 옆모습은 어딘가 모르게 불만이 섞여 있어 궁 안에서 보았던 무심한 행동들과는 좀 다른 느낌을 주었다. 도대체 무엇을 저리 골똘히 보나, 그의 시선을 따라가봤지만 벽 한쪽에 걸려 있는 것은 낡고 지저분해진 그림 한 점이 전부였다. 나이 든 어부가 바위 위에 서서 낚싯줄 끝에 달린 제 몸집만 한 물고기와 씨름을 하는 광경이었다. 그림체도 투박하고 색감도 탁한 것이 시장통에서 아무 거나 집어 와 대충 걸어둔 것이 분명해 보였다. 그런데 이 사람은 어찌해서 저런 그림을 뚫어져라 살피는 것일까. 단영이 의아해하는데 그때까지 침묵을 지키던 의종이 말했다.

"그대가 원한다면 도성을 모두 뒤져서라도 뒤쫓던 자를 잡아내줄 수 있다. 그러나 그 전에 먼저 들어야 할 답이 있지."

말하는 것이 무엇보다 싫다는 듯 귀찮고 애매한 목소리였다. 턱을 괴고 이쪽을 바라보는 그의 행동은 꼭 누가 시켜서 억지로 하는 것은 아닐까 할 만큼 수동적이었다.

"묻고자 하는 게 무엇이오?"

단영의 목소리를 들으며 환이 재미있다는 듯 말하였다.

"그대는 생김새 못지않게 목소리 또한 듣기 괴롭군."

그러고는 빙그레 웃으며 술잔을 드는 것이었다. 탁자 위엔 술단지와 함께 몇 가지 찬이 놓여 있었다.

"영평부원군 윤돈경 대감과는 어떤 관계인가?"

술 한 잔을 다 비운 의종이 직접 자신의 잔을 채우며 질문하였다. 단영이 되물었다.

"그것이 나에게 묻고자 하는 것이오?"

"맞긴 하지만 이것만이라고는 할 수 없지. 그대가 어떤 대답을 하느냐에 따라 질문은 많아질 수도 또 적어질 수도 있으니."

단영도 앞에 놓인 술잔을 들어 반 정도 들이켰다. 매당 할멈의 머루주에 비해 단맛이 적은 대신 시큼하고 떫은맛이 진했다. 그녀는 술잔을 내려놓은 후 기다리는 의종에게 말하였다.

"별다른 관계는 아니오."

"별다른 관계가 아닌데 연거푸 그곳에서 마주쳐야 할 이유가 무엇일까."

의종이 단조로운 목소리로, 그러나 마치 목덜미를 잡아채듯 틈을 주지 않고 반문한다. 그가 납득할 만한 대답을 찾아 머리를 굴렸으나 마땅한 것이 없었다. 몇 가지 이유들을 떠올려보지만 완벽하지 않아 섣불리 말을 꺼냈다간 더 큰 의심을 살 가능성도 있었다. 마침내 단영은 그냥 함구하는 쪽으로 마음을 굳혔다.

"왜 그런 것까지 그쪽에게 답해야 하는지 모르겠군."

"내가 물었으니까."

의종의 어린애 같은 대답에 어쩐지 실소가 나왔다. 물론 그가 누구인지 모르지는 않았지만 지금은 스스로도 신분을 속이는 처지 아닌가.

"나에 대해 그렇게 알고 싶으면 그쪽부터 말을 해보시오. 윤 대감과는 무슨 관계인데 내가 가는 길목마다 지키고 있는지."

단영을 잠시 바라보던 의종이 훗, 웃음을 지었다. 그러고는 몸을 도로 기대며 중얼거리는 것이었다. 생각보다 머리가 좋군. 그렇게 다시 침묵하는 의종. 눈길은 다시 벽에 붙어 있는 조잡한 그림에 머물렀다. 단영은 어쩐지 의심이 되었다. 과연 나에게서 알아내고 싶은 것이 있긴 한 것일까. 비호단에서의 잠입이며 오늘의 미행 등은 그저 무료한 궁 생활에서 벗어나고픈 장난에 불과했던 것은 아닐까.

"말을 하고 안 하고는 그대의 마음이겠지. 그러나 지난번처럼 쉽게 빠져나갈 수 있다 생각한다면 그건 오산이야."

의종의 말에 주변을 돌아보았다. 겉으로는 별반 다를 것 없지만 자세히 보니 입구부터 시작하여 의심이 가는 인물들이 군데군데 자리하고 있었다. 그들은 모두 의종과 단영이 앉아 있는 탁자를 피하여 딴청을 부리고 있었는데, 그 와중에도 술을 마시거나 지나치게 잡담을 늘어놓는 이는 없었다. 거나하게 취해 있는 이들 사이에 앉아 밤늦은 시간까지 눈을 생생히 빛내고 있는 이들이라.

단영은 술잔을 들어 나머지 반을 비우며 벗어날 수 있는 방법을 생각해보았다. 지층을 뚫고 나갈 수는 없는 일, 방법은 오직 입구를 통해 달아나는 것이 유일했다. 복잡하겠는데, 단영이 미간을 찌푸리며 잔을 내려놓자 다른 곳을 보고 있던 의종이 불쑥 손을 내밀어 술을 부어주었다.

"개인적인 용무일 뿐이오."

갑작스런 대답에 의종의 손길이 잠시 멈추었다. 그 바람에 완만한 곡선을 그리던 술 줄기가 멈칫, 주전자 꼭지를 따라 탁자 위로 방울방울 떨어졌다.

"찾고자 하는 사람이 있어 그 집을 맴돈 것일 뿐, 윤 대감 댁과 연관은 없다는 소리요."

어찌 보면 틀린 말이 아니다. 자신은 그저 조창주를 찾고자 할 뿐, 아버지 윤 대감이나 나머지 가솔들과 관계가 없는 것이다. 의종이 말했다.

"아무런 연관도 없는 집에서 누군가의 행방을 찾고 있었다……, 무슨 뜻인지 모르겠군."

"그쪽 역시 아무런 상관없는 그 댁에서 내 행방을 찾았을 것 아니오. 그러니 이곳까지 쫓아올 수 있었겠지. 아니면 본래 그 댁과 큰 연관이라도 있는 것이오?"

단영을 물끄러미 바라보는 의종의 얼굴에 슬며시 미소가 떠올랐다. 그녀의 하는 바가 재미있는 듯도 하고 어이없는 듯도 했다. 한참 바라보던 의종이 뒤를 돌아보았다. 예닐곱 걸음쯤 뒤에 앉아 있던 웬 사내가 부스스 일어서더니 어물쩍 곁으로 다가와 의종 곁에 섰다. 언뜻 보면 스스럼없는 모습 같지만 양손을 가지런히 포개고 있는 것이 꽤나 공손해 보여 단영은 괜히 우스웠다. 평상복을 입었으나 의종을 수족처럼 따르는 호위내관 홍성중이 틀림없었다.

"아까 그자는 어떻게 되었는가?"

의종이 물었다. 홍 내관이 나직한 목소리로 대답하였다.

"이곳에 들어온 후 얼마 안 있어 뒷문으로 빠져나갔습니다."

그자라 함은 별당 조씨와 수군거리던 사내를 말함인가?

"아이들을 시켜 뒤를 쫓게 하였으니 곧 행선지를 알아 올 겁니다. 기다리시겠습니까?"

의종이 어떻게 하겠느냐는 표정으로 단영을 쳐다보았다. 그녀가 뒤쫓던 자가 확실한 모양이다. 행동으로만 봐서는 그자의 행방을 수월히 가르쳐줄 것같이 굴고 있지만 글쎄……. 단영은 부쩍 의심스러운 눈으로 의종을 바라보았다.

"원하는 게 무엇이오?"

"원하는 것이라……. 지금은 특별한 게 없지만 시간이 가다 보면 하나쯤은 생길지도 모르겠군. 이렇게 하지. 그때가 되어 이유 불문하고 내 청을 들어준다 약조한다면 그자의 행방을 알려주도록 하겠다. 물론 이곳에서 조용히 보내준다는 조건과 함께."

삶이 지독히도 무료했던 모양이라고 단영은 생각하였다. 장난 같은 의종의 말, 얼굴이 찌푸려졌으나 어쨌든 이 자리를 무마하기 위해서라도 제안에 응해야 했다. 그녀가 고개를 끄덕이자 의종이 물었다.

"그게 전부인가?"

"그럼 또 무엇을 해야 하는 거요?"

"설마 그 고갯짓 하나로 그대를 믿어달라는 뜻은 아니겠지."

단영은 품을 뒤져 쌍도를 꺼내들었다. 그중 하나를 의종의 앞으로 던지자 곁에 있던 홍 내관이 먼저 경계를 하며 집어 들었다. 단영이 픽 웃으며 말하였다.

"그쪽의 원하는 바를 이뤄주는 날, 그 단도를 찾아가겠소."

의종도 알 듯 모를 듯한 웃음을 짓는다.

"광통교 기방의 경진이란 기녀를 찾아가면 답을 들을 수 있을 것이다."

의종의 말을 묵묵히 머릿속에 넣으며 자리에서 일어섰다. 그러고는 술잔을 집어 드는 의종을 흘끗 보고는 곧 밖으로 나갔다. 그런 단영의 뒷모습을 유심히 살피던 홍 내관이 말했다.

"저리 보내어도 되는 것입니까?"

"보내지 않으면 죽이기라도 하란 말이냐?"

"하오나 아직 의혹이 풀리지도 않은 자인데……."

의종은 고개를 저으며 미소를 지었다. 그는 눈앞의 단도를 물끄러미 내려다보다가 집어 들어 천천히 살피었다. 긁힌 자국들이 많은 것으로 보아 한두 해 손에 익힌 물건이 아님을 알 수 있었다. 손잡이 두께가 보통의 단도보다 가늘고 매끄러운 것이 본래 주인의 손이 작은 편임을 알려주었다.

"보격구(步擊毬)? 서궐에서 말이냐?"

대전 양 상궁이 전해온 의종의 전언이었다. 날이 좋으니 다른 왕자군들과 보격구나 하면서 시간을 보낸다 하였다는데 단영은 그게 무엇인지 도통 알지를 못하였다. 아니, 알고 모르고가 중요한 게 아니다. 도대체 그런 걸 한다면서 나를 왜 부르나 기이하고 의심스러웠다.

"저기 보이는 저 기구로 공을 쳐서 구문(毬門)에 집어넣는 놀이옵니다."

최 상궁의 설명에 고개를 끄덕이면서도 단영은 마뜩치가 않았다. 의종의 연 뒤로 늘어선 행렬 중 몇몇이 기다란 채(棒)를 들고 있었는데 단영이 보기엔 꼭 숟가락을 늘려놓은 것같이 보일 뿐이었다. 고작 이궁으로의 행차여서 평상시보다 행렬이 단출했던 탓에 그들은 곧 운종가를 향해 나 있는 흥화문(興化門)을 지나 경희궁(慶熙宮)으로 들어설 수 있었다. 자빈이 얼떨떨한 기쁨을 만면에 드러낸 채 그들을 맞았다.

그런 자빈을 보다 말고 단영은 옷차림을 비교해보았다. 백색 화문릉

(花紋綾)으로 만든, 겹으로 된 말군[49]을 구색 맞춰 입은 자빈에 비해 자신은 불편한 치마저고리가 다였기 때문이다.

"내명부도 그 보……."

"보격구입니다, 마마."

"그래, 그 보격구라는 걸 내명부도 한다고 했던가?"

최 상궁이 그럴 리가요, 하는 표정으로 자빈을 돌아보았다. 아니나 다를까, 왕자군들이 죽 나열해 있는 가운데 자빈은 채 한 번 잡아보지를 못하고 한 옆으로 밀려나야 했다.

"가서 말이라도 한바탕 뛰셔야겠네."

교태전 나인들 중 누군가가 이죽거리다가 최 상궁에게 걸려 된통 혼이 났다. 하지만 그건 그것대로 재미가 있는지 상궁 무리들에게서는 웃음소리가 끊이지 않았다. 모두가 즐거운 모양이었다. 하물며 무안을 당한 자빈까지도 생글거리며 의종의 힘찬 모습을 두 눈으로 좇고 있는 지금, 하필이면 단영 혼자만은 심심하였다. 홀로 따분하여 하품이 다 나올 지경인 것이다. 이걸 억지로 참으려니 이번엔 눈물이 비짓 솟구친다.

어느덧 왕자군들의 모습이 숭정문을 넘어서고 있었다. 구경하던 여인들과 내관 무리들이 우르르 숭정전(崇政殿)을 향하여 걸음을 하는 동안 단영은 다른 곳을 보는 척 느릿느릿 따라붙다가 곧 무리에서 이탈해버렸다. 남 공 치는 모습이나 보느니 혼자 놀자 싶어서였다. 물론 최 상궁까지 떼어놓지는 못하였지만.

"아까 그곳이 융복전(隆福殿), 여기가 흥정당(興政堂)이라."

단영이 현판을 차례로 읽어내리며 경희궁을 구경하는 동안, 뒤를 따

---

49) 부인용 승마바지.

르는 최 상궁만 홀로 초조하여 어쩔 줄을 몰랐다. 그래도 모른 척 새로운 곳을 찾아 걸음을 옮기는데 이때 단영의 발밑에 어디서 많이 본 물건이 차였다. 뭐더라, 이 숟가락 같은 것은?

"아, 보격구 채!"

게다가 동그랗게 공까지 하나 곁들여 놓여 있다. 다른 곳을 구경하는 동안 이미 왕자군들이 이곳까지 다녀간 모양이었다. 누구 것인지는 몰라도 버려진 격구채를 보니 괜히 호기심이 일었다. 마침 흥정당 뒤로 돌아와 있어 지나는 궁인들의 눈길도 닿지 않는 곳이었다. 단영은 슬쩍 격구채를 쥐어보며 씩, 웃음을 날렸다.

"마마, 그것을 어디 쓰려고 하시는지?"

헉헉거리며 뒤따르던 최 상궁이 의아하여 물을 때였다. 이미 단영은 눈대중으로 익힌 격구 자세를 취해보며 채를 이리저리 휘두르기 시작했다. 아이고, 마마, 아이고, 마마, 최 상궁이 그런 단영을 만류하였으나 움직임이 워낙 재빠르다 보니 그리 쉽지 않았다.

"이런 게 왜 재미나지? 도대체 공 집어넣는 게 뭐 그리 어려워서?"

요렇게 조렇게 자세를 잡아보던 단영이 발밑에 놓인 공을 향해 채를 휘둘렀다. 흥정당 돌담을 맞춘 공이 통 튕기며 제자리로 돌아왔다. 흠, 단영은 고개를 끄덕이며 주위를 살폈다. 그러고는 좀 더 힘을 주어 공을 올려 쳤다. 이번엔 더 강한 힘으로 벽을 두드린 후 돌아오는 공, 단영은 바로 채를 휘둘러 다시 한 번 날려 보냈다. 그러기를 십여 차례, 가속도가 붙은 공이 무서운 기세로 날아가 벽에 튕기더니……, 최 상궁의 머리로 맹렬히 날아들기 시작했다.

"저런!"

단영의 몸이 허공으로 가볍게 날아올랐다. 다리를 뻗어 무시무시하게 날아드는 공을 걷어찬 후 몸을 틀어 땅에 무사히 안착했다. 그러나 이를 모르는 최 상궁은 머리를 부둥켜안은 채 눈만 질끈 감을 뿐이었다.

기다렸다. 육중한 힘으로 날아와 머리를 짓이길 나무 공을. 그런데 아무리 기다려도 공의 도착이 너무 느리다. 최 상궁은 눈을 가늘게 뜨며 홍정당 쪽을 쳐다보았다. 그리고 곧 다리에 힘이 빠져 그 자리에 주저앉았다. 언제 나타났는지 의종이 곤전마마의 허리를 끌어안은 채 조용히 서 있었기 때문이다. 바빠지는 최 상궁의 머릿속, 필경 전하께서 날아드는 공을 치워주고 곁에 선 곤전마마 또한 안전히 대피시키신 것이리라, 이렇게 소설을 쓸 즈음이었다.

"물러나라."

땅으로 꺼져드는 임금의 목소리. 최 상궁은 예예, 고개를 조아리며 뒷걸음으로 그곳에서 물러나왔다. 그리고 단영은 그런 최 상궁의 모습을 부러운 양 쳐다보고 있었다. 무엇보다 의종의 무거운 눈빛이 너무 부담스러웠다.

바람이 불어온다. 소소하게 흙먼지가 일어 이제 겨우 움트는 새순을 덮었다. 뙤약볕이 뜨겁게 내려쬐고 목덜미로 송송이 땀이 맺히는 무더운 늦봄의 날씨. 어서 돌아가 바싹 마른 목을 축이고 싶다. 그런데 의종은 말이 없었다.

"전하, 이제 그만 돌아가야……."

"누구냐?"

네? 단영은 저도 모르게 긴장하여 입술을 깨물었다. 누구냐니, 설마 나를 알아보시고? 근심이 단영의 눈을 덮었다. 의종의 낯이 더욱 엄격해졌다.

"그자, 대체 누구냐? 그대의 수하인가?"

"그…… 자라 하셨습니까?"

훗. 뜻 모를 웃음을 짓는 의종. 그러나 서슬 퍼런 눈빛은 여전하다.

"흉측한 낯빛을 하고 다니는 자 말이다. 어제도 그대의 사가를 기웃거리던 자, 일전에 그곳 담을 넘어 몸을 숨겼던 자이기도 하지. 자, 이제 그가 누구인지 말해보라."

단영은 그제야 깨달았다. 자신을 꽤나 흥미로운 여인으로 여기면서도 아직은 어제의 자신과 구분지어 생각한다는 것을. 어제 보았던 '그자'는 조금의 의심도 없이 사내로 간주되고 있는 것이다.

하긴 여인의 몸으로, 또 중궁(中宮)의 몸으로 바깥출입까지 일삼을 줄은 꿈에도 짐작치 못하겠지. 하여 단영은 재빨리 머리를 굴렸다. 무조건 모른다고 잡아떼서 될 일이 아니다. 하나 정도는 인정을 해주는 게 좋을지도 모른다.

막, 맞는다고 대답하려던 순간이었다. 또 다른 근심이 생각났다. 수하라고 인정했다고 치자. 그렇다면 양재도 비호단 회합을 기웃거린 이유는 뭐라 둘러댈 것인가.

"모릅니다."

단영의 대답에 의종의 눈썹이 꿈틀 움직였다.

"전하께서 무슨 말씀을 하시는지 모르겠으나 '그자'라 하는 이, 신첩은 아는 바가 없습니다."

"아는 바가 없다……."

의종이 알아듣겠다는 듯 고개를 끄덕였다. 믿어주는 것인가. 하긴 안 믿을 수 없을 것이다. 아무리 대단한 집 여식이라 해도 한낱 아녀자일 뿐이다. 수하라고 불릴 존재를 거느린다는 것도 말이 안 되지만, 설사 거느릴 이유가 있다 하더라도 그 수하를 움직여 비적단을 뒤쫓는다는 건 어불성설인 것이다. 의종의 눈빛이 다소 풀어졌다 여겨지자 단영은 안도의 숨을 내쉬며 얼른 허리의 손을 풀려 하였다. 그러나 무슨 일인지 반쯤 풀리던 손에 다시 힘이 들어가며 처음보다 강한 힘으로 허리를 틀어쥐는 의종.

"언제부터였지?"

여전히 밑도 끝도 없는 질문을 즐기는 젊은 왕. 단영은 또 무슨 말인가 싶어 그를 빤히 올려다보았다.

"그대, 이제 보니 아주 재미있는 사람이었군."

어느덧 흥미로운 눈빛으로 단영을 훑는 의종. 아, 그렇지. 아까부터 다 지켜보고 있었겠지. 단영의 표정이 눈에 띄게 시무룩해졌다. 의종이 다시 물었다.

"언제부터 그리 되었지, 그대는? 영평부원군도 그대의 이런……, 이런 각별함을 알고 있나?"

뭐라고 하나. 어려서부터 부친과 떨어져 산 속에서 살며 자연히 습득한 몸놀림이라고 둘러댈까? 하지만 광교산 피접행은 함구하라 모친에게서 그리 주의를 받았는데. 어쩔 줄 몰라 눈만 굴리자 의종이 다시 입을 열었다. 아니, 그러려 하였다. 저만치 발자국 소리만 들리지 않았다면.

"전하, 전하, 대체 어디 계신 것이옵니까? 전하, 전……?"

홍 내관이었다. 보격구를 즐기다 말고 갑자기 사라져버린 의종을 찾아 여기저기 뒤지다가 겨우겨우 이곳까지 이른 것이다. 그런데 홍정당을 돌자마자 눈에 들어오는 양전마마의 오붓하고 다정한 모습이라니, 홍 내관의 당황이 극에 달했음은 물론이다.

"소신이 무례를 범하였나이다."

얼른 엎드려 이마를 땅에 대는 그를 보며 의종은 쳇, 작게 혀를 찼다. 그러고는 언제 질문을 쏟아냈냐는 듯 입을 굳게 다물었다. 동시에 허리로 느껴지던 육중한 감촉이 회수되었다. 단영은 무안함에 얼굴을 굳히며 그저 의종을 향해 고개를 숙여 예를 취한 후 종종 반대편으로 걸어갔다. 최 상궁이 기다리고 있을 그곳으로.

"모르는 자라."

그런 단영을 지켜보며 의종이 작게 중얼거렸다.

"예?"

홍 내관이 다가오다 말고 되묻는다. 그러나 의종은 고개를 저을 뿐이었다.

이틀 뒤 단영의 친가에서 사람을 보내왔다. 단옷날을 대비하여 신씨 부인이 단영의 백색 홑당의를 만들어 보낸 것이다. 더운 여름을 맞이하는 준비로 단오 전날 중전이 홑당의로 갈아입으면 단옷날이 되어 궁내의 모든 여인들도 따른다는 것이 최 상궁의 설명이었다.

"그런데……."

최 상궁이 무언가 더 할 말이 있는 표정으로 단영의 눈치를 살피었다. 종이상자 안에 들어 있는 백당의를 한 옆으로 내려놓던 단영이 담담히 물었다.

"지난번 그 아이가 같이 든 것이냐?"

득달같이 알아채는 중전을 보며 최 상궁은 대답할 말이 없어 고개를 조아렸다. 부부인께서 정녕 아무것도 모르시고 이것을 저 아이에게 들려 보낸 것일까. 아무리 중궁전의 허락이 떨어졌다고는 해도 이 정도는 친가 쪽에서 막아줄 수 있는 일이라 여겼기에 최 상궁은 괜히 그것이 속상하였다.

그러나 단영은 별다른 동요 없이 초영을 데려가 준비시킬 것을 명하였다. 하명을 받고 밖으로 나간 최 상궁은 다시 윤 상궁에게 그 일을 위임한 후, 곧 윤 상궁을 따라나서는 초영의 뒷모습을 걱정스러운 얼굴로 지켜보았다.

초영은 중궁전 나인들의 따끔한 시선을 뒤로 느끼며 저도 모르게 한숨을 쉬었다.

"그럴 것 없다. 내가 걱정하는 것은 다른 이가 아닌 바로 너의 안위이니."

처음 입궐하게 된 사실을 신씨 부인에게 알렸을 때 그녀는 근심 어린 표정을 지었었다. 송구한 마음에 죄송하다 말씀을 드렸더니 뜻밖에도 이런 대답을 하였던 것이다. 다른 이가 아닌 나를 걱정하신다니 무슨 뜻일까. 아무리 생각해봐도 그 의미를 알 수가 없다. 게다가 입궁을 허락한 단영의 속내도 헤아릴 수 없음은 마찬가지였다.

교태전을 나서는 초영과 마주하여 상궁 한 사람이 안으로 들어섰다. 윤 상궁이 먼저 허리를 굽히며 인사를 하였다. 그 상궁은 무언가 급한 일이라도 있는지 목례로만 답을 한 후 그냥 지나치려다가 갑자기 걸음을 멈추었다. 그러고는 이미 저만치 스쳐간 초영을 주시하는 것이었다. 뒤쪽에 있던 최 상궁이 얼른 나서며 인사를 하였다.

"어서 오시오, 서 상궁. 마마께서 지금 기다리고 계신다오."

그녀는 바로 몇 해 전 이곳에서 연경의 수발을 들었던 서 상궁이었다. 지금은 가은당(稼恩堂)의 보모상궁으로서 그 직분을 다하고 있었으며 오늘은 양혜 옹주에 관해 하명할 것이 있다는 단영의 전갈을 받고 급히 안으로 들던 참이었다.

"무슨 일이 있는 겁니까?"

서 상궁이 계속해서 뒤를 살피자 최 상궁이 물었다.

"아, 아닙니다. 제가 사람을 잘못 보아 그만."

서 상궁은 떨떠름한 얼굴을 돌리며 고개를 저었다. 당황한 기색이 역력한 것이 몹시 이상했지만 최 상궁은 일단 그녀가 당도했음을 단영에게 알리었다.

"마마께서 무슨 질문을 하시든 있는 그대로를 고하세요. 괜히 얼버무리거나 늦치다가는 곤욕을 치르기 십상입니다."

최 상궁이 나직이 속삭였지만 서 상궁은 쉽게 이해가 가지 않는 눈치였다.

"이제 곧 무슨 말인지 알 수 있을 겁니다."

그러고는 얼른 나인을 시켜 문을 열도록 하였다.

오랜만에 드는 교태전이라 서 상궁의 감회는 새로웠다. 중전에게 예를 갖춰야 한다는 것을 알면서도 저도 모르게 걸음이 멎고 이곳저곳으로 눈길이 가는 것이다. 석양이 질 무렵이면 불어오는 바람을 맞고 싶다 하시곤 꼭 창문을 열어달라 하셨더랬지. 외풍이 들어 안 좋다 말씀드려도 그럴 때는 어찌나 고집이 세시던지 영락없는 어린아이셨는데……. 서 상궁은 제가 늘 앉아 있곤 하던 자리를 물끄러미 내려다보다가 다시 연경이 있던 곳으로 시선을 들었다. 그러고는 그제야 단영의 모습을 발견하고 황망히 자리에 꿇어앉았다.

"서 상궁인가?"

"예, 마마."

"가까이 다가오라. 그늘이 져 얼굴이 잘 보이지 않는구나."

교태전으로 오기까지 우려했던 걱정이 다시 솟구쳤다. 아직 새로운 중전마마에 대해 구체적인 소문은 없지만 대체로 엄하고 차가운 성품이라는 게 나인들 의견이었다. 지금까지는 양혜 옹주에게 아무런 반감도 보이지 않는 중전이지만 혹여 시간이 갈수록 또 하나의 버거운 존재가 되지 않을까, 은근히 마음을 졸이게 되는 것은 어쩔 수 없었다.

"아직 당도하지 않은 이가 있으니 잠시 앉아 기다리게."

당도하지 않은 이? 서 상궁이 고개를 갸웃거리는데 그 주인공 되는 이가 조금의 틈도 없이 도착하였다. 밖에서 자빈이 들었음을 알리는 최 상궁의 목소리가 들려오자 서 상궁의 안색이 저도 모르게 찌푸려졌다. 그녀는 얼른 한 옆으로 물러나며 이 사태를 가늠해보려 애썼다. 도무지 이런 자리를 만든 중전의 속을 알 수가 없었던 것이다.

"신첩, 마마의 전갈을 받잡고 뒤미처 출발하였음에도 이제야 당도하였습니다. 그제 문후를 드릴 때도 아무 말씀 없으셨는데 무슨 일이기에 이리 급히 연통을 넣으신 것입니까?"

깍듯하면서도 가시가 박힌 자빈의 말에 단영이 웃는 낯으로 답하였다.

"서궐에서 예까지 오가는 것이 고되다는 건 돌려 말하지 않아도 충분히 헤아릴 수 있으니 걱정하지 말게. 실은 오늘 다시 들라 이른 것도 자네의 그 멀고 먼 거처 때문이었네."

자빈은 당혹감과 의아함이 섞인 표정으로 단영을 마주 보았다. 서 상궁은 아직 새로운 중전에 대해 별다른 친근감이 없었지만 자빈의 말꼬리가 잡히는 것을 보니 괜히 흐뭇했다.

한편, 밖에 선 최 상궁은 다과상을 올려야 할지, 그만 두어야 할지 가늠이 되질 않아 주저하던 참이었다. 하여 기척 없이 안으로 드는 의종을 살짝 놓치고 말았다. 뒤늦게 깨달아 고개를 숙였을 때는 이미 그의 손가락이 입술을 가리고 있을 때이다. 조용히 하라는 소리였다. 동온돌 안에서 들려온 자빈의 새된 외침 때문이었다.

"그게 무슨 말씀이십니까? 신첩의 거처 때문이라니요."

양혜 옹주에게 해를 끼치려 한 행동 때문에 이번엔 아예 타 지역 행궁으로 이궁 명령이 내려지는가 하여 자빈의 목소리가 떨려 나왔다. 그러나 단영의 대답은 전혀 다른 것이었다.

"정궁으로 돌아오라는 말을 하려 부른 것이야. 정1품 빈의 자리에 있는 자가 그 맡은 직분을 다하지 못하고 이궁에 나가 있으니 내명부 돌아가는 행로가 엉망일 밖에 없지 않은가. 내 자네의 지난 과오를 모르는 바는 아니나 그만큼이면 충분히 개회(改悔)할 시간이 있었다 여겨지는 바, 이제 곁으로 불러 못 다한 책무를 마저 이행하게 할 것이니 그리 알게나."

믿을 수 없다는 듯 눈만 깜박이던 자빈이 뒤늦게 황공하다며 머리를 조아렸다. 단영이 이번엔 서 상궁을 불러 자빈의 뒤쪽에 앉혔다.

"이번 일은 양혜 옹주와도 연관이 있으니 서 상궁도 함께 듣게. 자빈, 자네가 정궁으로 돌아와 가장 먼저 해야 할 일은 옹주를 돌보는 일이 될 것이네."

자빈의 놀란 얼굴 뒤로 서 상궁의 경악한 얼굴이 나란히 보였다. 그러나 단영은 그 둘의 표정을 못 본 척 말을 이어나갔다.

"자고로 왕실 자손의 훈육은 중전이 맡아 해왔다는 것은 나 또한 잘 알고 있네. 허나 아직 입궁한 지 얼마 되지 않아 맡은 바 책무를 감당함에 있어 부족함이 있으니 자빈의 도움을 받으려는 것이야. 자빈 자네는 옹주의 훈육 외에도 일상에서 하나하나 작은 것까지 살피고 배려를 할 수 있도록 힘써주었으면 좋겠네. 물론 옹주의 보모상궁인 서 상궁이 자네를 도와줄 것이니 크게 걱정할 일은 없을 것이네. 어찌하겠는가?"

자빈은 잠시 못마땅한 기분이 되었다. 옹주를 돌봐야 한다니, 말도 못하는 천치 계집아이를 데리고 뭘 하란 소리인가. 그러나 싫다고 했다가 경희궁에 도로 남기라도 하면 어쩌나 싶어 얼른 수락을 하였다. 단영은 흡족한 표정으로 그런 자빈을 바라본 후 다시 서 상궁에게로 시선을 돌렸다.

"내가 왜 자네까지 이 자리에 불러들였는지 이만 하면 알았을 거라 생각이 되네. 며칠 내로 사람을 보내 새로이 지정될 옹주의 훈육상궁과 일과를 알려주도록 할 터이니 이만 돌아가 기다리도록 하게."

서 상궁으로서는 할 말이 아주 많았으나 이미 돌아가라는 명이 떨어진 후이니 어떤 하소연도 할 수가 없었다. 게다가 자빈이 아직 버티고 있지 않은가. 괜히 그 성질머리를 건드려 옹주에게 더한 해악을 끼칠까 봐 결국 아무런 말도 못하고 밖으로 물러나왔다.

서 상궁이 나가고 문이 닫히자 웃음기가 어렸던 단영의 표정이 일순 바뀌었다. 아직 상황도 제대로 모르고 들뜬 기분에 사로잡힌 자빈이 말하였다.

"마마께서 이런 결정을 내리신 것을 자경전마마께서도 알고 계십니까?"

"왜, 어마마마께서 안 된다 하실까 봐 걱정이라도 되는가?"

"아니, 그런 것이 아니오라……."

자빈은 그제야 단영의 변화를 눈치 채고 말끝을 흐렸다. 왜 또 저러지, 불안했지만 그녀는 본래 하고 싶은 말을 잘 누르지 못하는 성품이다. 눈치를 살피다가 결국 입을 열었다.

"자경전마마께서 정말 허락을 하신 것입니까? 혹 말씀을 드리지 않으셨다가 나중에라도 반대에 부딪히면 말을 바꾸실 터인데 그리 되면 소인의 입장이 무엇이 되겠습니까."

자빈의 말에 단영이 차가운 목소리로 말하였다.

"자네 하나 불러 오는 일이 누구에게서 허락을 받아야 할 만큼 나에게 큰일이라 여겼다면 오산일세. 자네를 어디로 보내고 무엇으로 만드는가는 전적으로 내게 달린 일이야. 몰랐는가?"

자빈은 단영의 말에 오기가 일었다. 내명부 관할이야 중전이 맞는다지만 그렇다고 임금의 제1후궁을 그리 쉽게 움직일 수 있다 단정하는 것에 화가 치밀었던 것이다.

"하오면 그러한 마마께서 신첩을 더한 오지로 보내지 않으시고 정궁으로 다시 불러주시는 연유가 무엇입니까?"

단영이 자빈의 얼굴을 물끄러미 바라보며 대답을 하였다.

"이는 내가 자네를 좀 더 편히 처리할 수 있기 위함일 뿐이네. 이미 이궁으로의 징계를 받은 처지라면 이후 또다시 과오를 범해도 그 죄가 웬만한 이상 새롭게 처벌하기 어려운 단점이 있지. 게다가 그 행위를 적발하는 것 또한 수월치 않으니 그곳에 계속 방치하여 무슨 득을 볼 수 있겠는가. 허나 이제 다시 정궁으로 돌아온다면 내 자네에게 한 번의 덕을 베푼 셈이니 이후 아무리 작은 과오라 해도 그만큼 죄를 묻기

수월할 뿐 아니라 그 누구도 내 처분이 과중하다 반할 수 없을 것이네. 이제 이해가 좀 되는가?"

자빈의 얼굴색이 조금씩 변해가고 있었다. 어쩐지 오한이 나는 것 같다. 이제 자신을 어찌할 것이냐 묻고 싶지만 차마 목소리가 나오지 않았다. 그런 그녀 대신 단영이 입을 열었다.

"나는 자네 같은 사람을 가장 싫어하네. 어디 조금이라도 움츠리고 뛰어보게나. 그 즉시 자네를 폐하여 다시는 궁 안으로 발길도 하지 못하게 만들어주겠네."

자빈의 얼굴이 흙빛이 되었다. 그러나 결국 어떤 대꾸도 할 수 없던 그녀는 단영의 물러가라는 명에 주춤주춤 일어났다. 그런 자빈을 향해 단영이 마지막 일격을 가하였다.

"옹주에게 최대한 잘 보이는 것이 자네 신상에 좋을 것이야. 어디 가은당에서 어떠한 보고가 올라오는지 지켜보도록 하겠네."

자빈이 나간 후 단영은 양손을 들어 관자놀이를 꾹꾹 눌렀다. 이틀을 꼬박 옹주와 자빈, 그리고 초영을 어찌할지 궁리하다 보니 두통이 일었던 것이다. 최 상궁이 안으로 들어왔다.

"어찌 되었느냐?"

"지금 막 서 상궁을 보내고 오는 길입니다."

단영은 미리 최 상궁에게 이르길 서 상궁이 나오면 옆방으로 다시 들이라 말을 해놓았었다. 자빈이 어떤 상황에 처했는지 그녀가 알아야 제때에 옹주를 보필할 수 있으리라 여긴 때문이었다. 그러나 서 상궁뿐만 아니라 의종까지 곁방에 들어 자신과 자빈을 살폈으리라고 어찌 짐작이나 하였겠는가. 하여 최 상궁이 무언가를 더 말하고 싶어 하는 눈치를 보였으나 그냥 손을 내젓고 말았다.

"잘했다. 나는 좀 쉬어야겠으니 초영이가 되돌아오면 일러다오."

그러고는 안석에 등을 기대며 작게 한숨을 내쉬었다. 최 상궁은 그런 단영을 뒤로한 채 물러나오며 이마를 찡그렸다. 주상 전하가 납시었던 일을 어찌해야 하나, 임금에게 직접 함구를 명받긴 하였으나 그렇다고 모른 척할 수도 없는 일……. 고민이 많은 최 상궁이었다.

같은 시각, 윤 상궁의 안내를 받아 자신의 거처를 소개받은 초영은 곧 나인의 의복으로 갈아입고 교태전 구경을 나서게 되었다. 궁 전체를 돌아보기는 어렵겠지만 교태전 나인이 되었으니 훈육 전에 이곳 지리만이라도 알아야 한다는 최 상궁의 지시 때문이었다. 윤 상궁은 그 일을 나인 하나에게 맡기고 서둘러 내전으로 되돌아갔다.

"이리 오시오, 윤씨 항아님. 내부는 며칠 지내다 보면 자연 볼 수 있을 것이니 오늘은 교태전 외부하고 후원을 구경시켜 드리겠소."

머리를 얌전하게 땋아 올린 동갑내기 나인이 총총 앞서 나갔다. 교태전의 인지당(麟趾堂)이며 원길헌(元吉軒), 함광각(含光閣), 건순각(建順閣) 등을 차례로 소개하고는 마지막에 후원에 이르러 그 홍취를 돋우는 아름다운 자태를 자랑스럽게 설명하였다.

"금원(禁苑)이라고도 하며 아미산(峨嵋山)이라고도 하는 곳이라오. 오늘은 특별히 허락을 받았지만 아무 때나 무시로 드나들 수 있는 곳이 아니니 유념하시오."

그러고는 그 안의 화석단이며 여러 가지 조형물에 대해 일러주던 참이었다. 문득 어딘가를 바라보다 주저앉을 듯 놀란 나인이 서둘러 초영의 손을 끌며 허리를 깊이 숙이는 것이었다. 너도 이처럼 하라는 뜻이었지만 무슨 일인지 감을 잡을 수 없던 초영은 그저 가만히 서서 앞을 살필 따름이었다. 누군가가 아미산 굴뚝 뒤에서 걸어 나오는 것이 보였다.

"교태전 나인들이냐?"

또 다른 한 사람, 내관의 옷을 입고 있는 자가 물었다. 곁에 있는 나인이 그렇다고 모깃소리만 하게 대답하였지만 초영은 그마저도 하지 못했다. 물정 모르고 빳빳이 올려다보던 이가 다름 아닌 임금임을 깨달았기 때문이었다. 그런데 상대의 신분을 알고 나니 허리가 숙여지기는커녕 더욱 뻣뻣하게 굳고 말았다. 한 번도 느껴보지 못한 두려움과 외경심, 그리고 뭐라 단정할 수 없는 감정들이 한데 섞여 그녀를 압박하였기 때문이었다.

"네가 어째서 이곳에 있는 것이냐?"

얼마나 시간이 흘렀을까. 물끄러미 바라보던 의종이 질문을 하였다. 초영은 입 안이 바싹 마르는 것을 느끼며 간신히 대답을 하였다.

"소인은 교태전 본방나인으로 입궁하게 된 윤가 초영이라 하옵니다."

그러고는 뒤늦게 깨달았다. 임금이 마치 잘 아는 사이처럼 질문을 던졌다는 것을, 아니, 실은 임금이란 자의 용안이 처음 보는 순간부터 매우 낯익었다는 것을…….

"본방나인이라. 네가 말이냐? 어찌하여?"

"곤전마마의 며, 명이 있어……."

흠, 뒷짐을 지며 무언가 생각에 잠기는 의종. 초영은 한동안 계속되는 침묵이 곤혹스러웠다.

"내 기억으로 너는 좀 더 대담히 대거리를 할 줄 아는 아이였는데 오늘은 어찌 그러하지?"

그제야 머릿속이 환해지는 초영. 맞다. 지난날 윤 대감의 별당에서 단영을 뒤따라 들어왔다가 자신과 맞대면하였던 황의의 사내, 바로 그가 아닌가! 당황한 초영이 우물쭈물하는 동안 의종이 기다릴 수 없다는 듯 몸을 돌렸다. 그러나 그게 끝이 아니었다.

"이 아이를 대전으로 들이라."

홍 내관이 놀란 얼굴로 의종과 초영을 번갈아 쳐다보다가 물었다.

"지금 말이옵니까?"

그러나 의종은 이미 강녕전을 향하고 있었다. 홍 내관의 깊은 한숨이 뒤를 이었다.

"따라오너라."

그의 말에도 초영은 쉽게 움직이지를 못했다. 뭐가 어떻게 된 것인지 도통 알 수가 없었다. 멍하니 서 있기만 하자 곁에 있던 나인이 얼른 허리춤을 찔렀다. 그제야 떨어지는 발길.

그들의 모습을 멀리서 살피던 대전상궁 양 씨가 얼른 홍 내관에게 따라붙었다.

"상선(尙膳) 영감, 이 아이는 교태전 소속이니 그쪽에도 알려야 하지 않겠습니까?"

홍 내관이 복잡한 눈빛으로 초영을 돌아보았다. 그의 눈빛을 따라 초영의 태를 넌지시 살피던 양 상궁의 눈이 점점 커졌다.

"이 아이가…… 누구입니까?"

홍 내관이 작은 목소리로 대답하였다.

"영평부원군 대감 서녀일세. 본방나인으로 입궁을 한 모양인데."

양 상궁이 우려의 눈빛으로 홍 내관을 마주 바라보았다. 새로운 중전을 모신 지 아직 석 달도 되지 않은 시점이었다. 이런 때 전하의 눈에 드는 나인이 생긴다는 건 결코 바람직하지 않다. 그런데 한술 더 떠 중전의 이복자매라니!

"교태전에는 내가 가도록 할 테니 자네는 이 아이를 대전으로 안내하게. 단장은 시킬 필요 없으니 이대로 데려가면 될 것이네."

홍 내관의 말에 양 상궁이 물었다.

"단장을 시키지 말라니 무슨 말씀이십니까?"

"아직 유시(酉時)도 되지 않았네. 전하께서 침수에 드실 시간은 아니니 무언가 다른 하명이 있으실 수도 있다는 뜻이지. 그러니 일단은 그냥 데려가보게."

홍 내관도, 양 상궁도 지금껏 의종의 수발을 들면서 이런 종류의 일은 겪어보질 못하였다. 가은당 최씨 또한 일련의 사정들을 내포했었지, 이리 급작스럽지는 않았던 것이다. 하여 앞으로 어떤 일이 벌어질지 예상한다는 게 쉽지 않았다.

홍 내관은 양 상궁과 초영을 먼저 보내놓고 교태전으로 향하였다. 이미 소식을 들은 최 상궁과 윤 상궁이 근심스럽게 서 있었다.

"이를 어쩌면 좋습니까? 그 아이는 곤전마마께서 직접 데려오셨기에 관례[50]를 올린 이곳 나인들과는 다릅니다. 그런데 입궁 첫날부터 이리 하시면……."

최 상궁이 탓하는 목소리로 말하였지만 전하의 명이니 달리 방도가 있는 것도 아니어서 이내 말끝을 흐렸다. 홍 내관이 난처한 얼굴로 대답하였다.

"별일이야 있겠습니까? 필경 전하께 연유가 있으셨을 터이니 너무 염려하지 마십시오."

그러나 최 상궁의 얼굴은 그게 아니었다. 그녀가 작게 탄식을 하며 말하였다.

"상선영감께서 정녕 몰라 그리 말씀하시는 것입니까? 그 아이를 직접 보셨지 않습니까. 원덕왕후마마께서 승하하신 후 전하께서 어찌 지내셨는지 기억하신다면 별일 아니란 말씀은 못하시지요. 혹여 우리 마마 귀에라도 들어갈까 그렇게 아이들 입단속을 시켰건만 끝내는."

곁에 섰던 윤 상궁이 끼어들었다.

"정말로 그 아이가 원덕왕후마마와 그리 똑같이 생겼습니까?"

연경이 살아 있을 당시 지밀이 아닌 침방나인으로 있어 그 생김새

---

50) 궁녀들이 쪽을 지고 첩지를 달던 의식.

를 자세히 기억 못하는 윤 상궁이 호기심 어린 목소리로 물었다. 최 상궁이 얼른 눈짓을 하여 목소리를 낮추라 주의를 주는데, 그때였다. 홍 내관이 갑자기 두 손을 모아 쥐며 두 명의 상궁 쪽을 향해 예를 갖추는 것이었다. 최 상궁이 눈치를 채고 눈을 꽉 감았다. 밖의 소란에 단영이 나온 것이다.

"지금 무엇이라 했는가?"

두 상궁이 당황하여 고개를 들었다. 단영은 윤 상궁을 쳐다보며 묻고 있었다.

"그, 그것이."

윤 상궁이 제대로 대답을 못하자 단영의 미간이 슬쩍 찌푸려졌다. 최 상궁이 들릴락 말락 한숨을 내쉬며 한 걸음 앞으로 나섰다.

얼마나 되었을까. 어둠 속에 혼자 앉았던 단영이 조용히 몸을 일으켰다. 낮의 일로 교태전 상궁 무리들은 침울하였으나 그녀는 별반 동요를 느끼지 못했다. 대전으로 불려간 초영은 의종의 저녁 수라 이후에도 한동안 그곳에 머물다가 술시(戌時)가 막 지난 즈음에 물러나왔다 하며 더 이상은 알려진 바가 없었다. 초영을 바로 대령하겠노라 윤 상궁이 언성을 높였지만 피곤하니 그만두라 일렀다. 그리고 지금이 된 것이다.

단영은 먼저와 같은 방법으로 궐을 빠져나왔다. 금군들의 방비가 왠지 너무 허술하게 느껴졌다. 이거 안 되겠는걸, 단영은 장난처럼 웃으며 마지막 금군을 따돌린 후 담을 넘었다. 그러고는 의종이 일러준 광통교 기방을 향하여 걸음을 재촉했다. 중간에 순라꾼들과 마주칠까 조심조심 달렸다. 잠 못 이룬 동네 개들이 단영의 발소리를 따라 쉬지 않고 울부짖었다.

단영이 미리 알아본 바에 의하면 광통교 근방의 영루관(榮淚館)은 제법 유명한 기루였다. 들은 대로 육조거리에서부터 길을 잡아 운종가로 향하다 보니 그 중간쯤에 영루관이 보였다. 그러나 이미 장사를 접었을 시간이니 원하는 이를 만날 수 있을지는 확실치 않았다.

단영은 우선 기방 주위를 돌며 그 분위기를 살폈다. 예상대로 불은 모두 꺼져 있었지만 간혹 여인네의 숨죽인 웃음소리가 담장 밖으로 실려 나오기도 하였다. 천천히 주위를 맴돌던 단영은 알맞은 장소가 보이자 망설이지 않고 안으로 뛰어들었다. 부드러운 풀이 발밑의 소리를 감추어주었다. 잠시 어둠 속을 살피던 단영은 웃음소리가 나던 곳으로 발길을 옮겼다.

"에구머니, 뉘시오?"

똑같은 문들이 주르륵 달린 기다란 안채 건물에서 하녀로 보이는 여인이 반상을 들고 나오다가 기겁을 하여 주저앉았다. 하마터면 술병을 엎을 뻔한 것을 잡아주며 단영이 말하였다.

"미안하게 됐소. 사람을 찾는다는 것이 그만……."

가만히 단영의 행색을 살피던 여인이 으흥, 하며 코웃음을 웃었다. 보아하니 또 어느 사대부가에서 남 몰래 연모하는 기녀에게 연통이라도 넣으러 온 모양이라고 생각한 것이다.

"댁 같은 이가 한둘이 아니니 사과는 뭐 되었고. 그래, 어느 아씨를 찾으시오?"

"이곳에 경진이란 이름의 기녀가 있소?"

"아, 경진 아씨에게 오셨소? 그럼 양 영감 댁에서 보내신 건가? 아니면 첨지사(僉知事) 나리?"

그러나 단영이 양 영감이니 첨지사니 하는 이들을 알 턱이 없었다. 그냥 얼버무리고 말자니 여인은 여인대로 주인에게서 입단속을 철저히 받았나 보다고 쉽게 넘어가는 것이었다.

"마침 혼자 계시니 따라오시우."

그녀는 후원으로 들어가 작은 정자 앞으로 안내를 하였다. 보니 한 여인이 돌아앉아 홀로 술잔을 기울이고 있었는데 앞으로는 연못이 있는지 개구리 우는 소리가 요란하였다.

"어디의 누구신데 이 시간에 절 찾으시는 겁니까?"

갑작스런 단영의 출현에도 여인은 그다지 놀라는 기색이 아니었다. 정자로 올라오라 청하였다가 단영이 거절을 하자 생긋 웃으며 옮겨 앉았다. 스물한두엇 되었을까, 옥같이 하얀 피부에 화려한 얹은머리를 하고 기녀들만의 짧고 통이 좁은 저고리에는 수가 놓인 감색 허리띠를 둘러 그 교태로움과 화사함이 돋보였다. 초승달 같은 눈썹과 맑은 눈빛, 마늘쪽 같은 코에 동그랗고 작은 입술은 비록 별당 조씨나 초영에 비할 수는 없었으나 자빈보다는 뛰어났으니, 단영이 지금껏 본 여인들 중 그 아름다움이 으뜸에 속한다 할 수 있었다.

"누군가가 그대에게 전갈을 남겼을 것이오. 그것을 들으러 찾아왔소."

경진이 살포시 웃으며 자리에서 일어섰다. 진한 감홍색 치마가 물결치듯 흘러내렸다. 비단신을 신고 밑으로 내려온 그녀는 아무런 말 없이 단영의 얼굴만 오래오래 살피었다.

"왜 그러시오?"

"나에게 말씀을 남긴 그분에 의하면 이 전갈을 받으러 오는 자는 어떠한 증표도 가지고 있지 않으니 그저 얼굴 모양새를 보고 판단해야 한다 하시더이다. 그러니 내 그쪽을 유심히 살펴 과연 임자가 맞는지 아닌지를 판가름해야 하지 않겠습니까?"

분내가 풍기며 여인의 얼굴이 피부에 닿을 것같이 가까워졌다. 단영은 내심 불편했지만 틀린 말이 아니기에 묵묵히 서 있었다. 경진은 괴이하게 생긴 사내를 여러모로 뜯어보며 생각하였다. 듣던 대로 생김이 망측한 것은 사실이나 본 모습인지는 의심이 된다고. 목소리 또한 상한 소리이긴 하나 그 음이 일정치 않으니 일부러 꾸미는 것이 아닌가 싶기도 하였다.

그러나 모습이 거짓이든 참이든 상선영감이 일러주던 인상착의와 일치하였으니 받아놓은 서찰만 전달하면 그녀의 임무는 끝나는 것이었다. 다년간의 첩자 생활로 눈앞의 인물이 누구인지, 무슨 사건과 연관되어 있는지 등의 호기심은 더 이상 생기지 않았다. 경진은 품 안에서 반으로 접은 서통을 꺼내 단영에게 내밀었다.

"시간이 나시면 잠시 위로 올라 흥이라도 좀 내다 가시는 게 어떻겠소? 기루에 들러 한잔 술도 못 얻어 자신대서야 말이 되겠소?"

경진이 다시 묘한 웃음을 지었으나 단영은 묵묵히 고개를 저었다. 술보다는 받아든 서찰이 궁금했던 것이다. 경진에게 목례를 하는데 그때였다. 좀 전의 하녀가 뛰어왔다.

"에고, 아씨. 이러고 있으실 때가 아닙니다. 어서 안으로 좀 듭셔야겠어요."

"왜 그러우?"

"마전나리께서 지금 막 도착하실 거라 기별이 왔지 뭡니까. 그 나리께선 늘 아씨만 찾으시니 서둘러 준비를 하라는 분부이십니다요."

경진의 입이 대번에 다물린다. 보기엔 무언가 불만이 있는 듯도 하였으나 행동거지는 반듯하여 곧 단영에게 목례를 한 후 총총걸음으로 하녀의 뒤를 따라나섰다.

단영은 그들이 나갈 때까지 기다리다가 경진이 머물던 정자로 올라 등잔 앞에서 서찰을 펴보았다.

마전(馬廛)

서찰에는 가타부타 설명도 없이 이렇게만 적혀 있었다. 단영은 어이가 없어 글자만 내려다보다가 다시 접어 품에 집어넣었다. 마전교 근처를 뒤져보라는 소리인가. 그러나 집이 한두 채도 아니고 그 근처를 어떻게 다 찾아다……, 얼굴을 찌푸리던 단영은 순간 경진이 사라진 곳을 돌아보았다. 마전이라. 그 여인을 찾는다던 누군가도 같은 이름이지 않던가?

얼른 그들의 뒤를 따랐다. 시간차가 있어 모습은 찾을 수 없었지만 커다란 집을 몇 바퀴 돌다 보니 짐작 가는 곳이 보였다. 궤궤한 가운데 딱 한 군데, 대청마루를 사이에 낀 두 개의 방이 훤하게 밝혀져 있었던 것이다. 단영은 조심스레 접근하여 한 군데를 먼저 살폈다.

"그럼 네년은, 내가 실력이 모자라 낙방을 했다, 이 뜻이냐?"

혀 꼬부라진 남자 목소리가 들려왔다. 그리고 곧 간드러진 여인의 목소리도 뒤를 따랐다.

"아이, 그럴 리가 있겠습니까. 이년의 말뜻은 그런 것이 아니오라 자고로 어전시(御前試)라는 것은 아무나 호락호락 통과할 수 없는 것이니……."

"시끄럽다, 요년! 네년이 뭘 안다고 실력이니 낙방이니 나불대며 사내의 기를 죽인단 말이냐? 안 되겠다. 생긴 게 반반하다 하여 귀히 여겨주니 아주 세상천지 두려울 것이 없구나."

단영은 들을수록 한심하여 저도 모르게 혀를 찼다. 과한 술로 혀까지 꼬부라진 목소리의 주인공은 친정오라비 재성이었던 것이다. 더 이상 그 추태를 지켜볼 수 없어 다른 방으로 옮겼다. 이번에는 기류가 조용한 것이 젓가락 부딪는 소리 외에 들려오는 게 별반 없었다. 술잔에 술 채워지는 소리, 옷자락 스치는 소리, 흠흠 목청 돋우는 소리, 나지막이 권주가를 흥얼거리는 경진의 구성진 노랫소리……. 단영은 창 밑에 머리를 기댄 채 하늘을 올려다보았다.

얼마나 흘렀을까. 하늘로 흐르는 별똥별을 바라보는데 거센 바람소리와 함께 단영의 머리를 향해 무언가가 날아들었다. 얼른 피하며 보니 언제 나타났는지 웬 덩치 큰 사내가 커다란 방망이를 휘두르고 있었다. 재차 공격해 오는 덩치, 다짜고짜 공격하는 것을 보면 방 안의 마전이란 자와 한패거리임이 분명했다.

단영은 대청으로 뛰어올라 단도 하나를 꺼내들며 곁눈으로는 덩치와 함께 들어온 자들을 살펴보았다. 여차하면 뛰어들 태세를 갖춘 이들이 여섯, 그리고 그 뒤로 유유히 서 있는 선비 차림의 사내가 한 명.

단영은 덩치의 얼굴을 향해 단도를 던진 후 목을 틀어 피하는 그를 뛰어 넘어 뒤로 착지하였다. 연줄이 감기며 덩치의 목에 생채기를 주었다. 큰 타격은 줄 수 없었지만 목이 제압당하자 덩치의 움직임이 많이 느려졌다.

"이게 다 무슨 일입니까?"

놀라서 뛰쳐나온 경진의 목소리였다. 단영은 합세하여 찔러 들어오는 두 명의 공격을 피하며 얼른 마전이란 인물을 살폈다. 풍채가 좋고 얼굴엔 기름이 번드르르한 것이 대성한 장사치의 얼굴을 하고 있었다. 단영은 서둘러 단도를 회수했다가 검을 휘두르는 자의 손목을 향해 다시 날렸다. 비스듬히 날아간 단도는 칼자루를 먼저 친 후 손목을 향해 튀어 올랐다.

"이런, 위험하오."

또 다른 누군가가 사내 대신 단도를 쳐내어 같은 편의 부상을 막는다. 단영은 생각대로 공격이 먹히질 않자 이마를 찡그렸다. 의종에게 쌍도 중 하나를 줘버려 이 이상의 위력을 발휘할 수 없는 게 아쉬웠다. 단영은 몸을 틀어 오른쪽으로 짓쳐들어오는 자의 다리를 향해 미끄러졌다. 발목을 차 쓰러뜨린 후 그자의 봉을 회수했다. 족히 석 자는 넘을 봉은 잡기가 무섭게 한쪽으로 치우치며 출렁였다. 단영은 앞으로 달려드는 이의 복부와 이마를 쳐낸 후 다시 뒤에서 찔러오는 검을 막아냈다. 쩍 소리와 함께 봉의 끝이 갈라져버렸다.

몇 합이 더 오고갔다. 필사적으로 수비를 하며 도망갈 틈새를 노렸지만 익숙지 않은 무기를 사용하다 보니 점차 밀려 결국 그들의 진 안에 갇히게 되었다. 하나를 보내면 또 하나가 파고들어 단영의 입지는 점점 줄어든다. 어깨를 찔러오는 검을 쳐냄과 동시에 밑으로 쓸고 들어오는 쇠줄을 한쪽발로 차단한 단영은 봉을 힘껏 휘두른 후 상대가 주춤한 사이 땅을 박차 사람의 울타리를 빠져나왔다.

그러나 싸움이 끝난 것은 아니다. 그녀의 등을 따라 무차별 공격이 계속 이어졌다. 단영은 다시 단도를 꺼내 옆으로 따라붙은 자의 종아리를 그은 후 몸을 뒤로 날려 대청으로 뛰어올랐다. 마전이란 자를 잡으려 한 것이나 언제 내려갔는지 그자는 이미 마당 한 옆 도포 차림의 사내 곁으로 피한 뒤이다. 단영은 첫 혀를 차며 도주를 할 또 다른 기회를 틈탔다. 그리고 곧 움직임을 멈췄다. 그때까지 제대로 보지 못했던 유유한 도포 차림의 사내 얼굴을 그제야 확인했기 때문이었다. 여인과 같은 가녀린 생김새로 비죽 웃음을 흘리며 곱디고운 손으로 턱을 쓰다듬는 사내는 바로 조창주 그자였다.

"이를 어째!"

대청 한구석에 서 있던 경진이 비명을 질렀다. 그러나 위험을 알려주려는 그녀의 노력에도 불구하고 이미 각각의 무기들은 피할 수 없는 거리까지 다가와 있었다. 단영은 눈을 감으며 단도를 아무렇게나 휘둘렀다. 팅, 누군가의 검에 걸려 연줄이 끊겨나갔다. 동시에 단영의 입가에도 씁쓸한 미소가 잡혔다. 끝이 이렇게 쉬울 줄이야.

그때였다. 갑자기 날카로운 파공음이 들려오더니 단영을 에워싼 무리들이 휘청거리며 뒤로 한 걸음씩 물러나버렸다. 팽팽 돌아가는 무언가가 거세가 날아와 그들의 무기를 순서대로 쳐낸 것이다. 마지막 칼자루까지 모두 쳐낸 후에도 그 기세가 줄지 않아 비스듬히 지붕을 향해 날아가던 그 무언가는, 곧 위에 서 있던 누군가의 손에 잡혀 움직임을 멈췄다.

"누구냐!"

일제히 무기를 수습하여 그자를 향해 뛰어올랐다. 그러나 달빛에 가리어진 그림자는 곧장 밑으로 뛰어내려 단영을 안은 후 다시 몸을 날려 사람들의 머리를 타넘었다.

"도망가지 못하게 잡아야 한다!"

마전이란 자가 격분하여 외쳤다. 그러나 그림자의 출수가 워낙 빨라 이미 그 모습은 안채에서 사라진 뒤였다. 잠시 후 집 안 어디에선가 한바탕 굉음이 들리는가 싶더니 다시 이어지는 적막. 조창주는 비죽 웃음을 지으며 마전을 돌아보았다.

"우리 애들이 저자들을 놓친 모양입니다."

마전은 이 상황에서 웃음이 나오느냐는 표정으로 조창주를 되쏘아보았다. 그러나 조창주의 시선은 이미 몇 걸음 앞에 꽂혀 있는 단영의 단도에 머물러 있었다.

"그것이 좀 전의 아이가 휘두르던 것입니까?"

중문 근처에서 느닷없이 목소리 하나가 들려왔다. 단검을 집어 들려던 조창주가 뒤를 돌아보았다. 그림자에 가려 보이진 않았으나 그 목소리가 누구인지는 단박에 알아챌 수 있었다.

"참으로 쓸 만한 재주가 아니었습니까? 몸집이며 움직임으로 보아 아직 여물지 않은 소년에 불과하다 여겨지는데 그대는 어찌 생각하였습니까?"

그림자의 질문에 조창주가 대답하였다.

"소인 또한 마찬가지 짐작을 해보았습니다. 몸집은 작을 수 있을지 몰라도 나이 든 자에게서는 그러한 민첩성을 찾기 힘들지요."

고개를 끄덕이던 어둠 속 인물이 물었다.

"행적을 뒤쫓을 수 있겠습니까? 어찌하여 이곳으로 숨어들었는지, 누구의 휘하에 있는 것인지 꼭 알아야겠습니다."

빙그레 웃음을 짓던 조창주가 대답하였다.

"하늘 아래 어느 누가 그 흔적을 온전히 감추며 살 수 있겠습니까? 조만간 저 아이를 대령토록 할 터이니 심려 놓으십시오."

그러고는 손수건을 꺼내어 단검을 감싼 후 어둠 속 인물에게 내밀었다. 곁에서 그들의 모습을 불만 어린 표정으로 바라보던 마전이란 자가 흘끗 대청을 올려다보았다. 다들 갑자기 나타난 인물과 단영의 뒷모습을 뒤쫓느라 눈치 채지 못했지만 그만큼은 알 수 있었던 것이다. 기녀 경진이 어느 순간 사라지고 없다는 것을.

"해서장군(海舒將軍)께서는 어디 불편한 곳이라도 있는 것입니까?"

갑작스런 그림자의 물음에 마전이 움찔 놀란다. 그는 본래 마구(馬具)를 사고파는 장사치로서 조선 전역에서 큰 수익을 얻는 부호였으나 뒤에서는 비호단의 숨겨진 일원으로 활동하는 자였다. 다른 몇몇 부호상들과 마찬가지로 마전 또한 단의 자금줄이 되어주는 대신 사업을 보호받는 조건으로 결탁하게 된 것이다. 그는 장사치 특유의 비굴한 표정으로 대답하였다.

"그럴 리가 있겠습니까. 다만 상장군과 수훈장군 두 분을 동시에 모시는 술자리가 엉망이 되었으니 그것이 아쉬워 그런 것이지요."

그러고는 연신 경진이 사라진 대청 한구석을 흘깃거리는 것이었다. 평범한 계집 같으면 그 사달이 무서워 도망을 갔다고 볼 수도 있겠지만 그녀는 달랐다. 평소 경진의 호방함을 잘 아는 마전으로서는 지금 그녀가 어디에 가 있는지 몹시 궁금하였다.

마전의 짐작대로 경진은 단영과 의문의 사내가 도망친 곳을 향하여 앞질러 달려간 참이었다. 이곳 지리를 잘 알고 있기에 어느 길목에서 지키면 그들이 나오게 되어 있는지 또한 쉽게 추측할 수 있었다. 철통같이 주위를 지키고 있으니 담을 넘기는 어려웠을 터, 뒤곁에 나가 기다리니 과연 단영을 안은 사내가 뒤쫓는 자들을 피해 안으로 뛰어 들어왔다.

두 사람을 끌어 자신의 방으로 안내했다. 단영의 왼쪽 어깨 밑으로 피가 흥건했다. 사내가 복면을 밑으로 내린 후 단영의 상처를 살피기 시작했다. 경진은 그런 사내를 유심히 보았다. 약관은 안 되어 보이는 앳된 인상이었으나 눈과 코, 입매가 반듯하고 또 아름다웠다. 이런, 사내에게서 이런 미(美)를 발견한다는 것이 어디 쉬운 일인가. 저도 모르게 빙긋 웃음을 짓던 경진은 희미하게 들려오는 단영의 신음소리에 정신을 차렸다. 밖으로 나가 자신의 방 앞까지 나 있는 핏자국을 우선 지운 후 물이 담긴 세숫대야와 무명천 몇 장을 들고 급히 되돌아왔다. 그러나 이미 방 안에서는 두 사람의 모습이 흔적도 없이 사라진 후였다.

사내는 단영을 안은 채 어둔 길을 골라 조용히 달려 나갔다. 그 와중에도 혹여 단영에게 고통이 배가될까 신경을 썼기에 걸음은 더욱 늦춰질 수밖에 없었다. 영루관을 빠져나와 북촌을 향해 달리는데 단영의 어깨를 감쌌던 천이 헐거워지며 다시 피가 솟구쳤다. 지혈을 해야 하는데 숨을 곳이 마땅치 없으니 사내로서도 어찌할 방도가 없었다. 그는 나지막한 산등성이를 올라 한참 나무숲 사이를 헤매다가 낮은 풀숲에 단영을 내려놓았다. 그러고는 오는 도중 찾아낸 단귀초를 씹으며 단영의 어깨에 둘둘 감아놓았던 헝겊을 치웠다. 흠뻑 젖은 상의와 속옷을 들추니 안으로 하얀 속살이 피와 엉긴 채 드러났다. 사내는 눈을 질끈 감은 후 견정혈(肩貞穴)을 눌러 지혈을 하고는 다시 씹어낸 약초를 상처 위에 덧발랐다. 그러고는 자신의 상위를 길게 찢어 상처 부위를 꼼꼼히 싸매었다.

그때였다.

"핏자국이 이쪽으로 향하고 있다!"

뒤쫓는 이들의 외침이 들려왔다. 사내는 단영을 조심스럽게 안아 올린 후 낮은 풀숲을 헤쳐 나갔다. 혼자였다면 도망이 어렵지 않을 테지만 상처 입은 단영을 돌봐야 했기에 걸음은 더디기만 했다. 뒤쫓는 자들의 기척이 가까워졌다 멀어지기를 수차례 반복하는 동안 얼마나 걸었을까, 사내의 시야로 작은 동굴 하나가 들어왔다. 그는 단영의 어깨를 살짝 받쳐 동굴 안으로 조심스럽게 끌어들였다. 희미한 신음소리가 단영의 입을 통해 흘러나왔다.

"자네 셋은 이쪽으로, 그리고 자네 둘은 나를 따라오게."

이미 뒤쫓는 자들은 수 장 가까이 다가와 있는 모양이었다. 사내는 아직 동굴 밖으로 드러난 단영의 발을 보며 갈등하였다. 동굴이 좁았기 때문에 그녀를 완전히 감추기 위해선 바짝 끌어안아야만 가능했던 것이다. 그는 곤혹스러운 얼굴로 단영을 내려다보다가 할 수 없이 그녀를 끌어들이며 양팔을 가로질러 가녀린 몸을 받쳤다. 차마 자신의 벗은 상체 위로 기대놓을 수는 없었다.

"누구……?"

그 와중에 상처를 건드렸는지 단영이 정신을 차렸다. 사내가 조용히 대답하였다.

"이기(離欺)입니다, 아가씨."

단영의 얼굴에 희미한 미소가 잡혔다.

"그래. 두릅…… 이구나."

다시 정신을 잃는가 싶었던 단영이 중얼거렸다. 어디 갔었니……. 그러고는 까무룩 정신을 놓고 만다. 이기는 두 팔로 버티던 단영의 상체를 가만히 놓아 자신에게 기대게 한 뒤 어깨를 조심스레 감싸 안았다. 작은 움찔거림이 가슴으로 전달되었다. 그녀의 심장 박동과 함께.

"죄송합니다."

풀벌레 흐느끼는 소리 위로 추격자들의 발걸음이 멀어질 즈음, 단영과 이기가 몸을 피한 동굴 입구로는 노르스름한 달빛이 내려앉아 주위를 뽀얗게 물들이고 있었다.

제7장. 틈입(闖入)

광통교 기방 영루관 옆에는 이백 년은 족히 된 소나무 몇 그루가 운치 있게 자리를 잡고 있다. 하여 그 앞을 오가는 사람들은 한낱 기방 옆에 자리하기엔 아까운 노송(老松)이라며 혀를 끌끌 차곤 하였다. 늦은 밤, 인적이 끊긴 그 노송의 거리에 낯선 인영이 모습을 드러냈다. 삿갓으로 얼굴을 가린 사내는 어두운 밤길을 가로질러 소나무로 향하였다. 그러고는 가볍게 몸을 날려 중앙의 가장 높은 가지 위로 올라섰다. 높이가 꽤 되었기에 이곳에서는 기방의 곳곳이 내려다보였다. 사내는 잠시 아래를 살피다가 줄기에 기대앉아 눈을 감았다.

얼마나 지났을까, 웬 여인의 작은 비명이 기방 어딘가에서 들려왔다. 사내는 기댔던 상체를 일으켰다. 기녀들이 거처로 사용하는 별채 쪽에 수상한 움직임이 보였다. 사람 둘이 서 있었는데 차림새로 보아 둘 중 하나는 하녀임이 분명해 보였다. 사내는 그들이 뒤꼍으로 향하는 것을 유심히 바라보다가 곱게 차려입은 기녀 한 명이 정자에서 내려와 그들을 맞이하자 이내 흥미가 시들해졌는지 눈길을 거두며 다시 등을 기대었다.

나무 위로 불어오는 봄바람이 포근하다. 비스듬히 하늘 저 위로 별똥별이 흘렀다. 사내는 문득 아까의 인물들을 찾아보았다. 이미 뒤꼍에는 아무도 없었고 세 명 중 흑의를 입은 자가 안채 섬돌에 걸터앉아 하늘을 올려다보고 있었다. 그자의 모습을 물끄러미 바라보았다. 확인하지 않아도 작은 체구에 짝짝이 눈, 화상이라도 입은 듯 거친 피부를 알 수 있었다.

흑의인의 모습에 이끌리듯 사내도 다시 하늘을 올려다보았다. 또 다른 별똥별이 사선을 그으며 떨어져 내리고 있었다. 간혹 이런 날이 있다. 별들이 약속이라도 한 양 하나 둘, 아래로 흐르는 그런 날. 훗, 사내는 저도 모르게 가벼운 웃음을 흘렸다. 문득 저자도 나와 같은 것을 보고 있겠군, 쓸데없는 생각이 들었기 때문이었다.

흑의인을 향한 공격은 사내의 웃음이 채 끝나기도 전에 시작되었다. 요란한 소리가 들려 내려다보니 이미 대여섯 명의 사람들이 그자를 에워싸고 있었다. 사내는 가장 뒤에서 뒷짐을 지고 있는 자를 눈여겨보았으나 가까운 거리가 아니어서 윤곽을 제대로 구별해낼 수 없었다.

흑의를 입은 자는 왜소한 체격으로도 다른 이들의 공격을 제법 잘 막아내고 있었다. 그러나 간혹 위태롭게 흔들리기도 하는 모습을 보면 실전 경험이 그리 많지는 않은 듯했다. 사내는 무표정한 얼굴로 그들의 싸움을 관망하였다. 벅차긴 하겠지만 저 정도 기지라면 충분히 빠져나갈 수 있을 것이라 관람평을 내리기도 하면서. 그래서 중간에 흑의인이 한눈을 파는 어이없는 실수를 했을 때 그는 눈가를 찌푸리며 고개를 저었다. 본능적으로 품에 손을 넣어 표창 몇 개를 잡기도 하였지만 끝내 사내는 그것을 꺼내지 못했다. 무슨 이유로 그를 도와야 하는지 그 당위성을 스스로가 발견하지 못했기 때문이다. 마음속으로 수많은 갈등이 지나는 동안 흑의인의 단도를 이어주던 줄이 끊어져버렸고 그는 정말 위험한 지경에 이르렀다. 사내의 미간 주름이 더욱 깊어지는 듯했다.

영루관 안채의 지붕 위로 또 다른 이가 모습을 드러낸 것은 바로 그때였다. 그자가 흑의인을 구해 빠르게 사라지는 모습을 보며 사내는 옆에 걸어두었던 삿갓을 들었다. 그러고는 그들의 뒤를 쫓다가 기녀 경진의 도움을 받는 장면까지 지켜본 후 어둠 속으로 사라졌다.

단영이 위기에 처했을 때 간발의 차로 모습을 드러낸 이는 그녀에 의해 이기(離欺)라 이름 지어진 두릅이었다. 이기는 자신이 좀 더 빨리 도착하지 못했음을 한탄하며 상처 입은 단영을 품에 안고 달렸다. 그의 머릿속으로 만 가지 생각이 교차하는 순간이었다.

얼마 전, 초야를 소박이라는 달갑지 않은 형태로 치른 단영을 뒤로 한 채 교태전을 빠져나온 그날, 아침 일찍 이기는 길을 나섰었다. 단영은 그에게 검을 가지고 오라 하였다가 어떤 생각의 전환이었는지 더 이상 찾아오지 말라고 말을 바꾸었었다. 하여 이기는 밤새 잠을 이루지 못하다가 결국 그녀를 더 이상 보지 않기로 마음을 굳혔던 것이다.

이기는 먼저 한성부판윤(漢城府判尹) 오 대감이란 자를 찾으려 하였다. 그러나 몇 해가 지나다보니 그 직책은 이미 다른 이에게 넘어간 지 오래였다. 이기는 꼬박 이틀이 걸려 오 대감의 이름을 알아낼 수 있었다. 현재는 지의금부사(知義禁府事) 직을 맡고 있다 하였다.

"자네는 이것을 어디에서 입수하였나?"

허름한 차림의 이기를 보는 오 대감의 낯빛이 의아했다. 그도 그럴 것이 무령군이 찾아와 부탁을 했을 때가 이미 6년도 더 전의 일이었던 것이다. 이기는 간략히 당시의 상황을 설명한 후 옥패의 주인을 찾아가는 방법을 알려달라 청하였다.

오 대감은 잠시 그의 얼굴을 살펴보다가 노비 한 명을 불러들여 출타할 채비를 차리도록 지시하였다.

"내 아직은 이 청옥패가 누구의 것인지 알려줄 수가 없구나. 그러나 나를 따라오면 그 주인 되는 이를 만날 수 있을 것이니 너무 조급해하지는 말아라. 네 말이 사실이라면 너는 네가 누렸을 큰 복을 지금껏 미루어왔다는 뜻이 되는 게야. 어찌하여 이리 늦게 찾아왔느냐?"

그러나 이기는 별다른 대답 없이 자리에서 일어섰다. 이기는 그때까지도 청옥패의 주인이 그리 대단한 위치의 사람일 줄은 짐작도 못하고 있었다. 하여 무령군의 호위무사인 임문협을 다시 만났을 때에도 예전에 한 번 본 사람이구나, 싶었을 뿐 별다른 감회가 없었다.

무령군은 오랜 시간이 지났음에도 그를 기쁘게 맞아들였다. 아니, 어린 소년이던 이기가 장성하여 나타났으니 오히려 기꺼웠을지도 모를 일이다. 무령군은 서둘러 점심상을 준비하라 명한 후 그를 후원으로 데리고 갔다. 뒤로 펼쳐진 울창한 나무숲과 커다란 연못, 이기는 윤 대감의 사가보다 더 웅장한 그곳을 보며 그제야 무령군의 위치를 짐작할 수 있었다.

"그래, 당시에 내가 꼭 한 번 찾아와달라 하였을 땐 왜 오지를 않았니?"

무령군은 소소한 몇 가지 담소를 나누다가 불현듯 질문을 하였다. 이기가 조용히 대답했다.

"노비는 그저 주인이 가라 하는 곳으로만 갈 수 있을 뿐, 제 스스로 움직이지는 못합니다."

"허나 그때 네가 용기를 내었더라면 나는 더 이상은 아무도 너에게 그러한 것을 요구하지 못하도록 만들어줄 수 있었을 텐데?"

이기가 씁쓸한 얼굴로 답하였다.

"설령 제가 나리를 찾아뵈었다 해도 주인이 바뀌는 것뿐 무슨 차이가 있었겠습니까?"

무령군은 잠시 이기의 얼굴을 바라보다가 곧 호탕하게 웃음을 지었다. 이제 30줄에 들어선 그는 예전보다 더 노회한 이가 되어 있었다. 무령군은 이기가 무언가를 부탁할 심산으로 찾아온 것이 아님을 눈치챘다. 하여 그는 더 이상 옛일에 대해 꺼내는 것을 그만두었다.

"가만 있자, 네 이름이 두릅이었지. 맞아, 그런 이름이었다. 그런데 내 너의 성까지는 듣지 못하였구나. 알려줄 수 있겠니?"

이기는 가만히 바닥만 내려다보다가 말하였다.

"소인의 이름은 이기입니다."

무령군은 그가 계속해서 단조롭고 간략하게만 대답하자 내심 불쾌해졌다. 하여 말하였다.

"너는 좀 전에도 주인의 뜻이 아니면 움직일 수 없노라 그리 말을 하였다. 그런데 이제는 어떤 이유로 이곳까지 찾아오게 된 것이냐? 혹 너의 주인이 찾아가보라 시킨 것이냐?"

이기는 그런 무령군의 기분을 알아차리고 품에서 청옥패를 꺼내 바닥에 내려놓았다. 그러고는 그에게 절을 한 번 한 후 자리에서 일어섰다.

"무슨 뜻이냐?"

"소인은 이미 주인의 뜻이 있어 양민으로 복원이 되었습니다. 하여 더 이상 바라는 것도, 원하는 것도 없습니다. 오늘 찾아뵌 것은 제 물건이 아닌 이것을 돌려드리기 위한 것으로, 이 절은 미천한 소인에게 기회를 주시고자 했던 나리에 대한 감사의 뜻이었습니다."

무령은 이미 이기의 마음이 돌아섰음을 알 수 있었다. 붙잡아봐야 남지 않을 자임을 느낀 것이다. 그는 아쉬움의 눈빛으로 이기를 보다가 체념한 듯 자리에서 일어섰다.

"정 그렇다면 더는 붙잡을 명목이 내게도 없겠구나. 그러나 한 가닥 기회마저 그냥 끊어버리고 싶지는 않다. 허니 언제라도 너의 마음이 돌아서거든 이곳을 찾아오너라."

그러고는 먼저 앞서 사랑채로 향하는 것이었다.

이기는 그의 뒤를 따르며 속으로 한탄을 하였다. 스스로 왕자의 신분이라 하였으니 단영과 가례를 올린 임금과는 형제지간이라는 소리다. 그는 무령군의 당당하고 사내다운 풍채 위로 저도 모르게 한 번도 보지 못한 임금이란 자를 떠올려보았다.

이기는 본래 어릴 적부터 무엇이든 체념하는 법이 빨랐으며 남들에 비해 감정의 기복도 크지 않았다. 그래서 화를 내거나 기뻐하는 일, 즐거워하거나 슬퍼하는 일이 그리 잦지가 않았는데 이번에는 평소 가진 성격으로도 그가 느끼는 슬픔을 누르지 못해 그 감정이 딱딱하게 응어리져 가슴 한복판을 짓누르게까지 되었다. 지금껏 살아오는 동안 그가 윤 대감 댁 노비였다는 사실에 이처럼 크나큰 유감을 가져보기는 처음이었다.

이기는 무언가 더 할 말이 있어 보이는 무령군을 향해 묵묵히 고개를 숙인 후 뒤돌아섰다. 그러고는 지금 막 대문을 통과해 다가오는 사람을 보며 걸음을 멈추었다. 비단 옥색 도포에 부들부채를 흔들며 걸어오는 이는 다름 아닌 조창주였다.

"네가 이처럼 장성하였을 줄 미처 생각지 못해 못 알아볼 뻔했구나. 안 그래도 내 일전에 무령군 나리에게서 너에 대한 이야기를 듣고 무척 놀란 적이 있었다. 어디서 지내나 했더니 광교산이었더구나. 아랫것들 시켜 두어 번 인사를 보낸 적이 있는데 알고 있었느냐?"

그는 어려서와 많이 달라진 이기를 단박에 알아보았다. 마치 성장하는 모습을 지켜보기라도 한 것처럼. 그러고는 그런 그를 무시하고 지나쳐 걷는 이기를 향해 이렇게 덧붙였었다.

"네가 꼭 만나보아야 할 사람이 있다. 뭐 원하지 않는다면 굳이 강요하지는 않겠다만 이번이 아니면 다시는 만나볼 기회가 없을 것이니 잘 생각해보는 것이 좋을 게야."

이기는 자꾸 귀를 맴도는 조창주의 음성을 쫓기 위해 머리를 흔들었다. 그 바람에 그의 어깨에 비스듬히 기대어 있던 단영의 머리가 어깨 쪽으로 기울어졌다. 이기가 한 손을 들어 머리를 받치는데 그때까지 정신을 놓고 있던 단영이 힘겹게 눈을 떴다.

"여기가 어디니."

기운이 하나도 없는 목소리였다. 이기는 허리춤을 뒤져 물이 반쯤 들어 있는 조그만 수통을 떼어냈다. 뚜껑을 열어 단영의 입가에 대어주니 두 모금쯤 마시다가 곧 밀어낸다.

"너는……."

"이미 마셨습니다."

다시 수통을 입에 대어주었다. 밤새 신열로 고생을 해 목이 많이 탔을 텐데도 기운이 없는지 목울대가 겨우겨우 움직였다. 물을 다 마시기를 기다려 수건으로 이마 위의 땀을 닦아주었다. 단영이 다시 물었다.

"여기가 어디니."

"……모르겠습니다. 운종가 근처일 텐데."

단영의 미간이 슬쩍 찌푸려지더니 곧 머리를 들었다. 동굴 밖을 살펴 시간을 가늠해보려는 것 같았으나 어깨의 상처가 울려 용의치 않은 모양이었다. 이기는 그런 그녀의 이마를 가볍게 짚어 다시 기대게 하며 말하였다.

"아직…… 해가 뜨려면 멀었습니다. 잠시 후에 소인이 마마를 모셔다드리겠으니 조금 더 눈을 붙이십시오."

단영이 눈을 몇 번 깜박이다가 가라앉은 목소리로 말하였다.

"그렇게 부르지 마라. 너는…… 나를 그냥 예전처럼 대해줘."

그러고는 스르륵 눈을 감고 잠에 빠져드는 것이다. 이기는 근심 어린 눈빛으로 밖을 살피었다. 단영에겐 거짓말을 하였지만 이미 동굴 밖은 해가 찬연하여 궁으로 돌아가기엔 너무 늦어버린 후였다. 지금쯤 어찌 되었을까. 이기는 단영이 겪을 수많은 일들을 떠올리며 괴롭게 눈을 감았다.

그런 그의 귀로 잠든 줄 알았던 단영의 목소리가 작게 들려왔다.

"네…… 탓이 아니야."

어린 양혜를 지켜보는 의종에게 홍 내관이 빠르게 다가왔다. 의종은 매일 가은당에 들러 옹주와 시간을 보냈다. 그러나 묵묵히 바라보기만 할 뿐 안거나 달래주는 일은 하지 않았다.

"영루관에서의 연통입니다."

홍 내관의 말에 의종의 눈동자가 움직였다. 그러나 이내 양혜에게로 시선을 고정해버린다.

"어찌 되었나?"

"예전의 그자가 전하께서 말씀하신대로 어젯밤 그곳에 찾아왔다 하옵니다. 헌데……."

홍 내관이 주위를 살핀 후 목소리를 더욱 낮춰 말하였다.

"공교롭게도 전하께서 지목하신 마전(馬廛)이란 자 또한 그곳에 들렀다 하옵니다. 하여 그들 패거리와 어울려 싸움을 하였는데, 그 와중에 심하게 부상을 입었다는 전갈이었습니다."

의종이 옆에 놓인 그릇에서 과자 하나를 끄집어내며 홍 내관을 쳐다보았다. 무심한 눈빛이긴 했으나 다음 이야기를 재촉하고 있음을 홍 내관은 느낄 수 있었다.

"부상을 입은 그자는 같은 편으로 보이는 또 다른 인물에 의해 구출되었다 하는데 그 후로 어찌 되었는지는 영루관 쪽에서도 모른다 하였습니다."

"그곳을 탈주했다는 말이겠군."

"그렇습니다."

마전이란 자는 조선에서도 몇 안 되는 유명한 부호상으로, 지난번 비호단(飛虎團)이 회합을 가졌던 양재도의 낡은 와가와 밀접한 관련을 가진 자였다. 의종이 그 와가를 조사해보라 이른 후 며칠 뒤 마전의 신상명세가 전달되었던 것이다. 그러나 오래전 와가를 소유했었다는 기록 외에 이렇다 할 단서가 없어 보류를 해놓았는데 뜻밖에도 단영이 쫓던 자가 마전의 집으로 숨어드는 것을 정전위(靜電衛) 중 한 명이 알아낸 것이다. 의종으로서는 뜻밖의 흥미로운 진전이 아닐 수 없었다.

의종은 잠시 침묵하였다. 무슨 생각 중인지 한쪽 눈이 가늘게 찌푸려져 있었다. 잠시 후 교태전으로 가야겠다며 자리에서 일어섰다.

"교태전이라 하셨습니까?"

홍 내관이 느닷없는 결정에 의아해하였지만 의종은 아무런 대답 없이 빠른 걸음으로 나서는 중이었다. 양 상궁을 비롯한 내관과 상궁 무리들이 놓칠세라 그의 뒤를 따랐다.

의종이 교태전에 이르렀을 때 마침 그곳에는 자경전 대비와 경희궁의 자빈이 도착해 있었다. 그들은 교태전 상궁 최씨와 무언가 실랑이를 벌이고 있었는데 가까이 다가가 들으니 한쪽은 들어가야겠다는 고집이었고 또 한쪽은 그럴 수 없다는 고집이었다. 홍 내관이 서둘러 주상의 행차를 알리자 대비가 놀라는 기색으로 그를 향해 돌아섰다.

"아니, 주상. 주상께서도 그새 중전에 대해 들으신 겁니까?"

의종이 영문을 몰라 바라보기만 하자 곁에 섰던 자빈이 얼른 끼어들었다.

"신첩도 곤전마마의 환후가 위중하시다는 전갈을 듣고 이리 달려온 참이었습니다."

그제야 대비의 말을 이해한 의종, 고개를 한 번 끄덕이는 것으로 대답을 한 후 교태전을 돌아보았다. 평소와 다름없지만 왠지 모르게 최 상궁은 부쩍 긴장한 낯빛이 역력하였다.

"지금껏 조석으로 문안을 잊지 않던 중전이니 더 걱정입니다. 자, 모처럼 주상께서도 오셨으니 우리 함께 들어가보십시다."

그러고는 턱을 들며 교태전 쪽으로 한 걸음 내디뎠다. 그때까지 대비와 자빈을 애써 막고 있던 최 상궁의 얼굴이 무슨 일인지 모르게 절망으로 흙빛이 되었다. 그 모습을 가만히 지켜보던 의종이 대비를 향해 돌아섰다.

"지금은 그냥 돌아가시는 게 좋겠습니다. 어마마마."

마침 대비는 상궁 주제에 자신을 막아서는 최씨로 인해 노여움이 가득한 상태였다. 그런 와중에 주상까지 막고 나서니 마음이 많이 상하여 탐탁지 않은 표정으로 바라보았다.

"무엇입니까? 도대체 중전의 병환이 얼마나 위중하기에 주상도 그렇고 여기 최 상궁도 그렇고 부득불 봐서는 안 된다 하는 것이에요?"

대비의 목소리는 어쩐지 격앙되었으나 의종의 표정은 차분하기만 하다. 그는 다른 곳으로 시선을 돌린 채 낮은 목소리로 대답하였다.

"소자는 이미 좀 전에 중전을 살피었습니다. 그때도 중전의 혼곤한 잠을 깨워 방해를 하였기에 여기 최 상궁에게 이후로 누구도 들이지 말 것을 엄히 명하였는데 아직 그 일을 어마마마께 아뢰지 않은 모양입니다. 안 그런가, 최 상궁."

말은 간결했지만 결국은 중전의 잠을 방해할 생각 말고 그냥 물러나라는 뜻이었다. 대비와 자빈은 기가 막혀 서로의 얼굴을 쳐다보았다. 그동안 교태전에 발길이 뜸하다는 소문에 직접 간택해놓고 왜 그러나 싶었는데, 이제 이런 것까지 간섭하는 걸 보면 꼭 소문대로인 건 아닌 모양이라 돌려 생각하는 것이다.

"허면 내의원에 기별은 한 것이냐?"

대비가 미심쩍은 어조로 최 상궁에게 질문을 하였다. 이번에도 의종이 대신 대답하였다.

"이미 어의에게 명하여 진맥을 받았으니 크게 염려하지 않으셔도 될 듯합니다."

대비로서는 석연치 않은 상황이었다. 그러나 주상이 그렇다는데 무슨 토를 달 수 있겠는가. 교태전이야 억지를 부려서라도 못 들어갈 것은 없지만, 그렇게 되면 요즘 들어 많이 가라앉은 주상과의 불편한 관계가 또다시 도드라질 테니 그것만큼은 피하고 싶은 대비였다. 하여 그녀는 어쩔 수 없이 자빈을 이끌고 자경전으로 발길을 돌리고 말았다.

"중전의 환후가 어느 정도로 위독한 것이냐?"

그들의 뒷모습을 넌지시 바라보던 의종이 문득 입을 열었다. 최 상궁이 민망한 낯으로 허리를 숙였다.

"그것이…… 신열이 높으시고 잦은 해소를 하시어……."

"그저 감환일 뿐이다, 이것인가?"

"그, 그렇사옵니다."

대답은 이리 하면서도 최 상궁은 혹여라도 의종이 교태전에 들자고 할까 봐 겁이 더럭 난 상태였다. 그가 무슨 의도로 대비와 자빈을 돌려보냈는지는 모르겠지만 어떻게 해서든 교태전을 사수해야 하는 입장에서는 오히려 임금 쪽이 더했으면 더했지 결코 쉽지 않았던 것이다. 최 상궁이 식은땀을 뻘뻘 흘리고 있는데 아니나 다를까, 의종이 몸을 돌려 교태전을 바라보았다.

"드시겠사옵니까?"

게다가 눈치 없게도 내관 중 하나가 이런 질문을 하였다. 마치 어서 안으로 듭시라고 읍소를 하는 것 같아 최 상궁은 저도 모르게 그자를 흘겨보았다. 그러나 그때까지도 교태전을 묵묵히 바라보던 의종의 고개가 가로저어졌다.

"되었으니 중전이 깨어나면 대전으로 전언을 넣으라 이르거라."

그러고는 돌아서서 양의문을 향해 가는 것이었다. 최 상궁은 저도 모르게 다리가 후들거려 하마터면 쓰러질 뻔하였다. 곁에 서 있던 윤 상궁이 영문 모르고 최 상궁을 불렀다.

"왜 그러십니까, 마마님."

그러나 최 상궁은 그저 손을 내저으며 후다닥 안으로 들어설 뿐이었다. 불안으로 터질 것 같은 가슴을 부여잡으며 땅이 꺼져라 한숨을 내쉬었다. 기침하시라고 안으로 들다가 텅 빈 방 안을 보고 얼마나 기겁을 하였던가. 간혹 상궁 무리들을 안뜰까지 내려가 있으라 명하는 단영으로 인해 의구심을 품긴 하였으나 교태전을 멋대로 비우리라고는 짐작도 하지 못했다.

'도대체 왜 이러시는 걸까. 다른 분들과 달라도 한참 다른 분임은 내 이미 알고 있었지만 이번 경우는 극히 심하여 뭐라 할 말이 없구나.'

한숨을 한 번 내쉰 후 아무도 교태전 안으로 들이지 말 것을 윤 상궁에게 단단히 지시하였다.

"이는 주상 전하께서 하명하신 일이니 결단코 지켜야 할 것이네."

"예, 마마님."

그러고는 병수발이라도 하는 척 안으로 들어가 있으려는 최 상궁을 윤 상궁이 슬쩍 붙잡았다.

"그런데요, 마마님. 이상한 것이 있습니다. 도대체 전하께서 언제 이 교태전에 납시셨다는 겁니까? 소인이 아침나절부터 지금껏 이곳을 비운 적이 없는데……."

최 상궁은 할 말이 없어 입맛만 다시다가 겨우 대답을 하였다.

"전하께서는 부러 그리 말씀을 해주신 거라네. 그래야 마마께서 아무런 방해 없이 편히 쉬실 수가 있지 않겠는가."

"아, 그런 것입니까? 전하께 그런 깊은 의중이 있으셨던 겁니까?"

정말 의외라는 듯 윤 상궁이 고개를 주억거렸다. 최 상궁이 혀를 끌끌 차며 말을 이었다.

"자네가 부부 간에 서로 살피는 정을 어찌 알 수 있겠나."

그러나 말은 그렇게 하면서도 전하의 진짜 심중을 도무지 헤아릴 수 없기는 최 상궁이 더했다. 부부간의 정이라니. 가례 후 석 달이 되도록 교태전 출입이 없으신 전하가 아니던가.

단영이 돌아온 것은 그로부터 몇 시진 뒤, 세상이 이미 깊은 어둠에 잠긴 시각이었다. 하루 종일 방 안에 틀어박혀 금침의 기숫잇을 가는 일로 시간을 보낸 최 상궁이 피곤함을 못 이겨 꼬박꼬박 졸다가 문득 이상한 기척에 눈을 떴을 때였다. 무언가 파르락거림이 창틀 쪽에서 희미하게 들려왔다. 그러나 그녀가 돌아보았을 땐 환기를 위해 조금 열어놓았던 문이 바람에 의해 젖혀졌을 뿐 특별히 이상하진 않았다. 혹시나 하여 방문을 열어보았으나 역시나 고개를 조아리는 나인들뿐이다. 하여 한숨을 쉬며 돌아서던 최 상궁은 기겁을 하였다. 좀 전까지만 해도 비어 있던 금침 안에 단영이 얌전히 누워 있었기 때문이다.

"마, 마마."

곁으로 다가가 작은 소리로 불러보았다. 그러자 단영이 힘겹게 눈을 뜬다. 최 상궁은 안심이 되면서도 하루 종일 애태운 데 대한 서러움 또한 치밀어 겨우 입을 열었다.

"어찌 되신 겁니까? 소인이 그만 죽다 살아난 것을 아십니까?"

"미안…… 하네."

최 상궁은 그런 단영의 안색이 정말 안 좋아 보인다는 것을 깨달았다. 혹시 달빛 속이어서 이리 창백해 보이는 것일까. 이마를 짚어보던 최 상궁은 소스라쳐 옆에 있던 대야를 잡아당겼다. 낮에 병간호를 한답시고 구색 맞춰 떠놓았던 물이다. 그녀는 물에 적신 흰 무명천을 단영의 뜨거운 이마 위에 올려놓았다. 윤 상궁을 불러 얼른 죽을 끓여 올 것을 지시한 후 다시 이르기를 열을 내리는 데 좋은 갈근, 산초, 강활 등의 약재 또한 달여 올릴 것을 덧붙였다.

"마마의 상태가 위중하신 겁니까? 그렇다면 어의를 부르심이……."

"그 정도는 아니니 내 말한 것만 서둘러 가져오게. 아, 그리고 아이들에게 지금 곧 차가운 물 한 대야를 더 가지고 오도록 시켜주게나."

단영이 무슨 일을 겪었는지, 무엇 때문에 앓는지 제대로 모르면서 어의를 부른다는 건 위험한 처사였다. 최 상궁은 무슨 일이 있어도 이 일만은 저 혼자만의 비밀로 간직할 것을 다짐하며 다시 단영에게로 돌아갔다.

만일 그때 최 상궁이 아파서 정신없는 단영이 어떻게 혼자 궁으로 되돌아왔을까, 의심을 품고 창 밖이라도 한 번 내다보았다면 곧 복면을 한 웬 사내가 근심 어린 눈으로 안을 살피고 있는 것을 발견할 수 있었을 것이다. 그러나 경황이 없으니 미처 그런 것까지 신경이 미치지는 못하였다.

이기는 최 상궁이 단영을 극진히 간호하는 것을 보며 일단 안도의 한숨을 내쉬었다. 단영을 데리고 도망을 칠까 수십 번을 고민했던 하루였다. 필경 궁 안은 사라진 중전으로 발칵 뒤집혔을 테니 잡힌다면 무슨 일을 당할지 알 수 없었던 것이다. 그러나 단영은 혼곤한 중에도 계속해서 돌아가야 한다고 뇌까렸다. 무작정 도망을 쳐버리면 가문을 덮칠 피해가 두려웠을 것이다. 하여 이기는 함께 죽을 작정을 하고 교태전을 찾은 것인데 다행히 단영의 이탈은 궐내에 알려지지 않은 듯 보였다.

이기는 그 후로도 한참 동안 단영의 누워 있는 모습을 살피다가 어렵게 발걸음을 돌렸다. 더 이상 지체했다가는 정말로 그녀에게 위험을 초래할 수도 있었다.

중궁의 병환은 차도가 보이질 않았다. 의종과 최 상궁에 의해 억지로 걸음을 돌려야 했던 대비는 그 좁은 속을 풀지 못하고 다시는 교태전을 찾지 않았다. 그러나 자빈은 꼬투리를 잡힐 일이 염려되어 두어 번 더 걸음을 하였다가 단영이 정말로 아픈 것임을 알고 적이 놀라기도 하였다. 평소 행동으로 봐서 중전은 결코 아플 사람이 아니었던 것이다.

그렇게 며칠이 지난 어느 오후, 어느 정도 기력을 찾자마자 단영은 우선 자리부터 털고 일어났다. 혹시라도 자상(刺傷)을 들키게 될까 그동안은 최 상궁에게도 그저 고뿔일 뿐이라고 말을 해두어서 몸에 맞지 않는 약을 먹느라 진을 좀 빼야 했다. 그러나 다행히 이기가 틈틈이 들러 환부에 금창약(金瘡藥)을 발라주고 덧나지 않는 약도 달여 왔기에 큰 무리 없이 회복할 수 있었다.

"초영이가 어찌한다고?"

웃전이 일어나 앉은 것을 보고 기분이 좋아진 윤 상궁이 이것저것 궁 소식을 알려주다가 그만 입을 잘못 놀려 초영과 의종에 대한 건을 꺼내고 말았다. 최 상궁이 허리춤을 찔렀으나 눈치 빠른 단영이 모를 리 없었다. 윤 상궁이 눈치를 보며 대답했다.

"실은…… 전하께서 그동안 초영이란 아이를 매일같이 대전으로 부르셨습니다."

말하는 이는 송구해 어쩔 줄 모르는데 정작 듣는 이는 지나치게 초연하다.

"매일같이 말인가?"

담담히 묻는 단영을 보며 최 상궁은 얼른 이같이 덧붙였다.

"그렇지만 늘 유시(酉時)쯤 입시하여 술시(戌時)가 지나기 전 물러나왔다 하니 그 사이 별일이야……."

그러나 스스로도 확신을 못하겠는지 말끝을 흐리고 만다. 단영은 그저 고개를 끄덕일 뿐 가타부타 대답이 없었는데, 그 모습을 어찌 해석했는지 윤 상궁이 촐싹이며 말을 꺼냈다.

"마마, 도대체 그 초영이란 아이는 왜 궁으로 들이신 겁니까? 물론

마마께서는 그 아이가 원덕왕후마마와 그리 똑같이 생긴 줄 모르고 하신 일이겠지만, 그렇더라도 외모가 그 정도로 출중한 아이면 경계심 같은 거라도 품으셔야 하는 것 아닙니까?"

최 상궁이 기가 막혀 윤 상궁의 팔을 잡아끌었으나 오히려 단영은 그런 모습이 재미있었던 모양이다. 잔잔히 웃다가 되물었다.

"그게 그리도 궁금하였나? 듣고 싶은가?"

윤 상궁이 당연하다는 듯 대답하는 동안 최 상궁은 체념이라도 한 양 입을 다물었다. 물론 궁금하지 않은 것은 아니나 이처럼 무엄하게 군다는 것은 그녀 입장에서는 꿈도 못 꿀 일이었던 것이다. 요즘 젊은 것들은……. 저도 모르게 속으로 혀를 차는 최 상궁이었다.

"나는 말일세, 그 아이의 생김이 누구를 닮았는가 하는 것은 그다지 중요치 않았네. 사람이 사람을 마음에 품음에 있어서는 꼭 그 외모만이 아니라 실은 감추어져 있는 속사람이 더 많은 자리를 차지하는 것 아니겠는가. 하여 겉모습을 통해 마음 한끝이 흔들릴 수는 있어도 온전히 그 속을 채울 수는 없다는 것이 내 생각이네."

가만히 듣고 있던 최 상궁이 저도 모르게 조금 다가앉았다.

"그럼 마마께서는 윤 나인의 생김이 누구를 닮았는지 처음부터 알고 계셨던 것입니까?"

"간택이 된 후 별궁에 머무를 때 훈육상궁들에 의해 왕실 초상화를 본 적이 있다네. 그때는 심증만 가졌는데 초영이를 보는 자네들의 표정을 보고 확신을 하게 되었지."

아하, 윤 상궁이 고개를 끄덕끄덕하였다. 그러고는 다시 질문을 하였다.

"그런데요, 마마. 아무리 그렇다 해도 초영이는 심히 어여쁜 아이가 아니옵니까? 전하께서도 사내이신데 걱정이 아니 되셨습니까?"

단영은 음, 하는 소리와 함께 생각에 잠겼다.

"아무리 생각해보아도 내 좀 더 완곡한 표현을 찾을 수 없으니 그냥 말하겠네. 사실대로 말하자면 나는 전하께서 누구와 무엇을 하시든 그다지 마음에 품지는 않는다네……."

단영이 거기까지 말했을 때였다. 갑자기 밖이 소란스러워지더니 주상 전하가 납시었음을 알려왔다. 상궁 둘이 눈을 동그랗게 뜨며 서둘러 방을 나가는 동안 단영은 미간을 찌푸리며 서궤를 내려다보았다. 다시는 교태전에 들지 않겠노라 그리 약속을 해놓고 어찌하여 어기는가 싶었던 것이다.

잠시 후, 의종이 그런 그녀를 내려다보며 방 안으로 들어섰다.

"납시었습니까?"

단영이 천천히 몸을 일으키며 목례를 하였다. 시선은 여전히 서궤에만 머물러 있는 채다. 단영이 자리를 비켜주자 의종은 한참 그 자리를 바라보다가 다가가 앉았다.

호로롱, 어디선가 새들의 울음소리가 청아하게 들려왔다. 그러나 단영은 가슴이 답답하여 그 소리조차 미처 깨닫지 못했다. 의종이 방 안에 들어온 후 여태 한 마디도 꺼내지 않았던 것이다. 원래 기분을 짐작키 어려운 사람인데다 이렇듯 고고히 내뿜는 침묵을 온전히 견뎌야 하니 가슴이 한없이 답답해졌다. 단영은 문득 양혜도 이리 답답할까, 열없는 생각을 해보았다. 그녀가 희미하게 한숨을 내쉰 후였다. 의종의 목소리가 그제야 들려왔다.

"내가 누구와 무엇을 하든 그다지 마음에 품지 않는다고 하였던가?"

단영은 저도 모르게 고개를 들어 의종을 쳐다보았다. 무심한 눈빛, 똑바로 쳐다보고는 있지만 그 눈을 통해서는 아무것도 느껴지는 게 없다. 그럼에도 그녀는 상대가 별로 기분이 좋지 않다는 것을 알 수 있었다. 다 엿들었군. 저도 모르게 미간을 찌푸렸다.

"마음에 품어 무엇을 하겠습니까? 투기야말로 여인이 가져서는 안 될 가장 위험한 마음이 아닐는지요?"

그녀의 대답에 의종이 차갑게 웃었다.

"그대가 나로 인해 다른 이에게 투기를 느낄 수나 있을지 의문이로군."

일어서는 의종, 나가려나 싶던 기대와 달리 창으로 다가가 밖을 내다본다. 단영은 의종의 말을 되뇌어보았다. 그대가 나로 인해 다른 이에게 투기를 느낄 수나 있을지 의문이로군. 어딘가 모르게 불만이 묻어났으나 정확히 무엇 때문인지는 알 수가 없다. 두 사람이 그렇게 따로 떨어져 한참을 사색에 잠겨 있는데 밖에서 최 상궁의 목소리가 들렸다. 그녀는 조심히 다과상을 들고 들어와 정성을 다해 차를 우린 후 뒷걸음으로 방에서 물러났다. 문이 닫히자 그때까지도 여전히 밖을 내다보던 의종이 말했다.

"가지고 오라."

무엇을? 잠시 의아해하던 단영은 곧 깨달았다. 차를 나르라는 소리였다. 그녀는 김이 무럭무럭 나는 찻잔을 내려다보다가 할 수 없이 자리에서 일어섰다. 두 손으로 받침을 잡고 천천히 다가가 창틀에 내려놓고 돌아서는데 그 모습을 무심히 바라보던 의종이 다시 입을 열었다.

"나는 이미 초영이란 아이로 인해 그간 반대하던 계비 간택을 결심했다고 말한 바 있다. 헌데 그대는 어찌 된 자신감인지 그 결심을 한낱 바람에 흔들리는 수면 정도로 비유하더군."

단영이 무덤덤하게 대답하였다.

"제가 그러하였습니까?"

그리고는 제자리로 가려는데 의종이 느닷없이 손목을 움켜잡았다. 당황하여 뿌리치려 하였으나 아귀의 힘이 어찌나 센지 여의치가 않다. 어깨의 상처가 당겨 단영은 저도 모르게 숨을 몰아쉬었다. 의종이 매서운 눈초리로 그녀를 내려다보더니 천천히 말을 꺼냈다.

"그동안 잊기라도 한 것이라면 다시 말해주겠다. 나는 그대를 폐서인에 처하겠다고 선언했었지. 그리고 그대는 이에 순순히 응하겠다 대답을 했고. 이 또한 기억이 나지 않는가?"

"어찌 기억이 나지 않겠습니까? 신첩은 또한 전하께서 다시는 교태전에 드시지 않겠노라 약조하신 것도 기억하고 있습니다. 오히려 그날의 일을 잊으신 것은 전하가 아니신지요?"

그러고는 그때까지 꽉 다물려 있는 의종의 손을 힘껏 뿌리쳤다. 그저 이 사람 손에서 빠져나가야 어깨 통증이 사라질 거라는 생각뿐이었는데, 잠시 후 의종의 굳은 얼굴을 보고서야 무슨 짓을 했는지 알 수 있었다. 감히 주상의 손을 내팽개치다니!

"내 손이 그리 끔찍했었나?"

꽉 다물린 어금니 사이로 짓이기듯 흘러나오는 음성. 어찌 수습해야 할지 몰라 망연히 서 있던 그녀가 입을 꾹 다문 채 몸을 돌이켰다. 일단 자리에 앉아 어깨를 좀 쉬게 한 후 다음을 생각하기로 한 것이다.

그러나 의종의 생각은 이와 달랐다. 그는 아까부터 속을 슬금슬금 긁어내는 단영의 언행에 화가 많이 난 상태였는데, 더욱이 왜 화가 나는지도 몰라 짜증이 나는 마당에 휑하니 돌아서는 모습을 보니 더더욱 용납이 되지 않았다. 하여 손을 뻗어 단영의 손목을 다시 잡아당겼다. 돌아서 가려는 힘과 맞잡아 당기려는 힘이 한데 가해진 것이다. 단영의 몸이 의종에게로 끌려간다 싶을 즈음 다문 잇새로 비명이 터지며 쓰러지고 말았다.

"밖에 최 상궁 있는가!"

교태전 밖에서 두 분 마마의 오붓한 시간을 꿈꾸던 최 상궁의 귀로 의종의 대로한 목소리가 들려왔다. 이건 또 어쩐 일이냐, 당황하여 달려갔는데 방 안 풍경은 무언가 야릇하다.

"대, 대령하였습니다, 전하."

돌아앉은 주상의 등이 보였고 왼쪽으로 비죽 단영의 치맛자락도 보였다. 그러나 상체가 보이지 않으니 마마는 지금 전하의 품에 안겨 계신 게 분명하였다. 에구머니! 최 상궁은 두 볼을 발갛게 물들이며 고개를 숙였다. 그와 동시에 의종의 굳은 음성이 다시 들려왔다.

"가은당의 서 상궁을 들라 이르라."

지금 두 분의 모습과 마찬가지로 이 또한 이해할 수 없는 명이었다. 그러나 이해할 수 없다고 이행을 안 할 수는 없는 일이어서 최 상궁은 일단 대답을 하였다.

"그리고 자네들은 교태전 밖으로 물러나 그곳에서 대기하고 있거라. 이 안으로는 오직 서 상궁만 들어야 할 것이야. 알겠느냐?"

"……예, 전하. 명심하겠습니다."

문이 닫히자 의종은 다시 기절한 단영을 내려다보았다. 이렇게까지 할 생각은 아니었는데, 그녀의 부상을 미처 알지 못하였다. 옷자락 밖으로 피가 배어나와 절로 미간이 찌푸려졌다. 쓰러지는 단영을 어쩔 수 없이 안긴 하였는데 이다음엔 무엇을 해야 할지 알 수가 없다.

"으음."

혼절을 한 상태에서도 상처가 고통스러운지 신음소리가 흘러나왔다. 의종은 저도 모르게 한 손을 들어 단영의 얼굴로 가져갔다. 비 오듯 흐르는 식은땀을 보았기 때문이다. 그러나 그것도 잠시, 그의 손은 또다시 멈칫거리고 말았다.

"사람이 사람을 마음에 품음에 있어서는 꼭 그 외모만이 아니라 실은 감추어져 있는 속사람이 더 많은 자리를 차지하는 것 아니겠는가. 하여 겉모습을 통해 마음 한끝이 흔들릴 수는 있어도 온전히 그 속을 채울 수는 없다는 것이 내 생각이네."

문 밖에서 들었을 때는 제법이군, 하였었다. 그런데 어쩌다가 이리 화를 내고 말았을까. 의종은 이 상황이 마음에 들지 않아 눈을 감았다. 그리고 문득 그가 보았던 어떤 장면 하나를 떠올렸다. 체념으로 가득한 얼굴, 위험을 감지하고 본능적으로 살고자 하는 욕망을 접던 그 모습. 마치 한 자락 춤사위를 보여주듯 연줄을 돌리며 눈을 감던 누군가의 모습이 떠오른 것이다. 마지막으로 보이던 그 씁쓸한 미소와 함께.

영루관 옆, 우람한 소나무 위에 매복했던 사내는 바로 의종이었다. 그 괴이하고 흉측한 사내가 단영의 수하가 아닐까 의심하여 영루관까지 잠행을 나간 것이다. 그런데 그 조그맣고 괴이한 자가 부상을 입었다. 선뜻 내 편이라 여길 수 없어 구해줄지 어쩔지 결정을 미루게 했던 묘한 그자가 부상을 입고 겨우 도망치는 모습을 말없이 지켜보기만 했었다. 그리고 이제 중전이 같은 자리, 같은 부위에 상처를 입은 채 자신의 품에 쓰러진 것이다.

투호를 빙자하여 항아리를 활 무더기로 채우던 솜씨 하며 위험에 처한 양혜 옹주와 최 상궁을 재빨리 구해내던 민첩함. 이는 개인이 사사로이 지니기 힘든 재주였다. 하여 중전의 정체에 한 줄기 의심이 생긴 것도 사실이었으나 그것은 어디까지나 중궁전에 적을 두는 '여인'으로서의 의심이었다. 그런데 이제 새롭게 깨달아진 사실은 그 의심을 벗어난다. 그 의심이 틀렸다. 아니, 그 의심은 부족하였다. 그녀는, 중전의 비밀은 그것이 다가 아니었던 것이다.

의종의 입매에 힘이 들어갔다. 그 흉측한 자가 여인이라니, 그 조그만 자가 중전이라니, 자신의 비였다니!

그 문제가 풀리니 이때까지의 수수께끼도 단번에 정리할 수 있었다. 어째서 그 괴이한 사내가 윤돈경의 사가로 사라져야 했는지, 어떻게 윤돈경과 연관이 되어 있는지, 어째서 초영의 방에서 단영의 음성이 흘러나왔는지도.

의종은 조용히 눈을 떠 단영을 내려다보았다. 그의 손이 다시 그녀에게로 향하였다. 이번에는 멈추지 않고 단영의 이마를, 그리고 볼과 턱을 가만히 닦아내었다. 이세는 알 수 있었다. 그 사내는, 양재도의 폐가에서부터 뒤를 쫓기 시작하여 지금까지도 그 본모습이 정확치 않았던 그 사내는 단영이 분명했다. 이제 의심의 여지가 없었던 것이다.

"미안하오."

그는 마음 한구석부터 차오르는 후회의 감정을 어쩌지 못하고 이렇게 중얼거렸다. 그러나 두 눈을 꼭 감고 있는 단영에게는 그 말이 들리지 않았다.

"아니, 어째서 서 상궁마마님입니까?"

교태전에서부터 멀찌감치 떨어진 채 불만이 이만저만이 아니던 윤 상궁이 곁에 있는 최 상궁에게 따져 물었다. 좀 전에 도착한 서 상궁이 저 혼자 분주히 왔다갔다하는 모습을 먼발치로 보고만 있자니 명색이 교태전 담당 상궁으로서 분한 마음이 들었던 것이다. 이는 최 상궁 또한 마찬가지였지만 저마저 불편한 심기를 드러낼 수 없어 심상한 척 윤 상궁을 달래었다.

"자네도 알다시피 전하께서 가장 신임하시는 궁인이 바로 저 서 상궁 아니던가. 필경 무슨 곡절이 있어 그러시는 것일 테니 너무 마음에 담지 말게."

그들의 모습을 곁에서 지켜보던 초영이 한숨을 포옥 내쉬었다. 그러고는 그들 눈에 띄지 않게 조용히 아미산 후원을 향해 걸음을 옮겼다. 마음이 착잡하여 혼자 있고 싶었던 것이다.

좀 전에 의종이 최 상궁을 급히 불렀을 때, 그 격분한 목소리가 마음에 걸려 저도 모르게 최 상궁의 뒤를 따라 달렸었다. 그리고 보았던 것이다. 단영을 품에 꼭 안고 있는 그의 모습을.

"글을 읽을 줄 아는가."

첫날, 대전에 불리어 갔을 때 의종은 물었었다. 그리고 그녀가 고개를 끄덕이자 한 뼘이나 되는 종이뭉치를 건네주었다.

"읽으라."

그곳에는 누군가의 붓글씨가 빼곡하게 채워져 있었는데 의종은 그것을 읽으라고 한 것이었다. 그러고는 자신은 좌정한 후 먹을 갈아 또 다른 글을 쓸 준비를 하였었다.

"묵자(墨子)께서 이르시길 '군자는 물을 거울로 삼지 않고 사람을 거울로 삼는다(君子不鏡於水而鏡於人)' 하였으니, '물에 비춰 보면 자신의 얼굴만 볼 수 있지만(鏡於水 見面之容) 사람에 비춰 보면 세상일의 길흉을 알 수 있다(鏡於人 則知吉與凶)' 함과 같았다. 또한 공자(孔子)께서 이르시길 '군자는 덕을 생각하고, 소인은 땅을 생각하며(君子懷德 小人懷土), 군자는 형벌을 생각하고 소인은 은혜를 생각한다(君子懷刑 小人懷恩)' 하였으니 이는 즉 '군자는 의리에 밝고 소인은 이해에 밝다(君子喻於義 小人喻於利)' 하는 말과 다름이 무엇이냐."

한 장 한 장, 글을 읽으며 의종의 날카롭고도 단정한 옆얼굴을 훔쳐보던 초영은 처음 만났던 날 받은 그 느낌을 다시 가질 수 있었다. 장난기 어린 말투였지만 지극히 차고 냉소적이던 사내의 느낌을 말이다. 아니, 세상 사내 중 이기를 따를 자 없다고 은연중에 여겨오던 자신 앞에 여봐란 듯 나타났던 의종의 그날 밤 그 떨리던 외양을.

'나는 어찌 된 자인가.'

초영은 저도 모르게 쿵쾅대는 가슴을 누르며 연신 한숨을 내쉬었다. 의종은 임금이기도 했지만 또한 단영의 지아비이기도 하였다. 비록 조씨의 말도 안 되는 욕심으로 인해 입궁하긴 했어도 초영은 결코 임금의 눈에 띄는 일은 없도록 하겠다고 스스로 다짐했던 것이다. 그런데 무슨 운명의 장난인지 첫날부터 마주쳐서는 대전으로 불리고 말았었다. 그리고…….

초영은 씁쓸한 표정으로 인정을 하고 말았다. 그녀는 그날부터 의종과의 특별한 인연을 바라게 되었던 것이다. 그리고 매일 같은 시각 의종과 대면을 하며, 그가 자신에게 별다른 관심이 없음을 늘 통감하면서도 그 기대는 점점 커져갔던 것이다. 그것이 조씨의 염원대로 신분을 고칠 수 있는 기회여서 그랬는지, 아니면 그저 한 남자로서의 관심이었는지 아직 초영은 모른다. 단지 묵묵히 글쓰기에만 골몰하는 그가 손을 뻗어 자신의 손을 잡아주었으면 하는 설렘 같은 것들이 내내 초영을 괴롭힐 뿐.

그녀가 아미산 후원에 도착하여 저도 모르게 눈물을 주룩 흘릴 때였다. 그녀는 몰랐지만 먼저 당도한 자가 있었으니 간혹 아미산을 찾곤 하는 자령군(滋怜君)이었다. 그는 느닷없이 나인 하나가 들어와 울기 시작하자 당혹한 표정으로 바라보다가 이윽고 믿을 수 없다는 얼굴빛이 되어 그녀에게로 다가왔다.

"그대는……."

초영은 까무러치게 놀랐다. 아무도 없을 곳에서 느닷없이 남정네의 음성이 들렸기 때문이었다. 뒤로 주춤, 두려운 기색을 보이자 자령군이 서둘러 손을 내저었다.

"미안합니다. 나는 그저 왜 그렇게 울고 있는가 싶어서 그만."

그러고는 서둘러 손수건을 꺼내 내미는 것이었다. 초영은 받을 수도 없고, 그렇다고 거절할 수도 없어 우물쭈물 서 있었다. 자령군이 다가와서 그런 그녀의 손에 손수건을 쥐여주었다.

"교태전 나인입니까?"

어째서 이분은 나에게 말을 높이실까. 보아하니 높으신 분 같은데. 초영은 그렇노라 모깃소리만 하게 대답을 하고는 돌아가기 위해 목례를 하였다. 그러나 자령군은 보내줄 마음이 없는 듯했다. 그는 알 수 없는 눈빛으로 초영을 응시하며 다시 입을 열었다.

"혹 그대가 윤가 초영이라 하는 그 나인입니까?"

그리고 그 질문은 초영을 또 한 번 놀라게 하였다. 얼굴조차 모르는 이가 어째서 이름을 다 아는지 의아했던 것이다. 그녀의 놀라움을 느꼈는지 자령군이 서둘러 설명하였다.

"실은 다른 나인들에게서 들었습니다. 교태전에 본방나인이 들었는데 그 여인이……."

"소인이 누군가와 많이 닮았다는 말씀을 하고 싶으신 것입니까?"

어쩐지 초영의 목소리가 쓸쓸하다 느꼈지만 자령군은 일단 고개를 끄덕였다.

"그토록이나 많이 닮았습니까?"

되묻는 초영의 음색이 어쩐지 간절하게 느껴진다. 자령군은 잠시 연경의 모습을 떠올려보았다. 십사 세이던 당시 잦은 병환으로 몸집도 유난히 작았으니 지금의 초영과는 차이가 있었다. 그러나 만약 연경이 살아 있었다면 꼭 이처럼 성장을 했을 거라는 게 자령군의 생각이었다. 이미 닮았다 했으니 거짓말을 할 수는 없는 일, 그는 고개를 끄덕이고 말았다.

"그렇군요."

초영은 힘없이 중얼거렸다. 아니라고 믿고 싶었지만 정말 저는 그분을 닮은 것이군요. 그래서, 그래서 전하는 저를 보며 그분을 느끼고 싶으셨던 것일까요. 초영은 쓸쓸한 눈으로 자령군을 보다가 말없이 몸을 돌렸다.

"으윽, 으으으으윽!"

은선당 뒤뜰에는 이미 핏자국이 선명하였다. 머리끝까지 화가 난 자빈이 제 분을 못 참고 닥치는 대로 매질을 시작한 것이 이미 한 시진 전, 다른 이들은 짧게 제 차례를 지났는데 유독 무수리 중 한 명만이 그 독한 시련을 끝내지 못하고 초주검이 되어가고 있었다. 어처구니없게도 그녀가 그렇게 맞아야 했던 까닭은 처음 몇 대를 아무런 비명 없이 꿋꿋이 견딘 때문이었는데, 자빈은 그녀의 그런 독함이 자신을 무시하는 마음에서 비롯되었다고 철석같이 믿고 있었다.

"네년이, 네년이 나를 능멸하는 것이냐? 천한 무수리 주제에, 감히, 감히 네년이, 응?"

자빈 민씨의 열아홉 살 되는 탄신일을 맞아 은선당 궁인들은 모처럼 좋은 옷을 입고 화려하게 성장할 기회를 가졌다. 그러나 방긋방긋 웃던 자빈의 낯빛도 정오를 지나면서 급격히 변하였고 결국 이런 사단을 불러일으키게 된 것이다. 그 원인이, 이런 날조차 의종이 나타나지 않는다는 것에서 기인함을 모두가 알고 있었지만 자빈은 고집스레 자신을 무시하는 무수리 최씨의 무례함만을 탓하였다. 처음엔 나인들을 시켜 매질을 하더니 나중에는 도저히 분을 못 참겠는지 직접 팔을 걷어붙이고 나섰다.

"마마, 최씨는 본래가 무뚝뚝한 성미였습니다. 그러니……."

"비켜라! 네년까지 물고를 당하고 싶으냐? 내 이년의 버르장머리를 단단히 고쳐놓겠다."

그러나 자빈의 회초리는 연달아 부러져나갔다. 최씨의 등이 그 본래 모습을 알아보기 힘들 정도로 뭉그러지고 피로 범벅이 되었지만 자빈은 부러지는 회초리 탓에 오만방자한 최씨에게 따끔한 맛을 제대로 보여주기 어렵다며 이번에는 쇠로 된 부지깽이를 들고 오라 시켰다. 그리고 하필이면 그 모습을 저 멀리 나타난 의종에게 걸리고 만 것이다.

"모두 물러가라."

그가 나타났을 때 자빈은 제발 꿈이기를 간절히 바랐다. 원래 이런 끝을 상상하며 시작한 하루가 아니었다. 그러나 의종의 경멸과 냉소로 가득한 눈빛은 현실임을 입증해주었다.

"그대가 어마마마를 졸랐나?"

"……예?"

"고작 이런 꼴을 보이기 위해 자경전을 들락거렸는지 묻고 있다."

자빈의 가슴이 한순간 절망감으로 가득 찼다. 이리 오실 줄 알았더라면, 이리 찾아주실 줄 알았더라면 조금 더 기다려보는 것인데. 그러나 의종은 소리 없는 그녀의 절망을 알아주지 않았다. 그는 실신한 채 움직이지도 못하는 최씨를 내려다보다가 선뜻 팔에 안아들었다. 사실 최씨에 대한 동정심이 유별났던 것은 아니다. 그냥 양 상궁에게 맡기고 갈 수도 있었겠지만 죽은 듯 널브러져 있는 모습이 마치 날카로운 무언가에 찢긴 듯 참혹해 보였다.

"고맙군. 다시는 그대를 찾지 않아도 되는 빌미를 만들어주어서."

마지막으로 남긴 의종의 말에 자빈의 무릎이 꺾였다. 그녀는 본성이 잔인하고 무자비했지만 그래도 여인이었다. 입궁한 이래 지아비로부터 철저히 무시당해온 마음이 너무 아파서 주체를 못한 것인데 그것을 몰라주는 의종이 원망스러웠다. 그러나 그러면서도 도무지 미워할 수가 없으니 그녀가 느껴야 하는 서러움은 그를 향한 원망을 언제나 넘어서고 있었다. 자빈은 깨닫지 못했던 것이다. 자신의 어떤 점이 그렇게까지 멸시를 당하게 만들었는지를.

그 후로 무수리 최씨는 대전 소속으로 옮겨지게 되었다. 본래 후한 위로금과 함께 파직을 시키려 하였으나 대비전에서 먼저 같은 의견을 내놓자 의종의 마음이 바뀌었다. 사례는 하되 대전으로 옮겨 계속 무수리로 남도록 명을 내린 것이다. 그러나 그 또한 최씨에 대한 애틋한 마음은 아니었고 그저 대비와 자빈에 대한 반발심이 주가 되었다.

어느 날이었다. 의종이 언제나처럼 홍 내관 한 사람만을 허락한 뒤

비어 있는 교태전 아미산을 거닐 때였다. 누군가의 조심스러운 기척이 느껴져 홍 내관으로 하여금 잡아 오게 하였더니 무수리 최씨였다. 겁을 먹은 표정으로 무언가를 내미는데 보니 보릿가루로 만든 떡 두 덩이였다. 그것도 차마 의종에게는 가까이 다가오지도 못한 채 저 멀리에서.

"저 여인이 누구인가?"

의종은 며칠 전 자빈에게서 구해낸 최씨를 기억하지 못했고 홍 내관이 설명을 한 이후에야 겨우 아, 하는 소리를 내었을 뿐이었다. 물론 의종은 그런 떡 따위는 거들떠보지도 않았다. 당시 열여덟 소년에 가깝던 의종은 마치 쉰아홉은 된 듯 마음이 황폐하여 다른 이들의 감정을 돌보는 것에 그다지 관심이 없었다.

그러나 최씨의 보리떡 진상은 매일이다시피 계속되었다. 늘 멀리에 놓고 사라지는 것이 전부이면서도 단 하루도 끊이지 않았고, 그리하여 하루는 홍 내관이 딱한 마음에 그녀를 불러 잘 타이른 적도 있었다.

"본래 주상 전하께서는 기미상궁이 기미를 하지 않은 음식에는 손을 대지 않으시도록 법도로 정해져 있네. 그러니 이런 불필요한 일은 그만 그치고 자네 직무에만 충실해주게."

그러나 최씨의 고집은 누구도 당할 자가 없었다. 그녀는 아침 일찍 입궐하여 하루 종일 열심히 일을 한 후 퇴궐을 할 무렵 꼭 교태전에 들러 의종에게 보리떡을 내놓고 가곤 하였다. 그리고 시간이 지날수록 보리떡이 놓이는 거리는 점점 가까워졌다.

"내가 왜 너를 믿어야 하는지 말해보아라."

어느 날, 최씨의 보리떡이 의종의 발치 가까이까지 접근하였을 때, 무심하게 아미산 굴뚝을 바라다보던 의종이 입을 열었다. 언제나 없는 듯, 그림자처럼 대하던 최씨에게 처음으로 말을 건넨 것이다. 그녀가 이해를 못해 멍하니 바라보자 의종이 다시 말하였다.

"네가 이 떡 안에 무엇을 집어넣었는지 나로서는 알 수가 없지 않은가."

최씨는 한참을 의종을 올려다보다가 갑자기 눈물을 주룩 흘리며 보리떡 두 개를 입 안에 쑤셔 넣었다. 목이 멜 텐데도 그녀는 눈물을 흘리며 떡 두 개를 꾸역꾸역 모두 먹어치웠다. 의종의 무심한 눈빛이 그로 인해 의아함으로 바뀔 때까지.

다음날부터 최씨의 진상 방법이 조금 바뀌었다. 그녀는 떡 세 덩이를 들고 왔는데 늘 한 덩이는 의종 앞에서 자신이 먼저 먹어 보였다. 그리 하면 나머지 두 개에 대한 의심을 벗을 수 있다는 듯. 그러고는 공손히 그릇을 밀어놓고 가곤 하는 것이다. 의종으로서는 성가신 일이었지만 이미 묵인을 한 지 오래되었기에 별다른 말을 하진 않았다. 그리고 그렇게 얼마가 흐른 후, 드디어 의종이 그녀에게 다시 입을 열었다.

"왜 이런 짓을 하는가?"

무수리 최씨의 당시 나이는 스물세 살이었다. 얼마나 많은 일을 하였으면 여인의 몸이라고 보기에도 무안할 만큼 떡 벌어진 어깨에 소처럼 거친 손을 가지고 있었다.

"소인은 그저…… 전하께 감사의 말씀을 드리고 싶어서."

"그만하면 이미 넘치게 받은 것 같은데?"

그러나 최씨는 고개를 저었다.

"전하께선 한 번도 이년의 감사를 받은 적이 없으십니다."

의종은 잠시 의아한 표정으로 그녀를 바라보다가 눈살을 찌푸리며 물었다.

"나에게 무엇을 바라는 건가?"

그리고 그녀가 답하였다.

"아무것도 없습니다. 천하디천한 제가 감히 전하께 무엇을 바라겠습니까. 저는 그저…… 이리 전하를 뵈올 수 있었던 것이 얼마나 큰 복이었는지 모릅니다."

최씨는 가슴을 졸이며 생각했다. 교태전을 들락거리는 동안 실은 의종의 웃는 모습을 본 적이 없었다. 어딘지 모르게 지쳐 보이는 모습 대신 즐거워하는 모습을 보았으면 하는 생각을 했었다. 그러나 감히 그런 것을 여쭐 수 없어 입을 다물었다. 잠시 후 의종의 낮은 웃음소리가 들렸다. 웬일인가 싶어 올려다보았으나 의종의 표정은 별반 달라진 것이 없었다.

"복이라 하였는가. 너에게 내가 말이냐?"

최씨는 답할 말이 없어 다시 고개를 숙였다. 의종의 말이 계속되었다.

"너에겐 내가 복을 지니고 태어난 이로 보이는 모양이구나. 어려서 어미 아비가 죽고 철이 들기도 전에 내자까지 죽었다. 위로 형님만 다섯 명임에도 그들은 모두 한결같이 나를 몰아내어 이 자리를 차지할 생각들만 하고, 결국 나 또한 그들을 경계하고 죽여야 하는 일에 머리를 써야 하지. 이 와중에 명색뿐인 어머니란 이는 이 자리를 이용할 생각에 나 따위는 보이지도 않고, 이제는 도무지 누가 나를 믿고 또 내가 누구를 믿어야 할지 분간을 할 수가 없다. 하여 결국 내 곁에는 모두 명을 받아야만 움직이는 자들밖에 남지 않았지. 내가 명을 내리지 않아도 자연히 곁에 있어주어야 할 이들은 모두 죽었으니까. 왜 그런 것 같으냐? 내가 가진 복이 너무 많아서?"

최씨는 마치 재미있는 이야기라도 해주는 듯 단조로운 의종의 목소리에 할 말을 잃었다. 무슨 말을 들었는지도 모르게 멍하니 앉아 있다가 가까스로 대답하였다.

"제가 믿습니다."

의종의 발치에 엎드려 그녀는 외쳤다.

"제가 전하를 믿습니다."

그리고 한참 뒤에 하, 하고 비웃어버리는 의종으로 인해 아픈 가슴을 부여잡고 고개를 들었을 때 본 것이다. 웃음을 머금은 채 옆으로 고개를 돌려버리는 그의 눈 끝에서 미처 멈추지 못하고 흘러내리는 눈물을.

무수리 최씨가 의종의 대전으로 불리어 간 다음날부터 그녀는 거처를 옮기게 되어 가은당(稼恩堂)이라는 당호를 받았으며 특별상궁으로 품계가 올랐다. 그러나 그녀는 일을 하지 않는 하루하루가 불안했는지 귀한 신분이 되고도 직접 수라간에 나가 무언가를 만들곤 하였고 그렇게 만들어진 음식은 술시(戌時)를 전후하여 교태전을 배회하는 의종에게 전해졌다. 특별상궁이 된 이후에도 최씨를 대하는 의종의 태도는 똑같았으나 그런 중에도 그의 얼굴빛은 차츰 편안함을 찾고 있었다고 홍 내관은 그리 기억을 하고 있었다. 적어도 다음 해 최 상궁이 양혜 옹주를 낳은 후 사흘 만에 명을 다하기 전까지는 말이다.

"내 곁에 있고 싶은가?"

어찌 소문을 들었는지 궁인들 중 대담한 나인들은 최씨의 흉내를 내어 가끔 교태전의 의종을 보러 발칙한 걸음을 하곤 하였었다. 그리고 어느 날, 홍 내관의 호통에 도망을 가다가 넘어진 나인 한 명에게 의종이 물었었다.

"네가 죽고 싶은 게로구나."

나인은 혼비백산하여 도망갔다. 그러나 그녀는 몰랐다. 의종의 말은 그가 직접 나인을 죽이겠노라는 뜻이 아니었음을. 그저 곁에 있는 모든 이가 죽음을 당하더라는 비관적이고 자조적인 혼잣말이었음을.

"이제야 좀 정신이 드십니까?"

정신을 차렸을 때 단영의 눈에 먼저 들어온 것은 바닥에 어지럽게 흩어져 있는, 피에 얼룩진 천들이었다. 그리고 두 번째로 서 상궁의 걱정 어린 얼굴이 보였으며 세 번째로는, 세 번째로는 단영도 이해하기 힘들었지만 어쨌든 의종의 딱딱하게 굳은 뒷모습이 시야에 담겼다. 창 옆에 서서 초저녁의 어둑함을 지켜보던 의종, 그는 마치 단영이 기절하던 그 순간부터 지금껏 그대로였다는 듯 단호한 뒷모습으로 밖을 내다보고 있었던 것이다.

"전하, 마마께서 깨어나셨습니다."

서 상궁의 보고에 눈가를 잔뜩 찌푸린 의종이 뒤돌아본다. 그녀가 깨어난 것이 도대체 자신과 무슨 상관이냐고 묻기라도 하듯.

"전하."

갑자기 몸을 돌려 방을 가로지르는 의종을 서 상궁이 조심스럽게 불렀으나 그는 얼굴도 돌리지 않은 채 문을 나섰고 그 후로 다시 돌아오지 않았다.

"옹주는 어찌하고 이리 와 있는 것인가?"

단영이 묻자 서 상궁이 대답하였다.

"소인을 대신하여 교태전 최 상궁이 직접 그쪽으로 갔다고 들었습니다."

교태전 최 상궁이 가은당으로 보내지고 대신 서 상궁이 이곳에 와 있다. 단영은 이 상황이 몹시 이상했지만 기운이 없어 더 이상 묻지 못했다. 어떻게 되었던가, 가물가물한 기억을 더듬어보다가 의종과의 다툼까지 이르렀다. 그랬지, 참. 그녀는 화가 나서 어쩔 줄 모르겠다는 듯 굴던 의종을 기억하고 미간을 찌푸렸다. 차갑고 무심하다 여겼는데 이제 보니 화도 잘 내는 모양이다. 저도 모르게 한숨을 쉬는데 그때 서 상궁이 주저하는 빛으로 다가앉았다.

"이게 무엇인가?"

서 상궁이 내미는 것은 작은 옥합(玉盒)과 노끈으로 묶인 몇 통의 서신이었다. 단영은 성한 오른쪽 팔을 이용해 우선 옥합을 열어보았다. 안에는 빨간 색실로 묶인 평범한 옥가락지 한 쌍이 다소곳이 들어 있었다. 단영이 쳐다보자 서 상궁이 설명하였다.

"전하의 모후이신 선정왕후(鮮正王后)께서 남기신 유품입니다. 지난날 그분을 모시었던 상궁 교씨가 보관하다가 원덕왕후께 전해드린 것인데 이제 소인이 이것을 다시 마마께 올리게 되었습니다. 받으시옵소서."

단영은 왠지 당혹스러운 얼굴로 옥합을 바라보다가 말없이 뚜껑을 덮었다. 그러고는 서통을 향해 눈짓을 하였다. 서 상궁이 어쩐지 쓸쓸한 표정으로 말을 이었다.

"이것은 원덕왕후께서 남기신 서신으로 그분이 아프실 때 소인이 대필하여 받아 적은 것입니다. 차후에 교태전에 들어오시는 분께 꼭 전하라 하셔 소인이 지금껏 보관해왔습니다."

두 번째 것은 첫 번째보다 더 부담스러웠다. 단영은 어찌할 바를 몰라 망설이다가 일단 두 가지를 들어 머리맡으로 옮겼다. 받아놓겠다는 뜻이었다. 서 상궁은 커다란 책임을 다한 듯 홀가분하면서도 침통한 표정을 짓고 있었다.

한참 뒤, 서 상궁이 물러난 후 단영은 옥합과 서찰 묶음을 물끄러미 바라보았다. 마침 최 상궁이 침수 들 자리를 봐주러 들어왔다가 그 모습을 보고 의아한 듯 물었다.

"그것이 다 무엇입니까, 마마?"

그러나 단영은 별것 아니라고 고개를 저으며 서랍에 두 가지 모두를 가지런히 담아두었다. 서찰은 특히나 읽을 마음이 들지 않았다. 어차피 폐서인 될 것이 예정되어 있는 몸, 놔두었다가 다음 계비에게 넘기는 게 나을 성싶었다. 일단 그렇게 처리하는 것으로 하고 단영은 피곤한 몸을 자리에 뉘었다. 생각할 일이 많았으나 당장은 좀 쉬고 싶었다.

다음날, 그녀는 산책을 나섰다. 상처가 터지긴 했지만 아물던 자리가 벌어진 것이어서 하루 약을 바르고 쉬고 나니 운신이 가능하다 여겨진 것이다. 팔만 무리하게 사용하지 않으면 될 것 같아 단영은 밖으로 나와 궐내에 핀 꽃들을 유유히 감상하며 이곳저곳을 돌아다녔다.

왜 그랬을까. 단영은 사실 한 가지 의문을 품고 있었다. 그것은 전날부터 머리에서 떠나지 않았는데 아침이 되니 명쾌히 정리되기는커녕 더욱 그녀를 혼란스럽게 만들었다. 그래서 단영은 눈으로는 꽃을 감상하면서도 머리로는 이것저것 많은 것을 짜 맞추는 중이었고, 그런 탓에 어디를 거니는지 잘 인식하지 못하였다.

같은 시각, 의종은 신료들과 함께 경회루에 올라 그날의 오전 집무를 보고 있었다. 늘 편전인 사정전(思政殿)에서 행하는 일이었으나 이날은 마치 여름과도 같이 무더운 기온을 보여 통풍이 되는 시원한 경회루(慶會樓)로 옮긴 것이다. 의종은 형조판서(刑曹判書) 유상필의 고하는 바를 듣는 중이었다. 그는 지금 막 충청도에서 형조로 올라온 사건을 토로하고 있었다.

"하여 이 '난지'라 하는 여인은 지아비를 거스르고 외간사내 홍중례와 정을 통하였은즉, 율을 상고하건대 난지는 교형에 처함이 마땅하오며, 여인을 속이고 또 꾀어낸 홍중례의 죄는 곤장 일백 대와 삼천 리 밖 유배에 해당한다 사료되옵니다."

의종은 유상필의 말을 곰곰이 생각해보다가 질문을 던졌다.

"통간의 죄를 물어 여인을 교형에 처하는 것이 통상적인 처리 방안인가?"

유상필의 맞은편에 앉아 있던 좌의정(左議政) 이인택이 답하였다.

"지난날 세종대왕께서는 판관 황순의 처 세은가이라 하는 여인을 그 지아비를 배반하고 개가를 한 죄로 교수형에 처하신 예가 있었사옵니다. 또한 더욱 거슬러 올라가 태종대왕께서는 연산의 백성 내은가이라 하는 여인이 이웃 사내와 정을 통하고 지아비를 살해한 죄를 저지르자 거열형(車裂刑)[51]에 처하셨으며, 근자에는 성종대왕 당시 종실인 태강수의 처였던 어을우동이란 심히 음란한 여인이 있어 시집에서 쫓겨난 후 스스로 창기임을 자처하여 수십 명의 사내들과 정을 통하였은즉 이 또한 교형(絞刑)에 처해졌다 기록되어 있습니다."

의종이 고개를 저었다.

"그러나 경이 든 예들은 죄목이 전혀 다르지 않은가. 통간을 한 것 외에도 개가를 한다거나 살인죄가 가중되었으니 이는 적법한 예가 될 수 없을 것이오. 또 누가 답을 하겠소?"

잠시 서로를 마주 보던 대신들 중 이번에는 우찬성(右贊成) 송필헌이 입을 열었다.

"적법한 예를 들고자 한다면 그중 이 두 건의 경우가 가장 합당하지 않을까 사료되옵니다. 우선 태종대왕 당시 승지 윤수의 처 채석비라는 여인은 승려 신전이란 자와 간통을 행하여 참수를 당하였으며, 세종대왕 시에도 전 관찰사 이귀산의 처 유 씨가 지신사 조서로라는 자와 역시 통정을 하여 저자에 사흘을 세워놓은 후 참형(斬刑)에 처하였다 하옵니다. 이와 같이 유사한 예들은 이를 모두 거론하기 어려울 만큼 많아 실록에……."

송필헌의 말을 들으며 미소를 짓던 의종의 표정이 갑자기 굳었다. 그는 기대앉은 난간 옆으로 길게 뻗은 너른 뜰을 내려다보며 미간을 찌푸렸다. 단영의 모습이 멀지 않은 곳에 내다보였던 것이다. 그새 다 나은 것인가.

하룻밤 만에 기운을 차리고 일어난 그녀를 보며 의종은 못마땅한 표정을 지었다. 어째서 교태전을 벗어나 이곳까지 걸음을 한 것일까.

---

51) 능지처참.

"전하, 소신이 맞는 답을 한 것이옵니까?"

그때 우찬성 송필헌의 목소리가 들려왔다. 말을 마쳤음에도 임금의 고개가 돌아오지 않자 목청을 높여 부른 것이다. 의종은 그제야 정신을 차리고 다시 신료들을 향했다.

"음."

이자가 무엇을 말하였던가. 쉬이 기억나질 않아 눈살을 찌푸리던 의종이 곧 입을 열었다.

"그러나 과인은 경의 의견에 동조를 할 수가 없군. 실록을 보아도 그에 대한 기록이 자세히 나와 있지 않은가. 우선 관찰사 이귀산의 처 유씨의 일을 살펴보자면 그 여인의 죄가 비록 간통이라 지칭되긴 하였으나 대신의 처로서 합당한 언행이 아니었으니 세간의 모범이 되지 못한 죄까지 물어 처결한 것이라 되어 있으며, 승지 윤수의 처 채석비에 관한 것은 본래 곤장 팔십 대에 해당하는 화간(和姦) 율이 적용되었어야 하지만 이 일이 무시되어 참수형에 처해진 것이니 훗날 그 죄가 과했다는 기록이 남게 되지 않았소? 과인이 틀린 것이오?"

신료들의 고개가 밑으로 숙여졌다. 의종은 앞에 놓인 장계(狀啓)를 들여다보며 말했다.

"이 난지라는 여인에게서는 통정 외에 또 다른 죄가 보이지 않으니 범간율(犯奸律)[52]을 기본으로 하여 장 구십 대를 언도하는 것이 적합할 것이오. 그 외에 홍중례라는 자는 형판이 고한 대로 처결하시오."

그러고는 저도 모르게 다시 고개를 돌려 단영을 보는 것이었다. 의종은 어째서 저 여인이 이곳까지 왔을까 짐작하려 애쓰다가 스스로가 어이없어 웃어버리고 말았다. 도대체 아까부터 왜 이런 생각에 빠져

---

52) 간통에 관한 율.

있는지 이해가 가지 않았던 것이다. 그는 형판이 들고 온 또 다른 장계를 펼쳐 읽기 시작했다. 그러나 한참이 지나도 내용이 이해되기는커녕 어디를 읽는지조차 잊어버려 처음부터 다시 봐야 하는 일이 반복되었다.

결국 의종은 짜증이 솟구쳐 자리에서 일어서버렸다. 여전히 같은 곳을 배회하는 단영의 모습이 시야에 들어왔다.

이때 단영은 너른 경회루 안마당을 서성이며 깊은 상념에 빠져 있었다. 전날을 돌이켜보자니 마음에 걸리는 일이 많았던 것이다. 그중 가장 신경이 쓰이는 것은 다름 아닌 의종이었다. 단영이 느닷없이 혼절을 한 상태에서 그가 가장 신임하는 서 상궁을 교태전으로 불러들여 일처리를 시켰다는 것은 중전에 관한 일이 궐내에 퍼지는 것을 원치 않았다는 뜻이 된다. 그리고 그것은 의종이 단영의 자상을 묵인해주겠다는 뜻도 되는 것이다. 하지만 어째서?

'돌아가는 상황으로 봤을 때 전하가 아무것도 모르시기를 기대한다는 것은 어리석은 일이다. 그렇다면 과연 무엇을 어디까지 알고 계시며 도대체 왜 지금껏 아무런 언질 없이 침묵하시는 것일까. 궁에서 그런 상처를 입는 것은 불가능하니 의혹을 품으시는 것은 당연한 일일텐데.'

혹 내가 변장을 하고 궐 밖으로 나다닌 것을 이미 눈치 챈 것은 아닐까. 단영의 사색은 더욱 진지하고 골똘했기에 멀리서 한참 동안 지켜보는 의종을 알아차리지 못했다.

"전하, 혹 곤하신 것이옵니까?"

너무 오랫동안 침묵하는 의종이 걱정되어 임 내관이 조용히 다가와 물어보았다. 의종은 천천히 고개를 젓다가 다시 신료들에게로 돌아섰다.

"아무래도 갑자기 자리가 바뀌어 집중이 안 되니 편전으로 되돌아가야겠소."

그러고는 어안이 벙벙한 신료들을 뒤로한 채 경회루를 빠져나가는 것이었다.

한편, 그곳의 분주함을 모른 채 단영은 단영대로 부산한 시간을 보내는 중이다.

"답답하구나. 무엇을 알고 있는지 모르는 이때 무작정 물어볼 수도 없는 노릇이고."

괜한 소리를 했다가 꼬리를 잡힐 수도 있다. 허나 아무것도 모른다고 여기는 건 이제 무리한 일이 아닌가……. 한숨을 쉬던 단영은 눈을 감았다. 따뜻한 햇살이 얼굴을 간질여 기분이 절로 좋아지는 날이었다. 근심만 아니라면 퍽 상쾌한 하루가 됐을 것을.

무언가 눈앞을 가물거린다. 나비라도 날아든 것인가. 가만히 눈을 떠보던 단영, 하마터면 주저앉을 뻔한다. 지금껏 그 속을 파악하기 위해 노력했던 장본인, 의종의 얼굴이 보였던 것이다. 언제 다가온 것일까. 단영은 할 말을 잃고 의종의 얼굴을 올려다보았다. 무심히 뒷짐을 진 채 의종도 그런 그녀를 내려다본다.

"흠."

곧 의종의 시선이 헛기침과 함께 먼저 옮겨졌다. 그는 이런 식으로 자신을 빤히 쳐다보는 여인의 눈동자에 익숙하지 못했다. 연경조차도 그의 앞에 서면 언제나 눈을 내리깔았던 것이다. 사실 그를 이기기 위해 올려다본 것은 아니어서 단영의 시선도 곧 거두어졌다.

"이곳에서 무엇을 하고 있었지?"

질문은 단영에게 하면서도 저만치 다른 곳을 바라보는 의종이었다. 무어라 대답해야 할지 몰라 산책 중이었노라 대답하였다. 그러면서도 속으로는 언제쯤 그가 자신의 부상에 관해 물어올지 걱정이 되었다. 의종이 문책을 한대도 그녀로서는 할 말이 없었던 것이다.

"전하."

결국 마음이 급한 단영이 먼저 그를 불렀다.

"신첩에게 하문하실 일이 없으십니까?"

그러나 의종에게선 별다른 말이 없었다. 단지 저쪽으로 돌렸던 시선을 끌어와 다시 단영을 내려다보기 시작한 것 외엔.

"하고 싶은 말이라도 있는 것인가?"

짧은 순간이지만 단영은 왠지 그의 분위기가 변했다는 느낌을 받았다. 뭐라고 콕 집어 말할 수는 없었지만 말이다. 그녀는 어리둥절한 얼굴로 그를 바라보다가 고개를 저었다.

"없습니다, 그런 것."

이내 몸을 돌려 편전으로 향하는 의종, 그 익숙하고도 낯선 뒷모습.

푸릇푸릇하게 돋아난 새싹, 그 초록으로 가득 채워진 경회루 안마당을 가로지르는 의종의 마음도, 그러한 그를 우두커니 서서 바라보는 단영의 마음도 서로에 대한 의아함과 낯선 느낌으로 가득 채워져 있었다.

제8장. 호랑이 개 어르듯

"네가 꼭 만나보아야 할 사람이 있다. 뭐 원하지 않는다면 굳이 강요하고 싶지는 않다만 이번이 아니면 다시는 만나볼 기회가 없을 테니 잘 생각해보는 것이 좋을 게야."

교묘한 웃음을 짓는 조창주를 보며 처음 이기는 단영과 관련된 일인가 생각했었다. 이토록 자신하며 그의 발목을 붙잡을 거라 장담하는 대상이 그녀 외엔 없었던 것이다. 그러나 있을 수 없는 일이라 거짓으로 치부하고 문을 나서려는데 갑자기 심한 어지럼증이 몰려왔다. 돌아보니 조창주가 부들부채를 흔들며 어디 아프냐는 표정을 짓고 있었다. 그 눈빛을 보며 함정에 빠졌음을 깨달을 수 있었다. 어서 이곳을 떠야겠다는 생각에 걸음을 내디디는데 몸이 크게 휘청이더니 한쪽 무릎이 꺾이고 말았었다.

"저 아이에게 무슨 짓을 한 건가?"

"걱정 마십시오. 나리. 소량의 미혼산(迷魂散)을 차와 함께 먹인 것일 뿐, 별 영향은 없을 겁니다."

무령군과 조창주의 목소리를 끝으로 이기는 끝내 땅에 쓰러지고 말았다.

얼마나 지났을까. 묵직한 두통과 함께 정신을 차린 이기는 자신이 커다란 석실 한구석에 묶여 있음을 깨달았다. 이곳이 어디인지, 얼마나 정신을 잃고 있었는지 알 수가 없었다. 그는 자리에서 천천히 일어나보았다. 벽에 매달린 육중한 쇠줄이 발목에 채워놓은 두꺼운 족쇄와 이어져 있어 고작해야 주변 대여섯 걸음도 채 걸을 수가 없었다. 또한 양손목에도 비슷한 두께의 쇠줄이 채워져 있었다. 그는 자리에 앉아 주위를 둘러보았다. 창문이 없는 대신 횃불 몇 개가 벽을 따라 점점이 박혀 있는 것으로 보아 지하인 듯했다.

"일어났느냐?"

어디선가 조창주가 부들부채를 흔들며 나타났다. 그는 가까이 다가와 이기의 얼굴을 빤히 들여다보더니 부채를 접어 다른 쪽 손바닥을 탁탁, 두 번 내리쳤다. 그러자 누군가가 쟁반을 하나 들고 조창주를 뒤따라 들어왔는데 쟁반 위에는 밥과 몇 가지 찬이 담겨 있었다.

"배가 안 고픈 게냐?"

이기가 앞에 쟁반을 놓고도 본 척도 하지 않자 조창주가 비죽 웃으며 물었다. 그러고는 족쇄와 벽을 연결하던 쇠줄을 풀어주었다.

"일어나보거라. 걷는 것엔 무리가 없을 테니."

그러고는 들은 척도 않는 이기의 귀에 부채를 기울이며 속삭였다.

"내 너에게 말하지 않았느냐. 꼭 만나야 할 사람이 있다고. 후회하지 않으려면 일어서거라."

이기는 조창주를 노려보다가 벌떡 일어섰다. 그럴 수 없다는 걸 알면서도 혹 단영을 붙잡아 가둔 것은 아닐까 하는 의심이 다시 들어서였다. 조창주가 안내를 하겠다는 듯 빙글 돌더니 잊은 게 있는지 어깨 너머로 고개만 틀어 말하였다.

"행여 괜한 짓을 할 생각은 말아라. 그 족쇄는 청에서 들여 온 물건으로 발버둥을 치면 칠수록 더 옭아매는 성질을 가지고 있으니."

조가는 밖으로 나가 어두운 복도를 지나더니 또 다른 석실로 들어갔다. 이기가 있던 곳보다 한참 좁은 곳으로 양옆으로는 촘촘한 쇠창살로 가로막혔고 사람이 한 명씩 각각 갇혀 있었다.

"누군지 알겠느냐?"

조창주의 말에 양옆을 둘러보았다. 한쪽은 남자, 또 다른 쪽은 여자였지만 처음 보는 인물들이었다. 조창주가 빙그레 웃으며 부채로 오른쪽 창살을 두드렸다. 여자가 갇힌 쪽이었다.

"너에게 보여줄 이는 바로 이쪽에 있다."

가까이 다가가서 보았다. 땟국이 줄줄 흐르는 치마와 저고리는 군데군데 찢겨 있고 머리는 헝클어져 산발을 한 여자였다. 나이는 서른 후반쯤 되었을까, 새카만 얼굴 위로 두 눈만 족제비처럼 빛을 발하고 있었다.

"먹을 것은, 먹을 것은 안 가져왔소?"

여인은 이기를 물끄러미 바라보다가 흥미가 떨어졌는지 곧 조창주에게로 시선을 돌렸다. 그러고는 손을 뻗으며 가까이 다가앉았다. 맨살 위로 매어놓은 쇠줄로 인해 그녀의 손목과 발목은 짓무르고 피가 맺혀 있었다.

"이보게. 자네 이 젊은 친구가 누군지 전혀 모르겠는가?"

조창주가 그 앞에 쭈그리고 앉아 부채로 이기를 가리켰다. 여인의 눈이 잠시 이기에게 머물렀으나 좀처럼 생각나는 이가 없는 모양이었다. 고개를 살래살래 흔들며 조창주를 쳐다보더니 갑자기 무언가 떠오르는 게 있는지 놀란 낯으로 이기를 다시 돌아보았다. 새카만 눈이 크게 뜨이자 눈 밑을 가득 채운 잘잘한 주름들도 함께 펴지는 듯했다. 이기는 도무지 상황을 알 수가 없어 불편한 듯 헛기침을 했다. 그러고는 여인이 갑작스럽게 무릎걸음으로 다가오자 몇 걸음 뒤로 물러섰다. 여인이 쇠창살을 붙잡고 울부짖었다.

"두릅이냐? 혹 네가 두릅이인 게냐?"

이기는 어리둥절한 얼굴로 조창주를 쳐다보았다. 이 남루한 여인이 어떻게 나를 알고 있을까. 곧 조창주가 그들 가까이로 다가오며 웃음이 실린 얼굴로 입을 열었다.

"네 녀석이 젖도 떼기 전에 외간 사내와 눈이 맞아 도망을 쳤다던 이가 누구더냐?"

이기의 턱이 움찔하였다. 그는 매서운 눈으로 조창주를 지켜보다가 다시 여인에게로 시선을 돌렸다. 그녀는 이제 쇠창살을 손바닥으로 두드리며 울고 있었다. 뜨거운 것이 가슴을 타고 올라오는 듯해 눈을 감았다. 그러나 곧 돌아서서 그곳을 나오며 말하였다.

"나는 이제 더 이상 두릅이가 아닙니다."

여인이 흐느끼며 이기를 불렀으나 그는 한 번 뒤돌아보지도 않고 자신이 갇혀 있던 석실로 돌아갔다. 무릎 사이로 머리를 파묻은 채 한참을 그렇게 앉아 있었다. 뒤따라온 조창주가 부들부채를 설렁설렁 흔들며 말하였다.

"이곳에는 보다시피 문이 없으니 원하기만 하면 가서 만나보는 거야 어렵지 않을 게다. 떨어져 있던 시간 동안 얼마나 하고 싶은 말들이 많았겠느냐. 갖은 고초를 다 겪은 듯하니 지난 일은 잊어버리고 받아들여주어라. 단."

그는 여전히 고개를 수그리고 있는 이기를 내려다보다가 말을 이었다.

"기간은 딱 달포간이다. 이후에 저 여인을 어찌 처리할 것인지는 전적으로 너에게 달렸지."

"나에게 무엇을 원하는 겁니까?"

"오, 이제야 네가 말문을 여는구나. 좋다. 제법 눈치가 있는 녀석이니 돌리지 않고 말하마. 내 며칠 내로 너에게 가벼운 청을 몇 가지 할 것이다. 네가 그것들을 수락한다면 저기 있는 계집을 내주도록 하겠다. 그러나 그 반대가 될 시에는……."

잠시 말을 멈추었던 그가 부채를 탁 소리가 나게 접으며 뒤를 이었다.

“흥, 그때 가서 어떻게 되는지는 굳이 말을 안 해도 알겠구나. 네 녀석도 직접 지켜볼 수 있게 해줄 테니까.”

시각을 알 수 없는 어둔 밤, 깜박 잠이 들었던 이기는 벌떡 일어났다. 좋지 않은 꿈을 꾼 듯 온몸에 땀이 흥건했다. 옆에 놓인 주전자를 들어 물을 들이켠 후 이마를 감싸 쥐었다.

“두릅아, 두릅아.”

애절하게 울리던 여인의 목소리가 지워지지를 않았다. 이기는 세차게 머리를 흔들다가 일어서 밖으로 나섰다. 청명한 밤하늘엔 보석이라도 박힌 듯 찬연한 별들이 제각각 빛을 발하며 그를 내려다보고 있었다. 그러나 이기의 얼굴 위로는 별빛과 무관한 괴로움이 가득 담긴다.

식사를 가져다주는 이를 인질 삼아 족쇄에서 풀려났다. 조창주의 행방을 찾아 영루관으로 갔다가 때마침 위험에 처한 단영을 구할 수 있었던 것이다. 그러나 석실을 탈출할 때 이기는 생모를 데리고 나오지 못했다. 아니, 처음 본 이후로 그녀가 갇혀 있는 석실로 가보지도 않았다. 그는 어머니를 알지 못했다. 너무 어릴 적이라 어머니의 기억 같은 건 없었던 것이다. 그럼에도 여인의 울부짖음은 시시때때로 그를 괴롭혔다. 아직까지 조창주와의 대면을 단영에게 고하지 못한 것도 실은 그녀가 중간에 걸려 있기 때문이었다. 다만 스스로 인정하지 않을 뿐.

몸이 완전히 회복된 후 단영은 우선 계획했던 일을 마무리 지었다. 가은당(稼恩堂) 최씨에게 종1품 귀인(貴人)의 첩지를 내린 후 경희궁에 있던 자빈을 옛 거처인 은선당(殷璿堂)으로 불러들인 것이다. 그리고 평이 좋고 견실한 상궁을 발탁하여 양혜 옹주의 훈육을 맡겼다.

아침나절을 그렇게 보낸 단영은 창을 활짝 연 뒤 선선한 바람을 맞으며 생각에 잠겼다. 요 며칠간 의종과는 몇 번 마주쳤으나 그때마다 별다른 말 없이 지나치곤 하였다. 단영은 그가 모른 척하기로 마음먹었음을 알 수 있었다. 어디까지 알고 그러는지 그 속뜻까지야 알 수 없었지만 그냥 넘어가주겠다는데 굳이 들춰내어 문제를 만들 필요는 없을 듯했다.

그녀는 서찰 한 통을 작성한 후 비자를 통해 매당 할멈에게 전하였다. 속에는 이기에게 전하는 서신이 따로 들어 있었다. 이기는 단영의 당부로 궁에 들어오는 것을 멈춘 상태였다. 모른 척한다고는 해도 임금이 그날 이후 교태전을 새롭게 주시할 가능성이 농후했던 것이다. 괜히 이기에게 위험을 자초하게 할 수는 없었다. 그러나 단영에겐 한 가지 궁금증이 있었다. 눈을 감아준다는 것은 이후로 다시 출궁을 감행해도 묵인해주겠다는 뜻일까?

"나가보면 알겠지."

이기에게 보낸 서신에는 금일 축시를 전후하여 약속된 장소에서 만나자는 내용이 적혀 있었다. 마전(馬廛)이란 자를 조사하여 조창주의 뒤를 캐려는 생각이었다. 기방에서 마주쳤으니 십중팔구 그자는 조가의 은신처를 알고 있을 터였다.

밤이 되고 사방으로 어둠이 짙게 깔리자 그때까지 서책을 읽고 있던 단영은 자리에서 일어섰다. 이제는 손에 붙어 훨씬 수월해진 분장을 재빨리 마친 후 옷을 갈아입고 창을 나섰다. 허리에는 이기가 마지막으로 교태전에 들었을 때 가져다주었던 유홍검을 찬 채다.

단영은 주위를 면밀히 살핀 후 익숙한 쪽으로 방향을 잡았다. 사실 이번의 출궁이 모험이라는 것은 단영도 알고 있었다. 의종이 감시하고 있을 가능성이 있는데다가 지난번처럼 눈감아줄 거라는 보장도 없었기 때문이다. 그러나 왜일까, 모른 척 잡아떼던 그의 표정이 오히려 단영에겐 어떤 오기 같은 것을 심어주었다. 가문에 피해만 가지 않는다면 어찌 되든 상관없다는 오기. 어차피 폐서인이 될 것이라는 약조까지 받아놓지 않았는가.

약속 장소는 마전교(馬廛橋), 혹은 말전다리라고도 불리는 교각 옆이었다. 본래는 태평교(太平橋)라 하였으나 언제부터인가 옆 광장에서 마필을 매매하면서부터 이름이 바뀌었다 했다. 필경 그 근처에 마전이란 자의 거처가 있을 것으로 예상하고 그곳에서 보기로 한 것이다.

약속 시간보다 일찍 마전교에 도착한 단영은 수건을 꺼내 땀부터 닦았다. 날이 더워지면서 얼굴에 바른 풀 가장자리가 땀에 젖어 끈적였던 것이다. 그녀는 다리 난간에 걸터앉아 이기를 기다렸다. 살랑살랑, 어디선가 바람이 불어 머리칼을 날렸다. 단영이 그 바람 가운데 나부끼는 꽃잎 몇 장을 바라볼 때였다. 뒤로 검은 그림자 하나가 살며시 접근하였다.

단영은 뒤에서 밀려오는 온기를 느끼고 있었다. 모른 척 기회를 엿보다가 유홍검을 돌려 세워 그자의 배를 향해 찔렀다. 그림자가 재빨리 피하더니 손을 뒤집어 검 끝을 낚아챘다. 그러고는 곧 곁에 나란히 앉으며 그것을 살피는 것이었다. 황색 무명 도포 차림의 의종이었다.

"그대는 공격을 할 때에도 검집째로 하는가 보군. 이것으로 타격을 줄 수 있다 믿는 것인가?"

단영은 기가 막힌다는 얼굴로 의종을 보다가 얼른 검을 회수하며 귀찮다는 음성으로 물었다.

"이곳에는 또 웬일입니까?"

마주칠 때마다 목소리를 변조해야 하는 것도 여간 곤욕이 아닐 수 없었다. 그녀의 거친 목소리를 듣던 의종이 빙그레 미소를 지었다.

"이제 그 목 질환은 나을 때도 된 것 같은데?"

단영은 의종의 그 말에 자신의 정체를 이미 알고 있다는 것을 다시 한 번 확신하였다. 그럼에도 계속해서 모른 척 잡아떼려는 속셈까지도.

"묻는 말에나 대답해주시오."

흐흠, 목을 가다듬은 단영이 의종을 향해 물었다. 의종이 괴괴한 주위를 둘러보며 대답했다.

"나 또한 그자에게 볼일이 있어서."

"그자라면?"

의종이 돌아보았다. 달빛에 반짝이는 눈매가 어쩐지 장난스럽다고 단영은 생각했다.

"마전이라는 자. 무슨 인연인지 모르겠지만 그대와 나는 같은 이를 뒤쫓는 모양이더군."

단영 또한 그를 마주보며 고개를 가로저었다.

"결코 같은 자가 아닐 텐데요."

의종이 조창주라는 인물 하나를 쫓기 위해 그동안 비호단을 뒤지고 다녔을 리 없었다. 하여 그의 진짜 목적이 무엇인지 궁금해졌다. 설마 왕이라는 자가 혼자 나서서 비호단을 와해시키고자 동분서주하는 것은 아닐 테고, 좀 더 중요한 이유가 있을 것 같았다.

그 의문은 의종으로서도 마찬가지였다. 아무리 뒷조사를 해보아도 단영과 비호단, 혹은 윤돈경의 집안과 비호단이 얽혀 있다는 증좌는 찾을 수 없었던 것이다. 그런데 중전이라는 이 여인은 무슨 목적으로 비적단을 기웃거린단 말인가.

"한 가지 물어보지. 이 근처로 가닥을 잡은 이유가 내가 보내준 마전(馬廛)이라는 두 글자 때문이었나?"

의종의 물음에 그녀는 그렇다고 고개를 끄덕였다. 의종의 말이 이어졌다.

"그자가 마전이라 불리는 이유는 이 근처에 그자의 마구점이 자리하고 있기 때문이지. 그러나 자택까지도 근방에 있다고 보는 것은 너무 단순한 추리가 아닌가?"

단영이 의종을 흘겨보며 말하였다.

"그러는 그쪽은 무엇 하러 여기 와 앉아 있는 겁니까?"

"나야 지나는 길에 그대를 발견한 것뿐이고."

"그럼 그냥 지나치면 될 일, 참견까지 할 필요는 없었을 텐데요."

단영은 애써 사내인 척 꾸미는 것도 포기한 모양이었다. 괴상한 얼굴에서 쏟아지는 중전의 음성이라. 의종은 훗, 가볍게 웃으며 대답하였다.

"달빛 아래 드러난 그대의 얼굴이 어찌나 무섭던지 꼭 도깨비를 보는 줄 알았거든. 지나는 행인이라도 잡아 가는 날엔 큰일이겠기에."

어이가 없어서 단영은 쳇, 혀를 한 번 차고 입을 다물었다. 그러나 잠시 후 다시 묻는다.

"그래서, 마전이란 자의 자택이 어디라는 겁니까?"

"따라올 의향이 있다면 내 안내를 하고."

단영은 다시 주위를 둘러보았다. 이기를 찾는 것이었다. 의종이 말하였다.

"그대의 수하를 찾는 거라면 이미 그자는 한참 전부터 도착해 있었을 것이네. 왼편으로 들려오는 기척은 내 수하의 것이 아니거든."

기척만으로 사람을 어찌 알 수 있단 말입니까. 그러나 단영은 아무 말 없이 왼편을 쳐다보았다. 동시에 작은 풀벌레 소리가 들려왔다. 이기였다. 의종의 말대로 그는 한참 전에 도착해 있었던 것이다. 다만 단영이 혼자가 아니어서 몸을 낮춰 그들을 살피던 참이었다.

이기로서는 어떻게 이수환이란 자가 단영과 안면이 있는지 모를 일이었다. 두 사람의 대화를 듣다 보니 한두 번 마주친 사이 같지는 않았다. 그는 자신이 조창주에 의해 감금되어 있을 때 무언가 새로운 일이 있었던 건지도 모르겠다 싶어 일단은 계속 몸을 숨기기로 마음을 먹었다. 이때 이기는 다른 곳에 숨어 있는 홍 내관의 기척도 느끼는 중이었는데, 그것은 홍 내관도 마찬가지였다. 두 사람은 서로를 눈치 챈 상태였지만 각자의 주인이 함께 행동하니 일단은 숨어서 서로를 견제하고 있었던 것이다.

의종은 난간에서 내려온 후 흥인지문 쪽으로 그녀를 안내했다.

"동묘로 가는 겁니까?"

곁에 나란히 걷던 단영이 물었다.

"아니, 영도교를 건널 생각이네."

동묘와 반대 방향으로 영도교와 맞물려 있는 곳이라면 왕십리 근방이라는 소리다. 마전이란 자의 집에 도착을 했을 때 단영은 그 크고 화려한 와가의 모습에 할 말을 잃었다. 끝이 없는 담자락을 바라보고 있자니 의종이 설명을 하였다.

"이자는 팔도 곳곳에 여러 채의 마구점을 가지고 있는데다 또한 마필을 직접 궁에 상납하는 일까지 맡은 몇 안 되는 대부호이지. 이 정도 재력을 보유했다고 이상한 일은 아니야."

그들은 인적이 없는 곳에 이르러 담을 넘은 후 몸을 낮춰 사랑으로 향하다가 마침 불이 밝혀져 있는 연못 옆의 작은 별채를 발견했다.

"저곳에 누가 있는지 보러 가야겠군."

의종의 말에 단영도 고개를 끄덕였다.

연못에 이르러 띄엄띄엄 놓여 있는 징검다리를 건널 때였다. 단영의 신 밑에 물이 묻어 미끄러지는 찰나 균형을 잃고 말았다. 이대로 물에 빠지기라도 하면 잠입을 들키고 말 텐데. 걱정도 잠시, 갑자기 자신의 허리께에 육중한 무언가가 느껴지더니 기울어진 상체를 바로잡아주기까지 한다. 뒤따르던 의종이 팔을 뻗어 부축을 한 것이다.

"……?"

단영이 고맙다는 말을 하려는데 의종은 또다시 모른 척 다른 곳만 쳐다보고 있었다. 이제 보니 참 기이한 성격을 지녔네. 단영은 고개를 갸웃한 후 남은 징검다리를 넘어 별채를 향해 달렸다. 다행히 더워서 그랬는지 창문은 한 뼘 정도 열린 상태였다.

"그래서 해서장군(海舒將軍)께서는 이 일에 가담을 하는 게 꺼려진다, 이 뜻인 겁니까?"

누군가의 걸걸한 목소리가 밖으로 새어나왔다. 단영은 비호단 중진들이 무슨무슨 장군이라고 서로를 불렀다던 이기의 말을 기억해내고, 곧 그가 비호단과 관련이 있다는 것을 알아차렸다. 그렇다면 기루에서 마주친 조창주 또한 비호단 일원이라 확신해도 되겠군.

해서장군이라 불린 마전이 대답을 하였다.

"그럼 명렬장군(銘烈將軍)께서는 이것이 가능한 도모라고 생각하십니까? 본래 이 몸이야 자금줄이나 대고 거상들을 이용해 정보 유출이나 유도하던 처지이니 단에서 무엇을 결정하든 왈가왈부할 입장이 아님은 잘 알지만, 그래도 말입니다, 송충이는 솔잎을 먹어야 한다고 하지 않습니까? 도둑질이나 일삼던 이들이 무슨 거사를 치러보겠다고."

거사라. 단영은 지금 들은 말을 곰곰이 생각해보았다. 지금까지와는 다른 종류의 무언가를 계획한다는 뜻이 분명했다. 그런데 그 다른 차원의 계획이 과연 어떤 것일까. 자신은 조창주만 찾으면 된다는 사실도 잊은 채 그들의 이야기에 빠져들었다. 명렬장군이 말했다.

"지금 그 말씀, 다른 여러 장군들이 들었다면 필경 불쾌하게 여겼을 것이외다. 도둑질이나 일삼다니요. 물론 단의 처음이 그처럼 미약했다는 것은 알고 있으나 이제는 조선의 역사 어디에서도 이 같은 유례를 찾기 힘들 정도로 세력을 키워온 우리가 아닙니까? 못 먹고 헐벗은 이들이 모여 세웠다는 것을 감안한다면 단이 처음 결성될 때 품었던 뜻도 사실은 이와 다르지 않을 겁니다."

마전이 말했다.

"그래서, 거두절미하고 새 나라 새 땅이 열리면 무엇이 또 달라진단 말입니까?"

마전은 장사치였다. 적당히 배를 불리고 재산을 축적할 수만 있다면 그것으로 족했던 것이다. 그러니 나라가 어지러워지고 기반이 흔들리는 것이 무작정 반갑지만은 않았다.

한편, 단영은 그의 말에 충격을 받았다. 새 나라 새 땅이라니, 이게 도대체 무슨 뜻인가. 저도 모르게 의종을 쳐다보니 옆얼굴에 은은한 분노가 엿보였다.

"입조심하십시오. 아무리 자택이라고는 하나 어디서 말이 샐지 모르는 것 아닙니까?"

명렬장군이 못마땅한 듯 말하였다. 어째 분위기가 좀 딱딱해진다 싶더니 두 사람 모두 입을 꾹 다문 채 한동안 그냥 앉아 있기만 했다.

잠시 후 마전이 그 정적을 참을 수 없다는 듯 한숨을 쉬며 입을 열었다.

"그래서, 도대체 뭐가 어떻게 돌아가는 겁니까? 이 몸은 거사에 대한 이야기만 들었을 뿐 구체적인 계획은 한 번도 들어본 적이 없습니다."

명렬장군이 대답하였다.

"그것은 이 몸도 마찬가지입니다. 본래 수훈장군이란 자의 머리에서 나왔다 하는데 그자가 도통 다른 장군들과 그 계책인지 뭔지를 나누려 들지 않아요. 그저 때가 되면 지시할 테니 기다리라고만 한다는데, 그 말 한 마디로 다른 장군들이 수긍을 할는지……. 상장군께서 가납하셨다는 것을 보면 허무맹랑한 것만은 아닐 텐데 말입니다."

흥, 마전이 콧방귀를 뀌었지만 별다른 말은 없었다.

단영은 수훈장군이란 말을 속으로 되뇌어보았다. 조창주가 비호단에 적을 두는 것이 확실해진 이상, 수훈장군이라는 자는 바로 그일 수도 있었다. 만일 이 가정이 맞는다면 그 간악한 자는 또 무슨 계략을 꾸미려는 것일까.

단영은 다시 의종을 쳐다보았다. 확신하기 어려웠지만 의종이 이처럼 비호단의 뒤를 캐는 이유가 바로 '이것'일지도 모른다 싶었기 때문이다. 결코 같은 자가 아닐 텐데요, 의종이 같은 이를 뒤쫓는 모양이라고 농을 했을 때 단영은 단호하게 부정했었다. 그러나 어쩌면, 어쩌면 같은 자가 될 수도 있다는 생각이 어렴풋이 드는 순간이었다.

마전이 다시 입을 열었다.

"솔직히 말하자면 상장군께서 가납하셨다고 해도 그것이 어찌 단을 대표하는 일이 될 수 있겠습니까? 모르긴 해도 이번 일에 회의적인 이들도 적지 않을 겁니다."

명렬장군이 대답했다.

"해서장군께서도 그런 입장이십니까? 그래도 장군은 상장군에 의해 단에 가입했으니 그분의 의견에 억지로라도 동조는 할 거라 생각했었는데요."

마전이 고개를 설레설레 흔들었다.

"저를 포함한 몇몇 부호상들이 상장군에 의해 단과 인연을 맺은 것은 사실입니다. 그러나 그때는 상장군께서 이런 엄청난 일에까지 관심이 있다는 걸 몰랐던 때였지요. 하긴 이상하다 생각은 했었습니다. 당시 비호단이 전국적으로 퍼져 있고 위세 또한 대단했지만 실상을 보면 함경도 일대 외에 타 지역은 그 기세를 빌려 같은 이름을 흉내 낸 비적단들이 자체적으로 활동하던 것에 불과하지 않았습니까? 나중에는 자기들끼리 원조 비호단입네, 싸움도 비일비재하였었고요. 그러던 것을 상장군께서 가담하시어 전 지역의 비호단을 통일하시고 체계를 확립하여 군사 조직으로 길러낸 것이 지난 임술(壬戌) 때의 일이었습니다."

"그랬었지요. 헌데 해서장군께선 무엇이 그리 이상하셨습니까?"

마전이 대답하였다.

"좀 전에도 말씀드렸다시피, 지금이야 우리 단이 이처럼 자리를 잡고 국세까지 위협할 정도의 대계로 성장하였습니다만 당시엔 아니었습니다. 당연히 상장군 같은 분께서 고작 비적단의 우두머리에 욕심을 두신다는 게 이해가 가질 않았지요. 헌데 지금 와서 다시 생각해보면 그때부터 상장군께선 이미 이런 일을 마음에 품고 일을 만드신 게 아닌가 싶기도 합니다. 그렇지 않다면야 어찌하여 비적단 무리에게 관심을 가지겠으며 또한 우리 같은 장사치들까지 끌어들여 단의 발전을 도모하였겠습니까?"

명렬장군이 물었다.

"그럼, 장군께선 이번 거사가 오로지 수훈장군에게서만 나온 것이 아니다, 이 말이 하고 싶은 것입니까?"

마전이 웃으며 대답을 하였다.

"흥, 제가 누구입니까? 사람 얼굴만 봐도 웬만한 건 눈치로 집어내는 장사꾼이올시다. 수훈장군 그자가 명석한 것이야 모르는 바 아니지만 그 정도 일을 꾸며낼 그릇은 아니에요. 누가 뒤에서 받쳐주어야만 재주를 넘을 수 있는 한 마리 곰에 불과하다, 이 소리입니다."

단영은 귀를 쫑긋하였다. 그 정도 일을 꾸며낼 그릇이 아니다? 그렇다면 뒤에서 받쳐준다는 이는 또 누구일까. 이름만 거론된 상장군? 혹은 또 다른 인물?

명렬장군이란 자가 말하였다.

"글쎄요, 뭐 그럴 수도 있고 아닐 수도 있겠지요. 하지만 누가 먼저 이 일을 시작했는가는 지금에 와서 그리 큰 일은 아니지 않습니까. 문제는 앞으로의 귀추인데……. 중진 내에서도 말들이 많고 좀처럼 뜻이 모이질 않으니 걱정입니다."

여기까지 들었을 때 누군가가 연못가에 나타났다. 커다란 쟁반을 들고 있는 그자는 징검다리를 성큼성큼 건너오더니 안을 향해 나리, 하고 부른다. 곧 안에 있던 두 사람의 대화가 끊겼고 사내가 안으로 들어갔다. 음식을 새로 장만하여 가지고 온 노비인 모양이었다.

이후로 두 사람의 대화는 그다지 특별할 것 없는 내용으로 바뀌었기에 잠시 더 귀를 기울이던 단영과 의종은 눈짓을 나누고 밖으로 빠져나갔다.

두 사람은 아무 말 없이 궁을 향해 나아갔다. 이제 곧 파루(罷漏)[53]가 시작될 테니 그 안에는 궐로 돌아가야 한다는 생각에 바쁘기도 하였거니와, 또 조금 전 들은 내용이 결코 가볍지 않아 각자 생각에 골몰한 참이었다.

단영은 상장군이라는 자에 대해 생각하는 중이었다. 수훈장군이 조창주라고 한다면 상장군은 또 어떤 자일까. 도대체 무엇을 바라고 조창주가 그 옆에 붙어 있는지 그것이 궁금했다.

그들이 홍인지문에 도착했을 때였다. 의종이 단영을 돌아보았다.

"나는 왼편으로 돌 것인데 그대는 어느 쪽으로 갈 생각인가?"

단영이 대답하였다.

"그러시다면 전 오른쪽으로 길을 잡지요."

의종이 그럴 줄 알았다는 듯 훗, 하고 웃더니 말하였다.

"만일 나에게 무언가 남길 말이 있을 땐 영루관 기녀 경진을 찾으면 될 것이다. 음……."

---

53) 통금 해제를 위해 네 시에 울리던 서른세 번의 종소리.

그러고는 무언가 할 말이 남았는지 잠시 망설이더니 불현듯 단영에게 한 걸음 다가섰다. 깜짝 놀라 바라보는 단영을 유심히 내려다보는 의종, 그는 천천히 손을 들어 볼 양쪽으로 흐를 듯 찐득이는 풀을 한 차례 닦아내주고는 곧 멋쩍은 듯 기침을 하였다.

"남은 볼일이 있으신 겁니까?"

그에 반해 지나치게 사무적인 단영. 의종은 다시 한 번 단영을 내려다보다가 결국 고개를 젓고 말았다. 사실 그로서도 딱히 이유가 있는 행동은 아니었다. 단지 설명할 수 없는 미진한 기분, 바로 그것 때문이었을 뿐.

의종은 인사 대신 한 손을 흔들고는 곧 자신이 말한 방향으로 몸을 돌렸다.

단영은 그의 긴 그림자가 멀어지는 것을 바라보다가 뒤로 돌아섰다. 언제 왔는지 이기가 몇 걸음 뒤에 조용히 서 있었다.

"누군지 알겠니? 저분이 바로 궐 안에 사신다는 임금님이시다."

이기의 시선이 새삼 의종에게 다시 향하였다. 속으로는 매우 놀라웠으나 겉으로는 한쪽 눈썹만 슬쩍 움직였을 뿐이다. 잠시, 아주 잠시 침묵하던 이기는 이윽고 그가 자신이 일전에 말했던 '이수환'이라는 자와 동일인이었음을 알렸다. 단영이 고개를 끄덕였다.

"결국 비호단에서 우리가 마주쳤던 인물은 하나였다는 소리네."

그러고는 천천히 걸으며 조금 전 마전의 집에서 엿들은 내용을 이기에게 말해주었다. 그는 신중하게 그 내용을 듣더니 중얼거렸다.

"확실한 것은 그 수훈장군이란 자를 찾아야 알 수 있겠군요."

단영이 대답하였다.

"그렇겠지. 그자가 조창주이건 아니건 이제는 한 사람만 잡으면 되는 그런 간단한 문제가 아니게 되었어. 조가와의 일은 개인적인 원한에 불과하지만 비호단의 수훈장군이란 인물은 그렇게 해서 끝날 일이 아닐 테니까. 점점 일이 꼬여만 가니 정말 큰일이네."

이야기를 하다 보니 어느새 그녀가 넘어야 할 궁궐 담이 가까워져 있었다. 단영은 이기를 향해 너도 돌아가야지, 하고 말하였다. 그가 문득 단영을 바라보는데 그때 어디선가 불어온 새벽바람이 그녀의 단정한 머리칼을 날렸다.

이기는 한동안 단영의 이마며 코와 볼 같은 곳들을 바라보다가 마지막으로 그녀의 눈과 마주치자 그제야 자신이 너무 오랫동안 바라보기만 하였다는 걸 알아차렸다. 어색하게 고개를 숙인 이기가 들어가십시오, 하고 말하였다. 그러나 이번엔 단영이 그를 빤히 바라보고 있었다.

"무슨 걱정이라도 있는 것이니?"

이기가 고개를 저었다. 그러나 단영은 느낌이 이상했는지 그를 계속해서 살폈다.

"아닙니다. 그저…… 잠이 와서 그랬습니다. 들어가십시오, 마마."

단영이 옆으로 눈을 곱게 흘겼다.

"그렇게 부르지 말랬지?"

그러고는 그래, 네가 계속해서 수고가 많았지, 피곤하기도 하겠다, 하고 덧붙였다.

자신이 들어가야 이기 또한 가려 할 것임을 잘 아는 단영, 먼저 들어가겠노라 이르고 돌아섰다. 그렇게 몇 걸음 가다가 얼른 가라고 손을 흔든 그녀는 이내 궁 안으로 사라졌다. 이기는 그녀가 사라진 곳을 두고두고 바라보다가 한참 만에야 몸을 돌렸다.

"세상에 불가한 일은 때에 따라 없을 수도 있소. 어느 상황에서 어느 누구를 만나느냐에 따라 충분히 바뀔 수도 있는 일이지."

이수환의 말이 이기의 귓가를 계속해서 맴돌았다. 아니, 사실은 임금이 하였던 그 말이. 때에 따라 바뀔 수도 있었던 일……. 점점이 가슴을 저미는 그 말.

이기는 지금까지 단영에게 무엇 하나 숨기는 것이 없었는데 이번엔 두 가지나 생겨버렸다. 하나는 얼마 전 조창주에 의해 감금된 일이었으며, 나머지 하나는 지금 생각하고 있는 의종과의 대화였다. 매당 할멈과 함께 별당에 모였을 때, 이수환이란 자에 대해 말을 하긴 했었다. 그러나 그 후 화계사에서 다시 만나 나눴던 대화는 자신의 심정까지 고스란히 드러내는 것이어서 차마 말하지 못하고 감추었는데, 이젠 말을 하고 싶어도 할 수 없는 상황이 되어버린 것이다. 어느덧 이기의 얼굴빛이 씁쓸하게 바뀌어져 있었다.

그는 곧장 북촌으로 달려 매당 할멈을 찾았다. 이미 매당 할멈은 이부자리를 정리한 후 희끗희끗한 머리에 빗질을 하는 중이었다.

"이 새벽에 무슨 일이니?"

그녀의 질문에 이기는 아무 말 없이 검을 풀어 앞에 내려놓았다. 매당 할멈에게서 받은 검이었다.

할멈은 빗질을 멈춘 후 가만히 이기와 그 앞에 놓인 검을 바라보았다.

"무슨 뜻으로 이 검을 내놓는 게냐?"

"제가 어디를 좀 다녀오려 하니 이 검을 잠시 맡아주십시오."

그러고는 무어라 더 묻기도 전에 절을 한 차례 하고 방문을 나섰다.

"얘야, 어디를 가는 것이냐?"

그러나 이기는 아무런 대답 없이 윤 대감 댁 높은 담을 훌쩍 뛰어넘었다.

이기는 허리에 찬 또 다른 검 한 자루를 손으로 쓰다듬으며 걸었다. 시중에서 구하기가 가장 용이한 창포검(菖蒲劍)이었다. 한참을 달려 도성 밖으로 벗어난 이후엔 말을 타고 경기 이천의 설봉산(雪峯山)으로 찾아들었다. 설봉산은 삼국시대 전략적 요충지이기도 하였기에 주위에 많은 산성 터가 있었는데 이기가 찾아가는 곳도 그중 한 군데였다.

얼마나 걸었을까. 눈에 익은 바위 하나를 발견할 수 있었다. 칼바위라 하는 그곳 주위로는 널따란 고원을 따라 포곡식(包谷式)[54]으로 지어진 설봉산성(雪峯山城)이 자리하고 있었다. 이기는 한참 그 바위를 바라보다가 소리를 죽여 근처까지 다가갔다. 그러고는 바위 밑자락을 살펴 안으로 감추어진 입구를 찾아내었다. 조창주에 의해 감금되었던 그 석실의 입구였다.

좁은 구멍을 통해 안으로 들어선 후 허리에 찼던 창포검을 빼들었다. 이기의 눈이 다른 때와 달리 날카로운 빛으로 번득이고 있었다. 조창주를 없애기로 마음먹었던 것이다. 매당 할멈이 주었던 검을 놓고 온 것도 살생을 피하라던 그녀의 가르침을 어기는 데 그 검을 사용할 수가 없었기 때문이다.

이기는 흔들리는 마음을 다잡으며 조심스럽게 안으로 진입했다. 그러고는 모든 석실을 하나하나 살피며 나아갔다. 조창주의 거처가 이곳인지는 확신할 수 없었다. 그러나 설사 이곳에 머물지 않는다 해도 언제든 이곳에 나타날 테니 며칠이고 기다렸다가 처리하면 될 일이었다.

일부러 오월이 갇혀 있던 석실은 외면하였다. 그리고 마침내 조창주의 침실을 발견했다. 그는 자신의 도포와 갓을 머리맡에 던져둔 뒤 침상에 누워 있었는데, 옆으로는 밤늦게까지 들여다보았던지 작은 글자로 빼곡히 채워진 두꺼운 종이뭉치들이 흐트러져 있고 채 끄지 못한 등불도 희미하게 타오르고 있었다.

이기는 허리에 찬 창포검을 빼냈다. 스르릉, 칼날 울리는 소리가 나

54) 산릉에 따라 넓은 계곡을 포용하여 성벽을 축조한 산성.

직한 가운데 등불에 비친 검의 단면이 빛을 발하였다.

조창주는 며칠 부족했던 잠 속에 빠져 있다가 언뜻 목 주위에 느껴지는 찬 기운에 정신을 차렸다. 눈을 가늘게 떠 바라보니 두릅이 자신의 목을 검으로 겨눈 채였다.

"이제 왔구나. 얼마나 기다렸는지 모른다. 그래, 바깥세상에 나가니 생각이 좀 정리되더냐?"

이기는 대답하지 않았다. 그저 목 주위로 검을 더욱 밀착시킬 뿐이었다. 조창주가 혀를 끌끌 차며 말하였다.

"이런다고 네 어미를 살릴 수 있다고 믿으면 오산이다. 너에게 채웠던 족쇄와 네 어미에게 채운 족쇄가 같다고 생각하면 안 되겠지. 오월이 녀 것은 나 또한 풀 수 없을 정도로 정교한 것이니 지금 이 자리에서 나를 죽인대도 너는 절대 네 어미를 데리고 나갈 수 없을 게다."

이기가 조용히 대답하였다.

"나는 당신만 죽이면 그것으로 되었습니다. 본 적도 없는 어미, 어찌 되든 상관없습니다."

조창주가 또다시 빙그레 웃었다.

"너는 그렇게 매몰찬 아이가 못 된다. 너는 네 아비도 닮지 않았고 네 어미도 닮지 않았어. 약삭빠르지도, 비굴하지도, 또 잔인하지도 못한 게 바로 네 녀석이지. 정말로 나를 벨 수 있다 여기는 것이냐? 아니, 지금껏 네가 베어본 사람이 하나라도 있긴 하였느냐?"

이기의 눈썹이 바르르 떨렸다. 그러나 그의 검은 여전히 한 치의 틈도 없이 조창주를 겨누고 있었다.

"너는 나를 죽일 수 없을 것이다."

그 말에는 지금까지의 농을 치는 듯한 어투와는 다른 진지함이 담겨 있었다. 이기가 천천히 고개를 가로저었다. 그리고 조가는 그런 이기를 바라보며 한 번 더 뇌까렸다.

"너와 같은 성품의 아이는 절대 나를 죽일 수 없어."

무언가 가슴을 짓누르는 답답함이었다. 고개를 저으며 몸을 움직여 봐도 마치 육중한 무인가에 내리눌린 듯 손가락 하나 까딱할 수가 없었다. 왜 이러는가, 단영은 갑자기 겁이 덜컥 나서 자신의 몸을 내려다보기 위해 애썼다. 그런데 어찌 된 일인지 이번에는 목조차 뻣뻣하게 굳어 제대로 움직여주질 않았다. 몸이 점차적으로 마비되고 있었던 것이다.

"마마, 괜찮으시옵니까?"

누군가가 그녀를 부르고 있었다. 있는 힘을 다해 몸을 틀었다. 그와 함께 눈이 번쩍 뜨였다.

"마마, 왜 그러시옵니까?"

최 상궁이 걱정 어린 눈빛으로 묻고 있었다. 단영은 그제야 자신이 안석에 기대 졸았던 것임을 깨달았다. 양손을 들어 두 눈두덩을 가볍게 비볐다. 꿈의 끝나는 언저리 즈음에 누군가의 형상이 있었다. 그림자 같기도 하고, 혹은 어둠 속이어서 잘 보이지 않는 듯도 하였다. 그러나 그 형체뿐인 누군가는 결코 낯설지 않았다.

그로부터 이각의 시간이 흘렀을 즈음, 가은당을 찾은 의종의 얼굴빛이 어지러워졌다. 평소와 다른 북적거림 때문이었다. 그럴 수밖에 없는 것이, 옹주의 훈육을 담당하게 된 자빈과 새로운 훈육상궁, 그리고 보모상궁까지 한곳에 모여 아이 하나를 놓고 수선을 피우고 있었던 것이다. 그동안 옹주를 바라보며 조용히 사색에 잠기는 것이 습관이었던 의종으로서는 퍽 성가신 일이 아닐 수 없었다. 그러나 본래 정무를 보는 장소가 아니니 모두 다 사라지라고 신경질을 낼 수도 없는 형편이었다.

"이곳은 번잡하니 자리를 옮겨야겠다. 너는 지금 곧……."

의종이 적당한 다른 전각을 머릿속으로 가늠해볼 때였다. 단영이 불쑥 가은당으로 들어섰다. 무심한 눈빛으로 의종에게 목례를 하더니 옹주에게로 다가가 앉는다.

"전하, 자리를 옮기겠다 하셨습니까?"

홍 내관이 물었다. 그러나 의종은 손을 흔들어 됐다는 표시를 한 후 그냥 입을 다물어버렸다. 대신 한 손으로 턱을 괸 채 또 다른 한 손으로는 앞에 놓인 서책을 훌렁훌렁 넘겼다.

"전하, 이곳에서는 말씀을 꺼내시기 불편하실 터이니 아무래도 장소를 바꾸어……."

어느 순간 홍 내관은 그가 자신의 말을 전혀 듣고 있지 않음을 깨달았다. 넌지시 의종의 안색을 살피다가 전하, 하고 다시 불러보았다. 그제야 서책에서 시선을 떼는 의종, 넘기는 속도가 심히 빠른 것을 보면 책을 읽는 데 집중했던 것 같지도 않다. 홍 내관은 의아한 표정으로 조금 전의 그 말을 다시 아뢰었다. 의종이 고개를 끄덕였다.

"그건 그렇겠군. 그럼 어디가 적당할 것 같은가?"

그러나 그렇게 대답을 한 순간, 의종은 단영의 신경이 이쪽으로 집중해 있는 것을 발견하였다. 그녀는 다른 이들에 비해 의종과 가까운 곳에 등을 진 채 앉아 있었는데 고개가 한옆으로 약간 돌아서 있었던 것이다. 두 사람의 대화에 귀를 기울이고 있음이 틀림없었다.

"대전은 듣는 귀가 많으니 그냥 이곳에서 하는 게 좋겠다."

홍 내관은 어이가 없어 잠시 의종을 쳐다보았다. 듣는 귀가 많은 것으로 따지자면 이곳이 더하지 않은가. 그러나 임금이 그리 결정을 내리겠다는데 토를 달 수는 없는 일이다.

"차라리 전하, 그 마전이란 자를 잡아들여 토설을 받아내는 것이 어떠하시겠습니까?"

홍 내관이 목소리를 낮춰 고했다. 그러나 의종의 생각은 달랐다. 설사 쉽게 토설을 한다 해도 그자 한 사람의 말만으로 역모죄를 부가하는 것은 불가능한 일이었다. 좀 더 구체적인 증좌가 있지 않으면 오히려 역으로 난처한 입장에 빠질 수 있는 것이다. 물론 상장군이니 수훈장군이니 하는 자들의 정체가 궁금하지 않은 것은 아니나 의종으로서는 대대적으로 토벌할 수 있는 적법한 방안이 더 시급했다.

의종이 그건 아니 될 일이라고 말을 하려는데, 그때였다. 단영의 고개가 희미하게 가로저어지는 것이 보였다. 그녀 또한 지금 홍 내관의 말을 들으며 의종과 비슷한 생각을 한 것이었다. 역시 듣고 있었어. 의종은 저도 모르게 웃음을 짓다가 홍 내관의 시선이 느껴져 얼른 그 웃음을 거두었다. 그러고는 서궤 위의 서책을 내려다보는 척하며 은밀히 단영을 살피었다. 그녀가 이번 일에 대해선 어떤 참견을 해올지 그게 궁금하였던 것이다.

이때 양혜 옹주는 오랜만에 많은 사람들 속에 파묻혀 있느라 긴장을 잔뜩 하고 있었다. 여느 아이들과 사뭇 다른 그 아이는 뒤에 있는 보모 상궁을 흘끔흘끔 보다가 곧 혼자만의 손놀이를 시작했다. 자빈이 의종을 의식하여 옹주의 관심을 끌어보려 노력하였지만 허사였다.

"옹주마마께서 왜 이러시는지 모르겠네."

평소 성격대로 짜증을 낼 수도 없는 일이어서 이렇게 혀만 차고 있는데 그 모습을 물끄러미 바라보던 단영이 말하였다.

"밖으로 데리고 나올 수 없을 땐 안으로 들어가는 방법밖에 없지 않겠나?"

그러고는 자신의 한쪽 검지를 양혜의 손 사이로 슬며시 집어넣는 것이었다. 아이는 묵묵히 그 손을 밀치고, 밀치고 하더니 어느 순간 익숙해졌는지 자신의 손가락으로 감싸 쥐며 새로운 놀이에 열중했다. 자빈이 새치름히 앉아 있다가 질세라 얼른 손가락을 양혜에게 뻗었다.

그때까지 그들의 모습을 바라보던 의종, 문득 짚이는 바가 있었다. 단영의 말이 무엇을 뜻하는지 알아챘던 것이다. 밖으로 데리고 나올 수 없으니 안으로 들어가야 한다……. 짐짓 그녀를 시험해보고자 모른 척하던 의종은 옛 선현들의 가르침이 가득 적혀 있는 서책을 내려다보며 낮게 소리 내어 웃었다.

"전하?"

홍 내관의 얼굴이 이상해진 것은 당연지사였다. 이런 엄숙한 서책을 놓고 읽을수록 숙연해진다면 모를까, 재미있어하다니? 의종은 곧 웃음을 거두며 그를 불렀다.

"자네는 지금 곧 영루관에 기별을 하여 독대할 시간을 마련해보게."

"영루관이라 하시면, 경진을 이르시는 것이옵니까?"

"음, 시급한 일이니 오늘을 넘기지 않는 게 좋겠네."

그러고는 다시 단영을 바라보니 그녀도 그들의 대화를 엿들었는지 빙그레 미소를 지으며 고개를 바로 하는 것이었다. 홍 내관이 작은 목소리로 대답을 하였다.

"오늘 밤 자시를 전후하여 미행을 준비토록 하겠사옵니다."

그리고 의종이 답하였다.

"어젯밤은 멀리서 벗이 찾아온 고로 적적하지 않았네만 오늘은 또 어떠할지 모르겠군. 내 다시 그 벗을 불러 술 한 잔 하자 청한다면 무어라 답을 할 것 같은가?"

그런데 그 목소리가 지금까지와 달리 제법 높았기 때문에 옹주를 둘러싸고 있던 여인네들의 관심을 끌고야 말았다. 자빈은 무슨 뜻인가 싶어 눈이 동그래서 쳐다보았고 옹주도 오랜만에 제 아비의 목소리를 알아들었던지 방긋이 웃음을 지었다.

그 와중에도 가장 곤혹스러운 이는 홍 내관이었으니, 도대체 어젯밤에 찾아온 벗은 또 누구요, 게다가 오늘은 그자가 어찌 답할지 무슨 수로 알 수 있겠는가 싶었던 것이다. 설마 어제 그 괴이하게 생긴 자와 벌써 벗이라 칭할 만큼 가까워지셨단 뜻인가? 고민하는 동안 의종은 몸을 일으켜 나가버렸다.

두 사람을 유심히 바라보던 자빈이 불퉁한 목소리로 말하였다.

"도대체 어제 전하의 침소를 찾은 이가 누구란 말입니까? 혹여, 혹여 그 초영이란 아이?"

저 혼자 헛다리를 짚으며 분기를 드러내는 자빈을 바라보다가 단영이 조용히 대답하였다.

"전하께서 술자리에 한낱 여인네를 벗으로 청하실 분 같은가?"

"그야 그렇지요만."

그러나 말은 흐릿하게 하면서도 자빈의 안색은 대번에 펴지는 것이었다. 포악하긴 하되 참으로 단순한 여인이 아닐 수 없었다.

이때 초영은 가은당 밖에 서 있다가 자빈이 내는 고음의 목소리를 들었다. 전하의 침소를 찾은 이가 나라니 그게 무슨? 어리둥절하여 가은당을 바라보자니 마침 밖으로 나오던 의종 또한 그 소리를 들었는지 초영에게 시선이 닿았다.

그녀는 얼른 고개를 숙였다. 그리고 다시 들었을 때에는 이미 의종은 몸을 돌이켜 다른 곳으로 가고 있는 중이었다.

"의는 퍽 좋았습니다. 아마 두 분 마마께서 그리 어리시지만 않았어도 정 또한 누구보다 깊으셨을 거라 생각됩니다."

자령군은 아미산 후원을 자주 찾는 편이었다. 이젠 교태전에서도 그러려니 했기에 그는 마치 자신의 개인 후원처럼 그곳을 들락거리곤 했다. 왕자들 중에선 유일하게 의종과 마음이 맞는 이였기에 궁에서의 대우도 좋은 편이었다. 그래서 초영 또한 오며가며 자주 마주쳤는데, 하루는 그녀가 무거운 서책 꾸러미를 옮길 때 다가와 도와주기도 하였다.

"그렇군요."

초영은 그저 고개를 끄덕일 수밖에 없었다. 이미 돌아가신 원덕왕후 마마와 의종의 관계가 궁금하여 넌지시 물어봤던 것인데 누구에게서나 들을 수 있었던 말을 똑같이 들려주었던 것이다. 정말로 그분은 전하의 아낌을 받았었구나. 초영은 저도 모르게 마음이 답답해져 바닥으로 눈을 내리깔고 말았다.

그런 그녀를 보며 자령군이 말했었다.

"요 근래 나인들에게서 듣기로는 윤씨 항아님이 매일같이 강녕전에 들러 전하께서 써놓으신 글귀들을 낭송한다 들었습니다."

초영은 고개를 끄덕였다. 그러고는 잠시 다른 곳을 보다가 덧붙여 말하였다.

"매일같이 들르긴 합니다만 별다른 일이 있었던 것은 아닙니다. 말씀하신 대로 글귀를 소리 내어 읽다가 물러나오는 게 전부이지요. 하여 제 별명이 무엇이 되었는지 아십니까?"

자령군이 고개를 저었다. 초영이 가볍게 미소 지으며 대답했다.

"글녀라고 불린답니다. 소인처럼 대전에 자주 불려간 나인이 없으면서도 또한 소인처럼 아무런 관심도 못 받는 나인이 없었기 때문에 놀림 삼아 붙여진 이름이지요."

그랬었다. 처음 강녕전으로 불리어 갔을 때만 해도 다른 이들은 우려와 함께 시기를 드러냈던 것이다. 그러나 언제부턴가 그저 다니러만 가는 것임을 알게 된 나인들은 초영이 없는 곳에서 그녀를 우스개 삼아 이리저리 놀리곤 하였었다.

"전하께서 왜 그러시는지 몰라 답답했겠군요."

자령군이 가만히 바닥을 내려다보며 말했었다. 그리고 초영은 천천히 고개를 끄덕였다.

"전하께선 저보다 석 달 먼저 태어나셨습니다. 하여 어릴 적엔 함께 나란히 앉아 글공부를 하곤 했었지요. 그때는 어린 마음에 같은 나이인 전하를 형님 대접하는 게 싫어 고집을 부렸던 적도 있었습니다. 지금 생각하면 참 멀게만 느껴지는 시간입니다. 음……."

무슨 생각을 하는지 잠시 말문을 닫았던 그가 다시 입을 열었다.

"원덕왕후마마께선 늘 전하를 걱정하셨습니다. 어릴 적의 전하는 글공부를 상당히 싫어하셨거든요. 매일매일 서연에 드는 것이 고역이라며 꾀병을 부린 적도 여러 번 있었습니다. 해서 그분은 늘 유시(酉時)부터 술시(戌時)까지 세자이셨던 전하가 머물던 자선당(資善堂)에 들러 글공부 하시는 것을 지켜보곤 하셨습니다. 소리 내어 읽어주시기도 하면서 말입니다. 제가 아는 전하께선 아마도…… 어디에서든 휴식이 필요한 공간을 찾으셨던 게 아닌가 싶습니다."

초영은 어쩐지 가슴속이 아득해져 대답을 할 수 없었다. 어렴풋이 짐작은 하였지만 그래도 직접 듣고 나니 그 허전함을 달래는 것이 힘들었다. 그저 고개만 끄덕이다가 갑작스런 깨달음에 이마를 찌푸렸다.

"그런데 자령군나리께선 어찌하여 저에게 하대를 하지 않으시고 오히려 스스로를 낮추시어 말씀을 하십니까?"

그녀 앞에서 '저'라고 자신을 지칭하고 있음을 그제야 깨달았던 것이다.

"나리께서도 저를 그분과 혼동하시는 모양이군요. 그렇다면 나리께서도 저를 보며 그분을 그리워하신 것입니까?"

자령군과의 만남을 떠올리며 초영은 또다시 답답해진 가슴 한복판을 두드렸다.

얼마 지나지 않아 단영 또한 가은당에서 나왔다. 초영은 단영의 고고한 뒷모습을 바라보며 저도 모르게 한숨을 쉬었다.

한때 어미의 말만 믿고 자신이 그녀보다 월등히 아름답다 여겼었다. 그러나 지금은…… 어미의 눈이 얼마나 어두웠는지 알 수 있었다. 단영은 마음 깊은 곳에서부터 누구도 따를 수 없는 자신감을 가진 여인이었던 것이다. 가질 수 없는 그녀의 당당함이 초영은 한없이 부러웠다.

그러나 이때 단영은 뒤를 따르는 초영의 존재를 잊고 있었다. 그녀는 늘 하던 산보도 미룬 채 침소로 들어갔다. 그러고는 오랫동안 가만히 앉아서 시간을 보냈다.

앞에 앉아 수를 놓던 최 상궁이 간간이 그런 단영을 살피다가 마침내 입을 열었다.

"마마, 무슨 근심이라도 있으신 것입니까?"

"그리 보이는가?"

"예, 마마. 지금껏 마마 안색이 그리 어두우셨던 적은 없었습니다. 어찌 그러십니까?"

단영은 한 손으로 이마를 짚으며 중얼거렸다.

"모르겠네, 나도. 그냥……, 머리가 좀 아픈 건지도."

눈을 감았다. 어두운 눈꺼풀 안으로 자잘한 빛의 파편들이 무리지어 몰려다녔다. 눈두덩을 비벼 그 여운을 없애보려 하였다. 빛무리 끝으로 누군가의 형상이 보이는 것도 같았다.

그날 저녁, 단영은 최 상궁을 불러 출궁 계획을 알리었다. 언제는 말씀하고 나가셨느냐는 표정이던 최 상궁이 뒤늦게 걱정이 되는지 이마를 찌푸렸다.

"마마, 어젯밤에도 출타를 하시지 않으셨습니까? 아무리 긴한 사정이 있으셔도 이러시면 안 되는 법인데 갈수록 잦아지기만 하니 소인이 죽을 판입니다."

단영이 고개를 저었다.

"걱정 말게. 내가 궁을 빠져나가는 일로 사달이 나는 일은 이제 없을 것이야."

"예? 이젠 없을 것이라니, 그게 무슨 말씀이십니까?"

의종 또한 단영의 밤 외출을 알고 있으리라 최 상궁이 어찌 짐작할 수 있겠는가. 그녀는 단영의 변장을 지켜보다가 한숨을 내쉬었다.

"그리 꾸미시니 꼭 사내아이를 보는 것 같습니다. 게다가 그 지독한 풀을 죄 뒤집어쓰시고는……. 무슨 일인지 당최 알 수가 없으니. 아프진 않으십니까?"

씩 웃어 보인 단영은 창을 통해 밖으로 나갔다. 이제 궁을 빠져나가는 일에도 이력이 붙었다. 그러나 안심할 수는 없는 법, 면밀히 살피며 담을 넘어 영루관으로 향하였다.

문을 두드리니 지난번 마주쳤던 하녀 차림의 여인이 나왔다.

"따라오시우. 뒤채로 안내할 테니. 누구인지는 몰라도 임자가 모시는 이가 보통 대단한 인물이 아닌 모양인 것 같소. 아무에게나 뒤채를 내드리진 않는데……."

뒤채 주위로는 커다란 인공 연못이 있고 예전에 보았던 정자도 있었다. 돈 좀 있다 하는 이들은 너도나도 연못을 만들지 못해 안달인가 싶어 픽 웃음이 나왔다. 자리에 앉으니 얼마 안 있어 경진이 사박사박 경쾌한 비단 소리와 함께 안으로 들어왔다. 단영을 보며 빙그레 웃더니 옆자리에 앉아 술주전자를 들었다.

"내가 이곳에 올 것을 어찌 알았소?"

"무슨 말씀이신지?"

"그대를 찾아왔다는 말조차 꺼내지 않았음에도 단번에 이곳까지 안내를 받았소. 무언가 지시한 것이 있으니 그런 것 아니겠소?"

경진이 미소를 머금으며 대답을 하려는 때였다. 긴 그림자 두 개가 비치더니 의종과 홍 내관이 곧 안으로 들어왔다.

"여기 계신 홍 나리께서 말씀해주셨습니다. 지난번 그 사내가 찾아오면 뒤채로 안내를 하라고요. 부엌어멈이 두말없이 나리를 모셨다니 그날 밤 마주쳤던 일을 기억하는 모양입니다."

그때까지 눈앞의 술잔만 내려다보고 있던 의종이 고개를 들었다. 그는 단도직입적으로 경진을 향해 말하였다.

"마전이란 자의 사택에 잠입하는 것이 가능하겠는가?"

갑작스런 질문이었지만 이런 일이 한두 번이 아닌 듯 경진은 묘한 미소를 지으며 의종을 바라보았다. 그러나 답변을 않는 것을 보면 일단은 내용을 들어본 후 결정을 짓겠다는 뜻인 듯했다. 곁에 있던 홍 내관이 덧붙여 말하였다.

"자네가 그자를 회유하여 알아내야 할 일들이 있네. 또한 그자의 집에 누가 드나드는지, 무엇을 공모하는지 등도 구체적으로 파악해주었으면 좋겠는데."

경진이 말했다.

"기생 팔자야 노류장화(路柳牆花)[55]이니 못할 이유가 무엇이겠습니까만, 이번 일이 소인에게 어떤 득을 남기는지부터 알려주셔야지요."

그녀는 노련한 미소를 지으며 다시 술주전자를 들었다. 의종부터 시작하여 각각의 잔에 술을 채우는 동안 홍 내관이 대답하였다.

"자네가 무엇을 물어 오는가에 따라 달라진다는 걸 잘 알고 있지 않은가?"

"하오나 이년은 이번 일이 여타와 다르게 위험이 짙다는 느낌을 받았습니다. 동기(童妓) 시절, 홍 나리에게 발탁되어 입때까지 세작(細作)

55) 누구든 쉽게 꺾을 수 있는 꽃.

노릇을 해왔습니다만 지금과 같이 누군가의 사택에까지 들어앉아야 했던 경우는 없지 않았습니까? 자연 따르는 위험도 많을 터, 그에 대한 대가도 달라져야 하겠지요."

제법 흥정을 잘하는구나 싶어 단영은 고개를 끄덕였다. 또한 무례하다 할 수도 있을 그녀의 행동으로 미루어 아직은 의종의 정체를 모른다는 것도 알 수 있었다.

의종이 선뜻 말하였다.

"기적(妓籍)에서 제하여주는 것은 어떻겠느냐?"

담담히 바라보는 경진의 눈빛 속에 긴장이 어려 있었다.

"그 말씀은 이년의 신원을 회복시켜주신다는 뜻이옵니까?"

"그렇다. 물론 맡은 바 소임을 얼마나 잘해내느냐에 달렸겠지만."

경진은 이를 말이겠느냐는 표정으로 빙그레 미소를 지었다.

"며칠 뒤면 마전이란 자의 생세일이 됩니다. 그자에겐 그날을 전후하여 장안의 유명하다는 기생들은 모두 불러놓고 며칠이고 잔치를 베푸는 습성이 있사온데 소인은 지난 삼 년간 그의 부름에 응한 적이 없었습니다. 하오나 이번 잔치에는 부득불 걸음을 해야 할 것 같으니 그자의 추태가 아무리 역겨워도 감내하는 수 외엔 방법이 없겠군요."

그러고는 단영을 향해 생긋 웃음을 짓는 것이었다. 가만히 그들의 대화를 듣고 있던 단영은 은근히 곁으로 다가앉는 경진을 곁눈으로 보며 적이 당황하였다.

"왜 그러시오?"

"기생집에 놀러 왔으니 기녀를 곁에 두는 것은 당연한 일, 객쩍은 질문도 다 하십니다."

또다시 진한 분향이 코로 맡아졌다. 단영은 방석을 슬슬 밀치며 어떻게든 멀어지려 노력하였다. 그러자 경진은 재미있는지 흥, 콧소리를 낸다. 어지간히 샌님이구나 싶었던 것이다.

그런 단영을 재미있어하는 것은 경진뿐만이 아니었다. 일부러 홍 내관만 바라보며 모른 척하였지만 의종 또한 단영의 행동이며 당황을 고스란히 느끼고 있었다. 하여 빙그레 웃음을 짓는데 이를 보며 홍 내관이 무슨 오해를 했는지 마주 미소를 지어왔다.

의종이 웃음의 끝을 어색하게 마무리하며 술잔을 드는데 그때 경진의 목소리가 들려왔다.

"나리, 부상은 다 나으셨습니까? 꽤나 심하셔서 걱정이 많았습니다."

단영이 그저 고개를 끄덕이는 것으로 답을 하자 경진도 함께 고개를 끄덕였다.

"그런데 오늘은 그때 그분과 같이 오시지 않은 것입니까? 왜, 나리가 위기에 처했을 때 나타나 도와주셨던 그분 말입니다."

"그……, 심부름을 보냈소."

"아, 그럼 그분도 소인처럼 이번 일과 관련된 무언가를 하고 계시겠군요."

경진이 평이한 목소리로 대답을 하는데 오히려 의문은 의종에게 생겼다. 지금껏 별다른 생각이 없었는데 단영의 말을 듣다 보니 구체적인 궁금증이 일었던 것이다. 중전의 수하라면 도대체 언제부터 어떻게 인연을 맺게 된 자일까. 또한 중전은 그자에게 이번 일과 관련하여 어떤 지시를 내렸을까.

"경진 아씨, 잠시 나와보셔야겠습니다."

누군가가 밖에서 경진을 찾았다. 중요한 얘기는 마친 터라, 곧 돌아오겠다는 말을 남긴 후 밖으로 나갔더니 영루관 침모인 영실네가 서 있었다.

"무슨 일이오?"

"어느 손님이 아씨를 급히 찾으십니다. 이미 다른 방에 드셨대도 막

무가내로 청하니 행수어르신도 난감한 모양입디다. 그러니 잠시 들러 눈도장만 찍고 건너오시는 것이 어떻겠습니까?"

그러나 영루관 행수기생 백향의 성품을 모를 경진이 아니다. 또 두둑한 돈주머니라도 받아들었겠지. 절로 미간이 찌푸려졌으나 행수기생의 명을 어길 수는 없는 일이어서 일단은 안채로 향했다. 하긴 잠시 물러나주는 것도 나쁠 것 같지 않았다.

그녀가 침모를 따라 종종 걸음을 옮길 때였다. 그들을 지나쳐 건너편 방으로 들어가려던 사내 하나가 뒤돌아 경진을 훑어보았다. 감색 치마에 수박색 저고리, 짙은 갈색 띠를 두른 빼어나게 고운 뒤태였다. 곁에 섰던 또 다른 사내가 농을 걸었다.

"어찌 그러십니까? 혹 벌써 소향이가 물려 새로운 계집을 찾기라도 하는 것입니까?"

그 말에 뒤를 돌아보던 사내가 비죽 웃으며 부들부채를 흔들었다.

"그럴 리 있겠습니까? 본래 계집이야 물리고 자시고 할 것 없이 혹하는 대로 안으면 될 일. 길지 않은 인생사, 기생년 눈치까지 볼 여유가 이 몸에게는 없소이다."

그는 바로 조창주였다. 지난번 마전에 의해 영루관에 발걸음을 했다가 소향이라는 아이를 소개받았다. 오늘도 그 소향이 생각나 든 것인데 마침 경진과 엇갈리게 된 것이다. 해서장군 마전이 유독 아낀다던 바로 그 기녀를.

"도성 안 사내치고 영루관 기녀 경진의 미색을 탐내지 않는 이가 없다 하더니 과연 그 말이 맞다 싶소이다."

곁에 섰던 사내가 경진이 들어가버린 방을 건너다보며 아쉬운 듯 혀를 찼다. 조창주 또한 구미가 당기는지 입술을 축이며 부채를 살랑거리더니 곧 건넌방으로 들어갔다.

"그래서 이제 어떻게 하면 되는 것입니까?"

사내가 먼저 입을 열었다. 조창주가 대답을 하였다.

"이제 날은 잡혔습니다. 정확한 지시는 상장군께서 다시 하시겠지만 그때까지 준비를 철저히 하여 틀어지는 일이 없도록 만전을 기하는 것은 우리의 몫입니다."

"그야 이르다 뿐이겠습니까. 허나 수훈장군께서도 알다시피 지금 중진에서는 이번 거사에 회의를 품은 이들이 적지 않아요. 자칫 일이 꼬이기라도 하여 단의 존명을 위협하기라도 하면 어쩌냐는 것이 저들의 걱정이지요."

수훈장군이라 불린 조창주가 흥, 콧방귀를 뀌었다.

"그게 그들의 진심이라면 걱정이나 하고 있으라고 해야지 무엇을 어쩌겠습니까? 이 일이 예삿일이 아니라는 것은 모두가 알고 있는 사실입니다. 하여 거사일이 닥치기 전까지 철저히 입단속을 하자는 것인데 무슨 불만들이 그리 많은지……."

그러나 지금 그런 대화를 나누기엔 시간이 없다는 것에 생각이 미쳤는지 조창주의 찌푸린 미간이 펴졌다.

그는 목소리를 더욱 은밀히 하여 말을 하였다.

"지난번 내가 데리고 온 아이를 기억하십니까?"

"기억하고말고요. 그 소년아이를 이르는 것 아닙니까?"

조창주가 고개를 끄덕였다.

"맞습니다. 지금은 고집을 부리고 있지만 조만간 나를 또다시 찾아올 겁니다. 그러니 창렬장군(昌烈將軍)께서 그 아이 감시를 좀 해주셔야겠습니다. 녀석이 어리석은 짓을 하지 못하도록 말입니다. 그 아이가 해내야 할 몫이 간단하긴 하되 가장 중요한 일이지 않습니까."

창렬장군이 말했다.

"그러나 그 아이가 들으려 하겠습니까? 그때도 끝내 도망을 갔다고 들었습니다만……. 차라리 좀 더 호락호락한 이로 다시 물색해보는 것이 어떻겠습니까?"

"안 됩니다. 이제는 시간이 없어요. 게다가 그 아이만큼 적당한 이가 어디 또 있겠습니까? 걱정 마십시오. 그 녀석은 절대 거부하지 못할 겁니다. 그럴 수 없도록 이미 대책을 마련해놓았어요. 반드시 돌아올 수밖에 없을 것이니 기다려보십시오."

창렬장군이란 자가 고개를 끄덕였다. 그들은 이후에도 목소리를 낮추어 한참을 소곤거린 후에야 겨우 술상을 들이고 소향을 불렀다.

수군거림이 멈추지 않는 것은 단영이 들어 있는 뒤채 또한 마찬가지였다. 다만 홍 내관으로서는 도무지 감을 잡을 수 없었으니, 저자가 어쩌다가 전하의 측근이 되어 이런 중차대한 문제까지 논의를 하게 된 것일까 하는 점이었다.

그는 단영이 어딘가 익숙하다는 느낌을 받았으나 설마 중전일 것이라고는 상상도 못한 채 고개만 연신 갸웃거렸다.

"그렇다면 비호단과 연루되어 역모를 꾀하는 이가 무령군일 가능성도 있다는 것입니까?"

단영이 목을 걸걸하게 하여 물었다. 가뜩이나 말을 많이 해야 하는 자리이다 보니 성대에 잔뜩 무리가 가서 정말로 목이 쉴 지경이었다. 의종이 고개를 끄덕였다.

"그러나 무령군은 이제 연장(年壯)[56]의 나이입니다. 반란을 꾀하려면 금상께서 보령이 어렸을 때를 노렸겠지, 왕권이 강화될 만큼 강화된 지금까지 기다렸겠습니까?"

의종이 대답하였다.

"현 임금은 지난 경신년(庚申年)에 친정을 시작한 이래, 왕자군들이

56) 30세 전후의 나이.

어떤 식으로든 반역에 연루되는 것을 철저하게 경계해왔네. 하여 그들이 방문하는 자, 혹은 그들의 사저에 발걸음을 하는 자까지도 추적하고 감시를 붙였으니 유람조차 마음 놓고 할 수가 없었을 거네. 병력이 허용되지 않는 왕자에게 비호단이라는 조직은 꽤 괜찮은 사병이 되어주었겠지.

마전의 말을 상기해보아도 그 상장군이라는 자는 이미 지난 임술(壬戌) 때부터 비호단을 체계적으로 재정비해왔다 하지 않았나. 시기적으로 늦은 것이 아니라 그자에겐 그 정도의 시간이 어쩔 수 없이 필요했던 것이야. 그리고 이제 때가 되었다고 결정을 내린 거겠지."

일리 있는 말이라고 단영은 생각하였다. 하긴 이리저리 역모의 가능성을 따져보아도 제1왕자였으며, 어렸던 세자가 보위에 오를 때 이미 성년의 나이로 가장 큰 걸림돌이었다던 무령군이 현재로서는 가장 유력한 자이긴 하였다.

"그런데 한 가지 의문점이 있습니다."

단영이 말했다. 의종이 고개를 끄덕였다.

"지나칠 만큼 왕자군들을 감시하고 억제하였다면 어째서 지금껏 그들 중 하나가 비호단과 연루되었다는 것을 발견하지 못한 걸까요?"

의종이 고개를 저었다.

"아무리 철저한 감시라 해도 숨기고자 한다면 아예 방법이 없는 것도 아니지 않은가. 본인은 뒤에 모습을 감춘 채 대리인을 내세워 일처리를 한다면 어렵지 않게 감시망을 벗어날 수 있었겠지. 분명 무령군은 어떠한 경우에도 스스로 움직이지는 않았을 것이다. 누군가가 그를 대신하여 비호단을 조종해왔을 것이네."

단영은 무령군의 대리인이 누구일지 궁리를 해보다가 새로운 의문점을 떠올렸다. 조창주는 어째서 지금껏 가만히 있다가 얼마 전에야 공을 세우고 모습을 드러냈을까? 그자의 성품이라면 오래전부터 활개를 쳤을 터인데. 게다가 지난 밤, 마전의 말에 의하면 수훈장군에게는 후견인이 있을 거라 하였다. 혹 그 후견인이란 자가 무령군의 대리인인 것은 아닐까.

단영이 이리저리 궁리에 빠져 있을 시각, 수원 광교산 중턱에서는 날카로운 금속성 파열음이 쉬지 않고 울리고 있었다.

"간단한 일 하나만 행하면 되는 것이다. 알아듣겠느냐?"

이기는 끝내 조창주를 없애지 못했다. 하여 지금도 뒤에서 속달거리던 조창주의 목소리를 지우지 못해 하루 종일 숲에 틀어박혀 검을 휘둘러야 했다.

"네 어미의 목숨은 달포를 더 연장시켜주도록 하겠다. 그러니 그때까지 간단한 청 몇 가지를 들어주어라. 그리 한다면 오월이 년은 언제라도 네가 데리고 나갈 수 있을 것이다."

그는 간단한 청 몇 가지라 하였다. 그러나 이기는 행할 수 없다 대답하였다.

"이들은 너와 아무런 인연도 없는 자들이지 않느냐? 그들이 어찌 된다고 해도 네 신상에는 어떠한 문제도 없다. 도대체 무엇이 고민되어 못하겠다고 하는 것이냐?"

조창주는 끝내 아무런 대답도 하지 않는 이기를 보며 뱀처럼 속삭였다.

"너는 하고야 말 것이다. 알겠느냐? 네놈 마음속에 무엇이 들어 있는지는 잘 알고 있지. 그것을 이루고 싶지 않더냐? 차지할 기회가 있어도 그것을 무시할 수 있겠느냔 말이다."

이기의 검이 수목을 향하여 날카롭게 휘몰아쳤다. 가느다란 생채기를 입은 나무들은 앞을 다투어 수액을 내뿜었는데 풍기어오는 향취는 꼭 진한 혈향처럼 이기를 역겹게 만들었다.

"그 아이를 너에게 주겠다."

이기는 마치 징그러운 송충이가 붙어 있기라도 하듯 고개를 가로저었다. 정신없이 빛을 발하던 창포검이 마지막으로 굉음을 울리며 부러져나갔다. 이기는 거친 숨을 가다듬다가 온몸에서 힘을 빼며 뒤로 쓰러졌다. 초록으로 뒤덮인 너른 지면이 그런 그를 받아주었다.

"어째서."

눈을 감으며 절망적으로 중얼거렸다. 이기의 얼굴 위로 달빛이 파르라니 내려앉았다.

초영은 입궁한 지 달포도 되지 않아 휴직을 요청했다. 같은 궁녀들의 수군거림도 견딜 수 없었고 지금껏 해보지 못한 가사노동도 힘들었다. 늘 주위 사람들에게서 아가씨로 대접을 받아온 만큼 궁녀들의 은근한 무시는 그녀의 자존심을 꽤나 상하게 만들었던 것이다.

의외로 단영은 덤덤히 허락을 해주었다. 오히려 이것저것 본가 사람들 선물을 내어주기까지 하였다. 초영은 뜻하지 않은 그녀의 선심에 진심으로 고마움을 표하며 교태전을 물러났다.

"어머. 작은 아가씨, 이게 다 뭐래요?"

행주댁이며 양비 등 집안의 여종들은 초영이 내어주는 값비싼 옷감을 보며 연신 감탄을 자아냈다. 초영은 그런 분위기에 휩쓸린 나머지 그 물건들이 단영의 호의임을 끝내 말하지 못했다.

"그래, 궁 안 생활이 고되진 않고?"

신씨 부인은 자애로운 미소로 그녀를 맞으며 진심 어린 걱정을 해주었다. 초영은 어려서부터 존경해마지 않던 신씨를 보며 그저 고개를 끄덕일 수밖에 없었다.

사실은 많은 일들이 있어 힘겨운 하루하루를 보내노라고 대답하고 싶었다. 그러나 다른 이들은 몰라도 신씨 부인에게는 결코 털어놓을 수 없는 문제라는 걸 초영은 잘 알고 있었다.

대부분의 집안사람들은 초영을 반기었다. 단영이 광교산에서 생활한 8년 가까운 시간 동안 실질적인 집안의 아가씨 노릇을 해온 만큼 윤씨 집안 노비들이 그녀를 환대하는 것은 어쩌면 당연한 일이었다. 그랬기에 초영은 꽤 늦은 시간에야 별당으로 향할 수 있었다.

"뭐라고? 그럼 넌 초영이가 승은을 받지 못할 것을 이미 알고 있었다는 말이니? 전하께서 날이면 날마다 대전으로 부르신다는데도?"

눈 빠지게 자신을 기다리고 있을 거라 여겼던 어머니는 혼자가 아니었다. 초영은 어머니에게 방문자가 있다는 사실보다도 그 입에서 나온 내용이 더 놀라워 저도 모르게 방 가까이 귀를 가져다 대었다. 잠시 후 어떤 사내의 음성이 또렷하게 들려왔다.

"그런 걸 내가 어찌 알 수 있었겠소? 하지만 확실한 것은 초영이가 현 임금에게 승은을 받지 않는 것이 그 아이를 위해서도 좋은 일이다 이겁니다. 지금껏 설명을 했는데 도대체 누이는 나이를 어디로 먹기에 상황 판단이 그리 느리우?"

목소리를 들어보건대 어릴 적 헤어졌던 외숙 조창주가 틀림없었다. 초영은 놀라움에 딸꾹질이 나오려는 것을 꾹 참았다. 조씨가 다시 입을 열었다.

"그렇지만 얘야, 네가 지난번에는 그, 뭐라 했느냐, 원덕인가 뭔가 하는 이름의 정비와 우리 초영이가 닮았다면서 승은을 입을 가능성이 농후하다고 하지 않았느냐. 그 길만이 우리 초영이 삶이 필 수 있는 기회라 하지 않았어!"

"초영이는 말이우, 그까짓 승은이나 받자고 궐에 들어간 아이가 아니란 말이우. 누이는 그래, 그 인물이 아깝지도 않단 말인가?"

처음 초영은 그저 외숙이나 어머니가 자신을 가엾게 여겨 서로 신세한탄을 하는 것이라 여겼었다. 그런데 다시 생각해보니 자신은 의종의 부름으로 대전을 들락거린다는 말을 꺼낸 적이 없었다. 그러니 입궁한 지 한 달도 되지 않은 지금, 조씨의 입에서 '초영이가 승은을 입지 못할 것'이라는 내용이 나올 만한 이유 또한 없었던 것이다. 혹시 중전마마가 신씨 부인에게 하신 말씀을 어머니가 전해들은 것인가. 초영은 어쩐지 가슴이 답답하여져 그 자리에 가만히 주저앉았다.

잠시 후 조창주의 목소리가 들려왔다.

"누이, 잘 들으시오. 나는 말이오, 그 아이가 궁 안에서 좀 더 특별한 일을 해주길 바라외다. 무슨 말인지 알겠소? 그 아이 하나 후궁으로 끝나는 게 아니라 누이와 나, 천것이라고 날 때부터 지정돼버린 우리가 살아남을 수 있는 길을 모색했으면 하고 바란다는 말이오."

초영도 그랬지만 안에 있는 조씨 또한 겁이 덜컥 난 모양이었다. 그게 대체 뭔데, 하며 간절한 목소리로 조창주에게 질문을 던졌다.

"아직은 말해줄 수 없소. 하지만 두고 보시오. 초영이 그 아이가 후궁 자리에 오르는 것보다 더한 부귀영화가 우리 손에 들어올 테니. 세상 천것들의 원이 무엇이오? 우리를 사람 취급도 않는 양반이라는 것들 다 몰아내고 제대로 자유 한번 누려보는 것 아니오? 그러니 누이는 초영이가 돌아오거든 제대로 바람을 잡아달라 그 말입니다. 아시겠소?"

그러나 초영은 격앙해서 외치는 외숙에게 공감할 수 없었다. 천것들이 원하는 사람 취급이라……. 그런 것을 간절히 원하기엔 외숙 스스로 간절한 천민 생활을 안 해보지 않았던가.

초영은 알고 있었던 것이다. 다른 이의 눈치 볼 것 없이 온 천하를 유람하며 제 살고 싶은 대로 살아가는 자가 바로 외숙이라는 것을. 어디 그뿐인가. 그동안 어머니가 간간이 모아놨던 적지 않은 돈 또한 때마다 외숙에게 보내지 않았던가.

갑자기 누군가가 문을 밀고 나오는 바람에 초영은 서둘러 몸을 숙였다. 그러면서 생각하길 이것이 마치 몇 년 전 신씨 부인을 모해하던 그 당시와 비슷하다는 생각을 하였다.

다만 다른 것이 있다면 그때는 단영이 함께 엿들었지만 지금은 아니라는 사실이었다.

조창주는 마루에 앉아 구석에 놓여 있는 재떨이를 끌어당겼다. 화르륵, 그가 피워 올린 불빛이 얼굴을 선명하게 비추더니 별당 주위로 스르륵 흩어졌다. 초영은 몸을 바짝 웅크렸다. 왠지 모르게 외숙이 무섭다 생각되었기 때문이었다.

조창주가 담배 하나를 거의 다 태웠을 무렵이었다. 어디선가 둔탁한 소리가 나더니 이어서 누군가가 발소리를 죽여가며 조심히 다가왔다. 겁을 집어먹은 초영과 달리 조창주는 그를 잘 알고 있는 듯 반색을 하며 그가 끌고 온 나무궤짝을 마루 위로 올려놓았다.

"누구 따르는 이는 없었습니까?"

"그런 자는 없었습니다. 그보다 상장군께서 이르시길, 지난번 그 일은 어찌 되었느냐고……."

"그 일?"

"예, 궁과 연관된 일이라고 하시면서 그리 말하면 수훈장군께서 아실 거라고 하셨습니다. 아무래도 그쪽 질녀 되는 그 나인과 관련된 것이 아닌가 합니다만."

조창주가 손에 들고 있던 부채를 흔들며 빙그레 웃었다.

"아, 그 일. 내 걱정 마시라고 그리 말씀드렸건만, 여전히 고심 중이라 하십니까? 안 그래도 질녀아이에게 단단히 일러둘 참이긴 하였습니다. 기왕이면 승은을 받는 쪽이 더 수월했겠지만 그 정도면 접근은 용이하게 되었으니 충분히 제 몫을 해낼 수 있을 겝니다."

온몸의 핏기가 싹 가시는 듯했다. 초영이 치마를 부여쥐고 부들부들 떠는 동안 사내는 몇 가지를 더 수군거린 후 다시 담을 넘어 가버렸다.

초영은 느긋이 앉아 부채를 흔드는 조창주를 바라보다가 슬며시 일어섰다.

어째서 초영이 이리 늦는 것일까, 생각하던 조창주는 느닷없이 조씨의 방 창틀 아래에서 나오는 그녀를 보며 당황한 표정을 지었다. 그러나 이내 그 능글맞은 미소를 다시 짓는다.

“언제 와 있었느냐? 어른들 말씀하시는데 엿듣는 버릇은 여전히 고치지 못했구나.”

그가 뭐라고 하든 초영의 귀엔 들어오지 않았다. 잠시 바라만 보던 그녀가 말하였다.

“외숙, 지난번 외숙께선 저에게 말씀하시기를, 입궁을 하여 임금님 눈에 띄는 것이 어머니를 위하고 외숙을 위하는 유일한 길이라고 말씀하셨습니다. 기억하십니까?”

조창주가 부채를 흔들며 혀를 끌끌 찼으나 별다른 대답은 하지 않았다.

“헌데 오늘 어머니께 하신 말씀은 그와는 반대되는 내용이었습니다. 무엇이 진심이십니까? 혹여 외숙에겐 제가 어찌 되든 아무런 상관도 없었던 것 아닙니까?”

조창주가 난감한 표정으로 바라보더니 입을 열었다.

“어찌 아무런 상관도 없을 수 있겠느냐? 네가 지금 무언가를 단단히 오해한 모양인데…….”

그의 말이 채 끝나기도 전에 초영이 말끝을 가로챘다.

“아니요. 저는 오해하지 않았습니다. 조금 전 외숙께서 그 낯선 사내에게 말씀하시지 않았습니까? 저를 통해 무언가를 하시겠다고 말입니다. 어머니와 저에게는 오직 제 앞날을 위한 것이라 그리 말씀하셨으면서 실은 저를 이용하고 싶으셨던 것 아닙니까? 외숙에겐 제가 어찌 취급이 되든 중요치 않았던 겁니다. 맞는지요?”

조창주의 안색이 차갑게 변하였다. 그는 이제 아리따운 여인으로 성장한 질녀를 한동안 바라보다가 무겁게 입을 열었다.

"솔직히 말해보라 하였느냐. 좋다. 너 또한 이제 어린아이가 아니니 현시점을 이해하기 위해서라도 정확한 자각이 필요하겠구나. 너의 말대로 나는 애초에 네가 승은을 받든 아니든 그걸 중시하지는 않았다. 무슨 말인고 하니, 너를 아끼지 않았다는 게 아니라 너 하나 희생이 되더라도 그 일로 인해 얻을 더 많은 것들을 위해 감수해야 할 시련이라고 여겼어."

초영의 안색이 창백하게 변해갔다. 어디선가 툭, 하고 무너지는 소리가 들렸다. 밖이 소란스러워 문을 열어보던 조씨가 놀라 자리에 주저앉은 것이다. 그러나 초영에겐 돌아볼 마음의 여유가 없었다. 조창주가 다시 말하였다.

"그러나 이제는 아니다. 나는 네가 현 임금의 눈에 들지 않은 것이 모두를 위해 잘된 일이라 생각하고 있다. 우선 너만 하여도 자신을 더럽히지 않고 충분히 의무를 해낼 수 있게 되었으니 이 어찌 다행한 일이 아닐 수 있겠느냐?"

초영의 얼굴에 희미한 미소가 피어올랐다. 목이 메는지 힘겹게 침을 삼킨다.

"의무라 하셨습니까? 허면 외숙께선 제가 주상 전하 곁에서 간자(間者) 노릇이라도 하길 원하시는 겁니까? 그게 저에게 부여된 의무라고 말씀하시는 겁니까?"

조창주가 대답하였다.

"영리한 아이로구나."

"싫습니다."

초영은 고개를 빳빳이 들며 굳은 얼굴로 다시 한 번 말했다.

"싫습니다, 외숙. 나조차 모르게 내 의무가 되어버린 그런 일, 하고 싶지 않습니다. 아니, 할 수 없습니다."

그러고는 몸을 돌려 제 방으로 들어가버렸다. 그때까지 멍하니 앉아 있던 조씨가 그제야 움직일 힘이 생겼는지 한 손을 들어 입을 틀어막았다. 누이의 눈매가 분노로 일그러지는 것을 보며 조창주는 또다시 혀를 끌끌 찼다.

"이래서 여인네들과 일을 도모하는 것이 아니었는데."

알싸한 담배 연기가 늦은 봄바람을 타고 담 밖으로 너울너울 건너가고 있었다.

제9장. 편련(偏戀)

더위는 하루가 다르게 조선 팔도를 달구었다. 해가 질 무렵, 수라간 나인들이 임금의 수랏상을 내어 가느라 북적이는 와중에 대전 양 상궁은 누군가가 조용한 걸음으로 다가오는 것을 느꼈다. 언제 봐도 맵시가 고운 초영이었다.

"네가 여긴 어인 일이냐?"

요 며칠간은 의종의 업무가 바빠 초영을 부르지 않았었다. 양 상궁은 언제 이 아이를 들이라는 명이 있었나 싶어 다른 이들을 쳐다보았다. 그러나 홍 내관은 번이 바뀌어 쉬러 간 지 오래고, 임 내관 또한 잠시 자리를 비운 상태였다.

'무언가 명이 있었다면 자리를 비우기 전에 내게 먼저 말을 하였을 텐데.'

그렇지만 늘 있던 일이라 잊어버렸을지도 모를 일이다. 양 상궁은 잠시 고민하다가 일단 안에 고해보는 것으로 마음을 정했다. 아직 어린데다가 입궁한 지 얼마 되지 않은 초영이 제 발로 임금을 찾아오는 당돌한 짓을 했을 거라고는 꿈에도 생각지 못한 탓이다.

"전하, 교태전 나인 윤가 초영 입시이옵니다."

의종은 그때 수저를 드는 둥 마는 둥 식사를 끝내놓고 비호단과 연루된 문제들을 여러 가지로 살피던 중이었다. 하여 초영이란 말에 의아해하면서도 일단 들이라 하였다. 양 상궁이 고할 때에는 그만 한 사정이 있을 것이기 때문이었다.

초영은 익숙한 걸음으로 임금의 앞에 앉았다. 꽤 여러 날을 이곳에 들락거렸기에 이젠 처음 느꼈던 두려움과 부담은 많이 줄어든 상태였다. 그녀는 서궤에 무언가를 잔뜩 올려놓은 의종을 바라보다가 시선이 마주치자 얼른 고개를 숙였다.

여전히 그가 두려운 것은 눈빛이 한결같이 냉하고 또 무심하기 때문이리라. 먼저 세상을 뜬 정비가 그리워 나를 부르는 것이라면 어찌하여 눈길만은 저리도 모질까?

초영은 며칠 고심 끝에 아마도 그가 자신의 감정을 잘 표현하지 못하는 사내인가 보다고 결론을 내렸었다. 그리고 그 결론은 지금 막 의종을 향해 애틋함을 품기 시작한 초영의 마음을 더욱 부채질해놓았다.

“무슨 일이냐?”

의종의 단조로운 목소리가 귀를 채웠다. 초영은 이리 고개를 숙이고 있어서 될 일이 아님을 깨닫고 아랫입술을 깨물었다. 겨우겨우 용기 내어 이곳까지 온 그녀였다. 입을 열어야 했다.

“전하.”

목소리가 떨려 나오지 않기 위해 애를 썼다. 그와 사적인 이야기를 나눠본 적이 없어 무언가를 고한다는 게 너무나도 어렵게 느껴졌다. 의종이 재촉이라도 하듯 그녀를 빤히 쳐다보았다.

“전하께 여쭙고 싶은 것이 있습니다.”

나에게? 의종은 의아하면서도 그 무례한 행위에 어쩐지 불쾌한 생각이 들어 미간을 슬쩍 찌푸렸다. 그러나 초영은 눈을 내리깔고 있어 그 표정을 미처 보지 못하였다.

“말해보라.”

그리고 의종의 허락이 떨어졌을 때, 아예 눈을 감아버렸다. 앞을 바라보며 말을 꺼내기가 힘들었기 때문이었다.

"전하께선, 전하께선 어찌하여 소인을 대전으로 부르곤 하시는 것이옵니까?"

가까스로 입을 열고 보니 후회가 되었다. 이게 아닌데, 이리 질문할 생각이 아니었는데.

의종의 표정은 좀 전보다 더 굳어진 채다. 지혜롭게 굴어야 했는데 무턱대고 생각나는 대로 말하다 보니 오히려 기분만 상하게 한 모양이었다. 초영은 허둥대며 다음 말을 이었다.

"그러니까 소인의 말뜻은……, 전하께서 소인을 찾으시는 까닭이 그저 글이나 읽히려는 것은 아닐 것이라 사려가 되어, 대전에는 이리 많은 궁인들이 있으니 굳이 그것만을 위해 교태전 나인인 소인을 부르시는 것은 아닐 거라 여겨져……."

사실 초영은 그 이유를 알고 있었다. 아니, 궁 안에서 오랜 시간 몸담아온 이들이라면 모두가 그 이유를 짐작하고 있었다. 그러나 마음 한구석에는 죽은 정비와 닮았다는 점만으로 의종의 눈에 띈 것은 아닐 거라는 믿음이 있었다. 일말의 관심은 있었을 것이라고 말이다.

"그것이 네가 묻고자 하였던 것인가?"

여전히 굳은 표정. 그러나 좀 전처럼 심한 것 같진 않아 우선 안심은 되었다.

"예, 그렇습니다."

"그것 외에는 아무 뜻도 없었단 말이지?"

초영은 가슴이 쿵쾅대는 것을 느끼며 의종을 쳐다보았다. 그리고 믿을 수 없게도 그의 안면에 미소가 희미하게 자리 잡고 있음을 발견하였다. 그녀는 부끄러움과 기대가 동시에 끓어올라 어쩔 줄 몰라 하다가 저도 모르게 그의 앞에 엎드리며 두 주먹을 그러쥐었다.

"무슨 뜻이냐?"

초영이 긴장으로 바짝 마른 입술을 축이며 대답하였다.

"소인은, 소인은 설사 전하께서 저를 다른 이와 혼동한다 하셔도 상관없습니다. 소인을 통해 다른 이를 본다 하셔도 불만을 품지 않겠습니다."

의종은 그런 그녀를 잠시 내려다보다가 서궤를 옆으로 치우며 가까이 다가오라 일렀다. 초영이 조금 망설이다가 얼굴을 붉히며 다가앉았다. 그리고 곧바로 그의 손이 자신의 옷고름으로 향하는 것에 놀라 저도 모르게 헉 하고 숨을 들이마셨다.

옷고름이 풀리고 저고리가 파헤쳐졌다. 뽀얗고 동그스름한 양어깨가 드러나자 초영은 부끄러움에 눈을 질끈 감았다. 이제야 겨우, 이제야. 초영은 자신의 감정이 사랑인지 아닌지 확실치 않은 상태임에도 그저 간절히 바랐던 원을 풀게 되었다는 것에 안도의 한숨을 내쉬었다. 그리고……, 얼마나 기다렸을까. 의종의 손길이 더는 느껴지질 않았다.

"저, 전하?"

감았던 눈을 떠보니 의종은 어느새 뒤로 물러나 장침(長枕)에 기댄 채 비스듬히 앉아 있었다. 마치 구경이라도 하는 것 같은 모습에 초영은 당혹과 수치를 느껴야 했다. 어째서일까, 차갑기 그지없는 그를 바라보며 혼란스러워하는 동안 의종이 천천히 입을 열었다.

"네가 원하는 것이 이런 것이었느냐?"

초영은 무어라 대답을 해야 할지 몰라 입을 꼭 다문 채 앉아 있었다. 의종은 밀어두었던 서궤를 다시 당기며 자세를 바로 하였다.

"내가 잠시 너를 착각한 모양이다. 이젠 대전으로 부를 일도 없을 테니 그만 물러가라."

평이한 목소리. 그러나 단조롭되 얼음이 뚝뚝 떨어지듯 하는 냉기에 초영은 더 이상 어떤 행동도 취할 엄두를 내지 못하였다. 눈물이 나려는 것을 꾹 참으며 의관을 꼭꼭 정리하였다. 저고리를 바로 하고 옷고름을 다시 매는 동안 초영은 떨려오는 손가락을 진정시키려 애를 썼다. 그러고는 의종에게 단정히 예를 취한 뒤 밖으로 나왔다.

"네년이 환장을 한 것이 아니고서야……."

대기하던 양 상궁이 대로하여 말하였지만 초영은 들리지 않았다. 그녀는 모든 것이 귀찮다는 듯 밖으로 걸어 나갔다. 그런 그녀의 눈 속으로 언뜻 오기가 엿보였다.

"내가 잠시 너를 착각한 모양이다."

초영은 저도 모르게 소리 내어 웃고 말았다. 그렇다면 전혀 다른 사람인 내가 죽은 여자와 똑같을 거라 여겼단 말인가. 멀쩡한 사람을 저 혼자 착각하여 기대감을 불어넣고 이제 와서 모른 척하는 의종이 원망스러웠다.

"너를 아끼지 않았다는 뜻이 아니라 너 하나가 희생이 되더라도 나중에 그 일로 인해 얻을 더 많은 것들을 위해 감수해야 할 시련이라고 여겼어."

외숙인 조창주의 목소리도 들려왔다. 온갖 감언이설로 자신과 어머니를 꼬여내고는 결국 이용하려던 속내를 들키자 안면을 바꾸던 그.

초영은 모든 이가 자신을 이용한다는 생각에 커다란 분노를 느꼈다. 승은을 청하기 위해 대전에 든 것이 아니다. 그저 조창주의 음모를 고하고 싶었던 것이다. 식솔을 위해 그리 해서는 안 됨을 알고 있었지만 그렇다고 외숙의 무서운 계략을 저 혼자 품고 있기도 버거웠다.

'만일, 만일 당신이 나를 조금만 더 따뜻하게 대해줬다면 나는 주저 없이 당신을 도우려 했을 것이다.'

초영의 얼굴이 일그러졌다.

그러나 그녀가 미처 짐작치 못한 것이 있었으니, 이는 의종의 원덕왕후를 향한 마음이었다. 워낙 어려서 만나 함께 자라왔기에 여인으로 느끼기 전에 이미 피붙이와 진배없는 감정을 먼저 키웠던 것이다. 이제 성년이 되어 어린 연경을 돌아보며, 만일 그녀가 그대로 곁에 있어주었다면 하는 생각을 종종 해볼 때는 있지만 연인으로서의 감정은 품으려야 품을 수 없는 상황이었다.

그의 마음에 연경은 그저 연약하고 안쓰러우며 보호해주고픈, 그런 누이 같은 존재였던 것이다.

윤돈경의 사가에서 마주친 이후로 초영을 계비로 들이려 했던 일이나, 이후에 매일 불러들여 글을 읽혔던 까닭은 연경을 그리는 마음에서 비롯되기도 하였지만 사실은 그 속에서 자신의 어렸을 적 평안한 마음을 다시 느끼고픈 욕심이 대부분이었다. 연경을 향한 동심으로의 순수는 비슷한 얼굴을 가진 초영에 대해서도 그대로 작용을 하여, 의종은 편안함을 느낄 수는 있으되 끝내 연정을 품을 수는 없었던 것이다.

아니, 오히려 이번 일로 인해 의종이 지금껏 초영에게 가졌던 순수한 마음마저도 깨져버리고 말았다.

이러한 의종의 복잡한 심경을 알지 못했던 초영은 그저 이용을 당하였다는 것에만 신경이 미쳐 다른 모든 것은 잊고 말았다.

"당장 저년을 포박하여라. 내 교태전으로 직접 저년을 끌고 갈 것이니."

양 상궁의 엄한 음성이 들려왔다. 초영은 우악스런 손길에 몸을 맡긴 채 가만히 하늘을 올려다보았다. 바람 없는 하늘 위로 구름에 가린 달이 침침한 그림자를 만들고 있었다.

다음날, 의종은 또다시 홍 내관을 대동하여 양혜 옹주 처소로 향했다. 번잡하기가 시장통과 다름없으니 그만 자리를 바꿔야지, 하면서도 오래된 습관이라 고치지를 못하는 것이다. 그래서 오늘도 자빈은 어김없이 온갖 화려한 치장을 한 채 마음을 다해 양혜 옹주를 달래는 참이었다. 그녀로서는 오래도록 마음에 품기만 했던 지아비의 시선을 끌어보는 것이 가장 큰 원이었던 것이다. 간밤에 듣자하니 눈에 가시 같던 초영인가 뭔가 하는 계집도 결국 제 욕심에 겨워 발악을 하다가 어딘가로 끌려가 갇혔다고 했다.

"영루관에선 아직 기별이 없는 것인가?"

단영을 포함한 네 사람이 영루관에 모였을 때로부터 이제 이레가 지나려 하고 있었다. 홍 내관이 저만치 앉아 있는 자빈을 돌아보고는 낮은 목소리로 속삭였다.

"기별이 있긴 했사온데 내용으로 보아 별다른 것은 아니었습니다."

"무엇인가?"

홍 내관이 품에 갈무리했던 경진의 서찰을 꺼냈다.

"그 아이가 마전의 집에 머물면서 그동안 마주친 이들 중엔 비호단 중진에 속한 것으로 의심되는 자들이 여럿이었다고 합니다. 그들의 술자리를 염탐하던 중 듣게 된 내용인데, 중요도를 따지기는 어려우나 그 내용이 퍽 기이했던 모양입니다."

"기이하다니, 무엇이 말인가?"

"비호단 내에서는 상장군의 진면목을 아는 이가 거의 없다는데 그 까닭은 그자가 늘 자신을 드러내기 꺼려하기 때문이라 합니다. 그런데 이상한 것은 상장군을 직접 대면한 몇 안 되는 이들의 의견 또한 맞지를 않아 그 모습을 추측하는 것이 어렵다는 사실이었습니다."

의종이 얼굴을 찌푸렸다.

"그게 무슨 뜻인가? 직접 본 자들의 의견이 맞지를 않다니?"

"즉, 하나가 키가 작았다고 입을 열면 또 다른 자가 오히려 컸다고 반박을 하고, 누군가가 그 생김이 유약하여 샌님 같다고 증언을 하면 또 다른 누군가는 훤칠하니 사내대장부답노라 한다 하니 아무도 무엇이 진실이고 무엇이 가짜인지를 알지 못하는 형국이라 하였습니다."

의종이 고개를 끄덕이며 말하였다.

"그러니까 그 상장군이라는 자는 가급적 모습을 감추었다가 만일 드러내야 할 일이 생기면 그때마다 변장을 바꾸어 진면목을 숨겨왔다는 소리로군."

"그렇습니다."

자빈은 귀를 쫑긋거리며 그들의 대화를 듣기 위해 애썼다. 그러나 두 명의 사내가 어찌나 속달거리는지 간혹 들려오는 한두 마디만으로 내용까지 파악하기는 어려웠다. 다만 '영루관'이란 말만은 선명히 들렸으니 이는 분명 기루를 뜻하는 것이라, 과연 어느 계집이 전하의 마음을 사로잡은 것일까 싶어 못내 분해 씨근거리는데 그때까지 손가락을 가지고 장난을 치던 옹주가 갑자기 자빈의 화려한 노리개를 잡아당겼다.

"아니, 옹주마마. 이것이 그리 탐이 나셨습니까? 그렇다고 무작정 잡아당기시면……."

옹주를 달래보고자 하는데 순간, 부지직 소리와 함께 노리개가 떨어져 나갔다. 어안이 벙벙하여 내려다보다가 양혜가 천진하게 웃어버리자 어쩌질 못하고 따라 웃는다. 그런데 억지웃음이다 보니 꼭 이 앓는 사람같이 이상한 꼴이 되고 만다. 자빈은 이러다 또 의종의 눈 밖에 나는 건 아닌가 싶어 슬쩍 쳐다보았다가 곧 그 수려한 모습에 시선을 고정당하고 말았다.

자빈이 처음 입궁을 하였을 때 그는 고작 십육 세 소년이었다. 내심 사내의 십육 세는 여인의 십칠 세와 달라 어린아이 같을 것이라 짐작하고 기대 없던 자빈이었는데 웬걸, 그의 빼어난 이목구비에 놀라 마음을 고쳐먹었던 것이다.

'그때는 마치 깎아놓은 옥과 같이 고우셨는데 이제는 저리 늠름한

사내로 장성하셨구나.'

자빈은 반듯한 이마 하며 검미(劍眉)에서 느껴지는 우아한 기품에 저도 모르게 감탄을 하였다. 다만 지아비라고 이름 지어져 있을 뿐 가질 수 없으니 그것이 한스러울 따름이었다.

물론 자빈의 이런 통탄할 마음을 알 리 없는 의종, 홍 내관의 이야기에만 정신을 쏟는다.

"하온데 전하."

홍 내관이 말하였다.

"오는 포월(蒲月)[57] 초닷샛날, 수릿날을 맞이하여 진찬(進饌)을 베풀기로 하셨던 것은 어찌하는 것이 좋을는지요?"

의종은 기억이 나지 않는 눈치다. 본래 지난 가월(嘉月)[58]에 국혼을 치르기 전 인성대비가 권고하기를, 새로운 계비의 입궁 이후 처음 맞는 단오이니 모든 왕자군과 군부인(郡夫人)을 초대해 조촐한 잔치라도 베푸는 게 어떻겠느냐 하였었다. 그때에는 좋은 생각이라는 주위의 간언에 그러마고 대답을 올렸는데 지금껏 잊고 있다가 홍 내관이 넌지시 꺼낸 것이다.

그때, 옹주와 놀던 자빈이 자리에서 일어나 그를 향해 두어 걸음 다가왔다. 다른 이야기들은 워낙 소곤거리는 탓에 듣지를 못하다가 왕실 행사에 관한 것만 또렷이 들은 그녀였다.

"전하."

평소에는 의종을 무서워하여 주위를 맴돌기만 할 뿐 직접적으로 말을 거는 것은 어려워하던 자빈이었다. 의종이 쳐다보니 그녀가 만면

57) 음력 5월.
58) 음력 3월.

에 부자연스러운 미소를 띠며 말하였다.

"수릿날 베푸신다는 진찬에 옹주마마도 참석을 하는 것이 어떨까 싶어 감히 주청 드리옵니다. 왕가가 함께 모이는 자리인데 그곳에 옹주마마가 함께하신다면 얼마나 얼마나 보기에도 아름답고……. 전하께서 허하신다면 신첩이 그날 옹주마마를 직접 뫼실 것이옵니다."

겉으로는 옹주를 위하는 척하지만 기실은 본인이 참석하고 싶어 둘러대는 것이었다. 그 속내를 들여다보는 것은 어렵지 않았으나, 아직 진찬을 열겠노라 대답조차 하지 않았던 의종으로서는 갑작스런 자빈의 청에 뭐라고 해야 할지 결정짓기가 어려웠다.

그런데 그가 마음을 잡지 못하는 동안 양혜가 자리에서 일어나 자빈에게로 성큼성큼 다가왔다. 그러고는 치마를 잡으며 다시 돌아가자 보채는 것이었다. 화려한 옷고름이며 당의자락을 잡고 놀다가 빼앗긴 꼴이 되니 심통이 났는지도 모른다.

자빈은 이런 중요한 때에 어린아이가 끼어드니 정신사납기도 하고 귀찮기도 하여 그냥 널름 안아 올렸다. 일단은 조용히 시킨 후 의종의 말을 듣자는 생각에서였으나 의종으로서는 뜻밖의 진전이었다. 늘 포악하기만 하던 자빈이 옹주를 선뜻 품에 안는 것이 신기했던 것이다. 중전의 명에 어쩔 수 없이 가은당 출입을 하는 것으로 여겼는데 그새 옹주와도 제법 친해진 듯 보였다.

의종은 흠, 옹주의 무표정한 얼굴을 보다가 고개를 끄덕였다. 이는 또한 진찬을 허락한다는 의미이기도 했다.

"하오면 전하, 제조상궁에게 일러 필요한 모든 것을 실수 없이 준비시키도록 하겠습니다."

홍 내관이 예를 갖춘 뒤 물러나는 동안 자빈은 자빈대로 기분이 좋아 옹주를 안고 노래를 흥얼거렸다. 양혜 옹주도 몸이 들썩거려지자 기분이 좋았는지 방실 웃는다.

의종이 돌아가자 자빈은 얼른 정 상궁을 불렀다.

"왜, 얼마 안 있으면 자경전마마께서 불공을 드리러 가실 때가 다가오지 않느냐?"

대비는 많은 궁중 여인들이 그러했듯 독실한 불교 신자였다. 하여 일정한 때가 되면 오대산 상원사(上院寺)에서 불공을 드렸는데 그때 내명부 모두를 데리고 가곤 하였던 것이다.

"자네는 얼른 가서 내 사가 오라범댁에게 가장 좋은 비단을 달라 하여 곤전마마께 올릴 의복을 짓도록 하게."

그러나 무슨 영문인지 모르는 정 상궁, 쉬이 대답하지 못한다. 자빈이 답답한 듯 말하였다.

"곤전마마께서 입궁하신 지 얼마 안 되었으니 분명 자경전마마께서 함께 가자 청하시지 않겠는가? 내 그에 맞춰 마마께 의복을 진상코자 하는 것이니 어서 서두르란 말이네."

물론 그건 정 상궁도 짐작하였다. 다만 어째서 눈에 가시 같다던 중전을 위해 그런 일까지 하려는지 그걸 알지 못하는 것이다. 하지만 더 꾸물거렸다간 무슨 경을 칠지 몰라 서둘러 발걸음을 떼었다. 사실 자빈의 의도는 아주 단순하였다. 그저 오랜만에 의종에게 좋은 모습을 보였다 싶으니 이 기회에 중전에게 살갑게 굴어 점수를 더 따자는 생각이었다.

그대의 마음이 참으로 이 비단결과 같구나.

이미 의종의 칭찬의 말이 들려오는 듯해 자빈은 저도 모르게 콧노래를 흥얼거렸다.

기녀 경진의 서찰은 단영에게도 전달이 되었다. 그녀 또한 보고를 받을 수 있도록 중간인을 심어놓았던 것이다. 단영은 누구도 상장군의 생김을 모른다는 글귀를 보며 생각에 잠겼다. 그 말인즉슨 두 가지 이상의 가능성을 유추하게 만들었다. 상장군이란 자가 변장을 한 것이거나 혹은 다른 이를 대신 내세우는 경우.

"아니면 그자 스스로 진면목을 감추고자 직접 소문을 만들었을지도 모르지. 그러나……."

단영은 이해되지 않았다. 무엇을 목적으로 자신을 숨기는 걸까. 단순히 왕실의 일원임이 들통 나지 않도록 조심한 것이라 보기에는 지나친 감이 있었다.

……상장군이라는 자에 대해 의견이 분분한 것은 지난 갑자년(甲子年)에서 을축년(乙丑年)으로 넘어갈 때부터 불거져 나온 것이 확산된 것으로…….

갑자년에서 을축년으로 넘어설 때라면 지금으로부터 일 년 하고도 반이 채 되지 않은 시점이었다. 그러나 마전이 지난날 창렬장군에게 말한 내용을 본다면 상장군은 이미 4년 전인 임술년(壬戌年)부터 비호단에 가담을 했다고 하지 않았던가. 단영은 그 사이의 공백이 어떤 의미인지 정확히 알 수가 없어 종이 한 장을 서궤 위에 펼쳤다. 그러고는 그자에 대한 소문이 일 년 반 전까지는 아예 없다가 갑자기 불거진 것인지, 아니면 한 가지로 통일된 모습만 전해지다가 그 시기부터 소문이 나뉜 것인지를 파악해보라는 요지의 글을 작성한 후 비자를 통해 본가 은단에게 전달할 것을 지시하였다.

'조창주가 수훈장군으로서 비호단에 두각을 나타낸 것이 고작해야 1년, 1년 반 이상은 넘지 않았을 것이다. 같은 무렵, 상장군에 대한 소문이 불거진 거라면 무언가 관련이 있을 터.'

그녀는 자신이 짐작한 여러 가지를 서신에 일일이 적어 그것을 읽고 또 고치고를 반복하다가 마침내 완전히 머릿속에 정리가 되었다고 생각될 때 등불을 밝혀 깨끗이 태워버렸다.

그 후로는 평소와 다름없이 서책을 읽었다. 그런데 피곤했던지 안석에 기대어 이리저리 자세를 바꾸기를 몇 번, 그만 살풋 잠이 들고 말았다.

얼마나 그렇게 졸았을까. 갑자기 머리가 옆으로 기우는 것을 느끼며 번쩍 정신이 들었는데 이때 무언가가 그녀의 머리를 조심스럽게 받치는 것이 느껴졌다. 단영은 혼곤한 기분에 취해 그대로 있다가 천천히 눈을 떠보았다. 누군가의 어깨에 기대어져 있음을 알 수 있었다.

"이기구나."

눈을 몇 번 깜박인 후 고개를 들었다. 이기는 단영이 완전히 깨자 저만치 물러나 앉았다.

"무슨 일이니?"

의종에게 비밀을 들키고 난 후 단영은 이기의 궐 출입을 자제시켰다. 혹시나 불똥이 튈까 염려해서였다. 웬만한 일이 아니고서는 지시를 어길 그가 아니었기에 단영은 걱정이 앞섰다. 그런 그녀를 바라보던 이기가 안심하라는 듯 잔잔히 미소를 지었다. 그러고는 품을 뒤져 흰 무명천으로 싸인 조그만 꾸러미를 내놓았다.

"이게 무엇인데?"

꿀과 깨를 묻힌 과자와 호박엿이었다. 어려서도 이기는 군것질거리를 찾는 단영을 위해 종종 장을 돌며 한과니 떡이니 하는 것들을 사들고 오곤 했던 것이다. 단영은 저도 모르게 픽 웃으며 그중 하나를 골라 입 안에 집어넣었다.

이기는 그런 단영을 오래오래 바라보았다. 총기로 인해 반짝이는 눈이며, 그녀의 높은 자존감을 표하기라도 하듯 반듯한 콧대 하며, 야무지게 자리한 입술 등, 어려서부터 보아왔으면서도 시선을 줄 때마다 마음을 새롭게 하여주던 그녀의 생김생김을 찬찬히 바라보았다.

그의 낌새가 이상했던지 단영의 눈매가 가늘어졌다. 무언가 생각할 것이 있을 때마다 짓는 표정이었다. 이기는 시선을 다른 곳으로 돌렸다가 다시 단영을 쳐다보았다.

"아가씨."

그의 말에 단영이 고개를 끄덕였다. 말해보라는 소리였다.

"아가씨는 이제 이런 것을 좋아하시면 안 됩니다. 궁에서 사시려면 더 좋은 것들에 익숙해지셔야지요."

"네가 또 사다주면 되지 않니?"

단영이 슬며시 그를 흘겨보며 말했다. 그녀가 은근히 책망하는 표정을 보일 때면 이기는 저도 모르게 가슴이 뛰곤 했다. 지금도 예전과 다를 바 없었지만 이번에는 오히려 설렘보다 고통이 크게 느껴져 이기는 시선을 밑으로 내렸다.

"왜 그러니?"

단영이 이상하여 재차 물었다. 그러나 두릅은 고개를 저을 뿐 입을 열지 않았다. 그저 가깝고도 먼 복잡한 눈빛을 하더니 마침내 아가씨, 하는 것이다. 그리고 단영이 그래, 하고 대답 했을 때였다.

무언가 희미한 소리가 밖으로부터 들려왔다. 이기가 곧 단영에게 목례를 한 후 창 밖으로 빠져나가자 마치 교대라도 하듯 의종이 안으로 들어왔다.

단영은 저도 모르게 긴장되어 한참 만에야 일어설 수 있었다. 이런 시각에 교태전에 든 적이 없던 의종이었다. 그런데 어쩐 일일까? 혹시 이기의 출입이 그의 귀에 들어간 것인가. 여러 가지로 눈치를 살피는데 뜻밖에도 의종은 이기가 조금 전 나간 창으로 다가가는 것이었다. 그러고는 밖을 내다보며 한동안 서 있더니 덥지 않느냐는 싱거운 질문을 해왔다. 잔뜩 긴장했던 단영, 어쩐지 맥이 탁 풀린다.

"아미산을 좀 거닐까 하는데, 같이 갈 텐가?"

그러고는 곧 서궤 위로 시선을 떨구는 것이다. 거기 놓인 과자며 호박엿을 본 것이다.

"아, 낮에 글월 비자를 통해 좀 사다 달라고……, 왠지 먹고 싶어서……."

이게 다 뭐냐는 표정에 단영은 당혹스러워 대답을 얼버무렸다.

"이런 건 대체 무슨 맛으로 먹지?"

그러고는 맛이 궁금할 뿐이라는 표정으로 과자 하나를 집어 드는 의종, 돌아서 나오며 입 안에 집어넣는데 저도 모르게 싱긋 웃음이 자리 잡는다.

두 사람은 후원으로 나섰다. 의종이 오는 것도 모르고 졸고 있던 윤 상궁이 어쩔 줄 몰라 대기 중이고 최 상궁은 보이지 않았다. 그래서 기척 없이 들어올 수 있었던 거군. 단영은 앉은 채 잠들었던 탓에 뻐근한 목을 슬슬 돌리며 의종을 따라갔다.

"수릿날을 맞아 진찬(進饌)[59]이 베풀어질 것임을 들었는가?"

금원에 들어 멀뚱히 괴석 하나를 바라보던 의종이 말하였다. 진찬이라. 물론 그녀도 알고 있었다. 낮에 경진의 서찰에 골몰할 때 최 상궁이 고해왔던 것이다. 새 식구를 맞아 왕실에서 마련하는 것이니 단영이 특별히 주관할 일은 없을 거라 하였었다. 전해 들었노라 대답하니 의종은 또 침묵을 지켰다. 설마 저 말을 하자고 이 밤에 온 것인가?

"그것을 꼭 하여야 하는 겁니까?"

단영의 질문에 의종이 돌아보았다. 무슨 뜻이냐는 표정이다.

"시국이 번거롭기만 한 요즘입니다. 이럴 때 굳이 멀리해도 좋을 이들과 그런 유희를 꼭 즐겨야 하는가 싶어서 여쭈었습니다."

---

59) 진연보다 작고 간단한 궁중 잔치.

“시국이 번거롭다. 흠……, 도대체 중전은 어디서 그런 소리를 전해 들은 것인가?”

단영은 여전히 시치미를 떼며 장난질을 할 태세인 의종을 바라보며 냉큼 대답하였다.

“딱히 일러주는 이는 없어도 여기저기 무시로 들려오는 소문에 어림짐작 해보았습니다.”

의종이 빙그레 웃으며 대답하였다.

“그런 소문이 여러 군데에서 들려올 정도라니, 시국이 번거롭다는 말은 사실이겠군.”

그러나 그 다음 순간, 의종의 웃음은 어쩐지 싸늘하게 변하였다.

“그렇다면 나는 더더욱 그 자리를 만들어 그자들의 면면을 지켜보아야 하겠다. 과연 어떠한 낯빛으로 가장을 할지 궁금하거든.”

의종의 이 말은 스스로 중얼거린 쪽에 더 가까웠다. 그래서 단영은 그 심리에 동조는 하면서도 굳이 대답할 필요성은 느끼지 못했다. 그런데 함구한 채 소나무의 유연하게 구부러진 단면을 바라보고 있자니 그런 그녀를 또한 유심히 바라보는 의종의 시선이 느껴졌다. 무언가 또 할 말이 있어 그러나 싶었는데 의종의 표정은 그저 기다리는 느낌이다. 조금 전 그 말이 혼잣말이 아닌 것인가? 뭘 또 대답을 기다리나 싶어 성가셨으나 적당히 말을 꺼냈다.

“그러시지요.”

이렇게 되자 당황한 건 오히려 의종이다. 그는 대답을 기다리고 있었던 것이 아니다. 소나무를 바라보는 단영의 눈길에 담긴 그 담담함과 달빛의 어우러짐이 괜찮아 저도 모르게 바라보고 있었던 것이다. 그런데 밑도 끝도 없이 그러시지요라니, 대체 무엇을?

한편, 뒤에서 지켜보는 윤 상궁은 두 분 마마가 서로 허공을 치고 있으니 속에서 천불이 날 지경이었다. 이 야심한 시각에 전하께서 교태전에 드시는 것이 늘 있는 일도 아니고, 금침 얌전히 펴고 다소곳이 맞아도 부족할 판에 밖으로 끌고 나오는 곤전마마의 속내는 대체 뭐란 말인가? 게다가 저 생뚱한 대화법은?

혼자 불퉁거리던 윤씨가 뒤늦게 아, 하고 한 가지 깨달음을 얻었다. 뒤로 줄줄이 궁인들이 붙어 있으니 좋아도 아닌 척, 모르는 척을 하는 것은 아닌가 싶었던 것이다. 그녀는 웃전에 오붓한 시간을 마련해드리겠다는 일념으로 얼른 교태전 궁인들을 이끌고 한참 뒤로 물러서다가, 그때까지 눈치 없이 서 있는 대전 양 상궁에게로 되돌아와 그녀의 팔까지 붙잡고 함께 자리를 비켰다. 절대 전하의 곁을 비울 수 없다 눈짓하는 양 상궁의 의견을 정중히 무시하며.

의종이 속절없이 달만 우러르다가 말하였다.

"그대는 여인이라고 보기엔 다소 거친 면을 가지고 있더군."

그의 말에 단영이 무심하게 대답했다.

"그랬던가요?"

"당나라의 측천무후를 아는가?"

또 무슨 말이 하고 싶어서? 단영이 쳐다보니 의종이 정색을 하며 말을 이었다.

"그녀는 당 태종이던 이세민의 후궁으로 입궐을 하지. 이세민은 문덕황후의 병사 이후 그 외로움을 달래기 위해 무측천을 들여 재인(才人)이라는 품계를 내리는데, 그러나 당시 열네 살이던 그녀는 거친 성격으로 총애를 받지 못하였고 슬하에 자식 없이 12년을 보내다가 결국 이세민의 죽음 이후 감업사(感業寺) 비구니가 되었다고 하더군."

단영은 그가 자신의 여성스럽지 못한 성품을 놀리고자 하는 것임을 알고 대답하였다.

"그러나 무측천은 출중한 용모로 28세에 다시 이세민의 아들 이치의 눈에 띄어 궁으로 돌아오지요. 또한 그날부터 그 거친 성격은 더욱 포악해져 아들 둘과 딸 하나를 직접 죽이고 마침내는 스스로 제위에까지 올랐으니 그저 거친 여인으로만 평가하기엔 미비하지 않나 싶습니다. 여느 사내와 비교해도 그만 한 야심과 정치성을 지닌 이를 찾기가 쉽지 않지요."

의종이 말하였다.

"내 보기엔 그대 또한 측천무후와 자리를 함께하여도 별반 모자람은 없을 것 같은데……."

단영이 빙그레 웃으며 대답하였다.

"허나 신첩은 마음에 품은 야심이 없어 감히 보위를 넘보지 않을 것이며 더더욱 후사가 없어 매정한 어미 또한 되지 못할 것이니 무엇으로 그녀와 대적할 수 있겠습니까?"

의종은 농으로 말을 꺼내었다가 후사가 없을 것이란 단영의 말에 할 말을 잃었다. 그는 아무런 표정 변화도 없는 단영을 돌아보았다. 여전히 지난날 폐비를 시키겠다던 그 약조를 기억하고 있음이 분명했다. 어쩐지 마음이 상한다. 약조를 기억하고 있어서가 아니다. 그 약조를 들먹이는 단영에게서 별다른 섭섭함이 느껴지지 않았기 때문일 뿐.

둘 사이가 도로 냉랭해졌다. 의종은 의종대로 기분이 좋지 않았고 단영은 단영대로 왜 그런지 이유를 몰라 할 말이 없었다. 의종이 불퉁거렸다.

"나는 달구경이나 좀 더 하다 돌아갈 생각이니 곤하거든 그대 먼저 들어가도 좋아."

그러고는 뒷짐을 진 채 하늘을 올려다보는 것이다. 단영은 뭔가 뒤끝이 좋지 않았지만 그러려니 하고 몸을 돌렸다. 그리고 그런 그녀의 귀로 의종의 말이 들려왔다.

"좀 전에 내 그대의 방 앞에 섰을 때 말소리가 들리는 것 같던데, 혼잣말을 한 것인가?"

단영은 그가 미리 알고 떠보는 건지 의중을 알 수가 없어 망설이다가 대답하였다.

"서책을 읽던 소리였을 겁니다."

"그렇다면 이야기책을 보던 모양이로군."

알고 있구나. 단영은 뒷모습을 흘끗 보며 난감한 표정을 지었다. 일반 서책이 아닌 대화 소리였음을 넌지시 일러주고 있기 때문이었다. 단영은 걱정이 되었다. 어째서 의종이 그녀의 엄청난 행위들을 눈감아주는지는 모르겠지만 마냥 안심할 일은 아니었다. 언제 마음이 바뀔지 모르는 것이다. 하여 단영의 교태전으로 돌아가는 짧은 발걸음은 내내 무거웠다.

의종은 멀어지는 단영의 발자국에 귀를 기울이며 정말로 가는군, 열없이 중얼거리다가 훗, 웃고 말았다. 강녕전 침소에 누워 이리저리 뒤척이다가 끝내 잠이 오지 않아 나선 걸음이었다. 처음엔 주변이나 돌아다녀야지 했던 것이 저도 모르게 양의문까지 이르렀고, 그 후 적지 않은 시간을 배회하다가 결국 그 문을 통과해 교태전으로 향한 것이다.

사실을 말하자면 단영에게 이른 것같이 정확한 소리를 들은 것은 아니다. 무언가 말소리가 들린다고 여기긴 했지만 다른 이가 있다고는 생각지 못했었다. 그저 안으로 들어섰을 때 단영의 놀라던 모습이며 지나치게 활짝 열려 있던 창문 등에 의혹이 생겼을 뿐. 그러던 것이 지금 지지부진한 단영의 태도를 보며 확신을 하게 된 것이다.

물론 단영이 남장을 한 채 세상 무서운 줄 모르고 궁을 뛰쳐나가곤 한다는 것과 그런 그녀에게 붙어 있는 수하가 있음을 모르는 바는 아니었지만 역시 누군가가 교태전을 들락거리는 것은 기분 좋은 일이 아니었다.

의종은 수일 내로 그 수하라는 자를 잡아 오게 해 대면을 해보아야겠다 생각하며 아미산 굴뚝으로 다가갔다. 물론 그저 대면만을 하겠다는 생각이었다. 어떤 자가 중전의 수하로 있는지 확인하고 싶었던 것이다. 그리고 가능하다면 자신이 믿을 수 있는 자로 대치해놓을 생각도 가지고 있었다. 단영이 호락호락 수긍할 리 없겠지만.

“시간이 흘러도 이곳은 변함이 없군.”

그는 굴뚝 옆에 기대앉으며 중얼거렸다. 품을 뒤져 무언가를 꺼내는데, 여인의 머리에 꽂는 도금된 용잠(龍簪)이었다. 어릴 적 가체로 인해 머리가 아프다며 울던 연경에게서 뽑아낸 것이다. 놀려주기 위해 일부러 하나를 감추었는데, 워낙 어리니 제가 뭘 잃었는지도 알지 못했던 연경은 끝내 찾지 않았고 그렇게 잊히고 말았던 것이다. 그러던 것을 연경이 죽은 지 한참 후 서책 뒤에서 발견하여 오랫동안 의종의 마음을 심란하게 만들었었다.

“어떤 것 같아? 그대가 지내던 이곳을 차지할 만한 여인으로 보이던가?”

그는 달빛 아래 희미하게 빛나는 그 물건을 바라보며 혼잣말을 하였다. 마치 연경이 근처에 있기라도 하듯.

“내 다시는 다른 이에게 중전이라 부르지 않겠노라 이 자리에서 약조하였는데……. 고작 10년도 지키질 못할 거면서 말이야.”

그는 용잠을 바라보다 말고 한숨을 쉬었다. 그러고는 머리를 뒤로 기대며 눈을 감았다. 저 멀리 어딘가에서 청초한 제비꽃 같던 연경이 웃으며 바라보는 것 같았다. 서운해하지 말았으면 좋겠어, 그는 속으로 중얼거렸다. 그대가 허락한다면 이제 저 여인을 마음에 둘까 하거든. 곁에 있지 않고 가버린 것은 그대니까, 그러니까 내가 다른 이를 본다고 해서 서운하다 탓하지 말았으면 좋겠어.

나는 괜찮아요. 괜찮아요, 환.

어디선가 연경의 목소리가 들려오는 것 같았다. 눈을 감은 의종의 얼굴 위로 희미한 미소가 잡히는가 싶더니 곧 사라졌다.

음력 오월은 금세 시작되었다. 진찬의 날은 포월(蒲月) 초사흘로 잡혔으며 이는 단오를 이틀 앞둔 때여서 궁 안은 몹시 분주하였다. 이런 때 꼭 그런 걸 해야겠냐며 인성대비는 마치 자신의 의견이 아니었다는 듯 언짢아하더니 당일, 몸이 좋지 않아 참석치 못하겠다는 일방적인 통보를 해왔다. 또 무언가 꼬인 심사가 있는 게 분명했다.

의종은 그런 대비의 성정을 잘 알기에 개의치 말고 진행할 것을 명령하였다.

"이번 진찬에서는 장악원 의녀들에 의해 으레 행해지던 가무를 대폭 축소하고 대신 놀이패를 새로 들인다 하는 것 같았습니다."

최 상궁의 말에 단영은 고개를 끄덕였다. 마음 같아서는 진찬의 준비 과정을 하나하나 살피고 싶었지만 중전의 자리란 것이 다른 이의 눈과 귀를 한 번 통한 후 접하는 것이기에 무언가를 정확히 파악하기가 여의치 않았다.

그녀는 치렁치렁 자신을 치장하고 있는 궁녀들의 손길에 몸을 맡긴 채 차라리 눈을 감아버렸다. 잠이나 자자는 심산에서였다. 그러자 궁녀들의 손놀림이 더욱 빨라졌다. 먼저 단영을 복숭아잎 탕에 담가 목욕을 시키더니 쌀가루와 송화가루를 섞어 얼굴과 목에 도포하였다. 단영이 얼굴을 찡그리며 싫은 티를 내자 윤 상궁이 '요즘은 사내들도 분세수를 하는 마당에 이러시면 안 된다'고 그녀에게 훈계 아닌 훈계를 하기도 하였다.

굴참나무 목탄으로 눈썹을 검고 둥글게 그리고 뺨은 봉숭앗빛으로, 입술은 앵둣빛 연지로 물들인 후에야 화장을 마친 이들은 다시 의복으로 신경을 돌려 붉은색 용무늬 스란치마를 푸른색 스란 웃치마와 겹쳐 두르고 그 위에 한삼이 봉제되어 있는 사금단(紗金緞) 원삼을 입혔다.

"이리 꾸며놓으니 마마께서도……."

'마마께서도'라고 말해놓고 윤 상궁은 입을 얼른 다물었다. 단영은 면경을 심드렁하게 이리저리 돌리며 모습을 비춰 보더니 곧 비취목가락지니 향갑노리개니 하는 것들을 모두 빼버렸다. 그러고는 수건으로 짙고 가느다란 반달눈썹을 지우니 윤 상궁이 당황하여 그런 그녀의 손을 잡았다.

"이런 꾸밈은 원하지도 않고 또한 나와 맞지도 않네. 자네들의 수고를 모르는 바는 아니나 아무리 봐도 영 어색한 것이 내가 먼저 견딜 수가 없으니 조금만 손을 대게 해주게."

그러고는 겨우겨우 앵둣빛으로 만들어놓은 입술을 홀랑 지워버리고 만다. 윤 상궁은 애통한 표정이지만 최 상궁은 이미 단영의 성품을 어느 정도 초월한 상태라 그저 웃을 뿐이었다.

창덕궁 내 춘장지라 하는 연못의 동북쪽 야산 기슭에는 조선의 임금들이 활을 쏘고 말도 달릴 수 있는 넓은 공간이 자리하였는데 이곳은 종종 군사 훈련장과 무과 시험장으로도 쓰이곤 하였다. 오늘의 진찬은 그곳에 위치한 관덕정(觀德亭)이라 하는 사정(射亭)에서 열렸다.

그들이 도착했을 때에는 제3왕자 복령군(福怜君)을 위시하여 제4왕자 곽령군(廓怜君), 제5왕자 창령군(彰怜君), 그리고 마지막 자령군(滋怜君)까지 모두 시립한 참이었다.

무령군과 곽령군은 이미 세상을 떠난 희빈(禧嬪) 김씨의 소생, 복령군과 창령군은 숙빈(淑嬪) 문씨의 소생, 그리고 자령군은 안빈(安嬪) 이씨의 소생이었으며, 이 자리에 보이지 않는 제2왕자 방령군(芳怜君)은 역시 세상을 떠난 윤빈(贇嬪) 이씨의 소생으로서 지난 경신년(庚申年), 의종의 친정이 시작된 직후 역모를 꾀하였다가 들통이 나 강화도로 유배를 간 후 그곳에서 병사한 인물이었다.

이석의 난(李奭-亂), 혹은 경신의 난(庚申-亂)이라고도 불리는 이 사건은 의종이 자신의 형제들에게 촉각을 곤두세우게 만드는 계기가 되기도 하였다.

의종이 주위를 둘러보았다. 제1왕자 무령군(武怜君)의 모습이 보이지 않았기 때문이다.

"어찌 된 것입니까?"

의종이 복령군에게 물었다. 그는 난감한 표정을 짓더니, 몸이 좋지 않아 오늘의 진찬은 참여치 못하였다 대답을 하였다. 의종의 얼굴이 굳는다 싶었는데 그때 무령군의 안사람인 청주군부인(清州郡夫人) 한씨(韓氏)가 다른 군부인들과 함께 서 있다가 한 걸음 앞으로 나서며 허리를 숙였다. 그는 간단히 무령군에 대한 안부를 물은 후 편치 않은 표정으로 상좌로 걸어갔다. 단영 또한 군부인들의 하례를 받으며 그 곁에 가서 앉았다.

진찬은 소연회로서 그다지 많은 식순이 있지는 않았다. 단영은 먼저 궁인들이 차려놓은 음식을 차례로 맛보며 곁눈질로 왕자들을 살펴보았다. 키나 풍채가 더하고 덜하고의 차이는 있으나 그 생김을 가만히 들여다보면 다들 비슷한 모습이었다. 어머니가 달라도 저리 될 수 있구나, 단영은 자신과는 영 딴판으로 생긴 초영을 떠올리며 어쩐지 이들 형제가 신기하게 느껴졌다.

이때, 복령군의 아내 풍산군부인(豊山郡夫人) 권씨(權氏)가 무령의 아내 한씨와 함께 단영에게로 다가왔다.

"이것이 무엇입니까?"

단영은 그들이 들고 있는 상자를 보며 물었다. 장미목으로 만들어진 그 상자 안에는 붉은 실, 노란 실, 파란 실로 이루어진 화려한 삼작노리개가 들어 있었다. 세공된 장도며 향갑, 침낭 같은 자그마한 은 세공품도 같이 달려 있어 겉보기에도 매우 귀한 물건임을 알 수 있었다.

"하례 예물은 서로 생략키로 하자고 말을 전하였을 텐데요. 못 들으셨습니까?"

두 군부인은 단영의 깐깐한 표정을 보며 무안한 낯빛으로 웃더니 곧 이렇게 덧붙였다.

"이는 하례품이 아니라 모두의 정성으로 준비한 선물입니다. 백사여의(百事如意)[60]하고 부귀다남(富貴多男)[61]한다 하오니 꼭 지니고 계시옵소서. 마마께 복이 있을 것입니다."

단영은 시큰둥하게 바라보다가 고맙다는 말과 함께 일단 받아두었다. 그러고는 뒤에 서 있는 최 상궁에게 넘기는데 그때 옆에서 저만치 호수 표면을 바라보던 의종의 중얼거림이 들려왔다.

"백사여의에 부귀다남이라. 그대가 무측천 그녀와 같아질 날도 얼마 남지 않았군."

그러고는 빙그레 웃는 것이었다. 단영은 못 들은 척하고 마는데, 반대로 의종의 다른 쪽에 앉아 있던 자빈의 표정이 샐쭉하게 바뀌었다.

잠시 후에는 의녀들의 화려한 여악이 시작되었다. 약방기생이라고도 불리는 이들은 어려서부터 의술뿐 아니라 노래와 춤, 악기 등을 배웠으며 크고 작은 궁중 연회에서 그동안 배운 가무를 선보이곤 하였다. 거문고, 가야금에 향비파 및 대금 등 십여 종의 아름다운 악기 소리가 관덕정 연못 표면 위로 부드럽게 퍼져나갔고, 이에 맞춰 한 무리 의녀들의 춤이 시작되었다.

단영은 그들의 가녀린 손놀림과 춤사위를 집중하여 바라보았다. 지금껏 가무니 풍류니 하는 사내 중심의 놀이문화를 경험해보지 않아 재미가 느껴진 때문이었다. 의종은 그런 그녀의 흥미를 알아차리곤 몇

60) 모든 일이 마음먹은 대로 이루어짐.
61) 재산이 많고 지위가 높으며 아들이 많음.

가지 자신이 알고 있는 춤의 유래라거나 그 특징 등을 설명해주어 또 다시 곁에 있던 자빈을 화나게 만들었다.

어찌 되었든 봄에서 여름으로 건너가는 5월의 찬란한 기운은 곳곳에 앉아 있는 이들의 머리 위로, 마음속으로 조금씩 조금씩 스며드는 참이었다.

장악원 궁중가무가 끝나자 예조참의(禮曹參議) 서석봉이 나서며 의종에게 예를 표하였다. 그는 의종에게 다가와 귀엣말로 무언가를 고하였는데 단영이 귀를 기울여보니 특별히 청한 놀이패에서 자신들의 재주 중 일부인 '귀빈을 위한 술 상납'을 가납해주십사 한다는 것이었다.

원칙대로라면 있을 수 없는 일이었다. 주상께 상납되는 술이 아무런 검시 과정도 없이 놀이패에 의해서 오른다니, 더욱이 궐내도 아닌 이곳에서 말이다. 그러나 의종은 예조참의에게 어떤 식으로 확인을 거쳤는지를 묻더니 별다른 의견 없이 받아들였다. 예조참의가 말하였다.

"그러하시다면 전하, 이번 진찬을 간소화하라는 명에 의해 생략되었던 진작재신(進爵宰臣)[62] 대신에 이들의 순서를 넣겠나이다."

예조참의가 물러나고 곧 놀이패의 공연이 시작되었다. 모두가 남자였는데, 소매통이 넓은 백색 도포를 갖춰 입고 머리는 길게 풀어헤친 차림이었다. 단영은 뒤돌아 서 있는 다섯 사내들을 유심히 바라보았다. 곧 고수(鼓手)의 경쾌한 북소리에 맞춰 공연이 시작되었다.

가장 뒤쪽에 등을 돌리고 있던 사내가 뛰어오르자 차례로 열을 지어 있던 이들도 몸을 날려 공중제비를 돌기 시작했다. 그들은 서로의 다리를 잡거나 어깨를 의지하여 탑을 쌓거나 뛰어내리는 동작을 반복하

62) 진연에서 임금에게 술을 올리는 재상.

였는데 그때마다 통이 넓은 소매가 날개처럼 펄럭여 마치 여러 마리의 백비둘기들이 어울리는 듯 보였다. 좌우에 앉은 부인네들의 입에서 뒤늦은 탄성이 쏟아졌다.

단영은 아무리 봐도 이상하였다. 휘날리는 옷자락과 얼굴 위로 감기는 긴 머리카락에 가려 확인이 어려웠지만 아무리 봐도 그중 한 명이 너무 익숙했던 것이다. 상체를 앞으로 기울여 눈을 가늘게 떴다. 그리고 마침내 재주를 넘는 이들 중 한 명이 이기라는 것을 확인하였다.

'어째서!'

너무나도 놀라 한 손을 가슴께로 가져갔다. 이기가 궁중 연회에 모습을 나타내리라고 어찌 상상이나 할 수 있었겠는가. 잘못 본 것이 아닌가 싶어 거듭 확인을 하였다. 그러나 아무리 부정을 하려 해도 날랜 모습은 광교산에서 어울려 검을 연마하던 이기와 꼭 같았다.

단영의 마음이 놀라움과 근심으로 가득 차는 동안, 그들의 유쾌한 재주는 서서히 가라앉더니 곧 품 안에서 날카로운 두 자루의 비수를 각각 꺼내들었다. 이미 가짜임을 확인하였다는 홍 내관의 속삭임을 귓전으로 흘리며 단영은 이기에게만 초점을 맞추었다. 어째서, 어째서 네가 여기에 있는 거니. 그러나 이기는 단 한 번도 그녀가 앉아 있는 곳으로 시선을 돌리지 않았다.

어느 순간 이기의 몸이 높이 부상했다. 양팔을 벌려 쌍검을 햇빛에 반사시키며 다시 하강하는 모습은 마치 물 찬 제비인 듯했고 검무를 출 때에는 한 마리 학인 듯 우아하고 수려했다.

이기는 본래 그 움직임이 가볍고 유연하여 매당 할멈은 그를 하나의 버드나무가지 같다고 비유하곤 했다. 또한 공격보다는 수비에 치중하는 이기의 검술은 다른 이를 상하게 하지 못하는 부드러운 심성을 그대로 드러내 할멈의 질책을 받을 때도 많았다. 검술과 예술을 혼돈하지 말라는 소리였다.

그런데 이제, 그의 검무는 힘과 절도를 배제한 채 예전보다 더욱 부드럽고 유연하며 또한 탄력이 있어 보는 이를 경탄케 하는 처연함이 있었다. 양손에 들린 쌍검은 찬란한 빛을 부수어 가루를 내듯 화려했고 이기의 모습은 슬픈 듯, 구슬픈 듯 아름다웠다.

"어째서 내가 해야 합니까? 검무를 추는 이들이라면 얼마든지 구할 수 있을 텐데요."

이기의 물음에 조창주는 대답하였었다.

"검무를 출 줄 안다는 게 중요한 건 아니다. 네가 그 자리에 나타나는 것이 중요하겠지."

진찬을 빠져나옴과 동시에 오월을 풀어주겠노라 약속하였다. 그러나 이기는 고개를 저었다.

"그곳에서 제가 빠져나올 수 있다고 어떻게 확신합니까?"

"걱정하지 마라. 신체 내로 빨리 퍼지는 게 단점이기는 하나 도망칠 여유는 있을 것이다."

두릅의 검 끝이 다른 이들의 검과 맞부딪쳤다. 청아하고 맑은 소리가 진연장을 울렸다. 이기는 고통으로 가슴이 온통 저며오는 것을 꾹 참았다. 이미…… 아가씨는 나를 알아보았겠지. 그의 눈가가 햇살을 받아 반짝 빛을 발했다.

"잘 들어라. 만일 도망을 꿈꾼다면 접는 게 좋다. 동시에 네 어미는 죽게 될 테니까."

이기는 고개를 끄덕일 수밖에 없었다. 그러나 조건을 한 가지 덧붙였다.

"진연장에 들어간 후, 바로 어머니를 놓아주십시오."

지금쯤 어머니는 그곳을 빠져나왔겠지. 이기는 조창주를 믿고 싶은 마음에 이렇게 중얼거렸다. 그러고는 마지막으로 커다랗게 공중을 선회한 후 자리에 내려섰다.

사람 머리 두 개를 합해놓은 듯 묘하게 생긴 항아리가 앞에 놓였다. 가장 앞에 섰던 이가 국자를 들어 조그만 용기에 나누더니 자신들이 먼저 한 입씩 돌아가며 마셨다. 아무런 해도 없음을 증명하겠다는 의도였다. 의종의 뒤에 섰던 홍 내관이 설명하였다.

"청나라 산시성(陝西省) 서봉주(西鳳酒)라는 것으로, 보리와 완두의 누룩을 그 지역 청수로 증류한다 하옵니다. 맛이 맑고 투명하며 향기로운데다가 또한 부드러운 것이 특징입니다."

그러나 의종은 대답 없이 그들의 행동을 지켜보고 있었다. 단영은 걱정이 되어 저도 모르게 의종의 옆모습을 살피었다. 눈매가 어느 때보다 날카롭게 빛나고 있었다.

한편 술을 나눠 마신 놀이패 중 한 명이 새로 가져온 깨끗한 술잔 아홉 개를 차례로 놓고 국자를 집었다. 이기는 그가 국자로 항아리 안을 휘휘 저으며 독을 몰래 풀리라는 걸 알고 있었다. 기나긴 한숨이 이어지고……, 느닷없이 그자의 어깨 위로 날아올라 탁자 위의 항아리를 들어올렸다.

단영은 저도 모르게 아, 하는 소리를 내었다. 무언가가 이상하게 돌아간다 싶었기 때문이었다. 의종이 그런 그녀에게 시선을 돌렸다가 다시 이기를 쳐다보았다. 이기는 아주 잠깐, 단영과 눈을 마주친 후 항아리를 들어 입으로 가지고 갔다.

항아리가 제법 컸기에 안에 담긴 술을 한 번에 마시기는 어려웠다. 그러나 이기는 숨조차 쉬지 않고 절반 이상을 금세 들이켰다. 이건 또 무슨 묘기인가 싶어 숨을 죽인 사람들의 시선이 모여들었다. 그리고 그때였다. 기왓장 하나가 날아와 항아리를 박살내고 만 것은.

이기의 손 사이로 조각 난 항아리와 함께 절반의 술이 흘러내렸다. 그리고 그의 시선도 아래 널브러진 잔해 위로 고정되었다. 아니, 고정되는 듯싶었다.

'죄송합니다, 아가씨.'

몸이 휘청이는가 싶더니 갑자기 붉은 피를 쏟아내며 뒤로 넘어가기 시작했다. 물 찬 제비처럼, 한 마리 학처럼 사람들을 경탄하게 만들던 부드러운 몸짓은 이제 무언가에 짓눌리고 당겨지듯 무겁고 거칠었다.

흩날리는 머리카락 사이로 단영을 보았다. 그녀의 놀란 얼굴이, 자리에서 튕기듯 일어서는 몸짓이 왜 그렇게 느린지 모르겠다고 이기는 생각했다. 핏빛으로 점점이 물든 하얀 도포가 마지막으로 춤을 추듯 허공을 향해 흩날렸다.

두릅아, 두릅아.

단영의 목소리가 환청이 되어 이기의 귀를 울리고 있었다.

기왓장을 던진 것은 진찬이 시작된 이후 지금껏 몸을 숨기고 있던 매당 할멈이었다.

얼마 전, 검을 내려놓고 가버리던 이기가 걱정되어 할멈은 결국 뒤를 밟았었다. 경기 이천의 설봉산성(雪峯山城)까지는 잘 따라붙었는데 깜빡 눈을 돌린 사이 칼바위 부근에서 이기를 놓치고 말았다. 하여 아예 작정을 하고 숨어서 기다렸지만 조창주와 이기가 다른 길로 나간 탓에 어긋나버리고 말았다. 한참을 기다려도 기척이 없자 집으로 돌아온 매당 할멈은 아무래도 석연치 않아 이기의 뒤를 캐기 시작했다. 그리고 오늘, 관덕정(觀德亭)에 있을 그를 찾으러 온 것이다.

"두릅아, 두릅아!"

이기가 단영의 것이라 여겼던 마지막 목소리의 주인은 매당 할멈이었다. 그녀는 바닥으로 곤두박질치려는 이기를 받아낸 후 사방에서 접근해 오는 상군(廂軍)들을 향해 지팡이를 휘둘렀다. 상대가 노인임을 알고 손속에 사정을 두던 이들이 모두 지팡이에 급소를 맞아 바닥을 굴렀다. 하지만 진연장 안과 밖을 겹겹이 둘러싼 상군들의 수가 워낙 많아 빠져나갈 틈을 찾기는 어려웠다. 노파는 잠시 주위를 보다가 갑자기 단영을 향해 뛰어올랐다.

이때 의종과 단영은 위험을 알리는 금군별장(禁軍別將) 조명락에 의해 진연장 양옆으로 피신을 하던 참이었다. 의종이 단영의 손을 붙잡으려 하였으나 일부러 못 본 척, 반대쪽으로 향하자 자빈이 그새 의종의 손목을 잡고 자신 쪽으로 끌었다.

간단히 의종에게서 벗어난 단영은 노파가 자신에게로 뛰어들자 얼른 몸을 구부리며 근처 상군들의 곡지혈(曲池穴)[63]을 찔러 무기를 놓치게 한 후, 다시 넘어지는 척 자리에 주저앉아 무릎의 곡천혈(曲泉穴)[64]을 공격하였다. 노파는 상군들이 모두 무릎을 꿇자 그 틈에 몸을 날려 빠져나가며 마지막으로 단영의 이마 위로 지팡이를 휘둘렀다.

딱, 소리와 함께 이마에 생채기가 생겼다. 뒤미처 의종이 달려왔다.

의종은 이미 한참을 멀어진 노파와 그런 그녀를 뒤쫓고 있는 상군들의 모습을 지켜보다가 단영에게 눈길을 돌렸다. 그녀 또한 그들에게 시선을 고정한 채 창백한 얼굴로 서 있었다. 이마에 생긴 상처에 피가 맺혀 아래로 툭 떨어진다. 의종이 손을 내밀어 상처를 살피려는데 그때 단영의 눈에서 눈물이 주르륵 떨어져 내렸다. 그가 놀라며 물었다.

"아픈 것인가?"

"……예."

단영이 손등으로 눈물을 닦아낸 후 최 상궁에게로 돌아섰다. 곧 내의원 의녀 몇이 달려왔다.

의종은 단영의 뒷모습을 한참 보다가 다시 고개를 돌렸다. 저만치서

63) 팔꿈치.
64) 무릎 뒤 오금.

조명락이 뛰어오고 있었다.

왕자군들은 하나같이 가시밭길을 걷는 기분으로 돌아갔다. 앞으로의 일을 예측할 수 없어 근심이 깊었고 특히 무령군(武怜君)의 아우 곽령군(廓怜君)의 걱정이 극심하였다.

의종(意宗)은 그날 진찬을 주관했던 예조참의(禮曹參議) 서석봉을 비롯, 예당(禮堂)의 예조판서(禮曹判書) 손익중과 예조참판(禮曹參判) 허민구 등 관련 있는 자를 잡아들이는 한편, 매당 할멈과 이기를 놓친 금군 기사장(騎士將) 등을 파직하고, 우의정(右議政) 심수헌을 위관(委官)[65]으로 명하여 현장에서 붙잡은 놀이패 둘을 추국토록 하였다.

그러나 일파만파로 퍼져나갈 것 같던 이 사건은 이틀이 채 되지 못해 답보 상태에 이르렀다. 예당인 손익중과, 허민구, 서석봉은 서로 관련이 없다 발뺌을 하며 다른 이에게 책임을 돌리기 급급하였고, 놀이패 2인 또한 혀를 깨물어 하나는 죽고 하나는 가사상태에 빠진 것이다. 의종의 분노가 더욱 커졌음은 물론이었다.

"예조판서 손익중이 진찬에 놀이패를 들일 수 있도록 허가한 사실은 인정하였으나 이는 예조참의 서석봉의 청을 수락한 것뿐이라 주장하고 있사옵니다. 그런데 예조참의 서석봉은 오히려 예판의 명을 따른 것 외에 아는 것이 없다고 주장하오니 이 2인의 말이 서로 엇갈리어 옳고 그름의 유무를 가리기 어렵사옵니다."

우의정의 말에 장계를 검토 중이던 의종이 물었다.

"어째서 예조참판 허민구에 대한 기록은 없는 것이오? 그자는 아직 추국 전인 것인가?"

65) 임시 총책임자.

"그것이 아니오라, 예판과 참의가 서로에게 죄를 돌리고 있으나 유독 참판에 대해서만은 아무런 고변도 나오질 않아 일단 뒤로 미루었다 오늘 미시부터 다시 시작할 참이었습니다."

의종은 미간을 찌푸리며 생각하였다. 그들 중 누군가는 분명 참형을 받게 될 것이다. 그러나 관련된 배후 인물을 잡아내지 못하면 거기서 끝이었다. 진찬과 관련된 이를 잡아들이고 처벌을 한다 해도 배후를 입증하지 못하면 소용이 없는 것이다. 그는 장계를 덮은 후 우의정을 내보냈다. 그리고 다시 홍 내관을 불러들였다.

"알아보라던 그자는 어찌 되었나?"

"도성 내 모든 관비의 기록을 살피는 중이오나 그자의 이름은 아직 발견치 못하였습니다."

"아니다. 그자의 하는 말로 보아 관비는 아닐 것이다."

그러고는 잠시 후 이렇게 덧붙였다.

"영평부원군의 사노비에 대해 다시 조사를 해보아라."

"하오나 전하, 이미 두 차례에 걸쳐 부원군과 그 하솔들을 조사하였으나 아무것도 나온 것이 없지 않았사옵니까?"

의종이 단영의 정체를 모를 때, 가례를 전후하여 각각 한 번씩 윤돈경 집안을 조사한 적이 있었다. 처음엔 윤돈경과 그 형제들, 그리고 자식들에만 한하였으나 두 번째에는 신씨 부인의 친가뿐 아니라 사노비에 대해서도 일일이 확인을 하였던 것이다. 그러나 문서를 기초로 한 조사였기에 이미 복원이 되어 기록에서 빠져나간 이기의 흔적은 발견하지 못했었다.

의종은 생각에 잠겼다. 이틀 전 진찬에 대해 회상하는 중이었다. 두릅이란 자가 독주를 들이켜기 시작했을 때 보였던 단영의 반응을 말이다. 일반 여인네였다면 놀라서 그러려니 넘어갈 수 있었을 것이다. 그러나 단영이 누구인가? 당시 그 술에 독이 들어 있음도 몰랐던 상황에서 그처럼 반응한다는 것은 몹시 이상한 일이었다. 게다가…….

의종은 노파가 두릅이란 사내를 들쳐 업고 단영을 뛰어넘을 때를 다시 상기해보았다. 자빈과 여러 상군들에 가려 그 상황을 똑똑히 보지는 못하였지만 단영이 필요 이상으로 몸을 사린다는 것만은 느낄 수 있었다. 물론 스스로를 보통 여인처럼 보이기 위해 일부러 그랬다고 볼 수도 있을 테지만, 이마를 향해 날아오는 지팡이 정도는 피할 수 있지 않았을까? 단영이 일부러 놓아주었다는 혐의를 받지 않도록 마음을 쓴 매당 할멈의 일격이 그만 의심을 부추기고 만 것이다.

"그 두릅이란 자가 비호단 주위를 배회한 것 또한 이번 독주 사건의 배후와 연관이 있을 것이다. 그러니 반드시 잡아야 한다. 부원군의 하솔들을 모두 조사하되 지난번처럼 문서만 확인하지 말고 그 집 노비들을 통해 직접 알아보아라. 설사 가명이라 하여도 알아듣는 자가 있을지 모른다."

"명을 받들겠나이다."

홍 내관이 고개를 숙였다. 의종은 속으로 중얼거렸다.

'이 일로 중전과 비호단이 연루되었다고 보는 것은 성급한 일이다. 그러나 그 두릅이란 자와 안면이 있음은 분명한 것 같구나. 그러니 우선 그자부터 파악하는 것이 급선무일 것이다.'

그는 이마의 상처를 살펴볼 때 갑자기 눈물을 흘리던 단영을 떠올려 보았다. 그녀가 울 수도 있다는 것을 그때 처음 알았다. 아파서 그러노라 대답하던 가라앉은 목소리……. 그러나 그는 그녀의 상처를 건드리지조차 않았던 것이다.

영평부원군(永平府院君) 윤돈경이 불려온 것은 그로부터 다시 이틀이 지난 다음이었다. 강녕전에 들어 임금과 독대를 하였는데 얼마나 하문할 것이 많았던지 두 시진이 지나도록 끝날 기미를 보이지 않았다.

"그래서, 피접 차 거창부부인(居昌府夫人)[66]이 광교산으로 떠날 때 그 두릅이란 자도 함께 가게 되었다는 말입니까?"

윤돈경은 말에 외착이 생길까 염려하여 신중히 대답을 하였다. 그 또한 진찬에 관한 일은 대충 알고 있었다. 그래서 입궐을 명하는 임금의 전교를 받았을 때에도 그쪽으로만 생각을 하였던 것이다.

그런데 난데없이 두릅이라니? 이미 몇 개월 전 단영의 명령 아닌 명령으로 복원을 하여 내보내지 않았던가 말이다. 두릅이 진찬에 나타났다는 사실을 모르는 윤돈경으로서는 갑작스런 하문이 난감할 뿐이었다.

"그렇습니다. 소신의 내자에게 곁에 두고 심부름이나 시키라고 보냈는데 그게 한 7, 8년쯤 되었습니다. 워낙 아이가 진중하고 충심이 강해 얼마 전에는 노비문서까지 없애주었지요."

"진중하고 충심이 강한 것이 풀어준 이유였단 말입니까?"

의종이 이해가 안 간다는 듯 물었다. 윤돈경은 허허 웃으면서 대답하였다.

"어릴 적에 부모를 모두 여의고 눈칫밥을 먹으며 자란 것이 불쌍해 보였던 모양입니다."

"누구에게 불쌍해 보였다는 소리입니까?"

윤돈경은 아차, 싶었다. 말 한 마디 잘못 꺼내면 딸이 오해를 입을 수도 있기 때문이었다.

"소신의 내자가 본래 동정심이 많은데다 아이들과 오래 떨어져 있다 보니 친자식처럼 정을 주었다 들었습니다. 사실은 광교산에서 함께 지냈던 은단이란 아이도 고마운 마음에 함께 복원을 시켜주려 하였

---

66) 신씨 부인.

는데, 그 아이가 자신은 갈 곳도 없고 가족도 없으니 그냥 남겠다 하여 두릅이만 내보내게 되었지요. 그런데 그 아이에 관한 일은 어떻게 아신 것입니까?"

의종은 윤돈경의 마지막 말을 무시한 채 생각에 잠겼다. 그러고는 곧 다른 질문을 하였다.

"중전이 광교산에도 자주 들러 곁을 지켰겠군요. 모친이 피접을 나갔으니 마음이 많이 아프지 않았겠습니까?"

윤돈경이 웃음을 지으며 대답했다.

"그야 자식 된 도리로 편하기만 하였겠습니까만은 제 오라비들을 따라 두어 번 다녀온 것 외엔 본가를 떠나본 적이 없습니다. 어디 아녀자가 바깥출입을 자주 할 수 있었겠습니까?"

"그렇군요."

윤돈경의 말에 의종이 피식 웃음을 지었다. 바깥출입을 자주 할 수 없던 중전이라.

"그렇다면 두릅이란 자의 현재 거처는 어디입니까?"

윤돈경의 얼굴에서 일순 웃음이 사라졌다. 그는 방바닥을 비스듬히 내려다보며 대답하였다.

"그것까지는……, 아랫것들이 알고 있을는지는 모르겠으나 소신이 관심을 가져본 적이 없어서 말입니다. 전하께서 원하신다면 내일이라도 다시 입궐하여 말씀을 드리겠나이다."

그러나 속으로는 두릅을 먼저 찾아 도성 밖 멀리로 보내야겠다고 생각하는 것이었다. 무슨 일인지는 모르지만 안 좋은 예감이 든 때문이었다.

의종은 한 손으로 턱을 괸 채 창 밖으로 시선을 주고 있었다. 날카로운 얼굴선이 오늘따라 위협적으로 보이는 것은 무슨 까닭인가. 그가 무엇을 염두에 두는지 몰라 윤돈경은 미간을 찌푸렸다. 단영이 멍청

한 아이는 아니니 알아서 하겠지만 혹 모르니 대전을 나간 뒤 중궁전에도 꼭 들러야겠다고 결심하면서.

단영은 결국 교태전을 빠져나가기로 결정하였다. 그날로부터 벌써 나흘이 훌쩍 지나고 있었다. 그동안 매당 할멈은 이기에 대한 어떤 결과도 알려오지 않았다. 못하는 것인가, 안 하는 것인가. 단영은 그것을 알 수가 없어 애가 탔다. 피를 뿜었으니 술에 독이 들어 있었음은 틀림이 없다.

그런데 그런 일에 어째서 이기가 연관되어 있는 것일까.

"결코 두릅이에 대해 말을 꺼내면 아니 되십니다. 잘 모른다 하십시오. 어릴 적부터 사가 어미를 따라 광교산 기슭으로 들어간 아이이기 때문에 곁에 두고 부려본 적도 없다 하십시오. 아시겠습니까?"

낮에 교태전에 들렀던 윤 대감은 이처럼 신신당부를 했었다. 이기의 새로운 거처도 알려달라 하였다. 멀리 보내버리려는 의도가 분명했다.

의종이 윤돈경까지 불러들여 두릅에 대해 물었다는 건 그 또한 이기의 얼굴을 알아보았다는 뜻이 된다. 살곶이다리에서 마주쳤다 했으니 얼굴을 모를 리 없는 것이다. 또한 이기가 과거 누구의 노비였는가까지 알아낸 것을 보면 자신에게도 그 의심의 줄이 닿아 있음을 뜻하기도 했다. 그것을 알면서도 단영은 가만히 있을 수가 없었다. 역모에 가담한 적이 없으니 설사 지금은 못 믿는다 하더라도 믿게끔 만들 수 있으리라. 그러나, 그러나 죽은 이를 살아나게 만들 재주는 없었다. 그 아이가 잘못되어도 바로잡아줄 능력이 없는 것이다.

하여 그녀는 마지막일 수도 있는 이 순간, 이기를 찾아 모험을 감행하기로 마음먹었다.

단영은 사방이 고요해지기를 기다려 담을 넘었다. 그러고는 북촌을 향해 있는 힘껏 달렸다. 조심성 없이 달리다 보니 하마터면 순라꾼들에게 쫓길 뻔도 하였다.

"너무 빨리 빠져나왔구나."

매당 할멈은 시기상조라는 표정으로 말하였다. 단영은 그런 그녀의 얼굴을 보며 안도의 한숨을 내쉬었다. 이기가 아직까지는 무사하다는 걸 알았기 때문이다.

"그동안 깨어나긴 한 거야?"

창백한 얼굴로 누워 있는 이기를 내려다보며 단영이 물었다. 매당 할멈은 고개를 저었다. 그러고는 잠시 망설이더니 곧 이기가 살 수 있었던 경위를 말해주었다.

"조창주? 그자가 여길 왔었단 말이야?"

단영이 놀라 외쳤다. 그런 그녀를 바라보며 매당 할멈이 무뚝뚝한 말투로 설명을 시작했다.

독주로 인해 목숨이 경각에 달린 이기를 집에 데리고 와 독 기운을 해소시키려 노력할 때였다. 물론 의원에게라도 보이고 싶었지만 그리 되면 관군이 들이닥칠 수도 있어 애만 졸히 쓰는데 그때였다. 누군가가 방문을 향해 돌을 집어던진 것이.

의외로 밖에는 조창주가 커다란 덩치의 사내를 거느린 채 부들부채를 흔들며 서 있었다. 며칠간의 미행으로 그가 누군지 알 수 있었던 매당 할멈은 눈을 사납게 뜨며 지팡이를 휘둘렀다.

"나를 잡는 것보다 아이를 살리는 게 우선 아닌가?"

비릿한 미소를 머금은 채 품 안에 손을 넣는 그를 보며 매당 할멈은 지팡이를 멈출 수밖에 없었다. 조그만 물병과 거무스름한 약재, 해독약이었다.

"무슨 이유냐? 아이를 다 죽게 만들어놓고 이제 와서 해독약을 내놓겠다니?"

그가 아쉽다는 표정으로 말을 하였다.

"오해를 살 만한 상황인 것은 알겠지만 그것은 꽤나 억울한 누명이네. 나는 아이에게 독주를 마시라고 한 적이 없어. 죽이고픈 마음이었다면 굳이 그런 일을 꾸밀 필요가 없겠지. 내 평소에 그 아이가 착해빠졌다는 것은 알았지만 이렇게까지 멍청할 줄은 짐작도 못했네. 하지만 멍청한 녀석이라 해도 쓰임이 많은 것만은 사실이니 일단은 살려두어야겠지."

매당 할멈이 그를 노려보자 조창주가 어이쿠, 하는 표정을 지으며 헤실헤실 웃었다. 그는 두 가지 약품을 매당 할멈에게 던진 후 돌아서며 어깨 너머로 말하였다.

"아이가 깨어나거든 일을 망친 대가로 어미의 목숨을 빼앗겠다고 알려주게. 충격 좀 받으면 정신을 차릴 테지."

매당 할멈은 더 이상 참을 수 없어 그에게로 달려들었다. 곁에 섰던 커다란 덩치의 사내가 시커멓게 생긴 도검을 꺼내며 막아섰으나 매당 할멈을 당할 수는 없었다. 느긋하던 조창주가 미간을 찌푸리며 서둘러 문으로 향했으나 몇 걸음 가지 못해 매당 할멈의 손에 잡히고 말았다.

"두릅이를 봐서 네 목숨을 한 번은 연장시켜주마."

뚜둑, 하는 소리와 함께 왼팔이 부러졌다. 매당 할멈은 그의 오른팔까지 부러뜨리려다가 곧 손을 거두었다. 대신 고통에 겨워 몸부림치는 조창주의 뒷덜미를 잡아 밖으로 집어 던졌다.

"꺼져라!"

그러고는 "단영이 년 반말하는 것도 지겨운데 어디 돼먹지 못한 저런 놈까지." 하고 중얼거리다가, 그때까지 목을 부여잡고 숨을 들이쉬기 위해 애쓰는 덩치의 명문혈(命門穴)[67], 중부혈(中府穴)[68], 대추혈(大椎穴)[69]을 차례로 두드렸다. 갑자기 숨통이 트이어 몇 차례 크게 호흡을 하던 덩치는 모멸감이 드는지 말없이 조창주를 쫓아 나갔던 것이다.

단영은 잠자코 거기까지 듣다가 고개를 들었다.

"이기가 조창주와 연루되어 있었다는 뜻이야? 무슨 이유로?"

매당 할멈은 이기의 어미 오월에 관해서는 아무런 말도 하지 않았다. 단영에게 말을 하고 안 하고는 이기에게 달렸다고 판단했기 때문이다. 또한 섣불리 말을 꺼냈다가 그녀 또한 조창주를 잡겠다고 뛰쳐나가기라도 하면 성가실 것 같기도 했다.

매당 할멈이 입을 다물어버리자 단영은 가슴이 답답해 한숨을 몇 차례 내쉬었다. 도대체 요즘은 어찌 돌아가는 건지 헤아릴 수가 없었다. 헤아릴 수가 없으니 그만큼 머리가 꽉 막혀 어떠한 방안도 떠오르지 않는 거겠지.

단영은 묵묵히 이기의 얼굴을 내려다보았다. 매당 할멈은 무언가 바깥 기척을 느꼈다며 지팡이를 들고 밖으로 나갔다. 단영은 지붕 위 소란을 흘려들으며 이기의 이마를 쓰다듬었다.

"네가 남에 의해 이런 식으로 휘둘릴 성품이 아님을 알고 있어. 무엇이니? 그자의 무엇이 너를 이리도 몰리게 만든 것이니?"

잠시 후 매당 할멈이 돌아왔다. 표정이 야릇한 걸 보니 무언가 발견하긴 한 것 같은데 잡지는 못한 모양이다. 어이구, 소리를 내며 힘겹게 자리에 앉은 매당 할멈이 천천히 말했다.

"이상한 점이 한 가지 있다."

---

67) 등뼈 위.
68) 쇄골 아래.
69) 목덜미 중앙.

"어떤 것이?"

"그 독주라는 것 말이다, 내 해약 성분을 헤아려보니 고리독(苦利毒)이 분명한 것 같더구나. 이것은 석각(石角)이라는 버섯에서 나는 독인데, 특징이 있다면 일정량이 되어야만 사람 목숨을 앗을 수 있다는 점이다. 하나를 죽이고 싶으면 하나의 분량을, 다섯을 죽이고 싶다면 다섯 분량을 풀어야 효과를 본다는 소리지. 하여 소량의 독물로 환각제를 만드는 데 쓰이기도 한다. 그런데 지난 며칠간 아무리 생각해도 의심스러운 점이 있어. 무슨 말인고 하니, 조가가 가져온 해약은 두 명분도 채 되지 않았다는 거야. 아무리 항아리가 깨졌다고는 해도 절반은 넘게 마셨을 텐데 고작 그만큼의 양으로 해독이 되었으니 이상하지 않느냐. 그 진찬인지 뭔지에서 임금 하나만 노리고 독을 탄다 하더라도 술의 양이 원래 많았으니 그만큼 독의 양도 많아야 효과를 볼 수 있었을 텐데……. 만일 정량의 독이 들어갔다면 두릅이는 해약을 복용하는 것과 상관없이 오장육부가 모두 상해 이미 죽었을 게다."

겨우 한 잔의 술만 마셔서는 중독은 될 수 있어도 목숨까지 해칠 수는 없었다는 설명이었다. 이기처럼 많은 양을 단숨에 들이켜기 전엔 말이다. 그 말에 단영도 이상하다는 표정을 지었다. 어째서, 그런 일을 벌여놓고도 결국은 실패할 수밖에 없는 방법을 취했단 말인가? 고리독의 약효를 잘 몰라서? 그러나 이기에게 필요한 해독제 양을 정확히 가져온 것을 보면 그건 분명 아니다. 그렇다면 임금의 목숨을 노린 건 아니라는 뜻인데…….

"이기의 몸속에 독소가 남지 않았다는 게 확실한 거야? 그런데 어째서 나흘이 지나도록 눈조차 뜨지 못하는 거지?"

매당 할멈이 대답하였다.

"해독약이 두 명분 가까이 된다고 하지 않았니. 이 아이 혼자 마시기엔 많은 양이었다. 그나마 해독제는 독을 없애기만 할 뿐, 상한 속까지 치료가 되는 것은 아니야. 언제 눈을 뜨는가는 속이 얼마나 상했느냐에 달린 것이지."

단영은 고개를 끄덕이며 이기를 내려다보았다. 다시는 일어설 수 없을 듯 핏기 없는 얼굴이 보는 사람을 괴롭게 하였다. 원래부터 하얗기만 했으니 저렇게 보이는 거야. 단영은 애써 스스로를 위로하며 자리에서 일어섰다. 이젠 들어가야 할 시간이었다.

매당 할멈이 말하였다.

"당분간 근처엔 얼씬도 하지 마라. 임금 앞에서 그 정도 난동을 부렸으니 지금이라도 두릅이를 잡기 위해 도성 안팎으로 혈안일 게다. 이럴 때 너까지 움직여서 좋을 게 없어."

단영은 또다시 고개를 끄덕이며 매당 할멈을 돌아보았다.

"할멈……."

"걱정 마라. 금군들이 들이닥치면 다시 업고 뛰면 되는 것이지."

씁쓸한 미소를 지으며 단영이 나갔다. 매당 할멈은 좀 전에 느꼈던 기척이 아무래도 염려스러워 그녀를 따라나섰다.

문이 닫히고, 그녀들의 짧은 수군거림이 끝나자 그때까지 조용히 누워 있던 이기의 눈이 슬며시 뜨였다. 그는 멍하니 천장을 바라보다가 천천히 한숨을 쉬었다. 그리고 어느덧 그 한숨은 옅은 신음으로 바뀌었다.

조창주는 부목으로 고정시킨 왼팔을 보며 틈틈이 욕설을 내뱉었다. 감히 팔을 부러뜨린 노파에 대한 분노였으나 우습게 여겼다가 큰코를 다친 만큼 얼씬하고픈 마음은 들지 않았다.

"아무래도 며칠 후에 가서 두릅이 놈을 잡아 오라고 시켜야겠군."

이기를 죽일 마음은 털끝만큼도 없었다. 그랬기에 다른 놀이패들은 모두 혀라도 깨물 수 있을 자들로 채워 만일을 대비했으면서도 이기만큼은 빠져나올 수 있도록 준비를 해놓았던 것이다. 그런데 이 미련맞은 놈이 제 스스로 독주를 처마실 줄이야!

"도대체 무슨 마음을 가지고 그리 했단 말인가? 내 분명 단영이 년은 살 수 있을 거라 확인을 시켜 주었는데."

남을 위한 희생 따위 관심 없는 조창주였으니 독주를 들이켠 이기의 마음 같은 게 이해될 리 없었다. 더구나 탐나는 물건이 있을 땐 빼앗아 와야 직성이 풀리는 그였으니 흠모하는 여인을 위해 그 부군을 보호하고픈 감정 같은 것을 알 턱이 없었다. 욱신욱신 쑤시는 팔을 내려다보며 또다시 욕을 중얼거리는데 누군가가 방문을 열고 들어왔다.

"그래, 어디서 그런 험한 꼴을 당한 겁니까?"

둥그런 얼굴에 기름기가 번들거리는 마전이었다. 이곳은 왕십리에 있는 그의 사택인 것이다.

"노상에서 미친개 한 마리를 만났습니다. 늙고 기운이 빠져 만만히 보았던 제 탓이지요."

마전은 싱긋 미소를 짓더니 밖을 향해 손뼉을 쳤다. 방문이 열리며 주안상을 든 노비 두 명이 들어왔고 그 뒤를 기녀 경진이 마치 꽃을 향해 날아드는 나비인 양 우아하게 따랐다.

"어머, 송 나리. 이 어찌 되신 일이랍니까? 대체 누구에게 이런 봉변을 당하신 겁니까?"

경진은 그의 이름을 송 아무개로 알고 있었다. 조창주는 다시 미친개 운운하기가 귀찮아져 턱으로 술잔만 가리켰다. 술부터 한 잔 따르라는 소리였다. 그러자 경진이 빙긋 웃는다.

"손을 먼저 접대하는 것이 예의일 테니 당연히 나리 먼저 따라드려야지요."

조창주는 나긋나긋 굴면서도 언제나 선을 그어버리는 경진을 보며 괜히 입맛만 쩍 다셨다. 며칠 전, 생일을 맞은 마전을 따라 이곳에 들렀다가 아예 이곳에 머무는 그녀를 다시 만나게 되었다. 아차, 한발 늦었구나 싶었는데 웬걸, 마전의 말을 들어보니 곁에서 온갖 아양은 다 떨면서도 여태껏 그 옷고름 한 번 푸는 게 그리 힘들다는 푸념이 늘어졌다. 작은 와가라도 한 채 사주어 마음을 달래보는 게 어떻겠냐며 겉으로는 돕는 척을 하였지만 속마음은 달랐다. 여전히 기회가 남았음을 알고 자신 또한 마전의 집에 눌러앉은 채 여유로운 마음으로 접근을 시도하게 된 것이다.

그러나 명색이 도성 최고의 기녀답게 어찌나 애간장만 태우는지, 살다 살다 이렇게 힘든 기생년은 또 처음이었다.

'허, 이 천하의 조창주도 세월 앞에선 어쩔 수 없단 말인가?'

그가 이런 쓸데없는 생각에 빠져 있는데 마전이 눈짓을 하며 물었다.

"그래, 오늘 나가신 일은 어찌 되셨습니까? 물론 결과는 매우 좋았겠지요?"

경진이 곁에 있으니 꽤나 조심하는 모습이 역력했다. 조창주가 대답하였다.

"말도 마십시오. 계산을 잘못하여 하마터면 본전도 못 뽑을 뻔했습니다."

"아니, 그럼 거래가 틀어지기라도 한 것입니까?"

"아닙니다. 설마 그럴 리가 있겠습니까? 예상치 못한 일이 있긴 했습니다만 받을 만큼은 다 받아 왔으니 크게 걱정할 일이 못 됩니다."

그러고는 마주보며 껄껄 웃는 것이었다. 영문도 모르고 따라 웃는 척, 경진이 슬그머니 미소를 짓는다. 아무래도 살진 돼지 마전보다는 저 뱀장어 같은 송가 놈이 더 영양가 있겠어.

경진은 며칠 마전의 집에 거하며 진짜 장사치들과 가짜 장사치들이 번갈아 들락거리는 모양새를 지켜보았다. 그중에서도 자칭 송가라 하는 조창주가 부쩍 의심스러웠지만 겉으로 보이는 행색은 늘 평이했다. 하여 조금 더 접근해보기로 마음먹은 것이다. 그러나, 그녀는 속으로 중얼거렸다. 이자는 얼치기 왈짜들과는 그 성분부터 다른 자이다. 그러니 각별히 조심해야 할 게야.

"아이, 또 지루한 장사이야기뿐이시다. 그런 것 말고 다른 재미난 일들은 없으세요?"

두 사내의 대화에는 관심도 없는 척, 귀를 쫑긋 세우는 경진이었다.

단영이 교태전으로 돌아온 것은 인시(寅時) 무렵이었다. 살며시 창을 넘어 들어와 신을 벗은 뒤 광목천에 잘 싸서 장 깊숙이 넣었다. 그러고는 창턱 아래 놓인 대야를 끌어 얼굴과 손을 씻었다. 단영의 출궁을 눈치 챈 이후 최 상궁은 늘 이렇게 물을 가져다놓곤 하였다.

나란히 놓여 있던 깨끗한 수긴을 들어 물기를 닦으며 얌전히 깔려 있는 금침으로 다가갔다. 옷고름을 풀어 검은 상의를 벗던 단영의 귀로 무언가 바스락거리는 소리가 들려왔다. 창이 덜 닫혔던가? 무심코 돌아보는 단영의 눈에 시커먼 그림자가 들어왔다. 그 그림자는 방 한쪽에 위치한 커다란 화초장(花草欌)에 기대어 있는 중이었다.

그림자의 눈이 굳은 듯 서 있는 단영의 모습을 천천히 훑어보다가 드러난 맨 어깨에 머물렀다. 어려서부터 운동으로 단련된 단영의 어깨는 부드럽고 풍만한 곡선을 이루진 못했지만 일자의 견고한 쇄골과 함께 단단하고 군더더기 없는 모양선을 지니고 있었다. 단영이 상대의 시선을 마주 바라보며 천천히 저고리를 다시 입었다. 그러고는 침착한 모습으로 등잔에 불을 붙였다. 어둡던 의종의 얼굴이 희뿌옇게 드러났다.

"어딜 다녀오는 길이지?"

방금 세수를 마쳐 말갛게 젖어 있는 단영의 얼굴을 바라보며 묻는다. 그녀는 의종의 담담한 말투 속에 담긴 분노를 알아차렸다. 그는 특이하게도 화가 나거나 기분이 상할 때 더욱 조용하고 나직한 말투가 되곤 했다. 어떨 땐 웃음까지 섞어가면서.

"긴한 일이 있어 나갔었습니다."

단영은 어차피 이렇게 된 거 주눅 들 필요 없다 생각하였다. 처음 출궁을 들켰을 땐 그 죄를 물어 그녀와 관련된 모든 것에 화가 미칠까 걱정도 하였지만, 지금까지 가만있는 것을 보면 새삼 일을 크게 만들지는 않을 것 같았다. 그런 그녀를 가만히 지켜보던 의종이 불현듯 다가와 손목을 틀어쥐었다. 예상치 못한 상황에 단영은 적이 당황하였다. 굳은 얼굴, 딱딱하게 얼어붙은 눈매, 손목에서 전해지는 압박……, 역시나 의종은 화가 나 있었다.

손목을 비틀며 옆으로 몸을 돌렸다. 그러자 이번엔 손목을 쥐었던 그 손으로 허리를 잡아챘다. 마치 도망이라도 치는 날짐승을 낚아채듯이.

"왜 이러십니까?"

늘 감정 조절이 잘 되던 의종이었다. 하여 이처럼 분노하는 모습을 본 적이 없다. 단영은 어째서 그의 기분이 이리 상한 것인지 알지 못했다. 단지 바깥 외출 때문이라고 보기엔 그동안 인내한 것이 새삼스러웠다.

"몰라서 그러는가, 모르는 척하는 것인가."

"모르겠습니다."

허, 짧은 탄식이 새어나온다. 그러나 단영의 반응을 이미 예상한 듯 얼굴 위로는 웃음이 지어졌다. 묘하게 일그러지는 웃음이.

"하긴 수하를 돌보는 일을 소일이라 할 순 없겠군. 하지만 그대는 큰 착각을 하는 듯해."

의종이 허리에서 천천히 손을 떼며 말했다. 단영이 물었다.

"무엇을 말입니까?"

"혼인을 한 뒤에도 전과 같은 언행을 유지할 수 있다고 믿는 이상한 주관, 또한 버젓이 지아비를 앞에 두고도 다른 사내를 돌보고 왔노라 떳떳이 말할 수 있는 그 무모한 용기까지."

단영이 문득 실소를 하며 물었다.

"신첩이 이상한 것이야 오늘 처음 아신 것도 아니지 않습니까? 게다가 신첩을 배필로 인정할 용의가 없다고 단언하신 것은 전하이셨을 텐데요?"

의종은 굉장히 신기한 무언가를 보는 눈으로 단영의 얼굴을 살피었다. 크고 강한 눈매, 쉬이 꺾이지 않을 것 같은 날렵한 콧날, 그리고 고집으로 똘똘 뭉쳐 다물린 입술까지.

"그대는 내가 얼마나 인내하고 있는지 아직 잘 모르는 것 같아."

그러나 사내들의 심리에 전무한 단영으로서는 그가 자신의 언행에 대해 참고 있음을 잘 알고 있다 여겼다. 오히려 그가 왜 참고 있는지를 모른다 생각할 뿐.

문득 의종의 손이 그녀의 얼굴 가까이 올라왔다. 그러나 무엇을 할 생각이었는지 멈칫 서더니 그 자세로 가만히 내려다본다. 설명하기 어려운 눈빛이었다. 단영은 꾹 다물린 그 입술을 보며 저도 모르게 호흡을 멈췄다.

그런 그녀의 반응을 의종은 가만히 지켜보고 있었다. 그 시간이 꽤 길게 이어진다 여겨질 무렵, 의종은 숨을 한 차례 들이쉬며 답답한 표정으로 돌아섰다. 그러고는 그녀가 넘어온 창으로 다가가 문을 활짝 열어젖힌다.

단영은 여전히 오리무중인 기분으로 의종을 바라보았다. 그의 뒷모습은 참으로 냉랭하기 그지없었다.

"내가 그대의 수하를 어찌할 것이라 생각하는가?"

얼마나 지났을까, 가라앉은 의종의 목소리가 들려왔다. 단영은 그를 바라보다가 대답하였다.

"가만히 놔둬주실 것이라 생각합니다."

"마치 그자의 하는 양을 보지 못한 듯이 말하는군. 어째서 그리 확신을 하는 것이지?"

"오히려 그 아이의 행동을 모두 지켜보았기에 드리는 말씀입니다. 전하께서도 아시다시피 그 아이는 독주를 친히 삼켜 그곳에서 일어났을 참극을 스스로 막지 않았습니까? 상을 주시어도 모자랄 판에 설마 벌을 내리실 리야 없겠지요."

상이라. 의종은 저도 모르게 단영을 돌아보았다. 사내의 생리를 저리 모르나 싶어 코웃음이 나왔다. 자신이야말로 여인네들의 생리에 대해 거의 아는 바가 없다는 것을 모르는 그였다.

"좋다. 원한다면 내 그자에게 상을 내리도록 하지. 그것이 뭐 그리 어려울까. 허나."

단영은 의종의 눈빛이 날카롭게 변모하는 것을 지켜보았다.

"그자의 배후를 먼저 알아낸 이후에, 그때 그자의 일을 마무리 지을 것이다."

의종의 어투로 미루어 이기를 궐로 잡아들여 문초라도 할 의향인 듯했다. 그러나 그녀가 아는 이기라면 그리 순순히 자백할 일을 자신에게까지 숨긴 채 몰래 자행하진 않았을 터였다. 그럴 수밖에 없는 사정이 있는 것이다.

단영이 고개를 저으며 말했다.

"그 아이는 지금 독주로 몸이 상해 깨어나지도 못했습니다. 그런 아이를 통해 무엇을 알아내실 수 있겠습니까?"

의종이 냉랭히 대답하였다.

"그렇다면 그대는 이 일이 조용히 덮이길 원하는 건가? 설마 가능하다 여기는 건 아니겠지."

물론 알고 있다. 임금을 해하려 한 사건이었다. 그런 식으로 무마될 성질의 것이 아니다.

"그럴 리 있겠습니까? 그저 신첩은 전하께 그 배후를 알아내는 것과 관련하여 한 가지 청을 하고자 하는 것뿐입니다."

의종의 눈에 일말의 흥미가 어렸다. 이런 판국에 청이라니, 보통의 여인네라면 눈치를 보며 기분을 맞추려 노력했을 일이다. 순전히 호기심에 의해 그의 고개가 순순히 끄덕여졌다.

"저에게 달포간의 말미를 주십시오."

"그리 하면?"

"그리 해주신다면 전하께서 찾으시는 그자를 비롯, 수하에 있는 이들까지 모두 전하 앞에 내어드리도록 하겠습니다."

의종의 얼굴 위로 순간, 어이없음이 지나갔다. 지금 이 여인, 무슨 말을 하는 것인가.

"지금 전하의 눈에 신첩이 제정신이 아니라는 것은 알고 있습니다. 그러나 전하께서는 또한 신첩이 일반 여인네와 현격히 다름을 알고 계십니다. 어느 쪽이든 제정신이 아닌 여인에게 고작 달포의 시간을 허락하신다 하여 무슨 손해가 있으시겠습니까?"

단영은 필사적이었다. 어떻게든 이기가 의금부로 끌려가는 일은 막아야 했던 것이다. 의종이 그녀를 유심히 바라보며 물었다.

"내 만일 그 달포를 허락한다면 그대는 무엇을 어찌해볼 생각인가?"

단영이 대답하였다.

"전하께서 배후라 칭하시는 그들의 면면에 대해 뒤를 캐어야겠지요. 필요하다면 조직에도 가담하여 정탐을 해볼 요량입니다."

의종의 얼굴빛이 점점 뜨악하게 변하여갔다. 단영의 배포가 뭇 사내들을 넘나든다는 것은 이미 알고 있는 사실이었다. 그러나 이 정도로 끝 간 데가 없을 줄이야. 이제는 숫제 자신이 왕비의 몸이라는 것조차 잊은 모양새다. 그는 이제 무엇을 숨기고 자시고 할 것도 없이 자신의 본 모습을 죄다 드러내는 단영을 보며 한참을 생각에 잠겨 있었다.

한편 단영은 단영대로 의종을 살피며 이 일의 가납 여부를 점치고 있었다. 대부분의 사람들은 대충 그 생각의 길을 알 수가 있었는데 유독 의종만은 마음대로 움직여주지 않아 불안했다. 그런 그녀를 향해 의종이 천천히 입을 열었다.

"그대가 중궁전을 비우는 일이 비일비재하겠군."

단영이 대답했다.

"이곳에서의 제 책임을 게을리 하지는 않겠습니다."

"대신 내가 신경 써야 할 일이 좀 더 늘어나겠지. 그대가 자리를 비우는 그 많은 시간 동안 다른 이의 눈에 띄지 않게 살펴주기까지 하려면."

그러고는 그건 좀 성가시겠는데, 하고 중얼거린다. 단영이 그런 그를 바라보며 물었다.

"허락하시는 것입니까?"

의종이 그제야 빙그레 웃으며 그녀를 쳐다보았다.

"그대의 재주가 어느 정도인지 지켜보는 것도 즐거운 일이 될 것 같아서 말이지. 허나 오늘 장담한 만큼의 결과를 가져오지 못한다면 그땐 그 수하라는 자부터 절단이 날 거야."

웃고는 있으되 웃는 게 아닌 의종을 단영은 느낄 수 있었다. 그녀는 조용히 고개를 끄덕였다. 결코 그리 되게 놔두지 않겠노라 다짐하며.

의종은 그 말을 끝으로 문으로 향하였다. 나가려다가 무언가 잊은 게 있는지 그녀에게로 되돌아오더니 불현듯 손을 잡았다.

"……그대는 그 지닌 배포와 달리 유독 작은 손을 가졌군."

잠시 단영의 손을 유심히 보던 의종이 한참 만에 한 말이다. 손이 작아 큰 일을 맡기기엔 적합하지 않아 보인다는 뜻으로 해석한 단영이 냉큼 대답했다.

"손이 크다고 야무진 것은 아니지요. 전 제 손에 지닌 것은 결코 놓치는 법이 없습니다."

의종이 몰랐다는 듯 고개를 끄덕이다가 말하였다.

"그것은 앞으로 지켜보면 알 일, 허나 손에 쥐고 있는 엽전에 급급하여 옆에 놓인 금덩어리를 못 알아본다면 그런 성품이 언제나 득이 된다고만은 할 수 없지 않겠는가?"

그러고는 휑하니 나가버리는 것이었다.

단영은 그때까지 의종에게 잡혀 있던 손을 들여다보았다. 제법 세게 쥐고 있었는지 손가락 마디가 알알하게 저려왔다. 한숨을 쉬며 자리에 주저앉았다가 곧 정신을 차리며 야장의(夜長衣)[70]로 갈아입었다. 그러고는 여러모로 피곤한 몸을 뉘었다. 곧 잠이 쏟아진다. 이기가 잘못될까 봐 전전긍긍, 며칠 잠을 설쳤더니 쌓인 피로가 한꺼번에 몰려들었던 것이다.

막 잠 속으로 들어서는 순간 어디선가 바스락 소리가 들려왔다. 이번에야말로 바람이든 풀벌레든 다른 무언가가 내는 소리겠지, 하며 곯아떨어지고 말았다.

그러나 아까와 마찬가지로 지금의 기척 또한 사람의 것이었으니 그는 바로 초영이었다. 그녀는 저녁 무렵 다른 나인과 교대한 후 처소로 돌아가다 말고 교태전으로 드는 의종을 보았던 것이다. 먼발치에서 씁쓸히 그를 바라보다가 자신의 방으로 들어갔는데 한참 뒤 다시 나와

70) 궁중의 잠옷.

보니 홍 내관이며 대전 나인들이 여전히 교태전 앞에 머물고 있지 않은가.

'전하께서 자주 오시지도 않던 교태전에 들러 이처럼 오래 머무시다니…….'

부부이니 당연한 것 아닌가 싶었지만 동시에 외숙인 조창주의 목소리도 들려왔다.

"얘야, 무언가 조금이라도 이상한 기미가 보이면 꼭 살펴보아야 한다. 특히 단영이 그 아이는 언제 어떤 짓을 저지를지 모르니 네가 감시를 철저히 해야 해."

초영이 마음을 바꿨음을 알리자 조창주는 그럴 줄 알았다는 듯 흡족한 웃음을 지었었다. 그러고는 곧 말하기를, 자신의 계획이 성사되면 처음에 약속한 대로 그녀의 신세를 꼭 뒤바꿔주겠다고 단단히 다짐을 하였던 것이다. 이번엔 별당 조씨가 오히려 상성을 하며 말렸지만 초영은 담담히 고개를 끄덕였다. 사실 그녀는 외숙의 그 계획이라는 것을 별반 믿지 않았다. 그저 자신의 화가 나는 심정 그대로를 어딘가에 발산하고 싶을 뿐이었다.

초영은 늘 어린 시절이 매우 불우하다고 생각해왔다. 그도 그럴 것이 어미는 천한 소실이라며 손가락질을 받았고 자신 또한 신분이라는 것에 눌려 제 의견 한 번 똑바로 내본 적이 없었다. 윤 대감은 늘 조신하고 예쁘게 성장하는 초영을 귀하게 대해주었지만 그녀는 알고 있었던 것이다. 만일 자신의 언행이 조금이라도 어긋났다면 그는 소실 태생이 다 그렇다고 이미 눈을 돌렸을 것을 말이다.

착하기만 한 반쪽짜리 별당 아가씨. 초영은 그렇게 살아온 자신의 생이 싫었고, 앞으로도 또 그렇게 살아야 한다는 것에 신물이 났다. 맥없이 자신의 자리를 지키고 있다가 어미처럼 누군가의 별당에 들어가 손가락질을 받으며 살아야 할 것이 끔찍했던 것이다.

차라리 누구도 행복하지 못하게 이 세상이 모두 뒤집어지는 게 낫겠다고, 의종에게 내쳐진 후 초영은 그런 생각을 하게 되었다. 그리고 곧 스스로가 얼마나 승은을 입어 후궁으로라도 오르게 되길 바라마지 않았는지, 처음으로 자신의 욕심을 직시할 수 있었다.

그것 때문이었다. 초영이 선뜻 침전에까지 걸음을 하여 엿듣게 된 것은 말이다. 그러나 처음부터 대담하게 창가를 배회한 것은 아니었다. 혹 들킬 시엔 어떻게 할까 하는 두려움에 근처 나무 밑을 서성이다가 겨우겨우 가까이 다가선 것이다.

"저에게 달포간의 말미를 주십시오."

초영은 단영의 이 말부터 엿들을 수 있었다. 조심조심, 의종이 내다보는 창가 옆 나무 뒤에 꼼짝 않고 붙어 앉아서 말이다.

의종은 다음날 주강(晝講)[71]을 물리기가 무섭게 교태전으로 다시 들었다. 영문 모르는 교태전 나인들은 이제야 두 분 마마께 진전이 있을 모양이라며 즐거워들 하였지만 유일하게 초영의 얼굴만 어둡게 가라앉았다.

그녀는 친하게 지내는 나인 하나와 번을 바꾼 후 곧 단영의 침소 뒤로 숨어들었다. 엿듣고자 하는 마음에서였다. 역시 두 사람은 어제와 마찬가지로 무거운 분위기를 풀풀 풍기며 서로를 견제하듯 대화를 나누고 있었다. 그러나 대화 내용은 별로 중요한 것이 못 되었다.

단영의 목소리가 들려왔다.

"도대체 그곳까지 가야 할 이유를 모르겠습니다. 게다가 이 의복은 또 무엇인지……."

71) 점심 후 강연.

의복? 초영은 의종이 새 당의라도 선물한 것인가 싶어 귀를 더 바짝 가져갔다.

“그대에게 족쇄라도 하나 채워놓아야 훗날 다른 마음을 못 품지 않겠는가. 어느 날 그대의 검 끝이 나를 향해 겨누어지면 이 또한 보통 성가신 일이 아닐 테니 말이야.”

“하오나…….”

“왜, 족쇄라고 하니 마음에 들지 않는가? 그럼 날개라고 해두지.”

족쇄는 뭐고 날개는 또 무슨 뜻인가. 초영은 도통 뜻을 알아들을 수 없는 이들의 대화에 마음이 산란했다. 지난밤도 알맹이를 알아듣지 못해 골치께나 아팠는데 오늘의 대화도 만만치 않은 것이다. 그도 그럴 것이 매번 ‘그자’라거나, ‘수하’라거나 하는 애매한 지칭을 사용하니 난감하지 않을 수가 없었다.

초영은 종이에 적어서라도 외숙에게 전달해야겠다 싶어 일단 머릿속에 잘 갈무리를 하였다. 정탐이니 잠입이니 하는 말들도 외숙이 들으면 무슨 뜻인지 알 수 있을 거란 생각에서였다.

잠시 후 의종과 단영이 밖으로 나가는 기척이 나자 초영은 자리에서 일어섰다.

그때였다.

“너는 윤가 초영이 아니냐?”

뒤에서 느닷없이 윤 상궁의 목소리가 들려왔다.

“여기서 무엇을 염탐하고 있었느냐?”

윤 상궁이 매서운 목소리로 다그친다. 두 분 마마께서 교태전 앞에 계시니 소리를 낮추긴 하면서도 은연중에 곤전마마가 이 아이의 행태를 보았으면 하는 마음이 드는 것도 사실이었다. 초영의 거듭되는 잘못에 화가 어지간히 난 것이다.

그러나 초영은 연신 고개를 저었다.

"그렇다면 이곳에서 무엇을 하고 있었던 것이야, 대체?"

초영이 망설이는 표정으로 꺼내놓은 것은 소담하게 핀 앵초 두 송이였다.

"고작 이것을 따자고 주상 전하께서 납시신 이때 창가를 얼쩡거렸다는 말이냐? 도대체 네가 정신이 있는 것이냐, 없는 것이냐? 며칠 전에도 그리 경을 쳐놓고 아직도 그 모양이야?"

초영이 대전 양 상궁에 의해 붙잡혀 왔을 때 최 상궁과 윤 상궁은 너무나도 기가 막혀 단영에게 고하지조차 못했다. 다른 이도 아닌 사가에서 들여온 본방나인이었다. 차마 알릴 수가 없었던 것이다. 하여 엄중히 벌은 주되 교태전 나인들의 입단속을 철저히 시켰는데 그 원흉인 초영이 또다시 이상한 짓을 하니 도무지 그 꼴을 봐줄 수가 없었다.

"안 되겠다. 내 오늘은 너에게 회초리를 대서라도 가르침을 엄히 하여야겠어!"

그런데 윤 상궁의 바람과는 달리 나타났으면 하는 단영은 아니 오고 다른 이가 먼저 그곳을 찾았다. 한 시진 전쯤 아미산에 들어 시간을 보내던 자령군이었다. 이제 출궁을 할까 싶어 나오던 그가 소란을 피우는 두 사람을 발견한 것이다.

"무슨 일인가, 윤 상궁."

윤 상궁은 당혹스런 얼굴로 고개를 숙였다. 마음 같아서는 눈치껏 가주시길 바랐지만 오늘따라 웬 관심이 그리 많은지 어서 말을 해보라고 재촉까지 한다. 하는 수 없이 자초지종을 모두 설명하였더니 간간이 초영을 살피며 이야기를 듣던 자령군이 뜻밖의 말을 하였다.

"그렇다면 그것은 이 아이 잘못이 아닐세."

"예? 그게 무슨 뜻이온지……."

"이 아이는 말일세, 그저 내 부탁을 들어주러 이곳에 온 것이야. 아마 전하께서 납시신 것도 모르고 있었을 걸세."

그러고는 초영의 손에 들린 앵초를 가리키는 것이었다. 후원에 매년 피던 앵초가 보이질 않아 아쉬워했더니 초영이 곧 대령하겠노라며 이곳까지 온 것이라는 애매한 변명이었다. 믿기지 않았지만 왕자가 그렇다니 토를 달 수 없는 일, 그러시냐고 허리를 굽힐 수밖에 없었다.

자령군은 만면에 웃음을 띠다가 초영을 향해 말했다.

"자, 그럼 이제 아까 하던 뒷이야기를 들어볼까?"

그러고는 초영을 이끌고 다시 아미산으로 들어가버리는 것이었다. 저곳은 나인이 함부로 드나들 수 없는 곳인데! 게다가 설사 자령군의 말이 사실이라 해도 이 또한 잘못된 행실 아니던가. 감히 외간 남자와 속닥이다니 있을 수 없는 일인 것이다. 억울하기도 하고 어이없기도 하였지만 두 사람의 뒷모습만 멍하니 바라볼 수밖에 없었다.

초영은 자령의 눈치를 보며 조금 떨어져서 걸었다. 일단은 위급한 상황에서 빠져나오긴 했는데 어째서 그런 곳에 있었는지 사실을 고하라 하면 할 말이 없었기 때문이다. 난감하여 바닥만 보며 걷자니 자령군이 그런 그녀를 불러 아담하게 자리 잡은 정자로 향하였다.

"지난번 질문에 대해 여러 날을 생각했습니다."

느닷없는 자령군의 말에 초영이 의아한 표정을 짓다가 잠시 후 깨달았다.

"나리께서도 저를 보며 그분을 그리워하신 것입니까?"

자신을 통해 죽은 원덕왕후를 그리워하느냐는 어이없는 질문을 했던 것이다. 그때는 분하고 서글픈 마음에 무례를 저질렀던 것인데 이제 그 일이 다시 화두에 오르니 다른 곳으로 도망이라도 가고 싶을 만큼 난처해졌다.

자령군이 그런 그녀를 향해 말했다.

"그런 게 아니라는 말을 하고 싶었습니다."

"……예?"

자령군은 그저 담담히 미소를 지으며 정자 주위의 작은 연못을 바라본다.

"솔직히 말하자면 어릴 적엔 형님전하께서 정혼녀를 빼앗아 갔다고도 생각을 했었습니다."

정혼녀? 초영이의 눈이 동그래졌다. 이 무슨 말일까?

"하긴 정혼녀라 하기도 어색한 노릇이군요. 그저 모친끼리 서로 친하셔서 걸음마도 하기 전에 혼인을 시켜주자, 약조한 것에 불과하니 말입니다. 그러던 것이 부왕께서 원덕왕후마마를 귀이 보시어 전하와 맺어주셨으니 나와는 그저 작은 인연 정도로만 여기면 될 겁니다."

그랬었다. 자령군이 일곱 살 되던 해까지 간혹 어머니 따라 궐 밖으로 놀러 가곤 했던 곳이 연성부원군(延城府院君)[72]의 사가였던 것이다. 그곳에서 자령군은 연경이 그네 뛰는 모습을 보았다. 그리고 언제던가 멀찍이 지나치는 모습 또한 본 적이 있었다. 그렇지만 워낙 어렸기에 심상히 넘겼는데, 나중에 의종과 혼인을 한 후 궁에서 함께 자라면서 간간이 내 사람이었을 수도 있었겠구나, 하는 생각이 들곤 했던 것이다.

"물론 지금도 그분이 그립긴 합니다만 윤 나인이 생각하는 것처럼 그런 감정은 아닙니다."

초영은 자신의 경거망동이 창피하여 차마 대답도 할 수 없는데 자령이 자꾸 말을 건넨다.

"이제 오해는 풀린 겁니까?"

할 수 없이 조그맣게 고개를 끄덕여야 했다.

"헌데…… 아까 그곳에서는 무엇을 하고 있었습니까?"

72) 연경의 아버지.

초영의 몸이 당황으로 굳었으나 곧 빙그레 웃음을 지었다.

"앵초를 따고 있었지요."

그런 그녀를 잠시 바라보던 자령군이 알았다는 듯 고개를 끄덕였다.

"탓하려는 것은 아니었습니다. 무슨 일이든 꼭 목적이 있다 보는 것도 옳진 않겠지요. 하지만 앞으로는 좀 더 신중을 기하는 게 좋겠습니다. 궁이라는 곳이 일반 여염집과 달라서요."

초영은 가만히 수긍의 의미로 고개를 숙였다.

그녀가 자령군과 헤어져 밖으로 나왔을 때였다. 마침 단영이 가은당으로 가기 위해 섬돌을 내려오고 있었다. 초영과 친한 손 나인이 그녀를 향해 손짓을 하였다. 초영은 단영을 따르는 궁인 무리에 끼어 함께 가은당으로 향하였다.

가은당에 도착했을 때였다. 안으로 들어가려던 단영이 멈칫 서며 초영을 불러오라 지시하였다. 영문 모르고 앞으로 나서니 윤 상궁이 마마를 따라 들어가라고 손짓을 했다. 웃전이 그리 하라 시키니 따르긴 하면서도 초영은 왠지 걱정이 앞섰다.

옹주와 나란히 앉아 반짝이는 노리개를 붙잡고 씨름을 하고 있던 자빈이 못마땅한 표정으로 초영을 쓰윽 훑었다.

"저 아이는 또 웬일입니까?"

안 그래도 얼마 전 들었던 대전에서의 사건 때문에 초영이 무척 고까운 참이었다. 교태전 나인만 아니라면 당장 잡아다 물고를 낼 터인데 호랑이보다 무서운 중전이 버티고 있으니 어쩔 수 없는 일, 나인복을 입고도 마치 청초한 한 떨기 수선화같이 향기를 내뿜는 초영만 잡아먹을 듯이 바라보는데 그때 믿을 수 없는 하명이 떨어졌다.

"자네, 지난번 서 상궁에게서 듣자하니 옹주를 보살피는 데 손이 많이 간다 하였다지? 나인의 수를 늘리고 싶다고 하였다던데."

자빈, 눈은 연신 초영을 째리면서도 대답은 고분고분하다.

"옹주마마께서 얌전하실 땐 괜찮습니다만 한번 보채기 시작하시면 몇 명이 붙어도 진정시키기 어렵습니다. 하여 힘세고 말 잘 듣는 아이가 몇 명 더 있었으면 하던 참인데……."

단영이 여전히 자빈과 노리개 씨름을 하는 옹주의 손에 자신의 것을 쥐여주며 말하였다.

"허면 저 아이는 어떻겠는가? 아, 하긴 힘이 세야 한다고 했던가."

자빈의 눈이 휘둥그레졌다. 중전이 직접 데리고 들어온 교전비 아니던가. 그런데 느닷없이 넘기겠다니, 그 무슨 소리인지? 그러나 기회를 놓칠쏘냐, 일단은 냉큼 대답부터 해놓았다.

"아닙니다, 마마. 힘이 세다고 해봤자 계집아이들 팔목이 다 거기서 거기일 텐데 무슨 차이가 있겠습니까? 저 아이로 아주 흡족합니다."

그 와중에도 중전의 속뜻까지는 짐작할 수 없어 미심쩍음이 완전히 가시진 않았다. 하여 조심히 살피자니 단영이 선선한 목소리로 말을 이었다.

"자네가 좋다면야 나로서도 반대할 이유가 없지. 허나 그렇다고 은선당으로 그 적을 옮기겠다는 것은 아니야. 단지 자네가 힘들어하니 빌려주겠다는 것이지. 언제고 교태전에 사람이 필요할 때 내 다시 불러 갈 테니 그때까지는 자네가 쓰임에 맞게 부려보도록 하게."

잠시 다른 것에 정신을 쏟는가 하던 단영이 다시 말했다.

"그렇지, 참. 자네의 궁 생활이 나보다 오래 되었으니 신참나인 교육하는 것이 그리 어려운 일은 아니겠군. 이참에 저 아이 거처를 은선당으로 옮기고 아침저녁으로 가르침을 좀 줘보는 것은 어떻겠나. 입궁한 지 얼마 안 돼 그런지 나인들 사이에서 문제가 종종 있는 모양이네만, 뭘 몰라 그런 것이니 누가 나서서 알려주기라도 하면 좀 나아질 것이 아닌가."

자근자근, 옹주가 그렸다는 그림인지 낙서인지를 찬찬히 살피며 말하는 단영을 보며 자빈은 느닷없는 희열에 감싸였다. 초영을 넘기겠다니, 그것도 은선당으로 말이다. 중전이 무서워 가만히 도사리고만 있었는데 뜻밖의 선물에 그녀는 하늘이라도 날 듯 속이 시원해졌다. 그럼 그렇지, 저도 여자이니 투기가 안 생기고 배기겠어?

"그럼 그리 알고 나는 이만 가보겠네. 저 아이 짐은 잘 챙겨 보내라 이를 테니. 이번 참에 그냥 자네가 데리고 가도 좋고, 아니면 내일 윤상궁을 시켜 데려다주든가. 어찌할 텐가?"

"그냥 소인이 데리고 가옵지요, 마마. 그게 무엇이 어렵겠습니까?"

마치 하늘이라도 오를 듯 나긋나긋 대답하는 자빈을 보며 단영은 빙그레 미소 지었다. 안 그래도 간간이 들려오는 초영의 구설이 귀찮던 참이었다. 가례 전부터 의종의 눈에 들었으니 대전에 가서 글을 읽든, 노래를 하든 그건 알 바 아니었으나 자꾸만 여기저기서 초영을 단속해야 한다고 읍소를 하니 성가시기가 이루 말할 수 없었던 것이다. 둘을 붙여놓으면 교태전은 좀 조용하겠지.

단영은 혹 두 개를 해결한 얼굴로 일어섰다.

그때 초영이 그녀를 불렀다.

"마, 마마."

단영이 조용한 목소리로 말하였다.

"걱정하지 마라. 네가 앞으로 겪을 일들을 네 외숙에게 고한다면 그가 또 얼마간의 지혜를 빌려주지 않겠느냐? 그를 만나거든 교태전에선 더 이상 기웃거릴 일이 없더라고 전하여라."

그러고는 가은당을 빠져나가는 것이었다. 다소곳이 허리를 굽히던 자빈이 우아하게 치맛자락을 그러쥐며 초영에게로 돌아섰다. 마음이 한없이 들떴다.

"따라오너라."

자빈의 뒤로 풀 죽은 송아지마냥 붙어 가는 초영을 보며 가은당 서 상궁과 나인들은 혀를 끌끌 찼다. 넌 이제 좋은 세월 끝이구나, 다들 그 한 가지 생각을 하면서.

- 2권에서 계속.